Charlotte Link · Die Sterne von Marmalon

Charlotte Link

Die Sterne von Marmalon

Roman

Goldmann Verlag

1. Auflage

Printed in Germany · ISBN 3-442-30096-7

Mary de Maurois hatte ein feines Gesicht, große blaugraue Augen und einen vollen, meist etwas hochmütig geschwungenen Mund. Ihre Haut war blaß, wie sich das für eine vornehme Dame gehörte, und wirkte unter der Fülle des dicken, rotbraunen Haares glatt und weiß wie ein abgeschliffener Kieselstein. Die hochgebogenen Augenbrauen verliehen ihren Zügen manchmal ein leicht überhebliches Aussehen, die klare Stirn ließ auf mehr Klugheit schließen, als es einer Frau ihrer Zeit zukam, die schmalen Wangen machten sie ernst und etwas melancholisch. Wer genau hinsah, konnte in dem leisen spöttischen Zug, der über dem Mund lag, Großzügigkeit und Humor entdecken, und ihr Lächeln ließ außergewöhnliche Zärtlichkeit vermuten, doch auf den ersten Blick wurde niemand dieser verborgenen Mädchenhaftigkeit gewahr. Selbstbeherrschung, Erfahrenheit und Mut traten zu deutlich hervor. Daß in Gestalt und Bewegung zuviel Tatkraft lag für eine Dame von Stand, bemerkte ebenfalls niemand sofort. Mary war stets zu teuer gekleidet, als daß man sie für etwas anderes als eine wirkliche Lady hätte halten können.

Als sie an diesem warmen Sommertag des Jahres 1543 nach Shadow's Eyes kam, einem gottverlassenen Dorf nahe Canterbury, in dem noch der ganze faulige Atem des Mittelalters wehte, wirkte sie sehr selbstsicher und unnahbar und beinahe älter als sechsundzwanzig. Sie sah aus wie eine Dame, die bei Hofe in London aus und ein ging, mittels feingesponnener Intrigen Einfluß auf die Politik ausübte und sich in einer Umgebung von Neid und Gift und Mißgunst behaupten konnte. Sie trug ein Kleid aus hellgrauer Seide, um dessen Ausschnitt sich grün gefärbte Marabufedern wanden und unter dessen seitlich geschlitzten Ärmeln die grüne Seide des Unterkleides hervorsah. Um Marys schmalen Hals lag eine Kette aus Silber, ihre Füße steckten in feinen Schuhen aus weichem Leder.

Die Wirtin des Gasthauses *Oakwood House* stürzte auf die Gasse hinaus, als sie der reichen Dame ansichtig wurde, der soeben ihr Begleiter vom Pferd hinunterhalf. Mit ihren scharfen Augen erkannte die geschäftstüchtige Alte sofort, daß das Kleid der Besucherin teuer, ihr Schmuck echt waren. Sie verneigte sich tief.

»Mylady wollen meinem bescheidenen Haus die Ehre erweisen?« fragte sie eifrig.

»Soweit ich mich erinnere, gibt es kein anderes Gasthaus in Shadow's Eyes«, antwortete Mary kühl.

»Soweit Sie sich...« Die Wirtin hob den Kopf und starrte die fremde Besucherin an. Ihre Miene drückte tiefste Überraschung aus.

»Das ist... das kann doch nicht sein! Sie sind... Mary Askew?«

»Mrs. de Maurois inzwischen. Sie sollten das wissen. Schließlich habe ich damals meine Hochzeitsnacht in Ihrem Haus verbracht.« Mary betrachtete das altersschwache, windschiefe Wirtshaus mit seinen kleinen Fenstern und dem verrosteten Schild über der Tür.

»Mein Gott«, sagte sie leise, »es ist schon so lange her!«

»Ungefähr zehn Jahre müssen es sein! Ach, daß ich Sie noch einmal wiedersehe! Niemand wußte doch, was aus Ihnen geworden ist, nachdem Sie mit diesem fremden, schönen Mann davongegangen sind. Ist er heute nicht hier?« Die Wirtin blickte sich neugierig um.

»Nein«, sagte Mary kurz, »er ist nicht hier. Er wird auch nicht kommen.«

»Oh... nun, ich werde jemanden holen wegen der Pferde...«

»Danke. Mein Diener macht das schon. Bitte zeigen Sie mir mein Zimmer. Ich bin sehr müde.«

»Natürlich, gern. Sofort.« Die Wirtin eilte voraus. Sie keuchte, weil ihre Füße ihren schweren Körper kaum trugen. Ihr feistes, rotes Gesicht glühte vor Aufregung. Mary Askew war zurückgekehrt, und das noch als reiche Frau! Gleich nachher mußte sie das im Schankraum erzählen, und noch ehe die Sonne unterging, würde jeder Mensch in Shadow's Eyes es wissen. Schnaufend vor Anstrengung öffnete sie die Tür zu ihrem schönsten Zimmer.

»Hier«, sagte sie, »dies ist Ihres. Das beste, das ich habe. Erinnern Sie sich? Das gleiche hatten Sie und Mr. de Maurois damals auch!«

»Ja, ich weiß.« Marys Blick überschaute den kleinen Raum, wanderte von dem staubigen Teppich auf dem Fußboden über das wuchtige Bett, dessen Quietschen und Knarren sie förmlich hören konnte, bis zu der Blechschüssel vor dem Fenster, die noch verbogener schien als früher. Auf dem Tisch stand ein hölzerner Teller mit einem alten, klebrigen Brei darauf, um den sich unzählige Fliegen versammelt hatten. Die Wirtin griff danach und murmelte beschämt: »Hat irgend jemand stehen lassen. Die Mädchen werden immer nachlässiger. Aber sonst ist hier alles ganz sauber, darauf können Sie sich verlassen!«

Mary lächelte höflich.

Mich würde es wundern, wenn du überhaupt einmal hier das Fenster geöffnet hättest, seitdem ich zuletzt hier war, dachte sie.

Der Gedanke, dieses Zimmer könnte Zeit und Erinnerung unverändert festgehalten haben, gefiel ihr. Ihre Zärtlichkeit und die von Nicolas lag noch zwischen diesen Wänden. Der Zauber einer längst vergangenen Nacht, einer fernen Zeit, streifte flüchtig wie ein Nebelschleier Marys Sinne, und sie begriff, daß das muffige Zimmer, das armselige Dorf am Rande der Welt einen Platz in ihrem Leben einnahmen, dessen Wichtigkeit sie niemals würde verleugnen können. Sie trat ans Fenster und sah hinaus. Es war August, und sie wußte, daß die Sonne strahlend hell schien, bis in die engen Gassen von Shadow's Eyes drang sie jedoch nicht. Die niedrigen Häuser standen so dicht, daß ihre Dächer einander über die Straße hinweg berührten und den Blick auf den Himmel versperrten. In der feuchten Dämmerung dieses ewigen Schattens wuchs glitschiges Moos auf den Pflastersteinen, und an den Backsteinwänden der Häuser hingen grünliche Pilzflechten. Mary brauchte sie nicht zu sehen, sie konnte sie mit den Fingern fühlen. Bilder und Eindrücke, die sie tief in sich vergraben geglaubt hatte, stiegen überraschend klar in ihrer Erinnerung auf und wurden gegenwärtig. Sie wußte, daß sich ihre Empfindungen deutlich auf ihrem Gesicht abzeichneten, und da die Wirtin sie noch immer beobachtete, sagte sie scharf: »Ich möchte jetzt allein sein.«

»Natürlich, Madame, selbstverständlich. Wenn Sie etwas brauchen, rufen Sie mich.«

»Das werde ich tun.« Sie atmete auf, als sich die Tür endlich schloß. Widerwärtiges, altes Weib. Sie hatte die Wirtin nie ausstehen können, zu allen Zeiten hatte sie sich aufdringlich in die Angelegenheiten anderer Menschen gemischt und alles weitergetratscht, was sie aufgeschnappt hatte. Bis heute wußte Mary nicht sicher, ob es diese Frau gewesen war, die Frederic Belville denunziert hatte.

Der Gedanke daran ließ sie schauern, trotz der Wärme des Tages. Sie empfand die Schrecken jener eiskalten Nacht erneut, sah ein loderndes Feuer, dessen Schein bis nach Shadow's Eyes reichte und die Einwohner aus ihren Betten scheuchte. Der Wind war voller Asche und der Himmel glutrot. Und Mary stand in ihrer Kammer und wollte nicht begreifen, was geschah, ebenso wie sie heute nicht wirklich begriff, warum es hatte geschehen müssen. Was hatte Frederic Belville getrieben, sich in die Machenschaften des absolutistischen Henry VIII. zu mischen? Was hatte ihn bewogen, sich seinen Schergen in den Weg zu stellen, die auszogen, die Politik der von Rom befreiten, unabhängigen englischen Kirche gewaltsam durchzusetzen? Damals, 1533, als die Scheidung des Königs von Katharina von Aragon England und Europa bewegte, den Vatikan in Wut versetzte und die junge Hofdame Anna Boleyn zur berühmtesten Mätresse ihrer Zeit und später zur Königin wurde. In jenen Jahren war es gefährlich, ein katholischer Priester zu sein und den Eid auf die neue Kirche zu verweigern oder offen mit den Spaniern zu sympathisieren, die in ohnmächtigem Zorn zusahen, wie ihre Katharina vor dem Hofstaat und dem ganzen Land gedemütigt wurde. All diese verrückten, willkürlichen, unvernünftigen Torheiten der Mächtigen hatten sich wie Wellen über das ganze Land gebreitet und nicht einmal vor Shadow's Eyes haltgemacht, dem Dorf, in dem bisher Zeit und Leben scheinbar unberührt von allen Geschehnissen der Welt vergangen waren. Aber dieses Gefühl trog, das hatte Mary irgendwann begriffen. Alle Dinge erhielten ihren Anstoß, manche von ganz fern, und Henrys Kirchenpolitik hatte Frederic in ihren Bann gezogen, obwohl er doch eigentlich nichts weiter wollte, als seine Felder bestellen und seine Bücher lesen. Und Mary Askew heiraten.

Mary wandte sich ruckartig vom Fenster ab. Es war sinnlos zu grübeln, entschied sie. Sie hatte eine weite Reise hinter sich. Sie würde etwas schlafen und später einen Spaziergang durch das Dorf machen.

Es dämmerte schon, als Mary *Oakwood House* verließ und hinaus auf die unratüberfüllten, engen Gassen trat. Zu diesem Zeitpunkt wußte bereits das halbe Dorf, daß Mary Askew zurückgekehrt war. Hinter allen Fenstern erschienen neugierige Gesichter, und auf der Straße blieben die Leute stehen und starrten hinter der eleganten Dame her.

»Seht nur, das muß sie sein! Habt ihr jemals ein solches Kleid gesehen?«

»Schön ist sie. Viel schöner als ihre Mutter, diese Schlampe Lettice!«

»Wenn du bedenkst, daß sie aus dem Armenhaus kommt! Kein Mensch könnte ihr das heute mehr anmerken!«

»Als ob sie eine Dame bei Hofe wäre. Und nicht die Tochter von Ambrose Askew, dem Armenhausaufseher.«

»Ich sehe sie noch vor mir, wie sie früher war. So ein kleines, dünnes Mädchen, und immerzu gehustet hat sie! Ich dachte nicht, daß sie älter als fünf wird!«

Mary ignorierte das Gerede; sie lief an den Stimmen vorbei und tat so, als habe sie sie nicht gehört. Innerlich lächelte sie und dachte: Ja, Glanz und Elend der Mary Askew, welch ein Stoff zum Träumen! Elend und Glanz, verbesserte sie sich gleich darauf, ich habe zuerst meine Niederlagen gehabt, aber wenigstens folgte ihnen ein Triumph, anstatt ihnen vorauszugehen.

Doch ganz im Inneren tat ihre eigene Heiterkeit ihr weh. Shadow's Eyes, das Dorf ihrer Kindheit, war zu sehr mit schlimmen Erinnerungen belastet, und sich mit diesen zu amüsieren gelang ihr nicht. Unversehens tauchten die Alpträume auf. Betrunkene Männer, ein Sommerabend, an dem Mary durch die Gassen lief, gierige Blicke, die sie verfolgten, Hände, die nach ihr griffen, sie zu Boden zwangen, feuchte Lippen auf ihrem Gesicht, ihrem Hals, ihren Brüsten. Noch heute hatte Mary das Gefühl, würgen zu müssen, um den Ekel loszuwerden, zu rennen, um die Schande hinter sich zu lassen. Mit aller Kraft nahm sie sich zusammen. Es gab kein Haus, aus dem heraus sie nicht beobachtet wurde.

Ihre Schritte wurden nur wenig schneller, doch ihr Herz jagte. Sie kümmerte sich nicht darum, daß der Saum ihres Kleides im Schmutz schleifte, daß sie mit ihren schönen, zarten Schuhen in faule Eier, welke Salatblätter und anderen Unrat trat. Viel schlimmer war, daß sie keine Luft bekam zwischen den engen Häusern. In ihren Seiten fühlte sie stechenden Schmerz, ihr Atem ging schwer. Es war zuviel, was auf sie einstürmte, Ereignisse und Stimmen, die weit zurücklagen, anzuhören wie ein seltsam wispernder Chor, verhaltene Laute einer unwirklichen Geisterschar. Unwillkürlich verhielt Mary ihren Schritt am Beginn der Gasse, in der das Armenhaus stand. Sie wollte dort nicht vorübergehen, noch nicht.

Statt dessen eilte sie zum Dorf hinaus, einen Weg, den sie hundertmal gelaufen war, damals, in den glücklichen, überschwenglichen Tagen ihrer frühen Jugend, als sie in gerade jener ersten Dämmerung, wie sie auch jetzt herrschte, Abend für Abend davonlief, um sich draußen irgendwo zwischen den sanftgewellten grünen Wiesen und den schwarzen Wäldern mit Frederic zu treffen und in einer jener wunderbaren Umarmungen zu träumen, die sie dem Grauen des Armenhauses, der drangvollen Enge des Dorfes entriß.

Heute fand sie nicht die Kraft, den eingeschlagenen Weg zu Ende zu gehen. An seinem Ende wartete kein Frederic, es warteten nur die Trümmer einer Vergangenheit, bedeckt mit dem Sand und der Erde, die der Wind über sie geweht hatte. Sie blieb, wie sie selbst verwundert feststellte, vor dem Friedhofstor stehen. Im Haus des Priesters brannten noch Kerzen, wie sie durch die Bäume und Büsche hindurch erkennen konnte. Von Fernhill hingegen, dem Herrensitz der Familie Fairchild, denen das ganze Land um Shadow's Eyes gehörte, drang kein Lichtschein herüber. Der Park des Schlosses grenzte an den Friedhof, war jedoch von einer hohen Mauer umgeben und dicht bestanden mit alten Bäumen. Noch heute, so schien es Mary, bewahrten die Äste Lady Cathleens verzweifelte Stimme, mit der sie den Priester anflehte, ihre Eheschließung mit Lord Robert Cavendor zu verhindern.

»Am Beginn dieser Ehe wird ein Mord stehen, ich schwöre es!« Waren es wirklich schon vierzehn Jahre her, seitdem Cathleen diese Worte geschrien und die atemlos lauschende Mary in Furcht und Schrecken versetzt hatte? Als fortdauerndes Echo schwangen sie in den dunklen, rauschenden Blättern des Parks. Aber natürlich, in Wirklichkeit war alles still, das wußte Mary. Das Dorf hatte sie verlassen, vor ihr taten sich die Wiesen auf. Wenn sie zurückblickte, konnte sie die Sonne leuchtendrot im Westen stehen sehen. Sie erhellte den Himmel zu einem sanften Türkis und ließ die obersten Blätter auf den Bäumen golden glänzen. Die Nacht warf bereits lange Schatten über die Erde, tauchte das Wasser der Bäche in Dunkelheit, breitete sich über die Täler und kroch langsam die Hügel hinauf. Ein feuchter, kühler Geruch entstieg dem Gras.

Mary öffnete die Friedhofspforte. Der Friedhof von Shadow's Eyes war so alt wie der Ort selber, und die Steine an den Gräbern waren von dickem Moos überzogen. Überall standen gewaltige Trauerweiden, deren lange Arme leise im Wind spielten und sanft über die Gräber strichen. Sie bildeten ein beinahe undurchdringliches Dach, hoch und mächtig wie ein Dom, schöner als Canterbury, wie der Priester immer gesagt hatte. Mary, wie sie dort stand, begriff, weshalb sie hierhergekommen war. Sie hatte es nicht gewagt, ins Armenhaus zu gehen, aber sie mußte herausfinden, wer noch übrig war von ihrer Familie, und da es die Angst ihr verbot, bei den Lebenden zu suchen, forschte sie nun bei den Toten. Tote konnten nicht mehr verletzen, und vor ihren Seelen fürchtete sie sich nicht. Die friedvolle Stille ließ sie ruhiger werden, besänftigte ihre aufgewühlten Gedanken. Diese wunderbaren, alten Weidenbäume, solange sie lebte, würde sie Weidenbäume mit Frederic Belville in Zusammenhang bringen. Wenn sie an Menschen dachte, so verband sie sie immer mit Bildern und Eindrücken, und Frederic gehörte zu Weiden, zu Sommer, zu blauem Himmel und warmem Gras.

Vielleicht, so dachte sie, hatte Frederic die bedeutungsvollste Rolle in ihrem Leben gespielt. Zweifellos waren Männer für ihr Schicksal bestimmend gewesen. Nan Mortimer, die alte Hexe von Shadow's Eyes, die für ihre geheimnisvollen Beschwörungen und übersinnlichen Fähigkeiten mit dem Leben hatte bezahlen müssen, hatte Mary das stets vorausgesagt. Sie mochte recht gehabt haben damit. Charles, der sie geliebt und den sie vertrieben hatte, Frederic, dem sie ein halbes Leben lang nachgelaufen war. Und Nicolas... ihr Magen zog sich zusammen wie schmerzend vor Hunger, Gott im Himmel, sie würden doch beide nicht so wahnsinnig sein, einander wegzuwerfen, nur weil die Umstände gegen sie waren.

Aber mit Frederic hatte es angefangen, die Liebe und das Leben. Ihren Weg, den ihr bestimmten Weg beschritt sie erst, seitdem Frederic jene Sehnsucht in ihr geweckt hatte, die sie in die gnadenlose Rastlosigkeit stürzte, mit der sie ihr Ziel verfolgte. Mit der sie Shadow's Eyes hinter sich ließ und zu der Frau wurde, die sie heute war.

Eigentlich hatte es an einem Sommertag begonnen, unter einer Weide. Mary blickte hoch in das dunkle, leise rauschende Dach. Ja, sie wußte es, als sei es gestern gewesen, unter den schwingenden Zweigen einer Weide hatte es begonnen.

I

Mary Askew hatte den Weidenbaum als erste erreicht und kroch heftig atmend unter seine Zweige. Sie war so schnell gelaufen, wie sie nur konnte, und bekam kaum noch Luft. Ihre Wangen hatten sich gerötet, ihre rotbraunen Haare flogen wild um den Kopf herum, und ihre Augen blitzten. Sie schob die Zweige auseinander und sah zu dem schwarzhaarigen Jungen hin, der ihr langsam folgte.

»Beeil dich doch, Frederic«, rief sie, »weshalb schleichst du so?«

»Weshalb hast du es immer so eilig? Es verfolgt uns doch niemand!«

»Aber die Tage sind so kurz. Und abends muß ich wieder zu Hause sein.« Frederic nickte. Er kroch ebenfalls in die Höhle unter der Weide und setzte sich auf das weiche Moos, das hier wuchs. Er war ein auffallend hübscher Junge, groß, mager und braungebrannt, mit einem überwachen, intelligenten Ausdruck in den dunklen Augen. Er trug eine einfache, braune Hose und ein weißes Hemd, das an hundert Stellen geflickt war, hatte weder Schuhe noch Strümpfe an und war überall an den Armen zerkratzt von Dornenranken und Disteln, zwischen denen er in den Wäldern herumtobte. In diesem August des Jahres 1527 war er zwölf Jahre alt, aber jeder hätte ihn für wenigstens sechzehn gehalten. Er hatte das Gesicht eines beinahe Erwachsenen, ernsthaft, klug, verschlossen und überaus wissend. Seine Augen, über denen lange, dichte Wimpern lagen, blickten undurchdringlich und forschend; sie wollten es keinem erlauben, sie zu enträtseln, schienen aber zugleich jedes Gegenüber bis auf den Grund seiner Seele zu durchschauen. Sein schöngeformter Mund zeigte einen deutlichen Zug von Melancholie, der an diesem Tag, im grünlichen Licht unter dem Baum, besonders deutlich hervortrat.

Mary lehnte sich mit dem Rücken gegen den Baumstamm. Ihre Brust hob und senkte sich noch immer schnell, dann mußte sie husten, und mit leicht bläulich verfärbten Lippen rang sie um Atem. Frederic sah sie tadelnd an.

»Nun mußt du wieder husten«, sagte er, »ich habe dir doch gesagt, du sollst nicht so schnell laufen! Warum hörst du kein einziges Mal auf mich?«

Mary wartete, bis sich ihr Husten beruhigt hatte und sie wieder sprechen konnte.

»Wann verstehst du das endlich, Frederic? Ich habe immer so wenig Zeit! Wenn es dunkel wird, dann bist du in Marmalon, aber ich muß nach Shadow's Eyes zurück, ins Armenhaus.«

Frederic schlug die Augen nieder. Mary betrachtete entzückt den Bogen aus schwarzen Wimpern, der sich auf seine Wangen malte. Wie schön Frederic war, und wie sehr liebte sie ihn! Sie kannte ihn, seitdem sie beide kleine Kinder gewesen waren, und er war ihr das Vertrauteste der Welt. Seit einiger Zeit aber bekam ihre Freundschaft ein anderes Gesicht, eine neuartige Anziehungskraft war zwischen ihnen. Sie wurden sich ihrer Verschiedenartigkeit bewußt, der Tatsache, daß Frederic einmal ein Mann und Mary eine Frau sein würde, und diese Erkenntnis verwirrte und bezauberte sie. Es war eine Spannung zwischen ihnen, die ihr Zusammensein nicht leichter, aber aufregender machte. Manchmal sah Mary ein Glitzern in Frederics Augen, vor dem sie erschrak, das sie zugleich warm und sanft schauern ließ. Nur heute entdeckte sie es nicht. Er litt, und das zu spüren machte Mary traurig. Ihretwegen hatte er Kummer. Weil sie im Armenhaus von Shadow's Eyes lebte, als Tochter von Ambrose Askew, dem ewig betrunkenen, vulgären Aufseher dort, und von Lettice Askew, die im Dorf nur als die ›größte Schlampe der ganzen Grafschaft‹ bezeichnet wurde. Es kränkte ihn, daß sie Abend für Abend dorthin zurückkehren mußte, sich quälte und fürchtete, und er ihr nicht helfen konnte. Sie rutschte näher zu ihm heran und strich sanft mit den Fingern über sein Gesicht.

»Es ist nicht so schlimm«, flüsterte sie, »weil ich dich doch habe!« Er sah hoch, und nun war sein Blick voller Zorn. Wie er ihren Vater haßte, diesen brutalen Dummkopf, und ihre Mutter, die abgetakelte Dirne! Warum gab sie Mary nicht wenigstens genug zu essen? Das Mädchen war viel zu blaß und zu dünn für seine zehn Jahre, und es lief sommers wie winters in einem grauen Kleid herum, durch das an kalten Tagen der Wind erbarmungslos hindurchpfiff. Immerzu hatte sie blaue Lippen und mußte husten, wobei es in ihrer Brust erschreckend laut rasselte. Dabei klagte sie nicht, war so gut, so lieb und tapfer. In den großen, blauen Augen stand immer die ungebrochene Zuversicht, daß eines Tages alles besser sein würde. Wenn sie morgens aus dem Dorf gelaufen kam, dann schien es immer, als schüttele sie mit jedem Schritt eine schwere Last von ihren Füßen, aber im Laufe des Tages wuchs sie wieder an, bis sie am Abend ein drückendes Gewicht erreicht hatte, unter dem Mary verzagt lächelnd wieder nach Hause ging. Der Gedanke daran tat Frederic so weh, daß er sie zärtlich an sich zog, ihren Kopf an seine Brust preßte und sein Gesicht in ihren Haaren vergrub. Sie saßen eine Weile bewegungslos und still, dann flüsterte er: »Ich werde dich dort rausholen, Mary. Ich schwöre es. Wenn wir alt genug sind, heiraten wir, und du lebst für immer in Marmalon.«

»Ich weiß doch«, erwiderte Mary leise, »und ich kann es gar nicht erwarten, daß die Jahre endlich vorbeigehen.«

In der Düsternis ihrer Kindheit bedeuteten Frederic Belville und Marmalon das einzige Licht, lockend und verheißungsvoll, schimmernd wie der helle Fleck Himmel, den sie am Ende der Gasse erkennen konnte, in der sie lebte. Dort, wo die Häuser auseinandertraten, glänzte es blau oder blaßgrau, was Mary, wenn sie morgens frierend in ihrer ärmlichen Kammer stand und sich mit eiskaltem Wasser wusch, die Kraft gab, sich anzuziehen und hinunterzugehen, ihrem verkaterten Vater, ihrer schimpfenden Mutter und den Geschwistern gegenüberzutreten. Sie hielt es aus, weil sie wußte, daß sie später die Gasse verlassen durfte, aus der feuchten, dunklen

Kälte hinaus auf die weiten, hügeligen Wiesen von Kent treten und nach Marmalon laufen würde.

Marmalon war ein kleiner Bauernhof, umgeben von Feldern und Obstbäumen, der sich seit hundertfünfzig Jahren im Besitz der Familie Belville befand. Die Belvilles, dunkeläugig und schwarzhaarig, hatten seither immer in Freiheit gelebt, worauf sie sehr stolz waren. Ein Vorfahre Frederics kaufte das Stück Land nahe Canterbury und nannte es nach dem Jahrhunderte zuvor verlassenen Heimatdorf in der Normandie: Marmalon.

Die Belvilles mußten hart kämpfen, um die Steuern zahlen zu können, die man von ihnen forderte, und um sich selbst zu ernähren, aber es gelang ihnen immer wieder, sich zu behaupten und ihre Unabhängigkeit zu bewahren. Ihr Land grenzte an das der Großgrundbesitzer Fairchild, gehörte aber nicht dazu, wie die Inschrift eines großen grauen Steines verkündete:

Dieses Stück der Welt gehört den Belvilles, in Freiheit und Unabhängigkeit.

Der Stein stand auf einem Hügel, von dem aus man den Hof sehen konnte. Er lag in einer Talsenke, ein altes, strohgedecktes Haus, umgeben von Ställen und Scheunen, eingeschlossen von einer steinernen Mauer, in der sich ein breites, hölzernes Hoftor befand. Vor dem Haus blühten rote und weiße Rosen, auf den Wiesen ringsum wuchsen Gänseblümchen und Klee und standen alte, knorrige Apfel- und Mirabellenbäume. Hühner scharrten in der Erde, Gänse schritten schnatternd umher, auf den Weiden grasten Kühe mit sanften, friedfertigen Gesichtern. Marmalon wirkte nicht reich, aber es strahlte Sauberkeit, Ruhe und eine gepflegte Schönheit aus. Am schönsten war es im Sommer, wenn es in einem Meer von Blumen versank und Schwalben durch die klare Luft flogen, sich auf dem Giebel des Hauses niederließen und die Katzen beäugten, die mit sonnenwarmem, seidig geputztem Fell unter ihnen einherschlichen. Niemand hätte vermutet, daß es in diesem gepflegten Anwesen keine Frau gab, daß nur ein Mann und ein kleiner Junge hier lebten, Bruce Belville und sein Sohn Frederic. Sarah Belville, Frederics Mutter, war drei Jahre zuvor am Fleckfieber gestorben, einer Seuche, die Shadow's Eyes in regelmäßigen Abständen heimsuchte.

Gleich neben dem Hoftor, zwischen der Mauer und einem leise plätschernden Bach, stand die alte Trauerweide, unter der die Kinder wie in einer dunklen Höhle kauerten. Es war ihr liebster Platz, und sie trafen sich täglich dort. Sie streiften durch alle Wälder der Umgegend, kannten jeden Baum, jeden Stein, aber nach ihren Ausflügen kehrten sie eilig zu ihrer Weide zurück, und Mary rannte oft so, als könne sie es nicht erwarten oder als fürchte sie, in der Zwischenzeit könne irgend etwas Böses geschehen sein. Meist bekam sie dann einen Hustenanfall, der sie nur so schüttelte, denn ihre Lungen waren krank, und für jede Anstrengung oder Aufregung mußte sie bezahlen. Auch heute dauerte es eine ganze Weile, bis sie wieder gleichmäßig atmen konnte, aber das kümmerte sie nicht weiter. Sie lag friedlich in Frederics Arme geschmiegt und blickte hinauf auf die winzigen Fetzen blauen Himmels, der zwischen den Blättern hindurchsah.

Sie hatten wieder eine Zeitlang nicht gesprochen, da unterbrach Frederic das Schweigen erneut.

»Mary, ich muß dir etwas sagen. Schon seit zwei Tagen eigentlich, aber ich weiß nicht, wie ich anfangen soll.«

»Hmmh?«

»Hörst du mir zu?«

»Ja. Was ist denn?«

Frederic drehte vorsichtig Marys Gesicht zu sich und sah sie an.

»Ich gehe fort von hier«, sagte er. Mary richtete sich auf.

»Fort?« wiederholte sie. »Wohin?«

»Auf eine Schule. Eine, in der ich dann auch wohne, in der ich lebe. Ich werde natürlich manchmal nach Hause kommen, aber nicht oft, denn wir haben nicht so viel Geld. Und die Schule ist... ziemlich weit weg.«

»Wo?« fragte Mary mit zitternder Stimme, obwohl es ihr eigentlich ganz gleich war, wo sich die Schule befand. Aus allem, was Frederic gesagt hatte, begriff sie nur, daß er fortgehen wollte, und dies ließ ihr eben noch glühendes Gesicht kalt wie Eis werden.

»Sie ist in Southampton, Mary. Eine Schule für Jungen. Ich werde dort soviel lernen, was für mich wichtig ist und was viele nie lernen können, weil sie nicht genug Geld haben.«

»Habt ihr genug?«

»Mein Vater hat gespart die ganzen Jahre, und jetzt reicht es. Ich kann sechs Jahre dort bleiben.«

»Sechs Jahre?« Vor Marys Augen begann sich alles zu drehen. Ihr wurde übel, der Schweiß brach ihr aus. »Sechs... nein, Frederic, das wirst du nicht tun, das darfst du nicht! Denk doch, was aus mir werden soll, wenn ich dich nicht mehr habe! Ich habe dann gar nichts mehr auf der Welt. Ich werde allein sein, und ich werde Angst haben. Nein, Frederic, sag, daß es nicht wahr ist!« Sie umklammerte mit beiden Händen seinen Arm und sah aus schreckgeweiteten Augen zu ihm auf. Frederic strich ihr die Haare aus der Stirn und versuchte, ihre kalten Wangen zu küssen, aber sie wich zurück.

»Sag, daß es nicht wahr ist!«

»Mary, doch, es ist wahr. Lieber Himmel, du bist ja totenbleich. Bitte, krieg doch wieder ein bißchen Farbe! Schau, es war der sehnlichste Wunsch meines Vaters, daß ich einmal auf eine richtige Schule gehen kann, er hat sich das Geld vom Munde abgespart, und jetzt hat er mir dieses Geschenk gemacht, und ich dachte selber erst, es sei nicht wahr. Ach, Mary...« Er sah sie so hilflos an, daß sie für einen Moment Hoffnung schöpfte.

»Aber du mußt es doch nicht tun«, sagte sie schnell, »dein Vater hat dich noch nie zu etwas gezwungen. Wenn du sagst, daß du nicht willst...«

»Ich will aber«, sagte Frederic.

Mary zuckte zusammen. Vom ersten Moment an hatte sie es gewußt. Er wollte es, von allen Menschen wollte er es am meisten, mehr noch als sein Vater. In seinen vertrauten, dunklen Augen, die bekümmert auf ihr ruhten, las sie ebensoviel Ehrgeiz wie Unnachgiebigkeit und begriff, daß sie ihn nicht würde umstimmen können.

»Wann mußt du gehen?« fragte sie mit schwankender Stimme. Frederic löste sich aus ihrer Umklammerung und nahm ihre Hände in seine. Sie spürte seine warme, noch kindlich weiche Haut und hätte aufschluchzen mögen. Mühsam nahm sie sich zusammen.

»Wann?« fragte sie noch einmal.

»In drei Tagen. Morgens früh.«

»Schon?«

»Ja. Aber du wirst sehen, die Zeit geht ganz schnell vorbei. Viel schneller, als du jetzt denkst. Ehe du es dich versiehst, treffen wir uns wieder hier unter der Weide, in sechs Jahren, im Sommer. Ich bin dann achtzehn und du sechzehn. Wir sind dann alt genug, um zu heiraten, Mary! Und wir werden es auf der Stelle tun, ganz bestimmt. Und dann werden wir hier in Marmalon leben.«

»Ganz bestimmt... das hast du auch gesagt, als du mir versprochen hast, wir würden uns niemals trennen.«

»Ich weiß. Verzeih mir, aber ich kann dieses Versprechen jetzt nicht halten. Du verstehst vielleicht nicht, wie wunderbar das ist. Es ist eine Möglichkeit, die viele, viele Menschen niemals bekommen. Eine Schule, Bücher, Lehrer. Kannst du dir nicht vorstellen, was das für mich bedeutet?«

»Doch.«

»Dann mußt du mich gehen lassen.«

»Ich könnte dich ohnehin nicht halten.«

Sie schwiegen beide wieder, aber es war nicht das friedliche, verträumte Schweigen, in dem sie vorher beieinander gesessen hatten. Die Bienen summten noch, der Bach plätscherte, und die Rosen dufteten, aber der feingesponnene Zauber des Tages war zerrissen. Voller Schmerz spürte Mary, daß es nie wieder so sein würde, wie es gewesen war. Sie stand am Ende einer alten Zeit und wußte nicht, wie die neue sein würde. Ahnungsvoll dachte sie, daß sie jetzt vielleicht erwachsen würde und daß der Weidenbaum nicht länger eine Zuflucht bieten könnte.

Sie schraken beide zusammen, als die laute Stimme von Bruce Belville ertönte.

»Frederic! Frederic! Wo bist du? Zeit fürs Abendessen!«

Frederic kroch unter dem Baum hervor und zog Mary mit sich.

»Hier sind wir, Vater«, rief er, »ich komme gleich!«

Bruce Belville tauchte hinter der Mauer seines Hofes auf. Er war ein großer, kräftiger Mann, mit den gleichen klugen Augen wie auch sein Sohn sie hatte. Er wirkte weniger melancholisch, dafür aber noch verschlossener. Seit dem Tod seiner Frau hatte er die beschwingte Jugendlichkeit verloren, mit der er früher seiner Arbeit nachgegangen war. Seine Schultern neigten sich etwas nach vorn, seine Haare waren grau geworden, und manchmal sah er recht alt aus.

»Oh, guten Abend, Mary«, sagte er nun, »möchtest du mit uns essen?« Er lächelte freundlich. Er mochte Mary, obwohl er von den Askews das gleiche hielt wie die anderen Leute im Dorf, nämlich daß sie zu dem übelsten Gesindel verkommen waren, das es in Shadow's Eyes je gegeben hatte. Aber er war großzügig und intelligent genug, das nicht für die ganze Familie gelten zu lassen. Mary, das erkannte er, war anders als die anderen, aus welchem Grund auch immer. Sie wirkte so sehr viel reifer, als es ihrem Alter entsprach, daß ihn ihre ernsthafte, hingebungsvolle Liebe zu Frederic weder verwunderte noch belustigte. Er war sicher, daß sie in zehn Jahren noch ebenso empfinden würde wie jetzt. Wenn sie und Frederic heirateten, hätten sie seinen Segen dafür. Er hoffte nur, daß Mary dann viele Kinder kriegen würde, damit die Belvilles nicht ausstarben und Marmalon aus seiner Einsamkeit erwachte.

»Vielen Dank, Mr. Belville«, sagte Mary auf seine Einladung zum Essen hin, »aber ich muß nach Hause. Ich bin sowieso zu lange fortgeblieben.« Ihre Stimme klang wie immer, aber Bruce, dem nie etwas entging, bemerkte, daß ihre Augen brannten und ihre Lippen zitterten. Er begriff, was geschehen war.

»Frederic hat es dir gesagt«, meinte er, »und jetzt bist du unglücklich, weil es für euch eine Trennung bedeutet. Aber ihr seid so jung, ihr verliert nichts. Und es ist so wichtig für Frederic.«

»Ich weiß«, murmelte Mary.

Es hätte keinen Sinn gehabt, noch irgend etwas zu versuchen. Hier lief sie gegen die starre Mauer der Belvilles, deren Vorfahren als normannische Eroberer England betreten und sich seither ihr Recht auf Freiheit und eigene Entscheidungen bewahrt hatten. Sie setzten durch, was sie wollten.

Und was verstehen sie schon von mir, dachte sie plötzlich zornig, was wissen sie denn von meinem Leben! Was habe ich davon, daß Frederic sich quält, wenn ich leide! Er verläßt mich trotzdem.

»Ich muß jetzt wirklich gehen«, sagte sie eilig, »ich komme morgen wieder, Frederic.« Sie wartete keine Erwiderung von ihm ab und sah ihn nicht mehr an. Wie betäubt lief sie durch den Sommerabend, nahm weder das warme Gras unter ihren Füßen wahr, noch die Vögel in den Bäumen und den Duft der Wildrosenhecken am Wegesrand. Dieser Schmerz schien ihr schlimmer als alles, was sie bisher hatte ertragen müssen, wobei sie nicht genau wußte, was schwerer wog: Daß ihr Frederic und Marmalon sechs Jahre lang fehlen würden, oder daß Frederic sein Versprechen gebrochen hatte. Hundertmal, wenn sie zitternd zu ihm gekommen war, weil ihr Vater wieder voller Zorn auf sie losgegangen war, hatte er sie in die Arme genommen und in hilfloser Wut gesagt: »Aber du hast mich, Mary. Und ich werde dich keinen Tag lang verlassen.«

Und nun... sechs Jahre! Sechs Jahre, und er behauptete noch, die gingen schnell vorüber! Mary lachte entrüstet auf. Sechs Jahre! Für ihn war das vielleicht keine Zeit, aber er sollte sie doch einmal in dem Dreck und in der Armut verbringen, in der sie leben mußte. Vielleicht würde er dann anders darüber denken.

Sie erreichte Shadow's Eyes und tauchte in dem Gewirr von engen Gassen unter. Von den Häusern starrten dunkle Fenster hinab, von denen viele einfach nur mit alten Säcken zugehängt waren. Überall lag stinkender Abfall, den die Menschen hinauskippten und liegen ließen, bis er irgendwann verweste. An den Ecken standen alte Frauen zusammen, gehüllt in einfache, braune Kleider, mit schwarzen Kopftüchern auf den Haaren, und ihre zahnlosen Münder wackelten, während sie kicherten. In den finsteren Hauseingängen kauerten greisenhafte Männer, die wie eingetrocknet wirkten und faulig stanken. Sie starrten den Vorübergehenden nach oder blickten nur trübe ins Leere, und ihre Köpfe, in denen sicher seit fünfzig Jahren kein klarer Gedanke mehr gedacht worden war, bewegten sich nicht einmal dann, wenn neben ihnen ein neuer Unratkübel ausgeleert wurde und der Dreck ihnen ins Gesicht spritzte.

Das Armenhaus lag in der dunkelsten Gasse und war das verfallenste Haus des Dorfes. Es war aus Backsteinen gebaut, hatte ein tiefgezogenes Strohdach und Holzlatten vor den Fenstern, die jetzt im Sommer zum Teil herausgebrochen worden waren, um eine Spur von Licht und Wärme in das Innere der niedrigen Räume dringen zu lassen. In dem kleinen windschiefen Schuppen lebten immer an die dreißig Menschen, obwohl höchstens zehn Platz gehabt hätten, aber es bestand die Verpflichtung, jeden Obdachlosen, der weder Arbeit noch Unterkunft fand, im Armenhaus aufzunehmen und durchzufüttern. Die Mittel dafür bekam Ambrose Askew von der Kirche und von den Fairchilds, aber der Betrag war äußerst sparsam bemessen, und Ambrose zweigte außerdem soviel er nur konnte davon für sich ab.

Zehn Menschen, so hatte man ihm einmal gesagt, werde er hier aufnehmen müssen, für zehn Menschen, und für keinen einzigen mehr, war er daher bereit zu sorgen. Für zehn ließ er kochen, für zehn schaffte er Stroh zum Schlafen herbei, zehnmal im Jahr durfte der Doktor zu Kranken kommen. Mit Hilfe dieses Systems erreichte Ambrose eine regelmäßige Dezimierung der Zahl seiner Gäste, was aber nur dazu führte, die Menge etwa gleichbleibend zu halten, denn es kamen immer neue dazu. An warmen Tagen saßen sie auf der Bank oder auf den Pflastersteinen vor der Haustür im immer düsteren Dämmerlicht. Jeder aus dem Dorf, der irgendeinen Weg zu machen hatte, vermied es, durch diese Gasse zu gehen, denn der Anblick der halbnackten, halbtoten Elendsgestalten, die dort kauerten und vor sich hinstarrten, ließ jedem Vorübergehenden einen Schauer über den Rücken laufen. Die meisten waren nicht älter als dreißig Jahre, aber jeder hätte geglaubt, daß sie doppelt so alt sein mußten. Alle Frauen hatten graue, fahle Haare, entzündete Augen und spuckten Blut, wenn sie husteten. Die Gesichter der Männer wurden von verfilzten Bärten überwuchert, zwischen denen rissige Lippen hervorsahen, aus denen unverständliche Laute hervordrangen, denn viele fühlten sich bereits zu schwach, um noch richtig zu sprechen. Sie konnten sich nicht mehr tagtäglich um das Essen balgen, das Lettice in einer Schüssel auf den Tisch stellte, bevor sie selber schnell das Zimmer verließ, um von der verhungerten, von Gier und Todesangst wild gewordenen Meute nicht zertrampelt zu werden. Viele mußten auch noch Nacht für Nacht zitternd vor Kälte auf dem bloßen Fußboden schlafen, weil die Stärkeren sich das Stroh sicherten und für die Schwächeren nichts übrigblieb. Durch ihr hartes Leben mit einer gewissen Zähigkeit ausgerüstet, überlebten sie dieses Dasein erstaunlich lange, aber irgendwann fielen sie einfach still und leise um oder standen morgens nicht mehr auf.

Auch heute, als Mary mit schleppenden Schritten und ganz von ihrem Kummer erfüllt, herankam, hörte sie den Ruf, der ihr während ihrer Kindheit vertraut geworden war: »Oh, verflucht, Mam, wieder jemand krepiert!«

Die Haustür wurde aufgestoßen, und Lettice eilte herbei. Sie überzeugte sich, daß die Alte tatsächlich tot war, sah sich um und erblickte ihre Tochter.

»Mary, da bist du ja«, sagte sie, »komm her! Hilf mir tragen!«

Mary nahm die Füße. Bei aller Abhärtung wurde ihr übel von dem Dreck und dem Gestank des alten Weibes. Die Bewohner des Armenhauses, unterernährt und selten in der Lage, sich waschen zu können, verfaulten meist schon, ehe sie tot waren. Sie stanken wie die Pest selber, aber Mary wußte, daß sie nicht jammern durfte. Lettice trug die Arme, und gemeinsam schafften sie den toten Körper von der Gasse weg in den steinernen Keller hinunter, wo sie ihn in den Vorratsraum legten, weil dieser am kühlsten war. Später würde Ambrose ihn vor dem Dorf verscharren, am selben Tag noch, wenn er nicht zu betrunken war, oder am nächsten. Lettice ließ die Tote zur Erde fallen. Mit einer erschöpften Bewegung wischte sie sich den Schweiß von der Stirn.

»O Mary, dieses gottverdammte Gesindel«, sagte sie heiser, »ich bin nur noch damit beschäftigt, den Dreck wegzuputzen. Und wo hast du wieder gesteckt? Bei deinem Belville? Das muß auch anders werden. Warum soll ich allein arbeiten?«

»Ich tu' jeden Morgen meine Arbeit.«

»Ja, und was ist mit dem Nachmittag? Du bist jetzt alt genug, um richtig zu arbeiten!«

»Ich werde nicht mehr nach Marmalon gehen«, erwiderte Mary leise.

Lettice betrachtete das blasse, verzweifelte Gesicht ihrer Tochter und meinte kühl: »Das tut dir nur gut. Du kommst nun in ein Alter, da solltest du dich sowieso nicht so viel mit Jungen abgeben. Die sind schneller erwachsen, als man denkt, und ehe du bis drei zählen kannst, hat er dir ein Kind gemacht. So, jetzt komm, wir haben eine Stärkung verdient.«

Sie gingen hinauf in die Küche. Mary begriff, daß Frederic für

Lettice abgeschlossen war, und daß sie ihre Mutter nur ungeduldig machen würde, wenn sie erneut damit anfinge. So schwieg sie, setzte sich an den Küchentisch und nippte an dem Wasser, das Lettice ihr hinschob.

Die Küche lag zum Hinterhof hin, der noch weniger Sonne abbekam als die Gasse vor dem Haus; daher mußten hier immer Kerzen brennen. Mary fand das gemütlich. Im weichen Flammenschein betrachtete sie ihre Mutter, die ihr gegenüber saß. Lettice Askew war einmal ein äußerst verführerisches junges Mädchen gewesen, was die meisten Männer der Umgebung noch heute mit einem anzüglichen Grinsen bestätigten. Sie besaß eine sehr schöne, weiße Haut, schmale graugrüne Augen und lange rote Haare, deren lockige Fülle sie allerdings jetzt meistens unter einem Kopftuch verbarg. Ihr Gesicht war scharf und hart, ohne einen Schimmer von Freundlichkeit oder Güte darin, und manchmal, wenn sie lächelte, erschien es fast grausam. Sie war die Tochter eines sehr armen Bauern gewesen, aber seitdem sie vierzehn Jahre alt geworden war, trug sie feinere Kleider als alle anderen Mädchen in Shadow's Eyes, rot und weiß gestreifte Röcke aus Baumwolle, Schnürmieder aus schwarzem Samt und feine Schuhe aus Leder. Es gab sehr häßliche Gerüchte im Dorf über die Art, wie sie sich das Geld für ihre Kleider beschaffte, aber das war Lettice ganz gleich. Mit achtzehn heiratete sie Ambrose Askew, und damit war ihre Blüte vorüber.

Mary konnte sich gar nicht mehr vorstellen, daß ihre Mutter einmal jung und schön gewesen sein sollte. Sie kannte sie nur als magere, ältliche Person mit ungewaschenen Haaren, sommers wie winters in einem Kleid aus dunkelgrauem Leinen, eine Frau mit einem Gesicht wie ein alte räudige Katze, scharf, hungrig und lauernd. Solange sie denken konnte, warb Mary um einen Hauch von Zuneigung in ihrer Mutter, meist jedoch ohne Erfolg, weshalb sie diese Augenblicke der Zweisamkeit in der Küche für gewöhnlich liebte. Lettice war dann ganz sanftmütig, summte leise vor sich hin oder erzählte von der Zeit, als sie ein kleines Mädchen gewesen war und davon geträumt hatte, einen schönen, wohlhabenden Mann zu heiraten und sehr glücklich zu werden.

»Und wo bin ich gelandet? Im Armenhaus von Shadow's Eyes«,

sagte sie bitter lächelnd. »Sieh nur zu, Mary, daß du es geschickter anfängst als ich.«

Mary nickte und schrak zusammen, als sich die Tür öffnete. Aber es war nur einer der Armen, ein alter, zahnloser Mann, und Lettice warf sogleich einen Teller nach ihm, so daß er sich erschrocken zurückzog.

»Hau ab, du elender Lump!« schrie sie. »Du hast hier nichts zu suchen!« Niemand, der nicht zu ihrer Familie gehörte, durfte die Küche je betreten, jedenfalls nicht, solange Lettice im Haus war.

»Ich brauche einen Ort, wo diese verdammten Ratten nicht hinkommen«, erklärte sie immer, »die Küche und mein Schlafzimmer!«

Mary hätte manchmal gern gefragt, warum Lettice Ambrose geheiratet hatte, wenn er ihr doch ein so schlechtes Leben bot. Aber natürlich fragte sie nie, denn instinktiv ahnte sie, daß gerade diese Frage bei Lettice einen Zornausbruch hervorrufen würde. Heute war sie ohnehin so sehr in ihren eigenen Kummer versunken, daß sie gar nicht fragen wollte. Sie blickte auf die Tischplatte, aber vor ihren Augen entstand das Bild der Obstbäume von Marmalon. Frederic!

Lettice beobachtete sie scharf. »Schmachte nicht so vor dich hin«, sagte sie, »kein Kerl ist es wert. Und Belville wird jetzt was Besseres. In ein paar Jahren kennt der dich schon nicht mehr. Aber für dich wird es auch Zeit, daß du dich an den Ernst des Lebens gewöhnst. Die Kindheit ist vorbei!«

Mary nickte. Antworten konnte sie nicht, sonst wäre sie in Tränen ausgebrochen.

Vom Gang her ertönte das Stampfen lauter Schritte, Türen wurden zugeschlagen, eine brüllende Stimme verschaffte sich in unverständlichen Lauten Gehör. Mary wurde blaß und kauerte sich unwillkürlich tief unter den Tisch. Sie wußte, was das bedeutete. Edward, ihr großer Bruder, kam vom Wirtshaus *Oakwood House* zurück, hungrig, betrunken und streitsüchtig. Lettice bekam glänzende Augen, erhob sich und bewegte sich mit einer Geschmeidigkeit durch die Küche, die sonst niemand mehr an ihr sah. Sie liebte Edward ebensowenig wie ihre anderen Kinder, aber er war ein junger Mann, und in seiner Gegenwart bekam sie unwillkürlich etwas von jener lebenslustigen Unbekümmertheit zurück, die sie wohl als junges Mädchen besessen haben mußte und die von den Klatschweibern in Shadow's Eyes noch heute als ›schamlos und abstoßend‹ bezeichnet wurde. Mary konnte sich darunter nichts Genaues vorstellen, aber ihre Mutter wurde jedenfalls immer sehr heiter, wenn Edward kam und gleichzeitig äußerst bissig zu ihrer Tochter. »Sitz nicht da wie ein Huhn, wenn es den Fuchs sieht«, sagte sie kühl, »deine ewig angstvollen Augen machen mich noch ganz verrückt!«

Die Küchentür wurde heftig aufgestoßen, und Edward schwankte herein. Er war siebzehn Jahre alt, sehr groß und kräftig, hatte ein breites, weißes Gesicht mit kleinen Augen und einem wulstigen Mund, fettige hellbraune Haare und grobe Hände. Er sah ebenso dumm wie brutal aus und ähnelte seinem Vater stark.

Edward warf seine Holzschuhe in eine Ecke, schöpfte mit beiden Händen Wasser aus dem hölzernen Waschfaß neben der Tür, schüttete es sich über das Gesicht und umarmte Lettice dann so heftig, daß sie leicht aufschrie.

»Nicht so stürmisch, Edward«, rief sie lachend, »o mein Gott, du hast wieder getrunken! Versuch bitte, dich nachher nicht mit deinem Vater zu streiten.«

Ambrose und Edward hatten einander für gewöhnlich gar nichts zu sagen, aber wenn sie betrunken waren, gingen sie wie zwei Kampfhähne aufeinander los. Lettice ergriff immer Edwards Partei, und Ambrose verlor dann vollends die Beherrschung, brüllte so wüst, daß es vermutlich überall in Shadow's Eyes zu hören war.

»Ach, sei still«, brummte Edward auf Lettices sanfte Mahnung hin, »gib mir lieber was zu essen.«

Er ließ sich auf einen Stuhl am Tisch fallen und entdeckte Mary.

»Sieh an, du bist auch hier!« Er zog sie an den Haaren, aber keineswegs spielerisch sanft, sondern so grob, daß Mary vor Schmerz die Tränen in die Augen schossen. Sie verbiß sich jeden Laut. Sie hatte früh gelernt, daß sie in ihrer Familie nur bestehen konnte, wenn sie sich so gut es nur ging zusammennahm und so wenig wie möglich auffiel.

Edward nahm ihr ihren Becher mit Wasser weg und trank ihn

laut schlürfend leer. Lettice stellte einen großen Teller mit Fleisch und Gemüse vor ihn hin, über den er sich sogleich hermachte. Es war Mary ein Rätsel, woher Lettice jeden Abend ein gutes Essen für Edward nahm und wie es ihr gelang, diese geheimen Vorräte vor den übrigen Hausbewohnern zu verstecken. Sie dachte an die wäßrige Kartoffelsuppe, die sie am Mittag bekommen hatte, und ihr Magen zog sich zusammen vor Hunger. Doch natürlich sagte sie nichts. Lettice setzte sich neben ihren Sohn, legte ihre Hand auf seinen Arm und seufzte zufrieden, wenn er sie hin und wieder zwischen zwei Bissen mit seinen fettverschmierten Lippen küßte. Dann fiel ihr Blick auf Mary, und sie verzog ihr Gesicht.

»Du lieber Himmel, Mary, dein Gesicht nimmt mir die gute Stimmung! Los, verschwinde. Geh ins Bett!«

Mary rutschte von der Bank, huschte leise zur Küche hinaus und kletterte die steile, enge Treppe zu ihrer Kammer hinauf. Es drängte sie danach, endlich allein zu sein und ihren Tränen freien Lauf lassen zu können. Bei allen Schrecken hatte über ihrer Kindheit doch eine sanfte Schönheit gelegen, zart und verheißungsvoll wie die weißen Rosen von Marmalon. Alle Sicherheit und Ruhe hatte sie in Frederic gefunden, in seinem Lachen, wenn sie durch die Wälder liefen, in seiner Zärtlichkeit, wenn sie unter der Weide saßen und von ihrer Zukunft träumten. Dies alles war vorbei, von heute an, das wußte sie, stand sie allein da, und niemand breitete seine Arme aus, damit sie hineinflüchten könnte. Lettice hatte recht: Die Tage der Kindheit waren vorüber.

Im folgenden Jahr sah Mary Frederic nur ein einziges Mal. An Weihnachten besuchte er seinen Vater in Marmalon, und Mary, die davon erfuhr, lief hinaus zu dem Hof, obwohl Lettice es verboten hatte. Der Tag war grau und stürmisch, und über dem fahlgrünen Gras lag dünner Rauhreif. Die kahlen Zweige der Weide wehten im Wind. Und dann stand Mary einem Frederic gegenüber, der ihr fremd geworden war. Er wirkte vollkommen erwachsen, war kräftiger als früher, männlicher, und hatte eine tiefe Stimme bekommen. Seine Haut hatte ihre gesunde, braune Farbe verloren; sie war jetzt blaß, und unter seinen Augen lagen Schatten.

»Du arbeitest viel«, stellte Bruce Belville zufrieden fest.

Frederic nickte.

»Ich sitze von morgens bis abends in der Bibliothek«, erklärte er. Mary betrachtete ihn staunend. Er war so klug und überlegen geworden. Sie dachte schon, er liebe sie vielleicht nicht mehr, und saß den ganzen Nachmittag mit einem Kloß im Hals da, während draußen erste, kleine Schneeflocken vom Himmel wirbelten.

Abends, als es schon ganz dunkel war, begleitete er sie über die kahlen Felder bis nach Shadow's Eyes. Am Anfang der Gasse, in der sie wohnte, zog er sie an sich, mit der gleichen selbstverständlichen Geste, mit der er das immer getan hatte. Alle Fremdheit war verschwunden. Mary klammerte sich an ihn und flüsterte: »Nicht mehr ganz fünf Jahre, Frederic!«

Er küßte sie sanft.

»Ich freue mich so auf dich, Mary. Am selben Tag, an dem ich zurückkomme, heiraten wir.«

Mary sah ihm nach, wie er in der Dunkelheit verschwand. Die kurze Begegnung hatte sie gestärkt. Sie ging nach Hause und hörte sich mit einiger Gelassenheit Lettices hämische Vorwürfe an.

»So schlimm wie du rennt sonst keine den Kerlen hinterher«, sagte sie, »sieh dich nur vor! Dein hochgebildeter Frederic ist auch nur ein Mann, der dich eines Tages auf den Rücken schmeißt, um sich das einzige zu holen, was er von dir will! Der wird dich gar nicht lange fragen, das kannst du mir glauben!«

Hier im Armenhaus, wo alle auf sehr engem Raum zusammenlebten, war Mary jenes geheimnisvolle Geschehen zwischen Mann und Frau, auf das Lettice anspielte, nicht verborgen geblieben. Sie wußte nicht mit letzter Sicherheit, worum es ging, aber nach allem, was sie mitbekam, lief es auf etwas schrecklich Abstoßendes und Erniedrigendes hinaus. Im Innersten hoffte sie, daß Frederic über derartige Scheußlichkeiten erhaben wäre. Er konnte nichts mit Ambrose und Lettice gemeinsam haben, schon gar nicht solche Begierden.

Im Jahre 1529, Mary war gerade zwölf geworden, erhöhte der engste Vertraute des Königs, der Kardinal und Lordkanzler Wolsey, den viele als den heimlichen Regenten des Landes bezeichneten, wieder einmal die Steuern und Abgaben. Besonders die Bauern stöhnten und jammerten darüber. Kuriere des Kanzlers ritten überall in den Städten und Dörfern umher, um das Geld einzutreiben, wobei sie eher bereit waren, hin und wieder einen Hof in Flammen aufgehen zu lassen, oder einem widerspenstigen Bauern die Kehle durchzuschneiden, als ohne den geforderten Betrag abzuziehen. Den Städtern ging es weniger schlecht, aber sie murrten auch über den pompösen Glanz, mit dem sich die Kirche unter Verwendung ihrer Gelder umgab und über den Prunk, mit dem König Henry hofhielt. Auch Ambrose, der noch weniger Mittel als sonst erhielt, fluchte und tobte.

»Wie, zum Teufel, soll ich das verdammte Gesindel hier satt kriegen?« schrie er und schlug mit der Faust auf den Tisch. Bess, seine ältere Tochter, lachte. Sie war alt genug, um ihren Vater nicht mehr zu fürchten, und behandelte ihn mit steigender Verachtung.

»Darüber hast du dir doch sonst auch keine Gedanken gemacht«, meinte sie, »schau dir deine Opfer doch mal an, den meisten gebe ich kein halbes Jahr mehr!«

»Halt's Maul, du Hure! Ich kann dich hier jederzeit rauswerfen!«

»Tust du aber nicht«, erklärte Bess kühl, »dafür liebst du das Geld viel zu sehr, das ich mitbringe.« Bess arbeitete als unterstes Küchenmädchen im Herrenhaus bei den Fairchilds und schmiedete ehrgeizige Pläne. Irgendwann, so versicherte sie Mary in vertrauten Stunden, werde sie Shadow's Eyes verlassen und in London leben. Mary war überzeugt, daß die Schwester sich damit durchsetzen werde. Sie bewunderte Bess, die sechs Jahre älter als sie war, und das reizvolle Äußere der jungen Lettice geerbt hatte. Sie besaß eine blitzschnelle Auffassungsgabe und das wertvolle Talent, sich vollkommen verstellen zu können. Jeder wußte, daß sie die Tochter von Ambrose Askew war, aber wenn sie es darauf anlegte, dann konnte sie sich so benehmen, daß die Menschen diesen Makel vergaßen. Mary begriff Jahre später, daß es genau das war, was die Frauen der Askews den Männern überlegen sein ließ. Ambrose und Edward konnten weder Herkunft noch Charakter, noch den Grad ihrer Verkommenheit jemals leugnen: Lettice, Bess und Mary aber waren in der Lage, ihren Mitmenschen das jeweils von ihnen gewünschte Bild vorzugaukeln.

»Bess hat recht, wir können ihr Geld wirklich gut brauchen«, warf Lettice nun ein, »sie ist nicht wie Mary, die nur schläft und ißt und nichts nützt. Wo steckt Mary überhaupt?«

»Hier«, ertönte eine dünne Stimme, und eine von Kopf bis Fuß mit Asche beschmierte Mary kroch hinter dem steinernen Herd hervor, wo sich in einer Wandnische ihr liebster Aufenthaltsort befand.

»Jetzt seht nur das Kind an!« rief Lettice. »Herrgott, Mary, woher hast du nur den Hang, dich immerzu im Dreck zu wälzen?«

»Von ihrer Mutter vermutlich«, sagte Ambrose und brüllte vor Lachen. Lettice überhörte die Bemerkung, weil sie Ambrose so minderwertig fand, daß seine Bosheiten sie nicht treffen konnten.

»Mary, stell dich einmal dort vor das Fenster«, befahl sie, »und zieh den Kopf nicht so ein! Ich will sehen, wie groß du bist!«

Mary stellte sich aufrecht hin, und da sie den Eindruck hatte, ihre Mutter würde sie gern groß und stattlich erleben, hob sie sich unauffällig auf die Zehenspitzen und reckte den Hals. Das Ergebnis überwältigte dennoch niemanden.

»Sie hat die Größe eines neunjährigen Kindes«, meinte Lettice unzufrieden, »allerdings, ihr Gesicht...« Sie trat näher an ihre Tochter heran und betrachtete sie prüfend.

»Ein merkwürdiges Gesicht«, sagte sie, »sehr wissend, findest du nicht, Ambrose?«

Ambrose machte sich über solche Dinge keine Gedanken, und er verstand auch nicht, was Lettice meinte. Für sein Verständnis sah Mary genauso aus, wie alle zwölfjährigen Mädchen aussahen, nämlich völlig nichtssagend und unbedeutend.

Mary sah jedoch tatsächlich älter aus, als sie war, was daran liegen mochte, daß ihr Gesicht einen Ausdruck von Ernsthaftigkeit besaß, wie man ihn selten bei einem Kind fand. Seit Frederic fort war, lächelte sie beinahe nie, und wenn sie es tat, sah es immer ein wenig angestrengt aus. Hätte sich irgend jemand in der Familie einmal die Zeit genommen, ihre Augen genauer zu betrachten, wäre er vielleicht über das Leid darin bestürzt gewesen, doch so genau wollte es niemand wissen. Sie sahen nichts als die äußere Erscheinung, und die war kaum geeignet, große Aufmerksamkeit hervorzurufen. Mary war sehr blaß, und ihre schönen blauen Augen bekamen nie das Schillern, das Lettice noch immer in die ihren hineinzaubern konnte, wenn sie wollte. Ihre dunklen Haare zeigten einen stark rötlichen Farbton, aber sie wurden so selten gebürstet, daß sie glanzlos und zerzaust den Rücken hinunterhingen. Nun strich Lettice mit den Händen darüber und versuchte sie ein wenig zu ordnen.

»Bess, gleich morgen gehst du zu Lady Fairchild und erzählst ihr, daß du eine Schwester hast, die sehr gern im Herrenhaus in der Küche arbeiten würde«, befahl sie. »Mary ist ein ganz geschicktes kleines Ding, und ich sehe nicht ein, daß wir auf eine zweite Geldquelle verzichten sollen.«

Bess machte ein bedenkliches Gesicht.

»So ein kleines Mädchen werden die da nicht haben wollen«, meinte sie, aber Lettice fegte diesen Einspruch mit einer großspurigen Handbewegung zur Seite.

»Wir sagen, sie ist vierzehn. Das Gesicht dafür hat sie. Du mußt nur erzählen, wie fleißig und umsichtig sie ist.«

»Eure Mutter hat gute Einfälle«, sagte Ambrose zufrieden, und Edward nickte zustimmend. Lettice lächelte.

Mary wußte nicht, ob sie die Vorstellung, im Herrenhaus zu arbeiten, verlockend oder beängstigend finden sollte. Sie schlief die ganze Nacht nicht und verbrachte den folgenden Tag in mühsam bezwungener Aufregung. Sie saß zwischen zwei alten, hustenden Frauen auf den Treppenstufen und hörte sich deren wirre, von vielen Seufzern und Tränen unterbrochene Lebensgeschichte geduldig an, bis im Zwielicht des Abends Bess' vertraute Gestalt am Ende der Gasse auftauchte. Mary sprang auf und rannte ihr entgegen.

»Bess, Bess!« rief sie. »Hast du mit Lady Fairchild gesprochen?«

»Ja«, erwiderte Bess mürrisch, »sie meint, wir könnten wohl noch eine Hilfe brauchen. Aber du mußt sehr fleißig sein.«

Mary wurde es ganz schwindelig vor Aufregung.

»Ach, Bess, wie schrecklich«, sagte sie nervös, »wenn ich nun alles falsch mache? Die Leute dort sind sicher sehr vornehm und werden mich nicht mögen!«

»Du wirst schon zurechtkommen. Ich sage dir, zwei Tage dort, und dir wird kalt vor Grauen, wenn du unser Haus nur siehst!«

»Warum kommst du dann immer noch her? Andere Dienstboten leben doch auch im Herrenhaus!«

»Weil ich nicht wie eine Nonne leben will, deshalb! Ach, es ist diese verdammte Lust auf Männer, die uns in den Dreck zerrt!«

Zu Hause stieß Lettice einen Jubelschrei aus, als sie von Bess' erfolgreicher Vermittlung hörte.

»Herrlich!« rief sie. »Mary, das Geld, was du dort kriegst, gibst du mir und nicht deinem Vater, verstanden?«

Mary nickte benommen. Obwohl sie sich vor dem nächsten Tag fürchtete, fand sie, daß sich das alles schon deshalb ein wenig lohnte, weil Lettice dafür den ganzen Abend gute Laune hatte. Weder Ambrose noch Edward waren zu Hause, und auch von den Armen ließ sich keiner blicken. Die Stimmung war heiter und freundlich.

»Mary muß baden«, bestimmte Lettice, »sie soll einen guten Eindruck machen!«

Bess ging hinaus an den Brunnen und schöpfte Wasser, das sie auf dem Herd erwärmte und dann in eine Holzwanne vor dem Kamin schüttete. Mary setzte sich hinein, und Lettice wusch ihren ganzen Körper, die mageren Arme, die spitzen Knie und den Leib, an dem einzeln die Rippen hervorstanden. Auf Marys weißer Brust zeichneten sich feinverästelte blaßblaue Adern ab; wenn sie atmete, erklang ein rauhes Rasseln. Aber das bekümmerte Lettice weniger als die Frage, ob das Kind vielleicht Läuse hätte. Wanzenbisse und Flohstiche zählten nicht, die gehörten zum täglichen Leben, und die feinen Damen hatten damit ebenso zu kämpfen wie das einfache Volk. Aber Läuse wurden in den Küchen der Herrenhäuser nicht gern gesehen. Lettice wühlte in Marys Haaren herum, konnte jedoch nichts Verdächtiges finden.

»Deine Haare sind in Ordnung«, sagte sie, »aber wir waschen sie noch. Und dann bekommst du ein sauberes Kleid.«

Mary genoß diesen Abend aus tiefstem Herzen. Ihre Mutter und Bess kümmerten sich die ganze Zeit um sie, putzten sie heraus, begutachteten sie von allen Seiten, lachten und alberten herum. Bess sagte sogar, Mary habe wirklich schöne rötliche Locken und sähe sehr niedlich aus in dem sauberen braunen Kleid mit dem weißen Kopftuch. Mary war ganz unglücklich, als sie die neue Pracht wieder ausziehen und hinauf in ihr Bett gehen mußte. Natürlich tat sie die ganze Nacht kein Auge zu und erschien am Morgen lange vor ihrer gewohnten Zeit in der Küche. Lettice nahm dort gerade einen Topf mit einem eigenartig stinkenden Brei darin vom Herd.

»Für das Drecksgesindel«, erklärte sie, womit sie zweifellos die Armen meinte, die sich bereits im Gang versammelt hatten und mit dünnen, zittrigen Stimmen Unverständliches wisperten, »setz dich hin und frühstücke, Mary. Und gib bloß acht, daß du dein Kleid nicht schmutzig machst!«

Es war noch früh am Morgen, als die beiden Mädchen loszogen. Der Junitag dämmerte warm und sonnig am östlichen Horizont herauf, über den Wiesen lag noch Tau, und ein feiner Nebel hing in der Luft. Mary lauschte begeistert dem Zwitschern der Vögel und dem Summen der Bienen, die auf der Suche nach ersten Blüten über die Felder schwirrten. Es tat so gut, aus den engen Straßen herauszukommen, die im Schatten der Häuser lagen und deren Pflastersteine sich feucht und kalt unter den nackten Füßen anfühlten. Es war schön, auf einmal klare Sommerluft zu riechen, statt den fauligen Abfallgestank in den Gassen. Sie mußten am Dorfbrunnen vorüber, an dem schon einige Mädchen standen, Wasser schöpften und tratschten, an der Kirche entlang, auf deren Gartenmauer eine Katze saß und sich putzte, dann am Haus des Priesters vorbei, der wohl noch schlief, denn alle Fensterläden waren geschlossen. Bess lachte verächtlich.

»Die Kirche bereichert sich und schläft«, sagte sie bissig, »und wir arbeiten und beschaffen das Geld, mit dem sie ihre seidenen Meßgewänder und goldenen Kelche bezahlt!«

Da auch Ambrose stets die gleichen Reden führte, meinte Mary, es müsse vielleicht stimmen und die Kirche sei wirklich schlecht, aber gleichzeitig wußte sie, daß Pater Joshua, der Priester, immer sehr freundlich zu ihr gewesen war, und sie konnte auch die Worte nicht vergessen, die er einmal zu ihr gesagt hatte.

»Es gibt einen Gott, Mary, und daran solltest du immer denken.

Nach dem Tod wird er die Guten belohnen und mit den Bösen abrechnen, und die Welt wäre weniger schlecht, wenn die Menschen das nicht immer vergäßen.«

Mary hatte ihrer Mutter davon erzählt, aber Lettice hatte nur hohnlachend erwidert, der Priester solle lieber selber daran denken, wenn das nächste Mal irgendein armer Bauer in den Kerker geworfen wurde, weil er die Abgaben an die Kirche nicht bezahlen konnte. Mary beschloß, wegen dieser widerstreitenden Meinungen so vorsichtig wie möglich zu sein. Auch jetzt bekreuzigte sie sich rasch, nachdem Bess ihre lästerliche Rede geführt hatte.

Der Park von Fernhill begann am Ende des Friedhofes. Er wurde von einer hohen Mauer umgrenzt, hinter der Eichen und Linden standen, und erstreckte sich viele Meilen über das Land. Eine breite Allee führte zu dem schmiedeeisernen Gittertor, durch das man den Park betreten konnte, aber das Schloß selber sah man von hier nicht. Ein paar Mal hatte Mary dort schon gestanden, in der Hoffnung, einen Blick auf eine vorüberfahrende Kutsche oder gar vorüberreitende Menschen werfen zu können, aber nie hatte sich etwas vor oder hinter dem Tor geregt. Heute endlich sollte sie in jene fremde Welt vordringen. Natürlich durfte sie nicht durch das Hauptportal gehen, sondern mußte hinter Bess her an der Mauer entlang laufen und durch eine winzige, von Büschen überwucherte Seitenpforte in den Park treten. Über einen schmalen Pfad hinweg bahnten sie sich ihren Weg durch grünschillernde, blütenduftende Wildnis, an einem sumpfigen Teich vorbei, auf dem einige Enten herumschwammen, und an jahrhundertealten Bäumen mit ausladenden Kronen, über taufeuchtes Moos, und dann plötzlich öffnete sich der Wald, und vor ihnen lagen die weiten, hellgrünen Rasenflächen, in deren Mitte das Herrenhaus stand, ein großes, rechteckiges Gemäuer aus grauem Stein. Das Grau wurde an allen Seiten von langen Fensterreihen unterbrochen, in deren Glas sich die aufgehende Sonne spiegelte, und das Dach war mit blaßroten Ziegeln gedeckt. Mary hatte nie ein schöneres und gepflegteres Anwesen gesehen. Vor Bewunderung und Kummer kamen ihr die Tränen. Sie stand dort mit nackten Füßen im Gras, von einem plötzlichen Hustenanfall geschüttelt, und spürte einen so übermächtigen Wunsch, hier zu leben und niemals zurück zu müssen, daß sie sich am liebsten im Dickicht verkrochen hätte. Statt dessen wischte sie sich die Tränen fort, damit Bess nichts merkte, und hustete.

»Was hast du denn schon wieder?« fragte Bess. »Hör auf zu husten, sonst denken die gleich, du hättest die Schwindsucht!«

Mary bemühte sich, die Schmerzen in ihrer Brust zu ignorieren, rang nach Atem, konnte den Reiz aber schließlich beherrschen. Auf einem Pfad, der zwischen Bäumen hindurchführte, näherten sie und Bess sich dem Schloß, liefen dort ein paar ausgetretene Treppenstufen hinunter und betraten es durch den Keller.

Hier erinnerte es Mary wieder eher an zu Hause, wenn auch der Raum, in dem sie nun stand, größer war als drei Zimmer im Armenhaus zusammen. Es gab keine Fenster, so daß alles Licht von Kerzen und Öllampen kam, die eine stickige Luft verbreiteten. Wände und Fußboden bestanden aus schwarzen Steinen, die ungefügig ineinander gesetzt waren. Es gab mehrere Feuerstellen im Raum, große, steinerne Öfen, über denen schimmernde Kupferkessel hingen, wuchtige Holztische mit Bergen von Geschirr und Lebensmitteln darauf, Holzkübel bis zum Rand mit stinkenden Abfällen gefüllt. In einer Ecke kniete ein junges Mädchen und schrubbte den Fußboden, an einem der Öfen stand eine alte, dicke Frau und rührte eifrig in einem Kessel. Sie unterbrach ihre Tätigkeit, als sie Bess und Mary erblickte, und eilte auf die beiden zu.

»Du bist Mary Askew!« rief sie und umfaßte Mary mit beiden Händen. »Jesus, wie klein und dünn du bist! Hast du jemals etwas Anständiges gegessen?«

Mary wußte darauf nichts zu erwidern und schwieg. Die Frau sah sie aus freundlichen blauen Augen an. Sie wirkte gesund und sauber, ganz anders als die alten Frauen im Armenhaus, die verwirrt redeten und ihr jeweiliges Gegenüber bei jedem Wort zwischen ihren schwarzen löchrigen Zähnen hindurch anspuckten.

»Das ist Gladys, die Köchin«, stellte Bess vor, »und das dort hinten ist Lil, Küchenmädchen wie du. Du wirst schon noch alle Dienstboten kennenlernen, Mary!« Sie wandte sich an Gladys. »Verwöhn sie nicht«, warnte sie, »die Kleine muß zäh werden, sonst schafft sie es bei uns daheim nicht. Sie ist ohnehin zu weich.«

»Sei mir nicht böse, Bess«, erwiderte Gladys, »aber deine Familie ist wohl das lumpigste Pack, das wir je in Shadow's Eyes hatten!«

Bess zuckte mit den Schultern. »Meine Mutter hat wenigstens Verstand«, sagte sie, »aber mein Vater ist ein verkommener Dummkopf und mein Bruder ein ekelerregendes Unkraut. Nicht mehr lange, und ich verschwinde von dort!«

»Du landest genau wieder da, wo du herkommst, Bess Askew«, prophezeihte Gladys, »du bist nicht besser als deine Mutter. Ah, ich erinnere mich an Lettice, als sie in deinem Alter war, so hübsch war sie, so gescheit, so frech und ehrgeizig! Solche Reden wie du hat sie geschwungen, aber dann mußte nur ein Kerl wie Ambrose Askew daherkommen, sich mit ihr ins Heu legen, ihr ein Kind machen, und schon war der Traum aus, ehe er begonnen hatte. Und mit dir kommt es genauso!«

»Ach, rede nicht so viel. Tu deine Arbeit wie wir alle!«

Mary war erschrocken, Gladys so reden zu hören, denn sie hatte Bess immer sehr bewundert und gedacht, alle Leute müßten das tun. Etwas verloren stand sie in der großen Küche herum, bis Gladys sie plötzlich hochhob und auf eine Bank setzte.

»So ein zartes Gesichtchen«, sagte sie, »daß Lettice so eine Tochter haben kann! Du wirst jetzt erst einmal etwas essen.«

Geschäftig schleppte sie Milch, Brot und Butter heran und baute alles vor Mary auf.

»Nun iß bloß! Sonst habe ich ja Angst, daß du umfällst!«

Mary hatte zwar keinen Hunger, aber sie mochte die freundliche Gladys nicht enttäuschen. Sie aß langsam und beobachtete dabei Bess und Lil, die eifrig tratschten. Lil schien interessante Neuigkeiten zu haben. »Ich habe vorhin mit Liza gesprochen«, erzählte sie. Liza war, wie Mary später erfuhr, die Kammerzofe von Lady Fairchild. »Und Liza hatte vorher eine Unterhaltung zwischen Mylady und Miss Cathleen angehört. Sie erzählen, daß in London ein öffentlicher Prozeß begonnen hat, wegen der Scheidung Seiner Majestät von der Königin!«

»Unsinn!« fuhr Gladys auf. »Wer weiß, was du da wieder aufgeschnappt hast!«

»Aber es ist wahr. Liza hat es genau gehört. Und sowieso – das ganze Land spricht davon, daß Seine Majestät eine Liebschaft mit einer Hofdame der Königin hat, mit Anna Boleyn, und daß er deshalb Königin Katharina loswerden möchte!«

»Jeder König hat immer wieder Liebschaften und läßt sich deswegen nicht gleich scheiden. Das kann er auch gar nicht. Wer soll ihm das erlauben?«

»Er ist der König. Er darf alles!«

»Nun, eine Ehe scheiden kann nur der Papst!« Gladys bekreuzigte sich rasch. »Und der wird es nicht zulassen!«

»Aber ein Kardinal aus Rom soll ja in London sein«, beharrte Lil, »er führt zusammen mit dem Lordkanzler den Prozeß.«

Bess hielt beim Putzen inne und lachte boshaft. »Wie peinlich für die Königin«, meinte sie amüsiert, »wegen irgendeiner hergelaufenen Mätresse soll sie ihren Thron aufgeben!«

»Ja, und sie hat den König mit nichts in der Hand«, sagte Lil, »denn sie hat ihm keinen Thronfolger geboren.«

»Aber Prinzessin Mary hat sie ihm geschenkt«, entgegnete Gladys heftig, »daran sollte er wenigstens denken.«

»Ein Mädchen! Soll eine Frau eines Tages England regieren?«

Gladys schwieg, aber Bess richtete sich auf und warf ihre langen Haare zurück. »Warum nicht? Wenn ich mir meinen Vater als König vorstelle, wird mir übel, aber meiner Mutter würde ich es zutrauen.«

»Heilige Jungfrau Maria!« Gladys schlug die Hände über dem Kopf zusammen. »Hört euch das Mädchen an! Ambrose und Lettice Askew als Königspaar! Du hast völlig wirre Gedanken, Bess!«

»Und du hast leider keinen Verstand, Gladys«, gab Bess verächtlich zurück, »ich wollte nur sagen, daß Männer nicht grundsätzlich klüger sind als Frauen. Du bist jedoch nicht gerade ein Beweis.«

Beinahe wäre es über diesen Worten zu einem Streit gekommen, aber gerade da wurden sie alle sehr unvermittelt an Marys Gegenwart erinnert, da die plötzlich von ihrer Bank rutschte und sich zitternd und mit schneeweißem Gesicht in der nächsten Ecke erbrach.

»Nein, die Ärmste!« rief Gladys. »Was hast du denn, Herzchen?«

»Ich habe doch gesagt, du sollst sie nicht so verwöhnen«, sagte Bess ärgerlich, »das fette Essen verträgt sie einfach nicht!«

»Das war gar nicht fett. Aber sie ist völlig unterernährt. O nein, Kind, was ist denn jetzt?«

Vor Schreck und Aufregung hatte Marys Husten wieder eingesetzt, und sie schnappte mit verzerrtem Gesicht und bläulichen Lippen nach Luft. Bess, die das schon kannte, kümmerte sich gar nicht darum, aber Lil erstarrte vor Schreck, und Gladys geriet ganz außer sich.

»Schnell, an die frische Luft!« rief sie. »Kind, komm, du erstickst ja!«

Sie zog die taumelnde Mary zur Tür und die Kellertreppe hinauf. Tatsächlich konnte sie oben in der reinen, klaren Luft freier atmen. Aber ihr war noch immer entsetzlich übel, und vor Entsetzen, daß ihr dies am ersten Tag hatte passieren müssen, fing sie an zu weinen. Sie konnte sich gar nicht mehr beruhigen, bis sich plötzlich eine Hand auf ihren Arm legte und eine sanfte Stimme fragte: »Warum weinst du denn?«

Mary schrak zusammen und blickte auf. Aus dem sommerlichen Park war eine junge Frau aufgetaucht, die sich mit teilnahmsvollem Gesicht zu ihr hinabneigte. Sie sah so anders aus als alle Frauen, die Mary bisher erlebt hatte, daß ihr vor Überraschung die Tränen versiegten. Die freundliche Dame trug ein Kleid aus dunkelrotem, weich gewebtem Stoff, das am Oberkörper eng anlag und von der Mitte an in einen weiten, bauschigen Rock mit kunstvollem Faltenwurf überging. Er war, wie auch die weiten Ärmel, über und über mit kleinen Perlen und grünen Steinen bestickt, die im Sonnenlicht wie tiefes, klares Wasser leuchteten. Um den Hals der Frau lagen mehrere Ketten aus Perlen und Edelsteinen, und eine Kette wand sich um die blonden Haare, die geflochten und dann am Kopf aufgesteckt waren. Aus reichen, weißen Spitzen am Handgelenk sahen schmale Hände hervor, deren Finger mit goldenen Ringen geschmückt waren.

Gladys knickste tief. »Verzeihung, Lady Cathleen«, sagte sie hastig, »das ist das neue Küchenmädchen. Ihr... war nicht gut, daher führte ich sie hinaus.«

Die Frau musterte Mary eindringlich. »Wie heißt du?« fragte sie.

»Mary Askew«, erwiderte Mary mit piepsiger Stimme.

Die Frau verzog das Gesicht. »Ein Kind von Ambrose Askew?«

»Ja.«

Gladys stieß sie an. »Ja, Mylady, heißt das!« zischte sie.

»Ja, Mylady«, wiederholte Mary folgsam.

»Und wie alt bist du?«

Mary vergaß, daß sie auf diese Frage hin hätte schwindeln müssen. »Zwölf, Mylady.«

Die Frau nickte langsam. Sie schien noch etwas sagen zu wollen, aber offenbar hatte sie auf einmal das Gefühl, sich schon etwas zu lange mit ihren Dienstboten abgegeben zu haben, denn ihr Gesicht nahm einen distanzierten Ausdruck an. Sie nickte Gladys noch einmal zu, dann setzte sie ihren Weg fort. Der Saum ihres Kleides, der mit kleinen goldenen Perlen verziert war, schleifte hinter ihr her. Mary starrte ihr nach. Sie zuckte zusammen, als Gladys nach ihrer Hand griff.

»Das war Lady Cathleen Fairchild«, sagte sie, »die Tochter von Lord und Lady Fairchild. Deine Schwester möchte unbedingt ihre Zofe werden, um nicht länger in der Küche arbeiten zu müssen, aber das gelingt ihr nie im Leben. Lady Cathleen mag keine vulgären Menschen!«

Aber mich hat sie angelächelt, dachte Mary, und ehe ihre Schüchternheit sie wieder überwältigen konnte, ehe sie überhaupt richtig nachdachte, sagte sie triumphierend: »O ich weiß, ich werde ihre Zofe! Nicht Bess, sondern ich!« Und das Glücksgefühl über diesen Einfall blieb ihr den ganzen Tag, auch noch, als ihr nach dem Mittagessen ein zweites Mal schlecht wurde, und am Abend, als sie den blühenden Park unter blaßblauem Abendhimmel verließen und über das holprige Kopfsteinpflaster der Straßen von Shadow's Eyes zu ihrem Haus zurückliefen.

Solange Mary denken konnte, hatte im Armenhaus von Shadow's Eyes ein reges Kommen und Gehen geherrscht, wobei Gehen meist Sterben bedeutete, denn selten sah jemand in diesem Quartier etwas anderes als die letzte Station seines Lebens und raffte sich dazu auf, seine Sachen zu packen und dieser fortwährenden Hölle aus Hunger, Kälte und unerträglich engem Zusammenleben den Rücken zu kehren. Es gab ja auch keinen Ort, an den man hätte gehen können. Wer sich Ambrose Askew anvertraute, hatte keinen Besitz und keinen Menschen auf der Welt, und nicht die allergeringste Hoffnung, jemals eine Zufluchtstätte zu finden. Es handelte sich entweder um Bauern, denen vom Grundherrn das entlehnte Land fortgenommen worden war, weil sie Steuern oder Abgaben nicht hatten zahlen können, oder um Knechte und Mägde ohne feste Arbeit, wie es sie zu Hunderten im Land gab. Sie zogen von einem Hof zum nächsten, bettelten um irgendeine Beschäftigung, um einen Hungerlohn oder nur ein Stück Brot, aber entweder fanden sie niemanden, der sie aufnehmen wollte, oder sie waren zu krank und zu schwach, um noch harte Feld- und Stallarbeit leisten zu können. Wenn sie richtig krank waren, ließ auch Ambrose sie nicht ein, denn dazu war er nicht verpflichtet, aber manchmal erkannte er zu spät, daß der Mann oder die Frau vor ihm am Typhus litt oder am gelben Fieber, und im Nu hatte sich das halbe Haus angesteckt. Lettice bekam dann jedesmal ihre berüchtigten Wutanfälle.

»Wir krepieren alle eines Tages!« schrie sie. »Wirf die Kranken hinaus, Ambrose, oder du siehst mich hier nie wieder!«

Aber Ambrose durfte Leute, die im Haus krank geworden waren, nicht hinausweisen, und da er wußte, daß sie sofort zu Pater Joshua laufen und sich beschweren würden, wagte er es auch nicht. Er schleifte sie in den eiskalten, feuchten Keller, stellte ihnen Wasser und Brot hin, verriegelte die Tür und teilte ihnen mit, sie dürften erst wieder nach oben kommen, wenn sie gesund seien. Lettice ließ von Bess und Mary Berge von Wacholderzweigen im Wald sammeln, die sie verbrannte, um alle Zimmer auszuräuchern, sie verteilte überall Rautenbüschel, deren Geruch die Ratten, die gefürchtetsten Krankheitsüberträger, vertrieb, und sie führte solch gottlose Reden, daß ihre Bitten wohl irgendwo erhört wurden. Tatsächlich steckte sich niemand aus der Familie jemals an, jedenfalls nicht an den furchtbaren, tödlichen Krankheiten. Natürlich kam auch aus dem Keller kaum je wieder einer herauf. Manchmal ertönten die unheimlichen, dumpfen Schreie eines delirierenden Kranken, der seinen Kopf gegen die Wände schlug oder die heilige Maria um Hilfe anflehte, aber irgendwann verstummte jeder Laut, die Eingesperrten starben, faulten dahin, verwesten und wurden von Ambrose draußen in den Feldern vergraben.

Mit zunehmendem Alter wurde Mary von einer steigenden Abneigung gegenüber diesen Menschen ergriffen. Früher hatten sie einfach zu ihrem Leben gehört, doch je älter sie wurde, um so mehr kamen ihr die Würdelosigkeit und die Unterwürfigkeit ihrer Mitbewohner zu Bewußtsein und ärgerten sie. Sie verstand nicht, warum sie sich nicht wehrten, da sie doch gemeinsam viel stärker als Ambrose und Lettice und der Rest der Familie waren. Sie verstand erst viel später, daß Menschen, die hierherkamen, sich nicht mehr wehren konnten, sich gegen nichts und niemanden auf der Welt mehr auflehnen wollten. Hätten sie noch einen Funken Kraft in sich gespürt, sie hätten einen weiten Bogen um Shadow's Eyes gemacht, und einen noch viel weiteren um Ambrose Askew.

Es gab eine einzige Frau im Armenhaus, an die sich Mary ein wenig anschloß, obwohl sie die Alte insgeheim ein bißchen unheimlich fand. Nan Mortimer war schon siebzig Jahre alt, womit sie eine vollkommene Ausnahme unter den Menschen ihrer Zeit und ihrer Herkunft bildete. Klein, grauhaarig und völlig zahnlos saß sie von morgens bis abends in derselben Ecke in demselben Zimmer, murmelte unverständliche Laute vor sich hin, reckte hin und wieder ihre spitze Nase in die Luft, als wolle sie erschnuppern, was ihre trüben Augen nicht zu sehen vermochten. Sie war in Shadow's Eyes aufgetaucht, als Mary fünf war, und seither zu einer der wenigen Institutionen geworden, die es hier gab. Sie war sehr einsam, was ihr nichts auszumachen schien, aber es freute sie auch, wenn jemand ihr zuhörte, und Mary, ebenfalls einsam und sich selbst überlassen, hörte ihr gern zu. Nan Mortimer konnte in die Zukunft blicken und mit den Seelen der Toten sprechen, sie leugnete hartnäckig und unerschrocken die Existenz eines Gottes und ließ statt dessen Geister ihrer Phantasie entspringen, die die Geschicke der Welt sowie der Menschheit lenkten. Wenn Mary Lettice davon erzählte, lachte die und fand nichts Schlimmes dabei, wohingegen sie rasend vor Wut wurde, wenn Mary die Worte Pater Joshuas wiederholte, der immer von Gottes Lohn für alle Mühsal des Daseins sprach und von dem daher lohnenden Erdulden aller Qual. Es konnte dann geschehen, daß Lettice ihre Schuhe oder sogar einen ganzen Stuhl gegen die Wand warf vor Zorn, und, gottlos, temperamentvoll und gescheit wie sie war, die Worte des Paters in der Luft zerfetzte.

»Einen Tag«, schrie sie, »nur einen einzigen Tag soll der verfluchte Narr an meiner Stelle verbringen, und dann will ich sehen, wie ihm das einfältige Lächeln auf dem Gesicht gefriert und ihm seine schönen Worte eines nach dem anderen im Hals steckenbleiben und wie er aufhört, von Gefügigkeit zu reden, weil die nämlich nicht mehr so viel Spaß macht, wenn man selber drankommt!«

»Was du viel redest«, brummte Ambrose, der schon immer Schwierigkeiten gehabt hatte, den Worten seiner Frau zu folgen, und Lettice bekam einen zweiten Anfall und schrie, sie habe ihr ganzes Leben ruiniert, weil sie den dümmsten Mann der Welt geheiratet habe.

Manchmal kramte Nan irgendwo zwischen den Falten ihres Kleides und zog eine goldfarbene Kugel hervor, die an einer feingliederigen Kette schwang.

»Darin«, murmelte sie, »liegen die Geschicke der Menschheit verborgen. Auch deines, Mary. Ich könnte es in der Kugel lesen!«

Mary zitterte vor Aufregung. »O bitte, Nan, tu es!« bat sie.

Aber Nan ließ die Kugel ebenso schnell verschwinden, wie sie sie hervorgeholt hatte. »Nein, Herzchen. Noch nicht. Versuch erst einmal, es allein herauszufinden.« Dann kicherte sie, und ihre schweren Lider schlossen sich halb über die Augen.

»Eines kann ich dir verraten«, murmelte sie, »paß auf mit den Männern! Sie sind der wunde Punkt in deinem Leben.«

»Das kann nicht sein«, sagte Mary aus tiefster Überzeugung, aber Nan ließ sich davon nicht beeindrucken.

»Die Geister lügen nicht. Der Mann, der dich liebt, wird lange leiden. Du glaubst es jetzt nicht, aber der Tag wird kommen, an dem du an meine Worte denkst!«

Was die Geister betraf, gelangte Mary schon bald nachdem sie angefangen hatte, im Herrenhaus zu arbeiten, zu der Erkenntnis, daß sich ihr ein äußerst wohlgesinnter Geist in der Gestalt der Lady Cathleen näherte. Drei Wochen nach der ersten Begegnung traf sie sie eines Morgens erneut im Park, knickste erschrocken und wollte eilig fortlaufen, aber Cathleen hielt sie fest und drehte sie zu sich um.

»Lauf doch nicht gleich fort, Mary«, sagte sie freundlich, »oder ist dir heute schon wieder schlecht?«

Mary schüttelte den Kopf, wohl wissend, daß das unhöflich war, doch völlig unfähig, einen Laut hervorzubringen.

Cathleen strich ihr mit einem ihrer zarten, schlanken Finger sanft über die Nase. »So ein ernstes Gesicht«, sagte sie, »lachst du nie, Mary?«

Mary schüttelte abermals den Kopf und fing gleich darauf an zu weinen, ohne überhaupt zu wissen weshalb.

Cathleen blickte sie erschrocken an. »Aber was hast du denn? Habe ich etwas Falsches gesagt?«

Mary konnte auch darauf nichts antworten und schluchzte noch eine Weile. Sie bot einen mitleiderregenden Anblick, wie sie so klein und dünn in dem schönen Park stand, barfuß, die roten Haare unter einem alten Kopftuch verborgen, das Gesicht blaß und fleckig von den Tränen. Sie wirkte äußerlich wie hundert andere verwahrloste, kleine Mädchen, aber etwas ging von ihr aus, das Cathleen rührte.

»Ich wollte dir gerade einen Vorschlag machen, der dich freut«, sagte sie, »ich habe eine Zofe, Anne Brisbane, und ich möchte gern, daß sie dir Lesen und Schreiben beibringt. Würdest du das gern lernen?«

Mary brauchte einen Moment um zu begreifen, was Lady Cathleen ihr da anbot, denn ein fassungsloser Schreck durchzuckte sie. Es war das, was sie sich schon immer wünschte. Vor lauter Überraschung fand sie zum ersten Mal seit Beginn der Unterhaltung ihre Sprache wieder.

»Warum tun Sie das für mich, Mylady?« fragte sie.

Cathleen lächelte. »Ich weiß nicht genau, Mary. Ich glaube einfach, daß du es wert bist.« Sie wandte sich ab und ging davon.

Am Abend auf dem Heimweg erzählte Mary Bess von ihrem Glück. Wenn sie aber geglaubt hatte, ihre Schwester werde sie bewundern oder bestaunen, so hatte sie sich getäuscht. Bess geriet außer sich.

»Vier Jahre arbeite ich nun schon im Herrenhaus!« rief sie. »Vier

Jahre, und glaubst du, ein einziges Mal wäre jemand auf den Gedanken gekommen, etwas für mich zu tun? Nein, mich lassen sie in der Küche schuften und die Drecksarbeit machen. O Mary«, sie starrte das kleine Mädchen wütend an, »wie gerissen du doch bist! So klein und schüchtern, und nie bringst du ein Wort heraus, aber hinter meinem Rücken schleichst du dich an Lady Cathleen heran! Was findet sie bloß an dir? Aber warte nur, was Mutter dazu sagt!«

Zu Hause tobte gerade ein heftiger Streit. Ambrose und Edward standen einander in der Küche gegenüber, beide betrunken, und der ganze Raum stank nach Branntwein. Lettice hatte sich auf den Küchentisch geschwungen. Sie hielt die Beine lässig übereinander geschlagen, ihre lockigen Haare hingen offen den Rücken hinunter und sie hatte einen Ausdruck von Schadenfreude auf dem Gesicht, der Ambrose offensichtlich zur Raserei brachte.

»Ach, Bess, Mary, gut, daß ihr kommt«, rief sie, »schaut euch nur euren Vater an, den versoffenen Halunken, wie groß er sich aufspielt!«

»Halts Maul!« brüllte Ambrose zurück. Er sah scheußlich aus, die dunklen Haare standen lang, wirr und ungekämmt um seinen Kopf, er hatte sich seit vielen Tagen nicht mehr rasiert und trug ein völlig zerrissenes Hemd, an dem überall Blutspritzer klebten.

»Ambrose ist im Wirtshaus in eine Schlägerei geraten«, erklärte Lettice genußvoll, »was sehr dumm von ihm war, denn er hätte wissen müssen, daß er dabei immer den kürzeren zieht. Schaut ihn euch doch an!«

Bess lachte hell. »Wie viele waren es denn, gegen die er sich verteidigen mußte?«

»Ein einziger. Nur einer. Aber du bist nicht mehr der Jüngste, Ambrose, nicht wahr?«

In Ambroses Augen flammte eine Wut auf, die Mary einen Moment lang Angst um ihre Mutter bekommen ließ, aber es geschah nichts. Ambrose nannte Lettice häufig eine Schlampe oder eine eingebildete, häßliche alte Kuh, aber nie hätte er es gewagt, sie wirklich anzugreifen. So sehr er ihre Intelligenz haßte, so sehr schüchterte sie ihn auch ein. Statt dessen ging er auf Edward los, der, seinem Vater heute ähnlicher denn je, ebenfalls mit schwimmenden, bösen Augen in die Gegend starrte. Er taumelte zurück, als Ambrose gegen ihn stieß und im Nu befanden sie sich wieder in einem wilden Handgemenge und bildeten ein tobendes, keuchendes Knäuel, das sich engumschlungen auf dem Fußboden herumwälzte. Ihre Arme und Beine schlugen dabei gegen Tische und Stühle, so heftig, daß es im ganzen Haus widerhallte und daß man deutlich die trippelnden Schritte der Armen hören konnte, die sich vor der Küchentür drängten, ohne es zu wagen, hereinzukommen.

Bess kannte die Streitereien zwischen ihrem Vater und ihrem Bruder gut genug, um sich nicht mehr lange damit aufzuhalten.

»Mutter, Lady Cathleen möchte, daß Mary Lesen und Schreiben lernt«, berichtete sie, »ich weiß nicht, wie Mary das geschafft hat, aber die feine Dame ist ganz außerordentlich interessiert an ihr.«

»Ach, sieh an!« Lettices Augen wurden schmal, der Ausdruck ihres Gesichtes konzentriert und zynisch. »Unser Kleines geht eigene Wege. Nicht so unschuldig, wie sie aussieht, wie? Versuchst du gemeinsame Sache mit dem Adelspack zu machen, Mary?«

Mary hatte die Augen niedergeschlagen, aber nun hob sie den Blick, und Lettice erkannte darin eine neue Entschlossenheit und zum ersten Mal trotzige Unnachgiebigkeit. Versuch nur, es mir zu verbieten, schienen sie zu sagen, diesmal setze ich durch, was ich möchte!

Nach einem Moment der Überraschung blickte Lettice kühl zu Bess hin. »Sei nicht so neidisch«, wies sie die ältere Tochter zurecht, »ich glaube, Mary hat erkannt, auf welche Art sie nach oben kommt. Sie ist schlauer, als ich dachte!«

Zum ersten Mal, seit sie lebte, spürte Mary eine hauchfeine Strömung von Sympathie von Lettice zu ihr. Verwundert erkannte sie, daß sie ihre Mutter weder durch Sanftmut noch durch Unterwürfigkeit gewinnen konnte, sondern alles daransetzen mußte, ihr ebenbürtig zu sein und den ehrgeizigen Weg fortzusetzen, den sie als junges Mädchen begonnen und durch ihre unglückselige Leidenschaft für den verkommenen Ambrose wieder verloren hatte.

Edward und Ambrose hatten endlich voneinander abgelassen und zogen sich heftig atmend jeder in eine andere Ecke des Raumes zurück. Sie warfen sich haßerfüllte Blicke zu und beobachteten eifersüchtig Lettice, die mit aufreizenden Bewegungen umherging und die Küche aufräumte. Auf einmal fühlte sich Mary davon so angewidert, daß sie ohne noch ein einziges Wort zu sagen die Küche verließ, und die steile Treppe zu ihrer Kammer hinauflief. Sie legte sich in ihr Bett, auf altes, zerdrücktes Stroh, starrte zum Fenster hin, zu den vorüberziehenden, dunklen Wolken und lauschte dem Geschrei und Gelächter aus der Küche. Sie wagte nicht einzuschlafen, weil sie bereits ahnte, daß sie in dieser Nacht keine Ruhe finden würde. Immer wenn Ambrose angetrunken war wie heute abend, gab es heftigen Streit zwischen Lettice und ihm, und Lettice ergriff dann sehr bald die Flucht, stets zu Mary, die am nächsten war und keinen Ärger machte.

Auch diesmal geschah es wie stets. Ambrose schlurfte zuerst die Treppe hinauf, fluchte leise vor sich hin, stolperte wie gewöhnlich über die oberste Stufe und stieß einen wüsten Schrei aus. Mary konnte hören, wie er in sein Zimmer stapfte und sich schwer auf sein Bett fallen ließ. Sie hoffte, daß er gleich anfangen würde zu schnarchen, weil dies dann ein Zeichen wäre, daß er schlief, und sie wußte, daß Lettice darauf wartete. Doch Ambrose wälzte sich hin und her, murmelte Unverständliches und hielt sich ganz offenbar angestrengt wach. Irgendwann gab Lettice auf und kam ebenfalls die Treppe hoch. Mary vergrub sich tief unter ihrer Decke. Sie wollte nicht hören, was jetzt geschah. Ihre Kammer, eher ein Verschlag, war nur durch dünne Holzbretter vom Schlafzimmer ihrer Eltern getrennt, weshalb es ganz unmöglich war, nicht alles mitzubekommen, was dort passierte. Lettice streifte ihre Kleider ab, was Ambrose beschleunigt atmen ließ. Das Bett quietschte, als sie sich hineinlegte. Ambrose keuchte noch lauter.

»Du bist so schön, Lettice«, sagte er, »es gibt keine, die so schön ist wie du, das kann ich dir schwören.«

»Nimm die Finger weg, du Ratte! Ich hab' keine Lust«, erwiderte Lettice mit verhaltener Wut.

Ambrose ließ sich nicht einschüchtern. »Zu spät... ich muß jetzt... o verdammt, komm her, Herzchen!« Das Bett quietschte noch lauter.

Es dauerte nicht lange, und Lettice eilte herbei, ohne Kerze, weil ihr jeder Schritt schon vertraut war, eine helle Gestalt mit wehenden Haaren.

»Ich halte es nicht mehr aus«, zischte sie, »ich kann diesen verfluchten Mann einfach nicht mehr ertragen. Zum Teufel, mach Platz, Mary! Ich sage dir, wenn der mir eben wieder ein Balg angedreht hat, dann schneide ich ihm die Kehle durch, darauf kannst du dich verlassen!«

Sie warf sich mit unbeherrschtem Schwung in Marys Bett, das aber viel zu schmal war, um Platz für beide zu haben. Wie üblich rutschte Mary auf der anderen Seite hinaus und landete hart auf dem Fußboden. Rasch krabbelte sie in eine Ecke. Die Sommernacht war kühl, durch das klapprige Fenster zog frischer Wind ins Zimmer, und Mary zitterte nach kurzer Zeit am ganzen Körper. Sie zog die Beine eng an sich und umklammerte sie mit beiden Armen. Hundert Nächte hatte sie schon so verbracht, zitternd und elend, kalt und schlaflos. In dieser Nacht aber regte sich Haß in ihr, harter, schonungsloser Haß, dessen sie sich zum ersten Mal nicht schämte und den sie nicht zu bekämpfen suchte.

Ich hasse Mutter, dachte sie gleichmütig, mein Gott, warum habe ich das nicht eher gemerkt? Und Vater hasse ich auch, und Edward und Bess, verkommene Bande, die sie sind...

Sie brauchte sich nicht mehr zu entschuldigen, denn endlich war sie ganz sicher, daß sie nicht so sein und nicht so leben müßte. An Frederic und Bruce hatte sie es immer gesehen und jetzt an Lady Cathleen wieder. Es gab Menschen, die freundlich miteinander umgingen, die ruhig waren und sanft. Die nicht mitten in der Nacht aus ihren Betten geworfen wurden und sich wie verwundete, kleine Katzen in verborgene Winkel zurückziehen und zitternd auf die Morgendämmerung warten mußten.

Mary war entschlossen, es nicht länger hinzunehmen. Sie wollte ein anderes Leben, und wenn Frederic sich davonmachte und sie allein ließ, dann mußte sie eben selbst sehen, wie sie ihr Ziel erreichte. Sie mußte auf ihr Glück zugehen, so wie sie jeden Tag auf das helle, glänzende Licht am Ende der düsteren Gasse zuging. Nans Geister hatten ihr den Weg gezeigt, der direkt nach Fernhill führte, und Gott oder der Teufel mochten wissen, wie es von da aus weiterging.

Ich lerne lesen und schreiben, dachte sie triumphierend, und ich werde Lady Cathleens Zofe!

Sie hörte ihr Herz stark und schnell pochen, was sie bewußt noch nie so wahrgenommen hatte. An Lettice und Bess hatte sie stets den wachen und klaren Verstand bewundert, dabei hatte sie ihn ja selber, sonst hätte Cathleen ihr doch nie diesen Vorschlag gemacht. Sie hielt den Kopf hoch, kümmerte sich nicht länger um die Kälte und um den stechenden Schmerz, der schon wieder in ihrer Brust zu bohren begann, sondern sah mit glänzenden Augen zum Fenster hinaus, hinter dem es sanft nieselnd zu regnen begann. Trotz allem, was sie bereits erlebt hatte, war sie noch jung und arglos genug, den Gedanken an Niederlagen unbedenklich beiseite schieben zu können.

In den folgenden Wochen mußte Mary erkennen, daß die neue Kraft, die sie in jener Nacht so schwindelerregend heftig in sich gefühlt hatte, nicht so leicht zu bewahren war, wie sie gedacht hatte. Wenn sie frühmorgens müde und übernächtigt die Treppe hinunterkam, und die Küche betrat, durchzuckte sie noch das gleiche schmerzliche Gefühl der Verlassenheit beim Anblick von Lettices kalten, grünen Augen wie früher. Sie fühlte sich noch immer versucht, um ihre Gunst zu betteln, ebenso wie sie nach wie vor von panischer Fluchtbereitschaft befallen wurde, sobald sie Edward auch nur von weitem sah und er mit seinem tückischen Grinsen auf sie zukam, was immer bedeutete, daß er sie quälen wollte, ihr auf die Füße springen, daß sich die Zehen blau verfärbten oder ihr Gesicht zwischen beide Hände nehmen und immer fester drücken, bis sie glaubte, ihr Kopf müsse zerspringen. Immerhin gelang es ihr nun schon manchmal, den Wunsch, davonzulaufen, zu bezähmen, mit zusammengebissenen Zähnen stehen zu bleiben und ohne Tränen alle Schmerzen zu erdulden. Innerlich aber bebte sie vor Zorn und war erfüllt von dem Gedanken: Mach du nur, was du willst, Edward, aber nimm dich in acht, daß du nicht eines Tages für all dies bitter wirst zahlen müssen!

Im übrigen gelang es ihr jetzt natürlich besser, mit ihm auszukommen, denn sie war von morgens bis abends in Fernhill. Zuerst verrichtete sie ihre Arbeit als Küchenmädchen, und Gladys sorgte dafür, daß sie sich dabei nicht überanstrengte. Die übrige Zeit verbrachte sie mit Anne Brisbane, der engsten Vertrauten und Freundin von Lady Cathleen. Anne Brisbane war 34 Jahre alt. Sie war die Tochter eines Londoner Kaufmannes und hatte sich während eines längeren Aufenthaltes der Familie Fairchild in London in die Dienste der alten Mylady begeben. Sie wurde das Kindermädchen der damals zweijährigen Cathleen und schließlich deren Zofe.

Anne war sehr hübsch, aber es gab keinen Mann in ihrem Leben. In Shadow's Eyes tuschelte man, sie sei nichts für Männer.

»Lady Cathleen reicht ihr völlig«, flüsterten die Marktweiber, um gleich darauf schrill zu lachen. Mary begriff nie, was daran so komisch sein sollte. Sie bewunderte Anne, weil sie immer so feine Kleider trug, meist aus grauem, zartem Wollstoff, mit Perlen bestickt und von Goldfäden durchzogen. Von ihren Haaren konnte man nur den dunklen Ansatz sehen, alles übrige verbarg sich unter einer schneeweißen Haube, die ebenso makellos schien wie ihre Besitzerin.

Zweifellos war Anne Brisbane nach Lord Fairchild und dessen Frau die wichtigste Person im Haus. Die Dienstboten hatten vor ihr sogar mehr Respekt als vor der alten Lady und jede Anweisung von ihr wurde eilig ausgeführt. Bess lästerte zwar jeden Abend auf dem Heimweg über Anne und hatte eine ganze Reihe häßlicher Namen für sie bereit, aber wenn sie ihr gegenüberstand, wurde sie ganz klein und demütig und wagte nie eine Widerrede.

Wie die meisten Menschen, die Mary zum erstenmal sahen, wurde auch Anne sofort von einem tiefen Gefühl des Mitleids für das kleine Mädchen erfaßt. Sie sorgte dafür, daß das Kind häufig an ihrer Seite sein durfte, und Mary bekam so neben dem Unterricht im Lesen und Schreiben einen Einblick in tausend andere Dinge eines adeligen Alltags. Sie bewies täglich neu ihre schnelle Auffassungsgabe, vergrub sich bereits nach sechs Wochen in der Schloßbibliothek, wo sie in finsteren Ecken hockte, den Kopf dicht über eines der schweren, in Leder gebundenen Bücher gebeugt. Einmal hatte sie sich sogar mit der Kerze in der Hand die Haare versengt, ohne es überhaupt zu merken, so sehr war sie in die fremde, ungeahnt phantastische Welt der geschriebenen Worte eingetaucht. Sie fing an, alles zu lesen, was ihr in die Finger kam, auch die von Regen und Sonne gebleichten Steckbriefe an den Bäumen, auf denen Diebesgesindel und Mörder gesucht wurden, oder Flugblätter, von denen manchmal sogar welche in Shadow's Eyes auftauchten und die in hämischen Worten den Scheidungsprozeß des Königs in London und sein Verhältnis zu der »hergelaufenen Hure Anna Boleyn« kommentierten. Durch die Fähigkeit, politische Schmähschriften zur Kenntnis zu nehmen, erweiterte sich nun auch ihr Wissen auf diesem Gebiet. Zugleich wuchs die Sehnsucht, noch mehr von den Geschehnissen ihrer Zeit zu erfahren. Es war merkwürdig: wann immer sie ein Buch gelesen, eine Gestalt der Geschichte, ein neues Land, eine Sage kennengelernt hatte, fühlte sie sich keineswegs gesättigt, sondern nur noch gieriger. Mit verschärfter Wahrnehmungsfähigkeit lauschte sie auf jedes Wort, das zwischen Anne und Cathleen gewechselt wurde und ordnete es in das Gerüst von Wissen ein, das sie nun besaß.

Auch ihr großes mimisches Talent kam ihr jetzt zugute. Viel mehr, als sie selbst wußte, imitierte sie bereits nach wenigen Wochen Haltung, Sprache und Bewegungen von Anne Brisbane und Lady Cathleen. Sie bemühte sich um die feine Akzentuierung, die Anne auf jedes Wort legte, gewöhnte sich einen graziösen Gang an, merkte sich, wie eine Dame sich setzte, den Fächer hielt, wie sie lächelte und sich die Hand küssen ließ. Zwar kam ihr all dies überaus unnatürlich vor, aber es schien zu den notwendigen Regeln eines Spiels zu gehören, das man beherrschen mußte, um in den Kreis derer, die es pflegten, aufgenommen zu werden.

Eine instinktive Vorsicht bewahrte Mary davor, auch nur etwas von dem neuen Wissen und den neuen Künsten daheim preiszugeben. Sie wußte, daß sie sich auf einem hauchfeinen Grat bewegte. Sie hatte sich jetzt ein klein wenig Achtung bei Lettice erworben, aber sie ahnte, daß die in ungezügelten Neid umschlagen konnte, sobald Lettice begriff, wie weit sich ihre Tochter dem Kreis der Familie tatsächlich schon entzogen hatte. Wenn Ambrose irgendein verschmutztes Flugblatt mit heimbrachte und es Mary vor die Nase hielt mit der scheinheiligen Aufforderung, ihm doch vorzulesen, was dort stand, dann fing sie an, mühsam zu buchstabieren, stotterte herum, rätselte an jedem Buchstaben. Ambrose geriet vor Vergnügen außer sich, wenn Mary schließlich aufgab und mit piepsender Stimme erklärte, so viel noch nicht gelernt zu haben. Er brüllte vor Lachen, schlug mit der Faust immer wieder auf den Tisch und stieß hervor: »Da kann Mylady sich die Zähne ausbeißen, wirklich, an so einem dummen Kind!«

Und Mary schlug die Augen nieder, um Zorn und Verachtung zu verbergen, die sie für ihren Vater empfand.

Natürlich war es wesentlich schwieriger, Lettice an der Nase herumzuführen oder Bess. Beide konnten sehr mißtrauisch sein. Lettice blickte Mary manchmal scharf an und sagte: »Ich werde das Gefühl nicht los, Mary, daß du uns allen etwas vormachst!« Aber Mary sah dann ganz unschuldig drein, und sie wirkte so unscheinbar, klein und harmlos, daß Lettice sich einen raffinierten Betrug bei ihr einfach nicht vorstellen konnte.

Da Mary wie ein grauer Schatten hinter Anne herlief, gewöhnten sie und Cathleen sich schon bald an ihre Gegenwart und beachteten sie kaum noch. Das bedeutete, daß sie so vertrauensvoll und offen über alles sprachen wie immer, und keine Rücksicht darauf nahmen, daß ein blasses, mageres Kind von zwölf Jahren in der Ecke saß, den Kopf eifrig über eine Stickerei oder ein Buch gebeugt. So wurde Mary auch vom ersten Augenblick an Zeugin des sich anbahnenden Dramas zwischen Lady Cathleen und ihrem zukünftigen Ehemann, Lord Robert Cavendor, der an einem Abend Anfang Juli offenbar von einer längeren Reise auf den Kontinent zurückgekehrt und sogleich nach Shadow's Eyes geeilt war, um seine Braut wiederzusehen. Mary hatte nicht gewußt, daß Cathleen verlobt war, aber Bess erzählte ihr später, daß man sie dem Lord versprochen habe, als sie neun war und daß damals vereinbart worden sei, die Hochzeit solle acht Jahre später stattfinden.

»In diesem Jahr also«, sagte Bess, »Lady Cathleen ist jetzt siebzehn. Das wird verdammt viel Arbeit geben!«

Mary saß an diesem Abend in Lady Cathleens Ankleidezimmer und säumte seidene Taschentücher, als die Tür aufgerissen wurde und Cathleen hineinstürzte, in Tränen aufgelöst. Sie trug ein sehr schönes Kleid aus grüner Seide und hatte Goldketten mit Smaragden ins Haar geflochten, aber ihre Augen waren vom Weinen verquollen und ihr Mund zitterte. Ihr auf dem Fuß folgte eine ebenfalls ungewöhnlich verstört wirkende Anne Brisbane, die ihre Herrin vergeblich zu beruhigen versuchte.

»Aber, Cathleen, so hören Sie doch auf zu weinen!« rief sie. »Ich kann das gar nicht mitansehen. Cathleen, Liebste...«

Cathleen ließ sich in einen Sessel fallen und weinte haltlos weiter. »Hast du ihn gesehen, Anne«, schluchzte sie, »so schrecklich hatte ich ihn ja gar nicht in Erinnerung! Er ist ein Ungeheuer, ein gräßliches, abscheuliches Monster, ein...«

»Psst, Cathleen, bitte. Er sieht wirklich nicht besonders gut aus, aber es ist doch auch wichtiger, daß...«

»Was? Daß er ein freundlicher Mensch ist? Anne, er ist von innen wie von außen. Vulgär und brutal.«

»Nun ja, er ist ein Mann«, meinte Anne. Sie beugte sich über Cathleen und strich ihr sanft über das Haar.

»Sie sollten sich hinlegen und schlafen. Morgen sieht vielleicht schon alles ganz anders aus. Und Sie hätten das Dinner nicht so unbeherrscht verlassen dürfen. Das war für Ihren Vater und Ihre Mutter sehr peinlich.«

»Meine Vermählung wird noch viel peinlicher für sie«, drohte Cathleen. »Anne, ich schwöre dir, wenn dieser Mann mir zu nahe kommt, bringe ich ihn um!« Ihr Blick fiel auf Mary, die diesmal so fasziniert zuhörte, daß sie ganz vergaß, ihre gespannte Aufmerksamkeit wie sonst zu verbergen.

»Mary, du hast es auch gehört«, sagte sie. »Ich töte ihn! Am Beginn dieser Ehe wird ein Mord stehen und dann können sie mich in Tyburn hängen, das ist mir ganz gleich!« Mit einer zornigen Bewegung zerrte sie die Goldketten aus ihrem Haar und warf sie so heftig zu Boden, daß die Smaragde aus ihren Fassungen sprangen und durch das Zimmer rollten.

»Sie verfügen über mich, Anne. Sie verfügen über mich, als sei ich eine beliebige Ware, die man verkauft, um einen schönen Gewinn zu erzielen. Weißt du, warum mein Vater das tut? Für nichts anderes als für sein eigenes Ansehen! Damit jeder weiß, daß er der Schwiegervater von Lord Cavendor ist, einem der reichsten Männer Englands. Mein Schicksal ist ihm dabei ganz und gar gleichgültig!«

»Das glaube ich nicht. Er denkt, er würde Ihnen etwas Gutes tun.«

»Er denkt überhaupt nicht! O Anne, das schlimmste Schicksal ist es, als Frau zur Welt zu kommen! Da könnte ich gleich eine Kuh sein, die man zum Markt führt und versteigert!«

»Ihr Schicksal ist so alt wie die Menschheit selber, Cathleen. Es geschieht seit Hunderten von Jahren, daß Väter mit ihren Töchtern handeln, es geschieht jetzt und es wird immer geschehen. Aber es ist nicht eigentlich bedeutungsvoll. Denn da Sie ihn niemals lieben werden, brauchen Sie auch nie wirklich unter ihm zu leiden. Wen wir lieben, der kann uns die größten Schmerzen zufügen, nicht der, den wir hassen!«

»Ich verstehe nicht, was du meinst«, sagte Cathleen verzweifelt, »mein Leben wird zerstört. Ich habe nur ein Leben, und das soll nun nach siebzehn Jahren vorbei sein und nur noch trostlos werden? Es nützt mir nichts, zu wissen, daß es allen Frauen so geht. Dann geschieht eben allen Frauen Unrecht. Sieh doch nur, was der König jetzt mit der Königin macht. Er zerrt sie vor Gericht, führt in aller Öffentlichkeit, vor den Augen von ganz Europa, einen Scheidungsprozeß, nur weil er plötzlich Lust auf eine andere Frau hat! Er nimmt überhaupt keine Rücksicht auf Katharinas Gefühle, es ist ihm gleich, wie sehr er sie verletzt.«

Mary fand, Cathleen habe recht. Sie wußte inzwischen, worum es in diesem Prozeß ging, und die Art, mit der Henry sein Ziel zu erreichen suchte, empörte sie.

Katharina von Aragon war vor 28 Jahren von Spanien nach England gekommen, um den Ehevertrag zwischen ihr und Henrys älterem Bruder Arthur, dem Prince of Wales, einzulösen. Arthur sollte für eine Verbindung Englands mit dem mächtigen Spanien sorgen und die Hochzeit zwischen ihm, dem vierzehnjährigen Prinzen, und der dreizehnjährigen Katharina wurde mit großem Aufwand gefeiert. Ein Jahr später fiel Arthur einer schweren Krankheit zum Opfer. Henry wurde Thronfolger und heiratete nach sieben Jahren die Witwe seines Bruders, jedoch war diese Verbindung von Anfang an nicht glücklich. Katharina brachte zwar einen Sohn zur Welt, aber der starb zwei Monate nach seiner Geburt, und als sie Jahre später erneut schwanger wurde, enttäuschte sie ihren Mann und den ganzen Hof mit einer Tochter. Man erzählte sich, Henry sei damals durchaus vernarrt in die kleine Prinzessin Mary gewesen, aber natürlich hinderte ihn das nicht, weiterhin auf einen Thronfolger zu hoffen. Doch Katharina bekam keine Kinder mehr, was den Beginn einer Tragödie bedeutete, die schließlich ihrem Höhepunkt entgegenstrebte, als die ebenso schöne wie junge Anna Boleyn, die viele Jahre zuvor mit Henrys Schwester Mary nach Frankreich gegangen war, als Hofdame nach London zurückkehrte und die Aufmerksamkeit des Königs erregte. Es sickerte allerdings schon bald durch, daß es einer Anna Boleyn gar nicht mehr bedurft hätte, um die königliche Ehe zum Scheitern zu bringen, denn schon einige Zeit vorher hatte der Mann, der Englands Politik betrieb, Lordkanzler Wolsey, beschlossen, daß es eine englisch-französische Allianz gegen die übermächtige Verbindung Kaiser Karls mit Spanien geben müsse und zu diesem Zweck hatte er bereits alles in die Wege geleitet, um Henry von der spanischen Katharina zu trennen und zur Eheschließung mit einer französischen Prinzessin zu bewegen. Henry hatte zwar keine Lust, eine Französin zu heiraten, aber er wollte Katharina loswerden und da er lang genug suchte, fand er schließlich eine Stelle in der Bibel, die dahingehend ausgelegt werden konnte, daß es wider die Gebote Gottes sei, wenn ein Mann die Frau heiratet, die einst sein Bruder besessen hat. Henry lud jeden Bürger Londons, der kommen wollte, in seinen Palast und hielt eine bewegende Rede, in der er an den noch nicht lang zurückliegenden Krieg zwischen den Häusern York und Lancaster erinnerte, an die damals beinahe endgültige Spaltung Englands, und er beteuerte, wie heilig ihm die Aufgabe sei, seinem Land ein guter König zu sein und es einig und mächtig werden zu lassen. Dies, so klagte er, sei aber nicht möglich, wenn schon der König mit der Königin in einer illegitimen Verbindung lebe, aus der dann natürlich auch kein zum Erbe des Throns berechtigter Sohn, sondern allenfalls ein Bastard hervorgehen könne. So schmerzlich es ihm sei, und so sehr er Katharina aufrichtig liebe, er müsse doch die ungültige Ehe mit ihr beenden.

Kurz darauf begann der öffentliche Prozeß in London, dessen Hauptproblem schließlich wurde: War Katharina tatsächlich die Frau von Prinz Arthur gewesen, ein durchaus strittiger Punkt, da man sie als Kinder verheiratet hatte. Die Verhandlung kreiste deshalb um die Klärung der Frage, ob Katharina unberührt in die Ehe mit Henry gegangen war oder nicht, wobei beide Parteien völlig gegensätzliche Behauptungen vertraten. Der König ließ jeden Tag neue obskure Zeugen aus allen Teilen Englands herbeischaffen, die vermutlich gar nichts wußten, aber unter dem Einfluß hoher Bestechungsgelder Aussagen der Königin ihnen gegenüber beschworen, die darauf hindeuteten, daß Katharina nicht nur auf dem Papier die Gemahlin des Prinzen Arthur gewesen war. Aber was auch immer die Wahrheit sein mochte, Mary fand, daß dieser detailliert in aller Öffentlichkeit ausgetragene Streit, vor den Augen und Ohren von ganz England und Europa, vor allen Königshäusern und dem Vatikan, eine unerträgliche Demütigung für eine Frau bedeutete, und oft dachte sie, daß sie an Katharinas Stelle lieber freiwillig den Hof verlassen hätte, als sich diesem Prozeß auszuliefern. Aber dann wieder stand sie abends ihrem betrunkenen Vater gegenüber und ein Gefühl der Solidarität mit Katharina erfaßte sie, weil die Königin tapfer genug war, die willkürlichen Launen eines herrschsüchtigen Mannes nicht kampflos hinzunehmen.

Immerhin, auch Cathleen schien nicht so fügsam zu sein, wie sie auf den ersten Blick wirkte. Jetzt erhob sie sich, trat vor den Spiegel und versuchte, ihr Gesicht wieder in Ordnung zu bringen.

»Pater Joshua soll kommen«, verlangte sie, »ich muß mit ihm sprechen. Ich muß ihm sagen, daß ein Unglück geschehen wird und daß er mir helfen soll!«

Anne versuchte, ihr diesen Einfall wieder auszureden, aber Cathleen beharrte darauf und fing schließlich wieder an zu weinen, so daß Anne nachgab und Mary beauftragte, Pater Joshua zu holen. Mary legte ihre Taschentücher zur Seite und rannte die Hintertreppe hinunter, die in die Küche führte. Dort traf sie Bess, die gerade Geschirr spülte.

»Wohin denn so eilig?« fragte sie. »Erzähl mir bloß nicht, du gehst schon nach Hause!«

»Ich muß Pater Joshua für Lady Cathleen holen«, erklärte Mary und kam sich recht wichtig vor, aber noch ehe sie etwas hinzufügen konnte, stürzte Gladys herbei.

»Christus im Himmel!« rief sie entsetzt. »Pater Joshua? Was ist denn mit Lady Cathleen?«

»Nichts weiter«, beruhigte Mary, »aber ich glaube, sie soll einen Mann heiraten, den sie nicht heiraten möchte.«

Alle starrten sie an. Gladys schlug die Hände über den Kopf zusammen.

»Das arme Kind! Dabei ist Lord Cavendor so ein reicher und vornehmer Mann!«

»Er ist grauenhaft«, meinte Lil, »ich habe ihn neulich gesehen. Er sieht gar nicht aus wie ein Mensch.«

»Lil!«

»Ich muß gehen«, sagte Mary eilig, »Lady Cathleen möchte, daß der Priester ihr hilft.«

Bess lachte höhnisch. »Der soll ihr helfen? Das ist doch albern. Er wird ihr sagen, daß sie sich zu fügen hat, und dann wird er mit ihr beten, daß Gott ihr ihre aufrührerischen Gedanken vergeben möge. Und zu guter Letzt wird er noch hinterrücks zu ihrem Vater gehen und ihm sagen, er soll die Vermählung so schnell wie möglich stattfinden lassen, weil Lady Cathleen sonst vielleicht etwas Unüberlegtes tut. So kommt es nämlich immer, wenn man sich mit der Kirche einläßt!«

»Führe nicht immer solche Reden, Bess«, brummte Gladys. Bess aber fuhr ungerührt fort: »Eines ist dir ja hoffentlich klar, Mary. Wenn Lady Cathleen heiratet, geht sie nach London, und ihre treue Anne Brisbane auch. Deine hübsche Zeit mit den Herrschaften ist dann endgültig vorbei. Aber«, sie wandte sich gleichmütig wieder ihrem Geschirr zu, »das tut dir nur gut. Du bist ohnehin ganz schön hochnäsig geworden in den letzten Wochen.«

Mary sah sie einen Moment lang sprachlos an, dann eilte sie aus der Küche in den Park. Dort legte sie ihre feuchten Hände gegen ihr glühendes Gesicht. Ihr Herz pochte laut und ihr wurde beinahe schwarz vor den Augen. Um alles in der Welt, das durfte nicht geschehen! Sie hatte keine Sekunde daran gedacht, aber nun, als Bess davon sprach, traf sie die Erkenntnis wie ein Blitzschlag. Natürlich, Bess hatte recht. Wenn Lady Cathleen heiratete, gingen sie und Anne fort, und Mary wurde wieder zum Küchenmädchen, das seine Zeit mit dem Aufwischen der Fußböden und dem Kleinschneiden von Gemüse verbrachte, anstatt in der Bibliothek zu sitzen und zu lesen oder Annes wohlklingender Stimme zu lauschen. Es schien ihr völlig ausgeschlossen, das Armenhaus, Shadow's Eyes, den völlig geistesschwachen Ambrose und die kalte Lettice länger ertragen zu können.

»Ich werde es nicht aushalten«, jammerte sie leise, aber nichts und niemand schien bereit, ihr zu Hilfe kommen zu wollen. Wenn Pater Joshua nicht half, gab es keine Hoffnung mehr.

Pater Joshua war sehr erstaunt, Mary Askew vor seiner Haustür stehen zu sehen, und von ihr ins Herrenhaus gerufen zu werden. Er versuchte herauszubekommen, weshalb Lady Cathleen ihn sprechen wollte, aber Mary dachte, daß es Cathleen vielleicht nicht recht wäre, wenn sie alles vorher ausplauderte, und schwieg daher. Sie lief neben dem Priester her und betrachtete ihn nur hin und wieder verstohlen von der Seite. Mit seinem langen schwarzen Gewand und dem großen Kreuz aus reinem Gold um den Hals hatte er ihr immer Respekt eingeflößt, aber heute stellte sie fest, daß er blaß und sorgenvoll und gar nicht einschüchternd aussah. Offenbar grübelte er über irgend etwas nach und Mary ahnte sogar, worüber. Sie hatte Cathleen und Anne erst gestern wieder über den Scheidungsprozeß in London sprechen hören und Anne hatte gesagt, daß viele englische Priester beunruhigt auf eine Stellungnahme des Vatikans warteten, deren ständiges Ausbleiben sie für ein schlechtes Zeichen nahmen. Man fürchtete, Henry werde seinen Willen auch ohne Zustimmung des Papstes durchsetzen, und das konnte nur eine Kette unaufhörlicher Auseinandersetzungen nach sich ziehen.

Cathleen eilte dem Prieser schon im Treppenhaus des Schlosses entgegen, sank vor ihm in die Knie und küßte den Ring an seiner Hand. Sie gab sich keine Mühe, ihre Tränen zurückzuhalten.

»Pater Joshua, Sie müssen mir helfen!« rief sie. »Niemand sonst kann mir jetzt noch helfen!«

Und mir auch nicht, dachte Mary. Sie faltete die Hände, so fest, daß die Finger schmerzten.

Wenn er jetzt hilft, dann werde ich nie wieder einen von Nans Geistern anrufen, schwor sie sich im stillen, und ich werde jeden Sonntag zur Beichte gehen!

Mary durfte bei dem Gespräch zwischen Pater Joshua und Lady Cathleen nicht dabei sein, aber sie kannte Fernhill inzwischen gut genug, um sich zu helfen zu wissen. Sie schlüpfte in einen stillen, leeren Nebenraum, öffnete eines der hohen Flügelfenster einen Spalt breit und lehnte sich hinaus. Wenn sie angestrengt lauschte, konnte sie das Gespräch aus Cathleens Zimmer verstehen.

»Kind, mit Ihren aufrührerischen Gedanken begehen Sie eine schwere Sünde«, sagte Pater Joshua, »Sie erheben sich nicht nur gegen Ihren Vater, was Ihnen nicht zusteht, nein, Sie erheben sich auch gegen Gott, indem Sie aufbegehren gegen Ihre Rolle als Frau, die nach Gottes Geboten die schweigende Untertanin des Mannes sein soll.«

Cathleen erwiderte etwas, aber sie sprach so leise, daß Mary es nicht verstand. Ihr Herz schlug hart und schnell. Pater Joshua würde nicht helfen, nie im Leben würde er das tun. Sie lauschte wieder, auf Cathleens verzweifelte Stime, mit der sie den Priester beschwor, ihr dieses eine Mal zu helfen, sie wolle dann auch niemals wieder trotzig und anmaßend und aufsässig sein, aber was hier von ihr verlangt werde, sei mehr, als sie zu ertragen fähig sei, und Gott möge ihr vergeben, sie könne sich nicht fügen.

»Es bleibt Ihnen nichts anderes übrig«, sagte Pater Joshua ernst, »und denken Sie immer daran, daß Gott seine treuen Untertanen einst reich belohnen wird.«

»Ja, wenn ich dann tot bin«, entgegnete Cathleen leidenschaftlich, »aber ich bin erst siebzehn und allzu schnell werde ich wohl nicht erlöst!«

»Ich bin bestürzt über diese Reden. Ich habe Sie nie so erlebt, Cathleen. Wir sollten gemeinsam beten, damit Ihre Gedanken zur Ruhe kommen.«

Der Priester begann mit halblauter Stimme das Ave Maria zu murmeln. Mary konnte nicht hören, ob Cathleen einstimmte. Sie zuckte zusammen, als sich ihr plötzlich eine Hand auf die Schultern legte. Als sie sich umdrehte, sah sie Anne Brisbane, die lautlos das Zimmer betreten hatte.

»Aber, Mary«, sagte sie, »du lauschst ja! Hast du nichts Besseres zu tun?«

Mary biß sich auf die Lippen. Anne stand kühl und aufrecht wie stets vor ihr und auf den ersten Blick war ihrem glatten Gesicht keine Erregung anzusehen. Mary meinte jedoch verhaltene Wut und tiefe Traurigkeit in Annes Augen zu sehen. In dem sicheren Gefühl, eine Verbündete vor sich zu haben, gab sie sich keine Mühe mehr, ihre Trostlosigkeit zu verbergen und fragte mit zitternder Stimme:

»Miss Brisbane, Lady Cathleen und Sie werden dann nach London gehen, nicht?«

Anne zögerte einen Moment, hob in einer hilflosen Bewegung die Hände und ließ sie wieder sinken.

»Ja, Mary«, antwortete sie dann, »wir gehen nach London. Lord Cavendor ist Mitglied im Geheimen Kronrat Seiner Majestät, und er kann deshalb nur in London leben. Das verstehst du doch?«

Mary senkte den Kopf. Als sie wieder aufblickte, bemerkte sie voller Überraschung, daß sich der Ausdruck auf Anne Brisbanes Gesicht gewandelt hatte, ihr Mund war jetzt zu einem beinahe triumphierenden leisen Lächeln verzogen, in dem Bosheit und Schadenfreude mitschwangen.

»Sie wird ihn niemals lieben«, sagte sie, mehr zu sich als zu Mary, deren Anwesenheit sie vergessen zu haben schien, »er wird nicht viel Freude mit ihr haben. Bis zu seinem Tod wird sie ihn hassen!«

Verwundert erkannte Mary, daß Anne aus diesem unverhohlenen Abscheu Cathleens vor Cavendor Trost zu schöpfen schien. Sie konnte es sich nicht erklären, aber sie hatte den Eindruck, daß Anne es noch viel weniger schätzen würde, wenn Cathleen einem Mann versprochen wäre, den sie lieben könnte.

Mary erfuhr nie, ob Bess tatsächlich in allen Punkten ihrer Voraussage recht behalten hatte und der Priester wirklich ohne zu zögern Lord Cavendor aufgesucht und ihm von dem Gespräch mit Lady

Cathleen berichtet hatte, aber die geplante Hochzeit wurde mit höchster Eile vorbereitet. Schneiderinnen aus London kamen ins Schloß, um das Kleid für die Braut anzufertigen, fremde Köche belagerten die Küche und trieben Gladys zur Verzweiflung, Gärtner machten sich im Park zu schaffen, und die Dienstboten mußten das ganze Haus putzen, vom großen Spiegelsaal bis hin zur kleinsten Abstellkammer. Die alte Lady Fairchild, eine zarte, weißhaarige Frau, der nichts so wichtig war wie Ehre und Ansehen ihrer Familie, fühlte sich bereits nach wenigen Tagen völlig überfordert und der Gedanke an die Schar auserlesener Gäste, die bald ihr Schloß belagern würde, brachte sie völlig durcheinander. Da Cathleen, die kein Wort mehr mit ihren Eltern sprach, sich weigerte, ihrer Mutter beizustehen, mußte sich meist Anne Brisbane bei ihr aufhalten und ihr Mut zusprechen. So konnte sie sich kaum noch um Mary kümmern, und die geriet sofort wieder in ihre alte Rolle als Küchenmädchen. Bess hatte sich von Anfang an über die Privilegierung der jüngeren Schwester geärgert und zahlte es ihr nun heim, indem sie sie schlimmer tyrannisierte als je zuvor. Mary war von früh bis spät auf den Beinen, wischte Böden auf, staubte Bücher ab, wusch Geschirr, schnitt Gemüse klein, putzte Fenster, Türen, Treppengeländer und Marmorsäulen und hatte ganze Berge von Kleidern und Wäsche zu säumen und zu besticken. Immer, wenn sie eine Arbeit beendet hatte und einen Moment lang ihre schmerzenden Glieder streckte oder erschöpft die Augen schloß, tauchte Bess wie ein allgegenwärtiges Gespenst neben ihr auf und fuhr sie an. Als Mary dagegen aufbegehrte, sagte sie nur:

»Hör mir gut zu, wenn du frech wirst, dann erzähle ich Mutter, wie du dich benimmst und du sollst sehen, wie schnell du bessere Manieren lernst!«

Diese Drohung schüchterte Mary ein, denn sie wußte, daß Lettice sie jederzeit daran hindern konnte, im Herrenhaus zu arbeiten.

Sie begann in dieser Zeit, in den heißen Juliwochen und ersten Augusttagen des Jahres 1529, zu begreifen, warum es Menschen gab, die sich in einsamen Nächten in den dunklen Kammern ihrer Häuser aufhängten oder sich im Teich von Shadow's Eyes ertränkten. Sie hatte nur acht Wochen lang mit Cathleen und Anne gelebt, aber das reichte aus, um sie in die tiefste und schrecklichste Verzweiflung zu stürzen, wenn sie abends durch die schmale, niedrige Tür ihres Elternhauses treten mußte. Manchmal wünschte sie sich, stumpf, dumm und empfindungslos zu sein, weil sich dann alles leichter ertragen ließe. Sie wußte, daß sie den Dreck, die Armut und die drangvolle Enge aushalten konnte, aber nicht die grenzenlose Dummheit und Banalität ihres Vaters und ihres Bruders. Wenn sie die beiden abends in der Küche sitzen sah, so besoffen, daß sie kein verständliches Wort mehr hervorbringen konnten, daß sie einander nur noch ordinäre Laute ins Gesicht lallten und mit vor Begierde triefenden Augen Lettice und Bess fixierten, dann mußte sie sich beinahe übergeben vor Abscheu. Sie reagierte mit jedem Tag empfindlicher, und bemerkte dann auch noch, daß sie selber immer häufiger zum Anziehungspunkt für jenen widerlichen, gierigen Männerblick wurde, den sie so verabscheute. Sie hatte kaum registriert, wie sie sich veränderte, zumal es im Armenhaus von Shadow's Eyes keinen Spiegel gab, aber plötzlich wurde ihr bewußt, daß ihre Kleider alle kürzer und enger geworden waren. Sie war größer und fülliger geworden, denn die Köchin Gladys, die selber keine Kinder hatte, aber einen ausgeprägten Mutterinstinkt besaß, fütterte das kleine Mädchen täglich mit Butter und Milch. Mary bekam eine gesunde Gesichtsfarbe, lebendige Augen, und ihr Haar glänzte rötlich in der Sonne. Sie würde wohl ebenso schön werden wie Lettice und Bess, und natürlich fiel das auch den Männern in Shadow's Eyes auf. Und die Askew-Frauen waren dafür bekannt, daß sie einem Mann alles zu Gefallen taten, wenn er sich nur von ihrer Sinnlichkeit um den Verstand bringen ließ. Es gab eine ganze Anzahl Männer in Shadow's Eyes, Freunde von Ambrose, die die Abende im *Oakwood House* verbrachten, Unmengen von Bier tranken, das dort frisch und schaumig in großen Holzschüsseln angeboten wurde, und dann durch die Gassen zogen, um jede Frau anzusprechen, die sie dort trafen. Der Schmied gehörte dazu, der Barbier, der Leintuchkrämer und der Metzger. Bisher hatte sich Mary nie von ihnen belästigt gefühlt, weil die Männer dem mageren Kind nicht die geringste Beachtung schenkten. Nun aber starrten sie hinter ihr her und riefen ihr obszöne Worte nach.

An einem Abend Ende August, als sie besonders lange in Fernhill hatte arbeiten müssen, und erst in der Dunkelheit heimkehrte, traf sie vor *Oakwood House* auf eine Gruppe betrunkener Männer, die gerade schwankend die Treppe herunterkamen und auf unsicheren Beinen in der Gasse stehen blieben. Sie erkannte ihren Vater, der sich nur noch an eine Hauswand gelehnt im Gleichgewicht halten konnte, ihren Bruder, der laut gröhlend ein Lied sang, und eine ganze Anzahl jener Freunde, mit denen die beiden auch sonst immer herumzogen, tranken, stritten, fluchten, sich schlugen und spielten. Mary wollte blitzschnell vorbeihuschen, aber der Schmied hatte sie bereits erspäht und griff nach ihrem Arm. Er zerrte sie in den Schein der flackernden Laterne vor dem Wirtshaus und stieß einen triumphierenden Schrei aus.

»He, seht mal, was ich gefangen habe!« rief er. »Ist das nicht ein süßes kleines Schätzchen?«

»Zum Teufel, das ist doch die kleine Askew! Ambrose, wie viele von den hübschen Dingern hast du denn noch zu Hause sitzen?«

Ambrose starrte Mary mit schwimmenden Augen an.

»Das is' Mary«, murmelte er schwerfällig, »Mary is' doch nich' hübsch. Dummes, kleines Luder, denkt sie ist vornehm!«

»Ambrose, du hast keine Augen in deinem gottverdammten Kopf«, schrie der Metzger, der nicht einmal für den Gang ins Wirtshaus seine blutverschmierte Schürze abgebunden hatte, »das hier ist das niedlichste Herzchen, das mir seit langem zwischen die Finger gekommen ist! Darf man es anfassen?«

Alle lachten kreischend. Mit einer heftigen Bewegung versuchte Mary sich loszureißen, aber die kräftige, verschwitzte Hand des Schmieds hielt sie eisern fest. Ihr wurde schlecht vor Angst, weil sie erkannte, daß sie weder von Ambrose noch von Edward Hilfe erwarten konnte, und einen Moment lang drehte sich alles vor ihren Augen. Mit aller Gewalt kämpfte sie gegen den Schwindel an, weil sie auf keinen Fall ohnmächtig und damit völlig wehrlos werden wollte. Sie sah, daß Edward häßlich grinste.

»Faß sie nur an«, sagte er, »das hat sie gern! Das haben alle Weiber gern, auch wenn sie sich so verflucht zickig anstellen!«

Wieder lachten alle und jubelten begeistert Zustimmung. Ambrose schlug sich vor Entzücken immer wieder auf seinen dicken Bauch. In seinen Augen leuchtete Triumph, und Mary wußte, daß er jetzt Rache nahm an der kühlen Überlegenheit von Lettice, die ihn ein Leben lang zur Raserei gebracht hatte. Sie alle nahmen Rache, für jeden verachtungsvollen Blick, den ihnen je eine Frau zugeworfen hatte, für jede Zurückweisung, für jede Demütigung, die sie erlitten hatten, wenn sie dreckig und betrunken durch die Straßen von Shadow's Eyes torkelten und die jungen Mädchen über sie kicherten. Mary sah ihre feisten, großporigen Gesichter auf einmal ganz dicht vor sich und roch den Bierdunst, der sie umgab. Harte, grobe Hände griffen an ihre Beine, andere preßten ihre Brüste. Mary wehrte sich aus Leibeskräften, aber es waren zu viele und sie waren zu stark. Der Metzger quetschte ihr mit geübtem Griff die Lippen auseinander, und zu ihrem furchtbaren Entsetzen stieß er ihr seine große, fette, glitschige Zunge in den Mund. Es wurde ihr so übel, daß sie meinte, jeden Augenblick sterben zu müssen, sie versuchte zu schreien, aber sie krächzte nur leise. Irgend jemand bog ihr den Arm so auf den Rücken, daß der Schmerz wie ein kurzer, heißer Strahl durch sie hindurchlief.

»So 'n leckeres Täubchen«, murmelte eine Stimme. Eine Hand packte ihre Füße und zog sie weg, so daß sie hingefallen wäre, hätte der andere sie nicht noch an ihrem verdrehten Arm gehalten. Der Metzger hatte von ihr abgelassen und atmete keuchend. Mary wartete auf den nächsten Angriff und dachte wirr: Jetzt werde ich gleich tot sein, o Gott sei Dank, gleich bin ich tot und alles ist vorbei!

Doch statt dessen fühlte sie plötzlich den vertrauten Schmerz in ihrer Brust, sie rang um Luft, röchelte, hörte ein reißendes, rauhes Rasseln, das aus ihren Lungen drang, so furchterregend, daß die Männer still wurden und zurückwichen. Im trüben Schein der Laterne konnten sie sehen, daß Mary hilflos nach Luft schnappte und ihr Gesicht sich bläulich verfärbte. Sie krümmte sich zusammen und schwankte in den Knien, konnte aber mit der einen Hand nach dem eisernen Geländer der Wirtshaustreppe greifen und sich daran wieder hochziehen.

»Verdammter Mist«, einer der Männer schien fast betroffen zu sein. »Die Kleine verreckt doch nicht, oder?«

»Los, kommt, wir hauen ab. Hinterher schieben die uns noch was in die Schuhe.«

»Wir haben ihr nichts getan, oder? Irgendwann muß sie's doch lernen. Sie hat's bestimmt schön gefunden!«

Unter schuldbewußtem Gemurmel zogen sie sich zurück.

Edward lachte verächtlich. »Das hat die oft«, sagte er, aber er machte sich ebenso schnell aus dem Staub wie die anderen. In wenigen Momenten lag die enge Straße wie ausgestorben da und Mary konnte den Blick heben und in den samtschwarzen Augusthimmel mit seinen kleinen Sternen sehen.

Ihr Husten beruhigte sich, aber ihr Herz raste, und am ganzen Körper brach ihr der Schweiß aus. Ihr Mund zitterte und sie hatte überhaupt keine Gewalt über ihre Hände, mit denen sie versuchte, ihr zerknittertes Kleid glatt zu streichen. Sie war so angewidert, fühlte sich so elend und so gedemütigt, daß sie sich nachdrücklich verbot, über das Geschehene nachzudenken. Sie bemühte sich, an harmlose, unverfängliche Dinge zu denken, während sie nach Hause lief, an Lady Cathleen, die heute wieder mit verweinten Augen aufgestanden war, an Gladys, die einen der fremden Köche so angeschrien hatte, daß er seine Arbeit niederlegte, an Nan, die schon in aller Frühe vor dem Armenhaus gesessen und die Geister in ihrer goldenen Kugel beschworen hatte.

Nur an Frederic konnte sie nicht denken. Er durfte nie erfahren, was heute geschehen war. Sie dachte an die Zartheit, mit der er sie küßte, und es war ihr, als sei die verschwiegene, geheimnisvolle Zärtlichkeit zwischen ihnen mit einem einzigen brutalen Schlag zerstört worden. Wie sollte sie ihn je wieder unbefangen umarmen können nach diesem Abend?

Mary umklammerte ihren Körper mit beiden Armen und stolperte vorwärts, taumelte gegen Hauswände und fiel einmal hin, in den stinkenden Unrat, den die Leute aus den Fenstern kippten, aber es kümmerte sie kaum. Sie hatte vorhin nicht weinen können, aber jetzt stieg ein Schluchzen in ihr auf und als sie in die Gasse bog, in der sie wohnte, weinte sie heftig. Sie hoffte von ganzem Herzen, daß weder Ambrose noch Edward da wären und daß sie möglichst auch Lettice nicht begegnen würde, sondern sich in aller Heimlichkeit in ihre Kammer hinaufschleichen könnte, um sich dort zu verkriechen. Aber schon im Eingang begegnete sie ihrer Mutter.

»Ach, da bist du ja, Mary«, sagte sie gleichgültig und wollte einfach weitergehen, als ihr auffiel, daß ihre Tochter nicht einen Augenblick lang gerade stehen konnte, sondern völlig zusammengekrümmt an ihr vorüberschlich.

»Was ist denn, hast du Schmerzen?« Sie drehte Mary, die sich abgewandt hatte, zu sich herum und hob ihren Kopf. »Himmel, bist du bleich«, stellte sie fest, »und du weinst ja. Was ist denn los?«

»O Mutter!« Mary begann heftiger zu weinen und spürte deutlich, daß sie jeden Moment laut schreien würde. Durch ihre Tränen hindurch sah sie, daß Lettice sie verärgert anblickte. Sie hatte es nie leiden können, wenn ihre Kinder weinten.

»Nimm dich gefälligst zusammen«, befahl sie barsch, »sag was los ist oder laß es bleiben, aber hör auf zu heulen!«

Mary würgte ihre Tränen hinunter. Sie hätte gern weiter geweint, denn sie spürte, daß es ihr half, mit dem grauenhaften Erlebnis fertig zu werden. Aber sie mußte Lettice alles sagen, denn diesmal würde ihre Mutter sie verstehen, und wenn Ambrose und Edward heimkehrten, würde sie ihnen verbieten, jemals wieder so etwas zu tun.

»Mutter, es war so schrecklich«, rief sie, »vor dem *Oakwood House* bin ich sechs oder sieben Männern begegnet, gräßlichen, betrunkenen Kerlen. Vater und Edward waren auch bei ihnen. Sie haben mir überhaupt nicht geholfen, sie haben zugesehen, wie...« Sie brach ab, ihr Gesicht wurde starr und weiß bei der Erinnerung an das Entsetzliche. Lettice starrte sie an.

»Zugesehen wobei? Was haben die anderen denn getan?«

»Sie haben mich festgehalten. Sie haben mich überall angefaßt, sie haben mich geküßt, alle diese dreckigen Kerle... oh, es war so schrecklich, es war so schrecklich!« Mary begann wieder zu schluchzen und am ganzen Körper zu zittern. Lettice packte sie an den Schultern und schüttelte sie.

»War das alles?« fragte sie. »Mary, sonst nichts?«

Mary schüttelte den Kopf.

Lettice ließ sie los und sah sie verächtlich an. »Und deshalb heulst du so«, sagte sie, »dir ist überhaupt nichts passiert und du läufst hier herum, als seist du einem Gespenst begegnet! Herrgott, was bist du für ein zickiges kleines Ding!«

Mary sah voller Fassungslosigkeit zu ihr auf.

Lettice betrachtete sie kalt.

»Dein vornehmes Gehabe solltest du dir beizeiten abgewöhnen, Herzchen, sonst kommst du nicht weit. Die wollten ein bißchen Spaß haben. Laß sie doch. Das sind arme Kerle, jeder von ihnen genauso schwachsinnig und verkommen wie dein Vater, und alles was sie vom Leben wollen, ist Bier und hin und wieder eine Frau. Wenn du nur ein wenig so wärst wie Bess und ich, dann würdest du es genießen und wissen, daß du sie damit ganz herrlich in der Hand hast. Das sind arme Schweine, verstehst du?«

Mary brachte kein Wort hervor. Lettice zuckte mit den Schultern.

»Dir ist der vornehme Belville nicht bekommen«, sagte sie, »und das Leben im Herrenhaus schon gar nicht. Wie gut, daß das bald vorbei ist!«

Mary brach abermals in Tränen aus und rutschte an der Wand entlang hinunter auf den Fußboden, weil sie sich vor Schmerzen nicht mehr auf den Beinen halten konnte.

»Aber ich kann dich nicht verstehen«, rief sie, »warum hältst du zu ihnen? Das hätten sie auch mit dir machen können! Sie nehmen sich, was sie wollen, nur weil sie in der Überzahl sind!«

»So sind sie alle. Kann ich auch nicht ändern!«

»Aber ich glaube es nicht. Ich glaube nicht, daß alle so sind. Frederic ist...«

Die Haustür wurde aufgestoßen und Ambrose und Edward torkelten herein. Mary stieß einen langen, schrillen Schrei aus und Lettice schlug ihr mit aller Kraft ins Gesicht.

»Hör endlich auf, du hysterische Kuh!« schrie sie. »O verflucht, Ambrose, laß bloß die Finger von ihr! Und du auch, Edward, und eure sauberen Freunde! Ich kann es hinterher ausbaden!«

»Ach, die Kleine ist gleich losgelaufen und hat alles erzählt«, sagte Edward lauernd, »was bist du für eine widerliche Ratte, Mary! Nimm dich bloß in acht!«

»Jetzt laß sie endlich«, befahl Lettice, »und du, Mary, mach, daß du endlich in dein Bett kommst!«

Obwohl Mary vor Schmerzen kaum laufen konnte, schaffte sie es, sich die Treppe hinauf in ihre Kammer zu schleppen. Sie fiel auf ihr Bett, zog die Knie bis an ihr Kinn und hielt mit den Armen die Füße umschlungen. Sie zitterte zwar noch, aber ihre Tränen versiegten. Schlimmer noch als der Ekel war das Gefühl, von Lettice verraten und enttäuscht worden zu sein. Wenn sie jemals eine Verbündete gebraucht hätte, dann jetzt, aber bei ihrer Mutter hatte sie weder Schutz noch Trost gefunden. Noch Jahre später, als sie längst erwachsen geworden war und etwas nachsichtig über die Bedeutung lächelte, die sie diesem Ereignis beigemessen hatte, spürte sie den bitteren Schmerz über Lettices Gleichgültigkeit.

Als sie am nächsten Morgen in der ersten Dämmerung mit Bess zusammen zum Herrenhaus ging, lästerte die ältere Schwester die ganze Zeit über das gestrige Erlebnis.

»Als du im Bett warst, haben wir uns noch den ganzen Abend lang amüsiert«, berichtete sie mit einem harten Lachen, »du mußt dich ja fürchterlich angestellt haben! Edward sagt, er wüßte sowieso nicht, was die Kerle an dir gefunden haben. An dir ist doch wirklich überhaupt nichts dran.« Sie musterte Mary verächtlich. »Viel haben die davon bestimmt nicht gehabt!«

Mary gab keine Antwort und Bess kicherte noch eine Weile vor sich hin, wobei Mary das eigenartige Gefühl hatte, Bess zeige einen Anflug von Eifersucht und Neid. Aber sie dachte nicht weiter darüber nach, denn ihr war ganz elend vor Kummer. Sie verbrachte den ganzen Tag wie in einem Traum, tat sorgfältig ihre Arbeit und konzentrierte sich darauf, als könne sie den Alptraum der Nacht und die Angst vor der Zukunft damit vergessen. Als sich draußen die Augustsonne dem Untergang zuneigte, begann sie furchtsam an ihren Heimweg zu denken und zu überlegen, welche Schleichpfade sie benutzen könnte, um auf gar keinen Fall diesen Männern erneut zu begegnen. Sie lief die Kellertreppe hinauf, weil sie Anne einige Tischtücher bringen mußte, doch als sie die Eingangshalle betrat, blieb sie ruckartig stehen. Zum ersten Mal, seit sie in Fernhill war, sah sie Lord Robert Cavendor.

Er stand mitten in der Halle, ein großer breitschultriger Mann, gekleidet in einen Mantel aus schwarzem Samt, der an den Ärmeln mit goldenen Perlen und roten Rubinen bestickt war. Er hatte ein breites Gesicht mit einer flachen Nase und einer niedrigen Stirn, seine Augen standen eng zusammen, und der Mund verschwand zwischen einem gewaltigen schwarzen Bart. Auf dem Kopf trug er ein Barett, ebenfalls aus schwarzem Samt und übersät mit goldenen Perlen. Eine prachtvolle, rotgefärbte Straußenfeder war daran befestigt und wippte bei jedem Schritt auf und ab.

Mary empfand sofort die Ausstrahlung von Machtbewußtsein und Gewalttätigkeit, die dieser Mann verströmte. Sie starrte ihn wie gebannt an, aber sein Blick glitt nur kurz und gleichgültig über sie hinweg, ehe er sich wieder an Anne Brisbane wandte, die ihn zur Tür begleitete.

»Sag Lady Cathleen, daß ich morgen wiederkomme«, befahl er. Seine Stimme klang verärgert. »Und ich erwarte, daß sie mich höflich empfängt. Richte ihr das aus.«

Er verließ das Haus und schlug krachend die Pforte hinter sich zu. Anne, die sich allein glaubte, murmelte: »Verdammter Bastard!« und sah einen Moment lang so aus, als wolle sie einen der steinernen Krüge, die überall herumstanden, ergreifen und zu Boden schmettern. Dann entdeckte sie Mary und fragte mit unbewegtem Gesicht: »Wie lange stehst du denn schon da?« und ohne eine Antwort abzuwarten setzte sie hinzu: »Ich muß nach Lady Cathleen sehen. Sie ist sehr...«

Über ihnen auf der Empore tauchte Cathleen gerade auf, und sie neigte sich mit einer Heftigkeit über das Geländer, daß Anne und Mary gleichzeitig aufschrien, weil sie glaubten, Cathleen werde hinabstürzen.

»Ist er weg?« schrie sie. »Anne, ist er weg? O Gott, ich kann ihn einfach nicht ertragen! Komm sofort her und befreie mich von dieser Katze!« Ihre Stimme überschlug sich fast. Mary und Anne warfen einander besorgte Blicke zu.

»Er hat ihr eine Katze geschenkt«, erklärte Anne und eilte die Treppe hinauf, »aber sie lehnt es ab, irgend etwas anzunehmen.«

Mary folgte ihr. Oben kauerte Cathleen in ihrem Zimmer auf

dem Bett, zitternd vor Wut und völlig außer sich. Auf dem Teppich saß eine kleine graue Katze und leckte sich eifrig die Pfoten.

»Nimm sie weg!« rief Cathleen. »Ich kann sie nicht sehen! Mary, du kannst sie haben, ich schenke sie dir!«

»Möchtest du?« fragte Anne. Mary nickte. Sie hob die Katze vorsichtig auf und preßte ihr Gesicht in das weiche Fell. Natürlich liefen viele Katzen in Shadow's Eyes herum, auch im Armenhaus, denn ohne sie wäre man der vielen Mäuse und Ratten nicht Herr geworden, aber diese Katze war etwas ganz anderes. Sie war schön und gepflegt, und sie war ein Geschenk von Cathleen.

»Darf ich sie wirklich behalten?« fragte Mary. »Ich hätte sie so gern!«

»Jaja, nimm sie. Das arme Tier kann ja nichts dafür, aber ich könnte sie nicht um mich haben.« Cathleen hatte sich ein wenig beruhigt, aber sie sah Anne aus trostlosen Augen an.

»Nicht einmal du weißt, wie sehr ich diesen Mann hasse«, sagte sie. Mary verließ leise das Zimmer. Die Katze eng an sich gedrückt lief sie in den Keller und von dort in den Park.

»Ich werde dich Cathleen nennen«, flüsterte sie, »und du gehörst ganz allein mir. Wir werden immer zusammenbleiben!«

Die Katze schnurrte. Sie hatte wunderschöne goldbraune Augen und zarte, flaumige Haare auf den Spitzen ihrer Ohren. Ganz zweifellos hatte Lord Cavendor das hübscheste Tier ausgesucht, das er nur finden konnte. Mary konnte sich nicht erinnern, daß Ambrose jemals Lettice irgend etwas geschenkt hätte.

Daheim traf sie als erstes Nan, die wie ein dunkler Schatten vor dem Haus saß, ihre Zauberkugel sanft hin und her schwenkte und lautlos etwas murmelte.

»Nan, sieh nur, was ich habe!« rief Mary. »Lady Cathleen hat mir eine Katze geschenkt!« Sie blieb atemlos vor der Alten stehen und hielt ihr das Tier entgegen. Nan ließ die Kugel sinken und hob ihr altes, häßliches Gesicht zu Mary auf. Ihre winzigen gelben Augen glühten.

»Fort mit ihr, Kind, schnell!« rief sie voller Furcht. »Ich sehe Unheil und es ist schon ganz nah! Fort, nur fort, so schnell du kannst!« Sie fuchtelte mit ihren dünnen, krallenähnlichen Händen. Mary wich erschrocken zurück. Im gleichen Augenblick trat Edward aus dem Haus, ungewöhnlich nüchtern, aber dadurch noch gefährlicher. Sein wulstiger Mund verzog sich zu einem häßlichen Grinsen, als er Mary erblickte.

»Unser Kind ist schon zurück?« fragte er sanft. »Wie kommt denn das?« Er trat einen Schritt auf Mary zu, die stehenblieb und ihn starr vor Schreck ansah. Sie begriff, daß sie so schnell wie möglich die Katze loswerden mußte und ließ das Tier einfach fallen, in der Hoffnung, es werde fortlaufen. Statt dessen aber blieb es benommen sitzen, bevor es leise miauend um Marys Beine strich. Edward starrte die Katze an. Ihm war anzusehen, daß sich in seinem Kopf langsam und schwerfällig der Gedanke formte, diese Katze, glänzend und gepflegt wie sie aussah, sei etwas Besonderes, und Marys Herz hinge an ihr. Er begann noch teuflicher zu grinsen als vorher, während er mit langsamen Schritten auf seine Schwester zuging. Mary schrie so laut, daß die ganze Gasse davon widerhallte. Nan erhob sich schwerfällig, aber Edward stieß sie einfach zur Seite, so daß sie in den Schmutz der Straße fiel, wo sie zusammengekauert liegenblieb, einen Fluch nach dem anderen ausstoßend und in wilden Schreien alle Geister beschwörend. Mary hob beide Fäuste, aber Edward drückte sie hinunter, packte die kleine Schwester und schleuderte sie so hart gegen die nächste Hauswand, daß ihr beinahe schwarz vor Augen wurde und sie einen Moment lang bewegungslos um ihr Gleichgewicht kämpfte. Er hob die Katze hoch, die, Böses ahnend, kratzte und zappelte, und lachte brüllend auf, als Mary ihn schluchzend anschrie:

»Nein, Edward, bitte nicht, tu es bitte nicht! Nein, bitte, bitte, Edward! Bitte nicht! Töte mich, aber nicht sie, bitte!«

Edward legte seine beiden riesigen Hände um den zarten Hals der Katze und dann, mit einem harten Ruck, brach er ihr das Genick. Er schwenkte den leblosen Körper hin und her, ehe er ihn mit einer schwungvollen Bewegung der keifenden Nan in den Schoß schmiß.

»Das kommt davon, daß du Mutter von uns erzählt hast!« rief er. »Und das nächste Mal kommst du selber dran!«

»Du kommst in die Hölle, Edward Askew!« brüllte Nan. »Ich schwör' es dir, du dreckiger Lump, du kommst in die Hölle!«

Edward trat nach ihr und sie spuckte ihm vor die Füße, aber er lachte nur. Mary wollte zu Nan hinlaufen, aber ihre Beine trugen sie nicht mehr, sie fiel zu Boden und kroch auf allen vieren auf die Alte zu.

»O Nan«, schluchzte sie, »Nan, ist sie tot?«

»Ja, Kindchen, sie ist tot«, Nan schüttelte betrübt den Kopf, »armes Kind, armes Kind! Mausetot ist das liebe Kätzchen!«

Mary brach über dem leblosen Körper zusammen, sie zitterte vor Weinen und krümmte sich unter einem Schmerz, der schlimmer war als alle Schmerzen, die sie je erlitten hatte. Sie strich über das Fell der Katze, über die Pfoten, die feucht waren, weil das Tier sie sich gerade noch geschleckt hatte, über die Lippen, die leicht geöffnet standen und über die warme Nase, die bereits ihre rosarote Farbe verlor und gelblich-weiß wurde.

»Warum hat er das getan?« flüsterte sie. »Warum bloß?«

Nan wußte auch keine Antwort. Sie wühlte leise murmelnd zwischen den Gemüseabfällen und stinkenden Fleischresten, die Lettice am Mittag aus dem Fenster gekippt hatte, und suchte nach ihrer Zauberkugel, weil sie sofort herausfinden mußte, welch düsteres Schicksal Edward Askew für sein weiteres Leben bevorstand. Nur die gräßlichste Prophezeiung der Welt konnte jetzt noch ihren Seelenfrieden wiederherstellen.

Mary lief, die tote Katze im Arm, kreuz und quer durch die Wiesen um Shadow's Eyes. Die Sonne war untergegangen und der Himmel voller Sterne, in der warmen Augustnacht zirpten überall Grillen. Gegen Marys nackte Beine schlugen Brennesseln und Disteln, sie trat auf Steine und harte Erdklumpen, patschte durch flache Bäche, glitt auf Wiesenhängen aus und fiel zu Boden, rappelte sich auf und hinkte weiter. Sie konzentrierte sich darauf, die Katze festzuhalten und sie ganz fest an sich zu pressen, als könne sie etwas von ihrer eigenen Wärme und Lebendigkeit an sie abgeben. Sie hatte keine Vorstellung, wohin sie eigentlich wollte, sie hatte nur einfach fortgemußt. Sie sah Marmalon im Mondlicht liegen und davor ihre Weide, aber niemand war dort, zu dem sie hätte gehen können. Mit letzter Kraft lief sie nach Fernhill.

Der Gärtner hatte die Seitenpforte noch nicht verriegelt, und Mary lief rasch in den Park. Sie rannte den vertrauten Schleichpfad entlang, bis zu der Treppe, die in den Keller führte. Mit der einen Hand hielt sie die Katze fest, mit der anderen hämmerte sie gegen die Tür.

Gladys hatte offenbar noch gearbeitet, denn sie erschien sofort und spähte erschrocken hinaus.

»Mary, du bist es?« flüsterte sie. »Aber Kind, was…«

Mary drängte sich an ihr vorbei hinein. Blaß wie der Tod stand sie in dem von wenigen zuckenden Kerzen erhellten Kellergewölbe und starrte die alte Köchin aus riesigen Augen an. Gladys schrie auf, als sie die Katze erblickte.

»Was ist denn das? Mary, bist du wahnsinnig geworden, eine tote Katze in meine Küche zu bringen?«

»Ich muß zu Miss Brisbane.«

»Ich weiß nicht, ob das so spät…«

Aber Mary wartete nicht länger, sondern lief schon die Treppe hinauf. Noch nie hatte sie sich hier in einem solchen Aufzug blicken lassen. Sie war barfüßig, Gesicht, Arme und Beine waren mit Dreck beschmiert, die Haare zerzaust und die Beine blutig von den Dornen im Park. Sie stürzte in Lady Cathleens Zimmer, wo Anne Brisbane auf einem Sessel saß und ein schweres Seidennachthemd von Cathleen an ihr Gesicht drückte. Ihre Finger glitten sanft über den Stoff, und sie schien den zarten Rosenduft zu atmen, der in den Falten lag. Als Mary hineinkam, schrak sie zusammen.

»Was willst du denn hier?« fragte sie scharf. Ohne ein weiteres Wort hielt Mary ihr die tote Katze hin. Anne sprang auf und wich schockiert einen Schritt zurück.

»Was ist geschehen?«

»Es war Edward. Mein Bruder… er hat sie umgebracht, einfach nur so. Eben gerade, als ich nach Hause kam. Miss Brisbane«, die Katze fiel Mary aus dem Arm, und sie begann wieder so zu weinen, daß sie am ganzen Körper bebte, »Miss Brisbane, ich halte es nicht mehr aus. Ich kann es nicht mehr aushalten!«

Anne stieg vorsichtig über die Katze hinweg und kniete vor Mary nieder. Ihre dunkelbraunen Augen blickten freundlich und warm.

»Wie kann ich dir denn nur helfen?« fragte sie.

Mary umklammerte ihre Hände.

»Nehmen Sie mich mit«, bat sie, »bitte, wenn Sie und Lady Cathleen nach London gehen, dann nehmen Sie mich mit! Ich mache alles, was Sie wollen, aber nehmen Sie mich mit!«

Anne strich ihr über das Haar.

»Ich bin sehr egoistisch«, sagte sie leise, »du quälst dich seit Wochen und ich habe nicht darauf geachtet. Natürlich kannst du mit uns kommen. Wir werden uns freuen, dich dabeizuhaben!«

Anne selber ließ Lettice zu sich ins Herrenhaus bitten, um mit ihr über Marys Schicksal zu sprechen. Lettice konnte ihre Aufregung nicht verbergen und zog extra ein sauberes Kleid an und band ein neues Kopftuch um. Sie hatte keine Ahnung, worum es ging, denn Mary hatte ihr nichts gesagt.

»Vielleicht soll Ambrose mehr Geld für seine verfluchten Armen bekommen«, meinte sie, »und natürlich besprechen sie das lieber mit mir, weil ich mehr Verstand habe!«

Mary bekam den Auftrag, das Haus zu hüten, und vor allen Dingen die Speisekammer zu bewachen, denn gerade erst war wieder ein alter Mann am Hunger gestorben und unter den Bewohnern des Armenhauses kam Unruhe auf.

»Wenn auch nur einer von der Meute in die Speisekammer gelangt«, sagte Lettice, »dann mußt du dafür büßen, Mary, das kann ich dir versprechen!«

Mary setzte sich auf die unterste Stufe der Kellertreppe und betete die ganze Zeit lautlos darum, daß es Anne gelingen möge, von Lettice die Zustimmung zu ihren Plänen zu bekommen. Cathleen hatte bereits eingewilligt, aber nur unter der Voraussetzung, daß Lettice zustimmte.

»Ich kann nicht einer Mutter ihr Kind wegnehmen«, erklärte sie, »nicht einmal Lettice Askew. Das müßt ihr verstehen.«

Mary hätte gern erwidert, daß Cathleen in diesem Fall nicht wußte, wovon sie sprach, aber sie wagte es nicht, sondern lächelte nur bitter. Anne wenigstens war realistisch, sie wußte, worum es ging. Vielleicht würde sie alle Kräfte einsetzen, um zu helfen.

Es dauerte lange, bis Lettice zurückkam. Sie sah zufrieden aus, aber ihr Gesicht bekam sofort einen lauernden Ausdruck, als sie Mary erblickte, die ihr entgegengeeilt kam.

»Sieh einer an«, sagte sie lächelnd, »die kleine, schüchterne Mary hat ganze Arbeit geleistet. Mein Herz, ich habe fast ein wenig Respekt vor dir. Wie ist dir denn das gelungen?«

Mary traute dem Lächeln nicht und wich einen Schritt zurück.

»Du miese kleine Schlampe«, schrie Lettice auch gleich, »was hast du denen im Schloß alles über mich erzählt? Welche Lügen hast du denen aufgetischt?«

»Ich habe nichts erzählt«, flüsterte Mary, »wirklich nicht. Es war nur wegen der Katze...«

»Die Katze, die Katze! Hab dich nicht so mit dem Drecksvieh! Du bist eine zimperliche, heimtückische, bösartige Lügnerin! Ach, ich könnte dich...« Lettice zog einen ihrer Holzschuhe aus und schleuderte ihn gegen Mary. Sie traf sie an der Hand, und schneidend fiel der Schmerz über Mary her. Verschwommen sah sie Lettices wutverzerrtes Gesicht dicht vor ihrem und erkannte den unverstellten Haß, der in ihren schmalen, grünen Augen stand.

»Du hast es weiß Gott geschafft! Du hast geschafft, was ich immer wollte und was die schafshirnige Bess auch versucht hat. Du kommst nach London! O Mary«, sie umklammerte beide Arme ihrer Tochter mit ihren langen, harten Fingern, »du raffiniertes Luder, du hast es so schlau angestellt, wie ich es dir nie zugetraut hätte! Das hast du wohl früh begriffen, daß es einen verfluchten Dreck nützt, sich einem Kerl an den Hals zu schmeißen und von ihm was zu erhoffen, nein, du hast es mit der netten Miss Brisbane versucht und mit der feinen Lady Cathleen und die Rechnung ist aufgegangen. O verdammt«, sie ließ Mary los und sah sich in der Küche um, bebend vor Zorn und fast verzweifelt, »dieser Dreck! Dieser gottverdammte Dreck, in dem ich leben muß! Diese verfluchte Armut und dieser Höllenhund Ambrose, der mit Sicherheit das Dümmste ist, was diese Erde je hervorgebracht hat und an dem ich zugrunde gehe! Ich hasse ihn, Mary, ich hasse ihn, ich hasse ihn!« Lettice lachte schrill auf, griff nach einem speckigen Stück Fleisch, das auf dem Schrank gelegen hatte und hielt es Mary unter die Nase.

»So bin ich! Siehst du das?« Sie bohrte in dem Fleisch herum, bis sie auf ein Nest gelber Würmer und krabbelnder Käfer stieß. »Verwest in der Sonne und voller Würmer! Alt und stinkend und häßlich!« Sie warf es gegen die Wand und starrte Mary an.

»Ich war jung und so schön, das kannst du dir gar nicht vorstellen. Jeder lumpige Kerl auf der Straße hat sich nach mir umgedreht und auf mein wunderschönes rotes Haar gestarrt, das viel röter und schöner war als deines, und auf meinen Mund, meine Augen, meinen schlanken Körper! Verrückt waren sie nach mir, alle miteinander, und ich habe es genossen, o Mary, wie ich es genossen habe! Sie haben mir Versprechungen gemacht, so was hast du noch nie gehört, die Seele wollten sie sich aus dem Leib reißen für ein einziges Lächeln von mir! Versprechungen... ha, schau nur, was daraus geworden ist!« Lettice sank erschöpft auf einen Stuhl.

»Und warum hau ich nicht ab? Jede Nacht träume ich davon, kein Tag vergeht, an dem ich es nicht tun möchte, und trotzdem bleibe ich! Ich sage es dir, Mary, auch wenn du es nicht verstehst, dieser Kerl, dieser Ambrose, den ich hasse wie nichts und niemanden auf der Welt, von dem kann ich nicht weg, ich kann's nicht, und Gott verdamme mich, ich werde in seinen Armen noch verrecken!« Sie atmete schwer und stützte den Kopf in die Hände.

Mary wagte sich nicht zu rühren. Sie begriff nicht alles, was Lettice gesagt hatte und sie wollte erst später darüber nachdenken. Jetzt wollte sie nur wissen, wie über ihr Schicksal entschieden worden war. Sie wartete schweigend bis ihre Mutter wieder aufblickte. Ihre Züge hatten sich entspannt.

»Gib dich nie mit ganzer Seele einem Mann hin«, sagte sie, »und nun hör mir zu: Im Grunde sehe ich überhaupt nicht ein, warum du es so unverdient gut haben sollst. Ich sehe auch nicht ein, daß ich eine Arbeitskraft entbehren muß, nur weil du es dir in den Kopf gesetzt hast, ein feines Leben in London zu beginnen. Aber du hast ja fast noch mehr Glück als Verstand!« Lettice kramte in den Falten ihres Kleides und zog ein flaches Päckchen hervor, das sie nachdenklich in der Hand wog.

»Silber«, erklärte sie, »von Miss Brisbane. Als Gegenleistung für die Hilfe, die mir fortan fehlen wird. Ich darf es behalten, wenn du mit nach London gehst. Und ich muß sagen, von allen Argumenten überzeugte mich dies am meisten. Lady Cathleen ist ein naives kleines Ding, aber Miss Brisbane ist ohne Zweifel eine gescheite Person. Sie schob mir dieses kleine Geschenk zu, als ich gerade ›Nein‹ gesagt hatte.«

»Heißt das dann... ich darf mit?« fragte Mary.

»Zum Teufel, ja! Ich will es eigentlich nicht, aber ich bin leider käuflich, das war ich immer. Du kannst gehen, aber eines will ich dir noch sagen: Sei bloß nicht zu siegesgewiß! Von einem Tag zum andren kann sich dein Schicksal wieder völlig ändern. Denk bloß nicht, du hättest in Lady Cathleen und Anne Brisbane Freundinnen fürs Leben gefunden! Noch bist du ein niedliches Kind für sie, je älter du wirst, desto deutlicher sehen sie in dir, was du eigentlich bist: die Tochter von Ambrose Askew, dem Armenhausaufseher von Shadow's Eyes. Sie werden dich fallenlassen eines Tages, und dann stehst du allein in dieser brutalen Stadt, die die Menschen verschlingt und nur halbtot wieder ausspuckt. Du mußt höllisch aufpassen!«

»Ich bleibe nur vier Jahre dort, Mutter. Dann komme ich wieder und heirate Frederic Belville.«

»O Gott«, sagte Lettice, »doch schon einem Mann verfallen! Und ausgerechnet einem von diesen edlen Belvilles. Ich fürchte, du wirst noch viel Mut und Kraft brauchen!«

»Glaubst du, daß Vater noch Schwierigkeiten machen wird?«

Lettice machte eine verachtungsvolle Handbewegung.

»Der Tag muß erst noch kommen, an dem ich mir von dem etwas vorschreiben lasse. Ich habe entschieden, Mary, und der einzige Mensch, der an meiner Entscheidung noch etwas ändern kann, bin ich, sonst niemand. Und deshalb, Mary, geh in Gottes Namen nach London und wenn du ein einziges Mal auf deine Mutter hören willst, dann folge meinem Rat, vergiß Belville und Marmalon, und kehr nie wieder zurück!« Sie lächelte beinahe sanft und betrachtete das blasse, energische Gesicht ihrer Tochter.

»Was rede ich«, sagte sie, »du kommst zurück. Die Frauen unserer Familie sind immer den Männern nachgelaufen. Und zwar den falschen!«

Ende August fand die Hochzeit von Lady Cathleen und Lord Cavendor in Fernhill statt. Unzählige Gäste drängten sich in den mit Blumen und Kerzen geschmückten Hallen des Hauses, und Mary, die an diesem Tag in der Küche und beim Auftragen half, kam aus dem Staunen über all die farbenprächtigen Roben, den Schmuck, die schönen Frauen und aufgeputzten Männer nicht heraus. Und als sie Cathleen erblickte, die sie nie zuvor blasser und zarter gesehen hatte und die ein Kleid aus pfirsischfarbenem Samt trug, von oben bis unten mit blaßgrünen Steinen bestickt, mit eingesponnenen Goldfäden und kleinen Federn verziert, erstarrte sie vor Bewunderung. Die Braut hatte ihre smaragdbesetzten Goldketten ins Haar geflochen, das mit tausend Zaubermitteln so bearbeitet war, daß es wie Gold schimmerte. Cathleen lächelte kein einziges Mal, als sie durch das Schloß zur Kapelle schritt, wo Pater Joshua sie und Lord Cavendor trauen sollte. Mary hatte Lord Cavendor schon am Morgen gesehen. Er trug ein Gewand aus weinrotem und goldenem Brokat, ein gewaltiges rubinbesetztes Goldkreuz auf der Brust und von seinem Barett wehte heute eine noch längere Feder. Er stampfte herum, so daß seine Schritte viel zu laut dröhnten und bei manchen Gästen irritierte Mienen hervorriefen.

»Er soll Mitglied im Geheimen Kronrat des Königs sein«, meinte eine ältliche Verwandte von Cathleen, die sehr streng aussah, »man glaubt es kaum, nicht?«

»Nun ja«, meinte eine andere, »er ist unermeßlich reich. Diese Leute erreichen alles, was sie wollen.«

Mary bedauerte es sehr, daß sie an der Trauung nicht teilnehmen durfte, aber natürlich mußten sie und die anderen Dienstboten in der Küche bleiben. Gladys saß dort auf einem Stuhl und weinte die ganze Zeit, weil Cathleen ihr so leid tat.

»Habt ihr sie gesehen?« schluchzte sie. »So unglücklich ist sie und so hilflos! Meine arme, kleine Cathleen, seit sie ein Kind war, kenne ich sie, und nie war sie so traurig!«

»Sie soll sich nicht so haben«, meinte Bess kühl, »sie geht nach London und wird wahrscheinlich mit Geschmeide überschüttet. Ich würde jedenfalls auf der Stelle mit ihr tauschen.« Sie sah zu Mary hin, die über ein Wasserfaß gebeugt dastand.

»Mit Mary würde ich auch tauschen«, sagte sie, »so ein unverschämtes Glück, wie die hat.«

Bess kam über die Tatsache, daß Mary Shadow's Eyes verlassen durfte, noch weniger hinweg als Lettice. Sie hatte einen Tobsuchtsanfall bekommen, als sie davon hörte, und sich vor Wut einen dikken Büschel Haare ausgerissen. Ihr Traum, ihre Zukunft – all das sollte Mary erreichen. Sie konnte es nicht fassen und hätte sich nicht Lettice schützend vor ihre jüngste Tochter gestellt, sie wäre mit erhobenen Fäusten auf sie losgegangen.

Nach der Trauung kehrten die Gäste ins Schloß zurück und das Essen wurde aufgetragen. Es bestand aus sechzehn Gängen und dauerte den ganzen Nachmittag bis in den Abend hinein. Der Wein wurde in vergoldeten Kelchen gereicht, und das Gelächter der Gäste drang bis in den Keller hinunter, besonders das von Lord Cavendor, der am betrunkensten war.

Spät am Abend wurde Mary zu Anne gerufen, die zwischen Bergen von Paketen und Kisten in ihrem Zimmer stand.

»Ich wollte dich nur fragen, ob du alles vorbereitet hast«, sagte sie, »wir brechen schon morgen früh auf. Bei Sonnenaufgang mußt du hier im Schloß sein.«

»Ich habe nichts vorzubereiten. Ich besitze nichts als das, was ich anhabe.«

»Nein? Nun gut, dann wird ja alles ganz einfach.« Annes Stimme klang nervös und sie selber sah sehr elend aus. Die letzten Tage mußten sie ihre ganze Kraft gekostet haben, denn Cathleen hatte sie Tag und Nacht beansprucht, weil sie es keinen Moment allein aushielt. Anne hatte sie in den Armen gehalten, wenn sie weinte und ihr Trost zugesprochen, wenn sie in wilden, zügellosen Worten ihr Schicksal beklagte.

»Du kannst nach Hause gehen, Mary«, sagte sie müde, »du mußt heute nicht mehr in der Küche helfen, denn du hast morgen eine anstrengende Reise vor dir. Ruh dich aus!«

Mary nickte und trat langsam aus dem Zimmer. Sie bewegte sich so lautlos, daß die zwei Menschen, die wie graue Schatten in einer Nische des Ganges standen, sie gar nicht bemerkten. Von unten aus dem Zimmer ertönte Gelächter und Gläserklirren, aber hier oben war alles still wie ausgestorben und gespenstisch dunkel. Nur vor den Fenstern flackerten ein paar Kerzen.

»Ich kann es nicht aushalten«, sagte eine aufgeregte weibliche Stimme. Es war Cathleen, »ich kann diesen Mann nicht ertragen! Ich kann es einfach nicht!«

»Wir haben doch schon darüber gesprochen. Ich dachte, Sie hätten eingesehen, daß Sie sich fügen müssen.« Jetzt erkannte Mary den Priester. Eine eigentümliche Scheu hielt sie zurück, sich den beiden zu zeigen. Sie blieb in der Tür stehen und hielt den Atem an.

»Ich habe es nicht eingesehen, nie, niemals! Und ich werde es nie einsehen! Eher bringe ich ihn um!«

»Versündigen Sie sich nicht mit solchen Worten!«

»Ich werde mich nicht nur mit den Worten versündigen, sondern mit der Tat! Ich schwöre, ich weiß, daß etwas Schreckliches geschehen wird!«

»Warum sagen Sie mir das? Ich kann Sie nicht vorher von der Schuld freisprechen. Wenn Sie tun, womit Sie drohen, dann wird Ihnen ein höchst irdischer Richter einen sehr harten Tod bereiten.« Die Stimme des Priesters klang erschöpft und sorgenvoll. »Machen Sie es mir nicht so schwer«, bat er, »in das Schicksal, einen ungeliebten Mann heiraten zu müssen, haben sich vor Ihnen schon andere Frauen fügen müssen. Denken Sie nur an Prinzessin Mary, die Schwester seiner Majestät des Königs. Sie war fünfzehn Jahre alt, schön und leidenschaftlich verliebt in Charles Brandon, als man sie über den Kanal schickte und zur Frau des sechzigjährigen Königs von Frankreich machte. Nur weil die Staatsinteressen es verlangten!«

»Aber wenigstens wurde sie ganz schnell Witwe. Robert Cavendor wird noch ewig leben, und mein halbes Leben wird darüber vergehen.« In Cathleens Stimme schwang ein erstes Schluchzen. Schattenhaft konnte Mary sehen, wie Pater Joshua ihre beiden Hände ergriff.

»Wir haben doch alle Sorgen«, sagte er eindringlich. »Das ganze Land befindet sich auf einem Pulverfaß, das jeden Augenblick in die Luft fliegen kann. Die Allüren des Königs bringen Spanien gegen uns auf und damit auch den habsburgischen deutschen Kaiser. Und vor allen Dingen den Vatikan. Lady Cathleen, wenn es zu einer Kirchenspaltung kommt, können uns Jahre des Bürgerkriegs bevorstehen. Ich habe heute erfahren, daß sich der römische Kardinal Campeggio, der in London das Scheidungsverfahren leitet, für außerstande erklärt hat, eine Entscheidung zu fällen. Er hat die ganze Sache an den Papst verwiesen. Wissen Sie, was das bedeutet?«

»Nein«, entgegnete Cathleen trostlos.

»Es bedeutet, daß der König zum Bittsteller des Papstes geworden ist. Dieser König ausgerechnet soll zum Vatikan pilgern und den Papst um etwas bitten, was dieser nicht erfüllen wird. Man spricht bereits von einem zweiten Gang nach Canossa, aber der Unterschied zu damals ist, daß Henry einen solchen Gang niemals tun wird. Eher reißt er England von der katholischen Kirche los, als daß er in Rom auf die Knie fällt!«

»Das ist mir doch gleichgültig«, sagte Cathleen erbittert und leidenschaftlich, »es ist mir egal, was der König tut und der Papst und was aus England wird! Und was aus Ihnen wird, kümmert mich auch nicht! Sie denken überhaupt nicht über mein Schicksal nach, sondern nur über Ihre eigene Zukunft. Sie zittern vor Angst, weil plötzlich der Tag kommen könnte, an dem ihr Priester euch für den König oder für den Papst entscheiden müßt, und schon heute wissen Sie, daß Sie zu feige sein werden, dem heiligen Vater in Rom die Treue zu halten! Aber ich, ich soll mich tapfer und gefaßt in mein Los ergeben, um in tausend Jahren die Belohnung des Himmelreiches dafür zu ernten! Oh, ich hasse diese Verlogenheit!« Cathleen riß sich los und rannte davon. Ihre Schleppe rauschte hinter ihr her und ihr Schmuck schlug klirrend aneinander.

Pater Joshua seufzte, murmelte halblaut einen lateinischen Satz, wohl ein Stoßgebet, ehe auch er sich entfernte, um sich wieder zu der Hochzeitsgesellschaft zu begeben.

Am nächsten Morgen, kurz nach Sonnenaufgang, brachen die Reisenden von Fernhill auf. Mary war viel zu früh dagewesen, denn sie hatte vor Aufregung keinen Moment lang schlafen können und war aufgestanden, als noch Morgennebel über den Dächern lag und kein Licht sich am östlichen Horizont zeigte. Ambrose, Edward und Bess schliefen noch, aber Mary hatte ohnehin kein Verlangen, sich von ihnen zu verabschieden. Sie ging in die Küche, wo Lettice bereits Feuerholz im Ofen stapelte.

»Ich möchte nichts essen, Mutter«, sagte sie, »ich werde gleich gehen.«

Sie stand etwas unschlüssig herum, denn sie empfand diesen Abschied als etwas Besonderes und hätte Lettice gern umarmt. Aber Lettice machte keinen Schritt auf sie zu, sondern betrachtete sie nur kühl und konzentriert.

»Vergiß nicht, was ich gesagt habe«, sagte sie, »vertrau diesen Leuten nicht zu sehr und lerne selbständig zu sein!« Dann wandte sie sich wieder dem Ofen zu und beachtete Mary nicht mehr, die leise seufzte und die Küche verließ. Draußen begegnete sie Nan, die mit schlurfenden Schritten den Gang entlangkam.

»Nan, ich reise nach London«, verkündete sie, in der sicheren Gewißheit, daß die Alte das schon längst nicht mehr wußte, »auf Wiedersehen!«

»Nach London. Soso!« Nan wiegte bedenklich den Kopf.

»Du wirst zurückkehren«, murmelte sie, »jaja, Kind, sie holen dich wieder. Und dann sieh dich vor!«

»Aber ja, natürlich komme ich wieder. In vier Jahren, wenn Frederic und ich heiraten und in Marmalon leben.«

Nan kicherte nur. »Niemand entgeht seinem Schicksal, Mary, auch du nicht. In den Sternen steht dein Weg und du kannst nichts dagegen tun. Ich sehe Marmalon, aber es liegt der Schatten einer Tragödie darüber. Ja, ein großer Schatten!«

»Leb wohl, Nan«, sagte Mary rasch. Die Prophezeiungen der alten Frau erschreckten sie. Sie trat hinaus auf die Gasse, die dunkel und kalt war, an deren Ende aber bereits ein blasses, sanftes Licht den neuen Tag ankündigte. Das rostige, geschwungene Schild mit der verschnörkelten Aufschrift »Armenhaus« über der Tür bewegte sich leise quietschend. Der Wind trug den sommerlichen Geruch von frischgeschnittenem Gras und feuchtem Tau bis in das verdreckte Dorf hinein, und einen Moment lang überfiel Mary eine wehmütige Erinnerung an die ungezählten Sommertage mit Frederic in Marmalon.

»Es hat keinen Sinn«, sagte sie halblaut zu sich, »jetzt ist er fort und ich muß diese Jahre irgendwie überstehen. Wenn er sich auf und davon macht, habe ich auch das Recht, dieses Nest zu verlassen!«

Sie langte in Fernhill an, als seine Bewohner noch schliefen. Nur Gladys war schon auf und ließ sie ein. Später führten Diener die Pferde auf den Hof, herrliche Tiere aus dem Besitz von Lord Fairchild, die unter den Sätteln Decken aus purpurrotem Brokat trugen.

»Die Pferde gehörten zu Lady Cathleens Mitgift«, erklärte Gladys, »und die herrlichsten Juwelen und Stoffe und viel Geld soll sie mit sich führen. Lord Fairchild hat sich seine einzige Tochter eine Menge kosten lassen.«

Als die Morgensonne gerade über dem östlichen Horizont aufging, traten Lord Cavendor und Cathleen Arm in Arm aus dem Portal des Schlosses und gingen langsam die Treppe hinunter. Cathleen trug einen schwarzen Mantel, dessen Kapuze sie über den Kopf gezogen hatte; darunter sah ihr Gesicht so kalt und starr hervor, daß Mary den Eindruck hatte, es müsse zerspringen wie Eis, wenn man es berührte. Lord Cavendor wirkte, anders als am Tag zuvor, äußerst schlecht gelaunt. Er machte keinen einzigen seiner plumpen Scherze, sondern half Cathleen nur stumm auf ihr Pferd, wobei seine Gesten keineswegs zärtlich, sondern beinahe verachtungsvoll grob waren. Er selbst wollte, umgeben von einer Schar schwerbewaffneter Diener an der Spitze des Zuges reiten, dann sollte Cathleen mit Anne Brisbane, Mary und anderen Dienerinnen folgen, eskortiert ebenfalls von einer Gruppe bewaffneter Männer, und als letztes kamen die schwer beladenen Packpferde. Sie wurden am schärfsten bewacht, denn sie trugen die kostbare Mitgift. Mary hatte ein kleines, dickliches Pferd zugewiesen bekommen. Sie hatte nicht gewagt, irgend jemandem zu gestehen, daß sie in ihrem ganzen Leben noch nie auf einem Pferd gesessen hatte, und nun gelang es ihr nur mit mehreren Anläufen, die glücklicherweise im allgemeinen Abschiedsgetümmel niemandem auffielen, hinaufzuklettern. Ihr Pferd hatte weder einen Sattel noch eine Decke, dafür einen entsetzlich schaukelnden Gang, der Mary völlig hilflos hin und her rutschen ließ. Sie preßte beide Beine fest an den zotteligen Tierbauch, krallte sich mit beiden Händen an der Mähne fest und beneidete Lady Cathleen und Anne, die kühl und aufrecht in ihren weichen Damensätteln saßen und für die es scheinbar nicht die allergeringste Anstrengung bedeutete, das Gleichgewicht zu halten.

Cathleen blickte weder ihren Vater noch ihre Mutter an, als sich der Zug langsam in Bewegung setzte. Mary als einzige sah zurück auf die grauen Dachziegel des Schlosses, auf die Blumen im Park und auf die Menschen, die zurückblieben. Sie hätte Gladys gern noch einmal gewinkt, doch sie brauchte beide Hände, um sich an dem Hals des Pferdes festzuhalten. Kurz bevor sie das Parktor passierten, sah sie Bess, die aus den Büschen am Wegesrand auftauchte. Ihr Gesicht war verzerrt vor Wut und Haß.

Das verzeiht sie mir nie, schoß es Mary durch den Kopf, Gott sei Dank, daß ich sie so bald nicht wiedersehen muß!

Vor ihr taten sich die Wiesen von Kent auf, flach und weit, grün und voller hochsommerlicher Blumen, und dazwischen schlängelte sich der staubige Feldweg entlang, an dessen Beginn das Schild mit der verheißungsvollen Aufschrift *London* stand. Vom Dorf her bellte ein Hund, über die niedrigen strohgedeckten Hausdächer hob sich leuchtend die Morgensonne. Ihre Strahlen durchbrachen den Nebel, der auf dem Gras lag und ließen den Rittersporn auf den Feldern hell aufglühen. Aus dem Tal sah sie den Weidenbaum von Marmalon.

II

Lord Cavendor gehörte dem Geheimen Kronrat an, jener noch von Henry VII. ins Leben gerufenen obersten Regierungsbehörde, die sich ebenso aus Abkömmlingen hoher Aristokratie zusammensetzte wie aus Kaufleuten und Handwerkern, die Intelligenz und Umsicht bewiesen und sich aus den ihnen angestammten Lebensumständen emporgearbeitet hatten. Der Kronrat war die höchste Institution im Staat und befugt, alle wichtigen Entscheidungen durch Abstimmung zu treffen; der König allerdings konnte mit einem einzigen Wort jedes im Laufe unzähliger Beratungen gewonnene Ergebnis vernichten. Zugleich legte Henry Wert darauf, mit seinen Regierungsbeamten in einem einigermaßen dauerhaften Einvernehmen zu stehen, denn wenn er auch das unantastbare, absolute Oberhaupt seines Reiches war, wußte er doch genau, daß die intriganten Spiele an seinem Hof Gott selber vom Thron hätten stürzen können und daß er an der Spitze eines Landes stand, in dem Unruhen gärten und brodelten. Er sah sich umgeben von einem feindlichen Europa: von einem wutschnaubenden Vatikan, von den Franzosen, mit denen er jahrelang im Krieg gelebt hatte, von den Spaniern, die wegen der Behandlung, die Katharina von Aragon am englischen Hof widerfuhr, in einen rachedurstigen Zorn gefallen waren, und von deren starken habsburgischen Verwandten, dem deutschen Kaiser Karl V. Henry konnte es sich nicht leisten, zu viele Feinde zu haben, und so räumte er seinen Beamten durchaus bemerkenswerte Rechte ein. Dadurch gewann der Kronrat eine politische

Bedeutung, deren sich seine Mitglieder sehr bewußt waren. Alle miteinander waren sie reich, angesehen und oft auch gefürchtet, und viele nutzten das aus, führten ein schillerndes, elegantes, großartiges gesellschaftliches Leben, wohnten in herrlichen Herrenhäusern am Ufer der Themse, besaßen Schlösser auf dem Land, hatten Scharen von Günstlingen hinter sich, die sich eifrig bemühten, keinen Unwillen zu erregen und sich gegenseitig an Wohlverhalten zu übertreffen.

Lord Cavendor, das wußte jeder, gehörte zu den eingebildetsten Mitgliedern des Kronrates. Er bewohnte ein palastähnliches Haus am »Strand«, der vornehmsten Straße am nördlichen Themseufer, und wenn er durch die Straßen ritt, trug er selbst an gewöhnlichen Werktagen Mäntel aus Brokat und unübersehbare wuchtige Goldringe an allen zehn Fingern seiner Hände. Das Zaumzeug seines Pferdes war mit Edelsteinen besetzt und er preschte so rücksichtslos durch die Menge, daß viele Leute sich nur noch mit letzter Not seitwärts in Sicherheit bringen konnten. Das Gerücht ging um, dabei sei einmal vor vielen Jahren ein kleines Kind zu Tode getrampelt worden und dessen Familie habe er dann mit Hilfe seines Einflusses zum Schweigen gebracht, aber niemand wagte es, öffentlich darüber zu sprechen. Es könnte gefährlich werden, sich mit Robert Cavendor anzulegen. Hinter seinem Rücken wünschte man ihm den Tod, die Hölle und alle denkbaren Strafen des Himmels, von Angesicht zu Angesicht hingegen lächelte man ihn an und die jungen Blumenverkäuferinnen oder Dienstmädchen knicksten tief, wenn er vorüberkam und bemühten sich, ihm einen betörenden Blick zuzuwerfen. Angeblich hatte er viele Mätressen, wechselte sie rasch, bevorzugte Frauen aus den unteren Schichten und bedachte sie mit großartigen Geschenken. Da sein lockerer Lebenswandel allgemein bekannt war, brannte man in der Londoner Gesellschaft darauf, die Frau kennenzulernen, die dumm oder naiv genug gewesen war, ihn zu heiraten. Als er gleich in der ersten Woche nach seiner Ankunft einen großen Empfang gab, kamen sie alle, um die junge Gemahlin in Augenschein zu nehmen. Ein einziger Blick auf die junge Lady Cathleen reichte, um die hämische Neugier in aufrichtiges Mitleid zu verwandeln. Cathleen sah todunglücklich aus und schien dauernd in Tränen ausbrechen zu wollen. Die strapaziöse Reise von Canterbury nach London hatte sie mager werden lassen, sie sah müde und angestrengt aus. Ihre zarte Schönheit begeisterte die Londoner Gesellschaft, die Üppigeres gewöhnt war und ihre unverhüllte Traurigkeit ließ sie alle Herzen gewinnen.

Cathleen war von der großen Stadt völlig verschreckt. Sie hatte nie etwas anderes kennengelernt als Fernhill, und das tosende, überfüllte London entsetzte sie. Sie haßte ihren Mann mehr als jeden anderen Menschen auf der Welt, und mit jeder Meile, die er sie von Fernhill weggeführt hatte, fühlte sie sich ihm mehr ausgeliefert. Als sie dann in London waren und Einzug in das schöne, große Haus am Strand gehalten hatten, vergrub sie sich tief in ihre Einsamkeit, die sie auch unter zahllosen Menschen wie eine undurchdringliche Hülle zu umgeben schien, und gab sich ihrer Angst und ihrem Heimweh widerstandslos hin.

Anne und Mary erforschten gemeinsam die Stadt. Mary hätte nie gedacht, daß ein Ort so laut und bunt und schreiend sein, daß es so viele Menschen auf einem Haufen geben konnte. Die engen Gassen waren voll mit Pferden, Wagen, Karren, Verkaufsständen, Körben, Eimern, Ziegen, Hühnern und Schafen, manchmal in einem solchen Gedränge, daß niemand mehr hindurchkommen konnte. Mit schneidenden, kreischenden Stimmen versuchten sie einander im Anpreisen ihrer Waren zu übertönen, so daß man den Eindruck gewinnen mußte, ganz London bestehe nur aus Händlern und der Handel sei der Lebensinhalt eines jeden Bürgers dieser Stadt. An der Themse herrschte ein solches Gewimmel von Schiffen, Booten und Kähnen, daß dazwischen manchmal kaum noch die Wellen zu erkennen waren. Selbst unmittelbar vor den Kirchen, vor Westminster und der Templar's Church tummelten sich die Händler und feilschten laut und wild. Überall saßen Bettler herum, die skrupellos nach vorübereilenden Bürgern griffen, und sie zu sich heranzerrten, um sie dann nicht selten mit einem unauffällig hervorgeholten Messer zu einer milden Gabe zu bewegen. Am Südufer der Themse, das nur durch die London Bridge mit dem Nordufer verbunden war, lebten die mittellosen Bewohner der Stadt in verwahrlosten, von Seuchen, Ratten und allem nur denkbaren Elend heimgesuchten

Lehmhäusern, zusammengepfercht auf engstem Raum. Am Tag wie bei Nacht schwärmten sie aus, um sich zu holen, was sie zum Leben brauchten. Und sie gingen dabei nicht zimperlich zu Werke. Sie lauerten an dunklen Straßenecken, und wenn ein Pferd vorüberkam, sprangen sie hervor, zerrten den Reiter blitzschnell herab, schnitten ihm die Kehle durch, raubten ihm Geld, Kleider und Waffen und verschwanden als unerkannte Schatten in der Dunkelheit. Vor den Toren der Stadt überfielen sie Reisende, die sie oft einfach am nächsten Baum aufhängten, ehe sie sich mit ihren Pferden aus dem Staub machten. Zwar verging keine Woche, in der nicht Straßenräuber und Taschendiebe auf dem Tyburnhügel hingerichtet oder in den Gefängnissen der Stadt gräßlich zu Tode gefoltert wurden, aber die Wirkung dieser Maßnahmen blieb gering. Die meisten Diebstähle fanden bei den Hinrichtungen statt, wenn die Menschen sich um den Galgen herum versammelten. Während der eine Räuber vor den Augen aller sein Leben ließ, nutzten seine Komplizen die allgemeine Aufmerksamkeit für ihre eigenen diebischen Zwecke, unbekümmert darum, daß bereits auf das Entwenden von zwei Pence die Todesstrafe stand.

In dem ganzen ersten Jahr, das sie in London verbrachten, erforschte Mary das gesamte Nordufer, aber kein einziges Mal überquerte sie die London Bridge, um in jene Viertel vorzudringen, die sie nur aus unheimlich anmutenden Erzählungen kannte. In Marys Phantasie verdichtete sich alles darüber Gehörte zu einem Nebel schauriger Empfindungen, sie sah verhungerte Gestalten vor sich, abgekämpft und dem Tod weit näher als dem Leben, wie jene Menschen, die ihre ganze Kindheit im Armenhaus begleitet hatten. Da Mary zwölf Jahre lang vergeblich versucht hatte, diese Menschen zu begreifen, die sich ihrem Vater auslieferten, befiel sie nun eine steigende Neugier, die Abgründe kennenzulernen, aus denen jene Schicksalsergebenen kamen. Gleichzeitig begann sie, die fiebernd vor Sehnsucht danach gedrängt hatte, von ihrer Familie fortzukommen und sich fortan nur noch in den Kreisen einer Lady Cathleen zu bewegen, nun mit Hilfe ihres wachen Verstandes und einer frühreifen, intuitiven Sicherheit Cathleens Schwächen zu erkennen und sie sogar, beschämt zwar, aber unweigerlich, ein klein wenig zu verachten. Sie begann zu begreifen, daß sie gerade durch die vielen abstoßenden, alptraumhaften Erlebnisse ihrer Kindheit eine Kraft gewonnen hatte, die Lady Cathleen bis ans Ende ihres Lebens nicht mehr erringen würde.

Im März des Jahres 1530 war sie dreizehn geworden. Nun, 1531, feierte sie ihren vierzehnten Geburtstag, und sie war endgültig kein Kind mehr. Hellwach, scharf beobachtend, mit jenem blitzenden Schimmer in den Augen, den man früher nur an Lettice und Bess gesehen hatte, lief sie durch London, gekleidet wie ein Dienstmädchen aus besseren Verhältnissen, in einem Kleid aus grauen Leinen, einer blütenweißen Schürze darüber, eine saubere kleine Haube auf den sorgfältig aufgesteckten rotbraunen Haaren, die Nase hochgereckt und keinem einzigen Blick ausweichend, den ihr die Männer von Tag zu Tag häufiger nachsandten. London konnte sie nicht erschrecken. All die bösen Erlebnisse, die Nächte, die sie zitternd vor Kälte in einer Zimmerecke verbracht hatte, die Tage mit ihrem betrunkenen Vater und ihrem brutalen Bruder, die Ermordung ihrer Katze und die Begegnung mit den besoffenen Männern von Oakwood House hatten sie gelehrt, sich zu wehren. Kein Taschendieb hätte es geschafft, nah genug an sie heranzukommen, denn sie hatte jeden Fußbreit Boden um sich herum im Blick, wenn sie durch die Stadt ging. Sie konnte Pferden und Wagen blitzschnell ausweichen, sich durch Menschenansammlungen rücksichtslos hindurchdrängen, Bettler abschütteln, Händler hinunterhandeln, die allseits begehrten Flugblätter, die politische Wahrheiten am deutlichsten kundtaten, ergattern und sich gegen jeden Straßenjungen erfolgreich zur Wehr setzen, der ihr irgendwelche Unverschämtheiten nachrief. Sie ließ sich von niemandem überlisten oder überraschen oder in Verlegenheit bringen.

Mary hatte ein Zimmer unter dem Dach des Hauses zugewiesen bekommen, eine winzige Kammer mit weißgekalkten Wänden, in denen sich dunkelbraune Fachwerkbalken entlangzogen und einer Decke aus Holz, an der sich Spinnweben rankten. Es gab ein Fenster, das zwar kaum breiter war als ein Spalt, aber zur Themse hinausging. So konnte sie den Schiffen zusehen, die über das Wasser zogen und den Geruch von Wasser, Tang und Fisch atmen. In diesem Zimmer erlebte sie die nebligen Wintermonate des Jahres 1529, den Beginn des Jahres 1530, Frühling, Sommer und wieder Winter, und mit brennendem Interesse verfolgte sie die abenteuerlichen Geschehnisse, die England bewegten.

Kardinal Campeggio war nach Rom gereist und hatte die Entscheidung über eine Auflösung der Ehe von Henry und Katharina in die Hände des Papstes gelegt. Henry war zu dem Entschluß gelangt, daß er sich dem unheilvollen Machtbereich der Kirche entziehen mußte, wollte er nicht zum Spielball europäischer Politik, gesteuert vom Vatikan, werden. Von Mitgliedern des Kronrats ermutigt, entließ er Lordkanzler Kardinal Wolsey aus allen seinen Ämtern, und hatte damit den Mann aus der Regierung gedrängt, der bisher sämtliche Fäden in seinen Händen gehalten und wegen seiner Verbindung mit Rom und mit den europäischen Königshäusern eine Macht erlangt hatte, die dem König unheimlich geworden war. Sir Thomas More, der berühmte Gelehrte, trat seine Nachfolge an, aber Wolsey gab sich noch nicht geschlagen, sondern begann im Frühjahr 1530 eine Reise durch England, die ihn von Richmond hinauf in sein Erzbistum York führte. Gewandt und rhetorisch begabt wie er war, machte er einen Triumphzug daraus und Tausende jubelten ihm zu. Er hielt flammende Reden über die ewig gültige Wahrheit der katholischen Kirche, verdammte den Ketzer Martin Luther, der auf dem Kontinent einen Riß durch die Völker verursacht hatte, er begnadigte Gefangene, verteilte Brot an die Armen und rief auf, für das Heil der Königin Katharina zu beten, die die einzige rechtmäßige Frau auf dem englischen Thron sei. Man sank vor ihm auf die Knie und ließ sich segnen, und Mary, die ihre Ohren immer überall hatte, hörte in dieser Zeit, wie Cavendor zu anderen Herren sagte:

»Eine Loslösung von Rom könnte tatsächlich zu einem Bürgerkrieg führen. Seht doch, wie das Volk an seiner alten Kirche hängt! Wenn der König nicht bald eingreift, hetzt Wolsey sämtliche Bewohner Englands gegen ihn auf!«

Und der König griff ein. Kurz bevor Wolsey York erreichte, ließ er ihn wegen Hochverrats verhaften. Der ehemalige Lordkanzler kam jedoch einem Verhaften zuvor, indem er noch auf dem Weg zur Hauptstadt in der Abtei zu Leicester ein Mittel einnahm, an dem er kurz darauf in einer kalten Novembernacht starb.

Kaum hatte die Nachricht vom Tode Wolseys London erreicht, da holte der Kronrat im Auftrag des Königs zum nächsten Schlag aus: Er erhob Anklage gegen die gesamte Geistlichkeit des Landes, die sich an den Verbrechen des Lordkanzlers mitschuldig gemacht haben sollte, indem sie seine unmäßigen Kirchensteuern unterstützt und sich nicht deutlich von seiner Verschwörung mit dem Papst distanziert hatte. Die Höhe des Bußgeldes wurde auf 100 000 Pfund festgesetzt, zudem sollte die Kirche Englands den König als ihr alleiniges Oberhaupt anerkennen.

Nach einem Schweigen des Entsetzens, nach heftigen, hilflosen, hitzigen Debatten, gab die Kirche nach, wohl wissend, daß eine Weigerung noch schlimmere Strafen nach sich ziehen könnte. Sie erklärte den König »soweit es das Gesetz Christi gestatte« zum kirchlichen Oberhaupt, eine raffinierte Formulierung, da das Gesetz Christi nach wie vor den Papst als Oberhaupt betrachtete und der König damit keineswegs an die Spitze der Kirche trat. Das Land war in Aufruhr, die Kirche versuchte, das Bußgeld einzutreiben, stieß dabei auf Unruhen und Weigerungen, und durch das ganze Land ging eine Welle von Feindseligkeiten. Alle, die noch vor Monaten dem in Ungnade gefallenen Wolsey zugejubelt hatten, schimpften nun auf die Kirche und strömten in Scharen zu den Theatern, die das neueste und beliebteste Stück der Saison aufführten, »Kardinal Wolseys Höllenfahrt«, eine boshafte, hämische Darstellung vom Leben und Sterben des einstigen Lordkanzlers.

Wenn Mary durch London lief, sah sie an allen Ecken kleine Puppentheater aufgebaut, in denen Hetzstücke gegen die Kirche aufgeführt wurden, mit gräßlichen, monsterhaften Puppen, die raffgierige Priester darstellten. Und nie hatte es so viele, so eindeutige Flugblätter gegeben. Mit Karikaturen und Gedichten bedruckt flatterten sie hinter jeder Mauer hervor, lagen in den Rinnsteinen und hingen an den Bäumen, wurden durch hundert Hände gegeben und landeten schließlich völlig zerlesen als Brennmaterial im Ofen eines Hauses.

Es war eines jener Flugblätter, das Mary im April des Jahres

1531, eineinhalb Jahre, nachdem sie Shadow's Eyes verlassen hatte, auf einen Einfall brachte, der später unerwartete Folgen haben sollte. Die Köchin hatte sie an jenem Tag zum Einkaufen geschickt, und Mary hastete mit zwei schweren Körben in den Händen durch die Straßen. Als ihr ein Straßenjunge in den Weg trat, der einen Stapel Flugblätter trug, hielt sie inne, ergriff das oberste und warf einen interessierten Blick darauf. Doch diesmal vermochte sie nichts zu verstehen. Zwar konnte sie den Namen von Anna Boleyn entziffern und daraus schließen, daß es sich offenbar um eine Attacke auf des Königs Mätresse handelte, aber die übrigen Worte waren ihr fremd. Sie glaubte zu erkennen, daß es sich um Französisch handelte, was sehr gut möglich sein konnte, weil in Frankreich und sonst überall auf dem Kontinent beinahe heftiger über Anna Boleyn hergezogen wurde als in England.

»Es ist zu dumm«, sagte Mary laut, »einfach zu dumm, wenn man nur eine einzige Sprache kann. Ich sollte Miss Brisbane bitten...« Der Gedanke ließ sie nicht mehr los. Sie eilte nach Hause, gab die eingekauften Vorräte in der Küche ab und lief die Treppe hinauf zu Anne Brisbanes Zimmer. Zwischen ihnen hatte sich ein so vertrauliches Verhältnis entwickelt, daß Mary jederzeit davon ausgehen durfte, daß Anne sie empfing. Sie klopfte an und trat ein. Anne war nicht allein. Neben ihr auf einem Sessel kauerte völlig zusammengesunken Lady Cathleen und bemühte sich, ihre Tränen zu trocknen.

»O Verzeihung«, sagte Mary und wollte wieder gehen, aber Cathleen hob den Kopf und sagte: »Bleib nur, Mary. Du störst nicht. Was gibt es denn?«

Sie sah sehr elend aus, ihre Augen waren so verschwollen, als habe sie stundenlang geweint.

»Es ist wirklich ganz unwichtig«, sagte Mary unbehaglich, »ich wollte nur etwas mit Miss Brisbane bespr...« Sie wurde unterbrochen von einem lauten Krachen, mit dem die Tür aufflog. Lord Cavendor stand auf der Schwelle und starrte Cathleen drohend an.

»Hier sind Sie«, sagte er langsam, »ich suche Sie überall. Warum sind Sie vorhin fortgelaufen?«

»Das wissen Sie doch«, entgegnete Cathleen trotzig, »ich habe

Ihnen gesagt, daß ich an dem Fest heute abend nicht teilnehmen möchte, und dabei bleibe ich auch!«

»Und warum wollen Sie nicht teilnehmen?«

»Das habe ich bereits erklärt. Ich mag die Leute nicht, die kommen, und denen ich präsentiert werde wie ein neues Stück aus Ihrem Besitz, die mich verstohlen mustern, weil ich mein Leben lang nur auf dem Land gelebt habe und die wissen wollen, ob man mir das ansieht. Und alle fragen sich, warum ich eineinhalb Jahre nach unserer Hochzeit immer noch nicht in anderen Umständen bin und...«

»Oh«, unterbrach Cavendor, »für letzteres hätte ich eine einleuchtende Erklärung. Da Sie jedesmal zu schreien anfangen, sobald ich auch nur einen Schritt auf Sie zukomme, fehlt es mir einfach an Gelegenheit, Sie in andere Umstände zu bringen! Eines können Sie mir glauben: Wenn ich es wirklich wollte, könnte mich Ihr hysterisches Gehabe nicht davon abhalten. Aber da ich mir statt Ihrer ebensogut einen toten Fisch ins Bett legen könnte, verzichte ich lieber. Ich halte mich anderweitig schadlos, seien Sie unbesorgt!«

Cathleen war zusammengesunken, ihre Augen wurden schmal, und leise fauchte sie: »Tun Sie es nur! Weiß Gott, ich kann es ertragen, Sie mit jeder anderen Frau in London zusammen zu wissen, wenn Sie mich dafür in Ruhe lassen! Mir wird übel, wenn ich Sie nur sehe, Robert Cavendor, Sie alternder, abstoßender, lüsterner Lebemann!«

»Das Kind ist hier«, warnte Anne, denn sie ahnte bereits einen heftigen Schlagabtausch, bei dem es Cathleen später leid tun würde, Zeugen gehabt zu haben.

»Ich gehe schon«, murmelte Mary, »ich kann ja nachher wiederkommen.«

Sie wollte eilig hinaushuschen, aber Cavendor, der sie zuvor nicht wahrgenommen hatte, hielt sie fest.

»Die kleine Mary ist ja auch hier«, meinte er anzüglich, »meinetwegen brauchst du nicht zu verschwinden!« Er musterte sie von Kopf bis Fuß. Er hatte sie bislang kaum wahrgenommen, denn sie war nur eines von vielen Dienstmädchen, die in seinem Haus herumliefen, aber heute schien er zum erstenmal mit einer gewissen

Überraschung die Lebendigkeit ihres Gesichtes wahrzunehmen und die lockige Fülle ihres rötlichen Haares. In seine Augen trat jener Ausdruck lächelnder Anerkennung, von dem mindestens hundert Frauen in London Mary hätten sagen können, daß er damit seine amourösen Verhältnisse begann.

»Sag ruhig, weshalb du hier bist«, ermunterte er, »was wolltest du mit Mylady besprechen?«

»Ich wollte nur mit Miss Brisbane reden... es ist ganz unwichtig...«

»Sag es uns!«

»Ich wollte Miss Brisbane nur bitten, ob sie mir vielleicht Französisch beibringen könnte.«

Cavendor schwieg einen Moment überrascht, dann lachte er dröhnend. »Alle Achtung, Kleine«, rief er, »du nimmst dir einiges vor! Kannst du überhaupt lesen und schreiben?«

»Ja, Sir.«

»Oh, das hätte ich nicht gedacht.« Statt belustigt sah er sie nun nachdenklich an. »Du weißt offenbar sehr genau, was du willst. Das ist selten für ein Mädchen deiner Herkunft. Wie alt bist du?«

»Vierzehn, Mylord.«

»Vierzehn? Ich hätte dich zwei Jahre älter geschätzt. Nun, Mary, Miss Brisbane wird dir selbstverständlich alles beibringen, was du möchtest. Und ich werde deine Fortschritte verfolgen!« Mit einer Handbewegung gab er ihr zu verstehen, daß sie gehen durfte.

Noch draußen hörte Mary Lady Cathleen sagen: »Von ihr lassen Sie die Finger! Sie ist zu jung. Glauben Sie nicht, ich hätte nicht bemerkt, wie Sie sie angesehen haben!«

»Ich habe meine Pläne mit ihr, Madame, aber andere als Sie denken. Im übrigen lasse ich mir nichts vorschreiben.«

Seine Schritte näherten sich der Tür und Mary huschte schnell die Treppe hinauf. Sie eilte in ihr Zimmer, wo sie herzklopfend stehenblieb. Welche Pläne konnte Lord Cavendor meinen?

Den ganzen Abend, den sie mit einem anderen Hausmädchen, Agnes, in einer Kammer beim Sortieren von Wäsche verbrachte, dachte sie darüber nach, und sie wurde so einsilbig, daß Agnes sie immer wieder verwundert von der Seite ansah.

Gedämpftes Stimmengemurmel und leise Musik klangen durch das Haus, als Mary mit einer Kerze in der Hand die knarrende Hintertreppe zu ihrer Kammer hinaufstieg. Sie fragte sich, ob Cathleen nun wohl an dem Empfang teilnahm oder nicht. Wahrscheinlich hatte sich Cavendor wieder einmal durchgesetzt und Cathleen stand mit gequältem Gesicht neben ihm in der Eingangshalle, ließ sich von aufgetakelten Lords die Hand küssen und von hochnäsigen Ladies kritisch beobachten. Mary zog sich aus, löschte die Kerze und kroch in ihr Bett. Wie an jedem Abend überfielen sie auch heute in der Dunkelheit alle Eindrücke des Tages und sie lag wach, um das alles zu ordnen. Plötzlich vernahm sie leise Schritte auf der knarrenden Holztreppe, die sich vorsichtig ihrem Zimmer näherten. Sie setzte sich auf und starrte atemlos zur Tür, auf die das Mondlicht den hellen Schatten des kleinen Fensters warf. Sie glaubte keinen Moment lang, daß es Agnes sei, die da kam, oder eines der anderen Dienstmädchen, denn keines von ihnen wäre geschlichen.

Ganz langsam und sacht öffnete sich die Tür. Schweres Parfüm strömte in den Raum, Seide und Brokat raschelten. Das helle Licht des Mondes fiel auf das breite Gesicht von Lord Cavendor. Seine unvermeidliche Straußenfeder wippte hin und her, seine goldenen Ringe glänzten. Er lächelte.

»Sieh an«, sagte er, »du bist ja tatsächlich noch wach, Mary!«

Mary zog die Decke bis zum Hals und sah Cavendor feindselig an.

»Wenn Sie einen Schritt näher kommen«, warnte sie ihn leise, »dann schreie ich um Hilfe, so laut, daß man es bis in den Festsaal hört!«

Cavendor schloß die Tür hinter sich. Er hob beruhigend die Hände.

»Nicht gleich schreien«, flüsterte er, »meine Absichten sind nicht böse. Ich will nur mit dir sprechen!« Er setzte sich auf einen Schemel in die Ecke und breitete um sich herum den Samt seines weiten, schwingenden Umhangs aus. Er wirkte in der ärmlichen Kammer so völlig fehl am Platz, daß Mary ihn fasziniert anstarrte. Die Situation hatte einen abenteuerlichen Reiz, so daß sie für einige Augenblicke ihre Abneigung gegen diesen Mann vergaß.

»Worum geht es?« fragte sie, ebenso leise wie er zuvor.

Cavendor nickte anerkennend. »Du kommst gleich zur Sache, Mary, das ist gut so. Ich habe vorhin Erkundigungen über dich eingezogen. Du kommst aus dem Armenhaus von Shadow's Eyes?«

»Ja, Mylord.«

»Kein leichtes Leben, wie?«

»Nein. Bestimmt nicht.«

»Das glaube ich dir, das glaube ich. Du hast gelernt, dich durchzusetzen und zu verteidigen, nicht wahr?«

»Ich glaube schon, Mylord.«

»Mußt du, Kind, sonst wärest du nicht so alt geworden. Und säßest nicht in London. Ich glaube, du kannst mir nützlich sein.« Cavendor neigte sich vor. Seine fleischigen Finger spielten lässig mit den perlenbestickten Handschuhen.

»Du weißt, das Leben am Hofe ist nicht einfach. So viel wirst du schon erfahren haben. Jeder einzelne von uns wird von hundert Seiten bedroht und wir verbrauchen unsere ganze Kraft damit, auf unseren Kopf zu achten, der allzu leicht vom schwarzen Block rollen kann. Wirklich, Mary, auch das ist kein einfaches Leben.«

»Ich glaube es, Mylord.«

»Ja? Doch, ich denke, du weißt, was du sagst. Du bist ein erfahrenes Mädchen. Wir, England, gehen dunklen Zeiten entgegen. Das Land wird sich spalten, es wird Haß und Verrat geben, Tod und Elend...« Der Lord schwieg und hing seinen eigenen Worten nach.

Mary bemühte sich, keine Bewegung zu machen. Sie traute ihm nicht. Sie blieb auf der Hut, aber seine nächsten Sätze überraschten sie.

»Du besitzt Mut und Intelligenz, Mary«, sagte er, »beide Eigenschaften findet man leider nicht allzu häufig. Du bist außerdem ehrgeizig, vielleicht viel mehr, als du überhaupt ahnst. Ich denke, daß du einen Vorteil erkennen und ergreifen kannst. Und ich biete dir jetzt einen. Du kannst für mich arbeiten.«

»Ich arbeite bereits für Sie, Mylord«, entgegnete Mary vorsichtig.

Cavendor warf ungeduldig den Kopf zurück. »Du verstehst mich schon«, sagte er, »ich meine nicht deine Dienste als Hausmädchen.

Du bist zu schade dafür, Lady Cavendors verweinte Taschentücher zu waschen. Du sollst für mich arbeiten, für mich als Mitglied des Geheimen Kronrats Seiner Majestät!«

»Ich glaube, ich begreife jetzt nicht ganz...«

»Ich brauche immer wieder jemanden, der Botengänge für mich übernimmt, Nachrichten überbringt, Menschen trifft und zu mir führt, Botschaften für mich in Empfang nimmt... Es ist schwierig, dafür geeignete Leute zu finden. Sie müssen geschickt, klug und mutig sein und dabei unauffällig wirken. Ich denke, daß ein vierzehnjähriges Mädchen wie du dafür taugt! Was meinst du?«

»Ich weiß nicht, ob ich all Ihren Anforderungen gerecht werden kann, Mylord.«

»Das kannst du, Mary. Zunächst geht es darum, daß ich dir vertrauen kann. Ich kann dir doch vertrauen?« Er sah sie eindringlich an. Mary hielt dem Blick stand.

»Natürlich, Mylord.«

»Wer unser Vertrauen mißbraucht, sollte wissen, daß wir uns das unter gar keinen Umständen leisten können. Unsere Gegenmaßnahmen sind dementsprechend.«

»Ja, ich verstehe.«

»Gut. Ich wußte, daß du klug bist. Nun, wie ist es? Gefällt dir mein Vorschlag?«

Mary zögerte.

»Darf ich noch eine Weile darüber nachdenken?«

Cavendor erhob sich. »Das darfst du. Du mußt dich nicht von einem Moment zum anderen entscheiden.« Er trat an sie heran und strich ihr sanft übers Haar. Seine Augen glänzten, und Mary erschauerte, weil sie begriff, daß es nicht nur praktisches Interesse war, was Cavendor zu ihr hinzog.

»Gute Nacht«, flüsterte er, neigte sich zu ihr hin, aber sie wandte rasch das Gesicht ab.

Lieber lasse ich mich auf die Straße setzen als von dir küssen, dachte sie angewidert. Aber glücklicherweise schien Cavendor nicht verärgert. Er lächelte und verließ mit wehendem Mantel das Zimmer. Seine Schritte verklangen auf der Treppe. Aufatmend sank Mary in ihre Kissen zurück. Welch eine seltsame Nacht. Schon jetzt kam ihr der Gedanke, daß der Lord in ihrem Zimmer gewesen war und mit ihr gesprochen hatte, wie ein ferner Traum vor. Aber das Parfüm war noch im Raum, ein schwerer, süßer Duft, so exzentrisch wie Cavendor selber. Ob er es wirklich ernst gemeint hatte? Nicht, daß sie die Vorstellung, für ihn irgendwelche geheimnisvollen Dinge zu tun, übermäßig verlockt hätte, aber ihr fiel ein, was Lettice gesagt hatte, ehe sie sich voneinander trennten.

»Denk bloß nicht, du hättest in ihnen Freunde gefunden! Für sie bleibst du immer, was du bist. Sie werden dich fallenlassen.«

Mary hatte oft über diese Worte nachgedacht. Lettice hatte recht, und oft überlegte sie, was sie tun könnte, sich wertvoller zu machen. Hier nun witterte sie eine Möglichkeit. Wenn Cavendor sie brauchte und sie ihm nützlich war, dann sprang vielleicht irgendwann einmal etwas für sie dabei heraus. Sie konnte ihn nicht ausstehen, aber das spielte für seinen Nutzen womöglich keine Rolle.

Am nächsten Tag ging sie zu ihm und sagte ihm ihre Unterstützung zu.

Zunächst änderte sich dadurch nichts in ihrem Leben. Noch immer war sie den ganzen Tag mit Wäsche und Kleidung ihrer Herrschaft beschäftigt und nutzte ihre wenige freie Zeit, sich von Anne Brisbane Französisch beibringen zu lassen. Sie lernte leicht und schnell, hatte aber ständig den Eindruck, daß Anne kaum bei der Sache war. Sie wirkte geistesabwesend und oft unfreundlich. Und auch Cathleen schien es nicht ganz gut zu gehen. Sie magerte ab, verließ oft tagelang das Bett nicht, lief mit fettigen Haaren und schlampig angezogen herum. Einem Gespräch, das sie belauschte, entnahm Mary, daß Cathleen noch immer krank war vor Heimweh und Kummer. Sie hörte sie leidenschaftlich sagen, daß sie lieber sterben wolle, als weiter in dieser Stadt und mit diesem Mann zu leben.

Anne erwiderte darauf: »Besser wäre es, er stürbe, Cathleen.«

»O ja«, entgegnete Cathleen verzweifelt, »aber ich bin zu feige, Anne, zu feige und zu schwach!«

Anne flüsterte etwas und Mary schlich davon, mit dem Gefühl, eine Verräterin zu sein, weil sie mit Cavendor gemeinsame Sache machte.

Cavendor verließ täglich frühmorgens das Haus und kam erst spät abends wieder. Es mußte große Unruhe am Hofe herrschen, denn Henry zeigte sich in aller Öffentlichkeit an der Seite von Anna Boleyn, die es, so behaupteten viele, zutiefst genoß, Mittelpunkt all der Aufregung zu sein und Kriegsstimmung in halb Europa ausgelöst zu haben. Sämtliche Berater und Vertraute des Königs suchten in regelmäßigen Abständen die arme Katharina auf, um sie zu bewegen, sich freiwillig in die Auflösung ihrer Ehe zu fügen, aber offenbar blieb die Königin hart. Sie hatte noch immer Menschen um sich, die ihr moralische Unterstützung gaben, Hofdamen aus Spanien, denen sie seit ihrer Kindheit vertraute und die bereit gewesen wären, für sie durchs Feuer zu gehen. Ohne diese Gefährtinnen, so meinten viele, wäre Katharinas Widerstand längst gebrochen.

In einer warmen, sternklaren Augustnacht, als Mary bereits im Bett lag, wegen der drückenden Schwüle aber nicht schlafen konnte, hörte sie wieder schleichende Schritte auf der Treppe und gleich darauf schob sich auch schon die mächtige Gestalt Lord Cavendors in ihr Zimmer. Beschwörend legte er den Finger auf den Mund.

»Psst! Ganz leise. Niemand darf uns hören!« Er trat zu ihr und reichte ihr ein zusammengerolltes, versiegeltes Papier.

»Du kennst den Weg zur London Bridge? Und von dort hinüber zum Südufer?«

»Ja. Aber im Süden war ich noch nie.«

»Das macht nichts. Am Ende der Brücke hältst du dich rechts am Fluß entlang, bis du zur High Hill Lane kommst. Durch die mußt du hindurch zur River Alley und von ihr in die Sherwood Alley. Dort siehst du das Haus *Sherwood Inn*. Dem Besitzer gibst du diesen Brief.« Er drückte ihr das gerollte Pergament in die Hand.

Mary zitterte vor Aufregung. »Worum geht es?« fragte sie.

»Keine neugierigen Fragen! Und sieh her, der Brief ist versiegelt. Ich werde später fragen, ob er noch versiegelt war, als er seinen Empfänger erreichte. Und gnade dir Gott, wenn du ihn aufbrichst!«

»Nein, ich werde das nicht tun.«

»Gut, dann steh jetzt auf und geh!« Cavendor verharrte noch einen Moment, aber da Mary keine Anstalten machte, sich zu erheben, sondern ihn nur feindselig anblickte, wandte er sich schließlich ab und verließ das Zimmer.

Mit fliegenden Händen zog sich Mary an. Sie blieb barfuß und nahm sich auch nicht die Zeit, ihr Haar zu flechten. Das Pergament an sich gepreßt eilte sie die Treppe hinunter und huschte durch die Hintertür ins Freie. Die Nacht war sehr warm und klar. Kneipen und Wirtshäuser hatten um diese Zeit, weit nach Mitternacht, bereits ihre Pforten geschlossen, so daß sich kaum noch Menschen in den Straßen aufhielten. Mary begegnete nur hin und wieder einem Bettler, der gierig seine Hände nach ihr ausstreckte, dem sie aber jedesmal rechtzeitig auswich. Betrunkene schwankten ihr entgegen, und Mary drückte sich in den Schatten der stillen Häuser, um nicht von ihnen entdeckt zu werden. Sie war sehr aufgeregt, aber auch ängstlich. Um ihre Nerven zu beruhigen, summte sie eine leise Melodie vor sich hin und überlegte, was in dem Brief stehen könnte. Natürlich würde sie es nicht wagen, das Siegel zu brechen, aber es reizte sie, diesem Geheimnis auf die Spur zu kommen. Vielleicht konnte sie etwas in dem seltsamen Sherwood Inn aufschnappen.

Mary überquerte die London Bridge und vermied es, in das glänzend schwarze, leise rauschende Wasser der Themse zu blicken. Es wurden täglich in den frühen Morgenstunden viele Tote aus dem Fluß geborgen, mit einem Messer im Bauch oder einem Strick um den Hals. Mary bereute es bereits, sich auf dieses Abenteuer eingelassen zu haben. Sie atmete auf, als sie das Südufer erreichte.

Am Südufer ging es lebendiger zu als im Norden. Aus winzigkleinen, vergitterten Fenstern fiel immer wieder ein Lichtschein auf die schmale Gasse. Aus den Wirtshäusern klang Gelächter, und auf den steinernen Stufen vor den niedrigen, windschiefen Häusern saßen schnarchende oder gröhlende Menschen und genossen die warme Luft der Hochsommernacht. Mary fragte sich, wie sie den fauligen Verwesungsgestank um sich herum aushielten. Nicht einmal in Shadow's Eyes hatte es so bestialisch gerochen. Mit angehaltenem Atem irrte sie durch die Gassen, von denen eine aussah wie die andere, verlief sich, weil Cavendors Beschreibung nicht im entferntesten stimmte, und gelangte schließlich durch Zufall in die Sherwood Alley. Sie entdeckte das Sherwood Inn sofort. Es stand zwischen den anderen Häusern, ebenso schief wie seine Nachbarn und sein Dach neigte sich so weit vor, daß es den Giebel des gegenüberliegenden Hauses berührte. Das Schild über der Tür war mit ausgeblichenen Farben bemalt, mit Blumen und einer Frau im weißen Kleid, und mit den goldenen Schriftzügen stand *Sherwood Inn* darauf.

Mary klopfte zunächst zaghaft, dann lauter an. Irgend jemand in diesem Haus mußte noch wach sein, denn in dem vorderen Fenster brannte eine Kerze. Sie wollte sich schon wieder resigniert abwenden, da vernahm sie schlurfende Schritte und die Tür wurde vorsichtig geöffnet. Ein alter Mann, dessen weiße Haare und langer Bart zu einem dichten Gestrüpp zusammenwucherten, stand vor ihr und starrte sie aus alterstrüben, aber sehr klugen Augen an.

»Wir sind ein offenes Haus«, sagte er »warum kommst du nicht einfach rein?«

»Es tut mir leid«, erwiderte Mary, die das Gefühl hatte, einen Fehler begangen zu haben, »ich habe hier einen Brief. Von Lord Cavendor.« Sie reichte ihm die versiegelte Rolle.

Der Alte nahm sie gleichgültig entgegen.

»Muß ich lesen«, knurrte er, »komm herein. Warte hier, vielleicht will er eine Antwort.«

Er schlurfte davon und verschwand durch einen Vorhang in ein angrenzendes Zimmer. Mary blieb in dem düsteren Schankraum stehen. Die Decke war niedrig, von wuchtigen Holzbalken gestützt. In einer Ecke befand sich ein weißgekalkter Kamin, vor dem ein räudiger Hund schlief. Es gab ein paar Tische und Bänke, aber alle waren leer. Einige Kerzen befanden sich auf dem Fachwerk an den Wänden und erhellten schwach die nächtliche Dunkelheit.

Mary machte sich auf eine längere Wartezeit gefaßt. Sie hatte nicht den Eindruck, der alte Mann werde sich sehr beeilen. Sie setzte sich auf eine Bank und stützte den Kopf in die Hände. Mit leiser Stimme versuchte sie den Hund zu locken, aber er blinzelte sie nur müde an und rührte sich nicht. Sie selbst fühlte sich hellwach, angespannt und nervös. Wenn Anne wüßte, oder Lady Cathleen! Sie lachte unruhig und spähte zu dem Vorhang hin, hinter dem der Alte verschwunden war. Gerade wollte sie aufstehen und sich ein wenig genauer umsehen, als die Eingangstür heftig aufgestoßen wurde und ein Gast eintrat. Mary wich erschrocken zurück und starrte ihn an. Niemals vorher hatte sie einen solchen Mann gesehen.

Er war groß, viel größer als Ambrose, etwa wie Cavendor, aber viel schlanker. Sein Gesicht war schmal und intelligent, er trug ein weißes Hemd und eine schwarze Hose, darüber einen schwarzen Umhang, der bis hinunter zu seinen ledernen Stiefeln reichte. Um die Hüften hatte er einen bestickten Gürtel, an dem sein Schwert hing, und seine Hände steckten in großen, schwarzen Stulpenhandschuhen. Er hatte dunkles Haar, keinen Bart wie die meisten Männer seiner Zeit, und tiefbraune Augen. Seine Bewegungen waren kraftvoll und elegant, in seinem Blick lagen Selbstsicherheit und eine Andeutung von Machthunger. Er sah aus, als sei er es gewöhnt, immer sofort beachtet zu werden und andere Menschen unter seinen Willen zu zwingen. Daneben ging eine wachsame Zurückhaltung von ihm aus; es schien, als sei er keineswegs bereit, den Menschen, die er für sich gewann, auch zu vertrauen. Als er Mary sah, lächelte er, und es war ein Lächeln von solchem Charme, daß Mary es unwillkürlich erwiderte.

»Der alte Will Shannon hat aber seltsamen Besuch heute«, sagte er, »was hat dich denn hierher verschlagen?« Sein Blick war sehr eindringlich, und Mary bemühte sich, ihn selbstbewußt zu erwidern.

»Ich erfülle einen Auftrag«, entgegnete sie geheimnisvoll und ärgerte sich über das amüsierte Blitzen in den Augen des Fremden.

»Der Auftrag ist natürlich geheim?« erkundigte er sich.

»Natürlich.«

»Ich verstehe. Das Leben kann sehr aufregend sein. Wo ist denn Will?«

Mary wies auf den Vorhang, hinter dem Will hervorspähte.

»Ach, Nicolas, du bist es«, brummte er, »ich muß noch einen Brief schreiben. Warte solange. Und laß die Finger von der Kleinen!«

Er verschwand wieder. Nicolas lachte. Er nahm Mary gegenüber am Tisch Platz und warf seine Handschuhe neben sich.

»Der bedeutendste Hehler von ganz London, der alte Will«, erklärte er, »er macht selten Geschäfte mit Kindern. Wie alt bist du denn?«

»Sechzehn«, log Mary, und fügte entrüstet hinzu: »Ich bin kein Kind. Ich sorge und arbeite ganz allein für mich!«

»Schon gut, ich glaub' es dir ja.« Er betrachtete ihr sauberes Kleid. »Du bist Dienstmädchen in einem der Herrenhäuser am Nordufer?«

»Woher wissen Sie das?«

»Ich denke es mir. So wie du sehen sie alle aus. Natürlich nicht alle so hübsch!« Nicolas lächelte leicht und Mary fühlte sich geschmeichelt. Sie senkte die Wimpern, weil Anne ihr erklärt hatte, daß man das in einem solchen Fall tut, und war froh darüber, daß ihr lockiges Haar in dieser Nacht offen über ihre Schultern fiel.

»Kommst du oft hierher?« fragte Nicolas weiter.

Mary schüttelte den Kopf. »Ich bin zum ersten Mal hier.«

»Ah. Sonst wärest du mir bestimmt schon früher aufgefallen. Möchtest du etwas trinken?«

Mary zögerte.

»Ich habe kein Geld«, sagte sie schließlich.

»Darum mach dir keine Sorgen. Ein Bier?«

»Ja, gern.« Mary mochte nicht zugeben, daß sie den Geschmack von Bier abstoßend fand. Nicolas begab sich in ein Nebenzimmer, wohl die Küche, und tauchte gleich darauf mit zwei Steinkrügen auf. Er schob Mary einen davon zu.

»Auf dein Wohl… wie heißt du eigentlich?«

»Mary Askew, Sir.«

»Ich bin Nicolas de Maurois. Auf dein Wohl, Mary!«

»Auf Ihr Wohl, Sir!«

Beide tranken. Mary würgte das bittere Gebräu hinunter und bemühte sich, den Geruch zu ignorieren, der sie an Ambrose erinnerte, an feuchte, alptraumhafte Küsse von betrunkenen Männern in einer grauenhaften Nacht. Auf der anderen Seite fand sie es sehr aufregend, in einer dunklen Nacht in einem heruntergekommenen Wirtshaus mit einem fremden Mann Bier zu trinken. Sie dachte an Frederic, zugleich musterte sie Nicolas verstohlen über den Rand ihres Bechers hinweg. Er war zweifellos ein äußerst aufregender Mann. Bess hätte sich bestimmt in ihn verliebt, aber sie traute ihm nicht.

Er ist bestimmt skrupellos, dachte sie, nur auf seinen eigenen Vorteil bedacht. Sein glutvoller Blick und seine sanfte Stimme sind sehr bewußt. Er würde immer seinen Willen durchsetzen.

»Worüber denkst du nach?« fragte Nicolas. »Du siehst mich so versunken an!«

»Ach, ich habe an meine Schwester gedacht, sonst nichts.«

Nicolas zog die Augenbrauen hoch. »Du kränkst mich«, sagte er, »du hättest an mich denken können!«

»Warum?«

»Du könntest dir zum Beispiel überlegen, wer und wie ich bin!«

»Vielleicht interessiert mich das gar nicht so sehr.«

»Doch, das tut es. Und ich bin sicher, du hast genau darüber nachgedacht. Auch wenn du es nie zugeben würdest.«

»Bilden Sie es sich ruhig ein, Sir.«

»Ich denke ja auch über dich nach. Ich vermute, du stammst aus Kent.«

»Woher wissen Sie das?«

»Man hört es. Ich jedenfalls. Ich komme ebenfalls aus Kent.«

»Oh! Von wo dort?«

»Canterbury. Aber nicht seit ewigen Zeiten. Die Maurois sind normannischer Abstammung.«

»Normannen«, wiederholte Mary leise, »seltsam, immer... ach, gleichgültig. Ich komme aus Shadow's Eyes.«

»Dieses Dorf kenne ich nicht.«

»Es ist auch sehr klein.« Mary trank ihren letzten Schluck Bier und stand auf. »Wie lange braucht Will Shannon denn bloß?« murmelte sie.

Nicolas lachte. »Verwirrt dich meine Gegenwart oder warum hast du es so eilig?«

»Ich werde erwartet, deshalb. Und ich muß morgen wieder sehr früh aufstehen.«

»Das ist wirklich schade. Möchtest du noch etwas trinken?«

»Nein, vielen Dank.«

»Du bist ein seltsames Mädchen, Mary, anders als viele andere. Bleibst du noch lange in London?«

Mary sah in Nicolas' tiefdunkle, normannische Augen.

»Nein«, erwiderte sie, »ich kehre zu dem Mann zurück, den ich heiraten werde.«

Der Vorhang schob sich zur Seite und Will Shannon erschien. In der Hand hielt er eine Papierrolle.

»Bring die Lord Cavendor«, brummte er, »und sei vorsichtig.«

»Ah, für Cavendor arbeitest du«, bemerkte Nicolas, »ein bekannter Mann in London.«

»Sie kennen ihn?«

»Ich habe ihn mal gesehen. Er ist ja viel für den Kronrat unterwegs.« Nicolas trank noch etwas.

Mary nutzte die Gelegenheit, sich schnell zu verabschieden. »Auf Wiedersehen, Mr. Shannon«, sagte sie, »auf Wiedersehen, Mr. de Maurois!«

Als sie schon an der Tür war, hielt Nicolas sie noch einmal zurück. »Mary Askew«, rief er, »kommst du wieder hierher?«

»Ich weiß es nicht. Nur wenn mich Lord Cavendor schickt!« Eilig verließ sie das Sherwood Inn. Draußen brauchte sie einen Moment, um ihre Orientierung wiederzufinden. Sie gestand sich, während sie durch die dunklen Gassen eilte, daß Nicolas sie reichlich durcheinandergebracht hatte. Natürlich brauchte sie keine Gedanken mehr an ihn zu wenden, denn vermutlich würde sie ihn nie im Leben wiedersehen.

Immerhin aber dachte sie noch so viel über ihn nach, daß sie bereits die London Bridge überquert hatte, ehe sie bemerkte, daß der Brief von Will Shannon nicht versiegelt war. Sie sah sich um, bis sie eine Hauslaterne entdeckte, unter deren flackerndem Schein sie mit zitternden Händen das Papier entrollte. Die Buchstaben, die ihr entgegensprangen, wirkten völlig wahllos hingesetzt, waren so schief und zusammenhanglos, daß Mary im ersten Augenblick glaubte, eine ganz fremde Schrift und Sprache vor sich zu haben. Es dauerte eine ganze Weile, bis sie die Nachricht entziffern konnte.

»Das Gift ist immer bei mir zu haben«, las sie, »L. Winter sollte keine Sorge sein. Das Mädchen kann es abholen. Will Shannon.«

Sie ließ den Brief sinken. Dieser gemeine, skrupellose, heimtückische Cavendor, still und leise plant er einen Mord, und dies wahrscheinlich noch in seiner Eigenschaft als Diener des Staates und im Einverständnis wenigstens einiger Mitglieder des hochgeachteten Kronrats. Und er schrak nicht einmal davor zurück, ein junges, argloses Mädchen zu seiner Komplizin zu machen.

Giftmord! Mary war ein Kind ihrer Zeit, sie kam täglich an den Prangern und Schandpfählen der Stadt vorüber, an denen die entstellten, gefolterten, sterbenden Gestalten zahlloser Delinquenten standen, sie kannte die Galgen an den Wegkreuzungen vor den Dörfern, an denen verweste Leichen wie Vogelscheuchen hingen, die Bäume im Wald, an denen überfallene Reisende ihr hundert Goldpfund wertes Leben ließen. Sie wußte, daß die Steuereintreiber des Königs zahlungsunfähige Opfer an ihre Pferde banden und zu Tode schleiften oder vierteilten, und daß Frauen, der sündigen Liebe mit dem Teufel verdächtigt, in Käfige gesperrt und an Strikken ins Wasser hinabgelassen wurden, wo sie qualvoll ertranken. Giftmorde, sauber, unauffällig und geräuschlos, fielen dazwischen kaum auf. Die meisten der unüberschaubaren Hofintrigen endeten auf diese Weise und es war auch nicht bloß ein Schauermärchen, daß viele Frauen, ebenso unfreiwillig und unglücklich verheiratet wie Cathleen, sich nur auf diese Weise aus ihrer Verstrickung zu befreien wußten.

Mary, die gewohnt war, den Tatsachen ins Auge zu sehen, hatte daher nicht den Eindruck, ein Abgrund des Bösen tue sich vor ihren Füßen auf, aber ein Gefühl des Grauens beschlich sie doch. Irgend jemand hatte vor, einen anderen Menschen zu töten, und sie selber war gerade dabei, sich in die Machenschaften zu verstricken. Sie erschrak, als ihr klar wurde, daß sie sich nicht mehr zurückziehen konnte, weil Cavendor sonst vielleicht gefährlich wurde.

»Aber ich möchte doch zu gern wissen, wer L. Winter ist«, sagte sie halblaut zu sich. Sie blickte zum Fluß, dessen Wellen sacht gegen das Ufer platschten. Der Mond, für einige Augenblick ihrer Sicht entschwunden, kam hinter dem stummen, steinernen Tower hervor und spiegelte sich hell in den Fluten des Wassers.

Einige Wochen später traf Mary Nicolas wieder. Anne hatte sie auf den Markt geschickt, um Baldriankräuter zu kaufen, damit sie Cathleen einen Tee daraus brauen könnte. Cathleen war am vergangenen Abend laut schreiend durch das Haus gelaufen, hatte Vasen zerschmettert, Kissen zerfetzt und war schließlich laut weinend auf der Treppe zusammengebrochen.

Als Mary zum Markt ging, regnete es. Eilig drängte sie sich durch das Menschengewühl vor den Ständen, kaufte alles, was man ihr aufgetragen hatte und blieb gerade kurz vor einem buntbemalten Kasten stehen, in dem »Kardinal Wolseys Höllenfahrt« mit lustig geschminkten Puppen aufgeführt wurde, als neben ihr eine große, dunkle Gestalt auftauchte.

»Tag, Mary«, sagte eine bekannte Stimme.

Sie fuhr herum. »Ach, Sie sind es. Guten Tag, Mr. de Maurois.«

»Wie geht es dir?«

»Danke schön, gut. Und Ihnen?«

»Hervorragend!« Er trat einen Schritt zurück und musterte sie von Kopf bis Fuß.

»Neulich nachts gefielst du mir besser«, meinte er, »was soll dieses alberne Tuch um deine Haare?«

»Ich muß es tragen, Sir.«

»So? Nun gut. Was hast du denn eingekauft?« Er spähte in ihren Korb.

Mary wich etwas zurück. »Ich muß jetzt gehen. Man erwartet mich.«

»Ich begleite dich ein Stück.« Ohne ihre Zustimmung abzuwarten ging er neben ihr her. Er schien sehr viele Leute zu kennen, denn immer wieder blieb er kurz stehen und sprach mit jemandem oder rief Vorübereilenden ein paar Grußworte zu. Mary bemerkte, daß sie selber viele neugierige Blicke erntete. Wer auch immer dieser Nicolas sein mochte, er erregte Aufmerksamkeit bei den Menschen, und die Frau an seiner Seite ebenfalls. Mary reckte sich. Dann kam ihr ein Einfall.

»Sie scheinen halb London zu kennen«, meinte sie leichthin, »kennen Sie zufällig L. Winter?«

Nicolas blieb stehen.

»Ich würde meinen Kopf dafür verwetten, daß das etwas mit deinen geheimen Aufträgen zu tun hat!« rief er. »Das Kind hat Blut geleckt und möchte nun mehr wissen!«

»Nun, ich...«

»Wenn du weiterhin zwielichtigen Geschäften nachgehen willst, Mary Askew, solltest du schnellere und gescheitere Antworten wissen. Nie ins Stottern verfallen, hörst du? Aber mir kannst du ohnehin nichts vormachen. L. Winter... mich soll der Teufel holen, wenn damit nicht Lady Winter gemeint ist, Lady Francita Winter, eine der engsten Vertrauten Ihrer Majestät, unserer Königin Katharina!«

»Ach!«

»Du weißt über den Hof noch nicht genügend Bescheid. Lady Francita Winter ist zur Zeit in aller Munde. Sie gehört zu den getreuesten der Getreuen um die Königin und ist deren festeste Stütze. Es gibt Leute, die behaupten, ohne Lady Winter hätte Katharina bereits in die Scheidung eingewilligt.«

»Dann muß der König sie hassen!«

»Ja, im Augenblick dürfte sie neben dem Papst sein ärgster Widersacher sein. Nun sag mir«, Nicolas blickte Mary belustigt an, »wie möchte man sie beseitigen? Entführen? In ein anderes Land bringen? Zurück nach Spanien? Oder die Sache noch einfacher beenden?«

»Ich weiß nicht, wovon Sie sprechen.«

»Aber Mary, ich habe dir doch gesagt, du sollst nicht versuchen, mich anzuschwindeln! Cavendor hat dich zu Will Shannon geschickt, da kann ich mir ohnehin alles zusammenreimen. Er ist ein bedeutender Hehler, aber ein noch viel bedeutenderer Giftmischer! Ah, jetzt wirst du blaß!«

»Sir, bitte, sprechen Sie zu niemandem davon!« rief Mary. »Wenn Cavendor erfährt, daß ich...«

Nicolas ergriff belustigt ihre Hand. »Warum sollte ich das tun?« fragte er sanft. »Ich habe keinen Grund, dir Böses zu wünschen. Und ich habe keinen Grund, etwas für Lady Winter zu tun. Ich werde stillschweigend die kommenden Ereignisse abwarten und eines Morgens werde ich hören, daß man Francita Winter tot in ihrem Schlafzimmer gefunden hat, und heimlich bei mir werde ich denken: Mary Askew hat ihre Sache gut gemacht!«

Mary sah ihn entsetzt an. »Reden Sie doch nicht so!« rief sie. »So grausam und... und...« Ihr fielen keine Worte mehr ein. Sie ließ ihn stehen, und ohne sich noch einmal umzudrehen, rannte sie davon, den ganzen Weg bis nach Hause. Dort verkroch sie sich in ihr Zimmer, stellte sich an das Fenster und starrte hinaus auf die Themse. Mühsam drängte sie die Tränen zurück, die ihr in die Augen stiegen. Niemals, das wußte sie, hätte sie sich auf diese Geschichte einlassen dürfen. Sie ließ sich in Lord Cavendors finstere Intrigen verwickeln und fand das noch besonders schlau, weil sie glaubte, sich damit wertvoll für ihn zu machen. Aber in Wirklichkeit hatte sie sich ihm in die Hände gespielt.

Sie überlegte, ob sie sich Anne anvertrauen sollte, kam aber zu dem Schluß, daß das nicht gut wäre. Weder Anne noch Cathleen würden begreifen, warum sie sich überhaupt je mit Cavendor eingelassen hatte, und vielleicht würden sie es sogar als Verrat empfinden.

Ich muß allein damit fertig werden, dachte Mary düster, wenn ich wenigstens Will Shannons Brief nicht gelesen hätte, dann wüßte ich gar nicht, was los ist. Ich muß versuchen zu vergessen, daß ich ihn gelesen habe!

Auf jeden Fall, Lord Robert Cavendor, sie wandte sich mit einer heftigen Bewegung vom Fenster ab, auf jeden Fall bringst du mich weder vor die Sternkammer noch nach Tyburn, und eher läßt du dein Leben am Galgen als ich, darauf magst du getrost dein eigenes Gift nehmen!

Es wurde Herbst, ein feuchter, neblig kalter Herbst, der die Menschen in ganz England stöhnen ließ. Es war kein guter Sommer gewesen, man hatte eine schlechte Ernte eingefahren, nun wußte man kaum, wie man den Winter überstehen sollte. Und im ganzen Land trieb die Kirche Geld ein, denn sie hatte die vom König verlangte Bußsumme noch nicht zusammenbekommen.

Bei aller Feindlichkeit des Königs gegenüber der Kirche ließ sein Lordkanzler Sir Thomas More noch immer protestantische Ketzer verfolgen und verbrennen. Wenigstens einmal in der Woche brannte vor den Toren ein großer Scheiterhaufen, auf dem eine ganze Zahl Männer und Frauen, Anhänger der Lehren Martin Luthers, ihr Leben ließen. Mary ließ sich zweimal von Nicolas überreden, hinzugehen und zuzuschauen, aber sie empfand nichts als Grauen und Entsetzen beim Anblick der schwarzgekleideten, betenden, schreienden Menschen. Sie merkte deutlich, daß Nicolas hingegen mit einem merkwürdigem Glitzern in den Augen diesen Ereignissen beiwohnte. Sie wollte ihn eigentlich nie wieder treffen, aber das war unmöglich, denn er schien nahezu überall zu sein. Sie mußte oft in die Stadt gehen, und dort begegnete sie ihm fast immer. Manchmal tat sie so, als hätte sie ihn nicht bemerkt und lief rasch in eine Seitengasse oder neigte sich tief über irgendein Gemüse. Aber das half nie etwas. Nicolas' Augen entging nichts. Plötzlich war er hinter ihr, legte seinen Arm um sie und lächelte sie an. Er hatte immer etwas Wichtiges zu erzählen, den neuesten Gesellschaftsklatsch oder Neuigkeiten aus der Politik. Mary staunte, wie gut er sich auskannte und wie schnell er über Dinge informiert war, von denen andere noch gar nichts wußten. Als noch niemand davon sprach, erzählte er Mary bereits, der Papst habe einen Brief verfaßt, in dem er alle Mädchen der ganzen Welt mit dem Fluch ewiger Verdammnis bedrohte, wenn sie es wagen sollten, mit dem König von England vor den Traualtar zu treten.

»Also, sei vorsichtig, Mary«, warnte er sie, »wenn Seine Majestät dir einen Antrag macht, was nicht mehr lange dauern kann, dann lehne unter allen Umständen ab. Du endest sonst in der Hölle!«

»Ich werde es berücksichtigen«, versprach Mary ernsthaft.

Das Merkwürdigste war, daß Mary Nicolas de Maurois im Grunde überhaupt nicht kannte und auch keineswegs näher kennenlernte. Sie wußte beinahe nichts über ihn. Er hatte erzählt, daß er aus einer einmal sehr angesehenen und wohlhabenden Familie stammte, die sich aber zugrunde gewirtschaftet und in Armut gebracht hatte.

»Vornehm gingen sie unter«, erzählte er, »meine Mutter begriff bis zu ihrem Tod nicht, daß das Haus, in dem sie lebte, völlig verschuldet war, und Gott sei Dank durfte sie sterben, ehe die Gläubiger es uns wegnahmen. Und mein Vater, elegant und kultiviert, ertrug den Gedanken an die Schrecken eines Schuldgefängnisses nicht. Er setzte seinem Leben vorzeitig ein Ende, um wenigstens im seidenen Morgenrock statt in Ketten auf fauligem Stroh zu sterben.«

Aber Mary erfuhr nie, wo Nicolas jetzt lebte und welcher Arbeit er nachging, falls er das überhaupt tat. Insgeheim argwöhnte sie, daß er sich keinesweg innerhalb der gesetzlichen Ordnung bewegte. Zu einem Mann wie Nicolas paßten Raubüberfälle, Messerstechereien, Totschlag und Betrug. Sie konnte ihn sich nicht in einem ehrlichen Gewerbe vorstellen.

Natürlich hatte er ganz anderes im Sinn, als mit Mary über die Marktplätze der Stadt zu schlendern, aber jede Annäherung von seiner Seite wehrte sie energisch ab. Sie hatte Frederic und keinen anderen Mann sollte es in ihrem Leben geben, schon gar nicht Nicolas de Maurois, der zu denen gehörte, die nicht lange fragten. Verbissen wich sie ihm aus. Manchmal lachte er darüber, manchmal wurde er ärgerlich.

»Du prüde, hinterwäldlerische, kleine Jungfrau«, sagte er zornig, »was soll das? Läufst du mit irgendwelchen Prinzipien durch die Gegend? Das solltest du dir beizeiten abgewöhnen, sonst kommst du nicht weit!«

»Ich habe Ihnen schon einmal gesagt, daß es einen Mann gibt, den ich heiraten werde. Und im übrigen legen Sie besser Ihr protziges Gehabe ab, damit kommen Sie nämlich auch nicht weit, jedenfalls nicht bei mir!«

Nicolas blieb stehen und sah auf Mary hinunter. »Sei vorsichtig«, warnte er, »vielleicht brauchst du mich mal eines Tages und ich erinnere mich daran, wie du mit mir umgesprungen bist!«

Mary fand das alles höchst lächerlich und antwortete nicht darauf. Nicolas war verstimmt und ein paar Wochen sahen sie einander nicht. Mary fand ihr Leben leichter, wenn er nicht dauernd in Erscheinung trat. Sie wartete ohnehin jeden Tag voller Unruhe auf jenes Ereignis, das von Lord Cavendor geplant wurde und das sie zur Mittäterin machen würde.

Dann, in einer Dezembernacht, war es soweit.

Mary lag schlafend in ihrem Bett und erwachte davon, daß eine

Hand sanft über ihr Gesicht strich und irgend jemand dicht und heiß über ihrem Mund atmete. Hastig richtete sie sich auf. Cavendor stand über sie geneigt, in der einen Hand eine Kerze, in der anderen einen Brief.

»Bist du wach?« flüsterte er.

»Ja«, sagte Mary gereizt. Sie wies auf den Brief. »Schon wieder nach...?«

»Ja. Du mußt ins Sherwood Inn.«

Mary seufzte. Es war wesentlich unangenehmer, in einer eiskalten Dezembernacht das Haus zu verlassen, als im August, und außerdem wußte sie diesmal schon zu viel.

»Gut, ich gehe«, sagte sie resigniert.

Cavendor setzte sich neben sie. »Noch etwas«, sagte er, »du mußt jetzt ein paar Wahrheiten erfahren, denn es werden einige Dinge geschehen, für die ich deine Hilfe brauche. Und um eines gleich klarzustellen: Weigern nützt dir nichts. Du bist schon zu lange meine Komplizin. Wenn du nicht mehr tust, was ich dir sage, ist es ein leichtes für mich, dich für alle Zeiten hinter die dicken Mauern eines Gefängnisses zu bringen. Hast du das verstanden?«

»Ja«, flüsterte Mary tonlos.

Cavendor umfaßte mit hartem Griff ihr Handgelenk. »Wie bitte?«

»Ja«, wiederholte Mary lauter.

Cavendor ließ sie los. »Gut, dann verstehen wir uns. Paß auf: Will Shannon, der Besitzer vom Sherwood Inn, wird dir heute nacht ein Pulver geben, das er selber hergestellt hat. Es ist Gift – tödliches Gift in einer Konzentration, die ausreicht, einen erwachsenen Menschen innerhalb weniger Stunden sterben zu lassen.« Er hielt inne. Stumm sah Mary ihn an.

»Das Gift ist für eine Person am Hofe Ihrer Majestät bestimmt«, fuhr Cavendor fort, »mein Plan, wie wir es ihr zuführen werden, ist nicht kompliziert, aber ich darf nicht in Erscheinung treten.«

»Dann soll ich...?«

»Ich werde dir alles genau erklären. Aber jetzt mußt du erst das Pulver holen.«

»Oh, aber Mylord... das kann ich nicht! Ich kann zum Sherwood Inn gehen, aber mehr nicht. Das können Sie nicht von mir verlangen. Ich kann keinen... Mord begehen!«

Cavendor sah sie kalt an. »Du hast zwei Möglichkeiten«, sagte er. »Entweder du tust, was ich dir sage, oder du erwachst schon morgen früh auf einem Strohlager im Tower. Ich bin mächtig genug, dich zu vernichten, aber du besitzt nicht genügend Einfluß, es mir heimzuzahlen. Niemand, verstehst du, niemand würde dir glauben – einem Bettelmädchen! Denk daran! Und hier«, er reichte ihr die Papierrolle, »das gibst du Will.« Ohne ein weiteres Wort verließ er den Raum.

Mary schlug mit der Faust auf die Bettkante. »Verdammter Lump«, stieß sie leise hervor. Mit einer heftigen Bewegung stieg sie aus dem Bett, schlüpfte in ihre Kleider, hüllte sich in mehrere wollene Tücher und verließ ebenso zornig wie unglücklich das Haus. Draußen wirbelten ihr Schneeflocken entgegen, die eisige Luft machte das Atmen schwer.

Ich könnte ihn töten, dachte sie. Sie hätte ihm leichteren Herzens Böses zugefügt als der unbekannten Lady Winter, die kein anderes Verbrechen beging, als bedingungslos und leidenschaftlich zur Königin zu stehen. Sie sollte ihr Leben lassen, weil sie es wagte, einem König, dessen Kronrat und seiner Herrschaftsgewalt furchtlos die Stirn zu bieten, anstatt sich ehrerbietig seinen Befehlen zu beugen.

Mary hatte Tränen in den Augen, als sie zum Sherwood Inn kam. Will verschwand wie gewohnt in seinem Hinterzimmer. Mary kauerte sich vor den Kamin, wärmte ihre erstarrten Finger über dem Feuer und kraulte den zottigen Hund, der seit dem Sommer unverändert auf seinem Platz zu liegen schien. Kurz kam ihr der Einfall, fortzulaufen, aber sie könnte nur ins Armenhaus zurückgehen und dann erschien es ihr noch erträglicher, Lady Winter Gift zu verabreichen. Natürlich überlegte sie auch, ob sie das Gift einfach gegen irgendein harmloses Pulver tauschen sollte, aber dazu fehlte ihr der Mut. Cavendor kannte ihren Schrecken vor der Tat, wenn Lady Winter nicht starb, würde er wissen, wo die Verantwortliche zu finden war. Sie dachte daran, wie Cathleen einmal verzweifelt gesagt hatte, sie sei zu feige, ihren Mann umzubringen. Verachtungsvoll stellte sie fest, daß sie selbst kein bißchen mehr Kühnheit besaß. Sie hatte nicht den Mut, sich gegen das Ansinnen zu wehren, das Cavendor an sie richtete. Ich bin überhaupt kein bißchen besser als jede andere, der ich mich überlegen glaubte, dachte sie, nicht besser als Mutter, Bess, Cathleen. Ich lasse mich ausbeuten und mißbrauchen und wage kein Wort der Widerrede!

Will kam zurück und kicherte. »Etwas blaß um die Nase, wie?« fragte er. »Ja, ja, Gift ist nicht für jedermann etwas, weiß Gott nicht!« Er reichte ihr ein zusammengefaltetes Papier. »Das bringst du deinem Herrn. Und nicht davon naschen, hörst du?« Er kicherte wieder, aber in seinen Augen lag ein leiser Anflug von Mitleid, ehe er die Kerzen ausblies und Mary die Tür öffnete. Draußen fielen Schneeflocken, Mary fühlte sich elend und kalt. Sie zog ihre Tücher enger um sich und machte sich langsam auf den Heimweg.

Cavendor war begeistert, als er das Gift in den Händen hielt und wollte Mary ein Geldstück schenken. Als sie es sofort zurückgab, wurde er sehr wütend und fuhr sie an, sie sei eine dumme, alberne Gans, die sich nur ja vorsehen solle, denn ewig werde er ihr Gehabe nicht mitmachen.

Dann sah er sie lauernd an. »Warum bist du nach London gekommen, Mary?« fragte er.

»Ich weiß nicht, worauf Sie hinauswollen, Mylord«, entgegnete Mary vorsichtig.

»Nun, ich will es dir sagen. Du hast es in diesem verdammten Nest, diesem dreckigen Shadow's Eyes, nicht mehr ausgehalten. Du wolltest ein besseres und aufregenderes Leben. Du wolltest in eine Stadt, in der man deine Schönheit und deinen Verstand zu schätzen weiß, wo du dich frei bewegen kannst. Aber alles hat seinen Preis. Was du auch tust im Leben, du mußt immer bezahlen.«

»Aber nicht so. Ich weigere mich zu glauben, ich müsse meine Freiheit mit einem Mord bezahlen!«

»Oh«, Cavendor lächelte hämisch. Er sah grausam und abstoßend aus. »Genau das mußt du, Mary, und noch viel unmittelbarer als du glaubst. Ich schwöre dir bei meiner Seele, wenn du abspringst, bringe ich dich in den Tower, lebenslang!«

»Vielleicht«, sagte Mary mit leiser, leidenschaftlicher Stimme, »wäre das eher zu ertragen, als mit einer solchen Schuld zu leben!«

»Rede doch nicht! Du weißt nicht, was du sagst! Du kennst das Verlies nicht, das dich erwartet und deine Vorstellungskraft reicht nicht aus, dir auszumalen, wie die Jahre sein werden, die du dort verbringst. Du bist ein zartes Mädchen, aber zäh, dir könnten fünfzig Jahre bevorstehen. Fünfzig Jahre, Mary, weißt du, wie lang die sein können?« Sein Gesicht kam ihr näher, seine Stimme wurde zu einem eindringlichen Flüstern. »Im äußersten Fall wirst du dir die erste Woche lang heroisch vorkommen. Du wirst deinen Mut und deine Stärke rühmen, die dich befähigt haben, lieber ins Gefängnis zu gehen, als etwas zu tun, war dir dein Gewissen verbietet. Aber glaube mir, auf keinen Fall dauert das länger als eine Woche! Dann wird die Verzweiflung kommen und die Wut. Du wirst durch den Raum gehen, du wirst zum Fenster hinaufschauen, zu dem hauchfeinen Spalt, der hinauszeigt in die Freiheit, durch den du einen Streifen blauen Himmel siehst oder eine vorüberziehende Wolke. Du wirst gegen die Tür schlagen und keiner wird dich hören. Die Haut an deinem Bein, dort wo die Fußkette liegt, wird sich entzünden, aber es wird nichts geben, was dir Linderung verschafft. Dein Lager wirst du mit Mäusen und Ratten, Wanzen und Würmern teilen, sie werden dich zerstechen, befallen, du wirst krank werden an ihnen, Blut und Eier spucken und verfaulen – und doch nicht sterben. Du wirst deine Dummheit verwünschen, deinen Mut, deine Stärke, deine Weigerung. Du wirst dich anklagen und verfluchen und nichts ändern können!«

Cavendor lächelte.

»Nach einem halben Jahr wird dir aufgehen, wie lange die Jahre dauern, die du in deinem Kerker verbringst«, fuhr er fort, »und du wirst darüber nachdenken, wie du deinem Leben rasch ein Ende setzen kannst. Ich sage dir gleich, es ist hoffnungslos. Sterben ist eine verteufelt schwierige Sache. Wahrscheinlich wirst du aufhören zu essen und zu trinken, aber ehe der Durst dich wahnsinnig macht, fällst du doch über das schale Wasser her, das dir der Wärter jeden Morgen bringt, und wenn du dich vor Hunger in Krämpfen windest und die Schmerzen nicht mehr aushältst, stürzt du dich auf das vertrocknete Stück Brot in der Ecke, kämpfst mit den Ratten darum, hast nichts mehr von einem Menschen, du bist eine elende, stumpfe

Kreatur, die um ihr niederes, trostloses Leben kämpft, deren Instinkte über all das gesiegt haben, was sie einst zum Menschen gemacht hat!«

»Nein«, bat Mary leise, »nicht weiter. Ich will nicht mehr…«

»Du willst jetzt schon nicht mehr? Denk an alles, Mary! Keine Schneeflocken mehr in deinem Haar, kein kühler Wind um dein Gesicht, keine heißen, klaren Sommertage, keine mondhellen Nächte, Blumenwiesen und blühende Rosen. Keine Kornfelder, keine Katze, die sich schnurrend an dich preßt. Keine Schönheit mehr, Mary – und keine Liebe!« Er ergriff eine ihrer langen roten Locken und küßte ihre Spitzen.

»Willst du das alles opfern?«

»Nein«, entgegnete Mary heiser, »das kann ich nicht. Mein Gott«, sie hatte plötzlich Tränen in den Augen, »ich bin zu jung. Ich will leben! In Freiheit leben. Ich will die Sonne sehen und die Sterne und Gras unter meinen Füßen spüren und in einer Wiese liegen und Erdbeeren essen… ach, Sie haben es geschickt angestellt, Lord Cavendor! Ich bin in Ihrer Hand.«

»Es war mir darum zu tun, daß du das erkennst«, bemerkte Cavendor zufrieden.

Bevor er ging, sagte er: »In den nächsten Tagen werde ich dich auffordern, mich auf einem Ausritt zu begleiten. Da du ein kluges Mädchen bist, wirst du diesem Vorschlag zustimmen!«

Er verschwand, und Mary warf sich auf ihr Bett, vergrub das Gesicht in den Kissen und schluchzte. Sie fühlte sich einsam und hilflos.

»Ich hasse dich, Cavendor«, murmelte sie, »wenn du nur wüßtest, wie sehr ich dich hasse!«

Aber ihr war klar, daß dies Cavendor kaum beeindrucken und ihr nicht im geringsten helfen würde.

Das Weihnachtsfest verbrachte die königliche Familie meist in Schloß Hampton Court, einige Meilen flußaufwärts, vor den Toren der Stadt. Das ganze Schloß wurde mit Mistelzweigen und bunten Girlanden geschmückt und über Wochen hinweg fanden jeden Abend Maskenbälle statt, am Tag wurden Reitausflüge und Turniere veranstaltet, man ging auf die Jagd oder vergnügte sich, in dicke Pelze gehüllt, bei Bootsfahrten auf der winterlichen Themse. Es herrschte ein buntes, ausgelassenes Treiben, der Wein floß in Strömen, feinstes Gebäck und duftende Braten wurden gereicht, und das alte, graue Gemäuer hallte wider von Geschrei und Gelächter. In diesem Jahr, 1531, waren der König und Anna Boleyn, die Sommer und Herbst in Windsor Castle verbracht hatten, von dort direkt nach Hampton Court gereist, und London rätselte, ob die gedemütigte, im Londoner Schloß Baynard's Castle allein zurückgelassene Königin es wohl wagen würde, sich ebenfalls nach Hampton Court zu begeben und dort ihrem Mann und dessen Mätresse gegenüberzutreten. Tatsächlich machte sich Katharina am 20. Dezember mit ihrem Gefolge auf den Weg, so selbstverständlich, als hätte es für sie nie einen Zweifel daran gegeben, daß sie reisen würde.

Für gewöhnlich benutzte die Königsfamilie den Wasserweg, um von London nach Hampton Court zu gelangen, aber in diesem Jahr herrschte ein unüblich starker Frost und die ganze Themse war mit dicken, treibenden Eisschollen bedeckt. Katharina beschloß daher, zu Lande zu reisen. Von Trommelwirbeln begleitet und unter dem Winken und Rufen vieler Bürger, bewegte sich ein stattlicher Zug aus der Stadt hinaus: die Pferde mit der Königin und den Hofdamen, davor und dahinter Soldaten, dann die Lastenträger, die unzählige Kisten und Taschen mit dem Gepäck der Reisenden darin trugen. Mary, die mit Anne vor Baynard's Castle gewartet hatte, um auch einen Blick auf den Zug zu werfen, wußte, wie viele notwendige Dinge eine reiche Dame mit sich führte, wenn sie auf Reisen ging. Allein die vielen stoffreichen Roben, Unterkleider, Handschuhe, Hauben und Schleier zu verstauen, brauchte viel Platz, hinzu kamen noch Schmuck und Perücken, Kissen und Decken, Musikinstrumente, Schminke, Haarfärbemittel, Cremes und Kräuter, Bücher und gewaltige Flaschen mit betörend duftenden Essenzen, denn auch am Hof waren die sanitären Verhältnisse äußerst ungenügend und jeder mußte seinen Körpergeruch mit Unmengen duftenden Rosenwassers oder Lavendelöl betäuben. Außerdem nahm Katharina in kleinen, mit Samt ausgelegten Weidenkörben ihre liebsten Hunde und Katzen und ein kleines verschüchtertes Äffchen mit.

Mary war etwas enttäuscht von der kleinen, blassen Frau mit dem verhärmten Gesicht, von der Anne sagte, es sei Katharina. Sie hatte sie sich schöner und strahlender vorgestellt, aber natürlich machte die Ärmste Böses mit. Sie trug einen Mantel aus schneeweißem Hermelin mit einem breiten schwarzen Pelzbesatz an Kragen, Saum und Ärmeln. Um ihren Kopf war ein weißer Seidenschal geschlungen, der sich hinter ihr als langer Schleier über den Rücken ihres prunkvoll aufgezäumten Pferdes breitete. Ihre zarten kleinen Hände steckten in weißen Pelzhandschuhen, die mit dunkel schimmernden Rubinen bestickt waren. Sie hatte sich stark geschminkt, aber selbst die rote Farbe auf ihren Wangen und Lippen konnte, wenn vielleicht über ihr elendes Aussehen, so doch nicht über ihr Alter von über vierzig Jahren hinwegtäuschen. Mary fand, sie biete einen besonders traurigen Anblick, weil sie aussah wie eine Frau, die verzweifelt versucht, alle Mittel aufzubieten, um ihrem treulosen Mann strahlend und elegant gegenüberzutreten.

Als der Zug vorüber war, gingen die beiden Frauen sofort nach Hause, denn Anne meinte, sie werde draußen jeden Moment erfrieren. Mary hätte gern herausgefunden, wer Francita Winter war, aber es hielten sich zu viele Frauen in der Nähe der Königin auf. Insgeheim seufzte sie erleichtert. Nun begab sich Lady Winter aus der Stadt und damit aus Lord Cavendors Reichweite. Hoffentlich blieb sie recht lange fort. Vielleicht willigte Katharina bis zum neuen Jahr doch in die Scheidung ein und der heimtückische Plan mußte nicht ausgeführt werden.

Leichten Herzens kam Mary zu Hause an, wo sich sofort ein wutschnaubender Lord Cavendor auf sie stürzte und sie so heftig am Arm packte, daß sie unterdrückt aufschrie.

»Wo treibst du dich herum, du gottverdammte Ratte!« brüllte er. »Ich habe dich überall gesucht! Was denkst du dir, einfach zu verschwinden und stundenlang fortzubleiben?«

Mary wußte vor Überraschung keine Entgegnung. Anne sah Cavendor verwundert an.

»Wir waren am Palast und haben den Aufbruch Ihrer Majestät

angesehen«, erklärte sie, »Sie haben sich doch noch nie darum gekümmert, was Mary tut, Mylord.«

»Halten Sie Ihren Mund, Miss Brisbane,« fuhr Cavendor sie an, »was ich mache, geht Sie nichts an, verstanden?«

»Ja, Mylord. Verzeihung.«

»Gut. Mary, du begleitest mich. Ich muß etwas Wichtiges erledigen.« Mary wurde blaß.

Anne trat einen Schritt vor. »Mylord, Mary ist ein Dienstmädchen von Mylady. Ich weiß nicht, ob...«

Cavendor sah sie aus schmalen Augen an. »Waren wir uns nicht gerade einig geworden, daß meine Pläne Sie nichts angehen?« fragte er lauernd.

»Natürlich, Mylord. Aber ich kann nicht verstehen, weshalb Mary Sie begleiten soll. Ich finde...«

»Miss Brisbane, Sie können noch heute Ihre Sachen packen und gehen, wenn Sie jetzt nicht still sind!«

»Es ist schon gut, Miss Brisbane«, warf Mary ein, »ich habe Mylord gebeten, ihn einmal begleiten zu dürfen.«

»Ach so«, sagte Anne kalt. Ihr Gesicht wirkte plötzlich steinern, ihre Lippen preßten sich fest zusammen.

»Ich wünsche viel Spaß, Mary«, sagte sie dann, drehte sich um und ging mit steifen Bewegungen die Treppe hinauf. Cavendor schrie vor Lachen und schlug Mary auf die Schulter, daß sie in die Knie sank.

»Die gute, ehrbare Miss Brisbane glaubt, wir hätten ein Verhältnis«, rief er, »ist das nicht herrlich? O Mary, ich fürchte, von heute an bist du für sie nicht besser als jedes beliebige Straßenmädchen! Mach nicht so ein Gesicht. Wir haben einen hübschen Ausritt vor uns!«

Mary hatte ihre Fähigkeiten im Reiten noch keineswegs verbessert und fühlte sich bereits, kaum daß sie die Stadt verlassen hatten, so durchgeschüttelt, daß ihr jeder Knochen weh tat. Sie trug ein paar alte, vom Schnee völlig durchweichte Schnürstiefel von Anne, ihr einziges graues Leinenkleid, darüber ein schwarzes Wolltuch und einen Schal um den Kopf. Sie fror erbärmlich, der scharfe Wind schnitt ihr ins Gesicht, und ihre klammen Hände, mit denen sie die

Zügel halten mußte, taten so weh, daß sie hätte weinen mögen. Außerdem ging es in einer halsbrecherischen Geschwindigkeit voran. Mary hatte schreckliche Angst, sie werde hinabstürzen, denn ihre Knochen fühlten sich so erfroren an, daß sie meinte, sie würden dann zerbrechen wie Eiszapfen.

Cavendor galoppierte voran, warm und gemütlich in dicke Pelze und Handschuhe verpackt. Er summte eine fröhliche Melodie vor sich hin und drehte sich hin und wieder nach Mary um. »Bist du noch da?« rief er. »Du sitzt so ängstlich da oben! Außerdem nimm den Schal vom Kopf, ich möchte dein hübsches rotes Haar im Wind flattern sehen!«

»Ich lasse mir nicht für Sie die Ohren abfrieren!« schrie Mary zurück. Cavendor lachte schallend. Seine Fröhlichkeit schien Mary nervös und überdreht. Als sie einmal rasteten, um die Pferde, denen schon Schaum vor dem Mund stand, ausruhen zu lassen, fragte sie ihn, was er vorhabe.

»Es geht um Lady Winter, nicht wahr?«

Cavendor, der, die Beine lässig voreinander gekreuzt, an sein Pferd gelehnt stand, grinste breit.

»Wie klug du bist, Mary«, sagte er, »und wie hübsch!« In seine Augen trat ein Flackern. »Wie hastig du atmest, Mary! Kommt das nur vom Reiten? Wie heftig sich deine Brust hebt und senkt! Schade, daß wir nicht mehr Zeit haben, der Wald ist so schön hier, so still und einsam!«

»Sie haben recht, Mylord, uns bleibt keine Zeit«, entgegnete Mary hart, »lassen Sie uns weiterreiten!«

Cavendor rächte sich für Marys deutliche Zurückweisung, indem er noch schneller ritt als vorher und so rücksichtslos in jede Wegbiebung preschte, daß die Pferde beinahe schleuderten.

Der Mann ist wahnsinnig, dachte Mary, um mich zu strafen, riskiert er es sogar, daß sich die Pferde die Beine brechen. Ein Mensch, der sich ihm entzieht, muß eine tödliche Kränkung für ihn sein.

Sie war am Ende ihrer Kräfte, halbtot vor Kälte, als sie endlich an einem einsamen Wirtshaus mitten im Wald ankamen, vor dem Cavendor sein keuchendes Pferd zum Stehen brachte. Das Gemäuer sah trostlos und kalt aus, kein Rauch stieg aus dem Schornstein, durch den schmutzigen Schneematsch im Hof strich eine magere Katze. Über der Tür war ein Schild befestigt mit der Aufschrift *Star and Crown* und darunter befand sich ein Pfeil in westliche Richtung, der nach *Hampton Court* wies.

»Wir sind am Ziel«, erklärte Cavendor, »sag, ist dir kalt? Du hast ganz blaue Lippen!«

Mary hatte den unbestimmen Eindruck, daß er es genoß, sie leiden zu sehen, und erwiderte nichts. Aber das Gefühl der Kälte umfing sie ganz und gar und ließ keiner weiteren Empfindung Raum. Sie konnte kaum noch daran denken, was sie heute würde tun müssen und welch ein Grauen über dieser Einöde lag. Die Welt bestand nur noch aus Kälte, daneben trat jedes andere Gefühl zurück.

»Und was nun?« fragte sie matt.

Cavendor starrte angestrengt in den grauen, unbeweglichen Winterhimmel, dessen dicke, schneeschwere Wolken tief über der Erde hingen. Kein einziger Sonnenstrahl war zu sehen.

»Es dürfte beinahe Mittag sein«, meinte er, »wir haben es gut geschafft. Es dauert nicht mehr lange, und du erkennst dieses scheinbar ausgestorbene Wirtshaus nicht wieder. Alles wird zum Empfang der Königin vorbereitet.«

»Sie kommt hier vorbei?«

»Ja. Wir haben einen längeren Weg genommen, aber sie trotzdem überholt, weil sich der Zug mit den vielen Lasten recht langsam fortbewegt. Auf dem Weg nach Hampton Court rastet die königliche Familie immer hier, wenn sie nicht auf der Themse reist.«

»Aha.«

»Ich habe es schon einige Male beobachtet. Wenn der Zug eintrifft, herrscht hier ein unvorstellbares Gewühl und Durcheinander. Pferde, Dienstboten, die Leute aus dem Wirtshaus... es geht zu wie auf einem Jahrmarkt. Kein Mensch wird dich beachten.«

»Ich soll mich unter die Leute mischen?«

»Sehr richtig. Und du mußt blitzschnell handeln. Wie gewöhnlich werden den Ankommenden Erfrischungen hinausgebracht, bei diesem Wetter wahrscheinlich große Krüge mit heißem Apfelwein. Es kommt darauf an, daß du es bist, die Lady Winter ihren Kelch reicht und daß du vorher dieses Pulver hineingibst!« Er griff in den

Ärmel seines Pelzgewandes und zog das kleine Tütchen heraus, das Mary Wochen vorher bei Will Shannon geholt hatte.

»Du schüttest den ganzen Inhalt in den Wein. Er löst sich sofort auf.«

»Und sie fällt tot um, kaum daß sie getrunken hat?«

»Nein, das wäre zu riskant. Das Gift wirkt langsam. Vermutlich erreicht sie sogar noch Hampton Court, ehe die Krämpfe einsetzen.«

Mary schauderte.

»Gibt es irgend etwas«, fragte sie, »womit ich Sie noch von diesem Plan abbringen kann?«

Cavendor schüttelte den Kopf.

»Nichts. Wir dienen hier hochpolitischen Staatsinteressen. Du meinst, daß einfach eine arme, unschuldige Frau mit Gift getötet wird. Du mußt verstehen, daß es gar nicht um Lady Winter als Person geht, sondern daß mit ihr möglicherweise die Geschicke halb Europas verbunden sind. Wenn Ihre Majestät nicht bald freiwillig in eine Scheidung einwilligt – und Lady Winter wird alles tun, dies zu verhindern – kann es zu einer Kirchenspaltung in England kommen. Das bedeutet Bürgerkrieg, das bedeutet möglicherweise auch Krieg mit Spanien, vielleicht mit dem ganzen Haus Habsburg, das heißt auch mit dem deutschen Kaiser. Wie viele müßten dann ihr Leben lassen!«

Mary lächelte ironisch. »Ein bewegender Augenblick in Englands Geschichte«, sagte sie, »an einem grauen Wintertag in verschneiten Wäldern, unter einem Himmel ohne Licht.« Sie schrak zusammen, als sich ein paar schwarze Vögel schreiend von den kahlen Bäumen hoben. »Und wenn die Königin über die Themse gereist wäre?«

»Pech. Wir hätten uns etwas anderes ausdenken müssen. Aber die Geschicke der Menschen hängen oft an Kleinigkeiten. Das von Lady Winter eben am Treibeis.«

»Ich halte Mord nicht für ein legitimes Mittel zur Durchsetzung politischer Ziele.«

Cavendor hüllte sich fester in seinen Pelz.

»Wie gut, daß du in dieser Sache überhaupt nicht mitzureden

hast«, sagte er, »du hast nur Befehle auszuführen. Und ich will dir gleich noch etwas sagen: Wenn Lady Winter nicht bis morgen früh tot ist, verbringst du bereits die darauffolgende Nacht im Tower!«

»Ich kann sie nicht zwingen zu trinken, wenn sie nicht will.«

»Laß dir etwas einfallen. Und wisse dabei, daß jeder Schluck, den sie zu sich nimmt, dir deine Freiheit sichert.«

Mary schwieg eine Weile.

»Wie erkenne ich sie?« fragte sie dann.

»Wir warten hier zusammen, bis sie kommt. Ich werde sie dir zeigen und dann sofort nach London zurückreiten. Du tust, was wir besprochen haben. Sobald Lady Winter getrunken hat, entfernst du dich unauffällig, kehrst zu deinem Pferd zurück, das du hier angebunden warten läßt und reitest ebenfalls in die Stadt. Den Rest des Tages verbringst du, als sei nichts geschehen.«

Es dauerte nicht lange und es begann wieder zu schneien. Mary war vom Pferd gerutscht, hockte an einen Baum gelehnt da, zusammengekrümmt und zitternd und hatte nur ganz tief in sich, kaum bewußt, ein unbändiges Gefühl des Hasses auf Cavendor.

Vor ihnen begann nun tatsächlich ein reges Treiben. Man hatte offenbar Feuer gemacht, denn der Schornstein qualmte. Es roch weithin nach gutem Essen, nach Braten und Gemüse und nach frischgebackenem Brot. Ein paar Mägde kehrten den Schnee vom Hof, andere schmückten die Haustür mit Mistelzweigen und Holundersträuchern. Das einsame Haus sah plötzlich sehr einladend aus. Mary sehnte sich immer mehr nach etwas Wärme. Dumpf dämmerte ihr die Erkenntnis, daß Cavendor sie voller Absicht fast erfrieren ließ, weil er genau wußte, daß die Kälte ihre eigenständigen Regungen abtöten und sie zu einem willenlosen Werkzeug in seinen Händen machen würde. Zweifellos war er ein schlauer Mann.

Aber ich hasse ihn, dachte sie leidenschaftslos.

Endlich ertönten aus der Ferne Hörner und Trompeten und kündeten das Nahen der Königin an. Cavendor richtete sich steil im Sattel seines Pferdes auf.

»Jetzt kommen sie«, sagte er, »halt dich bereit, Mary!«

»Ich tu' seit Stunden nichts anderes«, erwiderte Mary gereizt. Sie und Cavendor wichen etwas weiter in den Schutz der Bäume zurück und beobachteten angestrengt die Lichtung. Bald schon tauchten die ersten Soldaten auf, dann kamen die Königin und ihre Hofdamen, und schließlich die Lastenträger. Die Bediensteten des Gasthauses, der dicke Wirt, die vor Aufregung schnaufende Köchin, die nervös kichernden Mägde stürzten hinaus, versanken in tiefe Knickse und wußten kaum noch, was sie tun sollten. Cavendor hatte recht gehabt: Von einem Moment zum anderen hatte die Einöde all ihre geruhsame Friedfertigkeit verloren und es herrschte ein unvorstellbares Gewühl durcheinandereilender Menschen und Tiere.

»Jetzt gib gut acht«, sagte Cavendor heiser. Seine Nerven hatten unter der langen Wartezeit deutlich gelitten, denn seine Stimme klang rauh und bebte leicht. »Siehst du die Frau dicht neben der Königin? Du weißt, welches die Königin ist? Die Dame, die...«

»Ja ja, ich kenne sie.«

»Gut. Direkt daneben, die Frau auf dem grauen Pferd. Sie hat ein Barrett aus grünem Samt auf dem Kopf, mit einem grünen Schleier. Siehst du sie? Das ist Lady Francita Winter!«

»Ja«, sagte Mary. Sie blickte Lady Winter an, die etwas Schwierigkeiten mit ihrem tänzelnden Pferd hatte. Soweit sie das auf die Entfernung erkennen konnte, mußte die Lady etwa fünfzig Jahre alt sein. Sie wirkte energisch und streng.

»Ich verschwinde jetzt. Du weißt, was du zu tun hast. Und...« Cavendor neigte sich zu Mary und schob eine Haarsträhne unter ihren Schal. »Zeig deine Haare nicht. Die Farbe ist zu auffällig. Es könnte sich später jemand daran erinnern. Du wirst deine Sache gut machen, nicht? Du weißt ja, was dich sonst erwartet!«

Er wendete sein Pferd und schon galoppierte er davon, sein Mantel wehte hinter ihm her und der Schnee stob unter den Hufen des Pferdes nach allen Seiten.

Mary preßte das Papier mit dem Gift fest an sich, rief sich alles, was Cavendor über ein Leben im Kerker gesagt hatte, ins Gedächtnis zurück, reckte die Schultern und ging auf das Wirtshaus zu, in der sicheren Erwartung, daß jeder ihr gleich ansehen würde, daß sie in mörderischer Absicht kam.

Aber es geschah nichts. Ohne daß es jemand bemerkte, mischte sie sich in das Menschengewühl. Sie fiel niemandem auf, denn sie sah genauso aus, wie die vielen anderen Dienstmädchen, die hier herumliefen, und kein Mensch interessierte sich für sie. Flink und gewandt schob sie sich durch das Gedränge, wobei ihre Blicke rasch umherschweiften. Endlich erspähte sie den grünen Hut und den flatternden grünen Seidenschleier. Lady Winter war von ihrem Pferd gestiegen und stand dicht neben der Königin, die gerade jemand aus dem Sattel gehoben hatte. Katharina, die sich unbeobachtet glaubte, hatte die Maske fröhlicher Zuversicht fallen lassen, die sie bei ihrem Auszug aus London dem Volk gezeigt hatte. Sie sah aus, als wolle sie jeden Moment in Tränen ausbrechen. Der Anblick dieser schneebedeckten Einöde mußte ihr, der Prinzessin aus dem sonnigen Spanien, wie ein grausam deutliches Gleichnis ihres Lebens vorkommen. Mit der einen Hand strich sie sich müde über die Stirn. Lady Winter flüsterte ihr etwas zu und Katharina lächelte schwach. Sie raffte ihre langen Gewänder und schritt vorsichtig durch den Schnee auf das Haus zu. Die Schleppe ihres Pelzmantels schleifte hinter ihr her und zog eine breite Spur.

Mary begriff, daß sie nun schnell handeln mußte, denn Lady Winter folgte ihrer Herrin, und waren die beiden erst einmal im Star and Crown verschwunden, gelang es ihr vielleicht überhaupt nicht mehr, an sie heranzukommen. Sie sah sich verzweifelt um, da bemerkte sie, daß getreu Lord Cavendors Prophezeiung große Holzbretter mit steinernen Krügen und Bechern in den Hof getragen wurden und daß einige Dienstmädchen herbeistürzten, die Becher ergriffen und den Gästen anboten. Blitzschnell drängte sich Mary vor. Sie nahm einen Becher, der heiß in ihrer Hand brannte und aus dem es betörend nach Apfelwein, Zimt und Zucker duftete, schüttete zitternd das weiße Pulver hinein und drängte sich dann zu Lady Winter durch. Sie schob ein anderes Mädchen beiseite, das sich Lady Winter näherte, obwohl sie wußte, daß ein solches Manöver gefährlich werden konnte.

»He, du dumme Gans, paß doch auf!« rief die andere entrüstet, aber Mary kümmerte sich nicht darum. Sie blieb vor Lady Winter stehen und reichte ihr den Becher.

»Für Sie, Mylady«, sagte sie sanft.

Lady Winter sah aus der Nähe sehr schön aus. Sie war groß und schlank, hatte ein feines, kluges Gesicht, brennend-schwarze Augen und einen energischen Mund. Sie stammte aus einem spanischen Fürstengeschlecht, war als junge Frau im Gefolge der Prinzessin von Aragon an den englischen Hof gekommen, hatte sich durch Heimweh, Unsicherheit, Angst und Kummer gequält, den eleganten Sir Winter geheiratet und ein Kind bekommen. Sie hatte ihren Mann und ihren Sohn an den Pocken sterben sehen und Jahrzehnte gebraucht, um mit diesem Schmerz fertig zu werden. Jeder konnte ihr ansehen, daß sie kein leichtes Leben gehabt hatte, daß sie jedoch an jeder Härte, die ihr widerfuhr, nur stärker geworden war. Beim ersten Blick in die unbestechlichen dunklen Augen wurde es Mary klar, weshalb diese Frau eine so gefährliche Gegnerin für Lord Cavendor war.

»Oh, danke schön«, sagte Lady Winter. Sie hatte eine sanfte, dunkle Stimme. Ihre von dickem Pelz umhüllten Finger griffen nach dem Becher, ihre Lippen legten sich an den Rand, in ihre Augen trat ein genießerisches Leuchten.

»Wie herrlich heiß bei dieser Kälte!«

Vorsichtig wollte sie den ersten Schluck nehmen. Mary starrte sie an. Auf einmal wurde ihr sterbensübel und am ganzen Körper brach ihr der Schweiß aus.

»Nein!« schrie sie. Der Schrei war so laut, daß ringsum alle erschraken, verstummten und zu ihr hinblickten. Sie stieß gegen Lady Winters Arm, so daß dieser der Becher aus der Hand kippte und sich die Flüssigkeit im Schnee ausbreitete. Lady Winter sah auf die Flecken in ihrem Mantel.

»Was soll denn das, Kind?« fragte sie ärgerlich. »Warum schreist du und fällst gegen mich? Kannst du nicht aufpassen?«

Der Wirt vom Star und Crown eilte herbei. Er drängte die Menschen beiseite und baute sich drohend vor Mary auf.

»Was ist geschehen?« fragte er. »Was fällt dir ein, so zu schreien? Und wie...« sein feistes Gesicht lief rot an vor Zorn, als er in den Schnee zu seinen Füßen blickte, »wie konnte es geschehen, daß du den Apfelwein verschüttet hast?«

»Es ist doch nicht so schlimm«, sagte Lady Winter, »ein Mißgeschick.«

Der Wirt neigte sein Gesicht dichter an Mary heran.

»Wer bist du überhaupt? Ich habe dich hier noch nie gesehen!«

Im selben Moment merkte Mary, wie das schmerzhafte, gespannte Ziehen, das sie schon die ganze Zeit zwischen ihren Rippen und tief in ihrer Brust gespürt hatte, langsam ihre Kehle hinaufstieg, ihren Hals mit einem stechenden Schmerz erfüllte und ihr die Luft abschnürte, so daß sie mit einem heiseren Stöhnen um Atem rang.

Nicht jetzt, dachte sie entsetzt, während rote Punkte vor ihren Augen zu flimmern begannen und alle Geräusche um sie herum weit zurücktraten.

Seit sie in London lebte, hatte der asthmatische Husten, der ihre Kindheit begleitet hatte, sie nur ein einziges Mal gequält, und sie hatte schon geglaubt, sie hätte ihn nun, da sie gesünder lebte, ganz überwunden, aber heute kehrte er so heftig wieder, wie seinerzeit vor Oakwood House in Shadow's Eyes. Damals hatte er sie gerettet, heute schien er ihr verhängnisvoll. Statt schnell im Wald zu verschwinden stand sie nun hier als Mittelpunkt der allgemeinen Aufmerksamkeit und wußte nicht zu erklären, wer sie war und was sie hier tat. Wenigstens konnte sie im Augenblick überhaupt nicht sprechen. Sie krümmte sich zusammen, hustete, hatte den Eindruck, tief in ihrer Brust zerreiße etwas und fühlte deutlich, wie alle Menschen ringsum näher traten und einen undurchdringlichen Kreis um sie bildeten.

»Du lieber Himmel, was hat die Kleine denn?« hörte sie eine Frau fragen, und der Wirt erwiderte barsch: »Interessiert mich nicht. Ich will wissen, was die hier zu suchen hat!«

Lady Winters tiefe Stimme drang an ihr Ohr. »Bist du krank? Wir haben einen Doktor bei uns.«

Der Doktor Ihrer Majestät. Auf eine ihr unerklärliche Weise fand Mary die Kraft, abwehrend den Kopf zu schütteln. Kein Doktor, nur das nicht. Er würde ihr das Tuch aus der Stirn streifen, um ihr Fieber zu fühlen, und ihre rötlichen Haare würden sich wie lange Flammen im Schnee ausbreiten, sichtbar für jeden, der sie sehen wollte. Vielleicht würde er sie auch zur Ader lassen, um die Krankheit auszubluten, dann lag sie morgen früh noch halb besinnungslos im Gasthaus und vielleicht käme irgend etwas über den geplanten, gescheiterten Mordanschlag heraus, dann bräuchten die Schergen der Königin sie nur noch bequem aufzusammeln und in den Tower zu bringen. Aber im Tower landete sie ja sowieso. Sie wünschte, sie wäre in der Lage, Lady Winter zu sagen, sie solle sich keine Sorgen machen, denn der Anfall sei gleich vorüber. Aber sie brachte kein Wort heraus, sondern krallte ihre schweißnassen Hände in Lady Winters freundlich dargebotenen Arm, weil sie entgegen aller Erwartung voller Panik glaubte, ihre letzte Stunde sei gekommen und sie werde jetzt und hier, an dieser Stelle, in diesem gottverlassenen, einsamen Waldstück vor den Toren Londons elend ersticken.

Das ist Gottes Rache, dachte sie wirr, Jesus, nein, nicht jetzt, ich will noch nicht sterben!

Eine kräftige, männliche Stimme hinter ihr sagte: »Keine Sorge Mylady. Meine Schwester leidet oft unter diesem Husten. Ich weiß, was zu tun ist und werde mich um sie kümmern.«

»Das Kind gehört ins Bett«, entgegnete Lady Winter, »es ist schwer erkältet.«

»Ein unausgeheilter Husten, Mylady. Bei feuchtem, kalten Wetter wird er immer schlimmer.«

»Wenn das Ihre Schwester ist, dann passen Sie gefälligst besser auf sie auf!« schrie der Wirt. »Was sucht sie überhaupt hier?«

»Sie wollte Ihre Majestät, unsere glorreiche Königin einmal aus der Nähe sehen. Ich sorge dafür, daß sie es nie wieder tut.« Die Stimme gehörte Nicolas de Maurois, aber Mary fehlte die Kraft sich zu wundern, wieso er hier war, sie lehnte sich nur dankbar gegen ihn und ließ sich von ihm fortziehen.

Ihr Husten ebbte ab, sie tat einige vorsichtige Atemzüge. Sie lebte tatsächlich noch. Ein Mantel aus warmen Fellen lag um ihre Schultern, etwas Steinernes legte sich an ihre Lippen und heißer Apfelwein füllte ihren Mund. Benommen öffnete sie die Augen. Sie saß an einen Baum gelehnt, irgendwo im Dickicht des Waldes, gehüllt in den Mantel, der aus zusammengenähten Fellfetzen bestand und sie herrlich wärmte. Ihr Pferd stand mit hängenden Zügeln vor ihr und scharrte mit einem Vorderhuf im Schnee. Daneben stand ein weiteres Pferd, das sie nicht kannte. Neben ihr kniete ein Mann und hielt ihr den Becher an den Mund. Sie hörte auf zu trinken, schlang die Arme um ihn und küßte ihn.

»Ach, Frederic«, murmelte sie.

»Verzeihung«, erwiderte Nicolas, »ich weiß nicht, wer der Glückliche ist, den du gerade zu küssen glaubtest, aber du hast dich getäuscht. Ich bin es, Nicolas!«

Jetzt fiel ihr ein, daß sie vorhin seine Stimme gehört hatte. Erschrocken schlug sie die Augen ganz auf.

»Oh, es tut mir leid«, sagte sie verwirrt. Sein Gesicht, das sich über sie neigte, war erstaunlich sanft und voller Besorgnis, aber jetzt glitt leiser Ärger darüber.

»Ich finde es keineswegs verwerflich, daß du mich geküßt hast, Mary Askew«, sagte er, »aber ich verzeihe es dir nie, daß du den falschen Namen dabei nanntest. Wer auch immer dieser Frederic ist, du wirst nicht leugnen können, daß er nicht hier war, als du ihn brauchtest, wohingegen ich gerade noch im letzten Moment zu deiner Rettung herbeieilte.«

»Woher wußten Sie...«

»In gewissen Kreisen sind solche Dinge bekannt. Und da es mich überaus reizte, dich als Giftmörderin zu erleben...« Er lächelte zärtlich. »Ich glaube, zu dem Beruf taugst du nicht«, meinte er.

Mary versuchte ihre vielen wirren Gedanken zu ordnen. »Ich habe es nicht getan. Oh, was wird Lord Cavendor...« Sie richtete sich auf, ihre Lippen zitterten. »Er bringt mich in den Tower, das hat er gesagt! Wenn Lady Winter nicht stirbt, will er mich...«

»Psst. Reg dich nicht auf. Ich glaube, das sind leere Drohungen von ihm. Er wird nichts tun.«

»Ich habe solche Angst vor ihm.«

Nicolas zog sie hoch. Auf wackligen Beinen kam sie zum Stehen.

»Fühlst du dich besser?«

»Ja, es geht schon. Wenn Sie nicht gewesen wären...«

»Ich bin ein treuer Freund«, meinte Nicolas lässig, »hör mal, Mary mein Schatz, wenn du unter gar keinen Umständen zu Cavendor zurückgehen möchtest, dann komm doch mit zu mir. Du könntest bei mir wohnen!«

Mary sah ihn erschrocken an. »Aber das geht doch nicht, Mr. de Maurois! Das wäre… das geht nicht!«

»Ach ja, ich hatte vergessen, daß du dich bereits an einen Mann gebunden hast! Wie hieß er noch? Frederic? Wann taucht er eigentlich einmal auf?«

»Bitte, ich möchte darüber jetzt nicht sprechen. Ich habe solche Angst.« Mary sah blaß und elend aus. Nicolas legte beide Arme um sie. Der Spott war aus seinen Augen verschwunden.

»Du brauchst keine Angst zu haben«, sagte er leise, »ich verspreche es dir, ich werde nicht zulassen, daß dir etwas geschieht. Was auch passiert, ich werde so wie heute da sein und dir helfen!«

Mary nickte getröstet. Es ging eine Kraft von ihm aus, die sich besänftigend über ihre Sorgen legte. Und schließlich – wenigstens den Mord hatte sie nicht begangen! Das Gift von Will Shannon versikkerte im Schnee und Lady Winter würde weiterleben. Bei aller Ungewißheit durchströmte sie ein Gefühl der Erleichterung. Sie ließ sich von Nicolas auf ihr Pferd heben. Nie, niemals wieder wollte sie an diesen Ort zurückkehren. Sie hielt ihre Augen auf Nicolas' flatternden Mantel geheftet, weil sie irgend etwas brauchte, woran sie sich festhalten konnte. Ihre Stirn glühte und sie wußte, daß sie krank werden würde.

Aber ich überlebe es, dachte sie und hustete dumpf, und dies heute hier war das erste und das letzte Mal, Lord Cavendor. Suchen Sie sich eine andere Komplizin!

Schnee stob ihr ins Gesicht, laut knirschten die Hufe der Pferde. Die Dunkelheit brach herein, und auf einmal waren die Bäume nur noch große, dunkle Schatten, bedrohlich fremd und unnahbar wie der Tower von London selber.

Cavendor tobte, als er erfuhr, was geschehen war. Er stieß gräßliche Flüche aus, beschwor den Teufel in seiner Hölle, er möge Mary Askew zu sich holen, und prophezeite ihr das schrecklichste Schicksal.

»Habe ich dir nicht gesagt, was geschieht, wenn du dich meinem Willen widersetzt?« fragte er. »Habe ich es dir gesagt? Antworte!«

»Sie haben es gesagt, Mylord.«

»Und du wagst es, mir wieder unter die Augen zu treten?«

»Ich kann nirgendwo sonst hingehen, Mylord.«

Am nächsten Tag wurde Mary krank und lag von da an für acht Wochen glühend vor Fieber im Bett. Sie hatte sich während der vielen Stunden im Schnee und Kälte schwer erkältet und hinzu kam ein völliger Nervenzusammenbruch, der ihr Fieber in die Höhe trieb, sie nachts schreiend aus dem Schlaf auffahren ließ, in stundenlangen Weinkrämpfe stürzte und den von Anne besorgt herbeigerufenen Doktor ratlos machte. Er ließ Mary zur Ader, bis sie so weiß war wie hauchzartes Pergament und flößte ihr eine selbstgebraute Medizin ein, auf die hin sie sechsunddreißig Stunden lang nahezu ohne Unterlaß erbrechen mußte. Aber Marys Zähigkeit half ihr auch diesmal. Sie überlebte nicht nur die Krankheit, sondern auch die Methoden der Heilung. Sie war dem Tod nie näher gewesen als in diesen Wochen, aber als es Frühling wurde, konnte sie wieder aufstehen und auf wackligen Beinen erste zaghafte Schritte an Annes Arm machen. Sie war ein Stück gewachsen, wirkte ganz durchsichtig, hatte eingefallene Wangen und hohle Augen und aß so wenig, daß die Köchin über den Anblick ihrer unberührten Teller schon wütend wurde.

»Du wirst nie zu Kräften kommen, wenn du so weitermachst!« schimpfte sie. »Es macht ohnehin überhaupt keinen Spaß mehr, in diesem Haus noch zu kochen! Mylady ißt nichts, du ißt nichts und alle sehen unglücklich aus!«

Tatsächlich herrschte nicht gerade eine heitere Stimmung in Lord Cavendors Haus. Cathleen saß bleich und verweint den ganzen Tag in ihrem Salon und weigerte sich inzwischen rundweg, als Gastgeberin an der Seite ihres Mannes bei dessen abendlichen Empfängen mitzuwirken. Die Auseinandersetzungen zwischen ihnen hatten sich verschärft. Lord Cavendor wollte unter allen Umständen Kinder haben, vor allem einen Sohn, dem er einst seinen guten Namen und sein ansehnliches Vermögen würde vererben können. Er hatte keine Lust, unter seinen Freunden zum Gespött zu werden, nur weil er offensichtlich außerstande war, einen Nachkommen zu zeugen. Unglücklicherweise hatte Cathleen ihm den Zutritt zu ihrem Schlafzimmer seit einem halben Jahr endgültig untersagt, und das hysterische Flackern in ihren Augen, mit dem sie ihm ihren Entschluß mitteilte, hatte ihn davon überzeugt, daß jedes Überschreiten des Verbotes zu einem Streit führen würde, an dem das ganze Haus und am Ende noch die Nachbarschaft würde teilhaben können. Er fügte sich zähneknirschend, aber sein Verhältnis zu Cathleen wurde immer unerträglicher.

Mary feierte im März ihren fünfzehnten Geburtstag. Anne schenkte ihr ein abgelegtes Kleid aus schwarzem Samt, das erste schöne Gewand, das Mary je besessen hatte. Es hing viel zu weit um sie herum, aber mit Agnes' Hilfe nähte sie es enger. Es war ganz einfach geschnitten, denn Anne hatte es früher nur zu Kirchenbesuchen getragen, aber Mary fand, sie sähe darin sehr reif und ernst aus, wie eine junge Frau und nicht wie ein Kind. Über dem tiefen Schwarz wirkte ihre Haut sehr weiß und klar, und ihre Haare leuchteten. Sie zog es an einem Sonntag an, um darin durch die Stadt zu spazieren, und natürlich traf sie Nicolas. Sie genoß seine bewundernden Worte, und war so fröhlich wie schon lange nicht mehr. Ihre Lebensfreude erwachte wieder. Cavendor hatte sie nicht in den Tower gebracht; sie vermutete, daß er die ganze Geschichte nicht aufwühlen wollte, weil sie für ihn selbst zu wenig glorreich verlaufen war. Zudem hatte sie ihm mit ihrer Krankheit einen Schrecken eingejagt. In den Wochen, in denen sie mit dem Tod kämpfte, ließ er sich nie bei ihr blicken und danach versuchte er ebenfalls, ihr aus dem Weg zu gehen.

Es wurde Frühling und die Welt mit jeder Stunde schöner. Mary ging mit Nicolas spazieren und träumte vom nächsten Jahr, in dem sie nach Shadow's Eyes zurückkehren und Frederic heiraten würde. Einmal griff Nicolas eine der vielen verwahrlosten Katzen auf, die in London überall herumstreunten und setzte sie Mary in den Schoß, aber zu seiner Überraschung brach sie plötzlich in Tränen aus, und erst nach langem behutsamem Forschen erfuhr er die Geschichte von Edward und Marys Katze. Ihr heftiger, ungehemmter Schmerz erstaunte ihn. Sie wirkte oft so erwachsen und selbstsicher, aber ihre Tränen waren die eines Kindes. Ihm wurde plötzlich klar, wie jung sie noch war und wie allein. Sie war der erste Mensch, dem er zu seiner eigenen Überraschung ein Gefühl mitleidiger Sorge entgegenbrachte.

Im Frühsommer und Sommer des Jahres 1532 geschahen drei Dinge, die die politische Entwicklung Englands entscheidend beeinflußten. Als erstes wurde Katharina vom Hofe des Königs – der jetzt ganz offen zusammen mit Anna Boleyn in Windsor Castle lebte – verbannt und bekam den Titel einer Königin aberkannt. Sie durfte fortan nur noch mit »Prinzessin« tituliert werden, in einem kleinen, einsamen Schloß leben und sogar ihre Tochter, Prinzessin Mary, nicht mehr sehen.

Das zweite Ereignis bestand darin, daß der König den Erzbischof von Canterbury, den 82jährigen Thomas Warham aufforderte, die Auflösung seiner Ehe zu verkünden und ihm mit einer Klage drohte, für den Fall, daß er sich weigern sollte. Daraufhin legte Lordkanzler Sir Thomas More empört sein Amt nieder und der Erzbischof starb vor Schreck und Entsetzen.

Cavendor geriet darüber außer sich. »Ein toter Erzbischof von Canterbury!« schrie er. »Damit gibt es keine Instanz mehr im Land, die diese Ehe annullieren kann! Und einen neuen Erzbischof kann nur der Papst ernennen. Ich sage euch, es wird eine Loslösung von Rom geben, sie steht dichter bevor, als ihr glaubt!«

Damit mochte er recht haben. Der König lud den gesamten Hofstaat, die Mitglieder seiner Regierung und den französischen Botschafter nach Schloß Windsor ein, wo sie einer feierlichen Zeremonie beiwohnten, während der Anna Boleyn mit einem funkelnden Diadem zur Marquise Pembroke ernannt wurde. Der König hatte sie in den Adelstand erhoben. Dies war das dritte Ereignis und niemand zweifelte daran, daß darauf noch drastischere Schritte folgen würden.

An einem Septemberabend kam Mary nach Einbruch der Dunkelheit in Anne Brisbanes Zimmer geeilt und schwenkte ein Flugblatt in ihrer Hand. Anne, die über einer Stickerei am Fenster saß, sah etwas ungehalten auf. Ihr Verhältnis zu Mary war merklich abgekühlt, seitdem das junge Mädchen an jenem Wintertag mit Lord Cavendor zusammen ausgeritten war.

»Wo kommst du denn jetzt her?« fragte sie. »Ich dachte, du bist schon im Bett!«

»Ich war in der Stadt«, erklärte Mary. Ihre Haare hingen ihr wirr ums Gesicht und ihre Wangen waren vom schnellen Laufen gerötet. Anne blickte sie mißbilligend an. »Du treibst dich reichlich oft in der Stadt herum. Tust du noch hin und wieder deine Arbeit?«

»Oh, ich mache alles, was man mir aufträgt«, erwiderte Mary verletzt, »und oft sogar noch mehr. Aber ich gehe so gern in die Stadt. Immer wenn ich mit allem fertig bin...«

»Schon gut, schon gut. Du bist jung. Aber ich denke manchmal... es ist doch kein Mann im Spiel, nein?«

Mary, die Nicolas seit zwei Wochen nicht getroffen hatte, schüttelte den Kopf. »Bestimmt nicht, Miss Brisbane.«

»Nun gut. Du müßtest nämlich sehr aufpassen. Ich möchte keine Schwierigkeiten, hörst du? Ich denke, du weißt, was ich meine.«

»Ja, natürlich. Es wird ganz sicher keine Schwierigkeiten geben.«

»Ich wollte dich nur warnen. Und jetzt – was hast du da?« Anne sah auf das Flugblatt. Mary hielt es ihr hin.

»Da steht, daß der König nach Frankreich gereist ist, und zwar mit Anna Boleyn zusammen«, erklärte sie empört, »ich wette, er versucht den französischen König für sich zu gewinnen! Aber daß diese billige Mätresse nun schon an den europäischen Königshöfen aus und ein geht, während die Königin hier zu Hause...«

»Es ist eine Schande«, meinte Anne müde, »aber das ganze Leben, Mary, weißt du, ist oft so ungerecht und so gar nicht zu verstehen. Das muß nicht nur unsere Königin jetzt erkennen.«

Mary betrachtete ihr sorgenvolles, bleiches Gesicht. Arme Anne! Sie litt mit Cathleen, und sie verlor in dieser Zeit viel von ihrer Schönheit. Sie war eine gutaussehende, stattliche Frau gewesen, nun wurde sie mager und ältlich und bekam einen leicht verkniffenen Zug um den Mund.

»Ich werde schlafen gehen«, sagte Mary, »meine besten Grüße an Mylady, wenn Sie sie heute abend noch sehen.«

»Sie ist nebenan«, erwiderte Anne, »sie hat sich schon hingelegt. Es ging ihr nicht besonders gut heute. Immerzu hat sie diese Kopfschmerzen. Dieser Mann...« Anne mußte sich mühsam zusammennehmen, um nicht weiterzusprechen. Allein der Gedanke an Cavendor konnte sie völlig die Beherrschung verlieren lassen.

Mary sagte schnell: »Nun, dann gute Nacht, Miss Brisbane!« und wollte das Zimmer verlassen. Im gleichen Moment hörten sie vom Gang die schweren, polternden Schritte von Lord Cavendor. Seine Art zu laufen war immer äußerst aggressiv, aber diesmal wirkten sie noch bedrohlicher als sonst. Das Haus dröhnte, die Bodenbretter schwankten. Mary wich von der Tür zurück.

»Das ist Seine Lordschaft«, sagte sie mit unwillkürlich gedämpfter Stimme, »ich warte, bis er vorbei ist.«

»Was sucht er denn hier?« fragte Anne nervös. »Sein Schlafzimmer ist in einem ganz anderen Flügel des Hauses. Ich frage mich...«

»Vielleicht will er noch irgend etwas mit Mylady besprechen.«

»Es ist so spät. Er kommt nie um diese Zeit her...« Mit angehaltenem Atem lauschten beide nach draußen. Cavendor war vor Cathleens Tür stehengeblieben. Einen Moment lang blieb es ruhig, dann schlug er mit aller Gewalt gegen das Holz. Es klang wie ein Donnerkrachen.

Anne schrie auf. »O Gott, er will zu Mylady! Ich muß ihm sagen, daß sie krank ist und daß er...« Sie sprang auf.

Mary hielt sie am Arm zurück. »Nicht. Sie machen es nur noch schlimmer. Er geht vielleicht gleich wieder.«

»Cathleen!« brüllte Cavendor. »Cathleen, verflucht noch mal, öffne die Tür oder ich trete sie ein! Öffne sofort! Ich habe dein gottverdammtes Getue satt! Mach jetzt die Tür auf!«

Anne zuckte, als sie seine groben Worte hörte. Für gewöhnlich sprach Cavendor zwar auch nicht freundlich mit seiner Frau, aber er verwandte die höfliche Anrede »Madame«, wie sie unter vielen Eheleuten gerade in Adelskreisen üblich war. Zudem wurde er immer distanzierter und gewählter, je mehr er sich über sie ärgerte. Diesmal schien er nicht mehr die geringsten Hemmungen zu haben.

»Ob er betrunken ist?« fragte Anne mit bebenden Lippen.

Aus Cathleens Zimmer klang eine dünne, ängstliche Stimme. »Was ist los? Anne! Anne, wo bist du?«

»Anne ist nicht hier!« schrie Cavendor. »Und Gott sei ihr gnädig, wenn sie sich noch einmal in Dinge mischt, die sie nichts angehen! Jetzt bin ich da, und ich bin dein Mann, und deshalb wirst du jetzt diese Tür öffnen! Ich zähle bis drei!«

Cathleen stieß einen spitzen Schrei aus.

»Monsieur, Sie haben hier nichts zu suchen!« rief sie. »Bitte gehen Sie. Ich bin müde, ich möchte schlafen!«

»So, müde ist die feine Dame? Vielleicht brauchst du ein bißchen mehr Abwechslung, damit du dich ein wenig frischer fühlst! Du widerst mich an, hörst du? Du bist die dümmste Gans, die mir in meinem Leben über den Weg gelaufen ist und wahrscheinlich war es ein verdammter Fehler, dich zu heiraten, aber da es nun leider geschehen ist, werde ich mich nicht wie irgendein hergelaufener Fremder aus deinem Schlafzimmer sperren lassen! Du wirst mich nicht zum Gespött der Leute machen, eine so dumme Person wie du nicht! Ich werde einen Sohn bekommen, und bis du endlich schwanger bist, werde ich jede Nacht dein keusches Bett mit dir teilen, ob dir das nun gefällt oder nicht! Mach die Tür auf!«

Cathleen schrie erneut. »Anne! Anne! So hilf mir doch!«

Anne wollte sich losreißen. »Ich muß zu ihr. Laß mich...«

»Nein, nicht«, rief Mary, »er bringt Sie wirklich um. Sie können ihr jetzt nicht helfen!«

»Aber sie ruft nach mir!«

»Wenn Sie da hinübergehen, riskieren Sie bloß, daß er Sie für immer hinauswirft. Dann hat sie niemanden mehr, der zu ihr hält!«

»Aber ich kann nicht zulassen, daß dieser Wüstling...«

»Er ist mit ihr verheiratet. Sie können ihn nicht daran hindern, daß er zu ihr geht. Miss Brisbane, bitte...«

Draußen hörten sie, wie sich Cavendor mit seinem ganzen Gewicht gegen die Tür warf. Sie vernahmen splitterndes Holz und ein lautes Bersten, mit dem der Rahmen auseinanderbrach. Cathleen schrie wie ein Tier in der Falle. Anne hielt sich verzweifelt die Ohren zu und vergrub ihr Gesicht in einem Kissen. Mary blieb regungslos stehen, wo sie war. Die Schreie von Cathleen lähmten sie, in hilflosem Zorn starrte sie in die Dunkelheit. Es gab eine Tür, die von Annes Zimmer hinüber in das von Cathleen führte; als hellerer Fleck hob sie sich von der Wand ab. Plötzlich wurde sie aufgerissen und Cathleen erschien auf der Schwelle, in einem Gewand aus weißer Spitze, die blonden Haare offen und zerzaust.

»Anne!« schrie sie. »Hilf mir! Er bringt mich um!«

Anne sprang auf und lief auf Cathleen zu, aber im gleichen Moment war es Lord Cavendor gelungen, in das Zimmer seiner Frau einzudringen. Er zerrte Cathleen aus Annes Armen.

»Zum Teufel mit Ihnen, Miss Brisbane«, brüllte er, »lassen Sie endlich die Finger von meiner Frau! Sie gehört jetzt mir und Sie haben nichts mehr mit ihr zu schaffen!«

»Das ist nicht wahr«, schrie Anne zurück, »sie gehört immer noch zu mir! Ich bin bei ihr gewesen fast so lange sie lebt, und Sie werden das nicht zerstören. Lassen Sie sie los!«

Einen Augenblick lang bot sich Mary das absurde Bild zweier an Cathleen zerrenden Menschen, von denen keiner bereit schien nachzugeben. Cathleen hing beinahe apathisch zwischen ihnen und Cavendor war vor Wut außer sich. Anne hatte flammende Augen bekommen und ein schneeweißes Gesicht mit ganz hellen Lippen. Niemand hatte sie je so erlebt.

Sie ist verrückt, dachte Mary, vollkommen verrückt! Was verspricht sie sich denn davon?

Cavendor riß Cathleen mit einem gewaltigen Ruck an sich und stieß sie in ihr Zimmer hinein, wo sie schwer atmend und laut schluchzend stehen blieb. Anne wollte ihr nachstürzen, aber Cavendor hob die Hand und schlug ihr mit der Faust ins Gesicht, so daß sie zusammenbrach und bewegungslos liegenblieb. Mary stieß einen erschrockenen Seufzer aus. Cavendor, der sie bislang nicht bemerkt hatte, fuhr herum. Seine sonst so sorgfältig gekämmten dunklen Haare hingen wirr in der Stirn, sein Gesicht hatte einen brutalen, grausamen Ausdruck angenommen.

»Du bist ja auch hier! Wage bloß nicht, dich einzumischen! Gesindel, das ihr alle seid! Die da«, er wies auf Anne, die sich noch nicht rührte, »die ist schuld an allem. Die hetzt meine Frau jeden Tag neu gegen mich auf. Weil sie eifersüchtig ist, diese alte, kranke, abartige Hexe! Nimm dich vor der bloß in acht. Und jetzt«, er trat einen Schritt zurück und stand als dunkler Schatten im hellen Rahmen der Tür, »jetzt will ich von keiner von euch mehr ein Wort hören. Ich will mit Cathleen allein sein. Und wer sich einmischt, dem jage ich eigenhändig eine Kugel in den Kopf!« Er schmetterte die Tür zu.

Mary hörte, wie der Riegel vorgeschoben wurde und Cathleen entsetzt aufschrie. Mit zitternden Fingern zündete sie eine Kerze an und kniete neben Anne nieder. Vorsichtig drehte sie sie zu sich herum. Anne kam gerade wieder langsam zu Bewußtsein. Aus ihrer Nase rieselte eine feine Blutspur und verlor sich in den bleichen Mundwinkeln. In ihre Augen trat ein angestrengter Ausdruck.

»Was ist denn geschehen?« fragte sie mühsam. Mary tupfte ihr mit einem Taschentuch das Blut aus dem Gesicht.

»Nicht sprechen«, sagte sie leise, »bleiben Sie ganz ruhig.«

Im flackernden Licht der Kerze sah Anne ganz grau aus.

»Oh, mein Kopf«, stöhnte sie. Aus dem Nebenzimmer war das Geräusch reißender Kleider zu hören und erneut Cathleens Schreie. Mary wunderte sich, warum nicht schon längst das ganze Haus herbeigeeilt kam. Anne richtete sich auf. Langsam kehrte die Klarheit in ihre Züge zurück. Sie wollte aufstehen, sank aber zurück.

»Er ist da drüben mit Cathleen, nicht? Was macht er mit ihr? Was tut er da?« Sie versuchte erneut aufzustehen, aber Mary hielt sie fest.

»Sie können nicht hinüber. Er hat die Tür verriegelt. Bitte, machen Sie so etwas nicht noch mal. Dieser Mann ist völlig unberechenbar.«

»Und Cathleen ist ihm ausgeliefert. Meine arme, süße, liebliche Cathleen. Und ich kann ihr nicht helfen. O Gott, Mary, ich kann es nicht aushalten!« Sie schluchzte laut auf und vergrub ihren Kopf an Marys Brust. Mary strich ihr über die Haare. Sie hoffte, daß Anne das laute Keuchen Cavendors nicht hören konnte. Von Cathleen vernahm sie keinen Laut mehr.

»Ich muß ihr helfen«, jammerte Anne. Sie lag noch immer neben Mary auf den Knien und schaffte es nicht, den Schwindel aus ihrem Kopf zu verbannen. Ihr war übel, sie klapperte leise mit den Zähnen und konnte nicht aufhören zu weinen.

»Es ist ja gleich vorbei«, flüsterte Mary. »Psst, nicht weinen, Miss Brisbane. Er will Kinder, verstehen Sie, und er hat ein Recht auf Kinder. Und vielleicht wird auch Cathleen viel glücklicher, wenn sie erst ein Kind hat. Sie wird es lieben und es wird ihr Halt geben, und sie hat nicht mehr solches Heimweh...« Mary plapperte vor sich hin, was ihr einfiel. Sie wollte selber nicht hören, was im Nebenzimmer geschah, sie versuchte, sich auf anderes zu konzentrieren und mit ihrer Stimme alle Geräusche zu übertönen.

Anne hob den Kopf. In ihren dunklen Augen lagen Wut und Schmerz. »Sie braucht keinen Halt, sie hat mich«, sagte sie, »wie kannst du behaupten, daß sie noch jemanden braucht? Sie will niemanden außer mir. Wir sind immer zusammen gewesen und nie hat sie jemand anderen gewollt als mich.«

»Ich weiß ja, ich weiß. Ich dachte nur...«

»Ach, sei still!« Anne fing wieder an zu weinen. Mary hörte eine Tür schlagen und Schritte, die sich entfernten. Die Nacht lag still und dunkel, als sei nichts geschehen. Irgendwo draußen bellte ein Hund.

»Er ist weg«, sagte Mary, »Cavendor ist gegangen.«

Sie vernahm das Tappen von Füßen, dann wurde die Tür entriegelt und Cathleen erschien. Sie wirkte verstört, wie ein kleines Kind, das einen bösen Traum gehabt hat, rannte zu Anne hin und fiel neben ihr zu Boden.

»Anne«, jammerte sie leise. Anne fuhr hoch, schlang beide Arme um sie und klammerte sich an sie. Sie verharrten einen Moment lang so, dann löste sich Cathleen und wich ein Stück zurück.

Entsetzen klang in ihrer Stimme als sie sagte: »Aber du blutest ja, Anne. Was ist denn geschehen?«

»Es ist nicht so schlimm. Ich wollte Ihnen zur Hilfe kommen, Cathleen. Cavendor...«

»War er das?«

»Er hat sie niedergeschlagen«, sagte Mary, »sie war bewußtlos.«

»Oh, nein! Nein, Anne, ist das wahr?«

»Es ist wirklich nicht so schlimm. Viel schlimmer ist... ach, Cathleen, ich habe mir so sehr gewünscht, Ihnen zu helfen. Ich hätte mich totschlagen lassen für Sie. Aber ich konnte nicht...«

»Ich weiß«, sagte Cathleen still, »niemand kann mir helfen.«

»Vielleicht, wenn Sie nun ein Kind...« begann Mary vorsichtig, aber Cathleen fuhr sie an: »Ein Kind! Glaubst du, ich will ein Kind von diesem Verbrecher? Ich bete zu Gott, daß ich keines bekomme!«

»Da haben Sie auch völlig recht«, stimmte Anne mit sanfter Stimme zu, »ein Kind bedeutet eine lebenslange Last und Verantwortung. Sie brauchen keines, denn Sie haben mich.« Sie wandte sich an Mary.

»Geh jetzt schlafen, Mary. Ich hoffe, es hat dich nicht zu sehr verstört, was du eben erlebt hast?«

»Nein, Madam«, erwiderte Mary mit einem leisen ironischen Lächeln. Als Einzige hatte sie immerhin nicht geschrien und war nicht in Ohnmacht gefallen.

Ich habe bessere Nerven als die beiden zusammen, dachte sie, Anne Brisbane ist fast wahnsinnig geworden, nicht ich!

Sie stand auf und sah auf die beiden Frauen hinunter, die eng aneinandergepreßt auf dem Boden kauerten. Anne hatte ihre Ruhe wiedergefunden und ihre alte Mutterrolle übernommen. Sie hielt Cathleen in ihren Armen und schaukelte sie sacht hin und her. Mary begriff, daß niemand mehr an ihrer Anwesenheit interessiert war. So schnell sie konnte huschte sie durch das dunkle Haus, unter den Ahnenporträts entlang die Treppe hinauf. Sie atmete auf, als sie ihr Zimmer erreicht hatte, ohne Cavendor zu begegnen. Als sie lag und die Anspannung von ihr abfiel, merkte sie, daß sie verwirrter war, als sie geglaubt hatte. Ihre Hände zitterten und so sehr sie sich bemühte, sie konnte keinen Schlaf finden. Sie wälzte sich unruhig hin und her, bis der Morgen graute und sie endlich aufstehen konnte.

Eine seltsame Grabesruhe lag von da an über dem Haus. Alle wirkten wie versteinert und liefen auf Zehenspitzen umher. Cathleens zerbrochene Zimmertür rief bei den Dienstmädchen große Augen, bei den älteren Dienerinnen vielsagende Blicke hervor. Anne huschte wie ein Schatten herum, sorgenvoll und gedankenabwesend. Sie hatte ihren früheren Umgangston verbindlicher Liebenswürdigkeit gegenüber den anderen Bewohnern ganz verloren. Als ein Tischler kam und eine neue Tür für Cathleens Zimmer anbrachte, wurde er von Anne mit harten Worten zurechtgewiesen, als er nur für einen kurzen Moment verschnaufte.

»Weißt du, was ich gehört habe?« fragte Agnes Mary vertraulich, und als sie den Kopf schüttelte, kicherte sie. »Alle sagen es. Mylady trinkt zuviel. Deshalb kommt sie jetzt gar nicht mehr aus ihrem Zimmer. Gestern konnte sie keinen Schritt tun ohne zu schwanken. Es kommt, weil sie mit Seiner Lordschaft so unglücklich ist. Neulich nachts soll es einen furchtbaren Streit gegeben haben und Seine Lordschaft hat... na ja, ich will nicht klatschen. Hinterher heißt es wieder, Agnes kann den Mund nicht halten. Aber sie trinkt!«

»Du redest ja Unsinn!«

»Nein, nein. Frag nur die Köchin. Gestern ging sie einmal zu Mylady, um das Dinner mit ihr zu besprechen, aber Mylady konnte nicht reden. Sie war völlig betrunken, schon vor dem Frühstück!«

Mary zuckte mit den Schultern. Agnes übertrieb meistens, aber vielleicht betäubte sich Cathleen tatsächlich manchmal mit ein paar Schlucken Branntwein. In ihre Erinnerung trat der Abend von Cathleens Hochzeit, als sie die Braut zusammen mit dem Priester als schattenhafte Gestalten in einem dunklen Gang von Fernhill hatte stehen sehen und die heftigen Worte gehört hatte:

»Es wird eine Tragödie geben, ich weiß es! Es kann gar nicht anders enden als schrecklich!«

Eines Nachts, als Mary wach im Bett lag, und durch das Fenster auf dunkle, tiefhängende Wolken sah, hörte sie ein Geräusch aus einem der unteren Stockwerke, das sie aufhorchen ließ. Es war nur ein leises Knacken, aber es schien aus dem Flügel zu kommen, in dem Cathleen schlief. Mary richtete sich auf und lauschte. Sie dachte an die Nacht eine Woche zuvor und alles in ihr krampfte sich zusammen.

»Nicht schon wieder«, murmelte sie, »oh, verdammt!«

Sie überlegte, daß es besser wäre, oben zu bleiben, denn schließlich ging sie das alles nichts an, aber ihr fiel ein, wie Cavendor Anne niedergeschlagen hatte. Ihre Unruhe wuchs. Es mochte gut sein, wenn ein Mensch in der Nähe wäre, der nicht den Verstand verlor. Womöglich könnte sie das Schlimmste verhüten. Sie erhob sich, hängte sich ihre Decke um die Schultern und verließ ihr Zimmer. Sie nahm keine Kerze mit, um im Notfall ungesehen verschwinden zu können. Glücklicherweise kannte sie das Haus gut genug, um ihren Weg auch im Dunkeln zu finden. Leichtfüßig kletterte sie die steile Dachbodentreppe hinab, wobei sie die knarrenden Bretter sorgfältig vermied. Es mußten nicht noch mehr Leute aufwachen.

In den unteren Gängen bedeckten dicke Teppiche den Boden, es wurde leichter, dort entlang zu huschen. Mary wagte kaum zu atmen. Aus Cathleens Zimmer sickerte ein schmaler Streifen Helligkeit unter der Tür hindurch auf den Flur. Unterdrücktes, erregtes Flüstern war zu hören. Es waren Frauenstimmen, die da sprachen, und zwar offensichtlich die Stimmen von Cathleen und Anne. Cavendor schien nicht dabei zu sein.

Gerade als Mary, die unschlüssig stehengeblieben war, umkehren und wieder nach oben schleichen wollte, vernahm sie Cathleen, die mit etwas erhobener, schriller, flackernder Stimme sagte: »Anne, er ist tot! Er atmet nicht mehr! Was soll ich machen? Oh, Jesus im Himmel, was...« Die Stimme brach, ehe sie sich zum Schreien steigern konnte.

Anne antwortete sanft: »Regen Sie sich nicht auf, Cathleen. Nur wir beide wissen, was geschehen ist, und außer uns wird keiner je das Geheimnis kennen. Wenn wir keinen Fehler machen, kann nichts passieren. Aber wir müssen ihn gleich fortbringen. Oh, Cathleen, *bitte,* halten Sie jetzt durch!«

Mary zögerte, für die Dauer eines Augenblicks von dem Wunsch getrieben, alles was sie gehört hatte als einen bösen Traum abzutun. Aber natürlich siegte die Neugier. Leise öffnete sie die Tür.

Cathleens Schlafzimmer wurde von drei Kerzen erhellt, die in einem geschwungenen silbernen Leuchter standen und im Luftzug der Tür heftig zu flackern begannen. In der Mitte des Raums lag auf dem kostbaren Webteppich die massige Gestalt Lord Cavendors, unverkennbar, obwohl sein Gesicht dem Fußboden zugewandt war. Er trug seine wuchtigen Reitstiefel aus Leder mit den schimmernden Sporen daran und einen knielangen Mantel aus Wolle, bestickt mit kleinen Stücken Hermelin und taubeneiergroßen Saphiren. Sein Barett war ihm vom Kopf gerutscht und lag einsam vor dem erkalteten Kamin. Die Hände des Lords, an deren Finger die großen Ringe prangten, krallten sich in den Teppich.

Direkt neben ihm, wie zwei lange graue Schatten aufragend, standen Cathleen und Anne und starrten in fassungslosem Schrekken zur Tür. Cathleen trug ein Nachthemd aus dunkler Seide, ihre blonden Haare fielen ihr offen den Rücken hinab, in ihrem hohlwangigen, blassen Gesicht glühten die Augen. Ihr Entsetzen schien nicht so sehr vom plötzlichen Erscheinen Marys herzurühren, sondern ihr graute vor dem toten Mann, der da zu ihren Füßen lag, wohingegen Anne, im schwarzen Morgenmantel, mit einer Haube aus Seide über dem Haar, sofort die Lage erfaßte, ihren Schrecken überwand, mit wenigen Schritten bei Mary war und sie ins Zimmer zog.

Während sie die Tür schloß, fauchte sie mit gedämpfter Stimme: »Wo kommst du her? Was suchst du hier?«

Mary starrte auf Cavendor. »Was ist geschehen?«

»Du sollst gefälligst meine Fragen beantworten!« Anne schwebte am Rande eines Zusammenbruchs, aber es gelang ihr, sich wieder unter Kontrolle zu bekommen.

»Was hast du gesehen und gehört?«

Mary wandte ihren Blick von dem toten Körper auf der Erde und sah in Annes schmales, vor unterdrückter Erregung zuckendes Gesicht.

»Ich habe nichts gesehen, Miss Brisbane. Und nur wenig gehört. Aber...« nun schaute sie wieder den Lord an, »hat Mylady ihn umgebracht?«

Cathleen schrie auf, Anne wich entsetzt zurück. Beide sahen auf das blasse Mädchen, das in seinem langen weißen Nachthemd, unter dem die bloßen Füße hervorsahen, mit der Bettdecke über den Schultern und den offenen roten Haaren wie ein Gespenst aussah. Ihr Gesicht hatte einen fragenden, aber keineswegs allzu erschütterten Ausdruck, die Augen blickten klar und wissend. Anne begriff sofort, daß Mary sich nicht mit Ausreden abspeisen lassen würde. Ehe sie sich entscheiden konnte, was sie sagen wollte, stürzte Cathleen auf Mary zu, umklammerte sie mit beiden Händen und schüttelte sie hin und her.

»Mary, du mußt mir glauben, ich wollte das nicht!« rief sie. »Ich wollte ihn nicht töten!«

Mary roch den Branntwein, den Cathleens Atem verströmte.

Mylady war nicht ganz nüchtern, aber offenbar ließ der Schock jede benebelnde Wirkung verfliegen. Sie war außer sich vor Schreck und sie wußte nicht, daß Mary durch die gespenstische Szenerie des düsteren Zimmers nicht allzu sehr erschüttert war, sondern von einem Gefühl der Erleichterung ergriffen wurde. Sie konnte nicht viel mehr denken als: Er ist tot. Cavendor ist tot, und nie wieder wird er irgend jemandem etwas antun können!

»Er kam in mein Zimmer«, fuhr Cathleen atemlos fort, »genau wie neulich, weißt du. Er kam von einem Fest, betrunken und zornig, und ich hatte solche Angst, daß er... ich hätte es nicht noch einmal ausgehalten! Ich wußte kaum noch, was ich tat. Ich hatte eine Flasche mit Branntwein in der Hand und ehe ich richtig nachdachte, da war schon, da hatte ich...« Sie schauderte und verbarg das Gesicht in beiden Händen.

Anne richtete sich gerade auf. »Nun weißt du es, Mary«, sagte sie, »es war natürlich Notwehr, aber ich fürchte, ein Gericht würde das anders sehen. Es wäre daher besser...« Sie zögerte etwas, dann wurde ihre Stimme sehr eindringlich. »Es wäre daher besser, wenn niemand jemals erführe, was geschehen ist!«

»Oh, ich hatte auch nicht vor, es jemandem zu erzählen«, erwiderte Mary, die begriff, daß Annes letzter Satz einzig ihr galt, »ich selbst finde...« Sie unterbrach sich, aber Anne erriet, was sie sagen wollte.

»Ich weiß nicht, wie du zu Lord Cavendor gestanden hast«, meinte sie zweifelnd.

Mary lächelte. »Nicht wie Sie denken, Madam«, antwortete sie, »gewiß nicht so, wie Sie denken.«

»Was redet ihr denn?« rief Cathleen. »Tut doch lieber etwas! Bald ist es Tag und man wird ihn hier finden!«

»Es dauert noch Stunden, bis der Morgen kommt. Wir müssen überlegen, wo wir ihn hinbringen.« Anne hatte sich unwillkürlich an Mary gewandt, als sei sie sich bewußt, daß von Cathleen keine Hilfe zu erwarten war. Mary wirkte ruhig und gelassen. Erstaunt bemerkte Anne, daß eine fühlbare Sicherheit von dem jungen Mädchen ausging. Aus Marys Augen sprachen Nachdenklichkeit und Konzentration. Sie überlegte, wo man den toten Lord hinbringen könnte, und sie tat das so ernsthaft, als sei sie mitschuldig an der Tat. Ein wenig fühlte sie sich auch so, was an ihrer Erleichterung liegen mochte. Zudem durchflutete sie ein Gefühl des Triumphes. Innerhalb weniger Momente waren sie, Cathleen und Anne Verbündete geworden, Komplizen, die aufeinander angewiesen waren. Sie spürte, wie die Mauern ständischer Unterschiede Risse bekamen.

»Er verkehrte viel am Südufer«, sagte sie, »wenn man ihn dort hinbringt und irgendwo niederlegt, wird es jeder für einen Raubüberfall halten.«

»Aber wie schaffen wir ihn dorthin?« fragte Anne. »Er ist riesengroß und schwer, wir können ihn nicht tragen.«

»Das wäre auch zu auffällig. Nein, wir müssen ihn in einen Karren legen und eine Decke über ihn breiten. Wir sehen dann aus wie zwei Marktfrauen, die mit einer Ware unterwegs sind.«

»Mitten in der Nacht?«

»London ist in der Nacht keineswegs ausgestorben«, sagte Mary, und Anne zog die Augenbrauen hoch.

»Du kennst dich aber gut aus«, meinte sie. Cathleen hatte sich unterdessen in einen Sessel gesetzt und verharrte dort regungslos. Von ihr war in dieser Nacht nichts mehr zu erwarten. Entschlossen faßte Anne die Arme des Toten.

»Nimm die Beine, Mary«, befahl sie, »im Hof steht ein Karren.«

Mit vereinten Kräften hoben sie Cavendor auf. Mary, die so oft zusammen mit Lettice die Leichen im Armenhaus herumgeschleppt hatte, stellte mit einem Stöhnen fest, daß Cavendor mindestens dreimal so viel wog wie die ausgemergelten Körper der Leute von Shadow's Eyes. Sie betete zu Gott, daß es ihnen gelingen würde, ihn lautlos die Treppe hinunterzubringen. Ein Blick zurück zeigte ihr, daß sie wenigstens keine Blutspur hinterließen. Es blieb nur ein kleiner Flecken Blut auf dem Teppich zurück, den konnten sie später beseitigen.

Die Treppe in die Halle hinunter war breit und geschwungen und mit dicken roten Läufern belegt. Einigermaßen geräuschlos langten sie unten an. Sie setzten ihre Last kein einziges Mal ab, obwohl beide meinten, sie müßten gleich zusammenbrechen. Anne war nervös, aber sie meisterte die unvorhergesehene Schicksalslaune, die es ihr zumutete, mitten in der Nacht einen eben von seiner Frau erschlagenen Mann durch Londons Gassen zu tragen, mit derselben Kraft und Disziplin, die sie bei den alleralltäglichsten Schwierigkeiten auch an den Tag legte. Mary hatte plötzlich den Eindruck, daß Anne unter dieser neuen Situation weitaus weniger litt, als unter Cavendors Übergriff auf Cathleen einige Nächte zuvor.

Sie liebt Cathleen sehr, dachte sie.

Im Hof stand tatsächlich der breite, hölzerne Karren, mit dem die Küchenjungen einmal in der Woche zum großen Einkaufen auf den Markt gingen. Es war sehr schwierig, Cavendors toten Körper hinaufzuheben, noch schwieriger, Arme und Beine zu verstauen, damit sie nicht an den Seiten überhingen.

»Wir brauchen eine Decke«, flüsterte Mary, »und zwei Mäntel. Wir können nicht in unseren Nachthemden gehen!«

Anne verschwand noch einmal im Haus, um kurz darauf mit einer Decke und zwei Mänteln zurückzukehren. Eilig zogen sie sich an, deckten den Wagen zu, ergriffen jede mit einer Hand die Deichsel und verließen durch eine Pforte in der Mauer den Hof.

Der Karren rumpelte laut über das Pflaster, so laut, daß es Mary schien, alle Leute müßten rechts und links aus den Häusern gestürmt kommen. Sie und Anne hatten sich die Kapuzen ihrer Mäntel über den Kopf gezogen und hielten das Gesicht gesenkt, um von niemandem erkannt zu werden. Beide wußten, daß es zwei tödliche Gefahren gab: ein Mensch, den sie kannten, und der sich später erinnern würde, sie gesehen zu haben, oder die Miliz, die häufig Passanten kontrollierte und den Inhalt von Körben und Wagen sehen wollte.

Ein Bettler kam ihnen entgegengeschwankt, grinste mit zahnlosem Mund und griff mit dürren, gespreizten Fingern nach Annes Mantel. Sie riß sich angewidert los und schleuderte dem Alten ein Schimpfwort entgegen, das Mary kurz ihre Angst vergessen und bewundernd staunen ließ. Sie hätte nie gedacht, daß Anne solche Worte kannte. Je näher sie der London Bridge kamen, desto mehr Menschen waren in den Straßen. Anne wurde immer nervöser. Sie leckte sich ununterbrochen über die Lippen.

Mary hoffte, Anne würde nicht aufgeben müssen. Es trieb sich viel Gesindel auf der Brücke herum, oftmals wurden den beiden Frauen verstohlene Blicke nachgesandt. Bei Tag wie bei Nacht gab es in der Stadt viele Raubüberfälle, und sicher rätselten einige der zwielichtigen Gestalten, was sich wohl unter der Decke in dem zweirädrigen Karren befand und ob sich der Versuch eines Diebstahls lohnte. Für Mary und Anne würde es keine Möglichkeit geben, sich zu verteidigen, sie könnten nur fortlaufen und hoffen, daß niemand sie erkannt hätte.

Am anderen Ufer begaben sie sich gar nicht erst in die verwirrende Straßenvielfalt der Docks, sondern hielten sich dicht am Ufer der Themse. An einer stillen, menschenleeren Stelle wollten sie ihre Last so schnell wie möglich loswerden. Beide bemühten sich, nicht in die dunklen Wellen zu blicken, die ihnen niemals zuvor so düster und unheimlich erschienen waren. Sie fühlten sich müde und verfroren, ihre Arme schmerzten, die Füße brannten. Unter ihnen knirschte feiner Sand. Mary blieb stehen.

»Niemand ist hier«, flüsterte sie, »wir können jetzt...«

Sie lauschten in die Nacht, aber sie vernahmen nichts als das Gluckern des Wassers und das Rauschen der Bäume im sanften Wind. Anne nickte entschlossen. Sie zogen die Decke weg und zerrten Cavendor aus dem Wagen. Die Leiche rollte die leichte Ufersteigung hinab, wobei sie sich eng in dem flatternden Mantel verwikkelte. Mary dachte schon, der Leichnam werde ganz ins Wasser fallen, aber kurz vorher blieb er liegen, wie ein großer, unbeweglicher Stein.

»Jetzt schnell weg«, sagte Anne, aber Mary lief noch einmal zu dem Toten hin und kauerte neben ihm nieder. Sie griff in die Taschen des Mantels und holte alles Geld heraus, was sich dort befand.

»Sie sind schließlich Opfer eines Raubüberfalls, Mylord«, murmelte sie, »und für meine Dienste können Sie mich auch gleich noch entlohnen!«

»Komm doch, Mary«, drängte Anne.

»Ich komme schon!« Sie hasteten den Weg zurück. Mary war jetzt erleichtert, aber Anne begann zu zittern. Langsam drang das Begreifen dessen, was geschehen war, in ihr Bewußtsein vor. Sie hatte Cavendor gehaßt wie nichts sonst in der Welt, aber sein gewaltsamer Tod entsetzte sie, weil dies eine Lösung war, die sie nicht akzeptierte. Sie sah zu Mary hin und dachte: Mein Gott, woher nimmt dieses Kind so viel Kraft?

Aber im gleichen Augenblick wurde ihr bewußt, daß es kein Kind war, das neben ihr lief. Mary war erwachsen. Frühreif, empfindungsstark und überwach – und nicht mehr so harmlos wie einst in Shadow's Eyes. Ohne sich darüber ganz im klaren zu sein, verspürte Anne einen sanften Anflug von Eifersucht. Sie allein hatte immer und stets Cathleens Sorgen getragen, diese fremde junge Frau würde sich nicht dazwischendrängen dürfen.

Sie saßen in Cathleens Schlafzimmer und warteten schweigend, daß die Stunden, die sie noch vom Tagesanbruch trennten, verrannen. Die dunkelroten Samtvorhänge vor den hohen Fenstern verschlossen den Raum und trennten ihn von aller Welt. Es brannten immer noch drei Kerzen, deren Schein die Möbel des Raumes zu bizarren Schatten an den Wänden werden ließ. Cathleen lag auf ihrem Bett, mit angezogenen Beinen, den Kopf auf ihrem Arm. Sie hatte ihren Daumen im Mund, lutschte daran und weinte leise vor sich hin. Sie wirkte wie ein kleines Mädchen, das verzweifelt darauf wartet, in den Arm genommen zu werden.

Anne Brisbane lehnte am Kamin. Sie hatte noch ihren Mantel an und hielt ihn fröstelnd über der Brust zusammen. Das Dämmerlicht ließ ihr Gesicht abgezehrt und hohlwangig, ihre Nase sehr spitz erscheinen. Ihre Hände zitterten leicht. Sie hatte ein Handtuch geholt und Cavendors Blut vom Boden gewischt, das Handtuch dann in der hintersten Ecke eines kleinen Schränkchens verstaut und erklärt, sie wolle es morgen, sobald Feuer im Kamin gemacht worden sei, verbrennen. Nach dieser Aktivität, zu der sie offenbar ihre ganze Kraft gebraucht hatte, fiel sie in sich zusammen, wurde weiß bis in die Lippen und kämpfte gegen eine immer stärker werdende Übelkeit.

Mary hatte sich auf einem der prächtigen breiten Brokatsessel niedergelassen und ihren Mantel ausgezogen, denn trotz der kühlen Nacht wurde es ihr zu warm. Nur ihre nackten Füße froren, aber selbst in dieser Situation hatte sie noch so viel Respekt vor dem prunkvollen Raum, in dem sie sich befand, daß sie es nicht wagte, die Füße hochzunehmen und unter ihrem Nachthemd auf dem Sessel zu verstauen. Sie saß so aufrecht wie eine Novizin während der Messe und hatte die Hände sehr sittsam auf dem Schoß gefaltet. Sie weinte nicht, ihr war auch nicht übel, statt dessen fühlte sie Spannung und Erregung. Es war etwas geschehen, eine uneinnehmbar scheinende Grenze hatte sich verschoben. Sie gehörte dazu.

Zunächst sprach lange Zeit niemand etwas, dann stieß Cathleen unvermittelt hervor: »Habe ich es euch nicht gesagt? Von Anfang an habe ich gewußt, ich würde ihn umbringen und nun habe ich es tatsächlich getan. Die ganze Zeit habe ich es gewußt!«

»Ich glaube, keiner von uns weint um ihn«, entgegnete Anne, »wir sind natürlich ein bißchen erschüttert, aber wir werden damit fertig.«

»Was soll ich aber jetzt tun?« jammerte Cathleen. »Was soll ich denn tun? Ich habe einen Mord auf dem Gewissen!«

»Es war Notwehr, nichts anders. Cavendor hat Sie bedroht.«

»Er wollte mich aber nicht töten!«

»Er wollte Schlimmeres. Und Sie hatten keinen anderen Ausweg, als ihn zu töten.«

»Ja, nur was würde ein Richter dazu sagen?« warf Mary ein.

Cathleen, als hätte sie Marys Anwesenheit völlig vergessen, starrte sie an. »Was willst du damit sagen?«

»Ich weiß, was Mary damit sagen will«, bemerkte Anne kühl, »sie erinnert uns vorsichtig daran, daß sie von allem, was geschehen ist, weiß, und daß wir in Zukunft immer ein wenig... Rücksicht auf sie zu nehmen haben.«

»Das wollte ich nicht sagen«, fuhr Mary auf, »ich bin keine Erpresserin, Miss Brisbane. Niemand muß auf mich Rücksicht nehmen!«

»Immerhin hat Mary uns sehr geholfen«, sagte Cathleen. Sie blickte schaudernd auf die Stelle, an der Cavendor gelegen hatte. »Ohne sie... läge er vielleicht immer noch hier. Mary, sei sicher, ich vergesse dir deine Hilfe nie. Solange du möchtest, kannst du bei Miss Brisbane und mir bleiben!«

»Lebenslange Freundschaft«, sagte Anne spöttisch, »wir sind Komplizinnen und nichts eint so sehr wie gemeinsam begangene Verbrechen. Sind wir uns einig darüber, daß keine, niemand von uns«, sie sah beschwörend in die Runde, »jemals einen Ton verlauten läßt darüber, was hier geschehen ist?«

»Niemals«, sagte Mary, und Cathleen nickte.

»Gut, dann laßt uns überlegen, was jetzt geschieht. Irgendwann morgen wird jemand kommen und uns mitteilen, daß Lord Cavendor tot am Ufer der Themse gefunden wurde.«

»Es ist so grauenhaft«, flüsterte Cathleen, »ich werde es nicht aushalten.«

»In dieser Lage wird es jeder verstehen, wenn Sie zusammenbrechen. Es ist sogar gut, wenn Sie die Fassung verlieren.«

»Du hast recht, Anne. Aber ich werde hier nicht mehr leben können. Nicht in einem Haus, in dem so Furchtbares geschehen ist.«

»Wollen Sie nach Fernhill zurück?«

Mary erschrak. Daran hatte sie nicht gedacht. Von allen Dingen der Welt hatte sie am wenigsten Lust, nach Shadow's Eyes zurückzukehren – fast ein Jahr, ehe Frederic kam. Sie sah Cathleen ängstlich an, aber die schüttelte den Kopf.

»Ich möchte meine Familie nicht wiedersehen. Sie haben mir so unvorstellbar Schreckliches angetan, als sie mich mit Cavendor vermählten, solange ich lebe, werde ich es ihnen nicht verzeihen können. Anne«, sie fing wieder an zu weinen, »du bist jetzt meine Familie. Das einzige, was ich noch habe. Sag du, wohin wir gehen wollen!«

Anne lächelte, zufrieden und entspannt wie eine Katze, die gestreichelt wird.

»Cavendor besaß genug Schlösser auf dem Land«, sagte sie, »die von dieser Stunde an Ihnen gehören, Cathleen. Dort können wir leben – in Somerset oder Essex, in Suffolk oder Lincolnshire. Wo wir wollen. Aber bevor wir das planen, sollten wir vielleicht doch noch ein wenig schlafen.«

»Ich kann nicht schlafen! Oh, bitte bleibt bei mir, alle beide!« Cathleens Stimme klang flehend.

Anne griff beruhigend ihre Hand. »Keine Angst, ich bleibe die ganze Nacht, wenn Sie wollen.« Sie strich Cathleen wieder und wieder über die Haare und sprach mit leiser Stimme auf sie ein. Langsam ließ das Zittern in Cathleen nach, ihr Atem ging gleichmäßiger. Mary konnte nicht verstehen, was geredet wurde, aber sie versuchte auch gar nicht zuzuhören. Sie stand auf, trat ans Fenster und schob die dicken, samtenen Vorhänge zur Seite. Sie preßte ihr Gesicht gegen die kleinen, runden, bleigefaßten Scheiben, spürte einen kalten Luftzug. Es roch nach Herbst und Nebel. Und sie merkte, wie das erste hilflose Erschrecken von ihr abglitt, mit dem sie gedacht hatte: O nein, sie will fort von London! Fort von *meinem* London!

Auf einmal stieg eine Sehnsucht in ihr auf, von der sie gar nicht gewußt hatte, daß sie in ihr war. Das Bild eines Schlosses trat vor ihre Augen, graues Gestein, von Efeu und wildem Wein überwachsen, und dann ein Park, grüner Rasen mit herbstlich gelben Blättern bedeckt, alte, knorrige Obstbäume, denen der tiefsüße Geruch überreifer Mirabellen entströmte. Sie sah Kornfelder, leise wogend im Sommer unter blauem Himmel, und kahl bevor der Winter kam, vom Nebel verhangen und überflogen von schwarzen, schreienden Krähen. Inbrünstig sehnte sie sich nach dem Rascheln welken Laubes unter den Füßen, nach kaltem, salzigem Wind über endlosen Wiesen, nach dem Duft modriger Rinde und brauner Pilze in der Erde. Sie dachte an Shadow's Eyes zurück, an den Weidenbaum und die vielen klaren, sprudelnden Bäche zwischen den Hügeln. Sie begriff, daß ihre Liebe zur Erde, zu Seen, Himmel und Bäumen nie verloren gegangen war. London war das Ziel ihrer Träume gewesen, aber jetzt fühlte sie sich müde und leer und wollte fort. Mit Grauen dachte sie an Cavendor, der tot am Themseufer lag, an den Giftmischer Will Shannon, an den zwielichtigen Nicolas de Maurois. Ein bitterer Geschmack erfüllte ihren Mund. Ja, dachte sie, weg von London. So weit es nur geht. Mit den beiden zusammen!

Im matten Licht der herunterbrennenden Kerzen sahen Anne und Cathleen wie zwei sanfte, verschwommene Schatten aus. Das Zimmer duftete nach Wachs und nach dem zarten Geruch von Cathleens Maiglöckchenparfüm. Verwundert bemerkte Mary, daß nicht die Aura von Mord und Gewalt zwischen seinen Wänden schwebte, sondern die einer sanften friedvollen Stille.

III

Rosewood stand auf dem alten, verwitterten Holzschild am Wegesrand, in ausgebleichten, blaßgrauen Buchstaben. Am Ende weiter Wiesen, von Rauhreif überzogen, unter grauem Himmel, von dem eine fahle Märzsonne schien, erhob sich das Haus aus grauen Steinen, mit zerbröckelten Dachziegeln bedeckt. An allen Ecken voller Erker und Türme war es ein bißchen wie eine mittelalterliche Burg anzusehen. Ringsum erstreckten sich dunkle Wälder, Sümpfe, aus denen dichte Nebelschwaden aufstiegen, kahle Äcker, von denen sich schwarze Krähen erhoben und kreischend wieder hinabstürzten.

Mary lehnte ihren Kopf aus dem Fenster der Kutsche und sah zum Haus hinüber.

»Was ist das, Miss Brisbane?« fragte sie neugierig. Anne, die in warme Pelze gehüllt tief in ihrem schwankenden Sitz kauerte, hob müde den Kopf. Sie war erkältet und hatte rote, heiße Augen.

»Rosewood«, sagte sie, »es gehört auch Caven... es gehört Mylady.«

»Warum ist es so heruntergekommen?«

»Der Verwalter ist schlampig und wir können uns nicht um alles kümmern. Ich denke, wir sollten es bald verkaufen.«

»Aber es ist wunderschön. Es würde sich lohnen, es wieder aufzubauen.«

»Mary bitte! Niemand von uns ist daran interessiert. Und jetzt sei still. Ich habe Kopfweh!«

Mary schwieg. Das Schild verschwand hinter der Wegbiegung, das Haus entglitt ihren Blicken. Sie ließ sich auf ihren Sitz zurückfallen und starrte wieder auf die gegenüberliegende Wand in dem engen Gefährt. Die Kutsche rumpelte London zu, und Mary spürte einen leisen Abschiedsschmerz. Sie hatten den ganzen Winter in Essex verbracht, in Cavendors Gut Lavender Manor, einem alten Gemäuer mit stillen langen Gängen wie in einem Kloster. Cathleen hatte sich gleich nach dem Begräbnis ihres Mannes dorthin geflüchtet wie ein verwundetes Tier. Sie hatte sich in ihrem Zimmer vergraben, den ganzen Tag vor dem Kamin gekauert, Berge von gerösteten Kastanien verzehrt und ständig danach verlangt, von Anne in die Arme genommen zu werden. Sie benahm sich wie ein kleines Kind, brach unvermittelt in Tränen aus, hatte abends Angst vor der Dunkelheit, wachte nachts schreiend aus ihren Alpträumen auf und weigerte sich, unter Menschen zu gehen.

»Das brauchen Sie doch auch nicht«, sagte Anne dann sanft, »ich kümmere mich um alles und Sie bleiben hier in Ihrer Burg.«

Mary fand, daß dies nicht der richtige Weg sei, Cathleen wieder glücklich zu machen, aber sie wagte es nicht, sich einzumischen.

Außerdem würde sie im Sommer nach Shadow's Eyes gehen und Frederic heiraten, sie mußte sich um nichts mehr kümmern.

Sie kapselte sich von den anderen ab, worüber Anne keineswegs böse war, und streifte durch die Wiesen und Wälder von Essex. Ein bißchen war es wie in Kent, aber es schien ihr, selbst jetzt im Winter, etwas farbiger und lebhafter zu sein. Gäbe es Marmalon nicht, sie hätte Frederic gebeten, hier mit ihr zu leben. Vielleicht in Rosewood. Aber sie würden wohl nie in der Lage gewesen sein, die Besitzung zu kaufen. Sie hob noch einmal den Kopf, um zum Fenster hinauszusehen, aber nun konnte sie gar nichts mehr erkennen. Die Pferde galoppierten zu schnell, rechts und links spritzte der Schlamm aus den Pfützen hoch. Sicher kamen sie schon bald in London an.

Mary wäre gern bis zum Sommer in Lavender Manor geblieben, aber Anne mußte nach London zurück, um ein paar Dinge zu regeln, die nach Cavendors Tod liegengeblieben waren. Es gab immer noch das große Haus am Strand, in dem eine vielköpfige Dienerschaft lebte und schon lange nicht mehr wußte, was sie dort eigentlich tun sollte. Anne, die das Haus nicht verkaufen wollte, hatte beschlossen, eine Haushälterin dort einzustellen, der sie die Verwaltung übertragen wollte, aber zu diesem Zweck mußte sie selbst nach London reisen. Eines Tages, am Anfang des ganz langsam erwachenden Frühlings, war Mary von einem ihrer Spaziergänge zurückgekehrt, und in einem der langen, steinernen Gänge kam ihr eine schwarzgekleidete, streng blickende Anne entgegen und teilte ihr mit, sie würden beide nach London reisen, um an Pfingsten der Krönung Anna Boleyns zur Königin Englands zuzusehen.

»Ja aber«, stotterte Mary verwirrt, »wird sie denn Königin?«

»Wir haben heute früh die Nachricht erhalten«, entgegnete Anne, »in aller Stille hat Seine Majestät Anna Boleyn, die Marquise Pembroke, geheiratet. Der neue Erzbischof von Canterbury, Thomas Cranmer, hat die Ehe zwischen dem König und Katharina von Aragon für von Anfang an ungültig erklärt.«

In der Stille der Provinz und im schweigenden Nebel dieses Winters hatte Mary all die Ereignisse vergessen, die England bewegten und von denen man sagte, sie würden noch Tod und Verderben für viele Menschen bringen, aber jetzt tauchten sie erneut auf.

»Ich möchte noch nicht nach London«, sagte sie.

»*Ich* möchte hin, Mary. Und ich will, daß du mich begleitest.«

»Was ist mit Mylady?«

»Sie bleibt selbstverständlich hier.«

»Ich habe aber in London nichts zu tun«, begehrte Mary auf, »und die Krönung interessiert mich nicht!«

»Es ist ein Ereignis von historischer Bedeutung. Außerdem solltest du dich freuen, aus dieser Abgeschiedenheit herauszukommen. Du bist zu jung für die Einsamkeit. Und zu hübsch. Du solltest mehr junge Männer kennenlernen.«

»Wenn Sie mich unbedingt verheiraten wollen, Miss Brisbane, kann ich Sie beruhigen: Ich gehe sowieso im Sommer nach Kent zurück und heirate Frederic Belville.«

Anne blickte sie mißtrauisch an. »Du hast ihn fünf Jahre lang nicht gesehen. Woher weißt du so sicher, daß er dich immer noch heiraten möchte?«

»Das werde ich ja sehen.«

»Aber...«

»Ich weiß, Sie können es nicht erwarten, daß ich heirate.«

»Du willst doch bestimmt nicht ewig mit uns zusammenleben!«

Mary preßte die Lippen zusammen. »Ich glaube«, sagte sie dann, »daß *Sie* nicht ewig mit *mir* zusammenleben möchten, Miss Brisbane!«

Sie wandte sich um und lief in ihr Zimmer, wo sie die Flügel ihres Fensters aufriß und sich weit hinauslehnte, um ihre glühenden Wangen vom Wind kühlen zu lassen.

Anne ist machthungrig, dachte sie, und besitzergreifend! Aber als es darum ging, den toten Lord aus den Gemächern ihrer heiligen Cathleen zu schaffen, war ich gerade gut genug!

Ihr Stolz verbot es ihr, lange zu streiten. Wenn man sie nicht wollte – sie mochte sich nicht aufdrängen! Und da sie im Sommer ohnehin fortgehen würde, konnte sie sich auch gleich auf den Weg nach London machen.

Und so saßen sie nun in der Kutsche, ließen Lavender Manor und das bezaubernde verkommene Rosewood hinter sich und reisten nach London, begleitet von drei bewaffneten Dienern, denn die Zeiten waren unruhig und es lauerte viel räuberisches Gesindel in den Wäldern. Überall war schon zu erkennen, daß eine große Feierlichkeit im Land bevorstand. Aus allen Städten und Dörfern machten sich die Menschen auf den Weg nach London, um der Krönung beizuwohnen. Unzählige Pferde und Leiterwagen waren unterwegs und je näher man London kam, desto größer wurde das Gedränge auf den schmalen Feldwegen, an deren Rändern letzte Schneereste tauten. Es wurde immer schwieriger, in den Wirtshäusern noch Zimmer für eine Übernachtung zu finden. Meistens mußten sich zehn wildfremde Frauen und Männer einen Raum teilen, der eigentlich nur für zwei oder drei Personen vorgesehen war. Eilig wurde Stroh in den Ecken aufgeschüttet und die Gäste ließen sich auf den harten Lagern ohne Murren nieder, froh, überhaupt etwas gefunden zu haben. Abends saß man noch dichtgedrängt in den verräucherten Schankstuben, lachte, tratschte, trank Brüderschaft und politisierte. Hauptgesprächsthema war natürlich die neue englische

Königin. Niemand war besonders gut auf sie zu sprechen. In den Provinzen waren die meisten Menschen viel moralischer als in den Städten und außerdem seit Jahrhunderten tief in ihrem katholischen Glauben verwurzelt, daher verwirrte sie der Streit zwischen König und Vatikan und die Liebschaft Seiner Majestät mit einer junge Hofdame empörte sie.

»Ihr wißt hoffentlich, warum der König sie nun wirklich heiratet«, sagte eine alte Bauersfrau an einem regnerischen Abend in irgendeinem Wirtshaus, »man erzählt sich, Miss Boleyn sei bereits in anderen Umständen und habe ihn deshalb gezwungen!«

»Der König läßt sich nicht zwingen. Er wollte sie schon immer heiraten.«

»Vielleicht schenkt sie ihm einen Sohn!«

»Den neuen König von England! Sohn einer Frau, die von halb Europa öffentlich als Hure bezeichnet wird.«

»Und, ist sie's nicht?«

»Psst, nicht so laut! Du sprichst von dem Mädchen, das in wenigen Tagen Ihre Majestät Königin Anna von England sein wird.«

»Pah, und für wie lange?«

»Rede nicht so lästerlich. Vielleicht wird sie eine gute, ehrbare Königin.«

Mary lauschte diesen Gesprächen mit Vergnügen, während Anne es tatsächlich darauf anlegte, sie schnell unter die Haube zu bringen. In jedem Gasthaus achtete sie sorgfältig darauf, daß das Mädchen neben einem jungen Mann zu sitzen kam, den sie dann ins Gespräch zog und gleich darauf an Mary weitergab. Mary registrierte mit Stolz, daß sie den meisten Männern keineswegs gleichgültig blieb, aber sie beendete jede Unterhaltung nach kurzer Zeit mit einer schnippischen Bemerkung, erklärte, sie sei müde und verschwand. Anne war sehr ärgerlich darüber.

»Wenn dieser Bauer aus Shadow's Eyes inzwischen ein anderes Mädchen geheiratet hat, stehst du dumm da«, sagte sie. »Du solltest endlich einsehen, daß ich nur dein Bestes im Sinn habe!«

»Ich heirate nur Frederic. Wenn nicht ihn, dann niemanden.«

»Rede keinen Unsinn! Jede Frau heiratet.«

»Sie haben es nicht getan.«

Anne zuckte zusammen, warf den Kopf zurück und verließ den Raum.

In London zogen sie in ihr altes Haus am Strand, aber wie auf eine unausgesprochene Verabredung hin mieden sie beide das Zimmer, in dem Lord Cavendors bewegtem Leben seinerzeit ein Ende gesetzt worden war. Mary lebte allerdings auch nicht mehr in ihrer Kammer unter dem Dach, sondern in einem kleinen Salon im Westflügel des Hauses. Sie vermißte ein bißchen den vertrauten Blick über die Themse, dafür hatte sie hier viel schönere Möbel und einen richtigen Kamin, in dem an diesen letzten kalten Frühlingstagen jeden Morgen ein Feuer gemacht wurde.

Sie begann wieder durch die Straßen Londons zu streifen und schneller als sie gedacht hatte, schlug die Stadt sie erneut in ihren Bann. Wegen der bevorstehenden Krönung war London voller Menschen, und noch mehr Eile, Gedränge und Geschrei erfüllten auch die kleinsten Gassen. Bereitwillig ließ sich Mary mitten in das laute Getümmel hineinziehen. Sie war begierig, alles zu erfahren, was in den Monaten ihrer Abwesenheit geschehen war und erfuhr, daß der neue Erzbischof von Canterbury, Thomas Cranmer, tatsächlich vom Papst selber in sein Amt berufen worden war, und zwar auf den Wunsch des Königs, und man wertete dies allgemein als einen Versuch des Vatikans, den Streit mit England nicht zu weit zu treiben. Cranmer hatte daraufhin sofort die Ehe zwischen Henry und Katharina für ungültig, die gemeinsame Tochter, Prinzessin Mary, für illegitim erklärt, nicht ahnend, daß diese ihn zwanzig Jahre später während ihrer Regierungszeit als berüchtigte »Bloody Mary« auf dem Scheiterhaufen dafür würde bezahlen lassen.

Nun warteten alle auf die Pfingstfeiertage, an denen die Krönung stattfinden sollte. Die ganze Stadt putzte sich schon heraus, mit Blumen, Fahnen und Lampions, Girlanden an den Häusern und Fakkeln am Ufer der Themse. Welche Vorbehalte auch immer man gegen die neue Königin haben mochte, niemand wollte sich die Lust am Feiern nehmen lassen. Scharenweise strömten die Verkäufer in die Stadt, um am großen Tag Waffeln, gesalzenen Fisch, eingelegte Gurken, Zuckerstangen und Glühwein feilzubieten, dazu wahre Berge von Schmuck aus billigem, goldbemaltem Blech mit farbigen

Glassteinen darin, denn sie rechneten damit, daß der Anblick der juwelenbehangenen Königin viele Frauen zum Kaufen anregen würde. Es gab kleine handgemalte Miniaturbilder des Königspaares, Holzteller, Becher, Wandbehänge, Kinderspielzeug, sogar geschnitzte Löffel, alle mit den Gesichtern Henrys und Annas verziert. Die Verkaufsstände stapelten sich schon fast übereinander, und die Luft hallte wider von den dröhnenden Stimmen der Ausrufer.

Mary achtete darauf, schon früh morgens Anne zu entwischen, denn sie hatte es satt, beständig in die Arme irgendeines Mannes geschubst zu werden. Sie blieb meist den ganzen Tag fort und kehrte erst mit dem Einbruch der Dunkelheit heim, so auch an einem Tag kurz vor Pfingsten, an dem die Luft weich und warm war, und sogar im überfüllten London ein leiser Anflug von Blumenduft und frischer Erde im Wind schwang. Mary hatte seit dem Morgen nicht gegessen und kam am späten Nachmittag zurück in das Haus am Strand. Sie fühlte sich sehr hungrig, zugleich erschöpft und glücklich wie eine verwahrloste Katze, die endlose Meilen in Wildnis und Freiheit herumgestreift ist. Sie hatte am Themseufer gesessen und über das sonnenglitzernde Wasser und die vielen Boote geblickt, sie war durch das dichteste Menschengewühl gelaufen und hatte sich dem Geruchsgemisch von Parfüm, gebrannten Mandeln, Algen und faulendem Fisch hingegeben. Als sie das Haus durch den Kellereingang betrat, musterte die Köchin sie mißbilligend.

»Besuch für dich da«, sagte sie mürrisch.

Mary sah sie erstaunt an. »Besuch? Für mich?«

»Ein Mann!« Die Köchin legte in dieses Wort die ganze Empörung und allen Abscheu, derer sie fähig war. Sie selbst hatte sich mit diesen Kreaturen nie abgegeben, aber es war ganz bezeichnend für ein junges Mädchen wie Mary, daß es kein Gefühl für Sittlichkeit hatte.

»Er wartet in der Halle«, fügte sie hinzu.

»Frederic!« entfuhr es Mary. »Oh, oder es ist Nicolas!« Die beiden waren die einzigen, die ihr einfielen, und sogleich schlug ihr Herz schneller. Sie strich sich über die Haare, reckte die Schultern und schritt gemessen die Treppe hinauf. Niemand brauchte zu merken, daß sie beunruhigt war. Sie trat in die Halle, ein leichtes Lächeln auf den Lippen, ein nervöses Glitzern in den Augen – und blieb erstarrt stehen. Der Mann, der zum Fenster hinausgesehen und sich bei ihrem Eintritt umgedreht hatte, war ihr Bruder Edward.

Die dreieinhalb Jahre, die seit ihrer Trennung vergangen waren, hatten ihn vollends zerstört. Niemand konnte sich mehr auch nur einen Augenblick lang darüber täuschen, daß er einen Säufer und dummen Taugenichts vor sich hatte. Sein Gesicht war aufgequollen, die Haut großporig und von einem ungesunden Weiß. Seine blauen Augen blickten verschwommen, was ihnen einen vollkommen begriffsstutzigen Ausdruck verlieh. Er trug eine fleckige Hose, völlig verdreckte Stiefel, ein durchlöchertes Hemd, und seine Haare waren wild und ungekämmt. Er stank grauenhaft nach Alkohol und hatte mit diesem Geruch schon das ganze Treppenhaus erfüllt. Mit offenem Mund, dessen Unterlippe leicht herabhing, starrte er seine Schwester an. Ein dümmliches Grinsen breitete sich über sein Gesicht. »Tag, Mary«, sagte er langsam.

Mary brachte zunächst keinen Ton heraus. Nur mühsam bezwang sie ihr Entsetzen. »Aber was tust du denn hier?« fragte sie schließlich.

Edward lehnte sich gegen die Wand, wippte lässig auf den Füßen und lachte unbeherrscht. Die Tatsache, daß er Mary erschreckt hatte und daß er etwas wußte, was sie nicht wußte, nämlich weshalb er hier war, gab ihm ein primitives Überlegenheitsgefühl.

»Schönes Haus«, sagte er, »wohnst verdammt vornehm für 'n Balg aus dem Armenhaus!«

»Weshalb bist du hier?«

»Freust du dich nicht, mich zu sehen? Deinen einzigen Bruder. Willst du mir nichts zu trinken anbieten?«

»Ich will wissen, warum du gekommen bist!« Sie hatte sich gefangen und betrachtete ihn kalt. Das altvertraute Gefühl des heißen Angstschmerzes im Magen verging. Hier konnte er ihr nichts tun.

Edward merkte, daß sie ihre Haltung wiederfand, und das ärgerte ihn.

»Hochnäsiges Weib!« schnauzte er. »Wird dir aber gleich vergehen, du Ratte! Unser Vater schickt mich!«

»So?«

»Was würdest du sagen, wenn er will, daß du sofort nach Shadow's Eyes kommst?«

Mary wurde blaß, aber sie verzog das Gesicht zu einem mitleidigen Lächeln. »Sofort? Ich komme im August, zu Frederic. Und von Vater lasse ich mir nichts befehlen, das kannst du ihm ausrichten. War das alles?«

Edward betrachtete sie verwundert. Er verstand nicht, wie sie so erwachsen hatte werden können. Sie stand sehr aufrecht da, in einem Kleid aus schwarzem Samt mit gebauschten Ärmeln und einem Kragen aus weißer Spitze um den Hals. Ihre rötlichen, windverwehten Haare glänzten im Zwielicht der Halle, ihr schöngeschwungener Mund lächelte spöttisch. Edward empfand, wie schon früher so oft, den plötzlich fast übermächtigen Wunsch, in dieses blasse Gesicht zu schlagen, mit allen zehn Fingern an den Locken zu zerren, mit beiden Beinen gegen diesen schmalen Körper zu treten, so lange, bis Mary zusammenbrechen und sich schreiend, um Gnade flehend, vor ihm auf dem Boden wälzen würde.

Leider konnte er das hier nicht tun. Lustvoll stieß er statt dessen hervor: »Lettice liegt im Sterben!«

Mary gab einen erschreckten Laut von sich. Unwillkürlich preßte sie eine Hand auf ihr Herz.

»Was?« fragte sie ungläubig.

»Wir hatten das Fleckfieber in Shadow's Eyes. Ich sage dir, im Dorf leben höchstens noch halb so viel Leute wie vorher. Die Totengräber sind mit 'm Schaufeln gar nicht nachgekommen, und dieser gottverdammte Priester konnte gar nicht so schnell beten wie die Leute verreckt sind. Kein Auge konnte ich mehr zutun, so oft haben die verfluchten Glocken von der Kirche gebimmelt. Ich hab'...«

»Mutter hat sich angesteckt?«

»Ja, erst mal gar nicht. Bei uns im Haus hatten's die Leute natürlich auch, aber damit wird Vater ja fertig. Sind alle im Keller krepiert. Nur die alte Nan lebt noch und macht uns wahnsinnig mit ihrer verdammten Zauberkugel!«

»Was ist mit Mutter?« Mary hätte Edward am liebsten geschüttelt.

Der grinste behaglich. »Also, alles war schon wieder vorbei und wir feiern noch, daß wir durchgekommen sind, da legt sich das Weib doch plötzlich hin, kriegt Fieber und Flecken im Gesicht und fängt ganz irr zu reden an, daß wir denken, die stirbt noch in der nächsten Nacht. Tut sie dann nicht, es wird besser, aber dann wieder schlimmer, und der Doktor meint, da ist nichts mehr zu machen. Wird bei so einer wie Lettice sicher 'n langer Todeskampf, meint er, aber zum Schluß erwischt sie's doch!«

»O nein«, murmelte Mary. Sie mußte sich am Geländer festhalten, weil ihr der Boden unter den Füßen schwankte. Der Gedanke, daß Lettice krank sein könnte, sterbenskrank, überstieg ihre Vorstellungskraft, und dies war es, was sie in diesem Moment mehr erschütterte als der Schmerz darüber, daß ihre Mutter sterben würde.

»Sie möchte, daß ich komme?« fragte sie leise.

Edward nickte. »Allerdings, das möchte sie. Will sie unbedingt. Gehört sich auch so, oder nicht?«

Ein Schatten fiel in die Halle. Auf dem unteren Treppenabsatz war Anne Brisbane aufgetaucht, streng und unnahbar wie stets.

»Ich höre, deine Mutter ist krank, Mary«, sagte sie, »das tut mir sehr leid.«

Mary sah zu ihr auf. Das glatte Gesicht verriet keine Regung, aber Mary hatte den sicheren Eindruck, daß sie die Wendung der Geschehnisse begrüßte.

Mit harter Stimme entgegnete sie: »Ja, sie ist krank, und sie wird wohl sterben. Sie möchte mich sehen.«

»Du wirst zu ihr gehen müssen.«

Mary preßte die Lippen aufeinander. Ja, natürlich, jeder fand es ganz selbstverständlich, daß sie herbeieilte, wenn ihre sterbende Mutter nach ihr verlangte. Todgeweihten schlug man keinen Wunsch ab, schon gar nicht der eigenen Mutter. Und wen kümmerte es schon, daß sie, solange sie lebte, vergeblich um Lettices Liebe und Aufmerksamkeit geworben hatte und von ihr immer nur wie ein Stück Dreck behandelt worden war.

»Ich komme mit dir, Edward«, sagte sie, »Herrgott, Mutter«, sie schlug mit der Faust auf das Treppengeländer und dachte an die vier Monate in Shadow's Eyes, die sie ohne Frederic verbringen mußte, »hättest du mir nicht wenigstens diesen letzten Frühling in London noch gönnen können?«

Es war schon dunkel, als sie die Tür zum Sherwood Inn aufstieß und den düsteren Schankraum betrat. Ihr Atem ging schnell, ihre Wangen glühten, denn sie war den ganzen Weg bis hierher gerannt, ohne auch nur ein einziges Mal stehen zu bleiben. Im Westen der Stadt ging über den Wäldern hinter Turnham Green rotleuchtend die Sonne unter, und rosafarbene Wolken zogen über den blaßblauen Abendhimmel. Edward, müde von der Reise und benommen vom Alkohol, hatte sich schlafen gelegt und sofort laut zu schnarchen begonnen. Anne hatte sich ebenfalls zurückgezogen, aber Mary hatte keine Ruhe finden können. So hatte sie schließlich das Haus verlassen und erst an der London Bridge hatte sie gemerkt, welchen Weg sie unwillkürlich gegangen war.

Will Shannon schlurfte hinter seinem Vorhang hervor, als Mary eintrat und grinste breit.

»Lange nicht gesehen«, murmelte er, »und viel passiert in der Zwischenzeit, nicht? So viele Tote...«

Natürlich wußte er, daß Cavendor gestorben war, aber Will Shannon war unter anderem deshalb in der Halbwelt so beliebt, weil er nie Fragen stellte. Das tat er auch jetzt nicht, machte nur eine einladende Bewegung zu seinem Schanktisch hin.

»Was zu trinken?«

»Nein danke. Mr. Shannon, ich würde gern mit Nicolas de Maurois sprechen. Können Sie mir sagen, wo er ist?«

»Nicolas? Der ist mal hier, mal dort! Aber wenn sie die alte Ratte heute nicht zufällig in Tyburn gehängt haben, dann taucht sie hier noch auf. Nicolas kommt fast jede Nacht zum alten Will und trinkt mit ihm.«

»Darf ich warten?«

»Setz dich, Kind, setz dich. Wenn es dich nicht stört, daß ich noch einmal fortgehe...« Will kicherte. »Ich habe noch ein paar Geschäfte.« Er schlurfte davon. Mary setzte sich auf eine Bank. Sie sprach mit dem alten Hund vor dem Kamin, der sie aber nicht einmal anblickte, dann stützte sie den Kopf in die Hände und dachte an

Lettice. Lettice, scharfzüngig, frech und giftsprühend, war immer im vollen Besitz aller ihrer Kräfte gewesen. Nie hätte sie es einer Krankheit erlaubt, über sie herzufallen. Lettice war kein Mensch, der litt. Sie war ein Mensch, der Schmerzen zufügte, nicht entgegennahm.

Die Stunden verrannen langsam. Irgendwann schlief Mary ein, ihr Kopf sank auf die Tischplatte. Sie träumte wirre, unverständliche Träume, derer sie sich später nicht mehr erinnerte. Sie schrak auf, als eine Hand ihre Wange berührte. Im geisterhaften Licht einer einzigen Kerze stand Nicolas vor ihr.

»Mary, was ist denn?« fragte er leise. »Du hast eben geweint im Schlaf. Und weißt du, wie spät es ist? Weit nach Mitternacht!«

Mary strich sich mit der Hand über das Gesicht. Es war naß von ihren Tränen. »Ich habe wohl schlecht geträumt«, sagte sie.

Nicolas neigte sich zu ihr hinab. »Was hast du geträumt? Erzähl es mir!«

»Ich weiß es nicht. Es ist nur... mein Bruder ist heute nach London gekommen. Er will mich schon morgen mit nach Shadow's Eyes nehmen.«

»Dann sagst du ihm eben, daß du nicht mitgehen möchtest. Und wenn er dich zwingen will, dann komme ich dir zur Hilfe!«

»Ach, aber ich muß mit! Er sagt, daß meine Mutter sehr krank ist. Sie wird sterben! Sie möchte mich vorher sehen.«

Nicolas wurde ernst. »Das tut mir leid, Mary. Du fühlst dich verpflichtet zu gehen?«

»Sie ist kalt und bösartig und grausam. Sie hat mich nie geliebt. Aber sie ist meine Mutter. Das kann ich nicht vergessen.«

»Ich verstehe.«

»Ich würde mir ein Leben lang Vorwürfe machen, wenn ich sie jetzt im Stich ließe. Deshalb reise ich morgen mit Edward nach Shadow's Eyes.«

»Das ist schade. Ich wäre gern mit dir zur Krönung gegangen. Die ganze Stadt wird auf den Beinen sein, und eine Nacht lang werden die Menschen in den Straßen tanzen. Es hätte sehr nett sein können.«

»Ich wäre gern dabeigewesen«, sagte Mary und hoffte, Nicolas würde nicht weiter davon sprechen, weil sie sonst gleich wieder weinen müßte.

Er nahm ihre Hand und lächelte zärtlich. »Wann kommst du zurück, Mary?«

Sie sah ihn überrascht an. »Gar nicht. Ich bleibe in Shadow's Eyes. Im August heirate ich dort Frederic Belville.«

Nicolas ließ ihre Hand los. Er lachte, verblüfft und ärgerlich. »Sag nicht, du hast dir deinen Bauernjüngling noch immer nicht aus dem Kopf geschlagen? Komm, Mary, mach dich nicht lächerlich! Am Anfang fand ich deine Treue ja noch rührend, aber sie beginnt mich zu langweilen! Seit ich dich kenne, kommt kein Name über deine jungfräulichen Lippen als der Frederic Belvilles!«

»Aber natürlich liebe ich ihn noch«, erwiderte Mary aufgebracht. Ihre letzten Tränen versiegten. Dies war ganz der alte Nicolas, und der hatte sie stets erbost.

»Ich kann mir schon denken, daß Sie Treue lächerlich finden, Sir, aber deshalb...«

»Scht! Ich finde Treue nicht lächerlich. Wäre ich nicht selber treu, hätte ich bestimmt nicht Kopf und Kragen riskiert, um dir damals nachzueilen, als du loszogst, Lady Winter zu ermorden, und ich von Anfang an kein besonderes Vertrauen in deine diesbezüglichen Fähigkeiten hatte. Bei der Gelegenheit«, sein Gesicht bekam einen höhnischen Ausdruck, »was habt ihr eigentlich mit Cavendor gemacht? Wer war es? Die liebende Gattin selbst?«

»Ich weiß nicht, wovon Sie sprechen!«

»Aber Mary! Versuch doch nicht immer, dich vor mir zu verstellen. Jeder weiß, daß Cavendor ermordet wurde, und ich will doch bloß wissen, wer es getan hat! Du etwa?«

»Er ist das Opfer eines Raubüberfalles geworden!«

»Verzeihung, natürlich«, spottete Nicolas, »so hieß es ja auch in der offiziellen Verlautbarung. Aber du denkst doch nicht, daß ich das glaube? Nun ja, ihr habt euch ja alle rasch aus dem Staub gemacht. Wo habt ihr denn überwintert, während sich hier die Wogen glätteten?«

Mary erhob sich. »Ich sehe schon, es war ein Fehler, herzukommen«, erklärte sie würdevoll, »Sie sind kein bißchen anständig, Sir.

Ich gehe jetzt, und wahrscheinlich sehe ich Sie nie wieder, und soll ich Ihnen etwas sagen: Ich lege auch keinen Wert darauf!« Sie wollte an ihm vorbei, aber er hielt ihren Arm fest. Entrüstet versuchte sie sich zu befreien, aber er war zu stark, sein Griff zu hart.

»Sir, ich schreie, wenn Sie mich nicht gehen lassen!«

»Es ist niemand hier, der dich hören würde. Will Shannon ist fortgegangen.«

Siedendheiß fiel es Mary ein, aber sie versuchte, sich ihren Schrecken nicht anmerken zu lassen.

»Nun machen Sie sich lächerlich«, bemerkte sie kühl, »lassen Sie mich schon los, Sie sind doch kein kleines Kind mehr!«

Nicolas lachte schallend auf. »Nein, Mary, bei Gott, das bin ich nicht! Mein Engel, ehe du gehst, verrat mir eines: Weshalb bist du eigentlich hergekommen? Ins Sherwood Inn, mitten in der Nacht? Hast du schon wieder einen neuen Auftraggeber, für den du Gift beschaffen mußt?«

»Natürlich nicht! Zu Ihnen bin ich gekommen, weil ich mit jemandem sprechen mußte, und weil ich dumm genug bin, immer noch zu glauben, Sie seien mein Freund und nicht ein... ein...«

»Was denn?«

»Ein Mann«, fauchte Mary, »der schamlos meine Lage ausnutzt!«

Nicolas ließ sie los. Seine dunklen Augen betrachteten sie kalt und ausdruckslos: »Warum bist du gekommen, Mary?«

»Ich bin verzweifelt, weil meine Mutter sehr krank ist, reicht Ihnen denn das nicht als Grund? Und weil ich zu meiner Familie zurück muß! Sie wissen ja nichts über sie, Sie haben ja gar keine Ahnung! Es dauert noch so lange, bis Frederic kommt, und bis dahin wollte ich in London bleiben und... ach, es ist doch gleichgültig!« Sie schluckte die Tränen hinunter. Nein, Nicolas würde sie kein Schauspiel bieten! Er sah so kalt aus und so mitleidlos!

»Vier Monate bis August«, bemerkte er lässig, »das ist keine lange Zeit! Und dann winkt dir die Erfüllung deiner großen Liebe. Du solltest dich freuen, anstatt zu mir zu laufen und mir mit brechender Stimme das Herz auszuschütten!«

»Danke«, erwiderte Mary, »es war ein Irrtum. Ich verspreche Ihnen, es kommt nicht wieder vor. Ich gehe jetzt nach Hause, und morgen früh breche ich mit meinem Bruder zusammen nach Shadow's Eyes auf. Leben Sie wohl, Sir.« Hocherhobenen Hauptes wollte sie zur Tür, da fühlte sie sich erneut am Arm gepackt, aber heftiger als zuvor, und so gewaltsam herumgerissen, daß sie entsetzt aufschrie. Sie stand an Nicolas gepreßt, viel enger, als es schicklich sein konnte, sein Gesicht war ganz dicht über ihrem, sie spürte seinen Atem an ihren Lippen und sah einen Ausdruck in seinen Augen, vor dem sie erschrak. Sie seufzte kaum hörbar und versuchte sich zu befreien, denn was immer jetzt geschehen würde, es mußte furchtbar sein, aber Nicolas' Hände hielten sie zu fest.

»Und du glaubst, ich lasse dich gehen?« flüsterte er. »Damit du in aller Ruhe diesen Frederic, diese Ratte, diesen vornehmen normannischen Bauerntölpel heiraten kannst, der überhaupt nicht weiß, was er da bekommt und dich nur benutzt, seine Brut zu gebären und aufzuziehen? Glaubst du wirklich, ich sage dir jetzt einfach Lebewohl, nachdem du schon hierhergekommen bist?«

»Sir!« rief sie, ebenso zornig wie angstvoll. »Lassen Sie mich los!«

»Nein, ich lasse dich nicht los, jetzt nicht und nie! Ich sage dir, warum du gekommen bist, mitten in der Nacht, obwohl du als liebende Braut anderes im Kopf haben müßtest als mich, du bist gekommen, weil du mich einfach nicht vergessen kannst, weil du spürst, wie sehr ich dich begehre und daß wir zusammengehören, weil du von mir haben willst, was nur ich dir geben kann, hunderttausendmal besser als dieses Kind, dem du dich vor vielen Jahren einmal versprochen hast!« Sein Mund legte sich auf den ihren, warm und zärtlich, zugleich fest und unnachgiebig. Er küßte sie ganz anders als Frederic, aber auch anders als die brutalen, widerlichen Männer in Shadow's Eyes. Seine Küsse waren gierig ohne verletzend zu sein, hungrig und leidenschaftlich, und Mary spürte, wie sie selber in Nicolas' Armen furchtlos und bereitwillig wurde. Sie hielt ihn ebenso umklammert wie er sie, ihre Lippen öffneten sich unter dem sanften Druck der seinen, hielten es fest; so leicht und selbstverständlich, als sei dies ein altes und vertrautes Spiel. Zärtlichkeit und Sehnsucht erwachten in Mary, aber sie war durchdrungen von einer Erregung, wie sie sie von ihrer Zeit mit Frederic nicht kannte. Etwas war anders als früher, und das verwirrte sie. »Nicolas«, murmelte sie, »o Gott, Nicolas, es ist so...« Sie hatte keinen Namen für das, was sie erfüllte. Nicolas' Gesicht glitt an ihrem Hals hinunter, seine Lippen lagen an ihrer Kehle, suchten einen Weg tiefer hinab, bis dorthin, wo die weiße Haut im schwarzen Stoff des Kleides verschwand. Mary versuchte ihn fortzuschieben, hielt zugleich den Kopf zurückgeneigt, daß er sie dort küssen konnte, wo er sie gerade küssen wollte. Seine Hände machten sich an den Haken zu schaffen, die Marys Kleid am Rücken zusammenhielten, das Kleid rutschte auseinander, er streifte es an ihren Armen hinunter, und leise raschelnd fiel es zu Boden. Er öffnete langsam die Schnüre ihres weißen Mieders. Mary schloß die Augen. Dies ging über jede Grenze hinaus, aber sie hatte nicht die Kraft, zu ihrem Schrecken nicht einmal wirklich den Wunsch, die Situation zu beenden. Fremde Hände legten sich um ihre Brüste, deren Spitzen plötzlich hart wurden.

»Mary, mein Liebling«, flüsterte Nicolas, »ich liebe dich. Hörst du, ich liebe dich. Ich habe dich geliebt von dem Moment an, als ich dich das erste Mal sah, und seither ist kein Tag vergangen, an dem ich nicht davon geträumt hätte, dich in meinen Armen zu halten.«

Mary hörte, was er sagte, begriff es jedoch in diesen Augenblikken kaum. Sie registrierte mit Staunen, daß sie auf dem Boden lag, auf einem harten, hölzernen Boden, und wußte nicht, ob Nicolas sie dort hingezwungen oder sie sich von allein niedergelegt hatte. Über sich sah sie einen Kupferkessel, der von einem Haken hing, golden glänzend im Schein des Kaminfeuers. Dann lag Nicolas über ihr. Seine Hand zeichnete vorsichtig die zwei hauchzarten Lachfalten nach, die sich von ihrer Nase hinab zu den Mundwinkeln zogen.

»Du bist so ernst«, sagte Nicolas leise, »so ernst und still. Woran denkst du? Du atmest schwer. Ach, Mary, Mary, ich liebe dich!« Sein eigener Atem wurde schneller. Seine freie Hand glitt unter den weißen Unterrock, den Mary noch trug. Darunter hatte sie nicht mehr sehr viel an, eine Vorstellung, die sie plötzlich erschütterte. Du lieber Himmel, was wollte er denn noch? Sie war die Braut eines anderen und lag hier mitten in der Nacht auf dem Boden im Sherwood Inn, einer heruntergekommenen Spelunke des Londoner

Südens, Domizil eines Giftmischers und Hehlers, sie lag dort mit nackter Brust, dieser fremde, schöne Mann über ihr, und seine Hände nahmen Wege, die sie mit ihren eigenen zu gehen sich scheuen würde. Es war die Erinnerung an ihre Kindheit, an Marmalon, den Weidenbaum, Frederic, ihr Versprechen, was sie jäh zur Besinnung brachte. Wie konnte sie, wie konnte sie das beiseite schieben? Plötzlich versuchte sie sich zu befreien.

»Laß mich«, fauchte sie, »laß mich sofort los, sage ich! Nicolas, bitte!«

Er richtete sich auf und betrachtete sie verwundert. »Was ist denn?« fragte er. »Warum schreist du denn so?«

Mary schob ihn von sich und rappelte sich auf. Ihre Knie fühlten sich ein bißchen weich an, und vom überstürzten Aufstehen drehte sich für einen Moment alles vor ihren Augen. Nicolas erhob sich ebenfalls. Er streckte die Hand nach ihr aus, aber sie wich zurück.

»Faß mich nicht an«, warnte sie, »und komm mir nicht zu nah.« Mit beiden Armen versuchte sie, ihre Brüste zu bedecken, während sie sich eilig nach ihren Kleidern umblickte.

»Wo sind denn meine Sachen?« fragte sie nervös. »Ach, da sind sie ja!« Mit zitternden Fingern zog sie das Mieder an, schnürte es ungeschickt zu und schlüpfte in ihr Kleid. Sie bekam die Haken am Rücken nicht zu, aber sie schüttelte die Haare darüber, damit man es nicht sah. Nicolas lehnte am Kamin. Er machte keinen Versuch mehr, sie aufzuhalten, sondern blickte sie nur ruhig, ein wenig ironisch an.

»Warum?« fragte er. »Was war denn plötzlich los?«

»Das weißt du genau. Ich liebe einen anderen Mann, und ich werde ihn in vier Monaten heiraten. Da kann ich jetzt nicht mit dir...«

»Das hätte er doch gar nicht gemerkt! Dieses Kind hat doch keine Ahnung von der Liebe. Du hättest ihm nie etwas von mir erzählen müssen und ich schwöre dir, er hätte geglaubt, du seist ebenso blütenrein zu ihm gekommen, wie du einst gegangen bist!«

»Es geht nicht darum, was er merkt! Ich möchte das nicht! Er ist der einzige Mann in meinem Leben, und daran wird sich nichts ändern!«

Sie hatte endlich ihre Schuhe gefunden und schlüpfte hinein. Sie versuchte, ihre Locken zu ordnen und ihrem Gesicht einen überlegenen Ausdruck zu geben, aber wie stets in Nicolas' Gegenwart gelang ihr das nicht.

Er lächelte spöttisch. »Schade«, bemerkte er, »daß du nun einem Stümper in die Hände fällst! Er versteht von der ganzen Sache nicht mehr als du, und bis er weiß, wie er es überhaupt anfangen soll, habt ihr beide schon die Lust verloren. Das Ganze wird in einem ziemlichen Durcheinander enden.«

»Ach, tatsächlich? Sie wissen das ja so genau! Weil Sie natürlich auf diesem Gebiet unschlagbar sind!« Sie warf den Kopf zurück, in einer, wie sie hoffte, verächtlichen Geste. Mit einem einzigen Schritt war Nicolas neben ihr, seine dunklen Augen sahen sie an.

»Du kleine Ratte«, sagte er leise, »ich bin unschlagbar und wärest du nicht plötzlich von deinen edlen Gefühlen überwältigt worden, dann hätte ich es dir bewiesen. Du warst schon völlig verrückt danach, du sinnliches, zickiges Biest, gib es doch zu! Aber noch schöner ist das Entsagen um einer heiligen Gesinnung willen! Bei deiner schwarzen Seele, Mary, das weiß ich: hättest du eben getan, was du wolltest und was ich wollte, solange du lebst, wärest du nicht mehr von mir gegangen! Aber bitte«, er richtete sich zu seiner vollen Größe auf, deutete eine Verbeugung an und wies zur Tür.

»Geh nach Hause! Ich zwinge dich zu gar nichts. Es kommt der Tag, da kehrst du zu mir zurück, und solange kann ich warten. Leben Sie wohl, Madame. Und meine Empfehlung an den zukünftigen Ehemann!«

Mary tat, als habe sie seine Worte nicht gehört, sie rauschte einfach an ihm vorbei. Sie fühlte sich unglücklich und leer, so, als sei sie um etwas betrogen worden, was sie gar zu gern gehabt hätte. Sie biß die Zähne zusammen, hoffend, daß sie sich mit keinem Blick und keinem Wort verraten würde. Sie stand schon draußen in der nachtschwarzen Sherwood Alley, unter dem Licht der Hauslaterne, da hörte sie noch einmal seine Stimme.

»Ich bleibe dabei, Mary Askew, du bist nur gekommen, um von mir geküßt zu werden, aus keinem anderen Grund. Du weißt schon, wo du dir von allem das Schönste holst, und in der Liebe gehörst du zu mir. Du kommst noch dahinter!«

Gegen ihren Willen sah sie sich um. Er lehnte in der Tür, die Arme verschränkt, die Beine gekreuzt, das Gesicht zu einem Lachen verzogen.

»Wenn Sie es nur irgendwann einmal aufgeben könnten, so unerträglich eingebildet und selbstherrlich zu sein«, sagte sie zornig.

Er zuckte mit den Schultern. »Und du mußt irgendwann einmal das Leben kennenlernen, Mary. Es ist kein lustiges, hübsches Gesellschaftsspiel, wie du es vielleicht von den Lordschaften her kennst, mit denen du zusammenlebst. Es kann manchmal todernst sein. Aber auch dahinter kommst du noch!«

Sie gönnte ihm keinen Blick mehr, raffte ihre Röcke und lief eilig davon. Nicolas' Lachen schwang im Frühlingswind mit, und sie hörte es erst verklingen, als sie um die Ecke bog und die Sherwood Alley hinter sich ließ.

Schon als sie das Dorfschild mit der Aufschrift »Shadow's Eyes« passierten und der lehmige Feldweg in holpriges Kopfsteinpflaster überging, legte sich die Atmosphäre dieses Ortes so beklemmend auf Marys Brust, daß sie nur noch schwer atmen konnte. Nicht einmal in ihrer Erinnerung waren die Gassen so düster, die Häuser so krumm, die Fenster so schwarz gewesen. Zu allem Überfluß schien Shadow's Eyes nun auch noch wie ausgestorben, und gräßlicher Verwesungsgeruch hing in der Luft. Mary wußte, daß er in der Hauptsache von den Abfallbergen herrührte, die sich rechts und links der Straßen auftürmten, aber nach allem, was sie erfahren hatte, konnte sie nicht anders, als darin auch den Tod zu wittern, der wochenlang über diesem Ort gelegen hatte. Alles wirkte unheimlich still und leer, denn wie immer in Seuchenzeiten rückten die Menschen voneinander ab und verbarrikadierten sich in ihren Häusern.

Vor dem Armenhaus zügelte Edward sein Pferd und sprang hinunter in den Schmutz der Straße. Ohne sich weiter um Mary zu kümmern, führte er das Tier in den Stall, der sich gleich neben dem Haus befand. Mary sah an den kleinen, vergitterten Fenstern hinauf, hinter denen nur Finsternis zu sein schien, auf die niedrige Tür, die schief in ihren Angeln hing. Warum nur sah alles so tot aus? Die ganze Reise lang war sie traurig gewesen, aber auf einmal wurde der Kummer so stark, daß ihr die Tränen in die Augen stiegen. Eine endlose Reihe von Wochen lag vor ihr, in denen sie in diesem Haus leben mußte, dabei hatte sie es nie wieder betreten wollen. Mit einer kraftlosen Bewegung rutschte sie vom Pferd, nahm es am Zügel und führte es in den verfallenen, winzigen Stall, wo sie es an einer Stange festband. Es sah viel zu schön aus für diese Umgebung, ein letztes Geschenk von Anne Brisbane. Müde strich sie sich über die Haare, zupfte ihr schwarzes, staubbedecktes, zerknittertes Kleid zurecht. Es kostete sie ihre ganze Überwindung, die schmale Tür aufzustoßen, die vom Stall ins Haus führte, und den Gang zu betreten.

Es herrschte dasselbe Dämmerlicht wie stets. An einer weißgekalkten Wand auf einem Holzbrett flackerten zwei beinahe abgebrannte Kerzen. Der Fußboden war mit uralten Binsenmatten bedeckt, die so stanken, daß es Mary den Magen hob. Hier hatte seit ewigen Zeiten niemand mehr sauber gemacht. Sie kämpfte die Übelkeit nieder und schrak gleich darauf zusammen, als ihre Augen, die sich langsam an das Dämmerlicht gewohnten, eine unbewegliche Gestalt erblickten, die in der hintersten Ecke des Flures kauerte.

»Ach«, sagte sie dann, »du bist es nur, Nan!«

Nan, mit ihrem verrunzelten Gesicht und ihren trüben, gelben Augen, war nicht überrascht. Sie kicherte verstohlen.

»Ich habe gewußt, daß du heute kommst«, sagte sie, »es stand in deinen Sternen.«

Mary strich ihr über den Arm. »Ich komme wegen Mutter. Wie geht es ihr?«

»Schlecht, Kind, schlecht. Sehr, sehr schlecht.«

»Oh ... und, Nan, weißt du vielleicht, ob Frederic Belville schon zurück ist?«

Nan schüttelte den Kopf. »Er ist nicht hier. Aber er kommt bald, bald! Jetzt laß dich ansehen, Mary! Ein schönes Mädchen bist du geworden, ein wunderschönes Mädchen. Und erfahren ...«

Mary sah sie scharf an, aber Nan erwiderte den Blick völlig arglos. »So lange, rötlich schimmernde Haare und Augen, blau wie Saphire, in denen sich grauer Himmel spiegelt! Ah, und gesund bist du! Nicht krank wie alle anderen.« Nan senkte ihre Stimme zu einem Flüstern. »Wir hatten den Tod hier, Mary, viele, viele Wochen lang. Oh, sie sind alle gestorben, und geschrien haben sie, da unten im Keller, das habe ich gehört. Nachts sind sie dann gekommen und haben die Toten geholt, und solche, denen das Fieber die Kraft genommen hat, sich zu wehren. Begraben haben sie sie, bei lebendigem Leibe – aber nicht die alte Nan! Die alte Nan kriegen sie nicht!« Sie kicherte wieder. »Ich wußte, daß ich nicht sterbe. Meine Zeit ist noch nicht gekommen!« Sie hob ihre Messingkugel, ließ sie sacht hin und her schwingen.

Mary ging an ihr vorbei und trat in die Küche, ganz aus Gewohnheit, denn dies war Lettices Reich gewesen und jeder, der nach Hause kam, begab sich als erstes dorthin zu ihr. Lettice, die die Räume, in denen die Armen hausten, immer hatte verdrecken lassen, hatte, wohl um eine deutliche Abgrenzung sichtbar werden zu lassen, streng darauf geachtet, daß die Küche vor Sauberkreit blitzte. Jetzt schlug Mary aus der Küche der übelste Gestank entgegen, den sie jemals gerochen hatte, eine Mischung aus saurer Milch, verdorbenen Eiern und faulendem Fleisch. Sie schnappte nach Luft, war plötzlich in Schweiß gebadet und erbrach sich zitternd in einen Holzeimer, der neben der Tür stand.

Als sie sich wieder aufrichtete und sich leise stöhnend über die Stirn strich, sah sie ihren Vater und Edward, die einander gegenüber am Tisch saßen und mit aufgestützten Armen und tiefhängenden Köpfen aus großen Krügen ihr Bier schlürften. Ambrose wischte sich gerade mit dem Handrücken den Schaum vom Mund.

»Was für ’ne schöne Begrüßung, Mary,« sagte er, »was besseres ist dir nicht eingefallen, wie?«

»Ihr merkt es vielleicht nicht mehr«, entgegnete Mary, »aber nicht einmal das verdreckteste Londoner Hafenviertel stinkt so wie diese Küche!« Sie sah sich angewidert um. In allen Ecken türmte sich schmutziges Geschirr voll angeklebter Essensreste, dazwischen lagen fauliges Gemüse, ausgelaufene Eier und verschimmeltes Brot herum. Neben dem Ofen stapelten sich die verwesenden Kadaver von Hasen und Enten, die Edward erlegt, halb aufgegessen und dann irgendwo in die Küche geworfen hatte. Scharen von Fliegen schwirrten darum herum, und in dem Fleisch selber wimmelte es von Würmern und Maden. Mary leckte sich über ihre ausgetrockneten Lippen. Im stillen befahl sie sich, diesmal ruhig zu bleiben.

»Wo ist Mutter?« fragte sie.

Über Ambroses kleines, knochenhartes Gesicht glitt eine leise Regung. »Im Schlafzimmer«, antwortete er, »sie stirbt. Hat Edward dir das gesagt?«

»Deshalb bin ich hier.« Mary verließ die Küche wieder und kletterte die steile Leiter zum ersten Stock hinauf. Vor dem Schlafzimmer ihrer Eltern blieb sie stehen. Sie hatte Angst vor dem, was sie gleich sehen würde. Das Sterben selbst war ihr nicht fremd, aber sie begriff, daß es etwas anderes war, wenn die eigene Mutter starb. Vorsichtig stieß sie die morsche, wurmstichige Holztür auf.

Im Zimmer herrschte dämmriges Licht. Jemand hatte die Vorhänge zugezogen, die nun halbzerrissen, fleckig und brüchig vom Alter, den Raum vor hin und wieder die Wolken durchbrechenden Sonnenstrahlen schützten. Seit vielen Tagen konnte hier kein Fenster mehr geöffnet worden sein, denn die Luft war so stickig, daß man kaum atmen konnte. Auf dem Bett lag, völlig vergraben unter einer grauen Decke, eine zusammengekrümmte, flach atmende Gestalt. Rote Haare flossen über das Kopfkissen, aber nicht lockig und glänzend, sondern in fettigen, verklebten Strähnen. Eine knochige Hand hing schlaff über die Bettkante und vermochte sich wohl nicht einmal mehr zu heben, um die Fliegen zu verscheuchen.

Als Mary näherkam, öffnete Lettice die Augen. Ihr Blick war vom Fieber verschleiert, aber sie erkannte ihre Tochter, denn sie öffnete mühsam den Mund und murmelte: »Ah, du bist doch gekommen. Ich war nicht sicher, ob du's tun würdest.«

»Aber es war selbstverständlich. Edward sagte, du seist sehr krank.«

»Sehr krank?« Lettice lächelte ihr wohlbekanntes, ironisches Lächeln, dessen kalte Überlegenheit nicht einmal durch die Krankheit entschärft wurde. »Sehr krank? Ich sterbe, Mary, das ist die verfluchte Wahrheit.«

Mary wußte, daß es keinen Sinn hatte, etwas Tröstendes zu erwidern, denn Lettice gab sich nie leeren Hoffnungen hin und nannte das Leugnen von Tatsachen dumm und feige. Und sie sah so elend aus, daß sich niemand über den Ernst ihres Zustandes täuschen konnte. Das Fieber hatte ihr Gesicht ausgezehrt, ihre Wangen waren tief eingesunken, über den hohen Wangenknochen spannte sich fiebrig gerötete Haut. Ihre Augenlider wirkten sehr groß über den eingesunkenen Augen, die Lippen waren aufgesprungen, bluteten leicht und hatten eine seltsame bräunliche Farbe. Und ihre Haut, im Gesicht, am faltigen Hals, an den abgemagerten Armen war übersät mit taubeneigroßen dunklen Flecken, jenem häßlichen, giftigen Ausschlag, der nach wenigen Tagen des Fiebers und der Übelkeit ausbrach und dem Kranken mit unbarmherziger Deutlichkeit zeigte, woran er litt.

»Ich habe immer gewußt, daß ich eines Tages in diesem verdammten Dreckloch sterben würde«, sagte Lettice mühsam, »oh, und ich habe alles getan, um es zu verhindern! Ich habe mich mit Wacholder eingeräuchert und Ingwer gekaut, bis mir schlecht davon wurde, ich habe mir die Beine aufgeschnitten, um die bösen Keime aus meinem Blut hinauszuspülen. Ich habe zu Gott und Teufel gebetet, aber es sollte so kommen!« Sie hustete und lag eine Weile ermattet mit geschlossenen Augen da.

Dann sah sie Mary an, die unbeweglich stehengeblieben war. »Du bist erwachsen geworden«, sagte sie, »und hübsch siehst du aus. Wie ist es dir in London ergangen?«

»Gut. Ich bin glücklich dort gewesen.«

»Das glaube ich. Es muß so schön sein dort. Besser als hier jedenfalls. Und jetzt ist auch noch das halbe Dorf tot.«

»Kann ich irgend etwas für dich tun?«

»Ich hätte gern etwas zu trinken. Ambrose und Edward, die Feiglinge, trauen sich nämlich nicht zu mir, und den halben Tag liege ich ohne Wasser hier.«

»Edward liebt dich aber doch.«

»Er ist feige und dumm. Wie sein Vater.«

»Aber gerade Edward hast du immer…«

»Geliebt? Er ist mein einziger Sohn, das ist alles. Über seinen Verstand war ich mir immer im klaren. Du weißt, ich mache mir nie etwas vor.«

»Ja, ich weiß. Ich hole dir jetzt etwas zu trinken.« Mary ergriff den Becher, der neben dem Bett stand und lief damit hinunter auf den Hof, wo sie aus dem Brunnen frisches, eiskaltes Wasser schöpfte. Als sie damit wieder hinaufkam und es Lettice reichte, fiel ihr etwas ein.

»Wo ist Bess?« fragte sie. »Ich habe sie nicht gesehen. Arbeitet sie noch in Fernhill?«

Lettice richtete sich halb auf, trank ein paar Schlucke Wasser und fiel dann kraftlos in ihre Kissen zurück.

»Ach so, du weißt es ja noch nicht«, erwiderte sie, »Bess hat geheiratet. Schon vor zwei Jahren.«

»Wirklich? Wen?«

»Den Metzger. Seine Frau ist im Kindbett gestorben und da fing er an, Bess den Hof zu machen. Diese Person, von der ich mal dachte, sie wäre gescheit, glaubte, sie würde keinen anderen mehr finden und hat ihn geheiratet. Na ja, er hat von allen noch das meiste Geld im Dorf. Nun zieht sie seine mißratene Brut auf und wirft selber eines nach dem anderen und wird bis an ihr Lebensende in diesem verfluchten Dorf sitzen.«

»Und kommt sie manchmal her?«

Lettice lachte. »Jetzt, wo ich krank bin, natürlich nicht. Worüber ich froh bin. Wenn ich die ewig trächtige Kuh nur sehe, wird mir schon schlecht.«

Mary hätte gern gefragt, ob es für Lettice überhaupt einen Menschen auf der Welt gab, den sie liebte oder zumindest achtete, aber es schien ihr nicht der richtige Zeitpunkt für eine solche Frage. Sie überlegte, ob es für Lettice wohl jemals eine Zeit gegeben hatte, in ihrer ganz frühen Jugend vielleicht, in der sie noch weich und empfindsam gewesen war und an Glück oder Liebe oder irgend etwas Gutes geglaubt hatte.

In den nächsten Tagen arbeitete Mary von morgens bis abends. Es kostete sie eine Unmenge Zeit, das verdreckte Haus in Ordnung zu bringen, und auch, es in Ordnung zu halten. Nach wie vor ließen Edward und Ambrose jedes angenagte Stück Brot, jedes halbfaulige Fleisch dort fallen, wo sie gerade standen, oder kippten Bierreste, die sie nicht mehr mochten, einfach auf den Fußboden. Mary schrubbte, putzte und kehrte, denn sie hielt es in einem solchen Dreck einfach nicht aus. Sie wusch ihre Kleider und die von Lettice und verbrannte die Decken und Kleider der im Keller vom Fleckfieber verstorbenen Armen. Sie durchsuchte das ganze Haus, auch Lettices so sorgsam gehüteten Vorratsraum nach etwas Eßbarem, aber alles war verdorben und faulte vor sich hin. Es blieb ihr nichts anderes übrig, als im Dorf neue Lebensmittel zu kaufen, und sie benutzte dazu die Kupfermünzen, die sie dem toten Lord Cavendor in jener kalten Oktobernacht abgenommen und seither sorgsam im Saum ihres Unterrocks eingenäht bei sich getragen hatte. Es ärgerte sie, das Geld dafür auszugeben, zumal nicht nur sie und Lettice davon profitierten, sondern auch Ambrose und Edward. Von all den Suppen, die sie kochte, von Fleisch und Eiern, die sie briet, gab sie ihnen etwas ab, weil sie fürchtete, daß ein stillschweigendes Übergehen einen bösen Streit provozieren könnte. Sie empfand nicht mehr jene atemlose Angst vor den beiden wie als Kind, aber sie konnte nicht an der Tatsache vorbei, daß sie stärker waren und außerdem zu zweit und daß sie ihnen hier unterlegen wäre. Es wunderte sie, daß sie mit Lettice bereitwillig teilte, Ambrose und Edward ihre Teller jedoch nur voll verhaltener Wut vorsetzte. Dabei waren Lettices wohldurchdachte Bosheiten, ihre unverhohlene Verachtung viel schmerzhafter gewesen als Ambroses und Edwards Brutalität. Doch fiel es ihr leichter, Lettice zu vergeben, und das konnte nicht nur an ihrer Krankheit liegen. Schließlich kam sie zu dem Schluß, daß sie jedes Vergehen der Welt möglicherweise verzeihen konnte, jedoch niemals Dummheit. Und Ambrose und Edward waren dümmer, als sie ertragen konnte.

Sie hielten sich zurück in diesen Tagen, denn der Gedanke an die totkranke Lettice lähmte sie. Meistens saßen sie einander in der Küche schweigend gegenüber, wie am ersten Tag, als Mary kam. Ambrose bekam kaum noch Geld von der Kirche, denn die hatten selber nicht mehr viel, und außerdem war bekannt, daß außer Nan kein Bewohner des Armenhauses mehr lebte. Aber von den wenigen Münzen, die er noch erhielt, kaufte Ambrose Bier, von dem er erstaunlicherweise sogar Edward etwas abgab.

Einmal, als Mary ihm seinen Teller mit Essen reichte, blickte er auf und sagte: »Es ist gut, wieder eine Frau im Haus zu haben!«

Mary erschrak. Sie wußte, daß sie auf der Hut sein mußte. Für ihren Vater waren Frauen nichts als Bedienstete; gewöhnte er sich zu sehr an die Bequemlichkeit, die sie ihm bereitete, würde er alles tun, ihre Heirat zu verhindern. Von nun an ließ sie das Essen, das sie gekocht hatte, nur auf dem Ofen stehen und sagte, er solle sich etwas nehmen, wenn er Hunger habe. Sie selber aß oben in ihrer Kammer, und dorthin zog sie sich auch zurück, wenn es nichts mehr zu tun gab und Lettice endlich einmal eingeschlafen war und sie nicht brauchte. Einmal erschien Bess, die erfahren hatte, daß ihre Schwester in Shadow's Eyes war. Sie brannte darauf zu sehen, ob Mary sich verändert hatte und stellte überrascht fest, daß ihre Schwester erwachsen geworden war.

Mary ihrerseits fand, Bess hielte sich, dafür, daß sie mit dem nach Ambrose widerlichsten Kerl von Shadow's Eyes verheiratet war, erstaunlich gut. Sie sah verlebt aus, jedoch auf eine gerade noch attraktive Weise, und ihre Schwangerschaft machte sie nicht häßlich. Sie hatte bereits eine Tochter, ein außerordentlich hübsches Baby, dazu die neun verwahrlosten Kinder ihres Mannes. Zweifellos wurde sie gut mit ihnen fertig. Sie hatte eine noch schärfere Stimme bekommen und schlug nach jedem Kind, das nur hustete.

»Nun läßt du dich also wieder blicken«, sagte sie lauernd, »du willst dir noch schnell Mutters Segen holen, wie?«

»Sie hat nach mir verlangt. Was sollte ich da tun?«

»Wie gut du bist! Nicht so wie die böse Bess, die sich aus dem Staub gemacht hat!«

»Es ist mir wirklich ganz gleich, was du tust, Bess.«

»Weißt du, ich denke nicht daran, mich anzustecken«, sagte Bess und nahm sich ein Stück Brot, das Mary am Morgen gekauft hatte, »ich habe in den letzten Monaten zu viele Leute am Fleckfieber sterben sehen. Ich habe einfach keine Lust dazu.«

»Und ich habe keine Lust, dich mitzufüttern«, erwiderte Mary. Sie nahm der Schwester das Brot aus der Hand und legte es auf den Tisch zurück. »Im übrigen habe ich noch zu tun. Entschuldige mich bitte.«

Sie ließ Bess einfach stehen und ging wieder ihrer Arbeit nach.

Lettice dämmerte zwei Wochen lang dahin, dann stieg ihr Fieber in schwindelerregende Höhen, die Haut an Armen und Beinen sprang auf, und der Wundbrand ließ sie vor Schmerzen beinahe wahnsinnig werden. Sie glühte so, daß niemand verstand, weshalb sie eigentlich noch lebte. Mary legte ihr ununterbrochen nasse Umschläge auf die Stirn, flößte ihr Wasser ein, erneuerte die Senfpakkungen auf ihren Wunden, verjagte die Fliegen, die sich nun bereits in schwarzen, schwirrenden Wolken auf der Kranken niederließen. Lettice mochte nichts mehr essen, schrie manchmal vor Schmerzen, lallte unverständliche Worte und schlief nie mehr ruhig. Mary brauchte ihre ganze Kraft, um es bei ihr auszuhalten. Sie hatte nie zuvor einen Menschen so lange leiden sehen, manchmal dachte sie, sie müßte selber schreien vor Entsetzen. Sie wußte, daß es nun zu Ende ging, aber es kam so, wie der Doktor schon gesagt hatte: Lettice starb einen langen Tod, weil sie sich unaufhörlich wehrte.

An einem der letzten Apriltage, als es von morgens bis abends unaufhörlich regnete, und ein kalter Wind über die Felder fegte, wußte Mary, daß Lettices letzte Stunde gekommen war. Ihre Mutter atmete nur noch ganz flach, ihr Körper wirkte wie ausgebrannt und vertrocknet. Sie trank nichts mehr, sondern keuchte nur leise vor sich hin. Mary hatte seit mehr als vierundzwanzig Stunden nicht geschlafen und taumelte schon vor Müdigkeit, sobald sie aufstand, um irgend etwas zu holen. Das graue, von Flecken, Fieber und Schwäche zerstörte Gesicht in dem zu großen Bett hielt sie jedoch wach. Sie hatte in ihrer Kindheit so oft versucht, diesem schmalen Mund ein warmes Lächeln und diesen nun geschlossenen Augen einen freundlichen Blick abzuringen, daß ihr die Vergeblichkeit dieser Bemühungen noch heute als bitterer Geschmack im Mund aufstieg. Auf einmal fragte sie sich, ob die Tatsache, daß sie hier saß, ihre Gesundheit riskierte und späteren Jahren ihres Lebens noch ein paar mehr düstere Erinnerungen aufbürdete, wieder nur dem Wunsch entsprang, Wohlwollen und Achtung dieser Frau zu erwerben. Sie mochte sich keine Antwort darauf geben, erhob sich, ging hinunter in die Küche und teilte Edward und Ambrose mit, Lettice werde wohl heute noch sterben.

»Es könnte ja sein, daß ihr sie noch einmal sehen oder ihr etwas sagen wollt«, fügte sie hinzu. Ambrose starrte sie verschwommen an, Edward begann leise zu weinen.

»Meine Mutter stirbt«, wimmerte er, »das darf sie nicht, sie darf mich doch nicht verlassen!« Er sah aus wie ein jämmerliches kleines Kind, das nicht versteht, weshalb seine Wünsche nicht erfüllt werden. Mary dachte an die Katze, die seinetwegen hatte sterben müssen. Er war brutal Schwachen gegenüber und hatte seine Kraft immer nur aus dem Wissen gezogen, daß Lettice ihn verteidigen würde wie eine Wölfin ihr Junges. Nun verlor er sie, und nichts blieb mehr von seinem prahlerischen Auftreten. Mary fühlte sich so angewidert, daß sie sich rasch abwandte.

»Sollen wir Bess holen?« fragte sie noch, aber keiner der Männer erwiderte etwas, sie blieben ebenso stumm sitzen wie die Zeit zuvor. Mary zuckte mit den Schultern. Sie würde nicht zu Bess gehen.

Lettice lag oben unverändert, aber sie hatte die Augen geöffnet, und ihr Blick war ein wenig klarer als am Tag zuvor. Sie lächelte schwach.

»Es läßt sich wohl nicht mehr aufhalten«, murmelte sie, »o Mary, ich müßte dir jetzt irgend etwas Schönes sagen...«

»Das brauchst du nicht.«

»Doch, doch. Mutter und Tochter in der Sterbestunde vereint...« Sie lachte rauh und hart. Der Tod nötigte ihr nicht die Spur Sanftheit ab, aber es klang aufrichtig, als sie sagte: »Mach wenigstens nicht die gleichen Fehler wie ich, Mary. Und sowie ich meinen letzten Seufzer getan habe, pack deine Sachen und verschwinde! Trau dieser widerwärtigen Kreatur nicht, die dein Vater ist. Nimm dich bloß in acht!«

»Ich werde aufpassen. Bald heirate ich Frederic Belville, und Vater kann mir nichts mehr sagen.«

»Frederic Belville... hast du in London keine anderen Männer kennengelernt?«

»Doch. Aber sie haben mir nichts bedeutet.«

»Oh...«

»Mach dir nur keine Sorgen um mich, Mutter.«

»Ich mache mir keine Sorgen. Ich wollte dich nur vor Ambrose warnen. Und…« Lettice atmete immer mühsamer. Sie hob den Kopf ein wenig, als versuche sie dadurch etwas mehr Luft zu bekommen. »Und danke, daß du hier warst.«

Mary lächelte mit sprödem Gesicht. »Das war selbstverständlich.«

»Ah ja, natürlich«, Lettice lachte ironisch, »ich vergaß ganz, daß das in deinen jetzigen Kreisen ja selbstverständlich ist. Weißt du, ich habe das in dir schon immer geahnt, aber nun bist du in deiner Vornehmheit so vollkommen geworden, daß es einen schon wieder ärgert!«

»Ich könnte ja gehen.«

»Du wirst bleiben, bis ich tot bin. Dein Gewissen läßt es nicht zu, mich vorher zu verlassen.«

»Was hat dich eigentlich so verhärtet?« fragte Mary leise.

»Ich lebe schon mehr als vierzig Jahre. Das reicht aus.« Lettice wirkte plötzlich sehr kraftlos. »Ich kann nichts mehr sagen«, murmelte sie, »oh, Mary, ich sterbe jetzt.« Ihre Hände, die groß und mager auf der Bettdecke lagen, zuckten ein wenig.

»Lieber Gott, noch ein Jahr«, rief sie plötzlich flehentlich, und es war das erste Mal in ihrem Leben, daß sie um etwas bettelte, »nur noch ein Jahr, bitte!« Sie fiel zurück, vor Erschöpfung grau im Gesicht, atmete keuchend, rang nach Luft. Dann sank ihr Kopf zur Seite, sie stöhnte kurz auf, ihr Atem wurde ein leises Murmeln, das sich mit dem rauschenden Frühlingsregen draußen vermischte und kaum hörbar erlosch.

Mit steifen, müden Bewegungen verließ Mary das Zimmer. Sie schloß fest die Tür hinter sich und rieb sich im Gang ihren schmerzenden Nacken. Sie war vollkommen erschöpft. Im Augenblick vermochte sie nicht einmal zu weinen. Langsam stieg sie die Treppe hinunter. In der Küche stand Bess. Auf eine geheimnisvolle Weise, vielleicht von Nan in Umlauf gesetzt, hatte es sich im Dorf bereits herumgesprochen, daß Lettice in ihren letzten Zügen lag.

Bess starrte ihre Schwester an. »Und?« fragte sie.

Mary nickte. »Sie ist gerade gestorben.«

Ambroses Kopf fiel schwer auf die Tischplatte, Edward schluchzte. Bess schlug mit der Faust an die Wand.

»Ach, verdammt«, sagte sie, »ich habe immer noch gedacht...«

»Sie hat sich so gewehrt. Aber sie war schon zu schwach.« Mary ging zur Tür. »Ich gehe spazieren. Ich muß jetzt allein sein.«

»Bei dem Wetter willst du hinaus?«

»Es ist mir völlig gleich, ob ich naß werde. Es spielt doch alles keine Rolle mehr.«

Bess musterte sie scharf. »Willst du nach Marmalon?«

»Und wenn?«

»Vorsicht. Ich habe es vorhin erst erfahren.« Wie immer, wenn sie wußte, daß ihre nächsten Worte einen Menschen treffen würden, bekam Bess diesen zufriedenen Gesichtsausdruck, selbst heute. »Man erzählt es im Dorf«, sagte sie, »der alte Bruce Belville ist am Fleckfieber erkrankt. Er wird wohl auch sterben.«

Lettice wurde auf dem kleinen Kirchenfriedhof von Shadow's Eyes beigesetzt, im Schatten der alten Mauer unter einer Trauerweide, deren Rinde mit Moosflechten bewachsen war, und deren lange Zweige das Holzkreuz umspielten, auf dem Lettices Name, der Tag ihrer Geburt und der Tag ihres Todes geschrieben standen. Pater Joshua las die Totenmesse und verharrte neben dem Grab, als der Sarg in die Erde gelassen wurde. Mary fand, daß sich der alte Mann großzügig verhielt, denn er hatte niemals ein freundliches Wort von Lettice gehört und sie außer am Tag ihrer Trauung mit Ambrose kein einziges Mal in seiner Kirche gesehen. Aber er hatte in den vergangenen Wochen das halbe Dorf beerdigt und nächtelang bei todkranken Menschen gesessen und machte sich außerdem die größten Sorgen um Englands künftiges Verhältnis zum Vatikan. Er hatte anderes im Kopf, als einer toten Lettice Askew die ungezählten Sünden ihres Lebens nachzutragen.

Es regnete am Tag der Beerdigung. Mary trug ihr schwarzes Kleid aus London und ein schwarzes Kopftuch über den Haaren und hielt dem rauschenden Regen ohne mit der Wimper zu zucken stand. Ambrose und Edward standen ein wenig abseits. Sie hatten zuviel getrunken, was ihnen, zum erstenmal in ihrem Leben, vor dem Priester ein wenig peinlich war. Sie sahen so verdreckt und abgerissen aus wie immer, wirkten im grauen Licht dieses Tages noch elender als sonst. Edward weinte, und Ambroses Gesicht war verzerrt. Keiner von ihnen sprach ein Wort.

Bess war ohne ihren Mann und die Kinder erschienen und wirkte gefaßt. Sie stand ein ganzes Stück vom Grab entfernt, fast, als fürchte sie noch jetzt, sich anzustecken. Sie hatte weder Mary noch Ambrose oder Edward begrüßt, als sie kam, und kaum begannen die Totengräber damit, die zu Schlamm aufgeweichte Erde über den Sarg zu schaufeln, da drehte sie sich auch schon um und verschwand hinter der Wand von Regen auf der Dorfstraße, die zu ihrem alten, baufälligen Haus mit seinen Strohsäcken vor den Fenstern und den bröckelnden Mauern führte.

Auch Ambrose und Edward wandten sich zum Gehen.

»Kommst du mit, Mary?« fragte Ambrose schwerfällig. Die Wirkung des Alkohols verflog, seine Hände begannen zu zittern, seine Lippen wurden weiß. Er würde es gerade noch bis nach Hause in die Küche schaffen und sich dort wie ein Verdurstender über alles Bier hermachen, dessen er habhaft werden konnte. Mary graute es plötzlich bei dem Gedanken, ihn und Edward wieder wie all die Tage zuvor in Lettices Küche am Tisch sitzen zu sehen, wie sie stumm und dumpf in ihre Becher starrten und sich bis zum Abend zu keiner Tätigkeit aufraffen konnten. Trotz des schlechten Wetters schüttelte sie daher den Kopf.

»Ich will noch bleiben«, sagte sie, »ich komme später.«

Sie blickte den beiden nach und schrak zusammen, als jemand von hinten an sie herantrat. Es war Pater Joshua. Seine grauen Haare klebten naß am Kopf, er sah angestrengt und müde aus.

»Mary Askew«, sagte er und reichte ihr beide Hände, »wie traurig, daß wir uns bei solch einem Anlaß wiedersehen müssen. Wie ist es Ihnen ergangen?«

»Gut. London ist eine unterhaltsame Stadt.«

»Wie geht es Lady Cathleen?«

»Sie lebt jetzt in Essex. Ich weiß nicht, ob Sie wissen, daß...«

»Ihr Vater teilte es mir mit. Sie ist Witwe seit dem letzten Herbst.« In die Augen des Priesters trat ein forschender Ausdruck.

»Ein Raubüberfall«, entgegnete Mary unbewegt, »in London geschieht das beinahe täglich.«

»Ich verstehe.«

»Wie geht es denn Ihnen?«

»Wie soll es mir in dieser Zeit ergehen!« Er lächelte bitter. »Die Kirche, der ich diene, verliert all ihren Einfluß in England. Uns stehen böse Zeiten bevor.«

»Aber der König hat seinen Willen bekommen! Jetzt werden sie Anna Boleyn in London krönen.«

»Ich glaube dennoch nicht, daß alles vorbei ist. Es gibt Zeichen, daß...« er unterbrach sich und nahm Marys Arm. »Wie unhöflich von mir, Sie hier im Regen stehen zu lassen. Wollen wir nicht für einen Moment ins Haus gehen? Sie sehen elend aus! Die letzten Tage müssen sehr schwer gewesen sein.«

Mary, die fror und von einem Gefühl der Einsamkeit überfallen war, das sie beinahe lähmte, willigte ein. Sie folgte dem alten Priester in das kleine, steinerne Haus neben der Kirche und wurde in ein düsteres Wohnzimmer geführt, dessen Wände bis zur Decke hinauf mit Büchern verstellt waren. Im Kamin brannte ein schwaches Feuer. Vor dem Fenster rauschte noch immer der Regen hinab, unermüdlich, wie eine dunkle Wand, und dahinter lagen der Friedhof und das frischgeschaufelte Grab. Die Trauerweiden bogen sich im Wind. Auf einmal überfiel Mary eine tiefe Trostlosigkeit. Sie sank in einen der alten Sessel und fing leise an zu weinen.

Pater Joshua störte sie nicht. Er räumte ein paar Bücher zur Seite, brachte zwei Becher mit Wein, zündete die Kerzen auf dem Tisch und am Fenster an, um dem Raum ein freundlicheres Licht zu geben. Gerade als er fertig war und sich Mary gegenüber niederlassen wollte, wurde draußen an die Tür geklopft. Kurz darauf erschien die Haushälterin, die bereits seit vierzig Jahren in diesem Haus arbeitete. Sie nickte Mary nur kühl zu. Sie konnte keine Askew leiden, ganz gleich, wie vornehm sie sich gab.

»Mr. Belville«, verkündete sie mürrisch, »fragt, ob er hereinkommen darf.«

»Belville«, der Priester wirkte ein wenig erschrocken, »natürlich, er soll hereinkommen. Ich wußte nicht, daß ich Besuch bekomme«, wandte er sich entschuldigend an Mary. Die sah ihn fassungslos an.

»Wer?« fragte sie.

Der Priester lächelte. »Ach ja, Sie kennen ihn. Frederic Belville aus Marmalon.«

Mary kramte zitternd in den Taschen ihres Kleides nach einem Taschentuch, um ihre Tränen zu trocknen. Sie blickte auf, gerade als die Haushälterin erneut das Zimmer betrat, gefolgt von Frederic, der Mary gar nicht wahrnahm, sondern sich sogleich an den Priester wandte.

»Ich habe Nachrichten aus Canterbury«, sagte er, »es heißt, daß…«

»Mr. Belville, ich habe einen Gast«, unterbrach Pater Joshua hastig, »eine junge Dame, die Sie kennen. Miss Mary Askew!«

Frederic drehte sich zu Mary um und stand wie erstarrt. »Mary«, sagte er ungläubig.

Mary erhob sich unsicher. »Frederic! Ich hatte nicht gedacht, daß du hier bist.«

»Mein Vater ist sehr krank. Deshalb bin ich gekommen.«

»Wir haben gerade Mrs. Askew beerdigt«, warf der Priester ein, »auch die Seuche. Es ist zum Verzweifeln.«

»Oh, das tut mir leid«, meinte Frederic, »bist du deshalb in Shadow's Eyes, Mary?«

»Ja, schon seit zwei Wochen. Und seit wann bist du hier?«

»Seit vorgestern erst. Ich erhielt vor wenigen Tagen die Nachricht, daß Vater krank ist.«

Sie schwiegen beide. Es lag eine Fremdheit zwischen ihnen, die sie früher nicht gekannt hatten. Wir haben uns viel zu lange nicht gesehen, dachte Mary, wie erwachsen er geworden ist!

Frederic war jetzt achtzehn Jahre alt, aber sein schmales Gesicht wirkte, wie auch früher schon, um so vieles älter und reifer, daß jeder ihn für weit über zwanzig gehalten hätte. Er war sehr groß geworden und noch immer schlank, hatte feine Hände, aber kräftige Arme. Seine dunklen Haare waren kurzgeschnitten, die braunen Augen aber hatten ihren alten wachen, zugleich unergründlichen Ausdruck. Seine Kleidung war abgetragen, er sah sehr müde aus. Unwillkürlich und darüber fast erschrocken, verglich Mary ihn mit Nicolas de Maurois. Sie ähnelten einander durchaus, beide normannischer Abstammung und sehr dunkel, aber Frederic wirkte zarter, und ihm fehlte auch Nicolas' Ausstrahlung von Kühnheit und Leichtsinn. Er sah blaß aus, übernächtigt und sorgenvoll. Der nahende Tod seines Vaters mußte ihn sehr bedrücken.

Mary wischte sich noch einmal über die Augen. Es war ihr peinlich, mit verweintem Gesicht vor ihm zu stehen.

»Ich möchte noch einmal hinaus zum Grab«, sagte sie, »und du bist sicher gekommen, etwas Wichtiges zu besprechen. Ich möchte nicht stören.«

Keiner der beiden Männer widersprach. Eine lähmende Stille lag über dem Raum. Mary betrachtete die beiden, und in aufwallendem Zorn dachte sie: Was ist denn los mit euch? Warum seid ihr so kraftlos? Was ist denn? Ich habe gerade meine Mutter verloren, und wenn ich mich nicht zusammennähme, ich würde jetzt wild weinen, aber ich wäre doch nicht so... so reglos!

Sie band sorgfältig ihr Kopftuch um. Frederics Augen ruhten auf ihr. Sie hatte den Eindruck, daß die unerwartete Begegnung mit ihr ihn überforderte, aber sie selbst fühlte sich auch verunsichert. Jahrelang hatte sie es sich ausgemalt, wie es sein mußte, ihn zu treffen; nun standen sie einander gegenüber, und nichts war so, wie sie gedacht hatte.

Der Regen, dachte sie, das Fleckfieber, Mutters Grab dort draußen. Ach, aber Frederic, ich hätte mir gewünscht, daß du mich in die Arme nimmst und mir sagst, daß ich all die Jahre vergessen kann, die seit unserer Zeit vergangen sind... seit unserem Weidenbaum und unseren warmen Sommern. Sie begriff, daß sie gehen mußte, wenn sie nicht erneut in Tränen ausbrechen wollte.

»Wir sehen uns noch, Frederic«, sagte sie, »auf Wiedersehen, Pater.« Gleich darauf stand sie wieder im Regen. Langsam ging sie zum Friedhof hinüber, trat durch die schmale Pforte und ging zu dem Grab. Sie blieb stehen und sah auf den blumenlosen Hügel, um den herum das Gras noch lehmig und verschmiert von der ausgeschaufelten Erde war. Sie achtete nicht darauf, daß der Regen heftiger wurde, daß sie bereits völlig durchweicht war, daß Kleid und Haare naß an ihr klebten. Es wurde dunkel, ein kalter Wind kam auf, der die schweren Wolken über den Himmel jagte, die Bäume schwanken ließ. Mary fröstelte. Mit einer langsamen Bewegung wandte sie sich zum Gehen und blieb erschreckt stehen, als sie die Pforte des Friedhofes quietschen hörte. Eine dunkle Gestalt kam auf sie zu. Es war Frederic.

»Mary«, sagte er vorsichtig, »ich hoffe, ich habe dich nicht erschreckt.«

»Nein, nein. Ich wollte gerade gehen.«

»Ich habe von drinnen gesehen, wie du hier Stunde um Stunde gestanden hast. Wir haben uns Sorgen um dich gemacht. Ich dachte, es ist vielleicht gut, wenn ich dich nach Hause begleite.«

Mary lächelte schwach. »Es geht mir schon besser. Mich hat ihr Tod«, sie wies auf das Grab, »mich hat ihr Tod sehr mitgenommen. Von allen aus meiner Familie...« Sie brach ab und fügte etwas hilflos hinzu: »Es war einfach zu früh.«

»Ich weiß. Ich empfinde ja genauso. Diese schreckliche Seuche hat das halbe Dorf ausgerottet, und in vielen Dörfern ringsum tobt sie noch immer. Als ob die Zeit nicht ohnehin schwer genug wäre.«

Sie blickte zu ihm auf, ohne seinen Worten wirklich zu folgen. Wovon sprach er? Von der schweren Zeit, von der Seuche – ach, es kam ihr so unwichtig vor! Sie dachte, daß es anderes geben müßte, was sie einander heute hätten sagen können, und begriff gleichzeitig, daß vielleicht heute der Tag gekommen war, an dem sie von manchen alten Träumen Abschied nehmen mußte. Sie hatten beide wichtige Jahre hinter sich, und sie hatten sie getrennt verbracht. Frederic war ihr fremd, aber sie überlegte, daß er das wohl genauso ihr gegenüber empfand. Sie dachte an Cavendor, an Lady Winter, jenen furchtbaren kalten Tag in den verschneiten Wäldern, an die Todesnacht des Lords und an Nicolas, das Sherwood Inn, ihre Umarmungen, die ihr plötzlich in der Erinnerung eine sanfte Röte in die Wangen trieben.

Frederic fand sie tatsächlich verändert. Er betrachtete ihren schmalen Mund, die feine, gerade Nase, die hohe Stirn. Sie sah so zart aus, dabei weniger weich als früher. Der Blick aus ihren großen, grauen Augen war klar und forschend, wissend auf eine Art, die ihn verwirrte. Wo, auf dem Weg, den sie seit ihrer Trennung gegangen war, hatte sie ihre gläubige Kindlichkeit verloren? Es überraschte ihn zu merken, wie eifersüchtig er auf die Erkenntnis reagierte, daß es Ereignisse in ihrem Leben gab, von denen er nichts wußte. Gleichzeitig lag eine Lethargie auf ihm, die ihn stumm machte. Es wunderte ihn, daß es Mary, die gerade ihre Mutter beerdigt hatte, nicht ebenso ging. Sie hatte geweint, nun wischte sie die Tränen fort und straffte die mageren Schultern.

Sie ist so tapfer, dachte er erstaunt, sie nimmt das Leben hin, biegt sich unter ihm bis fast zur Erde, aber zerbricht nie und steht immer wieder auf.

»Ach, Mary«, sagte er müde, »warum bist du nach London gegangen? Mein Vater erzählte es mir, als ich einmal in den Ferien hierherkam. Ich war so enttäuscht, dich nicht zu treffen!«

»Ich konnte es nicht mehr aushalten. Nachdem du fort warst... ach, es ist vorbei. Laß uns nicht von der Vergangenheit sprechen, es gibt so vieles, was ich vergessen möchte!« Sie schaute ihn an, in ihren Augen erwachte ein altvertrautes Leuchten. »Solange ich in London war, gab es keinen Tag, an dem ich nicht an Marmalon gedacht hätte und an die Zeit, in der wir dort lebten!«

Frederic lächelte, aber er wirkte angestrengt. »Du hast gar keine Angst vor der Zukunft, Mary?« fragte er. »Siehst du nicht, daß das ganze Land in Aufruhr ist und daß vielleicht Dinge geschehen, die unser ganzes Leben umstürzen? Mary, dieser Streit mit der Kirche und...«

»Was kümmert uns denn das?« unterbrach Mary ihn verwirrt. Sie sah Frederic voller Verwunderung an. »Was interessiert uns die Kirche, der König, der Papst in Rom? Das ist doch alles so weit weg! Wir werden in Marmalon leben und uns um niemanden in der Welt kümmern!«

»Bist du so sicher, daß das geht? Ich glaube, niemand kann sich aus der Zeit, in die er gestellt ist, fortstehlen. Von einem Tag zum anderen müssen wir uns vielleicht entscheiden, auf welcher Seite wir stehen.«

»Wovon sprichst du denn bloß? Was heißt das, wir müssen uns auf eine Seite stellen? Wir haben doch keinen Krieg!«

»Es wird zu einem Krieg zwischen dem König und der katholischen Kirche von England kommen. Das ist überhaupt nicht aufzuhalten. Jeder kann es jetzt schon sehen.«

»Aber ich will mich auf keine Seite stellen. Weder den König noch die Kirche kann ich besonders gut leiden. Ich sehe nicht ein, daß sie in mein Leben eingreifen sollen. In unser Leben!«

Frederic nahm ihren Arm. »Komm, Mary«, sagte er, »ich bringe dich nach Hause. Du holst dir noch eine Erkältung hier in dem Regen.«

»Das ist mir gleich!«

»Das ist es nicht. Du siehst elend genug aus!«

Sie verließen den Friedhof und machten sich auf den Weg zum Armenhaus. Die Gassen lagen wie ausgestorben, in den Rinnsteinen gluckerte das Regenwasser. Marys schwarzes Kleid klebte als formloser schwarzer Fetzen an ihr, aus ihren Haaren fielen ihr Tropfen ins Gesicht. Es war jetzt ganz dunkel, und nur vor manchen Häusern brannten Lichter.

Mary betrachtete Frederics schmales Gesicht im Schein einer Laterne. Er wirkte so verstört. Hastig sagte sie: »Es ist doch ganz unnötig, darüber zu reden. Wir heiraten und alles, was dann kommt, werden wir schon aushalten. Wir sind doch dann zusammen!«

Frederic schwieg.

Angstvoll fügte Mary hinzu: »Denkst du nicht auch so?«

»Mary, ich weiß nicht, was ich denke. Es ist alles so viel schwieriger geworden. Wir sind keine Kinder mehr, die vor jedem Kummer in den Schatten eines Weidenbaumes fliehen und dort Trost finden. Das Leben ist keine Aneinanderreihung warmer Sommertage mehr, von denen einer sorglos und sicher auf den nächsten folgt. Wir sind jetzt erwachsen!«

Der Ausdruck seiner dunklen Augen war bekümmert. In Mary regte sich Mitleid, aber auch leiser Ärger. Kam Frederic denn wirklich erst heute darauf, daß das Leben kein sorgloses Spiel war, daß die tiefen Zweige eines Weidenbaumes keine ewige Sicherheit bedeuteten?

Du Narr, dachte sie erschöpft, das habe ich aber immer gewußt! Deine Jugend war sanft und schön, meine nicht. Und jetzt stehst du ganz erschüttert da, schaust dir das Leben an und kannst es nicht fassen!

Sie wollte nicht mit ihm streiten. Sie hatte das Gefühl, daß sie beide zu müde dazu waren. Als sie vor dem Armenhaus ankamen, lächelte sie ihn an.

»Gute Nacht, Frederic«, sagte sie, »es ist so schön, dich wiederzusehen. Vielleicht waren wir nur beide nicht so ganz darauf gefaßt. Ich komme in den nächsten Tagen nach Marmalon hinaus, wenn es dir recht ist. Ich kann dir bei der Pflege deines Vaters helfen.«

»Besser nicht. Du setzt dich sonst nur wieder der Ansteckungsgefahr aus. Aber bald sehen wir uns wieder. Gute Nacht, Mary!«

Unwillkürlich hob sie das Gesicht, weil sie sicher war, er werde sie küssen. Aber er nickte ihr nur noch einmal zu, ehe er sich zum Gehen wandte. Sie blickte ihm überrascht nach.

»Na, dann eben nicht«, murmelte sie. Langsam öffnete sie die Haustür. Wie sie dieses Haus haßte! Jetzt, da ihre Mutter tot war, schien es ihr so gänzlich sinnlos, dort noch zu leben. Sie beschloß, am nächsten Tag ins Wirtshaus Oakwood House überzusiedeln. Sie hatte immer noch Geld von Lord Cavendor übrig. Und dann würde sie ohnehin bald in Marmalon leben.

Mary kam am nächsten Morgen sehr unausgeschlafen die Treppe in die Küche hinunter. Sie hatte die ganze Nacht wachgelegen und an Lettice denken müssen. Das Gesicht, die Stimme, der Atem ihrer Mutter waren noch in diesem Haus gefangen, und bedrängten sie. Die gleiche Beklemmung, wie sie sie als Kind gespürt hatte, legte sich über sie.

Sie trat in die Küche, wo Ambrose und Edward saßen und verkündete: »Ich glaube, daß es hier nichts mehr zu tun gibt. Ich werde noch heute ins Oakwood House umziehen.«

Ambrose blickte sie nicht an. Er hatte beide Arme auf die Tischplatte gelegt und sein Gesicht darin vergraben. Edward starrte Mary an. »Vater ist krank«, sagte er unbeweglich.

»Was?«

»Er fühlt sich nicht wohl. Siehst du doch, oder?«

»Es ist wegen Mutter, nicht wahr, Vater?«

Ambrose hob matt den Kopf. Er hatte eine graue Gesichtsfarbe, und seine Augen wirkten noch trüber als sonst. »Wie meinst du das, hä? Wegen Mutter?« fragte er lauernd.

Mary verkrampfte ihre Hände ineinander. »Ich meine, es ist ganz natürlich, daß du dich jetzt schlecht fühlst«, erklärte sie, »erst gestern haben wir sie beerdigt und…« Sie wußte nicht weiter. Eine Weile blieben sie stumm und schraken erst zusammen, als dumpf und schwer die Kirchenglocken durch den Morgennebel klangen.

»Die Sterbeglocken«, sagte Edward. »Wieder einer. Die Seuche ist noch nicht vorbei.«

»Ich gehe jetzt«, sagte Mary und wollte zur Tür. Ambrose schlug mit der Faust auf den Tisch, daß das Geschirr schepperte.

»Verdammt«, schrie er, »willst du es nicht begreifen, du Hexe? Ich habe die gottverfluchte Seuche, an der deine Mutter krepiert ist, und die ganze dreckige Bande in diesem Haus! Hier, willst du sehen?« Er streckte seine Zunge heraus, die von einem dicken, gelblichen Belag überzogen war, dessen Spitzen am Rand blutig ausliefen. »Sieht so ein gesunder Mann aus?«

Mary wich zurück.

»Ich muß jetzt wirklich gehen«, sagte sie mit zittriger Stimme.

Ambrose erhob sich schwankend, griff nach einem steinernen Bierkrug und schleuderte ihn quer durch die Küche, um Haaresbreite an Marys Kopf vorbei. »Du bleibst, du dreckige Schlampe!« brüllte er. »Du bleibst, oder bei Gott und allen Teufeln, ich werde dich verfluchen, daß du nach deinem Tod in der finstersten Hölle braten mußt! Hast du nicht gehört, du bleibst!«

»Ich bleibe ja in Shadow's Eyes. Ich kann jeden Tag nach dir sehen.«

»Du weißt genau, daß das nicht reicht! Du bleibst hier in diesem Haus. Deine Mutter hat dich auch Tag und Nacht gebraucht, und mir wird es auch so gehen! Heute abend kann ich schon nicht mehr auf allen vieren gehen! Du bleibst! Ich will nicht sterben!«

»Nenne mir einen einzigen Grund, weshalb ich etwas für dich tun sollte«, entgegnete Mary beherrscht.

»Du wirst mich nicht im Stich lassen!«

»Und warum nicht?«

Ambrose sah sie fassungslos an. »Ich krepiere elend, wenn du gehst. Und ich will noch nicht sterben, verdammt noch mal, ich will nicht!« Er war weiß bis in die Lippen geworden und zitterte.

Edward betrachtete ihn gleichmütig, dann wandte er sich an Mary. »Das wirst du kaum mit deinem sauberen Gewissen vereinbaren können, was Mary?«

»Vielleicht kann ich es mit meinem Gewissen nicht vereinbaren, für einen Mann wie ihn zu sorgen«, entgegnete Mary, verließ die Küche und warf die Tür hinter sich zu. Draußen im Gang schlug sie vor Wut mit der Faust gegen die Wand. Dieser alte, dreckige, versoffene Kerl, wäre er nicht ihr Vater, sie würde ihn im Schmutz der Gosse verrecken lassen.

»Ich werde natürlich bleiben«, sagte sie halblaut, »und wenn ich viel Glück habe, dann stecke ich mich jetzt auch an. Gibt es irgendwo noch eine dümmere Person als mich? Keinen Menschen auf der Welt hasse ich wie ihn, aber die größten Opfer bringe ich ihm.«

Sie verließ das Haus, lief durch die Gassen von Shadow's Eyes, hinaus in die Wiesen und Felder. Es war ein seltsamer, wilder, verzauberter Frühsommertag, die Sonne schien zwischen schweren, violetten Regenwolken hindurch, die Luft war stürmisch und golden, und das Gras am Wegesrand bog sich hinab. Mary dachte nicht nach, welche Richtung sie einschlug, aber es verwunderte sie nicht, daß sie, als sie endlich aus tiefen Gedanken auftauchte und sich umblickte, auf dem Hügel stand, zu dessen Füßen Marmalon lag. Sie betrachtete das vertraute Bild, den verrußten Schornstein des mit Lehm vermauerten Holzhauses und die schiefen Wände des baufälligen Ziegenstalles, die Pfützen auf dem Hof zwischen Brennesseln und Disteln und den ungepflegten, zotteligen Hund, der mit der Nase im Dreck wühlte. Es gab ihr einen Stich, zu sehen, wie ärmlich das Anwesen wirkte. Bruce Belville hatte sein ganzes Geld für Frederics Schule hergegeben, zudem hohe Abgaben zahlen müssen. Die letzten Jahre konnten kaum leicht für ihn gewesen sein. Aber die Weide stand noch, schwer, alt und unverrückbar wie stets, der Wind schlug ihre Zweige gegeneinander. Davor floß der Bach, und an seinen Ufern wuchsen bunte Blumen. Mary lächelte. Sie raffte ihre Röcke und eilte den Hügel hinab, lief über die Brücke, die zum Hoftor hinführte, und blieb außer Atem stehen.

»Frederic! Antworte doch!«

Nichts rührte sich im Haus. Aus dem Schornstein stieg dünner

Rauch, aber hinter den Fenstern blieb alles still. Mary betrat den Hof. Der Hund knurrte leise, aber er erinnerte sich wohl an sie, denn er ließ sie vorbeigehen. Mary balancierte vorsichtig um die Pfützen herum. Wo konnte Frederic denn nur sein? Sie spähte in einen Stall, aber dort liefen nur ein paar Hühner herum, und eine Kuh sah ihr sanft kauend entgegen. Sie seufzte. Gerade heute hätte sie gern mit jemandem gesprochen, aber natürlich, Frederic war nie da, wenn sie ihn brauchte! Enttäuscht wollte sie wieder gehen, da vernahm sie aus der Scheune ein Geräusch. Sie wandte sich um.

»Frederic! Du bist ja doch da!« Sie eilte in die Scheune und sah sich um. Im düsteren Licht des dunklen Raumes konnte sie nicht sofort etwas erkennen, aber dann schälten die Umrisse aller Gegenstände sich aus der Dunkelheit. Zu ihrem Erstaunen stand Mary einem fremden, jungen Mann gegenüber, der sie erschrocken anblickte.

Einen Moment lang standen sie voreinander, ohne etwas zu sagen.

Mary faßte sich als erste. »Verzeihen Sie«, sagte sie, »ich suchte eigentlich Mr. Belville. Ich meine, Frederic Belville.«

Der Fremde schien sich nur schwer von seinem Schreck zu erholen, was Mary etwas verwunderte. Wie konnte er sich vor ihr so ängstigen? Da er nicht antwortete, fügte sie hinzu: »Vielleicht können Sie mir sagen, wo er ist?«

Jetzt endlich hatte ihr Gegenüber sich erholt. »Er ist fortgegangen«, erklärte er, »Mr. Bruce Belville ist heute früh gestorben. Ich glaube, Mr. Frederic wollte mit dem Priester über die Beisetzung sprechen.«

»Ach so... es tut mir leid... ich hoffe, der alte Mr. Belville hat nicht zu sehr gelitten?«

»Es war schnell vorbei.«

»Dann hatte er noch Glück. Meine Mutter ist auch an der Seuche gestorben, und bei ihr dauerte es entsetzlich lange.«

»Mein Beileid«, entgegnete der junge Mann hilflos. Mary hatte den Eindruck, daß er nichts so sehr wünschte, als daß sie endlich verschwände. Kurz entschlossen reichte sie ihm die Hand.

»Ich bin Mary Askew. Es war sehr unhöflich, Sie hier einfach auszufragen und nicht zu sagen, wer ich bin. Mr. Belville und ich werden heiraten.«

»Das freut mich.« Der Fremde schien nicht bereit, seinerseits zu erklären, wer er war und was er hier tat. Mary zuckte mit den Schultern.

»Ich werde jetzt gehen«, sage sie, »wenn Mr. Belville zurückkommt, sagen Sie ihm bitte, daß ich da war.«

»Das werde ich tun, Miss Askew. Entschuldigen Sie mich bitte. Ich möchte ins Haus zurück.« Er ging davon. Mary sah ihm nach und schüttelte den Kopf. Seltsame Gäste hielten sich in Marmalon auf. Eine unheilvolle Stimmung hatte sich über das Gut gebreitet. Ihr fiel ein, was Frederic gestern gesagt hatte:

»Uns stehen schwere Zeiten bevor. Es wird einen Krieg zwischen der Kirche und dem König geben, und wir werden uns für eine Seite entscheiden müssen.«

»Lieber Himmel«, murmelte sie ahnungsvoll, während sie den Hof verließ und den Hügel hinaufstieg, »Frederic Belville, du wirst dich doch nicht schon entschieden haben? Wer ist der geheimnisvolle Fremde? Und weshalb bist du so verändert?«

Jammernd, stöhnend und glühend vor Fieber legte sich Ambrose noch am selben Tag, da er die ersten Symptome der Seuche verspürt hatte, ins Bett, streckte alle viere von sich und verlangte laut jammernd nach Hilfe. Mary war jetzt von morgens bis abends auf den Beinen, um seine ständig wechselnden Wünsche zu erfüllen, und es kostete sie eine unendliche Mühe, das Haus jetzt nicht wieder in seinen alten Verwesungszustand geraten zu lassen, denn die stechende Sonne machte alle ihre Bemühungen schnell zunichte. Natürlich bekam sie von niemandem Hilfe, Edward rührte nie einen Finger und schon gar nicht jetzt, wo sein Vater krank war, denn er zitterte aus Furcht vor einer Ansteckung und verbarrikadierte sich im Schuppen auf dem Hof. Morgens, mittags und abends kam er scheu hinübergeschlichen, um sich sein Essen abzuholen, wobei er Mary mißtrauisch musterte, ob sie vielleicht auch schon Anzeichen einer Ansteckung zeigte.

Einmal kam Pater Joshua vorbei, der von Ambroses Erkrankung

gehört hatte und nachsehen wollte, ob er noch etwas für ihn tun könnte. Ambrose, der ihn sonst nur unter Schmähungen und Beleidigungen auf die Straße gewiesen hatte, klammerte sich diesmal geradezu an ihm fest und versprach, seine Seele auf ewig Gott und der Kirche zu weihen, wenn er nur diesmal noch davonkommen durfte. Er sah schauderhaft aus, übersät mit dunklen Flecken, entstellt durch seine geschwollenen, aufgerissenen Lippen, tränenden Augen und offenen Wunden am ganzen Körper. Er stank wie die Pest selber und sogar der Priester, der in diesem Jahr Dutzende von Kranken und Sterbenden erlebt hatte, verließ das Zimmer schnell wieder. Er ging hinunter in die Küche zu Mary und sah sie mitleidig an.

»Sie brauchen dringend etwas Ruhe«, sagte er, »Sie sind viel zu blaß und zu dünn.«

Mary wandte sich zu ihm um. Sie war tatsächlich bleich im Gesicht und ausgezehrt, aber ihre Wangen leuchteten.

»Es ist alles in Ordnung«, sagte sie, »machen Sie sich keine Sorgen.«

Der Priester, der sie jeden Abend an der Mauer seines Gartens vorbei zum Dorf hinauslaufen sah, nickte verständnisvoll.

»Frederic Belville«, sagte er, »ihr habt euch wiedergefunden?«

»Ja. Es war ein bißchen schwierig am Anfang. Es ist fast, als müßten wir einander neu kennenlernen. Wir sind beide so viel älter geworden in den letzten Jahren.«

Pater Joshua lächelte, aber er sah nicht glücklich aus dabei. »Dann gehen Sie nicht nach London zurück?«

»Nein. Natürlich nicht.«

»Ja, ja. Mary, hör mir zu.« Unwillkürlich fiel der Priester in die alte Form der Anrede zurück. Er zog einen Stuhl herbei und setzte sich. Sein Blick ruhte voller Sorge und Freundschaft auf Mary. »Mary, du weißt es vielleicht nicht, aber ich habe dein Heranwachsen mit besonderer Aufmerksamkeit verfolgt. Deine Familie ist mit Sicherheit die schwierigste, die ich hier kenne, gerade deshalb habe ich Edward, Bess und dich immer beobachtet. Mit Edward und Bess ist alles so gekommen, wie ich es erwartet hatte, aber du hast mich überrascht. Du weißt sehr genau, was du willst, und du bist gescheit. Als du vor vier Jahren mit Cathleen Fairchild von hier fortgingst, habe ich Gott dafür gedankt, daß er dich von deiner Familie befreit hat – und ihn gebeten, er möge dafür sorgen, daß du nicht wieder zurückkommst.«

Er hielt inne. »Verzeihen Sie – Miss Askew!«

»Sagen Sie ruhig Mary zu mir.« Mary trat näher an ihn heran. »Worauf wollen Sie hinaus?«

»Ich habe wohl nicht das Recht, mich einzumischen. Aber es würde mich beruhigen, zu sehen, daß Sie wieder nach London gehen. Sie gehören nicht hierher, und Sie sollten alles tun, um sich dem Zugriff Ihrer Familie zu entziehen.«

»Ich habe Frederic Belville.«

»Eine Kinderfreundschaft. Es dürfte Ihnen nicht das Herz brechen, ihn zu verlassen.«

»Ich glaube«, sagte Mary, »das könnte es schon.«

Pater Joshua seufzte. Er nahm Marys beide Hände in seine und sah sie eindringlich an.

»Mary«, sagte er behutsam, »sind Sie ganz sicher, daß Sie Frederic Belville lieben? Oder kann es sein, daß Sie nach den Jahren in London, die zweifellos unruhig waren...« Er sah einen Schatten über ihr Gesicht gleiten und nickte. »Zweifellos unruhig«, wiederholte er, »ja, vielleicht suchen Sie nur verzweifelt nach Ruhe und Geborgenheit, und Frederic scheint sie Ihnen geben zu können.«

»Wieso *scheint* er sie mir nur geben zu können?«

»Weil die Zeit gegen euch ist. Mein Gott, zwanzig Jahre später vielleicht würde ich sagen: Geh hin, heirate ihn, krieg Kinder und sei glücklich. Aber das wird euch nicht vergönnt sein!«

Unwillig sah sie ihn an. Immerzu, seit Jahren schon, redete er von der bösen Zeit, die kommen und sie alle ins Verderben führen würde. Sie war es leid, ihm zuzuhören, sie mochte nichts davon wissen.

»Ich nehme an, Sie sprechen von der Kirchenspaltung«, sagte sie, »ich sehe aber nicht, was das Frederic angehen sollte. Er ist kein Priester.«

»Er haßt den König. Er hat ihn immer gehaßt. Solange er lebt, hat er sehen müssen, wie die Steuereintreiber Seiner Majestät seinen

Vater bedrängt, sich von Marmalon geholt haben, was sie nur konnten. Er hat gesehen, wie seine Mutter weinend am Küchentisch saß, weil sie nicht wußte, wie das Leben weitergehen sollte, wie sein Vater vor Sorge keine Nacht mehr schlafen konnte. Wußten Sie das?«

»Nein. Über seine Sorgen als Kind hat er nie mit mir gesprochen. Ich dachte, nur ich hätte es schlecht gehabt.«

»Sie hatten es auch viel schlechter als er. Die Belvilles haben einander wenigstens immer geliebt. Aber jeder haßt nur das Elend, das er kennt. Frederic seines.«

»Er haßt den König wirklich?«

»Frederic ist nicht wie Sie, Mary. Sie sind sehr stark, und vor allem sind Sie bereit, Unabänderliches hinzunehmen und irgendwann einmal zu vergessen. Sie können sagen: Gut, ich lebe in dieser Zeit, aber es ist nun einmal nicht zu ändern, und ich werde alles tun, so unbeschadet wie möglich hindurchzukommen. Aber Frederic... er vergißt nichts und vergibt nichts. Er wird alles tun, um dem König zu schaden. Er wird sich aus den Streitigkeiten mit der Kirche – und sie werden kommen und höllisch sein – nicht heraushalten. Er trägt seine Rachegelüste vor sich her wie eine brennende Kerze, die er mit seiner Hand vor jedem Windstoß schützt, der sie zum Verlöschen bringen könnte. Verstehen Sie? Er wird sie auch vor Ihrer Liebe schützen!«

»Und was glauben Sie, soll ich tun?«

»Ich habe es bereits gesagt.«

Mary strich sich die Haare aus dem Gesicht. »Sie sind Priester«, sagte sie, »Sie können das vielleicht nicht verstehen. Ich liebe Frederic. Aber ich liebe noch viel mehr als nur ihn. Ich liebe Marmalon, meine Freiheit, die ich dort haben werde, die Ruhe, diese sanfte, wundervolle Gleichmäßigkeit eines jeden Tages. Das hat mir alles bedeutet, als ich ein Kind war. Ich weiß nicht, wie ich sonst das Armenhaus ausgehalten hätte. Ich brauche Frederic, ich habe ihn immer gebraucht. Und ich kann nicht von ihm lassen. Niemals.«

Pater Joshua erhob sich. »Ja«, meinte er leise, »dann kann ich nichts mehr sagen. Ich bete, daß es für euch beide keine Enttäuschung geben wird. Aber ihr seid jetzt erwachsen. Denk daran, daß die Kindheit womöglich nur deshalb so ruhig und gleichmäßig erscheint, weil sie unwissend ist. Später sieht man zuviel. Und weiß zuviel.« Er ging zur Tür. »Auf Wiedersehen, Mary. Lassen Sie sich einmal bei mir sehen.«

»Natürlich.« Sie blickte ihm nach, wie er in gebeugter Haltung das Haus verließ. Ein alter, kränklicher Mann, der hilflos mitansehen mußte, wie eine Kirche, die er für uneinnehmbar und gültig für alle Zeiten gehalten hatte, in diesem Land ihrem Ende zuging. Was kümmerte sie das? Sie hatte ihr eigenes Leben und das war schwer genug. Sie konnte nicht noch an die Sorgen der Kirche denken.

Jeden Abend, wenn sie mit ihrer Arbeit fertig war, lief sie hinaus nach Marmalon, und die Menschen von Shadow's Eyes, die wenigen, die noch lebten, zerrissen sich die Mäuler über sie. Lettices Tochter – genauso schamlos wie die Mutter!

Mary war das gleichgültig. Für sie zählte nur Frederic, niemand sonst. Meistens trafen sie sich irgendwo auf einer Wiese oder am Ufer eines Baches, und wie früher schon gelang es Frederic auch jetzt, in jedem Augenblick, da er Mary begegnete, alle Schrecken des vergangenen Tages mit einem Schlag auszulöschen. Er brauchte nichts zu sagen, er mußte nur die Arme um sie legen, dann wußte sie, daß sie geborgen war. Er war viel ruhiger als sie, wirkte stets sehr beherrscht, aber in seinen Augen stand ein Ausdruck, der ihr deutlich machte, daß sich sein Temperament nach innen kehrte, daß ihn heftige, wilde Gedanken umtrieben. Alles, was im Land geschah, bewegte ihn. Er verurteilte die absolutistische Staatsform und haßte Henry mit einer Verbissenheit, die Mary manchmal erschreckte. In dieser Regung konnte sie ihn nicht verstehen. Natürlich hatte Marmalon unter dem König gelitten, aber tausend anderen im Land war es genauso ergangen. Wieso sollte man seine Kraft verschwenden und jemanden bekämpfen, der doch der Stärkere war?

»Deinen Zorn solltest du heiligsprechen lassen«, sagte Mary einmal wütend, als er wieder eine lange, heftige Rede gehalten hatte, »denn es gibt nichts sonst, was du so hegst und pflegst!«

Frederic sah sie überrascht an. »Kannst du das nicht begreifen?« fragte er.

»Nein. Nein, wirklich nicht, so sehr ich mich bemühe. Es ist ein schöner Sommerabend, und ich bin bei dir, aber du denkst an den König. Ach, er ist doch so gleichgültig!«

»Das ist er nicht. Er...«

»Ich sollte dir wichtiger sein.«

»Aber das bist du doch.« Frederic zog sie an sich und küßte sanft ihre geschlossenen Augen. »Es tut mir leid. Ich werde dich damit nicht mehr behelligen.«

Er konnte ohne jeden Übergang seine Stimmung wechseln. War er gerade noch niedergedrückt, wütend und in eigene Gedanken versunken gewesen, so konnte er gleich darauf von einer beinahe wilden Fröhlichkeit sein, lebhaft und unruhig. Wenn sie zusammen waren, liefen sie stundenlang durch die Wiesen und Wälder um Shadow's Eyes, saßen nebeneinander auf einem Hügel und beobachteten die untergehende Sonne. Sie hielten sich selten in Marmalon auf. Mary hatte das sie durchaus amüsierende Gefühl, daß es Frederic unschicklich fand, wenn sie dort blieben.

»Dabei wären wir nicht einmal allein«, hatte sie gesagt, »Frederic, wer ist der junge Mann, der bei dir war neulich?«

»Ach ja, er erzählte mir, daß du da warst. Ein Freund aus der Schule. Er hat mir geholfen, als mein Vater krank war und hilft mir immer noch bei der Arbeit. Weißt du, ich bin nicht der geborene Bauer. Mir fällt das alles ziemlich schwer.«

»Nun, er jedenfalls ist der geborene Bauer. Er hat überhaupt keine Manieren. Zumindest kann man sie nicht bemerken, weil er nie ein Wort hinausbringt.«

»Laß uns nicht über ihn reden«, bat Frederic gequält, »und laß uns nicht nach Marmalon gehen. Es ist so schwierig mit ihm zusammen.«

Mary fragte nicht weiter. Sie hatte eine leise Furcht, ihn mit irgend etwas zu bedrängen, aber entgegen ihrer sonstigen Ehrlichkeit legte sie sich diesmal keine Rechenschaft darüber ab. Sie wollte nichts wissen, nichts erkennen, nichts sehen. Sie wollte in Marmalon leben, den Hof von Schmutz und Disteln befreien, die Rosen frei von Unkraut blühen lassen. Sie wollte fünf oder sechs oder sieben Kinder haben, und vor allem wollte sie Frederic heiraten.

In Marys Erinnerung blieben diese Sommerwochen des Jahres

1533 für ewig hinter einem sanften Schleier, in ein verschwommenes Licht getaucht. Die Tage, die sie mit ihrem dahinsiechenden Vater verbrachte, verrannen zäh, wie in einem fiebrigen Dunst. Die Abende mit Frederic blieben, wenn auch auf eine andere Art, ebenso unwirklich. Später war Mary davon überzeugt, daß sie zu dieser Zeit bereits gewußt hatte, daß ihnen kein Glück vorherbestimmt war. Oft, wenn sie zusammen waren und die Abendsonne besonders leuchtend unterging und der blühende, warme Sommer vor ihnen zu üppig, bunt und überschwenglich schien, hatte Mary das Gefühl, daß nur eine Reihe wild farbiger Bilder vor ihren Augen vorüberglitt und kein wahres Geschehen, und daß die Bilder zu schnell verrannen.

Manchmal hätte sie am liebsten geschrien: »Lieber Gott, ich will nicht nur träumen! Laß diesen Sommer doch wahr sein und bitte, halt die Zeit an, sie vergeht zu schnell, schneller als richtig sein kann!«

Einmal fragte sie Frederic: »Hast du auch manchmal das Gefühl, daß irgend etwas Schreckliches geschehen könnte?«

Frederic war kaum überrascht. »Ja«, erwiderte er nachdenklich, »aber das liegt vielleicht daran, daß wir beide unfähig sind, einem Glück zu trauen.«

An einem Abend im Juni kehrte Mary wie üblich erst nach Einbruch der Dunkelheit ins Armenhaus zurück. Sie war sehr gut gelaunt und wäre am liebsten gleich in ihr Zimmer gegangen und hätte sich ganz ihren Träumen hingegeben, aber pflichtschuldig stieg sie zunächst die Treppe zu Ambroses Zimmer hinauf. In der Tür blieb sie überrascht stehen.

Eine Kerze neben dem Bett brannte, und Ambrose saß aufrecht an ein Kissen gelehnt da und sah seiner Tochter entgegen. Er war bleich und elend, aber das fiebrige Brennen in seinen Augen war erloschen, sein Blick überraschend klar.

»Guten Abend, Mary«, sagte er.

Mary schloß langsam die Tür. Voll ungläubigen Staunens blickte sie ihren Vater an. »Du siehst viel besser aus«, sagte sie, »wie fühlst du dich?«

»Hervorragend.«

»Aber... das kann doch nicht sein!«

»Wie du siehst, kann es sein.« Ambrose lächelte, mit einem leicht boshaften Triumph auf dem Gesicht. »Es gibt Menschen, die das Fieber überstehen.«

Mary antwortete nicht, und er fuhr fort: »Du bist eine gute Pflegerin, Mary. Ich hatte verdammt recht, als ich darauf bestand, daß du hierbleibst. Du hast mir mein erbärmliches Leben gerettet.«

»Das freut mich, Vater.«

»Wirklich?« Ambrose grinste boshaft. »Freut es dich wirklich? Oder hast du insgeheim gehofft, daß der alte Kerl verreckt, weil du dann außer deiner Mutter auch noch deinen Vater los bist?«

Mary hatte sich wieder gefaßt. »Natürlich nicht«, erwiderte sie ruhig, »wenn ich das gewollt hätte, dann wäre ich fortgegangen und hätte dich hier liegen lassen. Weder Bess noch Edward hätten für dich gesorgt, das weißt du. Also hör auf, mit wilden Beschuldigungen um dich zu werfen.«

»Aber eben, als du reingekommen bist, warst du ziemlich erschrocken.«

»Ja, und wenn?« Mary wandte sich zum Gehen. »Weißt du«, sagte sie, »es ist mir völlig gleichgültig, ob du lebst und wie du lebst. Ich verschwinde sowieso.«

»Ach ja, richtig! Und wohin?«

»Nach Marmalon. Ich weiß nicht, ob ich es dir schon mal gesagt habe, aber Frederic Belville und ich werden heiraten.«

»Sieh an! Der Freund aus alten Tagen. Der verrückte Belville, dieser kriecherische Freund des Priesters und der Kirche. Nach Marmalon bist du also immer abends gelaufen. Heute auch?«

»Ja.«

»Du dreckige, kleine Hure«, sagte Ambrose langsam, »steigst den Kerlen nach, daß sie sich kaum vor dir retten können. Du bist kein bißchen besser als die Schlampe, die deine Mutter war.«

»Ah, jetzt wo sie tot ist, führst du große Reden! Jetzt kann sie dich ja nicht mehr mit drei hingeworfenen scharfen Worten und einem kalten Lächeln zur Ruhe bringen. Du hast sie gehaßt, nicht? Ebenso gehaßt wie begehrt. Und sie war dir immer, immer überlegen!«

»Nicht immer. Sie ist tot und ich lebe. Das habe ich ihr voraus!« Ambrose warf den Kopf zurück und lachte schrill. »Als es drauf ankam, war ich stärker!«

»Sei nicht so sicher, Vater. Es ist noch lange nicht raus, ob Leben besser ist als Sterben. Schon gar nicht ein so jämmerliches Leben wie deines!« Mary verließ das Zimmer und schlug heftig die Tür hinter sich zu. Ihr Scheppern klang zusammen mit dem hektischen Lachen von Ambrose.

Mary preßte ihre Hände auf beide Ohren und legte ihre heiße Stirn an die Wand. Sie mußte so rasch es nur ging eine Möglichkeit finden, dem Armenhaus zu entkommen. Es war ja ganz sicher, daß sie und Frederic heiraten würden, bloß wann? Wenn sie ihm nur klarmachen könnte, daß die Zeit drängte! Mit weit offenen Augen starrte sie in die Dunkelheit. Sie machte sich nichts vor. Ihr Leben wäre leichter verlaufen, hätte Ambrose heute hinter dieser Tür das Zeitliche gesegnet. Durch seine Krankheit hatte sie beinahe ihr ganzes Geld aufgebraucht, so daß sie jetzt nicht einmal nach Oakwood House umsiedeln konnte. So sehr es sie kränkte, daheim zu sitzen wie eine dumme kleine Braut – jetzt blieb ihr nichts anderes übrig, als zu warten.

Ambrose erholte sich rasch, und in ganz Shadow's Eyes wurden die Menschen von einer abergläubischen Furcht ergriffen. So viele Leute waren gestorben, solche, die niemandem etwas zuleide taten, regelmäßig in die Kirche gingen und einmal in der Woche beichteten. Gott hatte ihnen nicht geholfen, dafür ließ er Ambrose ungeschoren davonkommen, den dümmsten, bösartigsten, gottlosesten Mann, den das Dorf je erlebt hatte.

»Manchmal denkt man, die Erde ist vom Teufel beherrscht«, flüsterten die Menschen einander zu, »und das liegt an dem Streit Englands mit dem heiligen Vater in Rom. Jetzt haben wir den Teufel im Land!«

Es wurde September, und eines Tages schreckte das ganze Land auf, als sich die Nachricht verbreitete, daß Anna Boleyn in London ihr Kind zur Welt gebracht hatte und daß es ein Mädchen war. Die kleine Prinzessin Elisabeth wurde zwar von ihrem Vater voller Stolz dem Hof und dem Volk präsentiert, aber jeder wußte, daß Henry von einem Sohn geträumt hatte und tief enttäuscht sein mußte. Eine Tochter hatte er auch von Katharina gehabt. Königin Anna sollte mehrere Tage hintereinander geweint haben, erzählte man sich überall, und natürlich war sie sich darüber im klaren, daß sie bald wieder schwanger werden mußte. Sie hatte selber fest daran geglaubt, einen Sohn zu bekommen, denn jeder Astrologe des Landes hatte ihr dies prophezeit, aber auf der anderen Seite hatte auch jeder Astrologe gewußt, daß eine gegenteilige Vorhersage mit dem Henkersbeil oder lebenslangem Kerker bestraft worden wäre. Die einzige, die in ihrer Messingkugel ein Mädchen gesehen hatte, war die alte Nan Mortimer gewesen, aber gewitzt wie sie war, äußerte sie dies nur gegenüber Mary. Mary, die durch die Bestätigung der Prophezeiung wieder einmal in ihrem Glauben an Nans seherische Fähigkeiten bestätigt worden war, fragte, ob denn die Königin später noch einmal einem Prinzen das Leben schenken würde. Aber Nan schüttelte den Kopf.

»Nein«, sagte sie bedächtig, »nein, sie wird überhaupt keine lebenden Kinder mehr bekommen. Und ich sehe dunkle Wolken über ihr. Ihre Schicksalsstunde ist nicht fern!«

»Oh, wirklich? Und, Nan, was ist mit mir? Kannst du etwas sehen?«

Nan kicherte. »Das habe ich dir doch schon einmal gesagt, Mary. Achte auf die Männer! Wer dich liebt, wird lange leiden.«

»Aber das kann nicht sein. Denn ich leide doch, nicht er!«

Doch Nan bekam einen abweisenden Blick und versank in tiefes Schweigen. Mary wußte, daß nun nichts mehr aus ihr herauszubekommen war und ging davon.

Wie albern, den Worten einer alten, verwirrten Hellseherin Glauben zu schenken, dachte sie.

Sie bemühte sich noch immer, jeden Tag Frederic zu treffen, obwohl sie beide wenig Zeit hatten. Meist gelang es ihr erst gegen Abend, der Arbeit im Haus zu entkommen. Sobald sie gehen wollte, fingen Ambrose und Edward an, böse Schmähreden gegen sie zu führen. Mit obszönen Worten zogen sie über sie her, gerade dann, wenn sie es hören mußte.

»Traurig, eine Hure im eigenen Haus zu haben, findest du nicht, Edward?« fragte Ambrose. »Und dann noch eine, die es mit dem letzten Drecksbauern von Shadow's Eyes treibt. Was sie wohl kriegt dafür?«

»Nichts, außer einem elenden Bastard, den sie dann für ihr weiteres Leben mit sich herumschleppt.«

»Wahrscheinlich muß sie noch bezahlen. Oder kannst du dir vorstellen, daß ein Mann freiwillig mit Mary ins Bett geht?«

Edward schrie vor Lachen. »Nein, nein, allerdings nicht! Das wäre ja die größte Strafe der Welt! Das denkst du doch sicher auch, Mary, wie?«

Mary, die schweigend über der Wasserschüssel gestanden und Geschirr gespült hatte, richtete sich auf, drehte sich langsam um und trocknete ihre Hände.

»Ich gehe jetzt«, sagte sie, als hätte sie Edwards Frage nicht gehört, »am späten Abend komme ich zurück.«

»Ich glaube, du hast die Küche noch nicht aufgeräumt«, sagte Ambrose lauernd.

Mary sah sich um. »Ich glaube aber schon«, erwiderte sie.

»Nein«, sagte Ambrose. Er erhob sich schwerfällig, schlurfte durch die Küche, griff nach dem randvoll gefüllten Abfallkübel und schmiß den Inhalt mit unbeherrschtem Schwung quer durch die ganze Küche. Mary sah fassungslos zu, während Ambrose hämisch grinste.

»Nennst du das eine aufgeräumte Küche, hä?« fragte er.

»Ich nenne das eine Küche, die du in einen Abfallhaufen verwandelt hast«, entgegnete Mary, »und die du auch wieder allein aufräumen wirst!« Sie wollte zur Tür, doch Ambrose vertrat ihr den Weg.

»Die Küche aufräumen ist deine Arbeit, Mary!«

»Und warum?«

»Hat man je von einem Mann gehört, der eine Küche aufräumt?«

»Hat man je von einem Mann gehört, der einen ganzen Eimer mit Abfall über einer Küche ausschüttet?«

»Verdammt!« schrie Ambrose wütend, »ich bin dein Vater, und du wirst tun, was ich dir sage! Du machst hier sofort sauber!«

Mary hob trotzig das Kinn. »Nein!«

Im letzten Moment konnte sie Ambroses Faust ausweichen, die mit der ganzen Kraft hemmungsloser, lang aufgestauter Wut auf sie losschoß.

»Du wirst jetzt hier aufräumen, du gottverdammte Schlampe!« brüllte er. Er zitterte vor Wut.

Plötzlich dachte Mary: Er könnte mich umbringen. Außer der Angst vor dem Gesetz hindert ihn gar nichts daran!

Sie bemühte sich, keine Furcht zu zeigen, aber sie konnte selbst spüren, daß sie in ihren Augen stehen mußte. Sie war allein mit zwei Männern, die ebenso gewalttätig wie dumm waren und außerdem gefangen in einem unkontrollierten Haß auf Frauen, die ihnen überlegen waren. Sie begriff, daß die beiden sie eher töten würden, als sie als Siegerin aus diesem Kampf hervorgehen zu lassen.

»Sie geht eben nicht aus dem Haus, ehe sie nicht aufgeräumt hat«, sagte Edward, »notfalls sieht sie diesen Belville niemals wieder!«

Beide lachten häßlich. Mary preßte die Lippen aufeinander. Es hatte keinen Sinn, sich länger zu widersetzen, denn die anderen waren stärker und außerdem skrupellos genug, ihr wenigstens einige Knochen zu brechen. Mochten sie ihren Triumph haben, dann würden sie sie wenigstens in Ruhe lassen. Mit dem verachtungsvollsten Blick, den sie nur aufbringen konnte, machte sie sich an die Arbeit. Es dauerte lange, bis sie alle Abfälle zusammengesucht hatte, und die ganze Zeit lachten Ambrose und Edward über sie und spotteten über ihre Dummheit.

Als sie fertig war, reckte sie sich und warf die Haare zurück. »Kann ich nun gehen?« fragte sie herausfordernd.

»Bitte sehr«, sagte Ambrose, »und viel Spaß noch!« Wieder lachten sie, aber sie traten zur Seite, um Mary hinauszulassen. Im Gang saß Nan und lächelte, aber Mary beachtete sie heute nicht. Sie rannte aus dem Haus und wie gejagt aus dem Dorf. Erst als sich die freien Wiesen vor ihr auftaten, atmete sie leichter. Die Tränen traten ihr in die Augen, Wald und Felder verschwammen vor ihrem Blick. Sie konnte nicht mehr zurück, nie wieder.

O Gott, diese verdammten Bastarde, dachte sie verzweifelt, warum konnten sie nicht alle beide am Fleckfieber sterben?

Sie schrak zusammen, als eine Gestalt vor ihr auftauchte. Es war Frederic, der am vereinbarten Treffpunkt auf sie gewartet und sich schon Sorgen gemacht hatte.

»Du kommst aber spät heute«, sagte er und fügte erschrocken hinzu: »Und du weinst!«

»Ja, es ist etwas Schreckliches geschehen. O Frederic, bitte, ich kann nicht mehr zurück, ich kann nicht!«

Sie schluchzte heftiger. Mit einer hilflosen Bewegung zog Frederic sie an sich.

»Was ist denn passiert?«

»Ach, mein Vater«, sie wischte sich die Tränen ab, »er ist gräßlich! Ich kann dort nicht weiterleben. Ich habe Angst vor ihm!« In wirren, abgerissenen Sätzen berichtete sie von ihrem Erlebnis. Von Schluchzen geschüttelt sagte sie: »Ich muß ihm entkommen, ehe es zu spät ist.«

Frederic sah sie sehr aufmerksam an.

»Du meinst...« begann er vorsichtig.

Mary holte tief Atem. »Ich dachte, wir könnten das tun, was wir immer vorhatten zu tun. Weißt du noch? Es war unter der Weide, wir waren Kinder, und du hast gesagt... du hast gesagt, daß wir an dem Tag, an dem du zurückkommst, heiraten und für immer in Marmalon leben werden.«

Frederics Augen waren dunkel. »Das habe ich gesagt, ja. Aber du sagst es – wir waren Kinder. Jetzt ist alles anders.«

»Wenn es dir je ernst war, Frederic, dann dürfte jetzt nichts anders geworden sein!«

»Es war mir immer ernst«, entgegnete Frederic heftig, »und ich habe immer daran gedacht.«

Mary betrachtete sein schmales Gesicht, und ihre Erinnerung glitt zurück zu einem brütendheißen Sommertag viele Jahre zuvor. Das magere, braungebrannte Gesicht eines kleinen Jungen neigte sich über sie, aus den dunklen Augen sprach der Ernst eines Erwachsenen.

»Mary, ich verspreche dir, wir bleiben zusammen, solange wir leben. Und später heiraten wir.«

Jetzt hatte Frederics Gesicht wieder diesen Ausdruck. Dieser unergründliche, ernste Blick... Heute wie damals vermochte sie ihn nicht ganz zu deuten. Es lag Liebe darin und Sehnsucht, aber beides galt nicht ihr allein, und das ängstigte sie.

»Vielleicht«, sagte sie, »bin ich unfähig zu erkennen, wann sich etwas ändert.«

»Es hat sich nichts geändert«, erwiderte Frederic gequält, »jedenfalls nichts, was unsere Gefühle betrifft. Nur... es wäre nicht klug, gerade jetzt zu heiraten.«

»Warum denn nicht?«

»Weil... sieh mal«, er nahm ihre Hände in seine und spielte mit ihren Fingern, »weil die Zeit...«

»O nein«, unterbrach Mary entrüstet, »fang du nicht auch noch damit an! Der Priester läßt mir damit schon keine Ruhe. Die Zeiten sind nicht gut, ich weiß, aber sie sind auch schon schlimmer gewesen! Wir haben wenigstens keinen Krieg. Und aus allem übrigen können wir uns heraushalten. Ach, Frederic, mach nicht alles so schwierig! Wir bebauen unsere Felder, füttern unsere Tiere und ziehen unsere Kinder groß.«

»Und zahlen unsere Abgaben?«

»Ja, ja, die zahlen wir. In Gottes Namen zahlen wir sie eben. Wir können doch nichts dagegen tun. Aber wir sollten dem König und seiner Kirchenpolitik weder unsere Zukunft noch unsere Liebe opfern. Das ist er nicht wert.«

»Ich weiß, es wäre vernünftiger, sich aus allem herauszuhalten. Du hast ja recht damit. Du bist klug und oft so... irdisch. Ich denke, du tust immer das Richtige.«

»Nun, ich...«

»Ich kann das nicht. Ich kann nicht an einer Epoche vorbeileben, die Augen zumachen und alle Stürme über mich hinwegbrausen lassen. Ich hätte kein gutes Gefühl dabei.«

»Hast du ein gutes Gefühl beim Sterben?« fragte Mary bitter. »Denn darauf läuft es doch hinaus, oder? Ach, ich kann dich einfach nicht verstehen! Was ist es denn? Bestimmt etwas ganz besonders Männliches, Ehre oder Loyalität oder etwas Ähnliches. Was willst du? Eine Gedenktafel? Seht her, Frederic Belville, er opferte Glück und Liebe im Kampf gegen den Tyrannen! Sei sicher, du bekommst sie nicht! Die Jahrhunderte werden über dein Sterben hinweggehen, und nichts bleibt von dir als Staub.«

»Und was bliebe von mir, wenn ich ein friedliches Leben führte?«

»Es bliebe... es bliebe einfach die Tatsache, daß du glücklich gewesen bist. Und daß du mich glücklich gemacht hast. Und... unsere Kinder.«

»Mary, es hilft nichts. Ich muß tun, was ich tun will.«

»Und du willst mich nicht heiraten.«

»Nein. Nicht jetzt. Verstehst du denn nicht? Ich kann dich der Gefahr nicht aussetzen, in Dinge verwickelt zu werden, mit denen du nichts zu tun haben solltest. Marmalon kann zu einem Ort werden, an dem du nicht sicher bist. Gibt es dir nicht zu denken, wo du mich getroffen hast, als du nach Shadow's Eyes zurückgekehrt bist?«

»Im Haus des Priesters.«

»Und kannst du dir nicht vorstellen, weshalb ich mit ihm gemeinsame Sache mache? Gerade erst hat der König erklärt, daß der Vatikan keine Einkünfte mehr aus England bekommen wird, der Papst hat den König mit dem Kirchenbann bedroht, wenn er sich nicht unverzüglich von Anna Boleyn trennt. Weiß Gott, ich hatte nie viel für die Kirche übrig, aber noch viel weniger für unseren absolutistischen König. Gegen ihn verbünde ich mich mit jedem, notfalls mit der Kirche. Wir sind im Schatten von Canterbury großgeworden, vielleicht hat das doch geprägt. Und der Bruch steht unmittelbar bevor...«

Seine Stimme sprach weiter, aber Mary hörte nicht hin. Müde dachte sie: Der Bruch steht seit Jahren unmittelbar bevor. Und ich kann das nicht mehr hören. Ich habe es so satt!

»Der Klerus des Landes wird unruhig«, sagte Frederic gerade, »überall wird Widerstand geleistet. Der König wird alles tun, ihn im Keim zu ersticken. Sämtliche protestantischen Gefangenen sind auf Betreiben der lutheranischen Anna Boleyn aus den Gefängnissen entlassen worden, manche von ihnen werden zu Denunzianten. Es wird Priester geben, die sich verstecken müssen.«

»Und ausgerechnet in Marmalon?«

»Ja.«

»Aber das…« Mary unterbrach sich, ihre Augen wurden groß. »Wer ist der junge Mann, den ich in Marmalon getroffen habe?« fragte sie scharf.

Frederic senkte den Kopf. »Es wäre besser, du wüßtest es nicht. Aber soviel nur: Niemand darf erfahren, daß er bei mir ist.«

Mary schwieg eine Weile.

»So weit ist es also«, sagte sie dann leise, »du steckst schon mittendrin. Ach, Frederic…«

»Ich kann es doch nicht mehr ändern. Aber siehst du, deswegen habe ich Angst, dich nach Marmalon zu holen. Ich möchte dich nicht auch noch in Gefahr bringen.«

Mary schüttelte den Kopf und lächelte. »Und wenn du die gesamte Kirche von England hier verbergen würdest«, sagte sie, »es macht mir nichts aus. Wenn wir ein Leben teilen wollen, dann müssen wir auch seine Gefahren teilen.«

»Aber…«

»Ich fürchte mich nicht. Vor niemandem auf der Welt.« Ihre Augen blickten ihn klar an, und er begriff, daß es ihr ernst war.

Sie fürchtet sich wirklich nicht, dachte er. Er seufzte.

»Gib mir ein dreiviertel Jahr«, bat er, »bitte Mary, nur das. Solange halte noch aus!« Der Ausdruck seiner dunklen Augen ließ Marys Widerstand zerschmelzen. Genauso hatte er sie damals angesehen, als er sie bat, ihn gehen zu lassen und auf ihn zu warten, weil er in die Schule nach Southampton wollte. Diese unnachgiebigen Belvilles! Eine Empfindung von ebensoviel Wut wie Hilflosigkeit befiel sie.

Immer warten, warten, dachte sie ungeduldig, alt und grau werde ich noch darüber!

»Ich warte«, sagte sie, »aber ich warte nicht zu lange. Denk daran, ich war in London, und ich könnte dorthin zurückkehren. Ich kann wieder bei Lady Cathleen leben – für immer, wenn ich will!«

»Bist du da so sicher?«

»Ich bin sicher«, sagte sie, »und ich will nur, daß du das weißt!«

Im Januar des Jahres 1534 hatte sich Shadow's Eyes von der Seuche und all ihren Schrecken erholt, und die Menschen fanden wieder Zeit, sich um die Belange ihrer Nachbarn zu kümmern und aufeinander zu achten. Die alte Lust am Tratsch erblühte neu. Das Oakwood House, für viele Monate geschlossen, öffnete seine Pforten und wurde wieder zum begehrten Treffpunkt. Für Mary hatte das den Vorteil, daß sich Edward und Ambrose die meiste Zeit dort aufhielten, und sie die beiden wenigstens tagsüber los war. Sie selber mied die Menschen des Dorfes, weil sie genau wußte, daß alle über sie tuschelten.

Zwei Dinge gab es in Shadow's Eyes, die stets im Mittelpunkt des allgemeinen Interesses standen: Die Askews vom Armenhaus, über die man sich wie über nichts sonst in der Welt entrüsten konnte, und Frederic Belville von Marmalon. Die Askews führten ein Leben in tiefster Sünde, jeder wußte, daß Edward der Vater der Hälfte aller illegitimer Kinder im Dorf war, und seine Schwester Mary die Kunst des Lasters in London offenbar vervollkommnet hatte, wohingegen Marmalon in seiner Einsamkeit eine fast abergläubische Wirkung auf die Menschen ausübte, denn es lag fernab von allem Leben, und selten nur sah man einen Belville im Dorf. Schon der Großvater und Vater des jungen Belville waren Eigenbrötler gewesen, der Sohn stand ihnen darin in nichts nach. Kam er doch einmal nach Shadow's Eyes, behandelte er die Menschen dort zwar höflich, aber seine Distanz verletzte sie. Sie mochten ihn nicht und empfanden es als eine zusätzliche Beleidigung, daß es ausgerechnet Mary Askew war, mit der er sich als einzige abgab. Diese schamlose Person mit ihrem arroganten Gehabe – ausgerechnet sie wählte er unter den vielen Dorfschönen! Natürlich hätte es keine Mutter zugegeben, daß sie selbst ihre Tochter ganz gern mit Frederic Belville verheiratet hätte, weil er einen schönen Besitz hatte, zudem unabhängig und intelligent war. Sie lästerten über ihn und bewunderten ihn insgeheim.

In den düsteren, trostlos grauen Wintertagen des beginnenden neuen Jahres beobachtete man Marmelon schärfer denn je. Jeder war überzeugt, daß dort nicht alles mit rechten Dingen zuging.

An einem kalten Februarnachmittag lief Mary in der einbrechenden Dunkelheit durch die Gassen von Shadow's Eyes. Sie war im einzigen Laden des Dorfes gewesen, um wenigstens ein wenig zu essen zu kaufen. Das Geld von Lord Cavendor war völlig ausgegeben, und zu Hause mußte sie um jede erbärmliche Kupfermünze kämpfen, die sie für das Einkaufen von Lebensmitteln haben wollte. Gleichzeitig schimpfte Ambrose aber, wenn sie zu wenig auf den Tisch brachte. Sie fühlte sich müde und ausgelaugt, sehnte sich abwechselnd nach London und Marmalon, brach leicht in Tränen aus und hätte am liebsten eine überstürzte Flucht ergriffen.

Auch heute, als sie durch Shadow's Eyes ging, war ihr elend zumute. Es wehte ein kalter Wind, der durch alle Kleider hindurchging, ein paar Schneeflocken wirbelten vom dunkelgrauen Himmel, und Mary versank immer tiefer in ihre trübsinnige Stimmung. Fast hätte sie tatsächlich angefangen zu weinen, aber da trat ihr eine dicke, ältere Frau in den Weg und zwang sie, stehenzubleiben. Sie trug ein Kleid aus dunkelbrauner Wolle, einen breiten schwarzen Schal um die Schultern geschlungen und hatte ihre Haare sauber zurückgekämmt. Mary erkannte zu ihrem Schrecken die Wirtin vom Oakwood House, die schlimmste Klatschbase des Dorfes, außerdem als berüchtigte Denunziantin verschrien, weil sie schon zwei Frauen als Hexen angezeigt und auf den Scheiterhaufen gebracht hatte. Ihr besonderer Haß galt den Askews. Sie war zusammen mit Lettice aufgewachsen, hatte die andere immer um ihre Schönheit beneidet und sich über ihre Schamlosigkeit entrüstet, war schließlich zu einer alten Jungfer geworden und früh gealtert. Wenn sie nicht in ihrem Wirtshaus arbeitete, schlich sie entweder wie ein grauer Schatten durch das Dorf und steckte ihre Nase in alles, was sie fand, oder sie kauerte hinter einem Fenster ihres Hauses und beobachtete die Straße, ob sie nicht etwas Interessantes erspähen konnte. Heute war es so kalt, daß sie schon beschlossen hatte, nach Hause zu gehen, als ihr das Schicksal eine fette Beute in Gestalt von Mary Askew über den Weg schickte. Mit ihren harten Fingern umklammerte sie das Handgelenk des jungen Mädchens.

»Ah, Mary Askew«, sagte sie lächelnd, »daß man dich auch einmal wieder sieht! Warst du einkaufen?« Sie versuchte, einen Blick in Marys Korb zu werfen, aber Mary hatte ein Tuch über die kärglichen Waren gebreitet, und so konnte sie nichts erkennen. Ihr Lächeln vertiefte sich.

»Wie geht es zu Hause?« erkundigte sie sich, »nun da deine liebe Mutter heimgegangen ist!«

»Danke«, erwiderte Mary von oben herab, »wir kommen zurecht.«

»Das freut mich. Man spricht davon, du wärest verlobt. Mit dem jungen Belville von Marmalon.«

»Ja.«

»Wie schön. Wann wird er dich heiraten?«

Mary wußte, daß man sich im Dorf fragte, warum noch immer keine Hochzeit zwischen ihr und Frederic stattgefunden hatte, und sie hatte auch schon die hämischen Blicke bemerkt, die viele ihr nachsandten. Sie galt bereits als sitzengelassene Braut, und die meisten gönnten es ihr.

»Wir werden bald heiraten«, erklärte sie, »aber nach dem Tod meiner Mutter hatte ich keine Lust auf ein fröhliches Fest. Sie werden das sicher verstehen. Auf Wiedersehen!« Sie wollte weiter, aber die Wirtin war noch nicht gewillt, das Gespräch zu beenden.

»An deiner Stelle würde ich ein scharfes Auge auf Belville werfen«, sagte sie, »man hört manches!« Ihre kleinen Augen blinzelten verschlagen.

Gegen ihren Willen wandte sich Mary noch einmal zu ihr um. »Was meinen Sie?«

»Nun, wir leben in einem düsteren Jahrhundert«, erklärte die Wirtin, wohlig schaudernd, »und gerade diese jungen Männer haben oft einen höchst ausgeprägten Sinn für Abenteuer. Manchmal könnte man sie fast leichtsinnig nennen!«

»Ach ja?«

Die Wirtin kam noch näher. »Man sagt, daß draußen auf Marmalon nachts häufig Licht zu sehen ist, und daß fremde Leute kommen und gehen...«

»Was heißt das?« fragte Mary patzig. »Sie sind wahrscheinlich dort hingeschlichen und haben spioniert!«

»Ich? Spioniert? Ich verbitte mir diese Unterstellung!«

»Ich würde Ihnen wirklich raten, sich nicht ununterbrochen in die Angelegenheiten anderer Menschen einzumischen. Und schon gar nicht in meine oder in die Frederic Belvilles!«

»Du hast kein bißchen gute Erziehung, Mary Askew, aber das ist ja wohl kein Wunder. Wo man es nur gut meint! Schließlich willst du diesen Mann heiraten, und da dachte ich, es wäre gut, wenn du wüßtest...«

»Vielleicht wäre es besser gewesen, wenn Sie mehr von Ihrer Tatkraft darauf verwandt hätten, für sich selber einen Mann zu finden«, unterbrach Mary sie scharf, »dann hätten Sie es nicht nötig, sich beständig um die Liebesangelegenheiten anderer Menschen zu kümmern!«

Die Wirtin zuckte zurück. Mary hatte sie an ihrer empfindlichsten Stelle getroffen. Die Tatsache, daß sich nie ein Mann für sie interessiert hatte, war die schlimmste Niederlage im Leben der Wirtin. Sie sah so zornig aus, daß Mary erschrak und eilig weiterging. Sie hatte immer gewußt, daß man sich vor der Wirtin in acht nehmen mußte, aber von heute an, das begriff sie, mußte sie besonders aufpassen. Sie hatte nicht nur ihre Aufmerksamkeit auf sich gezogen, sondern auch ihre Wut. Ein Gefühl sagte ihr, daß das gefährlich werden konnte.

Am Abend warnte sie Frederic vor ihr. Sie trafen sich in der Dunkelheit vor den Mauern des Friedhofes, wo Mary noch ein paar Fichtenzweige auf Lettices Grab gelegt hatte. Es schneite leicht, als sie über die Felder spazierengingen, unter ihren Füßen knirschte der Schnee. Trotzdem dachte Mary daran, daß bald der Frühling kommen würde und daß sie um diese Zeit vor einem Jahr mit Anne Brisbane Essex verlassen, nach London gereist und von dort nach Shadow's Eyes gegangen war. Es kam ihr alles in so weiter Ferne vor. Das Leben schleppte sich langsam dahin, ohne daß etwas wirklich Bedeutendes geschah. Sie berichtete Frederic von der Wirtin, und er nickte sorgenvoll.

»Pater Joshua erzählte mir schon von ihr«, sagte er, »sie beobachtet ihn und mich schon eine Weile. Sie brennt darauf, etwas herauszufinden.«

»Und sie kann auch etwas herausfinden, Frederic, sag mir genau, wer ist der Mann, den du verborgen hältst?«

»Er ist ein Priester. Er betet den ganzen Tag über so viel, daß mir noch schwindelig davon wird, aber ich helfe ihm, weil er ein Feind des Königs ist, und des Königs Feinde sind meine Freunde.«

»Und er ist wirklich in Gefahr?«

»Wenn sie ihn finden, erwartet ihn das Todesurteil. Er lebte in einem Kloster, drei Tagesritte von hier. Die Bewohner des Klosters hatten sich von Beginn der Streitigkeiten an einmütig auf die Seite des Vatikans gestellt und seither jeden Schritt des Königs und seiner Regierung mit scharfen, eindeutigen Worten heruntergemacht. Da sie in ihrer unmittelbatren Umgebung viel Einfluß haben, konnten sie durchaus für Unruhe in der Bevölkerung sorgen. Dieser Priester nun tat sich besonders hervor, und offenbar betrachtete man ihn in London als unmittelbare Gefahr. Verstehst du, Mary, der Einfluß des Königs ist groß, und einem Bauern irgendwo auf dem Land fällt es gewiß nicht leicht, ihm die übliche Unterwerfung zu verweigern, aber auch gerade auf dem Land ist der Einfluß der Kirche sehr stark. Die Menschen waren jahrhundertelang ihrem Glauben treu, sie sind in ihren Traditionen tief verwurzelt, und der König weiß, daß er sie nur mit erbarmungsloser Gewalt dort herausreißen kann. Wer ihm entgegenarbeitet, muß so schnell wie möglich vernichtet werden.«

»Dann sollte der Priester verhaftet werden?«

»Ja, aber er ist gewarnt worden. Zwei Stunden, bevor die Soldaten kamen, konnte er das Kloster verlassen. Seither suchen sie ihn.«

Mary schwindelte es.

»Wie lange bleibt er noch?« fragte sie.

»Noch vierzehn Tage, höchstens. Länger wäre dann wirklich zu gefährlich. Am zwölften März verläßt er Marmalon und zieht auf versteckten Wegen hinauf nach York. Solange…«

»Ich habe dir doch schon gesagt, ich fürchte mich nicht. Ich glaube, daß mir mein Vater gefährlicher sein könnte, als das schärfste königliche Schwert.«

Frederic blieb stehen und nahm ihre Hände. »Das sagst du, weil du die Grausamkeit der Soldaten nie erlebt hast«, sagte er, »sie töten nicht einfach nur, sie foltern, sie quälen ihre Opfer langsam zu

Tode, über Stunden hinweg, und sie vergewaltigen, Mary. Würdest du das auch auf dich nehmen wollen?«

»Nein«, erwiderte Mary schaudernd, »das nicht.« Sie seufzte schwer. Zwischen den dahintreibenden Wolkenfetzen leuchtete kurz die nahezu volle Kugel des Mondes hervor und warf ein sanftes Licht über die schneeverkrusteten Felder und auf die kahlen Bäume. Mary konnte die dunklen, steinernen Mauern von Marmalon erkennen, aus denen ein schwaches Licht in die Nacht fiel. Der Priester...

Mit einem gehetzten Ausdruck in den Augen sah sie Frederic an. »Aber wenn er fort ist, der Priester, dann...«

»Dann heiraten wir, Mary. Wir brauchen ja nichts vorzubereiten, denn wen aus Shadow's Eyes sollten wir einladen? Wir gehen zum Priester und lassen uns trauen, dann kehren wir nach Marmalon zurück und...« er machte eine Pause, zog Mary an sich, strich ihr über die Haare und küßte sie, »und dann trennen wir uns keinen Augenblick unseres Lebens mehr. Und du... verzeihst mir, daß ich dich so lange warten ließ?«

Sie nickte heftig. »Alles«, sagte sie, »alles verzeih' ich dir!«

Frederics Lippen lagen auf ihrer leise pulsierenden Kehle, sie konnte auf sein dichtes, dunkles Haar blicken. Für einen Moment schloß sie die Augen. Sie liebte ihn so sehr, er weckte in ihr jenes Verlangen, jene Sehnsucht, die sie seit der Nacht mit Nicolas im Sherwood Inn kannte und die seither nie ganz verloschen waren. Er war das einzige, was sie auf der Welt wollte.

»Ich glaube, ich muß nach Hause«, flüsterte sie, »es ist schon spät.«

Frederic hob den Kopf, führte ihre Hände an seine Lippen und küßte sie. »Noch vierzehn Tage«, sagte er leise, »ich freue mich so darauf.«

Kurze Zeit später bog Mary in die Gasse ein, in der das Armenhaus stand. Wegen der Kälte war sie schnell gelaufen und deshalb etwas außer Atem, und sie sehnte sich nach ihrem warmen Bett. Aber plötzlich hielt sie inne und blieb üerrascht stehen. Für gewöhnlich hielt sich um diese Zeit niemand mehr in den Straßen auf, schon gar nicht in einer so kalten Nacht. Aber heute fiel aus allen Häusern Licht hinaus in die Dunkelheit, an den Fenstern lehnten Menschen oder standen in kleinen Gruppen vor den Türen zusammen und sprachen eifrig aufeinander ein. Als Mary herankam, hörten einige auf zu reden und sahen sie an.

Mary trat auf die erste Gruppe zu. Ein paar Frauen standen dort, ungewohnt anzusehen in ihren langen, hochgeschlossenen Nachthemden aus schwerem Leinen, wollene Tücher um die Schultern geschlungen und kleine, kunstvoll gefaltete Schlafhauben auf den gelösten Haaren. Manche hatten ihre kleinen Kinder auf dem Arm, die verschlafen blinzelten oder weinerlich vor sich hin greinten.

»Ach, ist das nicht Mary Askew?« fragte eine Frau. »Daß du auch schon kommst!«

Ein feindlicher Ausdruck glitt über die Mienen der anderen. Wenn sie einer Geschlechtsgenossin etwas mißgönnten, dann Jugend und Lebensfreude. Und ihrer aller moralisches Bewußtsein war sehr ausgeprägt.

»Was ist denn passiert?« fragte Mary verwirrt. Sie sah zum Haus ihres Vaters hin, und auch dort waren die Fenster erleuchtet. »Sagt mir doch, was passiert ist!«

»Die Soldaten waren hier«, entgegnete eine Frau. Sie hatte unwillkürlich ihre Stimme gesenkt und sah sich unsicher um. »Fünf Stück waren es. Sie kamen ohne Warnung!«

»Was?«

»Ich bin von den Pferdehufen aufgewacht«, berichtete eine ältliche Frau eifrig, »ich denke noch: was kann das sein? Und frage meinen Mann, ob er es auch hört, da hämmern die schon an eine Tür und schreien, daß ganz Shadow's Eyes dröhnt! Ich hätte ja sonst gedacht, ich würde vielleicht nur träumen, denn oftmals hat man doch so lebendige Träume, wo man hinterher gar nicht weiß, ob das vielleicht Wirklichkeit war, nicht?«

»Ich war ja furchtbar erschrocken«, mischte sich eine andere ein, »ich liege wach in meinem Bett und kann nicht schlafen, weil mir mein Zahn so höllisch weh tut, und ich jeden Augenblick aufstehen muß und Kamillenumschläge auf mein Gesicht legen, ich liege also wach und denke an nichts Böses, da höre ich Pferdewiehern, Hufe, laute Stimmen und das Klirren von Schwertern, und natürlich laufe ich zum Fenster, das tut man doch unwillkürlich immer, wenn sich auf der Straße etwas bewegt, nicht? Und was sehe ich?«

»Herrgott, was denn?« fragte Mary schrill. Diese dämliche alte Vettel, sie würde sie schütteln, wenn sie nicht endlich zur Sache käme.

»Stehen die doch vor'm Armenhaus und schlagen beinahe die Tür ein!«

Alle Frauen nickten genußvoll und beobachteten zufrieden, wie Mary blaß wurde.

»Warum vor dem Armenhaus?« fragte sie zitternd. Schweigen antwortete ihr. Sie drehte sich um, raffte ihre Röcke und rannte die Gasse entlang, an all den Menschen vorbei, die zurückwichen, als sie kam und ihr schweigend nachstarrten.

»Das ist Mary Askew«, hörte sie jemanden flüstern, »wo die jetzt wieder herkommt? Um die Zeit?«

»Na, woher wohl? Von Marmalon, und man sagt, daß dort auch nicht alles mit rechten Dingen zugeht!«

»Eine schamlose Person!«

»Psst! Lästert doch nicht immer so über das arme Mädchen.«

Atemlos blieb Mary vor der Haustür stehen. Hinter den Fenstern brannten Kerzen und beleuchteten zuckend das rostige Schild »Armenhaus«, das in die Gasse ragte und leise quietschend im Wind schaukelte. Es schneite heftiger, und Mary wollte schnell die Tür öffnen, die immer unverschlossen blieb, weil es hier ohnehin nichts zu stehlen gab, aber in dieser Nacht mußte jemand von innen den Riegel vorgeschoben haben, denn das morsche Holz gab nicht nach.

»Vater, mach auf! Mach bitte auf! Vater, Edward, ich bin es, Mary!«

Sie rüttelte an der Tür, schlug mit der Faust dagegen, starrte an der Hauswand hoch, als könne sie von dort eine Antwort bekommen. Alles Gemurmel in der Gasse erstarb, die Leute sahen fast mitleidig zu dem bleichen jungen Mädchen unter dem schaukelnden Schild hin.

»Vater, Edward! Ich bin es. Laßt mich doch ein!« Marys erhobene Hände glitten erschöpft am Holz der Tür hinunter. Sie spürte, wie jemand hinter sie trat und sah sich um. Es war Bess im eilig übergestreiften Kleid mit wehenden Haaren.

»Was ist denn passiert?« fragte sie, »es waren Leute bei uns, die gesagt haben, daß daheim etwas geschehen ist.« Ihre grünen Augen funkelten. Sie war weniger erschrocken als erregt.

Mary sah sie verzweifelt an. »Ich weiß es nicht, Bess. Niemand öffnet, aber es ist Licht. Vater und Edward müssen da sein.«

Bess trat mit solcher Kraft gegen die Tür, daß das Holz Splitter bekam.

»Öffnet, ihr verfluchten Dreckskerle«, brüllte sie, »öffnet, oder ich stecke das ganze verdammte Haus in Brand!«

Sie hielt inne. Niemand sprach, und in der Stille konnten sie schlurfende Schritte vernehmen, die sich langsam der Tür näherten. Jemand hantierte am Riegel, dann wurde sie einen Spaltbreit geöffnet, und Ambroses verquollenes, aufgedunsenes Gesicht wurde sichtbar. Eine Woge von Alkoholgeruch strömte den beiden Mädchen entgegen.

»He, was macht ihr für 'n Krach«, murmelte Ambrose, »hatte genug Krach heute nacht!«

Er war wie immer betrunken und schwankte leicht, aber er ließ seine Töchter widerstandslos eintreten. Bess schlug laut krachend die Tür hinter ihnen zu.

»Verdammte Gaffer da draußen«, brummte sie, »haben die nichts besseres zu tun, als die halbe Nacht vor unserem Haus herumzustehen und ihre spitzen Nasen in unsere Angelegenheiten zu stecken?«

»Was ist denn nun passiert?« fragte Mary. »Die Leute sagen, es seien Soldaten hier gewesen.«

»Ja, allerdings. Dreckige Kerle. Ich hab' denen gesagt, sie sollen sich zum Teufel scheren, aber dann wollten sie eigentlich gar nichts von mir, und da habe ich gesagt, sie sollen eben reinkommen – in Teufels Namen!«

Mit Sicherheit hatte Ambrose nicht so gesprochen, aber nun, da der erste Schreck vorüber war, verfiel er wieder in sein altes Prahlen. Dabei hatte er sich immer noch nicht ganz beruhigt, seine Lippen waren weiß, und seine Hände zitterten.

»Was wollten sie denn?« erkundigte sich Bess und spazierte seelenruhig in die Küche, wo Edward saß. »Deinen Vorrat an Alkohol konfiszieren? Oder mal herausfinden, was aus den vielen einstigen Gästen dieses Hauses geworden ist?«

Edward hob den Kopf. Er blinzelte in das Licht der Kerze, die die Küche schwach beleuchtete.

»Nan Mortimer haben sie abgeholt«, sagte er.

Marys Augen weiteten sich. »Bitte?« fragte sie ungläubig.

»Hast du nicht gehört, was dein Bruder sagt?« warf Ambrose ein. »Die Mortimer, die alte Hexe, haben sie geholt. Und zum Teufel mit ihrer Seele! War mir immer unheimlich, das häßliche Weib mit der Zauberkugel!«

Mary stürzte an ihm vorbei aus der Küche über den Gang und riß die Tür zu dem Raum auf, in dem die Gäste des Hauses schliefen.

»Nan!« schrie sie. »Nan Mortimer, wo bist du?«

Niemand antwortete. Marys Augen gewöhnten sich an die Dunkelheit. Sie vermochte die Gesichter der beiden alten Bettler vor sich zu erkennen, die seit kurzem hier waren, und die atemlose Angst in ihren Zügen. Nan war nicht unter ihnen.

»Aber das kann doch nicht sein!« Mary wandte sich zu ihrem Vater. »Das kann nicht sein!«

»Warum denn nicht?« fragte Bess giftig. »Und was kümmert dich das Schicksal von der alten Mortimer? Was ist, Vater, wurde sie als Hexe verhaftet?«

Ambrose nickte gewichtig. Nun, da er endlich sicher war, daß ihm nichts geschehen würde, blühte er auf. Auf einmal begann er es zu genießen, im Mittelpunkt der allgemeinen Aufregung zu stehen.

»Jemand hat sie angezeigt«, sagte er.

Nun war selbst Bess überrascht. »Angezeigt? Wer mag das gewesen sein?«

»Die Leute sagen, die Wirtin vom Oakwood House.«

»Natürlich, wer auch sonst! Bloß, warum erst jetzt?« Bess ließ sich auf einen Stuhl fallen und streckte die Beine von sich. »Na ja, nicht schade darum«, meinte sie gleichmütig, »ich denke ohnehin, daß die Alte den Teufel im Leib hatte! Was meinst du dazu, Mary?«

Mary schien aus einer tiefen Betäubung zu erwachen.

»Die Wirtin«, murmelte sie, »Gott, wer hätte gedacht, daß das teuflische Weib so schnell zuschlägt?«

»Was meinst du?«

»Ach, nichts.«

Aber Bess bemerkte sehr wohl den Ausdruck der Gedankenabwesenheit und Unruhe auf Marys Gesicht.

»Hattest du in der letzten Zeit eine Begegnung mit der Wirtin?« fragte sie lauernd.

»Nein, hatte ich nicht.«

»Aber warum waren so viele Soldaten in Shadow's Eyes?« murmelte Ambrose. »Sonst hätte sie Nan Mortimer gar nicht so bequem anzeigen können!«

Bess lächelte boshaft. »Frag das doch Mary! Frag Mary, warum so viele Soldaten hier sind!«

»Ich weiß es doch auch nicht.«

»Natürlich weißt du es. Sie suchen Priester und Nonnen, die den Aufstand planen – und solche, die ihnen dabei helfen! Ist es nicht so?«

»Wen interessiert es schon, wen die Soldaten hier suchen?« gab Mary zurück, aber sie war viel zu nervös, um Bess täuschen zu können. Die kicherte boshaft.

»Wann gehst du denn wieder mal nach Marmalon?« fragte sie. »Oder erscheint dir das im Augenblick zu gefährlich?«

Mary verließ stumm die Küche. Sie hätte kein Wort mehr herausgebracht, außerdem wollte sie nicht, daß ihre Familie merkte, wie ihre Hände zitterten. Sie sah durch das Flurfenster hinaus auf die Gasse, wo sich die Menschen wie schwache Schatten wieder auf ihre Häuser zu bewegten. Aber über all ihren Bewegungen, über ihren Gesichtern und ihrem Schweigen lag eine angstvolle, gespenstische Unruhe. Die Soldaten des König waren im Dorf, und jeder wußte, daß das noch nie etwas Gutes gebracht hatte. Es ging nun darum, die eigene Haut zu retten, und Mary wußte, daß dies schon immer die Menschen in skrupellose Geschöpfe verwandelt hatte, die jeden erbarmungslos niedermachten, wenn es ihnen nützen konnte. Sie preßte die Lippen zusammen, um nicht zu weinen, dann trat sie einen Schritt zurück und stolperte über etwas, das sie bei näherem Hinsehen als Nans Messingkugel erkannte, die blankgeputzt und schillernd im Staub auf dem Fußboden lag. Mary hob sie auf, ließ sie leicht an ihrer Kette herumschwingen. Schwach spiegelte sich ihr eigenes Gesicht darin. Sie mußte an Nan denken und an ihr geheimnisvolles Flüstern, an die tausend Versprechungen, Botschaften, Bilder und Rätsel, die sie stets in dieser Kugel gesehen hatte. Und voller Angst fragte sich Mary, welches Schicksal Nan Mortimer an diesem Abend wohl Frederic Belville prophezeien würde, wäre sie noch in Freiheit. Sie selber konnte in dem glänzenden Metall nichts erkennen, aber eine düstere Ahnung und ein Gefühl der Angst bemächtigte sich ihrer, so daß sie mit einer heftigen Bewegung die Kugel in eine Ecke warf und die Treppe hinaufrannte in ihr Zimmer. Heute nacht würde sie beten, wohl wissend, daß Gott keinen Grund hatte, den Bitten einer so unsteten Dienerin des Glaubens Gehör zu schenken, aber getrieben von der Hoffnung, daß er, sollte es ihn doch geben, bereit wäre, ihr ihre Nachlässigkeit, ihre Zweifel und lasterhaften Gedanken zu vergeben; nicht zuletzt auch ihre Beihilfe zu Cavendors Ermordung, für die zu bezahlen sie bereit war, notfalls mit ihrem Seelenheil, aber nicht mit dem Leben von Frederic Belville.

Nan Mortimer, der Hexerei und der geschlechtlichen Liebe mit dem Teufel angeklagt, brachte Shadow's Eyes um die Sensation einer öffentlichen Verbrennung, denn sie starb im Gefängnis, sogar noch ehe man sie hatte verhören oder foltern können. Das Dorf besaß keinen Gefängnisbau, aber einen alten, trockengelegten Brunnenschacht, in den man auf eisernen Sprossen hinuntersteigen konnte. Durch eine seitliche Tür gelangte man dann in ein vollkommen finsteres, kleines Steingewölbe unter der Erde. Der Raum war jetzt im Winter nichts als ein eisiges Grab, aber kein Mensch hatte daran gedacht, daß bei Schnee und gefrorenem Boden ein Lebewesen dort unten nicht eine einzige Nacht überstehen konnte. So fand man auch Nan am Morgen nach ihrer Verhaftung erfroren in einer

Ecke liegen, was man natürlich auf ihr Bündnis mit den Geistern schob, die sie errettet hatten, noch bevor sie auf der Folter die Namen weiterer Komplizen hatte preisgeben können.

Mary hatte am Mittag von Nans Tod erfahren und lief noch am frühen Abend im Schutz der Dämmerung nach Marmalon, um Frederic zu berichten, was geschehen war und ihn erneut zu beschwören, die ganze Angelegenheit, in die er sich hatte verwickeln lassen, so schnell wie möglich zu beenden.

Zu ihrer Verwunderung, ihrem Schrecken, aber schließlich auch ein wenig zu ihrer Beruhigung, traf sie niemanden in Marmalon an, weder Frederic noch den Priester. Der Hof lag wie ausgestorben unter schmutzigen, vereisten Schneeresten, kein Rauch stieg aus dem Schornstein, in den Ställen standen keine Tiere. Die Tür war verschlossen. Mary kratzte das Eis von den Fenstern und spähte ins Innere des Hauses, aber nichts regte sich. Im ersten Augenblick dachte sie voller Entsetzen, Frederic sei bereits verhaftet worden, aber dann befahl sie sich, ihren Verstand zu gebrauchen. Nach allem, was sie je gehört hatte, hinterließen die Soldaten des Königs ein überfallenes Gehöft niemals in diesem Zustand. Nirgendwo konnte sie die Spur eines Kampfes entdecken, weder Blut noch zerfetzte Kleidungsstücke oder zerbrochene Waffen. Es gab keine Asche, keine umgeschlagenen Bäume, keine zerbrochenen Türen. Hier hatte es keinen Überfall gegeben. Viel wahrscheinlicher war, daß Frederic von Nans Verhaftung gehört hatte und samt dem Priester und seinen Tieren in ein anderes Versteck gewechselt war. Gott mochte wissen, wo sich dieses befand. Mary ging noch einmal um den ganzen Hof herum, konnte aber nicht die Spur von Leben entdecken und machte sich schließlich im wieder einsetzenden Schneefall auf den Heimweg.

Die nächsten zwei Tage verrannen mit zäher Langsamkeit. Es wurde noch einmal sehr kalt und schneite einen Tag und eine Nacht hindurch. Mary konnte morgens kaum ihr Fenster öffnen, so hoch türmte sich der Schnee davor. Eine Woge von eisiger Kälte strömte ins Zimmer, dichte graue Wolken hingen tief über den Häusern. Der Sonne gelang es nicht, den Nebel zu durchbrechen, und der Tag verharrte in trübem Licht. Mary mußte schon am frühen Nachmittag Kerzen anzünden, als sie in der Küche arbeitete. Um sich abzulenken, kochte sie ein aufwendiges Essen, das sie sich eigentlich gar nicht leisten konnten, hackte draußen das Eis auf dem Brunnen auf, schleppte Wasser nach drinnen, wärmte es auf dem Feuer und schrubbte die ganze Küche. Ihre Hände wurden rot und hart und bekamen Risse, ihre Haare hingen ihr aufgelöst über die Schultern, und ihre Füße taten weh, aber sie arbeitete mit unvermindertem Schwung. Ambrose und Edward hatten sich schon vor einigen Stunden ins Oakwood House begeben, so daß sie wenigstens allein war. Als sie sich endlich erschöpft aufrichtete, sah sie durch das Fenster, daß die Nacht hereingebrochen war. Sie erhob sich und spähte hinaus. Die Wolken hatten sich verzogen, der schwarze Himmel war frostklar und voller Sterne.

Gott, ist das eine kalte Nacht, dachte sie schaudernd, hoffentlich hat Frederic es warm, wo auch immer er ist!

Im gleichen Moment wurde an die Haustür geklopft. Mary erschrak. Für Ambrose und Edward war es noch zu früh. Sie lief, um zu öffnen, und zu ihrem Erstaunen war es Bess, die eintrat. Sie hatte ein großes, wollenes Tuch um Kopf und Schultern gelegt, und ihre schmalen grünen Augen blitzten.

»Wie gut, du bist zu Hause«, sagte sie, »ich habe Neuigkeiten.«

»Komm doch herein«, bat Mary, eher höflich als herzlich, »was für Neuigkeiten?«

Bess trat ein und schüttelte sich. »Du glaubst nicht, wie kalt es draußen ist! Wenn ich daran denke, daß die armen, fetten Mönche jetzt durch den Schnee irren und sich verzweifelt fragen, was sie nur falsch gemacht haben, daß der liebe Gott sie so straft...«

»Was?«

»Es sind Leute von anderen Dörfern hier vorbeigekommen heute, auf der Flucht, weil sie nicht wissen, was noch alles geschieht. Sie haben erzählt, daß ein Kloster, nur zwei Stunden von uns, brennt, in hellen Flammen, und so manches Gehöft auch. Ein paar Nonnen haben sie aufgehängt, einen Priester ersäuft, einen im Schnee vergraben. Ich glaube...«

»Weshalb denn das?«

Bess streckte ihre klammen Finger gegen den warmen Küchenofen hin. »Wohl um zu zeigen, was mit denen passiert, die sich dem König widersetzen. Offenbar schlagen die Soldaten heute nacht gnadenlos zu. Es gibt Klöster und Menschen, die Aufständische verstecken. Die kommen jetzt dran!«

Mary stürzte ans Fenster und spähte hinaus, aber sie konnte nichts sehen als Finsternis. Sie drehte sich wieder um, ihr Gesicht war weiß geworden, in ihren Augen stand eine wilde, dunkle Angst, die sie nicht einmal vor Bess zu verbergen suchte.

»O Bess, ich muß fort, ich...« Sie wollte in panischer Eile zur Tür, aber Bess hielt sie zurück.

»Tu nichts Unüberlegtes«, sagte sie kühl, »du willst zu Belville, aber ich glaube, etwas Schlimmeres könntest du ihm jetzt nicht antun. Fast jeder weiß, daß in Marmalon nicht alles mit rechten Dingen zugeht, aber wenn du jetzt auch noch dorthin rennst, dann machst du möglicherweise noch die Leute darauf aufmerksam, die es besser nicht wissen sollten!«

Mary schloß die Augen und nickte schwach. »Du hast recht«, murmelte sie schwach. Als sie nach einer Weile wieder aufsah, hatte sie zu ihrer Verwunderung den Eindruck, Bess betrachte sie mit einem Anflug von Mitleid auf dem Gesicht.

»Du leidest höllisch«, stellte sie mit ihrer rauhen, sarkastischen Stimme fest, »schon seit Wochen, man sieht's dir an. Wie verrückt bist du nach diesem Belville?«

Mary lächelte hilflos. »Ich könnte für ihn...« begann sie, merkte dann aber, daß sie kein Wort fand, das ausgereicht hätte, ihre Gefühle zu beschreiben, und so setzte sie einfach hinzu: »Ich liebe ihn. Ich will ihn heiraten. Ich will seine Kinder kriegen. Ich will in Marmalon leben. Und, Herrgott noch mal«, mit einem leisen Aufschluchzen wandte sie sich wieder zum Fenster, »verflucht sei die Bande, die versucht, mir das alles wegzunehmen!«

»Die kannst du ruhig verfluchen«, meinte Bess gleichmütig, »die bleiben Sieger, im Himmel und auf Erden.«

»Frederic finden sie nicht!«

»Dafür, daß du das glaubst, zitterst du aber ziemlich stark. Siehst du, ich habe es schlauer angestellt als du. Ich habe nie geliebt und nie gelitten!«

»Du hast nie gelitten, aber dafür nie geliebt. So würde ich das sehen.«

Bess zuckte mit den Schultern. »Ich weiß nie, ob du klug bist, Mary, oder naiv. Ich hab' dich für verteufelt geschickt gehalten, als du nach London gegangen bist, aber als du wiederkamst, dachte ich, so dumm könnte man einfach nicht sein!«

»Ich wäre sowieso gekommen, wegen Frederic. Außerdem lag unsere Mutter im Sterben.«

»Ja sicher, aber welchen Grund hat sie dir gegeben, daß du sogleich an ihr Lager eilen mußtest? Sie war schlimmer zu dir als zu uns allen!«

»Ich glaube trotzdem, es war meine Pflicht.«

Bess lachte verächtlich.

»Weißt du«, sagte sie, »das eben ist es, was dich und Belville verbindet. Eure verdammte Ehrenhaftigkeit. An eurem Edelmut werdet ihr beide noch eines Tages krepieren. Ich bin gespannt, wie oft du auf die Nase fallen mußt, bis du begreifst, daß die Leute, die dir deinen wunderbaren Charakter anerzogen haben, Lady Cathleen und die Brisbane und ähnliches Pack, daß die es sich vielleicht leisten können, so aufopferungsvoll gut zu sein, aber solche wie du und Belville und ich nicht. Güte mußt du bezahlen können, sonst gehst du dabei drauf!«

»Vielleicht hast du recht. Ich weiß bloß nicht, ob du die richtige bist, mir das zu sagen. Denn ich habe jedenfalls nicht den Eindruck, daß du ein besonders glückliches Leben führst.«

Bess zuckte zusammen, und in ihrer Stimme schwang haßerfüllte Bitterkeit, als sie sagte: »Weiß der Teufel, nein. Aber die Hölle hole dich, wenn du das noch einmal sagst!« Ihre Augen waren wild, ihr Gesicht weiß.

Mary nickte langsam. »Ich sage nichts mehr darüber. Wenn du nicht mehr über Frederic sprichst!«

Bess hatte sich wieder gefangen und lachte. »Verräterisch, unsere Unterhaltung«, meinte sie, »wir sind keineswegs besonders alt, aber ein bißchen Tragödie haben wir schon hinter uns. Wie ist es mit dir, Mary, wenn du heute zu unserem Herrgott müßtest und beichten – wär's dir unangenehm?«

»Ziemlich unangenehm. Und dir?«

»In die Hölle würde er mich schicken. Ich quäle meine Kinder, trinke zuviel und schlafe mit jedem Mann, den ich nur kriegen kann. Gottverdammtes Leben ist das!« Sie schlug mit der Faust auf den Tisch.

Mary sank stöhnend auf eine Bank. »Lieber Himmel, Bess, ich habe solche Angst«, flüsterte sie.

»Die hätte ich an deiner Stelle auch. Aber du bist selber schuld, du hättest ja in London bleiben können.«

Mary erwiderte nichts darauf, und beide schwiegen eine lange Zeit. Sehr spät am Abend kehrten Ambrose und Edward zurück und mit ihnen der Metzger, Bess' Mann, der seine Frau zu Hause vergeblich gesucht hatte.

»Ach, hier bist du, du Schlampe!« brüllte er. »Wie kommst du dazu, dich in der Gegend herumzutreiben, ohne mich zu fragen und die Kinder stundenlang allein zu lassen? Los, antworte mir!«

Bess sah ihn mit unnachahmlicher Verachtung an, wie das verletzender nur noch Lettice in ihren besten Zeiten gekonnt hatte. Ihr Mann stieß einen Wutschrei aus und schlug ihr mit geübter Brutalität, wie sie sein schmutziges Handwerk erforderte, ins Gesicht, so hart, daß sie rückwärts gegen die Wand taumelte.

»Laß dein überhebliches Getue, du Schlampe!« brüllte er. »Oder ich breche dir alle Knochen, verstanden?«

Bess' Augen sprühten, aber sie wagte nicht, sich zu wehren.

Ambrose grinste. »Gut«, sagte er, »der einzige Weg, mit ihnen fertig zu werden. Noch ein halbes Jahr, und Bess kuscht, wenn sie dich nur sieht!«

Die Männer lachten und versicherten einander ihrer himmelhohen Überlegenheit. Sie setzten sich an den Tisch und machten sich über das Essen her, das Mary auftrug. Sie berichteten dabei, daß tatsächlich ein Kloster brannte, und unter den Leuten im Dorf einige Aufregung herrschte.

»Jetzt kommen die Mönche und ihre Helfershelfer dran«, stellte Edward zufrieden fest, »wird auch Zeit, findest du nicht, Mary?«

»Ich finde es abscheulich«, erwiderte Mary kalt.

Aus reiner Opposition gegen ihren Mann pflichtete Bess ihr bei.

»So kann der König das nicht machen«, sagte sie, »aber er ist eben auch nur ein Mann und deshalb ...« Der Metzger hob drohend den Arm, sie verstummte und schlug die Augen nieder.

Mary verbrachte den Abend in zitternder Spannung. Immer wieder lief sie die Leiter in ihre Kammer hinauf und sah zum Fenster hinaus, aber die Dächer der anderen Häuser versperrten ihr die Sicht. Wenn nur draußen in Marmalon alles ruhig war! Sie verkrampfte ihre Hände ineinander und preßte ihr Gesicht an die Wand. Die Nacht war kalt und eisig still und schien eine lauernde Gefahr in sich zu bergen. Aus der Küche drang gröhlender Gesang nach oben. Ambrose mußte äußerst guter Laune sein. Die Tatsache, daß es ganz so aussah, als werde es nun den katholischen Priestern ans Leben gehen, bedeutete einen persönlichen Triumph für ihn.

Als Bess und der Metzger weg waren und Ambrose und Edward im Bett, kehrte Mary in die Küche zurück, räumte das schmutzige Geschirr weg, wischte den Fußboden und stützte sich schließlich erschöpft, aber innerlich angespannt und zitternd auf den Küchentisch.

Ich werde kein Auge zutun heute nacht, dachte sie.

Schließlich raffte sie sich auf und ging in ihre Kammer. Als sie sich auf dem Strohlager ausstreckte, schlugen die Kirchenglocken 12mal. Dumpf hallten die Klänge durch die Winternacht. Mary starrte in die Dunkelheit, in der sie tausend tanzende Schatten zu sehen meinte. Wenn nur diese Nacht endlich vorbei wäre, wenn die Zeit vorbei wäre, die Frederic ihr aufgeladen hatte und die für immer in ihrer Erinnerung in einen kalten, undurchdringlichen Nebel der Angst gehüllt bleiben würde. Warum tat er das? Er wußte, daß er der Mittelpunkt ihres Lebens war, daß sie auf ihn ihre ganze Zukunft gründete. Sie liebte ihn – und in einem Gefühl von hilflosem, erstauntem Trotz dachte sie, daß diese Tatsache hätte ausreichen müssen, ihn von allem übrigen, was ihn bewegte, fort und zu ihr hin zu treiben. Die Einsicht, ihn zu teilen, mit seinem Haß auf den König, mit seiner Leidenschaft für Politik, mit seinen elenden Ansichten von Mut und Ehrbarkeit, diese Einsicht traf sie hart, aber nicht erst in dieser Nacht. Wenn sie zurückdachte an die Jahre ihrer beider Kindheit, jene verspielten, zauberhaften Jahre, dann meinte sie, daß sie es von Anfang an hätte wissen müssen. Das blasse Gesicht des mageren Jungen unter den Kirschbäumen von Marmalon war zu ernst gewesen, die dunklen Augen zu leidenschaftlich und zu wissend. Wenn er von einer besseren Zukunft sprach, hatte er damit nicht nur Mary gemeint, und jetzt setzte er ihrer beider Zukunft gelassen aufs Spiel. Sie fand das einfach nicht richtig von ihm. Wenn ihm nur in dieser Nacht nichts geschah! Selbst wenn er sich nicht mehr in Marmalon aufhielt, mußte er immer noch in der Nähe sein, und jederzeit konnte ein Trupp Soldaten ihn aufspüren.

Es dauerte lang, bis Mary in einen unruhigen Schlaf fiel, der von lebhaften Träumen begleitet wurde. Sie hatte später keine Ahnung, wie lange sie geschlafen hatte, es kam ihr nur wie ein Augenblick vor. Sie wurde von Stimmen aufgeschreckt, die in den Gassen klangen, begleitet von anderen tumultähnlichen Geräuschen.

Mary brauchte kaum einen Moment, um mit einem Sprung ihr Bett zu verlassen. Sie lief über den eiskalten Fußboden, kauerte am Fenster nieder und versuchte, ein Loch in die gefrorene Scheibe zu kratzen. Ungeduldig riß sie das Fenster schließlich auf. Beißend kalte Luft strömte ins Zimmer, eine Wolke pulvriger Schnee rutschte auf den Boden. Mary lehnte sich hinaus, die Tränen schossen ihr in die Augen, so scharf war die Kälte. Sie erblickte Menschen unten auf der Straße, das gleiche Bild wie bei Nans Verhaftung vor zwei Tagen, dann schaute sie hoch über die Dächer, und sie war noch so im Schlaf gefangen, daß sie, den leuchtend roten Schein am östlichen Himmel betrachtend, dachte: Oh, es ist schon Morgen?

Aber gleich darauf durchzuckte sie ein heißer Schreck, entsetzt hielt sie den Atem an. So glühend und schimmernd ging kein Morgen auf, so hell hatte der Himmel nie geleuchtet. Das war keine Sonne, was sie sah, das war der Schein eines Feuers, eines gewaltigen Brandes östlich vom Dorf, der sich im Nachthimmel spiegelte.

»Aber es kann nicht Marmalon sein«, sagte sie tonlos und wußte dabei, daß es nur Marmalon sein konnte. Es gab dort sonst kein Gehöft, und was sollte so heftig brennen, wenn nicht ein Haus? Nun endlich vernahm sie auch die Stimmen der Menschen unten auf der Gasse, und es gelang ihr, einzelne Worte auszumachen.

»Sie brennen Marmalon nieder!« rief eine Frau. »Der ganze Hof soll schon in Flammen stehen!«

»Ich habe immer gesagt, daß dort etwas nicht in Ordnung ist!«

»Haben sie Belville verhaftet?«

»Ich weiß nicht. Vielleicht hängt er schon am nächsten Baum.«

Die Stimmen tobten weiter, wurden undeutlicher. Oben schloß Mary mit zitternden Fingern das Fenster. Ihr war übel, sie fror, und gleichzeitig breitete sich ein heißes, schmerzhaftes Brennen in ihrem Körper aus. In ihren Schläfen hämmerte es, und ihr Atem ging auf einmal schwer und unregelmäßig. Immer wieder murmelte sie: »Und wenn! Sollen sie Marmalon niederbrennen, Frederic ist nicht dort!«

Aber sie konnte sich damit nicht beruhigen. Sie tastete nach ihren Sachen, schlüpfte in Wäsche, Kleider und Schuhe, strich sich die wilden, fliegenden Locken aus dem Gesicht. So schnell sie konnte lief sie aus dem Zimmer und hastete die Treppe hinunter.

Unten traf sie auf Edward, der sich, vom Schlaf und vom Bier verwirrt, etwas hilflos umsah. »Was ist denn los?« fragte er. »Was soll der Krach?«

Mary antwortete nicht, sondern stieß ihn einfach zur Seite. Ehe er sie zurückhalten konnte, war sie schon zur Tür hinaus und trat auf die Straße. Heute beachtete sie niemand, es schien, als seien alle Leute zu aufgeregt, um überhaupt jemanden richtig wahrzunehmen. Mühsam bahnte sie sich ihren Weg durch das Gedränge, zwischen schreienden, gestikulierenden Männern und Frauen hindurch, an quengelnden Kindern und kläffenden Hunden vorbei. Ihr Rock schleifte in Schnee und Straßenschmutz, beim Atmen tat ihr vor Kälte der ganze Mund weh. Aber sie kümmerte sich nicht darum, sondern lief rücksichtslos weiter, ganz gleich, wer ihr in den Weg trat und wen sie beiseite stoßen mußte. Ohne weiter darüber nachzudenken, lief sie den Weg, der sie aus Shadow's Eyes hinaus und auf Marmalon zuführte. Sie achtete nicht auf ihr Seitenstechen, nicht auf ihren rasselnden Atem und ihre schmerzenden Lungen. Sie dachte auch nicht darüber nach, daß es für sie gefährlich werden konnte, jetzt dorthin zu gehen, wo das Feuer herkam. Sie stolperte nur vorwärts, getrieben von einer Angst, die sie jede Vorsicht vergessen ließ. Sie hielt erst inne, als eine Hand nach ihrem Arm griff und sie zurückzog.

»Lassen Sie mich doch los!« rief sie, aber dann erkannte sie Pater Joshua, der sie aus einem schneeweißen, vom Grauen verzerrten Gesicht ansah.

»Mary, wo willst du hin? Die Soldaten des Königs sind in Marmalon, und sie haben den ganzen Hof in Brand gesetzt! Du darfst unter keinen Umständen dorthin laufen!«

»Oh, aber ich muß da hin! Vor zwei Tagen war er nicht mehr in Marmalon, und ich will mich vergewissern, daß er...«

Der Priester sah sie an. »Vor zwei Tagen? Hast du ihn dort gesucht?«

»Ja, aber niemand war da. Nicht einmal die Tiere. Ach, bitte, lassen Sie doch meinen Arm los!«

»Aber Mary, er war da! Frederic Belville war die ganze Zeit in Marmalon. Bis zu dieser Stunde!«

»Was?«

»Du mußt mir glauben, ich...«

»Es ist nicht wahr. Ich war ja dort. Der Hof lag völlig ausgestorben!«

In Marys Augen trat ein helles Funkeln, während sie sprach, ein Blick, der den Priester drohend beschwor, ihren Worten zuzustimmen. Sie stand noch immer mit erhobenen Armen vor ihm, weil er ihre beiden Handgelenke fest umklammert hielt.

»Mary, bitte, sei tapfer! Belville hatte Marmalon nie verlassen. Er hat die Tiere fortgebracht, das ist wahr, zu anderen Bauern in der Gegend, um den Eindruck zu erwecken, es sei niemand da. Aber er und... und der andere Mann hatten sich in Wahrheit im Keller verbarrikadiert, und dort waren sie auch heute nacht, als...«

Marys Lippen öffneten sich leicht, als wolle sie etwas sagen, aber sie brachte keinen Ton heraus. Sie schüttelte nur stumm den Kopf.

»Mary, Leute haben berichtet, daß Belville und sein Gast gefunden worden sind. Der junge Priester wurde verhaftet und abgeführt, und Belville selber...«

Er stockte erneut. Seine Augen sahen Mary nicht an, seine Stimme klang fremd und fern. Mary wandte den Kopf. Sie roch den

Rauch, den der Wind von Osten mit sich trug und nahm den feinen Ruß wahr, der in der Luft schwang. Ihre Augen begannen zu brennen, ohne daß sie wußte, ob das am Qualm lag oder an dem Schmerz, der wie rasend über sie herfiel und ihr fast die Besinnung nahm.

»Was haben sie mit Frederic gemacht?« Sie wußte später nicht, hatte sie diese Frage geflüstert oder geschrien. »O Gott, was haben sie mit Frederic gemacht?«

»Bitte, Mary, glaub mir, es tut mir so leid. Es tut mir so schrecklich leid! Ich weiß, was er dir bedeutet hat.«

»Was haben sie...« Marys Stimme brach, sie konnte den Satz nicht zu Ende bringen. Sie bemerkte eine Frau, die stehengeblieben war und sie neugierig anstarrte, und sie dachte: Geh doch weiter, du alte Kuh, geh bloß weiter. Mein Leben zerbricht gerade, und ich brauche niemanden, der dabei zusieht.

»Er ist für eine gute Sache gestorben, Mary, glaub mir. Ich weiß, das ist nur ein schwacher Trost jetzt, aber irgendwann wird es ein Trost sein...«

»Was haben sie mit ihm gemacht...«

Der Griff um ihre Handgelenke verstärkte sich, die Augen des Priesters wurden sehr sanft und waren voll tiefer Traurigkeit. »Leute haben berichtet, daß er mit dem Schwert gegen fünf Angreifer kämpfte... natürlich war er nicht zu retten... ein Schwert traf ihn tödlich, gleich unter dem Herzen, er starb fast im nächsten Moment...«

»Nein!« Mit einem Aufschrei versuchte Mary sich loszureißen, aber er hielt sie eisern fest, und seine sanfte Stimme war dicht neben ihr. »Mary, bitte! Es tut mir so leid, Gott weiß, es gibt keine zwei Menschen auf der Welt, denen ich so von Herzen alles Glück gewünscht hätte, wie gerade euch beiden. Ich weiß, daß...«

»Lassen Sie mich doch los!« Mary wand sich hin und her, warf ihre Haare zurück, versuchte mit dem Mund an den Arm des Priesters heranzukommen, um ihn zu beißen. Ihre Kleider flatterten im Wind, und als sie den Kopf hob, sah sie, daß die Sterne blasser wurden und sich allererstes Morgenlicht über dem Himmel ausbreitete.

Ihre Kräfte brachen plötzlich zusammen, sie wehrte sich nicht mehr, sondern bat nur schwach, mit einem Schluchzen in der Stimme: »Lassen Sie mich doch los! Ich muß nach Marmalon. Vielleicht ist es nicht wahr!« Sie dachte, es kann nicht sein, daß das Schicksal so grausam ist, aber seit Wochen, seit Monaten hatte sie diese Nacht kommen sehen, und sie vermochte sich kaum noch zu erklären, wie sie je an einen guten Ausgang der Geschehnisse hatte glauben können. Eine grausame Erinnerung an sonnige Tage, an Glück, Versprechungen, Hoffnung stieg in ihr auf und wurde unbarmherzig von einer eisigen Nacht, die Wirklichkeit war, abgelöst, von Wind, in dem Asche wehte, von kristallhartem Schnee, von Menschenscharen, deren Blicke sich in ungläubigem Grauen auf den brennenden Himmel richteten. Mary merkte, wie ihre Lippen trocken wurden, wie alles Blut aus ihrem Kopf wich, ein taubes Gefühl umfing sie, ehe sie das Bewußtsein verlor, lautlos in sich zusammensank und von den Armen des Priesters aufgefangen wurde.

Die nächsten Tage verbrachte sie im Pfarrhaus, denn sie befand sich in einem Zustand so heftiger Erregung und panischen Entsetzens, daß es der Priester nicht wagte, sie gehen zu lassen. Sie hatte zunächst nur bewegungslos in einer Ecke gekauert und achtundvierzig Stunden gebraucht, ehe sie weinen konnte, aber dann steigerte sich ihr Schluchzen zu furchtbaren Weinkrämpfen, sie erlitt einen Asthmaanfall, schlug mit den Fäusten an die Wand und bettelte schreiend darum, man möge sie gehen lassen, weil sie selber nach Marmalon wollte und sehen, ob es stimmte, was man sich erzählte. Schließlich brach sie erschöpft und zitternd zusammen. Der Priester ließ den alten Doktor von Shadow's Eyes kommen, aber auch der stand etwas ratlos vor dem zusammengekrümmt zu seinen Füßen liegenden Mädchen.

»Geben Sie ihr Baldrian«, sagte er. »Das ist das einzige, was ich jetzt raten kann. Und sonst – es braucht eine Zeit, bis ein gebrochenes Herz heilt, und wir können nichts dazu tun.«

Der Überfall auf Marmalon war der letzte große Schlag in diesem Winter gewesen. Ein Kloster hatte gebrannt, ein paar Verhaftungen, einige Hinrichtungen hatte es gegeben, dann ebbte diese erste Welle wieder ab und die Menschen beruhigten sich.

Man erzählte, die Soldaten seien etwa um vier Uhr morgens über Marmalon hergefallen – aus irgendeinem Grund hatte es Zeugen dafür gegeben, aber Mary wunderte sich nicht mehr, daß es immer Menschen gab, die die abenteuerlichsten Dinge mitbekamen – sie hätten die Türen eingeschlagen und seien in das Haus eingedrungen. Im Keller fanden sie den jungen Priester und Belville, die dort seit Tagen frierend und allmählich auch hungernd hausten. Beide wurden hinaufgezerrt und auf den Hof geführt. Den Priester führte man davon, Belville mußte stehenbleiben und zusehen, wie die Soldaten an allen Ecken des Anwesens, an Haus, Ställen und Scheunen Feuer legten und in einem gewaltigen, lodernden Scheiterhaufen, der ringsum die Schneefelder erhellte, Marmalon bis auf seine Grundmauern niederbrannten. Frederic hielt plötzlich ein Schwert in der Hand, Gott mochte wissen, wie es ihm gelungen war, es zu ergreifen, aber sein kurzer, verbissener Kampf führte unausweichlich in die Niederlage. Er starb im Schnee von Marmalon, der unter der Wärme des Feuers taute und zu Wasser zerschmolz.

Am Tag darauf begaben sich ein paar Männer hinaus, um die Leiche zu holen und nach Shadow's Eyes zu bringen. Der Priester bestattete Frederic auf dem Friedhof neben seinem Vater und ließ seinen Namen in einen Stein meißeln, den er anstelle eines einfachen Holzkreuzes bekam. Betäubt und noch immer nicht ganz fähig, alles zu begreifen, stand Mary neben dem Grab, der einzige Trauergast außer Pater Joshuas Haushälterin, die vom Priester mitgenommen worden war, um Mary beizustehen. Über Nacht war das Wetter umgeschlagen und ein warmer Frühlingswind wehte über das Land. Auf Lettices Grab kamen die Spitzen von Gras zum Vorschein, vom Dach des Pfarrhauses fielen klirrend die Eiszapfen auf die Mauer.

Es war Ende März, als der Priester Mary endlich gehen ließ. Sie tat auf der Stelle das, was sie seit Wochen hatte tun wollen, sie lief nach Marmalon. Der Weg war ihr noch völlig vertraut und sie ging ihn unbeirrt, obwohl sie bis zu den Knöcheln im Schlamm versank und der Saum ihres Kleides schon nach kurzer Zeit vor Dreck starrte. Sie hastete voran, wurde erst später langsamer, weil sie Angst vor dem hatte, was sie gleich sehen würde.

Als sie die Anhöhe erklommen hatte, von der aus man den ersten Blick auf Marmalon hatte, blieb sie schwer atmend stehen, denn das letzte Wegstück war steil gewesen. Mit einer langsamen Bewegung strich sie ihr Haar zurück und versuchte hilflos den zerknitterten Stoff ihres Kleides zu glätten. Sie starrte hinab in das Tal zu ihren Füßen, einen Ausdruck fragender Verwunderung auf dem Gesicht.

»Aber es ist nicht möglich«, sagte sie, »es ist ja nichts mehr da.«

Von Marmalon war nichts übriggeblieben als die Grundmauern. Rußgeschwärzt standen sie in der matschigen Erde, umgeben von verkohlten Ästen, zerbrochenen Hölzern, Überresten von Stroh und Heu. Dazwischen standen Pfützen, in denen sich die Wolken spiegelten. Es wuchs kein Gras mehr hier, der einstige Hof war nur noch eine verschlammte, zerstörte Wüste, die nichts mehr von der alten, etwas baufälligen Schönheit des einstigen Marmalon ahnen ließ. Nichts, gar nichts war geblieben. Reste der Mauern standen noch, und man konnte erkennen, wo sich einst das Wohnhaus befunden hatte. Aber sonst war alles nur eine große Wildnis. Mary betrachtete die Wiesen ringsum; schon jetzt sah sie vor sich, wie das Gras die Trümmer überwuchern, wie sich Disteln und Brennesseln zwischen die Steine setzen und ein undurchdringliches Gestrüpp den Platz unter sich vergraben würde. Sie hob die Augen, ungläubig und benommen und sah den Weidenbaum, das einzige, was von allem stehengeblieben war. Er wirkte unverändert, aber seltsam sinnlos, wie er hier seine Äste über den Trümmern wehen ließ – Mary fiel eine zerfetzte Fahne über einem gekaperten und bereits halb versenkten Schiff ein. Dieser Anblick war schlimmer als Schutt und Asche. Verzweifelt sagte sie sich: Ich darf nicht weinen. Wenn ich jetzt weine, höre ich nie wieder auf. Später ist immer noch Zeit genug.

Sie wandte sich um, hielt sorgsam ihre schmutzigen Röcke gerafft und kletterte den Hügel wieder hinab. Die Sonne schien ihr warm ins Gesicht, während sie voranlief, ohne sich noch einmal umzusehen und ohne eine einzige Träne, aber so schnell sie auch ging, sie konnte ihren Gedanken nicht entkommen, die sie unbarmherzig verfolgten. Frederic war tot, und mit Marmalon war ihre ganze Zukunft niedergebrannt und sah ihr ebenso zertrümmert, rauchend und trostlos entgegen wie es gerade eben die Ruinen dort im Tal getan hatten. Und während sie die schlammigen Wege entlangstolperte, konnte sie fühlen, wie der Schmerz sie beinahe erstickte, wie sie ihn in sich hineinfraß und wie er sich in ihrem Inneren in einen harten, schweren Klumpen verwandelte, der ihr die Tränen und jeden Schrei abdrückte. Vielleicht macht mich jetzt nie wieder etwas traurig, dachte sie gleichmütig, denn ich sterbe ja gerade.

Außer Atem langte sie am Pfarrhaus an, ohne anzuklopfen trat sie ein und ging in das Zimmer des Priesters. Er stand am Regal und blätterte in einem Buch, das er beiseite legte, als er Mary sah. Über sein Gesicht glitt ein Ausdruck der Erleichterung, denn er hatte gewußt, daß sie nach Marmalon wollte und hatte sich ängstlich gefragt, wie sie wohl zurückkehren würde.

»Du bist gerade recht zum Essen da«, sagte er freundlich, »ich glaube, Jean hat etwas besonders Gutes gekocht.«

»Danke, ich möchte jetzt nichts essen. Ich bin gekommen, um mich zu verabschieden.«

»Du willst Shadow's Eyes verlassen?«

»Ja. Sobald wie möglich.«

Der Priester nickte langsam. Er hatte das erwartet, aber dennoch betrachtete er Mary sorgenvoll. Ihr Gesicht war so blaß und starr. Als sie ihren Blick hob, entdeckte er in ihren Augen die Veränderung, die in den letzten Wochen mit ihr vorgegangen war. So angstvoll und gehetzt sie auch gewesen sein mochte, als Kind wie als junges Mädchen, in ihren Augen hatten immer Weichheit, Unschuld und eine seltsame, ihn schon von ihren ersten Lebensjahren an rührende Zärtlichkeit gelegen, die Verheißung einer Bereitschaft zur vollkommenen Hingabe an einen Menschen und an eine Liebe. Weder Ambrose noch Lettice, weder die fäulniserfüllten Gassen von Shadow's Eyes noch die lasterhafte Luft Londons hatten ihr das zu nehmen vermocht. Heute aber war jede Weichheit aus ihren Zügen verschwunden. Eine junge Frau stand vor ihm mit einem schmalen, harten Gesicht und kühlen, wachen Augen, in denen unbeugsame Willenskraft und eine Tapferkeit standen, die ihn wortlos machten.

Als Mary das Pfarrhaus verließ, hielt sie den Kopf hoch und der

Frühlingswind zerzauste ihre Haare. In ihren Ohren klang Lettices Stimme, zynisch und rauh, wie sie einst vor vielen Jahren zu ihr gesagt hatte: »Du hast es früh begriffen, daß es einen verdammten Dreck nützt, sich einem Kerl an den Hals zu werfen und von ihm was zu erhoffen...«

Sie hatte jetzt begriffen, daß sie ihr Leben selbst in die Hand nehmen mußte. Von allen Lehren Lettices war dies die wahrste. Sie hatte auf einen Mann gebaut, der anderes im Kopf gehabt hatte als sie, und nun war er tot, und sie stand mit nichts in den Händen da und fühlte sich, als rinne ihr das pure Leben aus dem Körper. Von nun an übernahm sie allein die Verantwortung für sich, und zum Teufel mit jedem, der sich ihr in den Weg stellen würde. Es konnte noch eine Zeit dauern, bis sich ihr rasender Schmerz verlor, aber es mußte vorbeigehen, es ging immer vorbei.

Sie lief die Straße entlang, vorüber am Friedhof, und sie warf keinen Blick mehr auf das frischgeschaufelte Grab, auf dessen Stein der Name von Frederic Belville stand.

IV

Mary stand in der Küche des Armenhauses von Shadow's Eyes und rührte in einem zähflüssigen Brei, der auf dem Herd vor sich hin kochte. Ab und zu sah sie mit einem Seufzer zum Fenster hin, das sie gern geöffnet hätte, denn sie fand in dem Qualm, der die ganze Küche erfüllte, kaum Luft zum Atmen. Aber als sie vorhin einen Versuch gewagt hatte, war Ambrose wütend geworden, hatte Mary beschuldigt, ihn erfrieren lassen und ärgern zu wollen und ihr verboten, frische Luft hereinzulassen. Mit einem leisen Stöhnen wischte sie sich den Schweiß von der Stirn.

»Es ist entsetzlich heiß«, sagte sie.

Von Ambrose kam ein ärgerliches Knurren.

»Stell dich nicht so an, und tu deine Arbeit!« schnauzte er. Mary drehte sich um und sah zu ihrem Vater hin, der sich auf der Küchenbank behaglich rekelte und dabei laut schmatzend eine Schüssel Pudding verzehrte. Er war sehr fett geworden in dem halben Jahr, das seit Lettices Tod vergangen war; er trank nicht mehr so viel und aß dafür um so mehr. Er liebte seine Bequemlichkeit und verbrachte den größten Teil des Tages in der Küche. Seine kleinen, stechenden Augen verfolgten Mary mit der Wachsamkeit eines Hütehundes. Er ließ sich von ihr das Essen kochen und das Haus sauberhalten und paßte höllisch auf sie auf. Er wußte, daß sie Tag und Nacht auf Flucht sann, und da sie ihm so überaus nützlich war, war er fest entschlossen, sie nicht entkommen zu lassen.

Mary war inzwischen der Verzweiflung nahe. Im Frühling hatte sie Shadow's Eyes verlassen wollen, aber statt in London lebte sie jetzt im Dezember noch in diesem verdammten Haus und begriff einfach nicht, wie sie so naiv hatte sein können, zu glauben, Ambrose werde sie ungehindert gehen lassen. Nach Frederics Tod war sie gelähmt vor Schmerz gewesen, aber zugleich verändert, erwachsen und entschlossen. Es war ihr nicht in den Sinn gekommen, ihr Vater könne sie noch immer wie ein Kind behandeln, besonders, da sie wußte, daß er ihrer Willenskraft nur seine eigene schlaffe Dummheit entgegenzusetzen hatte. Zu ihrem Unglück aber hatte er eine Reserve mehr, an die sie nicht gedacht hatte: seine körperliche Stärke. Darin war er ihr, besonders gemeinsam mit Edward, überlegen. Sie begriff, daß ihr dagegen weder Intelligenz noch Mut helfen konnten und daß Ambrose nicht davor zurückschrecken würde, sie totzuschlagen, wenn sie zu fliehen versuchte. Im Rausch wuchsen seine Kräfte noch, einmal würgte er sie, bis sie fast die Besinnung verlor, nannte sie ›Lettice‹, spuckte und trat nach ihr, und ließ sie erst los, als Bess, die ein gütiges Schicksal zufällig vorbeigesandt hatte, dazwischentrat und ihn anbrüllte:

»Laß sie los, Vater, du bringst sie um! Willst du wegen Mord hängen?«

Er wich zurück und ließ Mary mit schmerzendem Hals, wunden Gliedern und zerschlagenem Gesicht auf dem Boden liegen. Als er am nächsten Morgen wieder nüchtern war, betrachtete er ihr blaues Auge, ihre geschwollenen Lippen und die rötlichen Abdrücke an ihrem Hals mit beinahe wollüstiger Zufriedenheit.

»Das kannst du jeden Tag haben«, sagte er, »wenn du versuchst fortzulaufen, verstehst du?«

Mary blieb tatsächlich immer bewacht. Entweder Ambrose oder Edward, einer von beiden war ständig hinter ihr. Sie fanden es bequem, eine Dienstmagd im Haus zu haben. Warum sollten sie sich das Essen selber kochen, wenn Mary das viel besser konnte?

»Jetzt, wo sie nich' heiraten kann, is' es ihre verdammte Pflicht, für ihren alten Vater zu sorgen«, sagte Ambrose und ließ einen der Armen nachts an der Innenseite der Haustür schlafen, damit Mary nicht in der Dunkelheit fliehen konnte. Es gab jetzt wieder Gäste im Armenhaus, verhungerte Gestalten wie eh und je, bereit, für ein

Stück Brot ihre Seele zu verkaufen. Jedem, der einen Fluchtversuch Marys vereitelte, war ein Teller Suppe gesondert versprochen worden, so daß sie nun wie eine Meute scharfer Hunde bereitstanden, über das junge Mädchen herzufallen, sollte es einen Schritt zuviel tun.

»Du mit deinen siebzehn Jahren«, sagte Ambrose oft zu Mary, »dich werde ich gerade nach London lassen! Was da alles passieren kann! In Schimpf und Schande gerätst du! Nein, du gehörst in mein Haus, so lange, bis ein Mann kommt, der dich heiratet und der dann auf dich aufpaßt.«

»Aber ich habe fast vier Jahre in London gelebt, als ich noch jünger war«, erwiderte Mary heftig, »und ich habe mich ganz gut behauptet!«

»Ach was! Ganz schön verdorben bist du wiedergekommen und hast dich als erstes diesem Belville an den Hals geworfen, der überhaupt nichts von dir wissen wollte. Jetzt bleibst du! Du bist meine Tochter und tust, was ich dir sage.«

Es schien Mary, als habe sie sich in einer furchtbaren Falle gefangen, aus der sie sich nie würde befreien können. Sie wandte ihren Blick wieder von ihrem Vater ab und rührte in dem Brei, der immer zäher wurde und angebrannt roch. Es fiel ihr immer schwerer, für die vielköpfige Zahl von Bewohnern dieses Hauses zu kochen, zumal sie nie genügend Zutaten bekam, sondern aus dem Nichts etwas herbeizaubern mußte. Verärgert rührte sie in dem Topf herum, aber es war schon zu spät. In den wenigen Momenten ihrer Unaufmerksamkeit war alles angebrannt.

»Nennst du das kochen, was du da tust?« fragte Ambrose. »Das riecht nicht so, als ob man es hinterher essen könnte!«

»Es tut mir leid, es ist verbrannt.«

»Passiert dir reichlich oft in der letzten Zeit! Woran hast du jetzt schon wieder gedacht? An den Mann, der die Frechheit besessen hat zu sterben, obwohl du ihn heiraten wolltest? Ich sag' dir was, an seiner Stelle hätte ich auch den Tod vorgezogen!« Ambrose kicherte.

Mary kippte das Mittagessen in den Abfallkübel.

»Wenn du mich so haßt«, sagte sie, »warum läßt du mich dann nicht gehen?«

»Hä?«

»Ich sagte, daß du mich haßt. Und daß ich nicht verstehe, weshalb du mich trotzdem hier behältst!«

»Ich kann dich noch brauchen. Außerdem gehört so ein junges Ding nicht auf die Straße. Los, komm, mach mir noch so einen Pudding, und sei diesmal nicht so knauserig!«

»Du hast seit dem frühen Morgen nahezu ununterbrochen gegessen. Ich würde an deiner Stelle...«

»Werd nicht frech, verstanden? Sei sicher, weder ich noch Edward schrecken davor zurück, dir jeden einzelnen Knochen im Leib zu brechen, wenn du anfängst, aufsässig zu werden!«

Wortlos schüttete Mary Milch in den Kessel und fing an, Essen zu machen. Dann sagte sie:

»Weißt du, du magst jetzt triumphieren. Aber eines Tages werde ich weg sein, und dann werdet ihr beiden hier immer noch sitzen, und wenn ich an euch denke, dann wird meine einzige Zufriedenheit die sein, daß sich in all der Ungerechtigkeit der Welt doch hin und wieder Menschen finden, die einander verdient haben!«

Ambrose hob den Kopf und starrte seine Tochter mit offenem Mund an.

»Hör mal, wenn du...« begann er, wurde aber unterbrochen von Edward, der polternd die Küche betrat und sich den Schnee von den Füßen stampfte. Er hatte ganz offenbar dem Oakwood House einen Besuch abgestattet, denn er brachte den Geruch von Bier mit.

»Jetzt geht's los«, verkündete er, »der König hat's geschafft. Wie nennt er das? Su... Suprematsakte. Jedenfalls ist er jetzt das Oberhaupt von unserer Kirche. Endgültig!« Er warf Mary einen höhnischen Blick zu.

»Hat also viel gebracht, der Heldentot von deinem Liebsten! Dachte, er kann den König aufhalten! Pah, so ein verrückter Dummkopf. Jetzt liegt er neben Lettice unter der Trauerweide!« Er lachte dröhnend.

»Ich halte mich immer aus allem raus«, sagte Ambrose selbstgefällig, »da können die Könige kommen und gehen und die Kirche kann so viel Theater machen, wie sie will, Ambrose Askew kümmert sich nicht darum, dann kümmern sich die anderen auch nicht um ihn.«

»So mache ich es auch«, stimmte Edward zu, »könnte mir nicht einfallen, so dumm zu sein wie Frederic Belville und den Soldaten ins offene Messer zu rennen! Könnte mir wirklich nicht einfallen!« Beide lachten wieder und fühlten sich unglaublich schlau. Mary wandte sich ab, damit sie ihre verächtlichen Blicke nicht sehen konnten. Ambrose und Edward brachten es nicht fertig, sie zu verletzen, dafür waren sie zu dumm, aber sobald Frederics Name fiel, ganz gleich von welcher Seite, brach eine unverheilte Wunde zu erster Frische auf und schüttete ein schmerzendes Gift aus, das den Körper sich vor Kummer zusammenkrampfen ließ. So sehr sich Mary dazu zwang, keinen ihrer Gedanken entwischen und hinaus zu den verkohlten Trümmern von Marmalon gelangen zu lassen, es geschah ihr immer wieder, daß sie sich vorstellte, wie sie jetzt schon neun Monate mit Frederic Belville verheiratet wäre und vielleicht schon ihr erstes Kind bekäme. Statt dessen saß sie hier! Mit einem wütenden Schwung stellte sie die nächste Puddingschüssel vor Ambrose hin, trat ans Fenster und sah in den grauen, leise wogenden Dezemberhimmel. Es begann schon wieder leicht zu schneien. Der Sommer war so kurz gewesen in diesem Jahr, sie vermochte sich an seine Tage nicht zu erinnern, nicht wie sonst an Rosen, Sonnenstrahlen, die die Fensterbank in ihrem Zimmer warm machten und den hölzernen Wänden einen allerletzten schwachen Kieferngeruch entlockten, heiße Pflastersteine unter nackten Füßen. Dieser Sommer, wenn es ihn gegeben hatte, verschwamm mit den hackenden, unaufhörlichen Stimmen der Familie zu jenem Hintergrund grauer, grausamer Gleichförmigkeit, der ihr Leben von allen Seiten umgab. Es schien ewig so gewesen zu sein und es war jetzt so. Sie lachten schon wieder am Tisch, bellend und unmotiviert, das prahlerische, selbstbejubelnde Gelächter, mit dem sie ihre Unsicherheit zuschütteten. In Mary kroch tiefer Ekel hoch. Sie wollte sich gerade daran machen, das Geschirr abzuwaschen, denn Arbeit lenkte sie noch am ehesten ab, da pochte es draußen laut an der Haustür. Ambrose bekam ein wütendes Gesicht.

»Das ist am Ende schon wieder einer! Wie soll ich die alle satt kriegen, hä? Verratet mir das mal! Mary, mach die Tür auf!«

Aber offenbar hatte bereits einer der Armen geöffnet, denn

energische Schritte klangen im Flur, und eine männliche Stimme fragte:

»Wo ist Mr. Askew? Hier?«

Die Küchentür wurde aufgerissen, und eine hochgewachsene, dunkle Gestalt erschien auf der Schwelle, mit einer so schwungvollen und fordernden Bewegung, daß Ambrose und Edward zusammenfuhren. Mary ließ den hölzernen Teller, den sie gerade abgetrocknet hatte, zurück in die Waschschüssel fallen. Ihre Augen weiteten sich. Ungläubig stieß sie hervor:

»Nicolas de Maurois!«

Er war es leibhaftig. Er stand vor ihnen, unverändert der Nicolas, den Mary beinahe zwei Jahre zuvor zum letzten Mal nachts im Sherwood Inn in London gesehen hatte. Er trug seinen wadenlangen Mantel, hohe schwarze Lederstiefel, Stulpenhandschuhe und keinen Hut auf dem kurzgeschnittenen dunklen Haar. Sein Gesicht war noch schmaler geworden, und er wirkte angestrengt, als hätte er eine lange Reise hinter sich, aber seine Augen blitzten herausfordernd wie immer, sein Mund verzog sich zu einem lässigen, spöttischen Lächeln.

»Mary Askew«, sagte er, »wie reizend, dich wiederzusehen!«

»Ach... ach, Sie kennen Mary?« fragte Ambrose verwirrt. Er hatte sich unwillkürlich erhoben. Dieser Gast gehörte nicht zu den üblichen Besuchern des Armenhauses. Zwar sahen seine Stiefel abgetragen aus, und der Stoff seines Mantels war dünn, aber er strahlte eine Selbstsicherheit aus, daß jedes Gegenüber, ohne sich länger Rechenschaft darüber abzulegen, in Ehrerbietung verfiel.

Jetzt trat er näher. Das harte Eisen seines Schwertes schlug klirrend gegen einen Stuhl.

»Wie die junge Dame gerade mitteilte, heiße ich Nicolas de Maurois«, sagte er, »ich komme aus London. Mary und ich haben uns dort vor einigen Jahren kennengelernt.« Sein Blick glitt zu ihr hinüber und verweilte auf ihr, mit einem Ausdruck von Zärtlichkeit, der Mary verwirrte. Beschämt wurde sie sich der Tatsache bewußt, daß sie ihr ältestes Kleid trug, ihre Haare ungekämmt waren und ihr Gesicht bleich und abgekämpft wirken mußte. Es war ihr lange nicht mehr passiert, daß sie verlegen die Augen niedergeschlagen hatte, aber jetzt tat sie es.

»Oh, aus London kommen Sie, wie interessant«, sagte Edward beflissen, »wollen Sie sich nicht setzen, Mr. de Maurois?«

»Danke. Übrigens steht draußen noch mein Pferd. Es wäre schön, wenn sich jemand darum kümmern könnte.«

»Edward, du kümmerst dich um das Pferd von Mr. de Maurois«, befahl Ambrose.

»Das Pferd ist sehr verschwitzt«, sagte Nicolas, »es muß gründlich abgerieben werden und viel Wasser bekommen. Und Hafer!«

»Natürlich«, versicherte Edward, der sich wahrscheinlich selbst nicht erklären konnte, weshalb er sich von dem Fremden Befehle erteilen ließ. Mary fand es erheiternd, wie Nicolas, kaum daß er im Haus war, die ganze Familie wie Hühner durcheinanderscheuchte. Mit einem jähen Gefühl der Erleichterung wurde ihr klar, daß sie in ihm einen tatkräftigen Verbündeten gefunden hatte.

»Setzen Sie sich und seien Sie unser Gast«, sagte Ambrose mit einer einladenden Handbewegung. Nicolas de Maurois gefiel ihm außerordentlich gut. Wie in einem Spiegel sah er genau den Mann, der er ein Leben lang gern gewesen wäre. Eilig fuhr er Mary an:

»Bring etwas zu essen! Beeil dich!«

»Ich habe nichts. Es ist alles angebrannt. Wenn Mr. de Maurois etwas essen möchte, mußt du deinen Pudding mit ihm teilen.«

Ambrose hob drohend die Hand, Nicolas blickte angewidert drein.

»Danke«, sagte er, »ich esse nachher im Wirtshaus. Ich hätte nur gern etwas zu trinken.« Er lächelte Mary zu, sehr verführerisch, wie sie fand. Sie stellte einen Krug mit Bier vor ihn und er hob ihn zu ihr hin.

»Auf dein Wohl, Mary!«

Der Abend wurde sehr unterhaltsam. Nicolas konnte gut erzählen, und vor allem wußte er interessante Neuigkeiten zu berichten. Es stimmte, was Edward bereits im Dorf erfahren hatte, der König hatte die Suprematsakte erlassen und war vom Parlament zum Oberhaupt der anglikanischen Staatskirche erklärt worden. Die Regierung lag nun in der Hauptsache in den Händen von Thomas

Cromwell, einem Mann, der schon seit Jahren hartnäckig die Gunst des Königs suchte und nun zu dessen erstem Sekretär ernannt worden war, ein Großonkel jenes Oliver Cromwell, der ein Jahrhundert später das englische Parlament durch einen Bürgerkrieg führen, den Stuart-König enthaupten und sich zum alleinherrschenden Lordprotektor aufschwingen würde.

»Cromwell hat Norfolk mit erstaunlich zäher Geschicklichkeit zur Seite gedrängt«, sagte Nicolas, »der Duke of Norfolk hat verbissen versucht, die Staatsgeschäfte in seine Hand zu bekommen, und wahrscheinlich hat er noch lange nicht aufgegeben. Er hat die Bürger Londons hinter sich, aber Cromwell den König. In den nächsten Jahren werden sich die Herren noch manches Duell liefern!«

Mary lauschte hingerissen. Diese Gespräche hatte sie so lange entbehren müssen. Endlich hörte sie wieder etwas von London, vom König, von seiner Regierung, von der Politik des Landes. Und endlich war sie wieder mit einem Menschen zusammen, der Verstand hatte und dessen Gedanken lebendig waren! Zum ersten Mal seit langer Zeit bekamen ihre Augen Glanz und ihre Wangen etwas Farbe.

»Ja, und nun erzählt man sich, der König werde im ganzen Land die Klöster auflösen«, berichtete Nicolas weiter, »in manchen entfernten Provinzen soll er schon begonnen haben. Wenn die Mönche nicht aufmucken, werden sie mit einer kleinen Entschädigung abgefunden und anderen Berufen zugeführt. Aller klösterlicher Besitz fällt an die Krone.«

»Die ihn zweifellos dazu verwenden wird, einflußreiche Edelleute damit zu beglücken und so an sich und ihre Politik zu fesseln«, ergänzte Mary.

Nicolas nickte.

»So ist es. Die Regierung ist korrupt wie eh und je.«

Ambrose lauschte erstaunt. Was redete die kleine Mary so gescheit daher und mischte sich in eine politische Unterhaltung, wo doch jeder wußte, daß Politik Frauen nichts anging. Überhaupt zerbrach er sich schon die ganze Zeit den Kopf, wie gut dieser weltgewandte Nicolas de Maurois seine Mary wohl kannte und ob er am

Ende ihretwegen nach Shadow's Eyes gekommen war. Nicht auszudenken, wegen Mary! Aber seine Blicke, die unablässig zu ihr gingen, waren recht eindeutig. In Ambrose regte sich plötzlich ein Anflug von Vaterstolz, Mary war, wenn man es recht bedachte, nicht häßlich anzusehen, stark wie Lettice in ihrem Alter. Und bei der Erinnerung daran stöhnte er leise auf.

Nicolas berichtete unterdessen von den Prinzessinnen Mary und Elizabeth:

»Prinzessin Mary ist ja schon vor einiger Zeit für illegitim erklärt worden. Aber sie nimmt's nicht hin, ums Verrecken nicht. Sie ist jetzt siebzehn Jahre alt und als besondere Demütigung hat man sich ausgedacht, sie zur Hofdame des Babys von Anna Boleyn zu machen, die halb Europa noch immer als Hure bezeichnet! Aber wißt ihr, wie sie sich im Palast zu Hatfield einführte? Man kam ihr entgegen und sagte, man werde sie zur Prinzessin von Wales führen, da warf sie den Kopf zurück und erklärte laut und deutlich vor dem gesamten Hofstaat: Mylords, *ich* bin die Prinzessin von Wales!« Nicolas lachte.

»Ich bewundere sie. Ich bewundere Tapferkeit, gerade wenn sie aussichtslos ist!«

»Weil Sie selber so tapfer sind, Mr. de Maurois?« fragte Mary spitz.

Er sah sie lange an.

»Weil ich es gern wäre«, sagte er dann, »ich riskiere nichts einfach nur um einer Überzeugung willen, die mir nichts einbringt.«

»Das ist gut!« rief Ambrose. »Das hätte dein Frederic Belville auch so machen sollen, Mary!«

Mary wurde blaß.

»Vater, nicht«, flüsterte sie.

Nicolas zog die Augenbrauen hoch.

»Oh, Frederic Belville! Sag Mary, war das nicht der Mann, von dem du stets mit einem hingebungsvollen Blick sprachst und der hier darauf wartete, deine Hand zum ewigen Beisammensein gereicht zu bekommen?«

»Er ist tot«, sagte Mary mit spröder Stimme. In die Stille hinein sagte Ambrose:

»Er hat einen katholischen Priester bei sich versteckt. Die Soldaten haben den Priester gefunden, den Hof niedergebrannt und Belville erstochen.«

Nicolas war tatsächlich für einen Moment aus der Fassung gebracht.

Dafür hatte Mary sich wieder gefangen. Sie neigte sich vor und fragte kalt: »Weshalb sind Sie gekommen, Mr. de Maurois?« Nicolas lehnte sich gelassen zurück.

»Vielleicht, um dich zu sehen, Mary!«

»Sie mußten denken, ich sei verheiratet.«

»Das hätte mich kaum gestört. Obwohl ich es so noch angenehmer finde. Mary Askew, jung, frei und schöner, als ich sie in Erinnerung hatte. Aber sag mir eines: Weshalb lebst du hier? Warum bist du nicht nach London zurückgekommen?«

»Diese Frage können Sie an meinen Vater richten. Und an meinen Bruder Edward.«

Nicolas sah zu den beiden hin, die sich auf einmal sehr unbehaglich zu fühlen schienen.

»Sie wollen mir doch nicht erzählen, daß Sie Mary ... gegen ihren Willen hier behalten haben?«

Ambrose rutschte nervös hin und her.

»Nein, aber nein! Aber Mary ist erst siebzehn, und es ist ... es ist meine Pflicht als Vater, auf sie aufzupassen! Wie hätte ich das junge Ding allein nach London gehen lassen können? Damals, ja, da ging sie mit Lady Cathleen. Doch jetzt ... das müssen Sie verstehen, Mr. de Maurois, zum Wohle meiner Tochter mußte ich ihr das verbieten. Das sehen Sie doch ein, oder?«

»Jaja. Ich wußte nicht, daß sie erst siebzehn ist, denn«, Nicolas lächelte Mary spöttisch zu, »denn sie war komischerweise vor drei Jahren bereits sechzehn!«

Das begriff Ambrose nicht. Rasch fuhr er fort:

»So ist es. Als Vater hat man viele Verpflichtungen. Das ist nicht leicht in der heutigen Zeit, das können Sie mir glauben. Aber«, er hob theatralisch die Stimme, »wenn ein Mann käme, ein guter Mann, der Mary heiraten wollte und der auf sie aufpassen würde und für sie sorgen, und dem sie eine anständige und fleißige Frau sein könnte – ja, dem würde ich sie geben und würde sie gern in ihr Glück ziehen lassen!«

Mary lächelte verächtlich.

Nicolas lehnte sich vor. Seine dunklen Augen waren ernst geworden.

»Ach«, sagte er, »wie gut, daß Sie das erwähnen. Das bringt mich doch endlich darauf, weshalb ich diesen weiten Weg nach Shadow's Eyes geritten bin und mich bis hierher gewagt habe. Mr. Askew«, er machte eine Pause, in der nichts zu hören war als das unterdrückte Gewispere der Armen, die vor der Tür lauschten.

»Mr. Askew, ich bitte Sie um die Hand Ihrer Tochter!«

»Mr. de Maurois, das ist wirklich völlig unmöglich«, sagte Mary, »Sie kommen hierher, fragen meinen Vater, ob Sie mich heiraten können und erwarten, daß ich ganz selbstverständlich zustimme.«

Sie standen in der kleinen Wohnstube neben der Küche, die nie benutzt wurde und daher kalt und verstaubt war, aber es war der einzige Raum im Haus, in dem man ungestört sprechen konnte.

Nicolas lehnte an der Wand, die Beine übereinander gekreuzt, die Arme vor der Brust verschränkt und betrachtete amüsiert Marys aufgeregtes Gesicht.

»Mary, sei doch mal einen Augenblick vernünftig«, sagte er, »du beschimpfst mich, anstatt mir freudig um den Hals zu fallen, was ich eigentlich erwartet hätte. Du brauchst mir doch nichts vorzuspielen. Ich weiß, daß du keine andere Wahl hast, als mich zu heiraten.«

»Ach, wirklich nicht?«

»Natürlich nicht. Ich kenne dich nicht allzu gut, aber gut genug, um zu wissen, daß du nicht freiwillig in diesem Haus lebst und Dienstbotenarbeit tust für die beiden verkommenen Männer. Du siehst elend aus und erschöpft und ganz so, als ob du Tag und Nacht über nichts anderes nachdenkst als darüber, wie du entkommen kannst. Mary«, seine ironische Stimme wurde weich, er trat vor und nahm Marys beide Hände, »Mary, willst du hier auch verkommen? Komm mit mir. Wir gehen nach London, und ich verspreche dir, daß wir ein sehr aufregendes Leben haben werden!«

Die unverhohlene Zärtlichkeit in seinen Augen ließ Mary

schwankend werden. Nicht, daß sie es plötzlich in Erwägung gezogen hätte, ihn zu heiraten, aber zum ersten Mal seit vielen Monaten sprach jemand freundlich zu ihr, und das berührte sie stärker als alle Kränkungen ihrer Familie.

»Sie haben recht«, sagte sie leise, »ich würde gern von hier fortgehen. Aber, Nicolas, ich kann Sie nicht heiraten. Können Sie mich nicht auch mitnehmen, ohne...«

»Aber Mary! Für gewöhnlich ist es doch den Frauen darum zu tun, daß ihre Verbindung mit einem Mann so ehrenhaft wie möglich besiegelt wird! Nein, nein, mein Schatz, ich will dich ganz, mit Leib und Seele für immer!«

»Verstehen Sie doch... ich habe einen anderen Mann sehr geliebt und ich kann einfach nicht...«

»O nein, bitte nicht«, Nicolas hob abwehrend die Hände, »wirklich, Mary, verschone mich damit! Es klingt sehr lieblich, was du sagst und zudem überaus rührend, aber gib bloß acht, daß du nicht selber zuviel Gefallen daran findest, ein Leben lang einer zerstörten Jugendliebe nachzutrauern. Das kann reizvoll sein, aber du bist einfach zu jung dazu. Du warst sechzehn, als er starb, und weder dir noch mir kannst du einreden, daß du darüber nicht hinwegkommst!«

Erschüttert sah sie ihn an. Wie konnte er so grausam mit ihr sprechen?

»Was wissen Sie schon von Liebe?« sagte sie schließlich bitter, »haben Sie je ein wahres Gefühl an einen Menschen verschwendet? Verschwenden Sie eines an mich? Ich frage Sie noch einmal, Nicolas, weshalb sind Sie hergekommen? Doch bestimmt nicht in der Absicht, mich zu heiraten!«

»Ich sagte schon, ich bin gekommen, um zu sehen, was aus dir geworden ist. Ich habe viel an dich gedacht, Mary. An deine blauen Augen, dein schönes rotes Haar, an die Art, wie du läufst und den Kopf hochhältst, wie deine Stimme scharf wird, wenn du dich über irgend etwas entrüstest. Und weißt du, du bist tatsächlich noch schöner, als ich dich in Erinnerung hatte.«

Ohne es zu wollen, erwiderte Mary: »Ich sehe furchtbar aus heute.«

»Nein, das tust du nicht!« Er nahm wieder ihre Hände und neigte sich zu ihr hin; in seinen dunklen Augen standen Verlangen und ein Ausdruck, den Mary bei jedem anderen als bei ihm für Verliebtheit gehalten hätte. Er wollte sie küssen, aber sie wandte ihr Gesicht ab.

Als sie ihn wieder anschaute, musterten seine Augen sie kühl.

»Paß auf, Mary, ich habe keine Lust, hier ewig herumzustehen, ich erfriere in diesem verdammten Zimmer sowieso gleich. Du hast genau zwei Möglichkeiten: Entweder du bleibst hier und läßt dich von deinem Vater schikanieren, oder du heiratest mich und kommst mit nach London. Du kannst ja darüber nachdenken, was du vorziehst.«

»Das ist Erpressung!«

»Aber nein. Ich lasse dir die Freiheit der Wahl.«

»Warum tun Sie das? Warum wollen Sie Ihre Unabhängigkeit aufgeben?«

»Sorge dich nicht darum. Ich weiß, was ich tue.« Mit zwei Schritten war Nicolas an der Tür und öffnete sie.

»Ich gehe ins Wirtshaus und miete mir ein Zimmer«, sagte er, »bis morgen bitte laß mich wissen, was du entschieden hast. Länger warte ich nämlich nicht!«

Scheppernd fiel die Tür hinter ihm zu. Mary hörte, wie seine Schritte auf der Straße verklangen. Verwirrt stand sie in der Mitte des Zimmers und überlegte, ob die letzten Stunden ein Traum oder Wirklichkeit waren.

Nachdem sie die ganze Nacht wachgelegen und nachgedacht hatte und einen halben Tag ruhelos im Haus herumgelaufen war, entschloß sich Mary, den Heiratsantrag anzunehmen. Selten hatte sie etwas widerwilliger getan, aber sie hatte von ihrer Mutter außer deren Schönheit den sehr gesunden Realitätssinn geerbt, und deshalb wußte sie, daß ihr tatsächlich keine andere Möglichkeit blieb, als sich auf Nicolas' Ansinnen einzulassen. Wenn sie nicht in Shadow's Eyes bleiben wollte, mußte sie eben einen Mann heiraten, den sie nicht liebte. Weiß Gott, dachte sie, meine Rettung läßt er sich teuer bezahlen!

Was sie bei alldem besonders kränkte, war das Bewußtsein, gerade das zu tun, was Lettice ins Unglück gestürzt und wovor sie ihre Tochter immer gewarnt hatte. Um ihrer Lage zu entfliehen, kettete sie sich an einen Mann und rutschte von einer Abhängigkeit in die nächste. Aber natürlich hatte es keinen Sinn, auf Prinzipien zu beharren, wenn man sie mit dem Preis der ganzen Zukunft bezahlen mußte. Sie sagte sich, daß es ihr möglicherweise leichter fallen würde, nachher Nicolas zu entkommen, als ihren Bewachern im Armenhaus. Und ohne Zweifel hatte Nicolas gegenüber Ambrose manchen Vorteil. Er war intelligent, wach und lebte mitten in seiner Zeit. Um ihn herum gab es Abenteuer und Wildheit, nicht elende, versoffene Trägheit. Zudem war Mary sicher, daß Nicolas ihr gegenüber nie gewalttätig sein würde, aber ebenso sicher konnte sie davon ausgehen, daß er eine einmal gewonnene Beute nicht ohne weiteres entkommen ließ. Sie brauchte nicht darauf zu rechnen, daß sie sich, kaum in London angekommen, leicht aus dem Staub würde machen können.

Sie heirateten bereits drei Tage nach Nicolas' Ankunft in Shadow's Eyes. Es ging alles so rasend schnell, daß Mary keine Zeit blieb, sich länger aufzulehnen. Ehe sie sich versah, stand sie an einem späten Nachmittag in der kühlen, steinernen Kirche von Shadow's Eyes, durch deren gewölbte Fenster kein Licht, sondern erste Dämmerung einfiel. Sie trug das alte, schwarze Kleid von Anne Brisbane und hatte als einzige Verzierung ihr rötliches Haar mit einer breiten Schleife aus Samt zurückgebunden. Sie ignorierte den fragenden, verwunderten Blick des Priesters, der nicht begreifen konnte, wie sie an diesen Mann geraten war und weshalb sie ihn heiraten wollte. Nicolas sah sehr gut aus an diesem Tag, schwarz gekleidet wie immer und im Gesicht einen Ausdruck von seltener Ernsthaftigkeit. Pater Joshua, wie eh und je voller Anteilnahme an Marys Schicksal, musterte ihn eindringlich. Er konnte nicht ganz enträtseln, was sich hinter dem schmalen, konzentrierten Gesicht verbarg.

Ein bißchen leichtsinnig, dachte er, aber nicht schlecht. Er bestimmt sein Leben sehr genau nach seinen eigenen Vorstellungen. Aber irgendwie... er ist nicht der Mann, von dem ich gedacht hätte, daß Mary ihn heiratet. Immerhin, endlich kommt sie weg von ihrem Vater!

Die Trauungszeremonie verlief nach katholischem Ritus, denn noch gab es für die neue anglikanische Kirche keine gesonderten Vorschriften.

Aber als der Priester ihnen danach sagte:

»Bedenkt immer, daß diese Ehe vor Gott geschlossen wurde und daß er, niemand sonst, euch wieder trennen kann, auf Erden nur sein Stellvertreter, der...« da brach er ab, und seine Lippen preßten sich eng aufeinander. Es wäre gefährlich gewesen, jetzt vom Papst in Rom zu sprechen, aber den König anzuführen, brachte er noch weniger fertig.

Er fing einen mitleidigen Blick von Mary auf und lächelte ihr schwach zu. Wenigstens eine, die verstand, was diese furchtbaren Bestimmungen für ihn bedeuteten.

Nach der Trauung gingen Ambrose und Edward nach Hause, und Mary stand etwas unschlüssig auf der Straße. Es war dunkel und sie fror. In der Hand hielt sie eine kleine Tasche mit ihren Habseligkeiten darin. Sie hatte in den vergangenen Tagen alle Gedanken an die Nächte mit Nicolas verdrängt, aber jetzt konnte sie diese Konsequenz ihrer überstürzten Heirat nicht länger beiseite schieben. Sie schrak zusammen, als Nicolas seinen Arm um sie legte.

»Hör mir zu«, sagte sie, »ich möchte nicht...«

»Wir gehen jetzt«, unterbrach er sie, »du willst doch nicht die ganze Nacht auf der Straße stehen!«

Mit wenigen Schritten gelangten sie zum Oakwood House, das bereits schweigend und dunkel vor ihnen lag. Nicolas sprach kein Wort auf dem Weg, aber nachdem ihnen von der Wirtin die Tür geöffnet worden war, und sie hinter ihr eine steile Treppe hinaufstiegen, sagte er leise zu Mary:

»Ein lumpiges Haus. Tut mir leid, aber etwas Besseres wird in Shadow's Eyes nicht zu finden sein.«

»Das macht nichts. Ich bin wirklich nicht verwöhnt.«

Sie gelangten hinauf in den engen Gang mit den weißgekalkten Wänden. An der Decke hingen Spinnweben, der Fußboden ächzte und knarrte. Die Kerze, die die Wirtin trug, gab das einzige Licht.

Die Wirtin hatte wie jeder in Shadow's Eyes bereits davon gehört, daß Mary Askew heute einen überaus attraktiven Mann aus London geheiratet hatte, den sie wohl von ihrem einstigen Aufenthalt dort her kannte. Allgemein fand man, sie sei doch noch schamloser, als man bislang vermutet hatte. Zwischen ihr und diesem verwegenen Mr. de Maurois mußte es schon früher eine Beziehung gegeben haben, aber das hatte sie nicht daran gehindert, dem armen Frederic Belville ihre Liebe vorzuspielen und nun, noch kein Jahr, nachdem er dahingegangen war, kehrte sie eilig zu dem anderen Mann zurück, weil das offenbar gut in ihre Pläne paßte. Doch wer von den Askews hatte schon jemals Charakter gezeigt?

Die Wirtin drehte sich verstohlen um und musterte das schmale Gesicht des dunkelhaarigen Mannes – beneiden konnte man die Kleine schon! Dieser Nicolas de Maurois hätte dem Traum einer jeden Frau in Shadow's Eyes entstiegen sein können! Zu schade, daß die beiden so rasch fort wollten, viele hätten sich gern noch ein bißchen an ihrem Anblick erfreut. Die Wirtin seufzte. Beflissen öffnete sie eine Tür.

»Hier, Sir«, sagte sie, »Sie verlangten ein größeres Zimmer. Dies ist das schönste, das wir haben. Ich hoffe, es ist Ihnen recht?«

»Jaja, vielen Dank!« Er reichte ihr eine Kupfermünze, die sie überrascht aufstrahlen ließ.

»Meine Frau und ich brechen morgen schon sehr früh auf. Sorgen Sie dafür, daß mein Pferd und das, das ich gestern gekauft habe, gesattelt bereitstehen!«

»Natürlich, Sir, selbstverständlich. Es wird alles so sein, wie Sie wünschen. Gute Nacht, Sir!« Ihr Blick ruhte auf Mary. Wirklich, wie Lettice sah sie aus. Und schon Lettice hatte immer etwas gehabt, was sie schaudern ließ, einen Ausdruck in den Augen, der anders war als der der Leute im Dorf. Irgendwie... erbarmungslos und zu klug.

»Gute Nacht, Madam«, sagte sie rasch, »ich lasse Ihnen die Kerze hier!«

Aufatmend schlug sie die Tür hinter sich zu. Diese Askew, die Hexe, hatte sie angesehen, als wüßte sie genau, daß die Gegenwart Nicolas de Maurois äußerst wilde und höchst beschämende Phantasien in ihrem Kopf freisetzte. Sie bekreuzigte sich und eilte in ihr eigenes Schlafzimmer.

Unterdessen sah sich Mary im Zimmer um. Es war sehr kalt, hinter dem Fenster begann sich Schnee zu türmen. In dem ganzen Raum gab es nicht mehr als ein Bett, einen schmalen Schrank und einen Tisch mit einem winzigen Spiegel darüber. Auf dem Fensterbrett stand eine Waschschüssel aus Blech, schief und verbogen. Den Bretterfußboden bedeckte ein dünner Wollteppich, der schon auf den ersten Blick aufsteigende Staubwolken versprach, sollte es einem einfallen, ihn zu berühren. Die Luft war so abgestanden, als hätte seit Wochen niemand mehr das Fenster geöffnet.

»Du lieber Himmel, ist das eine billige Herberge«, sagte Nicolas angewidert, »und das hier ist das beste Zimmer? Nun, ich hoffe, du läßt dir davon nicht die Stimmung verderben!«

»Welche Stimmung?« gab Mary zurück, die gerade verzweifelt überlegte, wie sie in diesem verdammten Zimmer ohne Nischen und Winkel aus den Kleidern und in ihr Nachthemd kommen sollte, ohne daß Nicolas ihr dabei zusah.

»Ich habe keine Stimmung. Ich bin todmüde, das ist alles. Hör mal zu, Nicolas, könntest du nicht so nett sein und... ich meine, es wäre mir wirklich lieber, wenn du für einen Moment nur...« Sie sah ihn bittend an, aber er sagte nichts, sondern hörte ihr nur aufmerksam zu.

»Du verstehst mich genau«, zischte sie, »ich möchte mich jetzt umziehen, und wenn du auch nur die Spur von Anstand besäßest, dann würdest du wenigstens so lange das Zimmer verlassen! Aber ich fürchte, du hast keinen Anstand!«

»Nein«, gab er zu und machte keine Anstalten, ihren Bitten nachzukommen, »außerdem trau ich dir nicht, du Hexe! Kaum bin ich draußen, schiebst du den Riegel vor die Tür! Ich habe einfach keine Lust, diese Nacht draußen auf dem zugigen Gang zu verbringen!«

»Weil du schlecht bist, denkst du von allen nur Schlechtes«, sagte Mary. Sie forschte in seinen Zügen, ob sie darin die Härte finden konnte, mit der er gerade gesprochen hatte, aber sie entdeckte sie nicht. Statt dessen lag in seinen Augen noch immer jene Zärtlichkeit, die sie sich von Anfang an nicht hatte erklären können. Aber die Erkenntnis, daß sie ihn nicht zu durchschauen vermochte, machte sie noch zorniger.

»Wie du willst«, sie warf den Kopf zurück und ließ ihren Mantel von den Schultern rutschen, »wenn du glaubst, ich sei weniger schamlos als du, dann hast du dich geirrt!«

Sehr langsam begann sie sich auszuziehen, wobei sie sich bemühte, ihn nicht merken zu lassen, wieviel Überwindung sie das kostete. Was sie so rasend machte, war, daß er eine unerträgliche Überlegenheit zur Schau stellte, aber sie wollte ihm wenigstens nicht den Spaß machen, sich wie eine verschämte Jungfer aufzuführen. Als sie endlich im Bett lag, zog sie die Decke bis zum Hals und dachte: Wehe, wenn du mich anrührst! Du bist nicht Frederic, und der Teufel soll mich holen, wenn ich dir jemals vergesse, wie bösartig du meine Lage ausgenutzt hast!

Sie versuchte nicht hinzusehen, als Nicolas ebenfalls anfing, sich auszuziehen. Um ihre Unruhe zu besiegen, betrachtete sie eindringlich die Schatten an den Wänden und überlegte, welche Figuren sie in ihren Umrissen erkennen könnte. Ohne daß sie es verhindern konnte, fuhr sie zusammen, als Nicolas plötzlich neben ihr stand. Im Licht der Kerze konnte sie ihn nur schwach sehen, aber immer noch deutlich genug, um zu wissen, daß er nichts mehr auf dem Leib trug. Mit einer raschen Bewegung neigte er sich zu ihr, seine Arme umschlangen sie, sie spürte seine Haare leicht auf ihrer Wange und gleich darauf seine Lippen auf ihren. Mit einer unerwarteten Geschmeidigkeit glitt er neben sie, und sein Atem streifte sie sacht. Mary wollte keine Bewegung machen, aber beinahe gegen ihren Willen hob sie die Arme und legte sie um seinen Hals. Unter ihren Fingern spürte sie die Muskeln seiner Schultern.

»Mary, ich liebe dich«, flüsterte er, »ich habe dich geliebt, seitdem ich dich das erste Mal sah. Und glaube mir, Mary, ich habe geschworen, ich gebe meine Seele hin, wenn du mich auch liebst.«

Seine Stimme klang rauher als sonst, zugleich warm, fast beängstigend warm. Mary merkte, wie ihre Vorbehalte zerschmolzen. Zudem wurde sie sich, inmitten dieses Nebels angstvoller und verworrener Empfindungen, sehr deutlich der Sinnlichkeit dieses Mannes bewußt, die langsam ihren Körper erfaßte. Mary war nie geschont worden, schon früh hatte Edward sie über die wahre Natur des Menschen aufgeklärt. Sie wußte daher genau, was auf sie zukam und verharrte nicht in atemlosem Schrecken, wie es wohl Lady Cathleen an ihrer Stelle getan hätte. Aber Ambrose und Edward, Lettice und Bess, das weit zurückliegende Kindheitserlebnis vor dem Oakwood House, hatten es fertiggebracht, daß Mary in jeder Körperlichkeit unwillkürlich Schmutz und Ekel sah. So sehr es sie verlangte, sich an Nicolas zu schmiegen und für immer Ruhe und Geborgenheit zu finden, so sehr stieß es sie auch ab. Was sie jetzt in diesem fremden, knarrenden Bett mit seinen modrig riechenden eiskalten Kissen plötzlich heftig schockierte, waren weder Nicolas' schneller Atem, noch sein kaum beherrschtes Drängen, mit dem er sich gegen sie preßte, sondern ihre eigene Reaktion darauf. Ihr Herz schlug wie rasend, am Rücken brach ihr der Schweiß aus, sie fing an, heftiger zu atmen. Ihr Körper war von einem Verlangen nach etwas ergriffen, wovon sie nicht in letzter Deutlichkeit wußte, was es sein würde. Zu ihrem Entsetzen klammerte sie sich an Nicolas ebenso gierig wie er sich an sie, und dann glitten ihre Beine auseinander, nicht nur bereitwillig, sondern erwartungsvoll und auffordernd. Sie hielt die Augen geschlossen, gab sich der Wärme hin, die um sie herum war, aber dann plötzlich, als sie meinte, es keinen Moment länger aushalten zu können, erwachte irgendwo in den verschleierten Abgründen ihres Bewußtseins der Gedanke, daß sie diesen Mann überhaupt nicht liebte und daß es nicht wahr sein konnte, daß sie eine so heftige Lust verspürte. Frederic war noch kein Jahr tot, sie trauerte um ihn, als sei er gestern gestorben, und trotzdem lag sie hier in den Armen eines Mannes, den zu heiraten ihr schon während der Trauung wie ein unbegreifliches Versehen vorgekommen war, und fand es auch noch schön. Voller Panik dachte sie: O nein, ich bin wie Mutter! Genau so ist sie gewesen. Ganz gleich wer, Hauptsache, es ist ein Mann!

Aus Leibeskräften fing sie an, sich zu wehren. Sie wand sich unter ihm weg, was ihr gerade noch gelang, stemmte beide Arme gegen seine Brust und warf den Kopf hin und her.

»Nein!« schrie sie. »Nein! Hör sofort auf! Ich will das nicht, ich will es einfach nicht!«

Er rutschte zur Seite und blieb bewegungslos liegen. Seine Brust hob und senkte sich rasch, auf seiner Stirn glitzerte Schweiß. Er klang heiser, als er sich aufrichtete und sagte: »O Gott, Mary, du kannst einen Mann umbringen!«

Mary hatte sich die Decke bis zum Kinn gezerrt und funkelte ihn feindselig an.

»Ich hatte dich um nichts gebeten«, sagte sie bissig, »außerdem tu' ich nie, worauf ich keine Lust habe!«

»Ich hatte nicht den Eindruck, daß du keine Lust hast«, sagte Nicolas. Erschöpft strich er sich die Haare zurück. »Was war denn?«

»Ich hatte eben plötzlich keine Lust mehr. Das ist alles.«

Nicolas betrachtete sie noch immer forschend. Mary begriff, daß er bereit war, ihre Gründe einzusehen, wenn sie sie ihm nennen würde. So viel Sanftmut paßte nicht zu ihm, sie gab ihm eine Überlegenheit, die sie ergrimmte, und auf einmal hatte sie den Wunsch, ihn zu verletzen, sein beherrschtes Gesicht in Unordnung zu bringen.

Zitternd vor Zorn sagte sie: »Vielleicht verzeihe ich dir nicht, daß du nicht Frederic Belville bist! Der nämlich war der einzige Mann, mit dem ich…« Sie sprach nicht weiter, denn die Wut in Nicolas' Augen ließ sie entsetzt verstummen. Schlagartig wurde ihr klar, daß sie einen Fehler gemacht hatte. Alles hätte sie sagen können, aber nicht Frederics Namen nennen. Nicolas war von einem Moment zum anderen wieder der Mann, den sie kannte, von dem sie wußte, daß er grausam sein konnte und hart. Auf einmal hatte sie Angst.

»Nicolas«, flüsterte sie erschrocken, »es tut mir leid, ich…«

»Was für ein Biest du doch bist«, sagte er leise, »die ganze Zeit hast du an diesen verdammten Belville gedacht, diesen Toten, dessen Lächerlichkeit ich dir nicht mehr vor Augen führen kann, weil er sich ganz und gar und für alle Zeiten aus dem Staub gemacht hat! Und dann hast du Rache genommen dafür, daß du mich geheiratet hast und nicht ihn. Aber du sollst sehen, ich kann mich auch rächen!« Seine Hände umklammerten ihre Handgelenke so heftig, daß sie aufschrie.

»Nicolas! Laß es dir doch erklären!«

»Du sollst verrückt sein nach mir! Anflehen wirst du mich, daß ich das tue, wovon du mich eben abgehalten hast!« Schon war er wieder über ihr, sie versuchte, ihn von sich zu schieben, aber er war zu stark. Seine Finger, seine Lippen streichelten ihren Körper, trafen Stellen, an denen die Haut unter ihrer Berührung zu vibrieren begann, ließen ein Feuer zurück, wo sie gewesen waren und entfachten an tausend Orten neue Flammen. Alle seine Bewegungen waren kraftvoll und behutsam zugleich, seine Stimme sanft und rauh. Mary fühlte seine Muskeln, seinen Schweiß, seinen Atem, und verworren dachte sie: Mein Gott, woher weiß er denn so genau, was er tun muß?

Gleich darauf wußte sie, daß sie ihn wollte. Sie liebte ihn und sie brauchte ihn. Sie fühlte sich von verschwommenen Farben und Geräuschen umgeben, ihr Leib brannte, aber Nicolas entfachte nur immer neue Flammen, lockte sie in jeder Sekunde mit einem neuen Versprechen und zog sich zurück, ohne es erfüllt zu haben. Sie hielt die Arme eng um seinen Hals geschlungen, sie drängte sich ihm entgegen, denn was immer jetzt geschah, es mußte geschehen.

»Nicolas, bitte«, flüsterte sie, »bitte, Liebster, bitte!« Er ließ sie warten, bis sie meinte zu sterben, dann endlich tauchte er in sie ein, und im ersten Augenblick dachte sie entsetzt, es werde sie in Stücke reißen. Sie schrie auf, vor Schmerz erst, dann vor Entzücken, das dem Schrecken übergangslos folgte. Sie paßte sich Nicolas' Bewegungen an, die sie beide in einen sanften, sachten Rhythmus führten, der sich steigerte, immer schneller und wilder wurde. Mary riß die Augen auf, erkannte beinahe erschrocken die Liebe in Nicolas' Blick und durchlebte eine wunderbare Ewigkeit lang die Verschmelzung mit Nicolas, aus der sie überwältigt und für alle Zeiten sehnsüchtig wieder erwachte.

Ermattet lag sie in ihrem Kissen, lauschte auf das Pochen ihres Herzens und ließ ihre Lippen leicht auf Nicolas' Arm ruhen – seine Haut war feucht und schmeckte salzig wie Tränen. Sie suchte sein Gesicht und lächelte.

»Verzeih mir«, sagte sie leise, »ich wußte ja nicht...«

Er strich ihr die wirren Haare aus dem Gesicht.

»In diesen Augenblicken«, flüsterte er, »hast du an mich gedacht und an niemanden sonst.« Er küßte sie. »Diese Nacht gehört mir.«

Mary erwiderte nichts. In den letzten Augenblicken hatte sie Frederic vergessen, das wußte sie, und Nicolas durfte triumphieren. Sie ärgerte sich nicht darüber, sondern war erstaunlich glücklich. Diese Heirat, die sie nie gewollt hatte, schien ihr mit einem Mal nicht mehr gar so verhängnisvoll wie noch einige Stunden zuvor.

London hatte sich verändert, seitdem Mary die Stadt beinahe zwei Jahre zuvor verlassen hatte. Es war noch immer der gleiche quirlige, tosende, bunte Mittelpunkt Englands, von dem seine Einwohner beharrlich glaubten, er sei auch der Mittelpunkt der Welt. Die Themse war nicht zugefroren in diesem Winter, und überall kreuzten Schiffe und Boote, und die Händler brüllten so laut, daß man sie gar nicht mehr verstehen konnte. In den Straßen herrschte dichtes Gewühl, Kinder tobten herum, Marktfrauen warteten mit blaugefrorenen Lippen und roten Nasen auf Kunden, Edelleute auf hübsch aufgezäumten Pferden ritten durch die Gassen und blickten den jungen Dienstmädchen mit ihren kecken Gesichtern nach.

Es war der 24. Dezember, als Mary und Nicolas auf ihren Pferden nach London kamen. Es wurde schon dunkel, und überall roch es nach Glühwein und Bratäpfeln mit Zimt. Viele Menschen, vor allem die Bettler und Landstreicher, feierten Heiligabend draußen in den Gassen, tanzten miteinander, gaben ihre letzten Farthings für ein Stück Rosinenkuchen aus, schwankten zwischen wilder Ausgelassenheit und tiefster Schwermut und betranken sich schließlich, um die herzzerreißende Heiligkeit dieser Nacht zu vergessen. Schon jetzt lag eine eigenartige Stimmung über der Stadt, die Wohlhabenden hatten sich bereits in ihre Häuser zurückgezogen, die Armen begannen sich torkelnd ihres Lebens zu freuen, und eine schneeschwere, zimtduftende Mischung aus Ekstase und Melancholie schwang in der Luft.

Mary, müde von der Reise und verfroren, fühlte sich plötzlich einsam. Sie sah sich mit großen Augen um, in der Hoffnung, durch neue Eindrücke die aufkeimende Traurigkeit zu besiegen. Was ihr auffiel, waren die an manchen Häusern angebrachten Fahnen, auf denen ein gekrönter weißer Falke zu sehen war, der auf einem goldenen, mit roten und weißen Rosen bewachsenen Zweig saß. Als sie Nicolas danach fragte, erklärte er:

»Dies ist das Wappen von Königin Anna. Sie ist der Falke mit der Krone, die Blumen sind die weißen Rosen von York und die roten Rosen von Lancaster, vereint zur Tudor-Rose. Du siehst, viele Londoner sind den Tudors überaus treu ergeben!«

»Sie haben Anna Boleyn angenommen?«

»Ach, weißt du, sie tun immer, was ihnen Vorteil bringen kann. Heute ist die Boleyn ihre Königin, morgen jubeln sie der nächsten zu, wenn es von ihnen verlangt wird.« Sein herablassender Ton ärgerte Mary.

»Du bist genauso«, meinte sie schnippisch, »du lehnst es auch ab, für Überzeugungen deinen Kopf hinzuhalten.«

Er antwortete darauf nicht. Schweigend ritten sie durch die Gassen und lauschten dem Klappern der Hufe auf dem Kopfsteinpflaster. Sie blieben die ganze Zeit südlich der London Bridge, was Mary jedoch schon gewußt hatte. Irgendwann hatte sie Nicolas gefragt, wo sie in London eigentlich leben würden und er hatte geantwortet, das würde leider auf der Südseite der Themse sein. Aber sie war doch überrascht, als Nicolas sein Pferd vor dem Sherwood Inn zum Stehen brachte und auf die Straße sprang.

»Was willst du denn hier?«

»Wir wohnen hier. Im ersten Stock bei Will Shannon. Er braucht nicht so viel Platz, deshalb hat er mir vor einem halben Jahr angeboten, hier einzuziehen. Da ich vorher wirklich in einem jämmerlichen Schuppen hauste, habe ich angenommen.« Er streckte seine Arme aus, um ihr vom Pferd zu helfen.

»Es wird dir gefallen. Die Zimmer sind sehr gemütlich.«

Mary war nicht gerade begeistert. Das Sherwood Inn erinnerte sie zu sehr an Lord Cavendor, und den hätte sie gern aus ihrem Gedächtnis verbannt. Aber jetzt konnte sie nichts dagegen tun. So folgte sie Nicolas in den schon vertrauten Schankraum. Wills Haare waren noch grauer geworden, sein Gang gebeugter, aber sonst hatte sich überhaupt nichts verändert. Es gab noch den zerschlissenen Vorhang, der zu jenem Nebenraum führte, von dem Mary lieber nicht wissen wollte, was sich dahinter abspielte und wie oft der alte Shannon dort schon leise kichernd geheimnisvolle Mixturen zusammengebraut und einem armen Menschen einen unerwarteten Tod beschert hatte. Sogar der alte Hund lag noch vor dem Kamin und hob matt den Kopf, als er Nicolas und Mary hörte. Das gleiche Dämmerlicht herrschte wie früher, auf den Mauervorsprüngen klebten Kerzen, an den Wänden tanzten Schatten.

Sie mußten eine steile Treppe hinaufklettern, um in ihre Wohnung zu gelangen. Hinter der baufälligen Tür hatte Mary ähnlich verwahrloste Räume vermutet, aber zu ihrer Überraschung gab es zwei Zimmer und eine Küche. Wände und Decken wurden mit schweren dunkelbraunen Holzbalken gestützt, die kleinen vergitterten Fenster lagen in tiefen Nischen, der Fußboden war mit dicken Teppichen bedeckt. Manche Einrichtungsgegenstände kamen Mary ziemlich wertvoll vor, etwa der Küchentisch aus Eichenholz, ein goldverzierter Bilderrahmen und eine kunstvoll geschnitzte Kleidertruhe im Schlafzimmer. Sie fragte Nicolas, wo er solche Dinge her habe, aber er antwortete ausweichend:

»Manchmal habe ich Geld, weißt du«, und wandte sich gleich wieder Will zu.

Sie verbrachten den Abend mit Will zusammen in der Küche. Aus einem Schuppen neben dem Haus holte Nicolas Holz und machte ein großes Feuer im Kamin, Will brachte ganze Arme voll gesammelter Vorräte, Fleisch und Gewürze, Kuchen, Brot, ausländisches Gemüse und Berge von Obst. Nicolas bewies, daß er hervorragend kochen konnte, mit leichter Hand warf er die Zutaten zusammen, und bald roch es so gut, daß Mary ganz schwach vor Hunger wurde. Sie fing an, sich schläfrig und entspannt zu fühlen, als sie alle um den Tisch herumsaßen, aßen, Wein tranken, dem Knistern der Flammen lauschten und einander im Kerzenschein zulächelten. Die beiden Männer sprachen über alte Zeiten, aber Mary hörte ihnen gar nicht genau zu, sondern ließ die Stimmen nur leise an sich vorüberplätschern. Eine sanfte, müde Zufriedenheit erfüllte sie. Seitdem sie dieses Haus betreten hatte, war ihr klar, daß sie richtig gehandelt hatte, als sie Nicolas heiratete. Es war eine einfache, klare

Erkenntnis, die nicht nach Motiven und Zielen fragte. Sie wußte nur, daß es richtig gewesen war.

Mary wachte am nächsten Tag erst mittags auf, denn sie war spät ins Bett gekommen, und die lange Reise zu Pferd steckte ihr noch in allen Knochen. Während sie blinzelnd die Augen öffnete und sich behaglich reckte, roch sie den verführerischen Duft von gebratenem Schinken und frischgebackenem Brot. Sie stand auf, schlang sich eine Decke um die Schultern und tappte noch etwas verschlafen in die Küche hinüber, die schon wieder wunderbar warm war. Nicolas stand dort, fertig angezogen und hellwach, eifrig mit Tellern und Pfannen hantierend. Er lächelte Mary zu.

»Du kommst im richtigen Moment«, sagte er, »gerade wollte ich dich wecken. Das Frühstück ist fertig.«

Er stellte einen Teller mit geröstetem Brot, gebratenen Eiern und Speck vor sie hin.

»Setz dich und iß. Hast du gut geschlafen?«

»Ja, danke.« Von seiner Fürsorglichkeit gerührt, lächelte Mary ebenfalls. Vor den Fenstern tanzten Schneeflocken, der Tag gehörte zu denen, die nicht richtig hell werden, aber das Feuer im Kamin und die Kerzen an den Wänden machten alles warm und sanft. Trotzdem gab sich Mary für einen Augenblick der Vorstellung hin, ihr Leben sei anders verlaufen und sie verbringe diesen Weihnachtstag mit Frederic in Marmalon, ihr Blick gehe statt über graue Dächer über verschneite Wiesen, rauhreifverkrustete kahle Bäume und gefrorene Bäche. Sie schluckte und atmete tief. Nicht, Mary! Nicht an Marmalon denken, vor allem nicht heute, an Weihnachten! Schnell sah sie sich in der Küche um und sagte:

»Weißt du, Nicolas, es gibt etwas, was ich gerne wissen würde. Wir haben diese Wohnung, ein schönes Feuer im Ofen, genug zu essen und zu trinken – ich frage mich, woher kommt das? Wie verdienst du das Geld dafür?«

Wie am Abend zuvor, als sie sich nach den Möbeln erkundigt hatte, schien Nicolas ausweichen zu wollen.

»Ach, hier und da gibt es immer etwas«, meinte er leichthin, »und es reicht schon.«

»Ja, aber ich nehme an, daß du Will regelmäßig Miete bezahlen mußt. Hast du das denn immer, wenn du nur hin und wieder arbeitest? Und was arbeitest du?«

Nicolas seufzte, setzte sich Mary gegenüber an den Tisch und legte beide Hände übereinander, als wolle er sich auf seine nächsten Worte besonders konzentrieren.

»Sieh mal, Mary, ich halte dich für eine vernünftige Frau, und deshalb wirst du auch nicht in Ohnmacht fallen, wenn ich dir jetzt etwas sage. Weißt du, ich bin kein besonders ehrenwerter Mann...« Er mußte lachen, und unwillkürlich stimmte Mary ein.

»Was erwartet mich jetzt? Sag nicht, du bist ein Giftmischer wie Will Shannon!«

»Nein, aber viel besser bin ich auch nicht. Ich bringe niemanden um, aber trotzdem bin ich nicht gerade nett mit den Menschen. Ich bestehle sie, Mary, beraube sie, nehme ihnen Hab und Gut und mache mich damit aus dem Staub. Ich bin ein Taschendieb, ein Betrüger. Einer von denen, die sie eines Tages in Tyburn hängen werden!«

»Oh...«

»Bist du erschrocken?«

»N... nicht sehr. Ein bißchen hab' ich es geahnt. Offenbar... offenbar lebt man ganz gut davon!«

In Nicolas' Augen trat die Zärtlichkeit, mit der er Mary immer wieder unerwartet ansah.

»Ich wußte, daß du mich verstehen würdest. Mary de Maurois, du bist vielleicht die einzige Frau in dieser Stadt, die mich versteht. Lord Cavendors kleine Räuberbraut, um ein Haar Mörderin von Lady Winter und jetzt – Nicolas' Komplizin!«

Mary war bei seinen Worten blaß geworden.

»Nicht«, flüsterte sie, »sprich nicht mehr von Cavendor und Lady Winter!«

Aufmerksam sah er sie an.

»Diese Geschichte damals hat dich mitgenommen, oder?«

»Mitgenommen?« Mary lachte, aber es klang rauh und verzweifelt. »Es verfolgt mich bis heute. Es ist, als sei es mein Schicksal. Beinahe hätte ich eine Frau umgebracht, ich... ich habe geholfen, den Mord an Cavendor zu vertuschen, und jetzt lebe ich mit einem Taschendieb zusammen, der... der...« Sie sprang auf, ihre Augen waren schmal und funkelten. »Ich weiß, ich darf Frederic Belville in deiner Gegenwart nicht erwähnen, aber ich sage dir jetzt trotzdem, warum ich meine Seele dafür gegeben hätte, in Marmalon leben zu dürfen. Weil ich ein ganz gewöhnliches und ruhiges und anständiges Leben führen wollte, weil ich einen Mann haben wollte, einen Hof und Kinder und Tiere, weil ich für sie sorgen wollte, meine Abgaben bezahlen, widerspruchslos, weil ich eine geachtete Frau sein wollte, nicht eine, über die man sich das Maul zerreißt wie früher über meine Mutter, oder eine, die immer nur auf der Flucht vor dem Gesetz ist! Ich wollte morgens ins Dorf gehen und einkaufen und all den anderen Frauen gerade ins Gesicht sehen, den miesen Klatschweibern und ihren bigotten Männern! Ich wollte... ach, Nicolas, ich wollte so gern, so gern meine Vergangenheit loswerden, dieses verdammte Armenhaus, meinen versoffenen Vater, meine Mutter, die so gierig hinter jedem Mann her war, daß kaum einer das Kunststück fertigbrachte, ihr zu entkommen, meine verkommene Schwester und diesen kriecherischen Halunken, der mein Bruder ist. Ich wollte so gern weg, ich hatte es mir so gewünscht!« Sie hatte nicht bemerkt, daß ihr während ihrer letzten Sätze die Tränen die Wangen hinunterliefen. Nun sah sie durch einen Schleier hindurch, daß Nicolas aufstand und auf sie zutrat, gleich darauf legte er seine Arme um sie und zog sie gegen seine Brust. Sie fing an, heftiger zu schluchzen. Über sich hörte sie eine warme, ruhige Stimme.

»Mein Armes«, sagte er leise, »mein armes Kleines, weine ruhig. Weine, solange du willst. Ich versteh' dich, mein Liebling. Und es wird alles gut, ich verspreche es dir!«

Sie hob den Kopf und sah ihn so verzweifelt an, daß es ihm ins Herz schnitt. Sie weinte um Frederic Belville, das spürte er. Und er begriff in diesem Moment, wie tief sie tatsächlich unter seinem Tod gelitten haben mußte und wie viele Träume ihr zerschlagen worden waren. Sie hatte ein ganz anderes Gesicht als zu der Zeit, da er sie zuletzt gesehen hatte, und das nicht nur, wenn sie weinte. Die Koketterie war verschwunden, mit der sie ihn früher angesehen hatte, ihr herausforderndes Lächeln, das sie aufblitzen und verschwinden lassen konnte, die Lebenslust, die unverblümt in ihren Augen gestanden hatte und derer sie sich nie schämte. Sie ist so reif, dachte er, zu reif für ein siebzehnjähriges Mädchen. Wenn sie mir nur glauben würde, wie sehr ich sie liebe und daß ich sie vor allem Bösen beschützen will. Und Mary, wenn du wüßtest, daß du für das Leben, wie du es dir erträumst, zu schön bist, zu klug – und außerdem eine viel, viel zu ungewöhnliche Frau!

Im Frühling des Jahres 1535 wurde Mary achtzehn Jahre alt. Sie sah in dieser Zeit glücklich aus, gesund, nicht länger bleich und müde, sondern ausgeruht und kräftig. Sie hatte genug zu essen, so daß ihre Wangen wieder Farbe bekamen und die Lippen weniger blutleer wirkten. Nicolas hatte ihr mehrere Ballen teurer Stoffe gekauft, aus denen sie sich Kleider schneidern ließ, weiche Wolle, die mit Samt und Brokat besetzt und mit enger Taille und bauschigen Röcken gearbeitet wurde, Kleider mit üppigen Ärmeln und tiefen Ausschnitten, in denen sie Ketten trug, imitiertes Gold mit bunten Glassteinen. Zum Geburtstag überreichte er ihr einen kleinen flachen Hut aus Samt, der über und über mit buntgefärbten Straußenfedern besetzt war. Mary fand ihn ein wenig vulgär, aber Nicolas zerstreute ihre Bedenken, indem er ihr sagte, ihre Augen seien besonders blau und die Haare sehr rot darunter.

»Ja, aber gerade das scheint mir ein wenig aufreizend«, meinte Mary noch schwach.

Nicolas trat von hinten an sie heran und verschränkte die Arme vor ihrer Brust.

»Sicher«, gab er zu, »aber man kann nicht darum herum reden, du siehst wunderschön aus!«

Mary lächelte ironisch. Und warum sollte ich den Leuten Ehrbarkeit vorgaukeln, dachte sie, wenn ich sowieso nicht ehrbar bin.

Sie hatte mit Nicolas nie wieder über seine Arbeit gesprochen, und er erwähnte sie auch nicht. An vielen Tagen blieb er ohnehin zu Hause, und an den Tagen, an denen er die Wohnung verließ, verabschiedete er sich mit den Worten: »Ich muß noch mal fort!«

Und wenn er wiederkam, erzählte er nie, wo er gewesen war. Mary fragte auch nicht, aber immer öfter ertappte sie sich dabei, daß sie ihm aus dem Fenster sehnsüchtig nachblickte und ihn abends belauerte, ob er nicht doch etwas preisgeben würde. Es dauerte eine Weile, bis sie vor sich selber zugab, daß sie sich langweilte.

Es gab so wenig, was sie tun konnte. Natürlich hielt sie die Wohnung sauber, kochte für sich und den alten Will, wenn sie allein war, oder bummelte durch die Stadt, was sie früher so fasziniert hatte. Sie lernte das Südufer kennen, die engen Gassen, in denen rechts und links die Bettler saßen, die zu alt und zu schwach waren, um sich noch bis zum Nordufer zu schleppen, wo das Betteln wenigstens ein klein wenig Sinn gehabt hätte. Sie streckten magere Arme nach Mary aus, klauenähnliche Hände mit gräßlichem Ausschlag daran, hielten in zerfressene Lumpen gehüllte Holzbeine hoch, um zu zeigen, daß sie keine gesunden Gliedmaße mehr besaßen. Zwischen ihnen tobten Kinder herum, kleine bläulich-blasse Geschöpfe mit verfaulten Zähnen im Mund und einem verzweifelten Blick in den Augen, der ebenso viel Hunger wie Haß verriet. Ihre Mütter hockten auf den Stufen vor ihren Häusern, mit schmutzigen, zerrissenen Fetzen bekleidet, mit ungewaschenen Haaren, teilnahmslosen Mienen, abgemagerten oder aufgeschwemmten Leibern, ausgeleierten Brüsten, an denen ihre Säuglinge hingen. Sie keiften, daß es eine Lust war, ihnen zuzuhören, oder verharrten in apathischem Schweigen. Manche riefen auch gehässige Worte hinter Mary her, wenn sie in ihren feinen Kleidern und mit ihrem bunten Hut daherkam, aber Mary kümmerte sich nicht darum, und mit der Zeit gewöhnten sich die Leute an sie, sie gehörte einfach zum Straßenbild.

Natürlich ging sie auch hinüber zum Nordufer, aber die wilde Jahrmarktsstimmung dort konnte sie nicht mehr faszinieren. Fluchenden Männern und kichernden Frauen zu lauschen, Edelleuten nachzublicken, sich um Flugblätter zu schlagen und im tiefsten Gewühl herumstoßen zu lassen, das alles bedeutete ihr heute nichts mehr. Die Zeiten, da sie wie eine wildernde Katze herumgestreunt war, Sonne auf dem Gesicht, Wind in den Haaren, waren vorbei. Das Leben mußte mehr zu bieten haben, und nun, ein Jahr nach Frederics Tod, erwachte in ihr die Gier, alles zu erleben.

An einem milden Abend im März saßen sie und Nicolas beim Essen. Nicolas hatte Flugblätter mitgebracht, die von blutigen Aufständen gegen die Suprematsakte in allen Provinzen berichtete. Er selber erzählte von Hinrichtungen, mit denen die Regierung darauf reagierte.

»Zwei Bischöfe sollen auf dem Scheiterhaufen gestorben sein«, sagte er, »weil sie den Eid auf den König verweigerten. Und Elizabeth Barton haben sie hingerichtet, die heilige Jungfrau von Canterbury.«

»Elizabeth Barton«, sagte Mary erschüttert, »ich hätte nie gedacht, daß sie sich an sie wagen.«

Elizabeth Barton war eine Ordensschwester aus Canterbury, der magische Kräfte nachgesagt wurden, und zu der die Menschen aus dem ganzen Land pilgerten, um Heilung und Trost zu suchen. Sie besaß großen Einfluß auf die Leute und hatte während des ganzen Kirchenstreites und besonders seit Erlaß der Suprematsakte die Lehren der katholischen Kirche gepredigt und das Volk aufgerufen, an seiner Kirche niemals irre zu werden. Vor allem hatte sie den baldigen Sturz des Königs durch seine Untertanen verkündet, was Cromwell endgültig zum Handeln bewog. Elizabeth wurde verhaftet, des Hochverrates angeklagt und zum Tode auf dem Scheiterhaufen verurteilt.

»Durch das ganze Land«, sagte Nicolas, »geht ein einziger großer Aufschrei. Das Volk wird gewaltsam aus seinem Glauben gerissen, weil ein König es sich in den Kopf gesetzt hat, alleiniger und uneingeschränkter Herrscher zu sein. Bis er das geschafft hat, Mary, wird noch viel Blut fließen!«

Mary zerknäulte eines der Flugblätter in der Hand. »Und er weiß gar nicht, was er alles damit vernichtet«, flüsterte sie. Nicolas bemerkte den angespannten Zug um ihre Lippen. Er wußte, an wen sie dachte. Leichthin meinte er:

»Der Abend ist zu schön, wir sollten ihn uns nicht mit dem König verderben. Weißt du, Liebste, in der letzten Zeit gefällst du mir nicht mehr so recht. Du hast fiebrige Augen, und du läufst in der Wohnung herum wie ein eingesperrtes Tier. Ist dir London zu eng?«

»Ach«, Mary sah hinaus über die Dächer, auf denen eine letzte Abendsonne lag, »nein, ich glaube, das ist es nicht. Es ist nur... ich habe nichts zu tun. Ich möchte etwas tun, etwas Besonderes, Aufregendes, und ich weiß nicht, was!«

»Du siehst mich so erwartungsvoll an!«

»Ja, weil ich dachte... Nicolas, wäre es dir recht, wenn ich dich einmal begleiten würde, wenn du... wieder fortgehst?«

Nicolas' Miene verriet tiefe Verwunderung.

»Noch an Weihnachten hast du geweint, als ich dir sagte, wie ich mein Geld verdiene. Und jetzt willst du das gleiche tun!«

»Ich habe an Weihnachten nicht gewußt, wie krank Langeweile machen kann.«

»Du bist ein bißchen widersprüchlich. Erst schwärmst du von einem Heim und Kindern, und dann wirst du zur Räuberbraut. Bist du denn sicher, daß du das möchtest?« Mary zuckte die Schultern.

»Ich bin jung, und vielleicht weiß ich überhaupt nicht genau, was ich möchte. Aber auf jeden Fall kann ich nicht ewig in diesem Zimmer sitzen, darüber werde ich schwermütig.« Nicolas lachte, hob seinen Kelch mit Wein und prostete ihr zu.

»Gut,« meinte er, »wir versuchen es. Das nächste Mal kommst du mit.«

Der Sommer des Jahres 1535 war heiß und trocken, es gab Mißernten und Seuchen, und Soldaten des Königs ritten durch die Grafschaften und brachten eine furchtbare Hinrichtungswelle mit, die alle erfaßte, die den Eid auf die neue Kirche nicht leisteten. Im Juni wurde sogar Thomas More, einstiger Kanzler und heute einer von Henrys heftigsten Gegnern, zum Tode verurteilt und verbrannt, weil er für Rom und gegen die anglikanische Kirche sprach. Ein Kloster nach dem anderen wurde aufgelöst, was vor allem für viele Frauen im Land einen harten Schlag bedeutete, denn nur in Klöstern hatten junge Mädchen die Möglichkeit gehabt, lesen und schreiben zu lernen und sich mit Büchern zu beschäftigen, anstatt nur Wäsche zu waschen und Kleider zu nähen. Nun mußten sie an den heimischen Herd zurückkehren, und die englischen Frauen wurden in ihrer Bildung denen des Kontinents gegenüber um Jahrzehnte zurückgeworfen.

In London hielt der Sommer mit drückender Schwüle, Unmengen

von Fliegen und sich rasend ausbreitenden Seuchen Einzug. Wochenlang gab es kaum einen Tropfen Regen, der Wasserspiegel der Themse sank beträchtlich, doch die Stadt blieb, Hitze und Fieber zum Trotz, mit tosendem Geschrei erfüllt. Mitten durch dieses sommerliche Getümmel zogen Nicolas und Mary auf ihren räuberischen Beutegängen, von der Gluthitze in den engen Gassen sehr schnell zur Tollkühnheit verführt. Mary fand Gefallen an diesem neuen Spiel, auch wenn sie dabei immer wieder das Gefühl hatte, etwas zu tun, was nicht in ihrer Natur lag. Das Leben hatte sie schlecht behandelt, nun schlug sie zurück, und sie tat es mit einer trotzigen Zufriedenheit. Manchmal, in stickigen Nächten, in denen sie nicht schlafen konnte, dachte sie: Ja, lieber Gott, du hattest ja die Möglichkeit, meine Seele zu gewinnen, hättest du mir nur Frederic gelassen. Aber so kann ich mich auch gleich mit dem Teufel verbünden!

Anfangs waren sie nur zu Taschendiebstählen aufgebrochen. Nicolas zeigte dabei eine Geschicklichkeit, die Mary zutiefst faszinierte. Er begab sich in eine besonders dichte Menschenmenge, wie sie sich immer wieder an den verschiedensten Plätzen bildete, wo etwas geschah, bei Hahnenkämpfen oder Straßentheatern. Er suchte sich einen besonders reich gekleideten Herrn oder eine elegante Dame aus, schob sich langsam und unauffällig an das Opfer heran und dann, mit einem blitzschnellen Griff, der so gewandt war, daß Mary hinterher nicht hätte beschwören können, daß er überhaupt erfolgt war, tauchte er in die Taschen des anderen oder zog Schmuck von Armen, Händen und Hals. Er kam jedesmal mit großer Beute zurück, mit Ringen oder Ketten, juwelenbesetzten Schnupftabakdosen, Ledergürteln mit goldenen Schnallen, Taschentüchern aus Seide oder kleinen samtenen Geldbeuteln, in denen es verheißungsvoll klimperte.

»Es ist sehr wichtig, vorher ungefähr zu wissen, was man haben möchte,« erklärte er Mary, »denn im entscheidenden Moment hat man keine Zeit, lange herumzusuchen. Man muß dem Opfer auf Hände und Arme sehen, um zu wissen, ob es Schmuck trägt, und es ist auch notwendig, vorher zu wissen, ob etwa ein Ring locker genug sitzt, daß man ihn abstreifen kann oder ob er so eng liegt, daß ein Versuch von vornherein überflüssig ist. Und du mußt Kleider,

Hemden, Mäntel sehr sorgfältig mit deinen Augen, nicht mit deinen Händen, abtasten, um zu sehen, wo jemand einen wertvollen Gegenstand oder seinen Geldbeutel verborgen haben könnte. Du mußt es dir so genau einprägen, daß du beim Zugreifen weder hinschauen noch suchen mußt. Nur einen Herzschlag lang zuviel Zeit, und es kann dich dein Leben kosten!«

Seine Augen hatten einen lustvollen Ausdruck bekommen und Mary begriff jetzt, weshalb er unter allen Umständen gesetzlosen Tätigkeiten nachgehen mußte. Sie hatte sich schon oft gefragt, warum er, klug, weltgewandt und charmant wie er war, nicht andere Wege fand, sein Geld zu verdienen. Er brauchte die atemlose Spannung gefahrvoller Momente, offenbar konnte er nur in dem Bewußtsein existieren, stets einen Fuß in Tyburn und seinen Hals in nächster Nähe der Schlinge zu haben. Auf einmal wußte Mary, was sie von Anfang an so sehr an Nicolas fasziniert und zugleich in Entsetzen gestürzt hatte: Es war die Todessehnsucht, die von ihm ausging, verbunden mit der Neigung, das Verderben herauszufordern. In ihm vereinten sich ein Hauch Tragik, herrührend aus der Zeit, da er den Untergang der Familie Maurois hatte erleben müssen, eine Spur Melancholie, und etwas von der morbiden Geistesart seines Vaters, der im Freitod gestorben war. Hinzu kamen Wildheit, ein schier unbändiger Abenteuertrieb und eine starke Zärtlichkeit, die ebenso unstillbar war wie sie forderte. Mary wußte nicht viel vom menschlichen Wesen, aber hätte sie Nicolas malen sollen, sie hätte einen schwarzen, sturmdurchtosten Himmel auf das Papier gebracht, in dem an hundert Stellen ein Stück leuchtendes Blau und flimmernde Sonnenstrahlen aufgetaucht wären.

Irgendwann sagte Nicolas, Mary müsse nun anfangen, selbst Erfahrungen zu sammeln und nicht länger nur ihm zuzusehen.

»Du brauchst noch nicht selber zu stehlen,« meinte er, »aber es würde mir die Arbeit natürlich sehr erleichtern, wenn du den Herrn, den ich beraube, ablenkst. Du flirtest mit ihm, und währenddessen...« Er machte eine eindeutige Handbewegung. Mary wurde nervös.

»Ich weiß nicht, ob ich das kann. Mit einem wildfremden Mann flirten...«

Nicolas lachte laut auf.

»Mary, mein Engel, wenn du etwas kannst, dann das! Du bist die hübscheste Person, die zur Zeit in London herumläuft, und du brauchst einen Mann nur anzulächeln, damit er vor dir in die Knie geht. Wirklich, mach dir keine Sorgen! Mir ergeht es viel schlimmer, denn ich werde furchtbar eifersüchtig sein.«

»Nun ja,« sagte Mary, die sich geschmeichelt fühlte, zögernd, »ich könnte es versuchen.«

Sie zogen schon am nächsten Tag los. Mary trug eines ihrer neuen Kleider; es war aus einem hauchzarten blaßgrünen Wollstoff mit goldenen Seidenfäden bestickt und hatte weitschwingende Ärmel, die vorne in einen Spitzenbesatz mündeten, der sich eng um das Handgelenk schmiegte. Dazu trug Mary ihren neuen Hut, unter dem ihre lockigen Haare offen hervorsahen. Nicolas hatte ihr eine Menge kleiner Farbtiegel geschenkt, so daß sie ihre Lippen und Wangen rot und ihre Augenlider blau färben konnte. Sie fand sich entsetzlich schamlos und wagte ihren Blick nicht zu heben, während sie durch die Straßen gingen. Ihr Kleid war auch viel zu tief ausgeschnitten und sie trug kein Mieder darunter, so daß sie sich vollkommen nackt vorkam. Sie kicherte nur einmal nervös, als sie sich ausmalte, was Bess sagen würde, wenn sie sie jetzt sehen könnte. Sie suchten diesmal weniger belebte Plätze auf und begaben sich ans Themseufer, in jene Gegend, in der Mary und Anne drei Jahre zuvor den toten Lord Cavendor abgelegt hatten. Mary schaute sich endlich etwas freier um. Sie bemerkte, daß die vornehmen Damen sie mit Abscheu musterten, weil sie sie für eine Prostituierte hielten, und daß die Männer ihr begehrlich nachblickten. Sie verrenkten sich beinahe die Hälse, um ihr im Vorübergehen in die Augen schauen zu können.

Verächtlich dachte Mary: Lieber Himmel, ein bißchen Farbe im Gesicht und ein aufreizendes Kleid und ihr verliert auch noch den kläglichen Rest eures Verstandes!

Endlich hatte Nicolas ein geeignetes Opfer gefunden und blieb stehen. »Dort drüben der Mann«, sagte er, »siehst du ihn? Er wirkt ebenso einsam wie reich. Ich denke, es müßte dir leichtfallen, ihn in deine Netze zu locken!«

Mary blickte zu dem Mann hin, den Nicolas meinte. Er war mittelgroß und von fülliger Gestalt. Er hatte eine enge Hose aus honigfarbenem Samt an, darüber einen weitschwingenden Mantel aus dünner scharlachroter Seide. Auf seinem Kopf schwebte ein weinrotes Barett, von dem flaumige, goldgelbe Straußenfedern wehten. Das Schwert des Fremden, soviel konnte Mary sogar auf die Entfernung erkennen, war am Griff vergoldet und mit Edelsteinen besetzt. Der Mann hatte ein schwammiges Gesicht, einen gepflegten Spitzbart und einen einfältigen Ausdruck im Blick.

»Genau, was wir suchen«, meinte Nicolas zufrieden, »geh zu ihm, Mary. Und laß ihn nicht wieder los!«

Mary warf Nicolas, der ihr aufmunternd zunickte, noch einen Blick zu, dann schritt sie zu dem fremden Mann hin, wobei sie sich bemühte, kokett zu lächeln und gleichzeitig fand, daß die Rolle der Verführerin denkbar schlecht zu ihr paßte. Als sie an ihm vorüberging, sagte sie leise:

»Guten Tag, Monsieur!«

Er zuckte zusammen und sein Blick hing wie verzaubert an ihr. Er wirkte dadurch noch tölpelhafter, aber Mary war fest entschlossen, ihm nicht zu zeigen, wie unansehnlich sie ihn fand. Sie sah zu ihm auf, als sei sie hingerissen von ihm. Er zog seinen Hut und verbeugte sich hastig.

»Ihr Diener, Madame«, sagte er eifrig, »ich bin Lord Archibald Claybourgh!«

»Oh, sehr erfreut. Ich bin Frances Clark.«

»Äh... Mrs. Clark?«

»*Miss* Clark.«

»Oh... oh, wie schön, Ihre Bekanntschaft zu machen, Miss Frances. Gehen Sie öfter hier spazieren? Ich kann mir nicht denken, daß Sie mir nicht aufgefallen wären, denn wenn ich so sagen darf... Sie sind wirklich eine sehr schöne Frau!«

Er trat näher an sie heran.

Mary erkannte, daß er eine Weste trug, die mit Hermelinschwänzen besetzt war. Liebe Güte, welch eine fette Beute, dachte sie, im gleichen Moment, da ihr Gegenüber überlegte, ob er je eine so hübsche Frau gesehen hatte. Er fand diese Frances Clark ganz außergewöhnlich entzückend. Augen wie reine Saphire hatte sie, und Haare von der Farbe flammender Kastanien im Herbst. Eine Haut, rein und weiß wie Schnee, und schmale, etwas hochmütig geschwungene Lippen, die so lächelten, als mache sie sich stets ein wenig über sich selbst lustig. Natürlich war sie eine Prostituierte, keine Dame würde sich so viel Farbe ins Gesicht schmieren, aber sie war keine von der ganz billigen Sorte, da kannte Claybourgh sich aus. Und ganz weg war sie von ihm! Er fühlte sich sehr geschmeichelt. Denn obwohl sich Archibald Claybourgh für einen äußerst erfahrenen und weltgewandten Mann hielt, war es ihm bis zu diesem Tag nicht aufgegangen, daß sich die meisten Frauen sehr viel mehr für sein Geld als für ihn interessierten.

Mary bemerkte unterdessen, daß Nicolas herangeschlendert kam. Sie berührte sacht Archibalds Arm.

»Und Sie, Monsieur«, fragte sie mit leicht angerauhter Stimme, »gehen Sie hier oft spazieren?«

»Hier und da. Oftmals fahre ich auch spazieren. Ich habe viele Kutschen und sehr schöne Gespanne. Ich sage Ihnen, Miss Frances, so schnell wie meine Pferde gibt es im ganzen Königreich keine mehr.«

»Tatsächlich? Wie aufregend!«

»Nun ja... wenn ich mit Ihnen ausführe, würde ich sie natürlich nicht so schnell laufen lassen, damit Sie sich nicht zu fürchten brauchen!« Er lächelte gönnerhaft, und Mary versuchte einen langsamen Augenaufschlag, der ihr offensichtlich gelang, denn Archibald nahm ihre Hand.

»Wollen wir ein wenig am Ufer entlanggehen?« fragte er.

Mary seufzte. »Nur einen Augenblick noch, Monsieur. Es ist so schön hier. Lassen Sie uns noch ein wenig über das glitzernde Wasser sehen!«

Archibald stimmte eifrig zu, obwohl er die verdreckte Themse mit ihrem schreienden Markt darauf keineswegs sehr bezaubernd fand. Aber dafür schmiegte sich die liebliche Frances Clark eng an ihn und er konnte ihren schmalen, jungen Körper warm und weich an seinem spüren. Was er nicht spürte, waren Nicolas' Hände, die eilig und geschickt in seine Kleider griffen und sehr geübt alles herauszogen, was sie fanden. Mary plapperte allerlei albernes Zeug und sah in scheinbarem Entzücken über alles, was auf dem Fluß geschah, hin und her. Nicolas schlenderte mehrere Male vorüber und blieb immer nur für Sekunden stehen, in denen er sich an Archibald bediente. Als er das letzte Mal vorbeikam, hörte er ihn gerade sagen:

»Ich möchte Sie wiedersehen, Miss Frances. Sagen Sie, wo Sie wohnen, Sie werden es nicht bereuen. Ich liebe kostbare Geschenke – wenn Frauen von Ihrer Schönheit sie entgegennehmen!«

»Sind Sie nicht etwas zu großzügig, Monsieur? Sie kennen mich doch gar nicht!« Dann entdeckte Mary, daß Nicolas ihr das verabredete Zeichen gab. Er hatte ihr vorher eingeschärft, daß dieses Zeichen sehr ernst zu nehmen sei, denn jeden Moment konnte Claybourgh entdecken, daß er bestohlen worden war, und bis dahin mußte Mary fort sein. Sie nannte ihm eine erfundene Adresse, dann stieß sie einen spitzen Schrei aus.

»Ich verplaudere hier die Zeit«, rief sie, »dabei erwartet mich ja Mylady! Sie müssen wissen, daß ich an manchen Tagen als Gesellschafterin bei einer reichen Lady arbeite, und heute ist solch ein Tag. Oh, sie wird furchtbar böse sein! Sie ist so schrecklich streng!«

Ihr Jammer schnitt ihm ins Herz.

»Bald müssen Sie nicht mehr für sie arbeiten, Miss Frances. Ich würde sehr gern für Sie sorgen!«

Ja, für eine entsprechende Gegenleistung, dachte Mary und schüttelte sich. Laut sagte sie:

»Besuchen Sie mich heute abend, Monsieur. Bis dahin... leben Sie wohl!«

»Darf ich Sie begleiten?«

»N... nein, Mylady soll Sie nicht sehen, Sie verstehen?« Natürlich verstand er. Er fand das Verbotene in diesem Spiel besonders aufregend. Er sah ihr nach, wie sie davoneilte, mit raschelnden Kleidern und fliegenden Locken, und ahnte nicht, daß hinter der nächsten Wegbiegung Nicolas wartete und sie eilig mit sich fortzog.

Erst als sie wieder im Gewirr der Gassen untergetaucht waren, blieben sie stehen.

»Mary, du warst wunderbar«, sagte Nicolas, »aber ich hatte

schon Angst, du schaffst es gar nicht mehr, ihn abzuschütteln. Er war ja ganz vernarrt in dich. Ich glaube, ich hätte ihn ausziehen können, er hätte es nicht bemerkt!«

Mary strahlte. Sie atmete noch heftig vom Laufen und strich sich die Haare aus der Stirn.

»Daß es so leicht sein würde, hätte ich nicht gedacht. Hast du was erbeutet, Nicolas?«

»Soviel wie sonst nicht in einer Woche. Komm, wir gehen nach Hause, da zeige ich es dir.«

Zu Hause breitete Nicolas seine Schätze auf dem Küchentisch aus. Mary war begeistert. Wirklich, sie hatten ganze Arbeit geleistet. Zwei schwere Siegelringe lagen dort, eine goldene Brustkette mit Rubinen, ein Kamm aus Silber besetzt mit Saphiren, ein Gürtel aus buntgefärbtem Leder mit einer Schnalle in Form von zwei sich gegeneinander aufbäumenden goldenen Pferden, deren Augen aus Smaragden bestanden, ein Geldbeutel, der mit Perlen bestickt war und ein winziger Bilderrahmen aus Edelsteinen mit dem Miniaturbildnis einer jungen Frau.

»Dein Verehrer ist entweder verheiratet oder verlobt«, sagte Nicolas, »aber mit der Treue scheint er es nicht so genau zu nehmen. Immerhin, die Frau seines Herzens behandelt er großzügig. Schau, was ich gefunden habe!« Er stellte ein Parfümfläschchen mit einer schimmernden, goldfarbenen Flüssigkeit darin auf den Tisch und legte daneben einen goldenen Ring mit einem Smaragd.

»Das sollst du haben«, sagte er, »du hast es dir verdient.«

»O Nicolas, dieser Ring...« Mary streifte ihn über den Finger. Er paßte genau, aber er sah etwas merkwürdig aus auf der rauhen Hand mit den kurzen Fingernägeln. Doch es war der erste Ring ihres Lebens und sie war entschlossen, ihn zu tragen. Sie betrachtete all die anderen funkelnden Gegenstände auf dem Tisch, und sie begriff nun erst ganz, daß sie an einem Raubzug teilgenommen hatte. Die gleiche Befriedigung, die Nicolas nachher schon immer erfüllt hatte, empfand sie nun auch. Sie hatten das Schicksal mit höchstem Einsatz herausgefordert – auf Diebstahl stand die Todesstrafe – und sie hatten gewonnen. Sie hob lächelnd den Kopf und suchte Nicolas' Augen; sein Blick gab ihren Triumph funkelnd vor Freude zurück.

In den nächsten Tagen bemerkte Mary, daß das Leben in der Gesetzlosigkeit seine Schattenseiten brachte. Bisher war sie hocherhobenen Hauptes durch London gegangen und hatte sich vor niemandem gefürchtet, nun hatte sie ständig Angst, Archibald Claybourgh zu begegnen, der sie erkennen, festhalten und vor den Richter schleifen würde. Sie sagte sich, das sei Unsinn, denn warum sollte sie in der großen Stadt gerade Archibald über den Weg laufen, aber es gelang ihr nicht, sich einzureden, daß sie sich nicht fürchten mußte. Einmal glaubte sie sogar, ihn vor einem Marktstand nahe der London Bridge gesehen zu haben. Sie lief so schnell sie konnte davon und langte atemlos, mit wild pochendem Herzen zu Hause an, so heftig zitternd, daß der alte Will schon glaubte, die Miliz sei ihr direkt auf den Fersen und eilig sein Geld raffte, um seinerseits die Flucht zu ergreifen. Nachdem sie sich beruhigt hatte, gelangte Mary zu dem Schluß, daß sie wohl zu schlechte Nerven für diesen Beruf hatte. Sie sagte es Nicolas, der verständnisvoll nickte.

»Dann kommst du eben nicht mehr mit. Es ist etwas, woran man sich sehr langsam gewöhnen muß.«

Doch zwei Wochen später sollte in Tyburn eine große Hinrichtung stattfinden. Als Nicolas schon früh morgens aufstand und sich anzog, um dort hinzugehen, hielt Mary es nicht länger aus.

»Ich komme mit«, sagte sie und sprang aus dem Bett, »welche Kostümierung?«

»Ärmlich und abgerissen. Aber willst du wirklich? So eine Hinrichtung ist eine scheußliche Angelegenheit.«

»Ich werde es überstehen. Laß uns gehen.«

Der Tyburn-Hügel lag vor den Toren Londons und dort befand sich die Stätte, wo viele zum Tode verurteilte Gefangene aufgehängt, enthauptet oder verbrannt wurden. Wenigstens einmal in der Woche rollten die Karren mit den Delinquenten von den stinkenden, rattenübersäten Gefängnissen hinaus nach Tyburn, und jedesmal fand sich eine große Menschenmenge ein, die das blutige Schauspiel voller Grauen und Begeisterung verfolgte. Hinrichtungen galten noch immer als großes Amüsement, schöner als Hahnenkämpfe oder Froschhüpfen. Da bereits auf den Diebstahl von zwei Pence der Tod stand, Scharen von gestrandeten Existenzen in London sich aber nur durch Diebstahl über Wasser halten konnten, war der Vorrat an Verurteilten fast unerschöpflich. Es gab Leute, die sagten, daß kein Handwerk in dieser Zeit einträglicher sei als das des Scharfrichters.

Auch heute hatte sich bereits eine dichte Menschenmenge in Tyburn versammelt, als Mary und Nicolas dort ankamen. Mary fröstelte unwillkürlich, als sie den grasbewachsenen Hügel sah, auf dessen Spitze der Galgen stand und sich schwarz und hoch vom blauen Sommerhimmel abhob. Der Henker stand bereits breitbeinig daneben, die Arme lässig vor der Brust verschränkt, eine schwarze Kapuze mit schmalen Augenschlitzen über dem Kopf. In einiger Entfernung stand ein Priester, sicherlich einer, der bereits den Eid auf den König geleistet hatte, und brütete stumpf, sichtlich unter der Hitze leidend, vor sich hin. Gerade wurden die Karren mit den Todgeweihten herangezogen. Es waren mehrere schmutzige, mit verdrecktem Stroh ausgelegte Leiterwagen, in denen bleiche, zerlumpte Elendsgestalten kauerten.

»Was haben die Verurteilten getan?« erkundigte sich Mary flüsternd.

Nicolas grinste.

»Taschendiebstahl und Raubüberfälle. Sie sind unsere Vorgänger gewissermaßen.«

»Vorgänger?«

»Auf dem Weg ins Himmelreich. Nein, nein, Mary, du brauchst nicht so blaß zu werden. Uns passiert nichts.«

Er begann sich zwischen die Menschen zu schieben und Mary folgte ihm wie gewohnt. Aber sie konnte ihren Blick nicht von dem Galgen wenden. Sie fror, obwohl die Sonne warm schien. Sie beobachtete, wie die Verurteilten aus ihren Karren gezerrt wurden, wie der erste von ihnen zum Priester ging, ein paar kurze Worte von ihm gesagt bekam, ehe er die Stufen zum Schafott hinaufkletterte. Mary nahm die leisen wollüstigen Seufzer der Zuschauer wahr, das erregte Glimmen in ihren Augen, aber auch den scharfen Schweißgeruch, der ihnen, nun da sie zitterten vor Gier, heftiger entströmte, und widerwillig dachte sie: Was sind sie doch für ein Pack!

Sie bemerkte, daß Nicolas offenbar schon an der Arbeit war,

denn er blieb kurz neben einem dicken, reichen Mann stehen, ehe er weiterdrängte. Es herrschte eine unglaubliche Spannung, die Luft schien zu knistern, denn jetzt wurde dem ersten Dieb die Schlinge um den Hals gelegt. Dies war ein günstiger Moment, denn die volle Aufmerksamkeit der Menschen richtete sich auf den Galgen, niemand beobachtete Nicolas.

Mary mochte nicht zusehen. Sie fand Tyburn zu gräßlich und am liebsten wäre sie nach Hause gegangen. Aber da erblickte sie plötzlich vor sich eine ältere Frau, die ein Kleid aus Samt trug und zu den wenigen reichen Frauen gehörte, die hier anwesend waren. Sie hatte ein hartes, zerfurchtes Gesicht und ein Netz aus Perlen über dem weißen Haar. Am rechten Handgelenk trug sie ein breites Armband aus Gold.

Mary zögerte einen Moment. Die Gelegenheit schien ihr günstig, denn der Arm der Alten hing herab, ihre Aufmerksamkeit richtete sich nach vorn, wo gerade der Nächste die Stufen zum Galgen hinaufgezerrt wurde. Mary fing an, leicht zu zittern, der Schwindel in ihrem Kopf verstärkte sich. Stimmengewirr und Bilder um sie herum traten zurück, wurden rauschend und flimmernd.

Ich tu' es nicht, dachte sie, nein, es wäre Wahnsinn. Ich bin die Nächste, die da vorne hängt...

Irgend etwas aber trieb sie vorwärts, es mochte die Hitze sein, die Atmosphäre von Tyburn, der Galgen, die Elendsgestalten in den schmutzigen Karren, der schwarzverhüllte Henker, die johlenden Menschen. Die Todesverachtung, die über diesem Ort schwebte, infizierte so schnell und so heillos wie die Pest. Mary war angesteckt, ehe sie es richtig begreifen konnte und im gleichen Augenblick, wo vorne der nächste Delinquent starb, streifte sie blitzschnell der Frau das Armband über die Hand und ließ es in ihre Rocktasche gleiten.

Mary fühlte eine tiefe Erschöpfung und eine ruhige Zufriedenheit. Es war viel schöner, als nach ihrem Erlebnis mit Archibald Claybourgh. Die Gefahr war viel fürchterlicher, der Triumph größer, der Sieg süßer. Mary schob ihre Hand in die Tasche und preßte ihre Finger gegen das sonnenwarme Metall.

Oh, Mutter wäre jetzt stolz auf mich, dachte sie unwillkürlich.

Aber auch Nicolas war stolz. Als sie ihm zu Hause das Armband zeigte, hob er es prüfend gegen das Licht, dann pfiff er anerkennend durch die Zähne.

»Reines, schweres Gold«, sagte er, »Mary, das ist ein hervorragender Fang. Du bist nicht nur sehr geschickt, du hast offenbar auch bereits den Sinn für lohnende Gelegenheiten.« Er legte das Band auf den Tisch zurück und nahm Mary in die Arme.

»Wie hast du es nur geschafft, in so kurzer Zeit alle deine Skrupel zu besiegen?« fragte er zärtlich.

Mary lachte, aber es schien ihm, als schwinge eine Spur von Wehmut darin.

»Ich habe vielleicht inzwischen den Eindruck, daß es die Welt nicht wert ist, ihr mit Skrupeln gegenüberzustehen«, erwiderte sie, »sie ist mit uns ja auch nicht allzu vorsichtig, oder?«

An diesem Abend tranken sie zur Feier des Tages Wein und aßen gekochten Seetang mit Essig. Mary kannte dieses Gericht noch nicht, aber Nicolas hatte ihr vorher versprochen, sie werde begeistert sein, und er behielt recht. Der reiche Beutezug vom Mittag hatte ihn überschwenglich gemacht und ließ ihn wie leicht betrunken erscheinen, gerade so sehr, daß er nicht betrunken, sondern hellwach, lebendig und mitreißend charmant wirkte. Mary, die ihm gegenüber saß, sah ihn an, willenlos von ihm angezogen, und plötzlich dachte sie, daß sie auf der Stelle mit ihm schlafen wollte.

Zuerst überraschte sie ihre eigene Sinnlichkeit. Sie wußte, daß sie auf Nicolas heftig reagierte, wann immer er es darauf anlegte, und daß sich daran sechs Monate nach der Hochzeit nichts geändert hatte. Aber sie hatte, wie Nicolas immer wieder lachend behauptete, eine puritanische Seele, und verlangte nach einer gewissen Ordnung. Sie wollte ihn immer nachts lieben. Und jetzt senkte sich zwar die Abenddämmerung über die Stadt, aber draußen war es noch immer hell, die Vögel zwitscherten und helle, fröhliche Stimmen drangen von der Straße nach oben. Kein Mensch schlief, es kam Mary vor, als belauschten tausend Menschen ihre geheimsten Gedanken und diese Vorstellung trieb ihr das Blut heiß in die Wangen.

Aber dann, als sie in Nicolas' Augen sah, verstand sie. Er fühlte das gleiche, und wußte, warum sie gerade jetzt einander so begehrten. Es war Tyburn, der Galgen, der Tod. Sie hatten sich ihm herausfordernd in den Weg gestellt und in dem Lächeln, das sie einander zuwarfen, schwang Triumph. Es war ein illusionsloses Siegeslächeln, mit dem sie einen weiteren gewonnenen Tag feierten.

Du bist wie ich, Nicolas, dachte sie, wir haben beschlossen, das Leben zu überstehen, koste es, was es wolle. Nicht wie Frederic, dieser törichte, gute Junge, der an seinem eigenen Edelmut sterben mußte. Ach, Nicolas...

Sie verstand die Zärtlichkeit in seinen Augen, die Weichheit in seinem Lächeln; es waren ihre Weichheit und ihre Zärtlichkeit, ein bißchen verschüttet und niedergetrampelt vom Schicksal, aber lebendig wie junges Gras, stark und bereit, sich wieder aufzurichten.

Sie fielen übereinander her an diesem Abend, als seien sie seit Urzeiten miteinander vertraut und lernten sich doch erst heute kennen. Ihre Körper fieberten einander entgegen, nahmen einander in hemmungsloser Ungeduld auf, liebkosten, entdeckten, suchten und fanden sich in atemloser Überraschung. Es war Mary, als verschmelze ihrer beider Blut, ihre Sinne, ihre Seelen. Sie lagen aneinandergepreßt, erschöpft und still. Zu keiner Zeit ihres Lebens, nicht einmal unter dem Weidenbaum von Marmalon, hatte sie sich so geborgen gefühlt. Die Welt draußen versank, das Leben existierte einzig noch in diesem Zimmer. Mary strich mit den Fingern über Nicolas' starke, schwarze Augenbrauen.

Ich liebe ihn, dachte sie, warum habe ich es nur nicht gleich, von Anfang an gemerkt!

Ihr Hunger erwachte neu, sie liebten einander noch einmal, länger und langsamer diesmal, Ewigkeiten, und Mary schrie laut auf, weil die Lust, das Entzücken, das Glück sie überwältigten. Nicolas hielt ihr seine Hand auf den Mund und neigte sich dicht über sie; sein schwarzes Haar berührte ihr Gesicht.

»Leise, Liebste«, flüsterte er, »was soll Will Shannon denken?«

»Das ist mir gleich! Die ganze Welt mag denken, was sie will!«

»Und woran denkst du?«

Sie reckte sich, ihre Lippen verzogen sich zu einem leichten Lächeln, in dem eine Spur ihrer alten Koketterie schwang.

»Aber Nicolas! Darüber kann ich nun wirklich nicht sprechen!«

Nicolas küßte ihre Lippen, aber er stimmte nicht in ihr Lächeln ein. Draußen ging der Mond auf und warf silbriges Licht über Fußboden und Wände des Zimmers.

»Ich will nur wissen, ob du glücklich bist«, sagte Nicolas leise, »bist du es, Mary?«

Verwundert, daß er diese Frage stellen konnte, umschlang sie ihn mit beiden Armen. Sie war es ja, sie war so glücklich. Aber sie hatte die Furcht in seiner Stimme vernommen und wußte, er dachte an Frederic. Noch immer gab es irgendwo in ihr, in ihrem Herzen oder ihrer Seele oder wo auch immer Erinnerungen sich bewahrten, eine schmerzende Stelle, die sich zusammenzog und brannte, wenn sie an Frederic Belville erinnert wurde. Doch hütete sie sich, darüber auch nur einen Ton verlauten zu lassen.

Im August traf Mary überraschend Anne Brisbane und Lady Cathleen wieder. Sie war gleich nach ihrer Ankunft in London einmal in Cathleens Haus am Strand gewesen, aber nur ein Dienstmädchen, das sie nicht kannte, hatte ihr geöffnet und unfreundlich erklärt, Mylady sei in ihrem Landschloß in Essex und sie wisse nicht, ob sie im Sommer nach London komme. Mary hatte daraufhin nicht noch einmal nachgefragt und war nun völlig überrascht, als sie die beiden erblickte.

Sie trafen sich auf einem der schwimmenden Läden auf der Themse. Der Führer des Schiffes hatte erst an diesem Morgen London erreicht und wie ein Lauffeuer hatte sich die Nachricht verbreitet, daß er bezaubernd schöne Stoffe anzubieten habe. Nun drängte sich die halbe Stadt bei ihm. Auch Mary hatte sich übersetzen lassen, weil sie sich ein oder zwei neue Kleider schneidern lassen wollte. Sie betrachtete voll Bewunderung die vielen Ballen schimmernder Seide, weichen Samtes und leuchtenden Brokats, lauschte den Gesprächen der Menschen, die sich heute aufgeregt darüber unterhielten, daß sich auf dem Kontinent eine Versöhnung des deutschen Kaisers mit den Franzosen abzeichnete, und sich um die Frage stritten, ob dies als Gefahr für England gewertet werden mußte. Der deutsche Gesandte am englischen Hof, Chapuys, jedenfalls habe, so erzählte man sich, von einer großen Gefahr gesprochen und dem englischen König unverblümt geraten, Prinzessin Mary sofort in ihre alten Rechte als Prinzessin von Wales und Erbin des Thrones einzusetzen, um den Kaiser damit zu besänftigen.

»Ein geschickter Schachzug vom Kaiser und von Chapuys«, meinte ein Mann, »Prinzessin Mary ist die Tochter der spanischen Katharina, damit das Juwel der Habsburger in England. Mit ihr als Königin von England hätte Habsburg immer ein Bein in London.«

»Na und?« gab eine Frau zurück. »Ist es nicht auch ihr Thron? Ich sage nach wie vor, daß Katharina die rechtmäßige...«

»Still! Nicht so laut!«

»Ja, Vorsicht. Noch ist Anna Boleyn unsere Königin!«

»Wer weiß, wie lange«, sagte eine junge Frau, die raffiniert und sehr kostbar gekleidet war, »es heißt, daß der Duke of Norfolk bereits an ihrem Thron sägt.«

»Ach, und woher willst du das wissen?«

»Na, wenn jemand weiß, was bei Hofe vorgeht, dann sie. Madame haben doch schon mit allen Beratern des Königs geschlafen!«

Die junge Frau fuhr herum, ihre schmalen Katzenaugen funkelten wütend.

»Ich weiß jedenfalls, was ich weiß!« rief sie. »Cromwell ist drauf und dran, Norfolk aus der Regierung zu drängen, und Norfolk erinnert sich genau, was damals passiert ist, als Katharina stürzte: Die halbe Regierung stürzte nämlich mit und die neue Königin brachte auch neue Beamte. Bloß waren das meist Boleyns, und die lassen sich von Norfolk nichts sagen. Was er braucht, ist eine Frau, die von ihm auf den Thron gehoben wird und ihm von da aus dann hilft, Cromwell und die Boleyns zu beseitigen!«

»Was du nicht sagst!«

»Ihr werdet schon sehen. Wo war der König denn kürzlich auf Betreiben Norfolks? Im Landschloß des Sir John Seymour, der ganz zufällig eine sehr hübsche, unverheiratete Tochter hat – Jane Seymour!«

»Jetzt phantasierst du. Der König wird sich kaum ein zweites Mal scheiden lassen. Das weiß Norfolk auch.« Die Frau zuckte mit den Schultern.

»Vergeßt eines nicht«, sagte sie, »seinen Herzenswunsch hat Anna Boleyn dem König auch nicht erfüllt, sie hat ihm keinen Sohn geschenkt!«

»Das ist richtig.«

»Ach was, sie ist jung, sie wird noch Kinder kriegen. Wenn der König mal nicht sowieso aus Angst vor den Habsburgern Prinzessin Mary wieder zur Thronfolgerin macht...«

Erneut brandete eine hitzige Diskussion auf. Mary schob sich weiter durch das Gedränge. Sie hielt den Kopf stets leicht gesenkt und betrachtete aus den Augenwinkeln sorgfältig alle Entgegenkommenden. Ihre Angst, sie könne dem unseligen Archibald Claybourgh wieder begegnen, war noch nicht verflogen.

Dann plötzlich blieb sie überrascht stehen. Denn vor ihr, an einem Tisch mit Seidenballen, standen Anne Brisbane und Lady Cathleen und begutachteten die angebotene Ware. Cathleen wirkte unsicher, Anne wie immer sehr mütterlich. Sie hielt ein Stück türkisblauer Seide in die Höhe und erkundigte sich mit selbstbewußter Stimme bei dem Händler nach dem Preis. Wahrscheinlich bestimmte sie noch genauso wie früher, welche Farben Cathleen trug und wie ihre Kleider geschnitten waren.

Mary trat auf die beiden zu.

»Mylady!« rief sie. »Und Miss Brisbane! Wie schön, Sie wiederzusehen!«

Die beiden Frauen blickten Mary ungläubig an, so, als seien sie einen Moment lang nicht sicher, ob sie tatsächlich die war, die sie zu erkennen glaubten. Anne fand ihre Sprache als erste wieder.

»Das ist ja... das ist Mary Askew!«

»Oh, tatsächlich«, sagte Cathleen verwirrt. Sie sah mehr denn je wie ein goldhaariger Engel aus, zart und kindlich, und schien sich an Anne förmlich festzuklammern. Anne sah streng und gepflegt aus wie immer, doch sie bekam allmählich altjüngferliche Züge. Sie trug ihr dunkles Haar glatt zurückfrisiert und hatte ein hochgeschlossenes Kleid an, in dem sie ein wenig zu mager wirkte. Um ihre Augen lagen erste Falten.

»Sie sind wieder in London?« fragte sie einfältig.

Mary nickte.

»Seit Dezember schon.«

»So... wir waren in Essex bis jetzt.« Anne zögerte etwas, dann gab sie sich einen Ruck und fragte:

»Und... eh... wo arbeiten Sie jetzt?«

»Ich bin verheiratet.«

»Oh...« Die Erleichterung auf Annes Gesicht war beinahe schon unhöflich.

»Tatsächlich? Sie gingen doch damals wegen Ihrer Mutter nach Shadow's Eyes. Was wurde aus ihr?«

»Sie ist tot«, antwortete Mary kurz.

Cathleen sah sie mitleidig an.

»Das tut mir leid, Mrs....?«

»Maurois. Mrs. de Maurois.«

»Ja. Es tut mir wirklich sehr leid.«

Sie standen in verlegenem Schweigen. Cathleen nestelte an ihrer Tasche herum, Anne sah starr geradeaus, und Marys Blick heftete sich unsicher auf die Seide vor ihnen. Eine lähmende Befangenheit lag über ihnen. Mary konnte Annes Ablehnung fast physisch spüren. Sie hatte sich mit Cathleen ihr eigenes Leben aufgebaut, aus dem sie jeden Fremden heraushalten würde, und die Tatsache, daß Mary wegen ihrer Mitwisserschaft Recht und Macht hatte, sich erneut an sie zu binden, mußte sie stören.

Ich bin der letzte Mensch, dem sie hätte begegnen wollen, dachte Mary, und dann gleich darauf in einer unvermittelten Erkenntnis: Diese Frau könnte töten vor Eifersucht!

Laut sagte sie: »Ich glaube, ich muß weiter. Vielleicht treffen wir uns ja wieder einmal?«

»Ja, das wäre doch schön«, entgegnete Cathleen liebenswürdig. Gleichzeitig blickte sie Anne an, mit einer Miene, als wolle sie sich deren Erlaubnis für ihre Antwort einholen. Anne blieb unbeweglich.

»Das ist natürlich möglich. Sagen Sie, Mrs. de Maurois, werden Sie denn in London wohnen bleiben? Stammt Ihr Mann nicht auch aus Shadow's Eyes?«

»Er stammt aus London. Ich habe ihn früher schon kennengelernt und er kam mir dann nachgereist.«

»Ah so…«

Mary konnte es sich nicht verkneifen zu sagen:

»Sie sehen, Miss Brisbane, Sie hätten sich gar nicht so bemühen müssen, mich schleunigst unter die Haube zu bringen. Die Dinge regeln sich meist ganz von alleine!«

Anne lächelte mühsam, aber in ihren Augen stand, was sie dachte: Mary, du Schlange, keinen Moment Seelenqual werde ich mir mehr von dir abringen lassen!

Sie verabschiedeten sich erneut. Im Weggehen hörte Mary, wie Cathleen Anne zuflüsterte:

»Wir hätten sie einladen müssen, findest du nicht? Ich glaube, sie hat es erwartet!«

»Unsinn! Das kann sie nicht erwarten. Bedenke ihre Herkunft! Aus der Gosse haben wir sie gezogen.«

»Aber du weißt doch, Anne, es gibt da etwas, weswegen…« Cathleen sprach nicht weiter und Anne zog sie eilig mit sich fort. Mary verzog verächtlich das Gesicht. Alberne Miss Brisbane, mochte sie doch neben ihrer angebeteten Cathleen verschimmeln! Eine einsame, verblühende Frau war sie, nichts weiter. Aber gleichzeitig fühlte sich Mary durch Annes letzte Worte gekränkt. Gerade von ihr ließ sie sich nicht gern an ihre Herkunft erinnern. Sie hatte einmal geglaubt, diese Frau sei ihre Freundin. Es tat ihr weh, sich damit abfinden zu müssen, daß von ihrer einstigen Vertrautheit nichts übrig geblieben war.

Der Sommer verging, die Bäume am Ufer der Themse färbten sich bunt, morgens und abends stiegen dichte Nebel aus der Flußniederung und legten sich als feuchte Schleier um die Stadt. Es regnete viel, aber das lebhafte Treiben in den Straßen hielt an. Norfolk und Chapuys schienen den König heftig zu bedrängen, indem sie Anna als große Gefahr für England darstellten, und die Tatsache, daß sich Henry noch zu keinem ernsthaften Schritt entschlossen hatte, war wohl nur seiner Angst zu verdanken, dies könne als Unterwerfung unter päpstlichen Willen gedeutet werden – eine Blamage, die er mehr fürchtete als einen Angriff des deutschen Kaisers. Aber im Volk gingen die Gemütswogen hoch, denn viele meinten empört, der König müsse im Interesse seines Landes dem Kaiser ein Entgegenkommen zeigen, bevor dieser mit den Franzosen zusammen zu einer unheilvollen Bedrohung werde. Man redete außerdem darüber, daß der König ein beschämendes Wohlleben im Palast feierte, ein Fest nach dem anderen veranstalte und sich Scharen von Prostituierten kommen ließe, offenbar um seinen drückenden Sorgen zu entfliehen.

Mary kümmerte sich diesmal wenig um den Aufruhr im Land, weil sie eigene Sorgen hatte. Mitte Oktober war sie ganz sicher, daß sie ein Kind bekommen würde, und in den ersten Tagen stürzte sie diese Erkenntnis in Verzweiflung. Ein Kind! Was, um alles in der Welt, wollte sie jetzt mit einem Kind? Sie hatte natürlich gewußt, daß diese Gefahr bestand, aber leichtherzig hatte sie sich eingeredet, es sei unwahrscheinlich, daß es so schnell passierte, denn viele Leute seien doch zwei oder drei Jahre verheiratet, ehe sie Kinder bekamen. Zur Vorsicht hatte sie jedoch ein Büschel Jasminkraut unter ihr Bett gehängt, weil es hieß, dies verhindere eine Schwangerschaft, aber trotz dieser Maßnahme würde sie in neun Monaten ein winziges, schreiendes Wesen zur Welt bringen, für das sie dann mindestens fünfzehn Jahre ihres Lebens sorgen mußte.

Sie fand es so ungerecht, daß sie vor Wut hätte schreien mögen. Warum mußte sie für die zauberhaften, wilden, mondhellen Sommernächte mit Nicolas einen so hohen Preis zahlen? Warum hatte die Natur alle Frauen mit diesem unentrinnbaren Verhängnis bedacht? Männer durften sich hemmungslos ihres Lebens freuen, Frauen mußten immer und ewig an die Folgen denken, die ein paar Augenblicke Leidenschaft für sie haben konnten. Mary erinnerte sich, wie sie die letzten Wochen gelebt hatte, wie unbefangen, heftig und in welch herrlicher Gedankenlosigkeit sie Nicolas umarmt hatte. Damit war es vorbei. Denn wenn sie dieses Kind zur Welt gebracht hatte, dann würde sie vor dem nächsten zittern und dann wieder und immer so weiter, bis sie eine alte Frau war und vielleicht ohnehin nichts mehr begehrte.

Erst Anfang November erzählte sie Nicolas, was geschehen war, denn zunächst hatte sie unwillkürlich geschwiegen, als könne sie damit Tatsachen ableugnen. Sie wußte später nicht, welche Reaktion sie von ihm erwartet hatte, aber jedenfalls hätte sie nicht gedacht, daß er sich so freuen würde.

»Aber das ist doch großartig!« rief er. »Komm Mary, mach nicht ein so finsteres Gesicht. Ich habe mir ein Kind gewünscht. Du nicht?«

»Na ja, nicht sofort...«

»O Liebling, wir sind fast ein Jahr verheiratet. Und im Mai wird es zur Welt kommen. Welch ein schöner Monat, um geboren zu werden!« Mary sah in Nicolas' strahlende Augen und ein leiser Ärger regte sich in ihr, weil er alles so einfach fand und überhaupt nicht an die vielen Schwierigkeiten dachte, die auf sie zukamen.

»Ja«, sagte sie, »ein schöner Monat, um geboren zu werden. Aber sieh dir die Familie an, in der es aufwachsen wird!«

»Wen? Du meinst uns? Was stört dich an uns?«

»Ach, Nicolas, es ist... es ist einfach die Art, wie wir leben. Deshalb wollte ich auch eigentlich kein Kind. Wäre ich mit...« Sie brach ab und biß sich auf die Lippen.

Aber Nicolas hatte bereits verstanden.

»Wärest du mit deinem heißgeliebten Frederic verheiratet, dann wünschtest du dir Kinder, das wolltest du doch sagen! Und warum, mein Herz, möchtest du von mir keine?« Er sah verletzt aus und wie stets, wenn er sich getroffen fühlte, nahm sein Gesicht einen ironischen Ausdruck an.

Mary seufzte.

»Nun bist du böse auf mich, dabei wollte ich dich gar nicht kränken. Es geht nicht um dich oder um... um Frederic. Es geht darum, daß ich mich weigere, ein Kind zur Welt zu bringen, für dessen Sicherheit ich nicht die Verantwortung übernehmen kann. Und so wie wir leben, kann ich es nicht.«

»Mary, uns ist nie etwas passiert...«

»Jeden Tag werden Taschendiebe verhaftet, die auch dachten, daß ihnen nie etwas passiert. Unser Leben ist riskant, und das weißt du auch. Bis jetzt konnten wir uns das leisten, weil es nur uns beide etwas anging, wenn wir stets mit dem Kopf in der Schlinge lebten. Aber von nun an stehen wir nicht mehr allein da. Dieses Kind braucht uns, und ich lasse nicht zu, daß es eines Morgens aufwacht, und wir beide baumeln in Tyburn, und es hat keinen, der für es sorgt!«

Nicolas ließ sich auf einen Stuhl fallen und sah Mary resigniert an.

»Was willst du?«

»Es gibt nur zwei Möglichkeiten«, erwiderte Mary streng, »die eine ist, wir machen weiter wie bisher und verzichten auf Kinder. Die andere ist, wir haben Kinder und führen ein Leben in gesetzlichen Bahnen!«

»Oh...«

»Ich glaube, es bleibt nur die zweite. Ich habe mir dieses Kind nicht gewünscht, aber nun wird es kommen. Ich möchte es nicht töten. Ich werde für es sorgen, so gut ich nur kann. Weißt du, Nicolas«, ihre Stimme wurde weicher, sie kniete neben ihm nieder und legte ihre Arme um seine Beine, »weißt du, ich hatte keine schöne Kindheit, das hab' ich dir ja erzählt, und schon als kleines Mädchen habe ich mir geschworen, daß meine Kinder ganz anders aufwachsen sollen. Sie sollen sich geliebt fühlen und geborgen, und niemand soll auf sie herabsehen, weil sie arm sind. Am liebsten hätte ich es, wenn dieses Kind so reich und angesehen wäre, wie bei uns in Shadow's Eyes die Fairchilds, und wenn es groß ist, würde es zu den Bällen der feinsten Familien Englands gehen. Ach, das wäre schön!« Sie lächelte glücklich.

Nicolas, der in ihre verträumten, grau verhangenen Augen sah, strich ihr sanft über die Haare.

»Es wäre schön«, erwiderte er leise, »aber die lassen keinen in ihre erlauchten Kreise hinein, der nicht dafür geboren wurde. Und, zum Teufel«, seine Stimme wurde laut und sein Gesicht gewann die alte Lustigkeit, »ich möchte auch gar nicht zu ihnen gehören! Verlogen sind sie, einer wie der andere, und sie sterben früh an Übersättigung und Langeweile und an ihrer eigenen Bosheit. Ich bleibe lieber ein Straßenräuber, als daß ich... ach, nein«, er unterbrach sich hastig, »damit ist es ja auch vorbei. Nun gut, werden wir zur Abwechslung anständige Menschen. O Gott, was wohl Will Shannon dazu sagen wird?«

Da sie jung und kräftig waren und gesund aussahen, fanden Nicolas und Mary rasch Arbeit. Nicolas half im Hafen beim Aus- und Aufladen von Schiffen, beim Übersetzen von Reisenden auf den Fähren und beim Bau von Booten und Rudern. Es machte ihm nicht den geringsten Spaß, aber er trug es mit Gelassenheit und erklärte Mary immer wieder, das sei wenigstens besser, als an einem Schreibtisch zu sitzen und eine Feder zu schwingen.

»Wenigstens habe ich viele Menschen um mich«, sagte er. Mary argwöhnte, daß er gerade im turbulenten Hafen noch manches Mal in alte Gewohnheiten zurückfiel, aber sie sprach ihren Verdacht nicht aus. Sie mußte Nicolas etwas Zeit lassen. Ein Mann konnte nicht von heute auf morgen sein Leben ändern. Frauen waren da viel geschmeidiger, eine, wie Mary fand, entscheidende Stärke ihres Geschlechts.

Sie selbst arbeitete zunächst bei einer Schneiderin, wo sie mit dem Zuschneiden einfacher Kleider beschäftigt war, in der Hauptsache aber den Kundinnen beim Anprobieren helfen mußte. Mrs. Harte, die Besitzerin, erkannte, daß die junge, hübsche Frau ein gutes Aushängeschild für ihren Laden war, und teilte sie deshalb für die Arbeit im Geschäft ein. Mary mußte schöne Kleider tragen, die aber nicht zu auffällig sein durften, um die Kundinnen nicht in den Schatten zu stellen.

Mrs. Harte selbst steckte ihr die Haare auf, weil sie die »unordentlichen Locken« unpassend fand. Im übrigen bekam Mary die Anweisung, stets freundlich zu sein, niemals ausfallend zu werden und Unverschämtheiten mit gleichbleibender Ruhe einzustecken. Mary dachte an das Geld, das sie dafür bekam und biß die Zähne zusammen. Sie fand diese Arbeit gräßlich. Mit einem sittsamen Lächeln auf den Lippen stand sie jeden Morgen in dem kleinen eleganten Laden in der Drury Lane, unter den Augen bläuliche Schatten von der vergangenen ungestümen Liebesnacht in Nicolas' Armen, im Bauch ihr unaufhaltsam größer werdendes Kind, und begrüßte die vornehmen Damen, die mit hochgereckten Nasen hereingerauscht kamen und sie vollkommen übersahen. Es ödete sie an, den Ladies Stoffe vorzuführen und sich geduldig ihr Nörgeln anzuhören, oder ihnen fertige Kleider anzuziehen, über die die Trägerinnen in Wut gerieten, weil sie seit der letzten Anprobe noch mehr Fett auf ihren Hüften hatten und sich schon in den Unterrock nur mit äußerster Mühe und schnaufend vor Anstrengung zwängen konnten. Es widerte Mary an, einer feisten älteren Dame wieder und wieder zu versichern, wie fabelhaft das zarte Rosa zu ihrem Teint paßte oder wie hübsch sich die Kette aus Saphiren um ihren schlanken Hals ausnehme. Oft mußte sie dann auch noch die unzähligen erstandenen Päckchen hinaus zu der wartenden Kutsche tragen und sich vom Kutscher Anzüglichkeiten ins Ohr flüstern lassen. Zu allem Überfluß war ihr meist übel, sie fühlte sich müde und gereizt. Sie durfte sich nicht hinsetzen, wenn ihr schwindlig wurde, zudem schimpfte Mrs. Harte mit ihr, weil sie von Tag zu Tag bleicher wurde.

»Ich weiß nicht, was Ihnen fehlt, Mrs. de Maurois«, brummte sie ärgerlich, denn Mary hatte ihrer Schwangerschaft wohlweislich unterschlagen, »aber Sie sehen miserabel aus, das muß ich schon sagen. Sie waren viel hübscher, als Sie hier anfingen. So sind Sie kein großer Gewinn für mich!«

Mary hielt genau zwei Monate aus. Als aber an einem Tag kurz vor Weihnachten eine Kundin sie anschrie, weil sie einen Saum nicht schnell genug umsteckte, eine andere sie »faule Schlampe« nannte, weil sie einen Moment lang erschöpft an der Wand lehnte und ihren ewigen Brechreiz hinunterkämpfte, Mrs. Harte sich darüber mokierte, daß ihre Haare strähnig seien und ihre Taille dicker werde, da reichte es ihr. Sie kam nur noch einmal, am nächsten Tag, und sie rauschte wie ein Wirbelwind hinein, um Mrs. Harte ihre Kündigung entgegenzuschmettern. Nachdem sie die vergangenen Wochen in dezentem Grau oder Blau verbracht hatte, trug sie diesmal ein schreiend buntes Kleid, hatte die Haare offen ums Gesicht fliegen und oben drauf ihren ordinären Hut schweben.

»Ich habe es satt!« schrie sie mit so schriller Stimme, daß Mrs. Harte und drei anwesende Kundinnen erbleichten, weil sie im ersten Augenblick glaubten, es mit einem Fischweib zu tun zu haben, »es reicht mir endgültig, mich von Ihnen ausbeuten zu lassen! Ich bin mir für keine Arbeit zu schade, aber ich bin einfach nicht schwachsinnig genug, um Tag für Tag den fettesten Weibern Londons zu versichern, sie seien so zart wie ein Reh, und ihnen vorzulügen, sie sähen aus wie dreißig, wenn ich ihnen in Wahrheit nicht einmal die angegebenen vierzig glaube! Und ich habe es satt, von Ihnen schikaniert zu werden, Mrs. Harte! Ich lasse mich von niemandem danach beurteilen, wie blaß ich bin und wie dick, und ob mein Haar glänzt oder nicht. Schon gar nicht von einer so dummen Person wie Ihnen!«

Sie drehte sich auf dem Absatz um und eilte wieder hinaus auf die Straße, wo ihr schwindlig wurde und sie sich auf eine Treppenstufe setzen mußte. Aber sie fühlte sich sehr erleichtert und zufrieden und dachte: Gut gemacht, Mary! Bloß – wo kriege ich jetzt eine neue Arbeit her? Sie gelangte schließlich zu der Erkenntnis, daß es dumm von ihr gewesen war, sich nur nach solchen Stellen umzusehen, von denen sie glaubte, sie seien das richtige für eine Frau. Natürlich, sie war eine Frau, aber sie war gescheiter als mancher Mann, sie konnte lesen, schreiben, französisch sprechen, und sie hatte einen raschen Verstand. Warum sollte sie ihre Gaben nicht einsetzen?

Den restlichen Tag, einen windigen, kalten Dezembertag, verbrachte Mary damit, durch die ganze Stadt zu laufen und alle Kaufleute, Bankiers und Juristen abzuklappern, mit der Frage, ob sie nicht eine tüchtige Person brauchen könnten, die für sie arbeitete. Sie hatte sich vorher zu Hause umgezogen und ordentlich frisiert, um einen guten Eindruck zu machen, aber die Leute, bei denen sie sich vorstellte, musterten sie mißtrauisch und ablehnend. Eine Frau, die glaubte, Geschäfte machen und mit Zahlen umgehen zu können, das hatte noch keiner erlebt.

»Warum versuchen Sie es nicht in einem der vielen netten kleinen Modegeschäfte hier in London?« fragte ein Kaufmann gönnerhaft. »Dort wären Sie sicher gut aufgehoben!«

Mary verließ wortlos das Zimmer.

Am nächsten Tag stieg sie die finstere Treppe zum ersten Stock eines baufälligen Hauses nahe der London Bridge hinauf. Nicolas hatte ihr gesagt, daß dort ein Rechtsanwalt lebe, Bartholomew Bloom, der für seine verdrehte Rechtsanschauung und geschickten Winkelzüge bekannt sein sollte.

»Ein versponnener alter Mann«, hatte er gesagt, »aber blitzgescheit und vielleicht nicht so borniert wie die anderen. Du solltest hingehen.«

Bartholomew Bloom erinnerte Mary an Will Shannon, denn er wirkte ebenso verwahrlost, grau und gebeugt wie dieser. Seine weißen Haare sträubten sich in alle Himmelsrichtungen, er hustete immer wieder beim Sprechen und bewegte sich nur schlurfend vorwärts. Aber seine Augen blitzten Mary wach und lebendig an.

»Sieh an, eine junge Dame wagt sich in meine Räuberhöhle«, sagte er, nachdem Mary ihr Anliegen vorgebracht hatte, »und sie glaubt, sie könnte dem alten Bartholomew hilfreich sein. Wie ist es, Mrs. de Maurois, verstehen Sie etwas von der Rechtswissenschaft?«

Mary sah sich in dem düsteren Zimmer mit den vielen übereinandergestapelten, staubbedeckten Büchern und wahllos verteilten Papieren um.

»Ich würde sehr bald etwas davon verstehen«, sagte sie fest.

Bloom lächelte.

»Sehr selbstsicher. Nun gut, ich versuche es mit Ihnen. Sie haben ein kluges Gesicht.«

Mary kniete sich mit Eifer in die neue Arbeit. Zunächst staubte sie Blooms Bücher ab, ordnete seine Papiere, stieß auf Berge von unbezahlten Rechnungen und verfaßte Briefe an die Betreffenden, in denen sie baldige Zahlung versprach. Sie schaffte es in kurzer Zeit, Ordnung in das verwahrloste Berufsleben ihres Arbeitgebers zu bringen und war außerdem in der Lage, ihm immer mitzuteilen, mit welchem Fall er sich gerade zu beschäftigen habe und welche Schriftstücke er dazu brauchte. Schon bald wandten sich Klienten, die argwöhnisch das düstere Haus betraten, mit ihren Sorgen lieber an sie, weil sie nicht so zerstreut war wie Mr. Bloom, alles schnell begriff und dafür sorgte, daß der Anwalt alles erfuhr und sich rechtzeitig mit dem neuen Fall befaßte. Aber sie gab sich damit nicht zufrieden. Woche für Woche schleppte sie wahre Bücherberge, die sie von Bloom auslieh, nach Hause in ihre Wohnung und saß jeden Abend bis tief in die Nacht mit zerfurchter Stirn am Küchentisch, las jedes einzelne Wort und kritzelte sich Notizen auf ein Blatt Papier.

Nicolas, der manchmal völlig verschlafen herüberkam, um zu sehen, ob sie immer noch arbeitete, schüttelte den Kopf.

»Du wirst noch die erste weibliche Rechtsgelehrte in England«, sagte er.

Mary wandte ihm ihr blasses, eifriges Gesicht zu.

»Ich habe hier einen wirklich interessanten Fall«, sagte sie, »weißt du, es geht um...«

Nicolas stöhnte.

»Nein, Mary, bitte nicht jetzt. Es ist weit nach Mitternacht. Erzähl es mir morgen früh!«

Mary legte die Feder weg, stand auf und umarmte Nicolas.

»Ich glaube, ich sollte auch schlafen gehen. Aber du kannst dir nicht vorstellen, wie unglaublich es für mich ist, diese Bücher zu lesen und zu verstehen. Ich könnte das alles geradezu trinken. Es ist dasselbe Gefühl wie als Kind, als es mir gelungen war, nach Fernhill zu kommen und Miss Brisbane mir Lesen und Schreiben beibrachte. Und ich bin ganz sicher, es wird die Zeit kommen, da können Frauen in die gleichen Schulen gehen wie Männer, und sie dürfen das gleiche studieren, Rechtswissenschaft, Medizin und was sie wollen! Nur ich lebe leider im falschen Jahrhundert!«

Nicolas sah sie zärtlich an.

»Du wärst ein guter Rechtsanwalt, davon bin ich felsenfest überzeugt!«

»Nun ja, statt dessen werde ich eben Mutter!« Sie verzog ironisch das Gesicht. »Auch eine schöne Aufgabe, nicht? Aber du, du Nicolas, bist ein wunderbar verständnisvoller Mann. Ich kenne keinen, der so ist wie du!«

Nicolas spürte, wie sie ihn fester umarmte und sich eng an ihn preßte, aber eher in einer Geste der Vertraulichkeit als in einer, die stürmische Gefühle verraten hätte. Wie jedesmal in einem solchen Moment stieg Zorn in ihm auf. Er mußte sich zusammennehmen, Mary nicht an den Schultern zu packen und aus ihr herauszuschütteln, was er vom ersten Tag an, da er sie gesehen hatte, von ihr hatte hören wollen: Daß sie ihn liebte, daß sie ihn so maßlos, so andauernd, so stark liebte wie er sie. Nur dieses eine Geständnis wollte er, einmal, und nicht, wenn sie nachts in seinen Armen lag und es entrückt, am Rande ihres Bewußtseins hervorstieß; mit klarem Kopf sollte sie es sagen. Aber er mochte in seinen gottlosen Gedanken noch so sehr fluchen, den Teufel anrufen und Frederic Belvilles dreckige Seele in alle Höllen wünschen, er bekam nicht, wonach es ihn verlangte. Er hatte Marys Leidenschaft geweckt, er meinte sogar, ihre Liebe errungen zu haben, aber es gab einen Vorbehalt in ihrem Herzen, der ihn rasend machte, jenen lang entschwundenen Kindheitstraum, den sie mit ihm nicht teilte. Frederic Belville spielte eine Rolle, und Marmalon. Mary sehnte sich nach Frieden und Geborgenheit, und es verletzte Nicolas jeden Tag von neuem, daß sie in ihm nicht den Menschen sah, der ihr geben konnte, wonach es sie verlangte.

Er löste sich aus ihren Armen und hielt sie ein Stück von sich. Sie erschrak über den Ausdruck der Hilflosigkeit in seinen Augen.

»Mary, ich wünschte so sehr, daß...« Aber er brach ab, weil ihn plötzlich der Mut verließ. Gott verdamme sie, sie war der einzige Mensch, der ihm jemals Furcht eingeflößt hatte.

»Was ist denn?« fragte sie. »Was wünschst du dir?«

»Nichts, es ist schon gut. Nur ein kurzer, dummer Gedanke.« Er lächelte. »Ich geh' wieder schlafen.«

»Gut, ich komme auch gleich. Ich möchte nur noch etwas zu Ende lesen.«

Es lag Nicolas auf den Lippen, höhnisch zu fragen, wie sich denn Marys Sehnsucht nach dem Leben einer Bäuerin in Marmalon mit ihrem unstillbaren Bildungshunger vertrüge, aber er schluckte die Bemerkung hinunter. Es war nicht die richtige Zeit für einen Streit und außerdem hätte sie ihm kaum zugehört. Sie neigte sich bereits wieder tief über ihr Buch und ihre Lippen bewegten sich lautlos.

Am Anfang des neuen Jahres, 1536, erntete Mary den Lohn für ihre Mühen. Sie saß über einem Schriftstück in Blooms Zimmer und lauschte einem Gespräch, das der Anwalt mit einem Klienten in einer anderen Ecke führte. Als der Klient gegangen war, stand Bloom etwas ratlos herum.

»Diesmal weiß ich wirklich nicht...« murmelte er.

Mary sah auf.

»Sir, ich habe zugehört«, sagte sie, »und ich glaube...«

»Ja?«

»Ich habe vor kurzem etwas in einem Buch gelesen, was mir genau auf diesen Fall zu passen scheint.« Sie erhob sich, zog ein Buch aus dem Regal und reichte es Bloom.

»Wenn Sie es sich einmal ansehen möchten? Und...« Sie zögerte wieder.

Bloom, der in dem Buch blätterte und ein immer erstaunteres Gesicht bekam, nickte ihr zu.

»Und was?«

»Ich habe mir überlegt, wie wir die Verteidigung aufbauen könnten. Wenn ich es Ihnen darlegen dürfte...«

Bloom wies langsam auf einen Sessel. »Setzen Sie sich. Sie haben recht. Was in diesem Buch steht, paßt genau auf unseren Fall.«

Sie nahm ihm gegenüber Platz.

»Ich bin gespannt auf Ihre Überlegungen. Und ich denke...« Er machte eine Pause und lächelte Mary zu.

»Ich denke, ich könnte öfter meine Arbeit mit Ihnen besprechen. Wäre es Ihnen recht, wenn ich Ihnen von heute an einen höheren Lohn zahle?«

Mary hielt den Atem an.

»Oh, das wäre...«

»Gut. Bleiben wir dabei.« Er lehnte sich zurück und schloß die Augen.

»Fangen Sie an, Mrs. de Maurois. Ich höre Ihnen zu!«

Es war der 11. Januar 1536, und in London fand auf Einladung des Königs ein großes, festliches Turnier statt. Von weither kamen die Menschen, um sich das Schauspiel anzusehen, viele auch, um selbst daran teilzunehmen. Es wurde Bogenschießen veranstaltet, Lanzenwerfen, Wettreiten und Schwertkampf. Viele erschienen in alten Ritterrüstungen mit prächtigen wallenden Federbüschen an den Helmen, die Herolde, die die Hörner bliesen, waren in leuchtendroten Samt gekleidet, ihre Instrumente mit Fahnen aus reiner Seide behängt. Unter einem gewaltigen, sternenbestickten Baldachin an der Längsseite des Turnierplatzes befand sich die Loge für die Damen des Hofes, die dort in ihren schönen Gewändern saßen und das Spektakel mit leuchtenden Augen verfolgten – besonders dann, wenn ein Ritter mit ihrem Schleier an der Lanze zum Kampf antrat. Der Ehrenplatz in ihrer Mitte jedoch blieb frei. Königin Anna hatte den König nicht begleitet, sondern war im Palast zu Greenwich geblieben. Zum Jahreswechsel hatte der Hof die gute Nachricht verkündet, daß Ihre Majestät wieder guter Hoffnung sei, und nun wurde Anna äußerst schonungsvoll behandelt, denn schließlich bestand die Möglichkeit, daß sie einem Prinzen und damit dem künftigen König Englands das Leben schenkte. Jeder wußte, daß die Geburt eines Sohnes die Politik Europas bestimmen konnte. Auch Anna war sich der Bedeutung bewußt, die ein Sohn für sie haben könnte: Er wäre ihre einzige Rettung.

Obwohl viele Menschen zum Turnier kamen, waren es doch weniger als sonst bei derartigen Anlässen. Über London lastete eine eher gedrückte Stimmung. Drei Tage zuvor war nach langer Krankheit die in der Verbannung in Kimbolton lebende Königin Katharina gestorben, und das Fest, das Henry heute feierte, war ein Triumph, weil das Schicksal seinen Streit mit dem Papst eigenmächtig beendet hatte, und es war eine Geste der Tollkühnheit gegenüber Habsburg: Denn mit voller Absicht hatte der König das Turnier zu genau der Zeit veranstaltet, zu der in Kimbolton die tote Katharina in einer prunklosen Trauerfeier zu Grabe getragen wurde. Er demonstrierte seine Furchtlosigkeit gegenüber dem Kaiser und Spanien, indem er sie in hilfloser Wut zusehen ließ, wie er die Beerdigung der einstigen Prinzessin von Aragon mit rauschender Fröhlichkeit, lustigem Waffengeklirr und Strömen von Wein begleitete. Viele Bürger Londons, sonst durchaus den Habsburgern feindlich gesinnt, fanden dies doch eine etwas zu weit gehende Provokation, wenn sie auch wußten, daß sich Henry ein gewisses Maß an Frechheit erlauben durfte, weil die Versöhnung zwischen Kaiser und Franzosen gerade gescheitert war und er deshalb freier atmen konnte. Aber die von ihm gewählte Form, seine Unbekümmertheit zur Schau zu stellen, fand doch vielerorts Mißbilligung. Man blickte unruhig auf den erregten Chapuys, der mit dünner Stimme fortfuhr, Marys Wiedereinsetzung in ihre Rechte zu fordern, und mit drohend erhobenem Zeigefinger vor der Rache des Kaisers warnte.

Weder Mary noch Nicolas gingen zu dem Turnier. Mary blieb an diesem kalten Tag lieber in Blooms warmer Stube und erledigte ihre Arbeit. Sie fühlte sich ohnehin nicht wohl. Sie hatte jetzt den fünften Monat ihrer Schwangerschaft erreicht, aber ihr war noch genauso übel wie zu Anfang. Sie bewegte sich schwerfällig und geriet bei der geringsten Anstrengung ins Keuchen. Nicolas war sehr besorgt. Er beschwor sie täglich, mit ihrer Arbeit aufzuhören, weil ihr der Weg zu Mr. Blooms Wohnung so schwer fiel.

»Ich verdiene genug«, sagte er, »du kannst doch später weitermachen. Ich werde noch ärgerlich, Mary!«

»Wenn das Kind da ist, ist es sowieso vorbei«, erwiderte Mary, »aber bis dahin tue ich noch, soviel ich kann.«

An diesem Tag ging es ihr besonders schlecht, aber das mochte auch daran liegen, daß sie sich über das Turnier aufregte und traurig war wegen Katharinas Tod. Sie seufzte, als sie sich endlich erhob, und preßte gleich darauf die Lippen zusammen, um nicht zu stöhnen. Immerzu hatte sie Schmerzen, besonders, wenn sie lange über ihre Bücher gebeugt gesessen hatte. Sie sehnte sich nach der Geburt des Kindes, weil sie sich dann endlich wieder frei würde bewegen können und nicht länger wie ein jammerndes Faß durch die Gegend rollen müßte. Noch vier Monate! Es schien ihr eine Ewigkeit.

Sie begann ihre Papiere zusammenzuräumen und sah dabei aus dem Fenster. Stockfinster war es schon, es mußte bereits spät am Abend sein. Bloom war schon zu Bett gegangen, das Feuer im Kamin verloschen, Menschenstimmen und Räderrasseln von draußen verebbt. Mary merkte, daß sie sich beeilen mußte. Am Ende wartete Nicolas schon. Gerade, als sie nach ihrem Schal griff, hörte sie Schritte auf der Treppe, dann klopfte jemand zaghaft an die Tür.

»Herein«, sagte Mary erstaunt. Um diese Zeit war noch nie jemand erschienen. Die Tür öffnete sich langsam, eine schmale Gestalt stand auf der Schwelle, im schwachen Kerzenschein kaum zu erkennen. Mary aber wußte, wer es war.

Verwundert fragte sie:

»Miss Brisbane?«

Anne Brisbane trat ein, schloß die Tür und sah sich ungewöhnlich hilflos um. Schließlich sagte sie:

»Ich bin sehr froh, Sie noch anzutreffen. Es ist ja schon ziemlich spät. Ich war bei Ihnen zu Hause, aber nur Ihr Mann war da. Er meinte, ich könnte warten, aber ich wollte Sie allein sprechen, und so erklärte er mir, wo ich Sie finde.«

»Aber woher wußten Sie überhaupt, wo ich wohne?«

»Nun, ich dachte mir, daß Sie wohl... am Südufer wohnen, und ich ging dort in einige Wirtshäuser und fragte nach Mr. und Mrs. de Maurois. Ihr Mann ist sehr bekannt. Man konnte mir sagen, wo er lebt.«

Mary fragte sich überrascht, was wohl der Grund dafür sein mochte, daß sich die feine Anne Brisbane in die verkommenen Spelunken des Südufers wagte, nur um eine Adresse herauszufinden. Offenbar hatte sie ein sehr wichtiges Anliegen. Obwohl sich Mary entsetzlich müde fühlte und am liebsten sofort nach Hause gegangen wäre, wies sie auf einen Sessel.

»Setzen Sie sich, Miss Brisbane. Weshalb sind Sie gekommen?«

Anne setzte sich, die Hände in ihren Pelzmuff vergraben, die Füße sittsam nebeneinander. »Ich möchte gleich zur Sache kommen«, sagte sie, »ich bin hier auf Drängen von Lady Cathleen.«

»Ja?«

»Es ist schon eine Weile her, seit wir Sie zuletzt trafen, und seither macht Mylady sich Vorwürfe, daß wir Sie damals nicht eingeladen haben und auch sonst keine Verbindung zwischen uns besteht.«

Mary mußte lachen. »Und Sie laufen bei Nacht und Nebel und eisiger Kälte durch halb London, nur um mir das zu sagen?«

»Nun ja«, Anne setzte sich aufrechter hin, ihre Miene wurde strenger, »es mag Ihnen seltsam vorkommen, daß eine Dame wie Mylady ihrem einstigen Dienstmädchen so viel Aufmerksamkeit schenkt, aber es gab einmal etwas, was unser aller Verhältnis zueinander ein wenig veränderte...«

Mary konnte sich nicht enthalten, mit einiger Brutalität zu sagen: »Sie meinen den Mord an Lord Cavendor.«

»Ja.«

»Ich verstehe nicht... das ist lange her, und wir hatten alles geklärt.«

»Ich weiß, daß es lange her ist. Aber es ist geschehen, und manchmal kommen plötzlich Dinge wieder an die Oberfläche, die man längst verschüttet glaubte.«

»Ich wüßte nicht, wer in dieser Sache noch etwas aufrühren sollte.«

Anne zog ihre Hände aus dem Muff, sie war nervös und ihr wurde warm.

»Da Sie sicher nach wie vor die Ereignisse in der englischen Politik verfolgen, Mrs. de Maurois, stimmen Sie sicher mit mir darin überein, daß uns möglicherweise schon recht bald ein Regierungswechsel bevorsteht. Norfolk und Chapuys intrigieren mit allen Mitteln und Seine Majestät wird bereits schwach... Es ist Ihnen bestimmt auch klar, daß gerade in einer solchen Zeit häufig Ereignisse ausgegraben werden, die bereits vergessen schienen. Irgend jemand will gegen irgend einen anderen zu Felde ziehen und er kommt auf den Einfall, etwas auszubeuten, was Jahre zurückliegt. Lord Cavendor war immerhin Mitglied des Kronrates, damit in die Politik des Landes verwickelt...«

»Ja, aber warum erzählen Sie mir das alles?«

»Wenn die Sache von wem auch immer noch einmal aufgegriffen wird, müssen Mylady und ich sichergehen können, daß, was auch geschieht, alle Beteiligten unserem Versprechen, zu schweigen, treu bleiben. Wir möchten uns vergewissern, daß Sie noch immer auf unserer Seite sind.«

»Ich verstehe, Sie kommen aus Mißtrauen«, entgegnete Mary kalt, »aber Sie irren sich, Miss Brisbane. Ich pflege einmal gegebene Versprechen nicht zu brechen.«

»Sie sind hier sehr plötzlich aufgetaucht und wir bekamen Angst...«

»Angst? Miss Brisbane, ich bin Mittäterin. Ich habe geholfen, die Leiche fortzuschaffen. Mit einer Aussage würde ich mich selbst in Gefahr bringen.«

Anne schwieg. Aber Mary hatte bereits begriffen.

»Sie und Mylady haben offenbar sehr viel über mich nachgedacht und Ihnen ist eines klar geworden: Mary de Maurois, ehemals Mary Askew, war zum Zeitpunkt der Tat ein Kind, das vielleicht gar nicht ganz begriff, wozu man es benutzte...«

Anne gab einen verächtlichen Laut von sich. Mary lachte.

»Ja, Miss Brisbane, Sie und ich wissen, daß das Kind Mary alles ganz genau begriff, aber ein Richter könnte da seine Zweifel haben. Zudem war das Kind Dienstmädchen von Mylady, abhängig von ihrer Gunst, gewöhnt, ihren Befehlen zu gehorchen... ja, Sie haben recht, es gibt eine ganze Reihe mildernder Umstände für mich. Ich könnte eine Aussage riskieren.«

Annes Lippen waren weiß und schmal geworden. Mary stand auf und stützte sich auf eine Stuhllehne.

»Aber sagen Sie mir einen Grund, Miss Brisbane, weshalb ich plötzlich das Bedürfnis haben sollte, Sie und Mylady aufs Schafott zu bringen?«

Obwohl Anne nichts Unbedachtes sagen wollte, entfuhren ihr die Worte »Bei Menschen Ihrer Herkunft...« – sie verstummte schnell und sah zu Boden.

Mary blickte sie verachtungsvoll an.

»Auch Menschen meiner Herkunft haben Ehrgefühl«, erwiderte sie, »und Dankbarkeit. Ich weiß, und ich werde immer wissen, was ich Ihnen verdanke, Miss Brisbane. Sie glauben, ich würde mich rächen, weil Sie mich haben fallen lassen und weil unsere Freundschaft vorbei war, ehe sie richtig begonnen hatte. Es ist wahr, ich bin traurig darüber, aber wenn es Menschen gibt, die ich von Grund auf verabscheue und hasse, so sind es Denunzianten, und genau dies mir zu unterstellen, Miss Brisbane, ist die größte Beleidigung, die Sie mir haben antun können.«

Anne erhob sich ebenfalls. Sie wollte etwas antworten, aber da fuhr Mary fort:

»Im übrigen bin ich sicher, daß Sie noch ganz andere, sehr persönliche Gründe haben, mich zum Schweigen bringen zu wollen. Sie haben eine panische Angst, ich könnte plötzlich wieder bei Ihnen auftauchen, und solange Sie erpreßbar sind, müßten Sie mich aufnehmen. Ich kann mich zwischen Sie und Ihre kostbare Lady Cathleen drängen und allein der Gedanke daran macht Sie krank. Cathleen Cavendor ist alles, was Sie haben – und lieben! Es würde mich überhaupt nicht wundern, wenn sich herausstellte, daß Sie durchaus mit dafür gesorgt haben, Cathleen gegen ihren Mann aufzubringen, so sehr, daß sie sich sogar zu einem Mord hat hinreißen lassen. Cathleen ist leicht zu beeinflussen, und Sie sind sehr stark. Sie müssen Cavendor aus ganzer Seele gehaßt haben. Und Sie sind auch verantwortlich, daß Mylady nie mehr nach Fernhill gegangen ist. Sie wollten sie nie wieder unter den Einfluß ihrer Familie geraten lassen. Die hätte vielleicht versucht, sie erneut zu verheiraten. Nein, Sie passen schon auf, daß sich nie wieder ein Mann an diese schöne Frau heranwagt. Und ich – wirklich, bin ich auch eine solche Gefahr? Was haben Sie sich ausgedacht, daß ich für alle Zeiten verschwinde?«

Anne machte keinen Versuch, etwas zu leugnen. Ihr Gesicht bewahrte seine Würde. Unter ihrem weiten Mantel zog sie ein zerknittertes Stück Papier hervor.

»Ich biete Ihnen zweihundert Pfund in Gold, Mrs. de Maurois«, sagte sie in geschäftsmäßigem Ton, »dafür unterschreiben Sie eine Erklärung, daß Sie im vollen Bewußtsein dessen, was Sie taten, geholfen haben, die Leiche von Lord Cavendor zu beseitigen. Und daß Sie versprochen haben, darüber zu schweigen.«

Mary ergriff das Papier und las, was darauf stand.

»Sehr klug«, sagte sie, »damit bin ich keine Gefahr mehr für Sie. Mit einem solchen Schuldgeständnis bin ich verurteilbar. Und Lady Cathleen kann wieder ruhig schlafen und bedrängt Sie nicht dauernd, mich einzuladen oder etwas für mich zu tun. Sie hätten endlich das ruhige, friedliche Leben mit ihr, von dem Sie träumen!«

»Werden Sie unterschreiben?« fragte Anne kurz.

Mary reichte das Papier zurück.

»Nein. Weder werde ich unterschreiben, noch von Ihnen Geld nehmen. Ich bin nicht käuflich. Aber Sie können trotzdem beruhigt sein, über die Ereignisse von damals werde ich nie ein Wort verlieren.«

Ihre Stimme klang so verächtlich, daß Anne verletzt sein mußte. Sie steckte mit etwas steifen Bewegungen das Papier wieder ein.

»Lady Cathleen und ich werden im Sommer nach Essex gehen«, erklärte sie unbewegt, »wir werden eine sehr lange Zeit dort bleiben.«

»Ich verstehe. Wir werden einander kaum wiederbegegnen. Ich lege auch keinen Wert darauf.«

Anne zog ihren Mantel fester um die Schultern. Sie erkannte, daß sie soeben eine Niederlage erlitten hatte. Sie betrachtete das kühle, ruhige Gesicht der jungen Frau. Natürlich, sie wußte schon, warum sie gerade Mary Askew fürchtete. Sie war zu entschlossen, zu reif, zu willenstark. Was wußte man, wann es ihr in ihre Pläne paßte, die Abhängigkeit einer Lady Cathleen zu nutzen. Anne verachtete Menschen von Marys Herkunft, aber sie beging nicht den Fehler, sie zu unterschätzen.

Doch heute würde sie nichts mehr tun können. Schweigend kletterte sie die Treppe wieder hinunter, gefolgt von Mary, die sich ebenfalls ihren Mantel angezogen hatte, weil sie nach Hause gehen wollte. Ihre Miene verriet nichts davon, wie gekränkt und gedemütigt sie sich fühlte. Um keinen Preis der Welt hätte sie zugegeben, daß die Tatsache, von Cathleen und Anne enttäuscht worden zu sein, sie so tief traf, daß es sie im Hals zu würgen begann. Sie bemühte sich um eine feste Stimme, als sie unten auf der Straße im schneidend kalten Wind Anne die Hand reichte und sagte:

»Leben Sie wohl, Miss Brisbane. Und sagen Sie Lady Cathleen meine besten Grüße.«

»Danke, Mrs. de Maurois. Leben auch Sie wohl.« Sie nickten einander kühl zu, dann ging Anne mit raschen Schritten davon. Mary blickte ihr nach; fröstelnd zog sie ihren Mantel fester um die Schultern. Ich sehe sie nie wieder, dachte sie, ach, Mutter hatte recht, zwischen ihnen und uns ist keine Freundschaft möglich. Wir sind gar nichts für sie, unsere einzige Möglichkeit ist, schneller als sie zu sein und gescheiter, und zu schrecklich viel Geld zu kommen. Dann verachten sie uns zwar immer noch, aber sie suchen vielleicht unsere Gunst!

Mit einer Geste, in der eine Zärtlichkeit mitschwang, die sie bislang für das Kind nicht empfunden hatte, legte sie die Hand auf ihren Bauch.

»Ich würde dir so gern alles Geld der Welt schenken«, murmelte sie, »wer du auch bist und sein wirst, Jahre meines Lebens gäbe ich dafür, dich reicher und mächtiger zu sehen, als den gottverdammten Adel dieses Landes. Aber«, mit einem zweifelnden Blick sah sie hoch zu den Fenstern von Bartholomew Bloom, »so werde ich nicht reich. Nicht reich genug!«

Mit gesenktem Kopf eilte sie weiter. An der nächsten Straßenecke traf sie auf eine Gruppe von Menschen, die trotz der späten Stunde noch unterwegs waren und sich aufgeregt unterhielten. Mary schnappte nur vereinzelt Wortfetzen auf. Offenbar ging es um König und Königin. Sie winkte einen kleinen Straßenjungen herbei, denn Straßenjungen wußten nach ihrer Erfahrung immer am besten über alles Bescheid, und reichte ihm ein Kupfergeldstück.

»Was ist geschehen?« fragte sie. »Etwas mit der Königin?«

Der Kleine nickte wichtigtuerisch.

»Der König ist bei dem Turnier gestürzt. Sie haben ihn bewußtlos vom Platz getragen.«

»Oh... ist er...?«

»Nein, Madam, nichts Ernstes. Aber die Königin...«

»Rede doch schon! Was ist mit ihr?«

»Sie bekommt ihr Kind«, sagte der Junge verlegen grinsend, »ja, man erzählt, sie liegt seit dem frühen Abend in den Wehen. Als man ihr die Nachricht gebracht hat, daß der König gestürzt ist, da ist es losgegangen.«

Mary hielt den Atem an und sah sich um. Ihre Augen begegneten denen einer alten Frau, die sie listig und gescheit anfunkelte.

»Wirklich? Das Kind... aber...«

Die Alte nickte.

»Es stimmt. Man hört es aus Greenwich. Es ist viel zu früh. Das Kind kann nicht lebend geboren werden.«

»Eine Fehlgeburt ist genau das, was nicht hätte...«

»Sehr richtig, junge Frau. Die Königin verliert ihr Kind, aber in Wahrheit verliert sie mehr als das!« Die Alte schüttelte nachdenklich den Kopf. »Bei meiner Seele, Madam, sicherer bin ich nie gewesen: Dies ist das Ende von Anna Boleyn!«

Anna Boleyn brachte einen toten Sohn zur Welt, den Sohn, der sie hätte retten können, durch dessen Tod sie sich aller Hoffnungen beraubt sah. Kalt, als habe sie ihn mit voller Absicht gekränkt, wandte sich der König von ihr ab. Er fühlte sich enttäuscht und verbittert, denn Chapuys machte weiterhin Ärger, die Landedelleute meldeten Unruhen aus den Provinzen, bettelnde Mönche zogen durch das Land und hetzten gegen die lutherischen Boleyns in London, die schuld seien an der Zerschlagung der Kirche. Sogar die ewig konkurrierenden Thronberater Norfolk und Cromwell zeigten Einigkeit in ihrer Furcht vor drastischen Maßnahmen der Habsburger. Henry fühlte sich in die Ecke gedrängt. Er bot dem französischen König Hilfe gegen den Kaiser an, woraufhin Chapuys vor Zorn tobte. Er wußte, alles hing mit der Person Anna Boleyns zusammen. Kam jetzt ein Bündnis zwischen England und Frankreich zustande, dann bedeutete das große Gefahr für den Kaiser, und es war Annas Schuld. Ihretwegen besaß Spanien und damit Habsburg keinen Einfluß mehr in London. Mehr denn je verstärkte er seine Bemühungen, die Königin zu stürzen.

Aber Henry, erschöpft und noch nicht erholt von der Syphilis, die er sich im Dezember zugezogen hatte, zeigte sich halsstarrig. Chapuys verlangte, Henry solle sich mit dem Kaiser gegen Frankreich verbünden statt umgekehrt, er solle Prinzessin Marys Lage verbessern, und er solle die gegen die Kirche gerichtete Gesetzgebung abschaffen. Alles, was Henry darauf erwiderte, war, er verlange vom Kaiser eine Entschuldigung für die tausend Schwierigkeiten, die er ihm immer gemacht habe, dann erst sei er bereit, über die Angebote nachzudenken.

Cromwell, Norfolk und der gesamte Kronrat wußten, das Volk würde toben, wenn es erführe, wie leichtherzig der König mit der Sicherheit seines Landes umging. Blutige Aufstände konnte es geben, Bürgerkrieg, Spanier und kaiserliche Truppen würden dies zu einem Eingreifen nutzen und alles würde in einem entsetzlichen Zusammenbruch enden. Sie waren sich einig: Die Boleyns, die noch immer einen unheilvollen Einfluß auf den König ausübten, mußten vernichtet werden, und das würde nur gelingen, wenn als erste Königin Anna Thron und Leben lassen würde.

In Windeseile fädelte Cromwell eine Intrige ein. Er machte sich zum Vorsitzenden Richter eines schnell aufgestellten ordentlichen Gerichtes und ließ einen jungen Mann aus dem Hofstaat Annas verhaften, einen unbedeuteten Sänger, der der Königin zur Unterhaltung diente, immerhin aber auch manchmal als Kurier zwischen ihr, ihrem Bruder Lord Rochefort und Cousin Norris fungiert hatte. Nach mehrstündiger grausamer Folter unterschrieb Mark Smeaton eine Erklärung, in der er gestand, der Liebhaber der Königin gewesen zu sein.

Damit war der Stein ins Rollen gebracht. Das Geständnis wurde Henry vorgelegt, zugleich teilte man ihm mit, das Land sei in Gefahr, mehr noch, seine eigene Stellung sei bedroht, und wenn er einer Verurteilung Annas zustimme, könne er Habsburg besänftigen und seinem Volk seine große Fürsorglichkeit vor Augen führen. Chapuys habe versprochen, die nächste Königin werde von Europa anerkannt werden, und an dieser Stelle schlug Norfolk sofort vor, Henry solle doch diesmal ein unpolitisches, englisches Edelfräulein, jene reizende, hübsche Jane Seymour, mit der er ihn bekannt gemacht habe, heiraten. Der König zögerte. Aber die Versuchung war groß. Er spürte die Unruhe in seinem Land, die Angst der Londoner vor einer Landung der Spanier, er merkte, daß sein Thron schwankte. Und er war es leid, ständig um seine Anerkennung kämpfen zu müssen, es machte ihn bitter, mit einer Frau verheiratet zu sein, von der halb Europa nur mit größter Verachtung sprach. Und es wurde ihm so leicht gemacht, allen Schwierigkeiten zu entfliehen. Er starrte auf Mark Smeatons Geständnis. Kein Mensch sollte je erfahren, ob er an dessen Wahrheit glaubte oder ob er genau wußte, daß ihm hier eine unter der Folter erzwungene Lüge vorgelegt wurde. In jedem Fall war es ein magisches Stück Papier, Schlüssel zu der Ruhe, nach der er sich sehnte. Mit fester Stimme erklärte er, er werde nie so weit gehen, die Legitimität seiner Tochter Elizabeth anzuzweifeln. Ihre Geburt liege vor Annas Ehebruch, sie sei daher seine Tochter und er werde es nicht zulassen, daß sie als rechtloser Bastard leben müsse. Nach hitzigen Gesprächen gab der Kronrat nach und stimmte einer Anerkennung Elizabeths als Tochter des Königs zu. Dann erst gab Henry seine Einwilligung zur Anklageerhebung gegen Anna.

Am 2. Mai wurde Anna in Greenwich verhaftet und wegen ehebrecherischer Beziehungen unter Anklage gestellt. In aller Heimlichkeit brachte man sie nach London, aber auf geheimnisvolle Weise war die Nachricht von ihrer Verhaftung in Windeseile in der ganzen Stadt herum. Scharen von Menschen säumten die Ufer der Themse, als die dunkelverhangene Barke stromaufwärts gerudert und die schwarzgekleidete Königin, deretwegen England seine Kirche reformiert hatte, in den Tower geführt wurde.

Im großen Saal des Towers drängten sich die Menschen. Die in den vorderen Reihen standen, wurden von den nachfolgenden Massen an der Absperrung fast zerdrückt, es gab buchstäblich nicht einmal mehr Platz für eine Fliege, ein Mensch klebte am anderen, die Luft war so stickig, daß bereits einige ohnmächtig geworden waren, aber immer noch kamen neue hinzu, und die Schlange der Wartenden und Schaulustigen reichte bis weit auf die Straße hinaus. Was heute hier stattfand, war kein gewöhnlicher Prozeß. Es war der 15. Mai 1536, der Tag, an dem die Königin von England vor ihre Richter geführt wurde – angeklagt des Ehebruches mit den Herren Smeaton, Norris und Brenton, sowie des erschwerten, nämlich inzestuösen Ehebruches mit ihrem Bruder Lord Rochford.

Die vier Männer waren bereits drei Tage zuvor in den Gerichtssaal geführt worden und aufgrund einer abenteuerlichen Beweisführung zum Tode verurteilt worden. Ein Geständnis lag nur von Mark Smeaton vor, die anderen drei Männer leugneten selbst auf der härtesten Folter die gegen sie erhobenen Vorwürfe und beschworen die Unschuld der Königin. Es tauchten ein paar zweifelhafte Zeugen auf, die gesehen haben wollten, wie die Angeklagten mehrmals abends im Zimmer von Anna Boleyn verschwanden und erst nach recht langer Zeit wieder herauskamen. Auf weitere Untersuchungen verzichtete man. Alle vier wurden zum Tode verurteilt. Zum Zeitpunkt, da Anna vor Gericht erschien, lebten sie noch, aber nach geltendem Recht durften abgeurteilte Personen in keinem weiteren Prozeß als Zeugen auftreten. Somit war Anna die Möglichkeit genommen, durch eine Gegenüberstellung und ein Gespräch mit Smeaton die Glaubwürdigkeit seines Geständnisses ins Wanken zu bringen. Ihr mußte klar sein, daß sie verurteilt war, noch ehe ihre Verhandlung überhaupt begonnen hatte.

Mary und Nicolas waren beide an diesem Morgen zum Tower gegangen. Nicolas fehlte bei solchen Anlässen nie, und Mary wollte die Königin sehen, jene Anna Boleyn, mit deren Namen sie das traurige Schicksal der Katharina von Aragon verband und den Mordversuch an einer ihrer treuesten Hofdamen. Aber nun, da Anna selbst am Ende stand, wandelte sich Marys Abneigung fast in schwesterliches Mitleid. Ihr schauderte es, mit anzusehen, in welch einem himmelschreiend unlauteren Prozeß eine Frau rechtlos gemacht und der Willkür staatlicher Gewalt ausgesetzt wurde.

»Ich möchte die Richter sehen«, erklärte sie am Morgen, »ich will wissen, welche Gesichter sie machen, wenn sie im vollen Bewußtsein ihrer eigenen Lügenhaftigkeit die Königin verurteilen.«

Natürlich wußte sie, daß es nicht richtig war, hinzugehen. Jeden Tag konnte jetzt ihr Kind kommen, seit fünf Wochen arbeitete sie schon nicht mehr, so elend war sie. Sie hatte mit einer Hebamme gesprochen und die hatte nach ein paar fachkundigen Griffen gemeint, das Kind liege nicht richtig und deshalb habe sie solche Beschwerden.

»Das wird eine schwere Geburt, Madam«, meinte sie, »heilige Mutter Gottes, nein, leicht wird es nicht!«

»Wie beruhigend«, meinte Mary schwach, »ich werde doch nicht sterben?«

Die Alte murmelte etwas Unverständliches und Mary wünschte sie zum Teufel. Hätte sie bloß nicht gefragt, es half ja doch nichts.

Heute, im düsteren Saal des Towers, merkte sie schnell, daß sie einen Fehler gemacht hatte. Noch am Morgen hatte sie in temperamentvoller Entrüstung gedacht, es sei ungerecht, daß eine Frau an den großen Ereignissen ihrer Zeit nicht teilnehmen konnte, bloß weil sie ein Kind bekam, und daß man sich davon nicht einengen lassen sollte. Nun bereute sie es bitter. Sie stand mitten im dichtesten Gewühl, bekam kaum Luft, hatte den Eindruck, nur deshalb nicht umzufallen, weil es dazu keinen Platz gab, und wurde rücksichtslos von vorne, von hinten und von allen Seiten bedrängt und gestoßen, manchmal so heftig, daß sie vor Schmerz leise aufschrie.

»Großer Gott, wenn die so weitermachen, kriege ich mein Kind jetzt, hier, auf der Stelle«, murmelte sie mit zusammengebissenen Zähnen.

Nicolas wandte sich ihr zu, sie sah, daß seine Lippen weiß waren vor unterdrückter Wut.

»Ich hätte es nie zulassen dürfen«, fuhr er sie an, »es war Wahnsinn, hierherzukommen! Wir gehen sofort nach Hause. Diesmal widersprichst du mir nicht. Es reicht mir jetzt!« Sie wollte nicken, aber vor ihren Augen verschwamm alles. Durch einen Nebel hindurch sah sie das Gesicht auf den erhöhten Bänken, den Vorsitzenden Norfolk, die sechsundzwanzig Peers, die als Geschworene auftraten, daneben den Bürgermeister von London, die Stadtältesten, die Ältesten der Londoner Zünfte. Norfolk schlug mit einem Hammer auf den Tisch, damit Ruhe einkehrte. Sofort erstarben alle Stimmen. Durch eine Seitentür wurde eine schmale, schwarzgekleidete Frau hereingeführt, auf die sich alle Blicke richteten.

»Das ist die Königin«, flüsterte jemand neben Mary.

»Ja, das ist Anna Boleyn.«

»Sie ist so blaß, seht nur, wie blaß sie ist!«

»Die arme Frau.«

»Aber tapfer ist sie. Sie steht ganz gerade, und wie sie die Richter anblickt!«

Anna Boleyn beeindruckte Bürger wie Peers. Kummer und Angst des letzten Jahres, die Fehlgeburt im Januar, die Festungshaft der vergangenen Wochen hatten sie gezeichnet. Sie sah älter aus als erwartet, übernächtigt, bleich und abgemagert. Sie hielt den Kopf hoch, und diese Haltung rührte jeden, der sie heute sah. Sie entsprach nicht dem Bild, das man von ihr hatte, sie sah nicht aus wie die lebenslustige, blühendschöne Mätresse, die den König in ihre Netze gelockt hatte, nicht wie die machthungrige Intrigantin, deretwegen England lutherisch geworden war. Die Vorstellung, daß diese Frau für so gefährlich gehalten wurde, daß ihr Kopf rollen mußte, machte jeden Anwesenden beinahe fassungslos, auch das Gericht. Was immer sie früher gewesen sein mochte, heute stand sie hier als eine Frau, die mit dem Leben bereits abgeschlossen hatte, daher fähig war, ruhig und würdevoll aufzutreten.

Mary, zwischen heftigem Schwindel und einer magischen Anziehungskraft, die Anna Boleyn auf sie ausübte, schwankend, verharrte in dem ungeordneten Wirbel verschleierter Bilder, der vor ihren Augen kreiste. Ohnehin konnte sie im Moment weder vorwärts noch rückwärts, denn die schweigende Menge stand so unbeweglich wie eine Mauer. Nicolas hatte Marys Arm ergriffen und hielt ihn fest, sie spürte die beruhigende Wärme und Kraft seiner Hand. Solange er mich hält, wird mir nichts geschehen, dachte sie.

Anna Boleyn wurde gefragt, ob sie sich der gegen sie erhobenen Anklage für schuldig erkläre, und sie verneinte das mit klarer Stimme. Ihr Auftreten war so sicher und unerschrocken, daß es keinen im Saal gab, der ihr ihre Worte nicht glaubte. Die Argumentationen des Gerichtes blieben mager und schwach. Es traten Zeugen auf, die als Beweis für Annas Untreue Begebenheiten aus dem täglichen Leben am Hof wiedergaben; so habe die Königin etwa manchmal zu den Worten des Königs spöttisch gelächelt oder sich einmal über seine Kleidung lustig gemacht. Die Geschworenen sahen sich hilflos um, Norfolk nickte bedeutungsvoll. Im Saal entstand Unruhe. Nicht einmal die ärgsten Gegner von Anna Boleyn konnten ihre Augen vor der Tatsache verschließen, daß dieser Prozeß eine reine Farce war, und daß die Art der Beweisführung beinahe schon eine Beleidigung für jeden Menschen mit Verstand war.

»Es wäre ehrlicher gewesen, sie hätten auf diese Verhandlung verzichtet«, murmelte Nicolas, »Himmel, wenn die Geschworenen nur ein bißchen Mumm in den Knochen hätten, dann würde ihr Urteil auf Freispruch lauten. Aber das werden sie nicht riskieren. Sie wissen genau, was von ihnen erwartet wird.«

»Und sie haben Smeatons Geständnis«, warf ein anderer ein, »ihr einziger Triumph. Darauf können sie zurückgreifen.«

»Smeaton ist ein erbärmlicher Feigling«, knurrte Nicolas. Dann fühlte er den schmerzhaften Druck von Marys Fingernägeln in seiner Hand und sah zu ihr hin. Sie war blasser als die Angeklagte, ihre Lippen grau, Stirn und Nase feucht von Schweiß.

»Ich muß hier hinaus«, flüsterte sie, »Nicolas, hilf mir, mir ist so elend!«

Sie schwankte leicht, schloß für Sekunden die Augen, öffnete sie dann wieder zu einem entsetzten, schmerzerfüllten Blick. Sie wird doch nicht ihr Kind kriegen, dachte Nicolas, wie bringe ich sie bloß hier heraus?

Er ließ sich seine Angst nicht anmerken. Sein Gesicht blieb ruhig, als er gelassen sagte:

»Keine Sorge, Mary, ich bringe dich hier raus. Du mußt keine Angst haben.«

Mary nickte schwach.

»Ich glaube, es ist nur, daß dieses Gericht mich aufregt... die arme Königin, der verdammte Norfolk... wie kann der König das zulassen?«

»Darüber solltest du jetzt nicht nachdenken. Du kannst es nicht ändern. Komm, halt meine Hand fest.«

Vor Marys Augen verschwammen die Gesichter der Königin, der Geschworenen und der Richter mit den Gestalten der Zuschauer. Die Wände drehten sich, der Boden unter ihren Füßen kreiste, sie verlor völlig jeden Richtungssinn und ließ sich willenlos von Nicolas mitziehen. Wie halten die anderen das bloß aus, dachte sie wirr, oh, Nicolas, beeil dich, beeil dich doch!

Während vorne einer der aufsehenerregendsten Prozesse der Geschichte seinen Verlauf nahm, versuchten Nicolas und Mary durch die schier undurchdringliche Mauer von Menschen hindurch, den Ausgang des Saales zu finden. Nicolas mußte um jeden Fußbreit Weg kämpfen, aber immerhin wichen manche Leute aus, als sie die totenbleiche Mary sahen.

»Laßt doch das arme Ding vorbei!« rief ein Mann. »Die fällt ja jeden Moment um!«

»Unverantwortlich in ihrem Zustand!«

»Diese jungen Frauen haben kein bißchen Verstand!«

Mary leckte sich über die ausgetrockneten Lippen. Alle Stimmen waren weit weg. Es wird besser, wenn ich erst draußen bin, sagte sie sich beschwörend, bis dahin halte ich durch. Ihre Beine gaben nach, all ihre Glieder durchlief ein Zucken. Später dachte sie, daß sie wohl in diesem Augenblick ohnmächtig geworden wäre, aber da entstand vor ihr plötzlich ein heftiger Tumult. Sie vernahm lautes Geschrei und erkannte, daß eine Gruppe von Menschen in einen Kampf verwickelt war. Eine Frau schrie gellend auf.

»Taschendiebe! Hilfe, haltet sie! Taschendiebe!«

Mit rücksichtsloser Grobheit drängten sich drei Konstabler durch die Menge. Die Frau schrie noch immer.

»Hilfe! Man hat mich bestohlen! Hilfe!«

Irgend jemand sagte: »Verdammt!« und Mary merkte erst etwas später, daß das Nicolas gewesen war. Sie hörte einen anderen Mann, der laut brüllte:

»Ich war es nicht. So laßt mich doch los! Der hier war es. Nicolas de Maurois, der größte Räuber von ganz London! Hier ist er! Verhaftet ihn!«

»Was?« schrie Mary, aber niemand kümmerte sich um sie. Nicolas ließ blitzschnell ihre Hand los und stieß sie zurück. Sie wollte ihm nach, sich an ihn klammern, aber zwischen ihnen schloß sich die Menge wieder. Verzweifelt versuchte Mary, die Leute auseinanderzuschieben, aber sie war bereits zu schwach, um sich durchsetzen zu können. Die Haare fielen ihr in feucht verklebten Strähnen ins Gesicht und ihre Hände zitterten. Sie sah, wie Nicolas mitten in das Handgemenge hineingezerrt wurde, wie die Konstabler ihn und einen anderen Mann packten und mit sich zerrten. Von weither hörten sie den Hammer des Richters auf den Tisch fallen.

»Ruhe dort hinten«, tönte eine scharfe Stimme, »Ruhe, oder wir lassen den Saal räumen!«

»Zwei gottverdammte Taschendiebe!« schrie ein Konstabler. Mary schnappte nach Luft, ihr wurde schon wieder schwarz vor den Augen.

»Aber es ist nicht wahr!« brüllte sie. »Er hat nichts getan! Sie müssen ihn loslassen, er hat überhaupt nichts getan! Nicolas! Nicolas!« Ihre Stimme schnappte über, wurde schrill, ging über in ein erschöpftes Krächzen.

»Lassen Sie mich doch vorbei! Bitte, lassen Sie mich vorbei!« Sie kam ein paar Schritte weiter, aber Nicolas war schon beinahe zum Saal hinaus. Er hatte sich kein einziges Mal nach ihr umgesehen. Mary begriff, daß er sie schützen wollte, deshalb hatte er sie auch sofort losgelassen und von sich geschoben.

»O nein, Nicolas«, schluchzte sie kraftlos. Eine junge Frau sah sie mitleidig an.

»Geht es Ihnen nicht gut? Sie sehen ja zum Gotterbarmen aus!«

»Psst!« zischte es von allen Seiten. Man wollte endlich ungestört den Prozeß verfolgen. Mary griff nach der Hand der freundlichen Frau.

»Würden Sie mir helfen«, flüsterte sie, »ich...« Sie brach jäh ab, krümmte sich mit einem Stöhnen nach vorne. Ein scharfer Schmerz war durch ihren Körper gegangen, so heftig, daß sie um Atem ringen mußte. Er verging so schnell, wie er gekommen war, aber Mary wußte, was das zu bedeuten hatte. Das Gesicht der freundlichen Frau war nun ganz dicht vor ihr.

»Was ist mit Ihnen?«

»Ich glaube, ich bekomme mein Kind«, stieß Mary keuchend hervor.

Irgendwie gelang es ihnen schließlich, den Tower zu verlassen und hinaus in den frischen Frühlingswind zu treten, hinter sich die verklingende Stimme des Vorsitzenden Richters und die sanften Antworten von Anna Boleyn. Kirchenglocken läuteten die volle Stunde, vom Fluß her stank es nach Fisch und Algen, zwischen rasch dahintreibenden Wolken fielen warme Sonnenstrahlen zur Erde.

Mary hielt sich an einer Mauer fest und versuchte sich zu orientieren. Der Schmerz war noch nicht zurückgekehrt, aber er lag auf der Lauer, und sie wußte, es war notwendig, daß sie nach Hause kam, so rasch wie möglich. Die fremde Frau hatte sie hinausgeleitet, gleich darauf aber versucht, sich wieder in den Saal zu drängen.

»Geht es jetzt allein?« hatte sie gefragt. Mary hatte nicht gewagt, zu antworten, daß es keineswegs allein ging und daß sie dringend jemanden gebraucht hätte, der sie nach Hause brachte. Sie wollte der anderen nicht die Teilnahme an einem berühmten Prozeß verpatzen, nur weil ihr Kind ausgerechnet heute zur Welt kommen mußte.

Die frische Luft tat ihr gut. Das Rauschen in ihren Ohren und das Flimmern vor ihren Augen ließen nach. Sie starrte die Straße entlang, die voller Menschen war. Keine Spur von Nicolas. Sie begann erst jetzt langsam zu begreifen, was geschehen war. Sie hatten Nicolas verhaftet, offenbar im Zusammenhang mit einem Taschendiebstahl. Der Täter hatte Nicolas gekannt und rasch versucht, die Schuld auf ihn abzuschieben. Ein böse meinendes Schicksal hatte ihn gerade zum Zeitpunkt der Tat dort stehen lassen, wo sie verübt wurde.

Welch eine Ironie, dachte Mary. Es war das letzte, was sie bewußt dachte, dann stieg der Schmerz wieder in ihr auf und betäubte ihre Angst um Nicolas. Während sie sich nach vorn neigte, um die Schmerzwelle in zusammengekrümmter Haltung über sich ergehen zu lassen, dachte sie: Es wird alles gut werden, er ist unschuldig, und sie können ihm nichts tun. Und ich kann mich jetzt nicht darum kümmern. Ich muß nach Hause und dieses Kind zur Welt bringen. Später – später werde ich Nicolas suchen!

Mühsam schleppte sie sich voran. Jeder einzelne Schritt nötigte ihr ihre ganze Willenskraft ab. Es waren weniger Schmerzen, die sie quälten, denn die kamen noch in recht großen Abständen, aber sie fühlte sich so schwach, daß sie sich kaum auf den Beinen halten konnte. Sie hätte ein Vermögen dafür gegeben, sich nur einen Moment irgendwo hinsetzen zu können, aber sie wußte, gäbe sie erst einmal nach, so stände sie überhaupt nicht mehr auf.

Als sie endlich das Sherwood Inn erblickte, brach sie vor Erleichterung fast in Tränen aus. Sie stieß die morsche Tür auf und taumelte beinahe in Wills Arme, der gerade aus seinem Zimmer geschlurft kam.

»O Will, Will, Sie müssen mir helfen!« Sie sank auf einen Stuhl, ließ ihren Mantel von den Schultern gleiten und strich sich die wirren Haare aus dem Gesicht.

»Will, das Kind...«

Will war nicht leicht aus der Fassung zu bringen, aber jetzt sah er erschüttert und hilflos drein.

»Ja... das Kind... was soll ich tun...« Er starrte auf die zusammengesunkene Frau vor sich, dann blickte er sich im Zimmer um, als erwarte er von irgendwoher Beistand.

»Ich weiß nicht... wo ist denn Nicolas?«

Mary stöhnte leise, denn nun wurden die Schmerzen heftiger.

»Der ist nicht da. Sie haben ihn verhaftet! O Gott, warum hilft mir denn niemand?«

»Verhaftet? Sie haben Nicolas verhaftet? Warum haben sie ihn verhaftet? Er...«

»Ja, Herrgott noch mal, sie haben ihn verhaftet. Aber es ist ein Irrtum, sie müssen ihn wieder laufen lassen. Will, passen Sie auf, ich kann jetzt wirklich nicht an Nicolas denken.« Sie erhob sich mühsam.

»Ich gehe jetzt hinauf. Und Sie laufen los und schaffen mir eine Hebamme herbei. Und zwar möglichst schnell!«

»Wo findet man denn so etwas? Ich habe keine Ahnung...«

Seine Hilflosigkeit machte Mary wütend. Unbeherrscht fuhr sie ihn an:

»Will, zum Teufel, Sie werden doch in der Lage sein, eine Hebamme zu finden und herzubringen. Fragen Sie irgendeine Frau aus der Nachbarschaft, die wird es wissen. Und stehen Sie nicht herum, sondern gehen Sie!« Sie wandte sich ab, um ihm keine Gelegenheit zu weiteren Fragen zu geben. Schwerfällig kletterte sie die Treppe zu ihrer Wohnung hinauf. Der Anblick der vertrauten Räume rief Angst in ihr wach. Lieber Himmel, Nicolas würde doch nichts geschehen? Es kam ihr vor, als habe sie noch immer nicht genau begriffen, was gerade passiert war. Ihr Kind war nun so viel wirklicher als alles andere, es verdrängte die nebelhaften Ereignisse des Tages. Sie blickte auf das Frühstücksgeschirr, das noch auf dem Tisch stand, Nicolas' Teller, auf dem ein von ihm angebissenes Stück Brot lag, und reuevoll erkannte sie, daß sie sich im Moment nicht halb so viele Sorgen um ihn machte wie um sich. Sie bekam ihr erstes Kind, und sie hatte entsetzliche Angst. Sie hätte am liebsten geweint, so fürchtete sie sich. Sie war so grenzenlos allein, kein Mensch kümmerte sich um sie, eine schwere Geburt hatte man ihr prophezeit, und niemand ließ sich blicken, der ihr helfen wollte. Gott mochte wissen, wann Will zurückkäme! Sie schleppte sich ans Fenster, um auf die Straße zu blicken, aber sie konnte Will nicht entdecken.

»Lieber Gott«, murmelte sie unwillkürlich, hoffend, daß Gott es ihr verzieh, daß sie sich nach so langer Zeit erst in einer Notlage wieder seiner entsann. Langsam streifte sie ihre Kleider ab und kletterte in ihr Bett. Es tat ihr gut, sich auszustrecken und in eine Decke zu kuscheln, aber die Erleichterung währte nur kurz, dann mußte sie die Lage schon wieder wechseln, weil sie es nicht mehr aushielt. Sie jammerte leise, weil ihr das half, und starrte zum Fenster hinaus auf den Himmel, über den regenschwere, graue Wolken im Frühlingswind trieben. Vorhin war das Wetter heiter gewesen, jetzt zog es sich zu, manchmal wurde es tiefdunkel, dann wieder riß der Wind die Wolken stürmisch auseinander und die Sonne leuchtete strahlend hell auf. Der unruhige Himmel verwirrte auch Marys Gedanken, sie fiel in einen seltsamen Zustand zwischen Traum und Wachen, in dem sie selber nicht mehr wußte, was Wirklichkeit war und was nicht. Die Schatten, die mit einfallender Nacht in ihr Zimmer traten, machten ihr Angst. Einmal erkannte sie in ihnen die schwarzgekleidete Königin und ihre Richter, dann wieder Nicolas und die Konstabler, düster ragte der Tower in den Himmel, Anne Brisbane und Lady Cathleen drängten sich vor seinen Pforten, und tausend andere bekannte Gesichter marschierten auf: Ambrose und Lettice, Bess, kalt lächelnd wie immer, Pater Joshua mit seinen melancholischen Augen, Nan, die ihre Zauberkugel schwenkte und geheimnisvolle Beschwörungen murmelte. Der ganze Raum schien voller Geister, die ein Gewisper anstimmten, wann immer die furchtbaren Schmerzen in Marys Körper nachließen und sie in einer rasanten Talfahrt vom Gipfel des Leidens in besänftigendes Fieber stürzte, die verklangen, wenn der Schmerz wiederkam und zur einzigen Wirklichkeit wurde. In winzig kurzen Augenblicken des Bewußtseins war Mary davon überzeugt, daß sie jetzt sterben würde, denn sie hatte einmal gehört, daß in den Minuten des Todes alle Menschen am Sterbenden vorüberziehen, mit denen er im Laufe seines Lebens zusammengetroffen war. Gerade dies geschah jetzt mit ihr, und sie hatte nur den Eindruck, daß etwas bei ihr fehlte, etwas Entscheidendes, das Entscheidendste vielleicht in ihrem Leben überhaupt. Sie versuchte so verzweifelt, sich daran zu erinnern, daß ihr vor Erschöpfung und Kummer die Tränen kamen. Sie warf sich auf ihrem schweißnassen Lager hin und her und kämpfte mit aller Kraft gegen die Geister, die sie schon wieder in ihren Bann ziehen wollten. Dann trat etwas an ihr Bett heran, und sie erkannte, daß es ein Mensch aus Fleisch und Blut war. In tiefer Erleichterung merkte sie, daß sie gefunden hatte, wonach sie so beharrlich suchte.

»Frederic«, sagte sie leise. Die Gestalt neigte sich über sie.

»Nein, Madam, ich bin es nur, Will Shannon. Ich bin wieder da. Ich habe eine Frau mitgebracht, die Ihnen helfen wird. Jesus, war das schwierig, jemanden zu finden, es waren ja alle beim Tower. Sie haben die Königin zum Tode verurteilt, Madam, denken Sie nur…«

»Merken Sie nicht, daß sie Ihnen gar nicht zuhören kann, das arme Ding?« mischte sich eine energische Stimme ein. »Jetzt lassen Sie mich mal zu ihr und verschwinden Sie!« Eine weitere Gestalt schob sich heran, eine kräftige, kühle Hand legte sich auf Marys Stirn.

»Ach Gott, sie verglüht ja! Ich mach' Ihnen jetzt erst mal einen Tee gegen das Fieber, Madam, und einen gegen die Schmerzen. Und Sie gehen jetzt endlich, Mr. Shannon. Wie lang liegt die denn schon so hier? Seit heute mittag? Und jetzt ist schon Nacht! Unverantwortlich. Gut, daß Sie gerade mich gefunden haben. Die alte Myrrhinia hat schon Frauen dem Tod entrissen, auf deren Leben kein Mensch mehr einen Pfifferling gegeben hat. Wie heißen Sie denn, Herzchen?«

Mary öffnete mühsam die Augen. Sie sah in ein zerfurchtes, kluges Gesicht, das von schneeweißem Haar umgeben war.

»Mary«, flüsterte sie.

Myrrhinia nickte.

»Gut, Mary. Ich glaube, es dauert noch eine Weile, aber es wird schon gehen. Teufel noch mal, so ein junges Geschöpf, das laß ich nicht zu! Soll der Herrgott eine alte Krähe wie mich holen, aber nicht so was wie Sie! Wo ist eigentlich der Vater von dem Kleinen? Hat sich beizeiten aus dem Staub gemacht, wie?« Sie kicherte.

Mary schüttelte schwach den Kopf.

»Nein… ich weiß nicht, wo er ist…«

»Na, den brauchen wir auch nicht. Was der zu dem ganzen Unglück tun konnte, hat er gründlich getan. Jetzt entspannen Sie sich, Mary, gleich kommt der Tee. Wo ist denn der Ofen? Ach, dort…« Ihre Stimme klang gleichmäßig weiter, geschäftig, munter und beruhigend. Sie verscheuchte Geister und rasend wirbelnde Bilder, nahm dem Fieber seine furchtbare Kraft. Auf einmal war Mary nicht mehr sicher, daß sie sterben würde, und sie wollte es auch gar nicht mehr. Erleichtert dachte sie, daß ein wohlmeinendes Schicksal die alte Frau, die sich Myrrhinia nannte, zu ihrer Rettung herbeigesandt hatte.

In den frühen Morgenstunden des nächsten Tages kam Marys Tochter zur Welt. Mary war so erschöpft, daß sie ihr Kind kaum wahrnehmen konnte. Eine furchtbare, endlose Nacht lag hinter ihr, Stunden, in denen sie sich schreiend an Myrrhinia geklammert und sie um Hilfe angefleht, in denen sie ihre Decken von sich geschleudert und ihre Hände im Kissen verkrallt hatte. Das Zimmer wurde heiß und stickig, weil Myrrhinia, um Wasser zu erwärmen, den Ofen hatte brennen lassen. Die schwarze Nacht jenseits des Fensters machte Mary Angst, ihr gepeinigter Körper stürzte sie erneut in panisches Entsetzen. Wie lange konnte er diese fürchterlichen Schmerzen aushalten? Sie starrte Myrrhinia an, ihre Augen waren weit aufgerissen und entsetzt. Leise stöhnte sie:

»Hilf mir doch, Myrrhinia, hilf mir!«

Myrrhinia sah sehr müde aus, aber unermüdlich sprach sie auf Mary ein, hielt ihre Hände, flößte ihr Tee ein. Sie machte sich darauf gefaßt, daß sie das Kind mit der Zange würde holen müssen und wünschte der armen Frau alle Kraft der Welt, aber dann, als Mary schon halbtot in ihren Kissen lag, mit einem gelblich fahlen, ausgezehrten Gesicht, erbarmte sich die Natur. Das Licht der Kerzen wurde schon blasser, weil sich draußen der Himmel erhellte, die Finsternis ging in sanftes Grau über, wurde immer blauer und rosig angestrahlt. Mitten in diese allerersten Sonnenstrahlen eines freundlichen Maitages hinein wurde das Kind geboren, und fand zu seinem Glück sogleich eine umsichtige Pflegerin in der alten Myrrhinia, denn die Mutter selbst schlief fast augenblicklich ein. Sie erwachte erst am Mittag wieder, als Myrrhinia das Fenster geöffnet hatte und ein weicher, warmer Wind in alle Räume wehte.

»Mary, Sie haben eine entzückende Tochter«, sagte Myrrhinia, »wirklich, ein so hübsches Kind habe ich selten gesehen. Wollen Sie es anschauen?«

Mary nickte und nahm das Kind in den Arm. Es schaute sie groß und etwas verschreckt an.

»Oh, sie hat ganz blaue Augen!« rief Mary. »Wie hübsch! Ich habe noch nie so blaue Augen gesehen!«

Myrrhinia betrachtete das kleine Gesichtchen fachkundig.

»Die bleiben nicht so«, sagte sie, »aber grau wie Ihre werden sie auch nicht. Sie werden ganz dunkel, dunkelbraun. Ich kann das erkennen.«

Mary wußte nicht, woran sie das sah, aber sie meinte:

»Ja, das könnte stimmen. Wissen Sie, der Vater hat sehr dunkle Augen.«

Sie dachte an Nicolas' tiefen, schwarzen Blick und erschrak.

»Lieber Himmel, ist mein Mann noch nicht da?«

»Ach, es gibt einen?«

»Ja! Ich bin wirklich verheiratet. Nicolas ist gestern... ach bitte, Myrrhinia, holen Sie schnell Will Shannon!«

Myrrhinia ärgerte sich, daß die junge Frau gar keinen Blick für ihr Kind hatte, aber da sie sich sehr aufzuregen schien, eilte sie davon und holte Will. Der hatte schon geglaubt, man werde Mary beerdigen müssen und lächelte erfreut, als er hörte, daß sie noch lebte. Aber noch ehe er etwas Bewunderndes über das Kind sagen konnte, das Myrrhinia ihm voller Stolz vor die Nase hielt, rief Mary erregt:

»Will, haben Sie etwas von Nicolas gehört? Ist er heute nacht dagewesen?«

»Nein. Sie haben doch gesagt, er ist verhaftet worden!«

»Ja, aber er ist unschuldig, er hat überhaupt nichts getan! Sie hätten ihn längst freilassen müssen. Ich werde sofort zu Bartholomew Bloom gehen!« Sie wollte mit beiden Beinen zugleich aus dem Bett springen, aber nun wurde Myrrhinia energisch.

»Ich habe mir nicht die ganze letzte Nacht um die Ohren geschlagen, und Ihre Seele mit letzter Kraft den Engeln entrissen, damit Sie jetzt losgehen und sich noch nachträglich umbringen!« sagte sie entrüstet. »Sie haben vielleicht nicht begriffen, daß Sie nah am Sterben waren, und Sie haben sich noch keineswegs erholt. Sie bleiben noch wenigstens fünf Tage im Bett, und wenn ich Sie dort festbinden muß.«

Aber Mary hatte schon selbst gemerkt, daß ihr die Kraft fehlte, aufzustehen. Erschöpft sank sie zurück.

»Verdammt noch mal«, sagte sie heftig, »warum muß ich jetzt krank sein? Will, bitte, gehen Sie zu Mr. Bloom in die Catneys Inn Alley. Er ist Rechtsanwalt, er soll herausfinden, was mit Nicolas geschehen ist. Und wenn er noch festgehalten wird, dann soll er dafür sorgen, daß sie ihn freilassen!«

Will machte sich langsam schlurfend auf den Weg. Sein Rheuma machte ihm schwer zu schaffen, so daß er kaum gerade gehen konnte. Als Mary seiner gebeugten Gestalt nachblickte, kamen ihr beinahe die Tränen. Ach, einen ganzen Tag würde er brauchen, bis er dort überhaupt nur ankam, und sie lag hier und konnte nichts tun. Ihr Kummer und ihre Unruhe ergrimmten Myrrhinia.

»Anstatt sich zu freuen, daß Sie eine schöne, gesunde Tochter haben, jammern Sie die ganze Zeit herum«, knurrte sie, »weshalb ist Ihr Mann denn in Schwierigkeiten?«

»Wegen eines Irrtums. Aber der müßte doch aufzuklären sein! Ich verstehe das nicht!«

»Jetzt essen Sie erst mal. Ich habe für Sie gekocht und...«

»Nein, ich kann jetzt nicht. Myrrhinia, wirklich, es tut mir leid. Aber ich mache mir solche Sorgen.«

Gegen Abend erschien Bartholomew Bloom selbst in der Wohnung. Er sah besorgt aus und warf nur einen flüchtigen Blick auf das Baby.

»Nicolas de Maurois befindet sich mit einigen anderen Männern im Tower«, berichtete er, »sie sind des Diebstahls angeklagt und werden morgen oder übermorgen vor einen Richter geführt.«

Mary, die vor Erschöpfung blaß und hohläugig aussah, erwiderte verzweifelt:

»Hat Will Ihnen gesagt, daß es ein Versehen ist? Nicolas hat mit der Sache nichts zu tun. Ich kann es beschwören, ich stand doch neben ihm!«

»Ich weiß. Ich habe das auch vorgetragen, aber man hörte mir nicht zu. Nicolas wird von den anderen Männern schwer belastet. Auch wegen früherer Vergehen.«

»Wer will denn jetzt von früher sprechen? Es ist nur wichtig, was gestern geschehen ist, und da hat er nichts getan. Ach, verdammt«, sie schlug mit der Faust auf ihr Kissen, »könnte ich nur dort hingehen und alles aufklären! Diese Leute haben alle kein bißchen Verstand. Nicolas war gestern nur damit beschäftigt, mich aus dem Saal zu bringen, weil ich merkte, daß unser Kind kam. Glauben Sie, er hätte in einer solchen Lage daran gedacht, noch irgend jemanden zu bestehlen?«

»Nein, aber mich müssen Sie auch nicht überzeugen«, sagte Bloom müde, »und die Richter können Sie nicht überzeugen. Sie sind seine Frau, man würde glauben, Sie lügen für ihn. Es...« er zögerte, aber er sah Marys klare, fragende Augen auf sich gerichtet und fuhr fort: »Wie immer wird man auch hier nur einen Weg gehen, um die Wahrheit herauszufinden. Sie werden...«

»Was?«

»Sie werden Nicolas foltern.«

Myrrhinia ließ einen Teller zu Boden fallen, Will schnaufte erschrocken. Mary blickte Bloom so entsetzt an, daß er schnell ihre Hand ergriff.

»Das haben Sie doch gewußt, oder?« fragte er sanft. Mary schüttelte schwach den Kopf. Sie merkte, wie die Tränen in ihr aufstiegen, aber genau wie damals, als sie vor dem zerstörten Marmalon gestanden hatte, ballten sie sich nur zu einem festen Klumpen zusammen.

»Ich habe nicht daran geglaubt«, flüsterte sie, »weil er doch unschuldig ist. Ich dachte... sie würden ihn gleich wieder loslassen. Oh, ich hätte mitgehen müssen, gestern gleich...« Sie stöhnte, und in ihre Erinnerung traten die Bilder des gestrigen Tages, wie sie aus dem Gerichtssaal hinausgewankt war, keinen Nicolas mehr sah, sich an einem Pfeiler oder Geländer festhielt und gedacht hatte: Ich kann mich jetzt nicht um ihn kümmern, ich werde es später tun...

»Ich konnte nicht«, murmelte sie, »das Kind...«

»Natürlich konnten Sie nichts tun«, sagte Bloom beruhigend, »offenbar war alles ein Zusammentreffen schrecklich bösartiger Umstände. Aber es ist doch noch gar nicht alles verloren.«

»Sie foltern ihn. Sie foltern ihn so lange, bis er gesteht. Und er wird gestehen, weil er es nicht mehr aushält, so wie Mark Smeaton es nicht mehr ausgehalten hat und tausend Menschen vor ihm. Was ist denn das für eine Beweisführung? Das ist...«

»Das ist geltendes Recht.«

»Das ist Unrecht! Mein Gott, wenn man mich folterte, ich würde gestehen, mein eigenes Kind ermordet zu haben, nur damit sie aufhören. Sie wissen doch, Mr. Bloom, nicht? Die Menschen in diesen schrecklichen Kellern fangen an, sich den Tod zu wünschen, sie betteln darum, sterben zu dürfen, sie unterschreiben jedes Geständnis, das man ihnen vorlegt, sie unterschreiben es, ohne es überhaupt zu lesen, es ist ihnen ganz gleich, wenn nur die Schmerzen ein Ende finden. Was ist das nur für eine Zeit?«

»Es hat immer Menschen gegeben, die der Folter widerstanden. Sie wurden freigesprochen. Was für ein Mensch ist Nicolas?«

Mary sah Bloom aus trostlosen, abwesenden Augen an.

»Nicolas? Er ist sehr stark. Aber auch empfindsam. Er kann schrecklich frech sein, unverschämt, daß man rasend werden könnte. Aber er ist auch sehr sanft, er ist immer da, wenn man ihn braucht. Er hat eine unglaublich zärtliche Stimme. Er ist so widersprüchlich, daß ich oft denke, ich kenne ihn gar nicht. Aber,« in ihre Augen trat ein Ausdruck verwunderter Erkenntnis, »aber ich glaube, er liebt mich.«

Will und Bartholomew schwiegen betreten. Myrrhinia hob energisch das kleine Mädchen hoch und legte es zu Mary ins Bett.

»Nun weinen Sie sich bloß nicht die Augen aus«, brummte sie, »zur Abwechslung sollten Sie sich auch einmal um Ihr Kind kümmern. Wie soll die Kleine heißen?«

»Ich weiß nicht. Nicolas wollte den Namen erst aussuchen, wenn das Kind da ist, damit er auf jeden Fall zu ihm paßt.«

»So ein Unsinn! Ein Kind muß gleich einen Namen haben. Geben Sie ihm einen!«

»Ich will Nicolas fragen.«

»Ja, und bis dahin hat es gar keinen Namen! Schöne Sitten sind das.«

»Ich bin Ihnen doch sehr dankbar für alles, Myrrhinia«, sagte Mary erschöpft. Sie betrachtete ihre Tochter und strich vorsichtig über die zarte Nase und die hauchfeinen Augenlider. Bei all ihrem

Kummer und ihrer Angst empfand sie nun doch ein Gefühl der tiefen Zärtlichkeit und plötzlich auch der Verantwortung. Während sie das Baby anschaute, schöpfte sie neue Kraft.

»Gott schütze deinen Vater«, flüsterte sie, »aber wenn er's nicht tut, dann werde ich eben allein für dich sorgen, und was ich kann, werde ich tun, damit du es gut hast. Du sollst nichts vermissen, und du sollst stolz sein auf deine Mutter.« Sie sah hoch, zum Fenster hinaus, als suche sie draußen im hellen Frühlingshimmel eine Macht, die ihr Stärke gab.

»Du wirst niemals arm sein«, versprach sie mit klarer Stimme, »Geld wirst du haben und Sicherheit und Ansehen. Ich weiß noch nicht wie, aber du kannst dich darauf verlassen – weder arm noch bemitleidet wirst du jemals sein!«

Die nächsten zwei Tage hörte Mary nichts von Nicolas und quälte sich mit schrecklichen Ängsten, aber sie konnte nicht zu ihm, weil Myrrhinia wie ein Wachhund vor ihrem Bett stand und aufpaßte. An ihrem Arm machte Mary ein paar zaghafte Schritte durch das Zimmer und merkte dabei, wie elend es ihr noch ging. Stundenlang saß sie am Fenster und starrte bewegungslos hinaus. Sie aß kaum etwas und sah so krank aus wie damals, als sie nach dem Mordanschlag auf Lady Winter einen Nervenzusammenbruch erlitten hatte. Sie fühlte sich verlassen, ungeschützt und sah einer Zukunft entgegen, vor der ihr so graute, daß sie nachts keinen Schlaf mehr fand. Wenn Nicolas nicht zurückkäme, dann hätte sie keinen Menschen mehr auf dieser Welt, der sie in die Arme nähme, tröstete, der für sie sorgte und ihr lächelnd erklärte, es werde schon alles gut werden. Sie hätte nur noch diese drückend schwere Last im Arm, die schreiend nach Nahrung und Zuwendung verlangte, sie vertrauensvoll aus großen blauen Augen anschaute und der sie versprochen hatte, für sie zu sorgen, so gut sie nur konnte. Sie versuchte immer wieder, von Myrrhinia die Erlaubnis zu erbetteln, zu Nicolas gehen zu dürfen, aber die Alte blieb hart. Erst am dritten Tag, es war der neunzehnte Mai, mußte Myrrhinia ihrerseits das Haus verlassen, weil sie zu einer anderen Geburt gerufen wurde.

»Heute abend sehe ich nach Ihnen, und gnade Ihnen Gott, wenn

Sie sich gerührt haben«, drohte sie, »Sie bleiben im Zimmer, bis ich wiederkomme!«

Sie war kaum verschwunden, da stand Mary auf, wickelte ihr Baby in eine Decke, lief die Treppe hinunter und drückte es dem überraschten Will in den Arm.

»Will, tun Sie mir einen Gefallen, passen Sie auf die Kleine auf. Ich bin so schnell wie möglich wieder zurück.«

»Miss Myrrhinia sagt...«

»Es ist mir gleich, was Miss Myrrhinia sagt. Ich muß nach Nicolas sehen. Vielleicht kann ich etwas für ihn tun.«

Das sah Will ein, und so unbehaglich er sich auch mit dem Baby im Arm fühlte, machte er doch keine Einwände mehr. Mary hätte ihm auch nicht zugehört. Sie war schon zur Tür hinaus und eilte so rasch sie konnte, durch die engen Gassen. Es war Frühling geworden in London, die Bäume am Themseufer blühten, und in der warmen Luft erstand der Fäulnisgestank der überfüllten Stadt wieder auf. Mary, krank und elend wie sie war, empfand einen gesteigerten Widerwillen vor all dem Unrat, vor den vielen hastenden Menschen, vor dem Geschrei und Getose. Wie häßlich diese Stadt ist, dachte sie, wie häßlich die Menschen! Ich wünschte, ich könnte fort von hier, so weit es nur geht!

Als sie sich dem Tower näherte, dröhnten plötzlich schwere Kanonenschüsse von dort herüber, durchschnitten die weiche Luft, hallten im sonnenblauen Himmel wieder. Mit einem Schlag verstummte die Lebendigkeit in den Straßen. Die Menschen hielten mitten in ihren Bewegungen inne, und sahen wie von einer abergläubischen Furcht gebannt hin zum schwarzen Tower, der auf einmal besonders bedrohlich schien. Auch Mary schrak zusammen.

»Was ist das?« fragte sie erschrocken. Alle Umstehenden blickten sie an.

»Sie wissen es nicht, Madam?« fragte eine Frau. »Eben gerade haben sie die Königin enthauptet. Und nun verkünden es die Kanonen Gott und der Welt.«

Die letzten Schüsse verhallten über den glitzernden Wellen. Mary atmete schwer. Die Königin! Die hatte sie ganz vergessen. Unwillkürlich faltete sie ihre Hände. Dann erst entdeckte sie die vielen Fahnen und Girlanden, die von Häusern und Schiffen wehten.

»Warum ist die Stadt so herausgeputzt? Doch nicht zur Feier der Urteilsvollstreckung?«

»Sie haben wohl gar nichts mitbekommen in den letzten Tagen«, meinte die fremde Frau beinahe entrüstet, »Seine Majestät werden bald wieder heiraten. Seit Tagen feiert der Hof die neue Braut.«

»Und wer ist sie?«

»Lady Jane Seymour.«

»Oh, das hab' ich nicht gewußt. Die letzte Frau ist kaum tot, da...«

Aber Mary hatte andere Sorgen, als sich über die Freveltaten des Königs aufzuregen. Eilig lief sie weiter. Vor dem Tower gewahrte sie eine dichte Menschenmenge, genau wie am Tag des Prozesses. Sie lauschte der Stimme des Bürgermeisters von London, der auf dem Balkon des Hauses vom Kerkermeister stand, eine Papierrolle in der Hand, von der er vorlas. Mary drängte sich ein Stück nach vorne.

»Was liest er denn da?« fragte sie flüsternd.

»Psst. Das sind die Abschiedsworte der Königin an ihr Volk.«

»...Gott möge den König erhalten, daß er lange über euch regiere, denn niemals hat es einen milderen und gnädigeren König gegeben; auch mir war er stets ein guter, milder Fürst und Herr. Und wenn irgend jemand daran denken sollte, um meines Andenkens willen ein Wagstück zu unternehmen, so ersuche ich ihn, sich eines Besseren zu besinnen. Und somit sage ich der Welt Lebewohl, und besonders euch, die ihr hier seid, und ich bitte euch alle herzlich, für mich zu beten. O Herr, habe Erbarmen mit mir! Gott befehle ich meine Seele!«

Es herrschte Stille, als der Bürgermeister geendet hatte. Die Menschen schienen ergriffen und wußten nicht, was sie tun sollten; es kam ihnen wohl banal vor, sich wie nach jedem Spektakel zu zerstreuen und eigenen Beschäftigungen nachzugehen.

Der Bürgermeister hob die Arme und rief:

»Geht, Leute, geht nach Hause! Es ist alles vorbei. Die Königin ist tot. Wir werden eine neue Königin haben, dann könnt ihr wieder zusammenkommen und sie feiern und hochleben lassen. Bis dahin geht nach Hause!«

Widerwillig traten die Menschen ein paar Schritte zurück. Nur Mary drängte sich energisch nach vorne. Sie brauchte ihre ganze Kraft, um sich gegen den Strom durchzusetzen, und als sie endlich an einer Seitenpforte des Towers angekommen war, fühlte ihr Kopf sich leer und leicht an, fast so, als bekomme sie wieder Fieber. Sie mußte sehr schlecht aussehen, denn der Wächter vor dem Tor meinte mitfühlend:

»Hat Sie alles sehr mitgenommen, Madam, wie? Aber ich kann Sie nicht zu ihr lassen. Niemand darf den Leichnam der Königin sehen.«

»Ich will nicht zur Königin. Ich bin Mary de Maurois. Mein Mann ist hier gefangen, Nicolas de Maurois. Vor vier Tagen haben sie ihn verhaftet und seither weiß ich nicht, was mit ihm ist. Ich muß ihn sehen.«

»Maurois? Diebstahl, nicht? Ja, ich weiß nicht, ob ich Sie zu ihm lassen darf. Sie hätten früher kommen müssen. Gestern abend ist er verurteilt worden, und jetzt darf niemand mehr zu ihm.«

»Verurteilt? Verurteilt und...«

»Nein, noch nicht vollstreckt. Heute ist der Todestag der Königin, eine Woche lang gibt es keine Vollstreckungen.«

»Und wie... wie...« Mary griff haltsuchend nach der Wand, weil der Boden unter ihren Füßen schwankte, »wie lautet das Urteil?«

Der Mann griff schnell nach ihrer Hand, weil er fürchtete, sie würde umfallen.

»Er hat sich schuldig bekannt. Und das bedeutet... Sie wissen, was auf Diebstahl steht?«

»Ja... ich weiß...« Mary umklammerte die dargebotene Hand, weil sich nun alles vor ihren Augen drehte. Weiß bis in die Lippen flüsterte sie:

»Er ist unschuldig. Lieber Gott, ich schwöre, er ist unschuldig. Oh, bitte, bitte, lassen Sie mich zu ihm.« Sie bot einen so mitleiderregenden Anblick, daß der Wärter zögerte.

»Ich darf das eigentlich nicht«, meinte er.

»Aber Sir, ich muß ihn sehen! Und ich konnte nicht früher kommen. Ich habe vor drei Tagen ein Kind bekommen, ich...« sie wischte hilflos die Tränen fort, »ich kann mich doch kaum noch auf den Beinen halten.«

Der Wärter wirkte gerührt.

»Gut, kommen Sie mit«, sagte er, »ich will nicht schuld sein, wenn Sie ihn nie wieder... so etwas, so eine junge Frau, und ein kleines Kind, ach, die Welt ist so schlecht...« Er brummte leise vor sich hin, während er, eine Kerze in der Hand, vor Mary her durch endlose, finstere Gänge ging, ausgetretene, glitschige Stufen hinauf und wieder hinunter, durch finstere Gewölbe, in die kein Sonnenstrahl fiel, an Eisentüren vorüber, hinter denen kein Leben zu sein schien, aus denen nur selten einmal ein Schrei oder ein Stöhnen hervorklangen. Oft mußten sie sich bücken, weil die Decke so niedrig wurde, manchmal glitt Mary auf dem feuchten Boden beinahe aus. Als es schließlich eine steile Treppe hinunterging, hatte sie das Gefühl, in das schaurigste, gottverlassenste Verlies der Welt einzutreten, und Zeit und Raum und alle Alltäglichkeit des irdischen Lebens hinter sich zu lassen. Hier unten herrschte ein anderes Dasein, das nichts mit dem gewöhnlichen, bekannten gemein hatte.

Vor einer der winzigen Eisenpforten blieb ihr Führer stehen.

»Hier ist Nicolas de Maurois«, sagt er, »ich lasse Sie mit ihm allein, aber nicht zu lange.« Er öffnete den Riegel der Pforte und ließ Mary eintreten.

Sie hatte ihre Augen schon vorher an das Dämmerlicht in den Gängen gewöhnt, so daß sie den winzigen Raum, in dem nur ein trübes Talglicht brannte, sogleich erkennen konnte. Es gab kein Fenster, keinen einzigen Hauch von frischer Luft, nur schwere, erstickende Feuchtigkeit. Auf den dunklen steinernen Wänden perlte Wasser und wuchsen dicke Moosflechten, den Fußboden bedeckte stinkendes Stroh, in dem dicke, weiße Maden herumkrochen. Es gab kein Bett, keinen Tisch. In einer Ecke stand eine hölzerne Schüssel mit einem Stück Brot darin, daneben ein Wasserbecher. Alles wirkte so grauenhaft verwahrlost, so verkommen und hoffnungslos, daß Mary der Atem stockte. In ihrem ersten Entsetzen wäre sie beinahe einen Schritt zurückgewichen, aber da erhob sich aus der finstersten Ecke eine Gestalt, die dort zusammengekauert gesessen hatte, und trat auf sie zu. Es war Nicolas. Er war mager geworden in den wenigen Tagen und grau im Gesicht, seine Wangen bedeckten dunkle Bartstoppeln, seine Augen waren gerötet und entzündet. Er stank nach dem ganzen Schmutz dieses Verlieses und nach tagealtem Schweiß, sein Hemd klebte blutverkrustet an ihm, und jeder Schritt schien ihm weh zu tun. Aber Mary achtete nicht darauf. Inmitten dieser grausamen Hölle, nach all der gespenstischen Unwirklichkeit der letzten Tage, tauchte er auf als das einzige Vertraute der Welt, verscheuchte mit seinem zärtlichen Lächeln die Dämonen der Angst, und Mary fiel ihm in die Arme. Für diesen Augenblick hätte sie ebensogut auf einer Sommerwiese voller leuchtender Blumen stehen können, anstatt in einem finsteren, unentrinnbaren, todbringenden Verlies tief unter den Mauern des Towers.

»Erzähl mir von unserem Kind«, sagte Nicolas, »du mußt mir ganz genau beschreiben, wie sie aussieht.«

Sie saßen nebeneinander in dem schmutzigen Stroh, mit dem Rücken an die feuchte Wand gelehnt, die Beine angezogen und an den Körper gepreßt, um ein klein wenig Wärme zu ergattern. Sie hielten sich an der Hand und Mary hatte ihren Kopf an Nicolas' Schulter gelehnt; ihr war übel vor Schwäche und kalt vor Grauen. Sie lauschte dem steten Tropfen des Wassers auf dem Stein, es klang hohl und glitschig und rief in Mary Erinnerungen an das Armenhaus wach. Es war ein Geräusch ihrer Kindheit, das sie nie wieder hatte hören wollen und von dem sie geglaubt hatte, es werde in Marmalon verstummen. Sie wandte den Kopf, um Nicolas anzusehen. Es schnitt ihr ins Herz, ihn so schwach und müde zu erleben.

»Unser Kind«, sagte sie, »ist sehr hübsch. Myrrhinia – weißt du, die Frau, die mir geholfen hat – Myrrhinia sagt, es sei ein zauberhaftes, kleines Mädchen. Sie hat ein paar schwarze Haare und blaue Augen, aber Myrrhinia meint, sie werden dunkelbraun. So wie deine.«

»Meine Augen hat sie! Und rötliche Haare wie du? Später?«

»Ich weiß nicht. Vielleicht.«

»Ich hätte sie gern gesehen.«

»Ja, ich weiß. Aber sie hierher mitzubringen...«

»Natürlich, das wäre nicht gut gewesen. Es ist schlimm genug, daß du gekommen bist. Du bist noch viel zu schwach. Du solltest dich einmal sehen!«

Mary lächelte leicht.

»Wir bieten wahrscheinlich beide einen überwältigend gesunden Anblick«, meinte sie, »du nämlich auch.« Sie hielt inne, fuhr leicht mit dem Finger über seine geschwollenen Augenlider und fragte flüsternd:

»Nicolas, was haben sie mit dir gemacht?«

Er schüttelte unwillig den Kopf.

»Nicht, Mary. Frag mich das nicht. Es ist vorbei, ich habe es überlebt und doch nicht überstanden. Ich habe ihnen alles gesagt, was sie hören wollten. Es ist...«

»Es ist ganz natürlich, Nicolas.« Sie starrte auf das Blut an seinem Körper. »Mir hätten sie nur drohen müssen und ich hätte alles gestanden. Schmerzen können den Willen auslöschen, alles unwesentlich machen, den Menschen zwingen, sich nur noch darauf, auf nichts sonst, zu konzentrieren. Mir ist es während der Geburt unseres Kindes so gegangen und schon vorher auf dem Heimweg. Ich... ich habe nicht einmal an dich denken können. Das kam erst viel später.«

»Es ging mir auch so. Ich ließ dich zurück in dieser Menschenmenge, aber bald hatte mich die Angst so gepackt, daß ich nur noch über mich nachdenken konnte. Aber irgendwie, weißt du, irgendwie war mir auch klar, daß du es schaffen würdest.«

Nicolas ließ eine ihrer langen Locken durch seine Finger gleiten.

»Das ist mit dir wie mit den jungen, streunenden Katzen in London«, sagte er zärtlich, »sie haben eine entsetzlich harte Kindheit und tausendmal ist ihr Leben in Gefahr, aber wenn es ihnen trotzdem gelingt, groß zu werden, dann wirft sie so leicht nichts mehr um, dann sind sie erfahren, schnell und zäh. Wie du, Mary. Du hast Verstand und Kraft und sehr viel Mut. Und deshalb weiß ich, daß du von nun an auch allein...«

»Nein, Nicolas, nicht...«

»Mary, Mary, nicht weinen! Bitte, Liebes, nicht weinen. Mary, wir können nicht hier sitzen, als hätten wir uns in einem Wirtshaus getroffen und plauderten über alte Zeiten. Das hier ist der Tower, und innerhalb der nächsten sieben Tage wird man mich aufs Schafott führen und...«

»Nicolas!«

Er nahm schnell ihre Hände, die sie vor ihr Gesicht hatte schlagen wollen, um nichts mehr zu sehen und zu hören.

»Mary, bitte hör mir zu. Es bleibt uns nicht viel Zeit, uns an den Gedanken zu gewöhnen, daß es vorbei ist, deshalb fangen wir besser gleich damit an. Ich weiß, ich kann mich darauf verlassen, daß du für das Kind sorgen wirst, und für dich auch. Du bist keine Frau, die einen Mann braucht, um durchs Leben zu kommen. Du hast auch mich nie gebraucht. Nach Shadow's Eyes zu kommen und dich zu retten war nur ein schöner Traum von mir. Es hätte mir gefallen, dein Beschützer zu sein, und, Gott im Himmel, wenn du es gewollt hättest, Mary, ich hätte mein Leben für dich gegeben!« Seine Stimme klang sanft und erschöpft.

Mary starrte ihn an, die Hände noch immer in seinen, Tränen auf dem Gesicht. Was redete er denn da? Sie brauchte ihn nicht, sie wollte nicht beschützt werden? Das war ja ganz falsch! Sie war so einsam und allein wie ein kleines Kind, sie war immer einsam gewesen, solange sie denken konnte, und natürlich brauchte sie ihn! Sie brauchte ihn, um das Kind großzuziehen, um es zu beobachten, um stolz darauf zu sein. Um mit jemandem über alles zu reden, über Mr. Bloom, seine interessanten Fälle, über die banalen Dinge des Alltags, Menschen auf der Straße, was sie redeten, worüber sie lachten. Sie brauchte ihn, um mit ihm auf den König zu schimpfen, gegen Norfolk und Cromwell zu hetzen, sich über die Politik des Hofes zu entrüsten und zu versuchen, die Lehren der Reformatoren zu verstehen. Sie konnte das doch nicht allein, es wäre zu trostlos ohne ihn.

»Was redest du denn!« sagte sie. »Du hast mich gerettet und du hast mich beschützt. Du warst da, als ich dich brauchte. Und ich brauche dich immer noch. Nicht so sehr, weil ich mich nicht allein ernähren oder kein Dach über dem Kopf finden könnte oder mich fürchten würde, sondern...«

Er sah sie liebevoll an.

»Nein, du fürchtest dich vor nichts, Mary, nicht wahr?«

Sie hielt inne, holte Atem, um zu antworten und begriff im gleichen Moment, daß es nicht stimmte.

»Es stimmt nicht«, sagte sie heftig, »Nicolas, es stimmt gar nicht! Ich fürchte mich so sehr. Es ist so eine schreckliche Zeit, in der wir leben, und alles ist so, daß man Angst davor haben muß. Und weißt du, ich habe solche Angst, alles zu verlieren, was du mir gegeben hast. Diese Geborgenheit... ich habe das nie vorher gehabt. Ich wußte nicht, wie es ist, wenn ich nach Hause komme und jemand wartet auf mich und will wissen, was ich erlebt habe. Und daß du da warst, immer, es war so schön, dich... dich nachts neben mir zu haben, ich fühlte mich so warm und so vollkommen beschützt...«

Sie schluchzte laut auf.

»Du hast mich mit deiner Liebe beschützt, Nicolas, viel mehr, als mit deiner Kraft. Die Sicherheit geliebt zu werden, gibt so viel Stärke, soviel man nur braucht, um zu leben, und noch viel mehr. Und das hast du mir gegeben und deshalb brauche ich dich.« Sie hatte ihre Hände aus seinen gelöst und versuchte, ihre Tränen fortzuwischen. Nicolas sah sie auf einmal sehr wach und scharf an.

»Liebe?« fragte er in beinahe aggressivem Ton. »Gemerkt hast du's also?«

»Was?«

»Daß ich dich liebe. Oder hieltest du mich für einen Abenteurer, der das einzige Mädchen, das ihm nicht sofort zufiel, unbedingt haben mußte?« Er betrachtete sie genau, bemerkte auf ihrem Gesicht Verwirrung und Trostlosigkeit.

»Doch, du hast es gewußt. Du hast genau gewußt, daß ich verrückt nach dir war. Daß ich durch alle nur denkbaren Höllen der Eifersucht gegangen bin. Gott, ich hätte alles gegeben, diesen verfluchten Frederic ungeschehen zu machen. Ich habe dir alles gegeben, hast du das überhaupt begriffen?«

»Ich...«

Er sprang auf und stand vor ihr, erregt und zornig.

»Was hat dir denn dein Frederic geopfert? Hat er je getan, was du wolltest? Hat er dich genug geliebt, um für dich irgend etwas aufzugeben, was ihm lieb und teuer war? Nein, Mary, der kleine Junge, der dir in irgendeiner verzauberten Stunde versprach, immer für dich da zu sein, der war in Wahrheit nur für einen einzigen Menschen da, und zwar für sich selbst. Er ist sich treu geblieben, nicht dir. Er hatte seine Ideale und Pläne und heroischen Träume, und ich an deiner Stelle würde endlich begreifen, daß du in diesen Träumen längst nicht mehr vorgesehen warst. Sein verlogener Edelmut hat ihn dir noch eine Weile falsche Gefühle vorspielen lassen, aber nicht um Haaresbreite ist er dir zuliebe von dem abgewichen, was für ihn eigentlich wichtig war!«

Mary hatte ihm sprachlos zugehört. Sie erhob sich ebenfalls, aber sie mußte sich an einem vorspringenden Stein in der Wand festhalten, so schwach waren ihre Beine.

»Was weißt du schon?« fragte sie zitternd. »Du hast Frederic nicht gekannt und du weißt nichts darüber, was er mir bedeutet hat. Er...«

»Gott verdamme dich, Mary, es ist egal, was er dir bedeutet hat! Oder was er dir noch immer bedeutet. In deiner Erinnerung wird er weiterleben im Glorienschein einer reinen und großen Liebe... dieser Schwächling, der durch seinen frühen Tod dafür gesorgt hat, daß du nie merken kannst, wie er wirklich war. Und ich«, er lachte böse und kalt, »ich habe keine Chance, denn es ist unmöglich, gegen einen Toten anzutreten, das kann mir nicht gelingen. Aber wenigstens bin ich bald auch tot und das ganze Spiel hat ein Ende!« Erschöpft strich er sich über die Haare. Mary blickte ihn fassungslos an. Er war so verändert, so wütend, wie sie ihn nur ein einziges Mal erlebt hatte, in ihrer ersten gemeinsamen Nacht, als sie unbedacht Frederics Namen genannt hatte. Dieser fremde Nicolas machte ihr Angst. Um es ihn nicht merken zu lassen, hob sie trotzig das Kinn und erklärt spröde:

»Was willst du, Nicolas? Ich habe dir gesagt, daß ich dich brauche. Warum das alles jetzt? Warum Frederic? Es ist so lange her...«

»Stell dich nicht so dumm«, unterbrach er sie grob, »du weißt nicht, was ich will? Ist dir aufgefallen, mein Schatz, daß du immer von Brauchen redest, und von Geliebtwerden, von den Armen, die dich in der Nacht halten und von dem Mann, der dir Sicherheit gibt? Findest du nicht, daß du eine Menge verlangst, aber wenig zu geben bereit bist? Bei Tageslicht, wenn du hellwach und klar warst, hast du mir noch nie gesagt, daß du mich liebst! Nie! Als würde es dir die Zunge verbrennen, diesen einen Satz auszusprechen!«

»Jetzt werde nicht spitzfindig, Nicolas. Wenn ich sage, daß ich dich brauche, dann meine ich damit natürlich auch...«

Er ließ sie nicht weitersprechen. Seine Augen blitzten höhnisch.

»Komm, Mary, lüg nicht. In den nächsten Tagen rollt mein Kopf, wir haben es nicht nötig, um Tatsachen herumzureden. Ich hab's nicht geschafft. Ich habe alles versucht, aber es ging nicht. Ich dachte, wenn ich deine Leidenschaft wecke, wenn du mich begehrst, wenn du Gefallen daran findest, mit mir ins Bett zu gehen, dann würde deine Liebe erwachen. Aber ich habe mich verrechnet.«

Seine Worte klangen so provozierend lässig, daß sich Mary verletzt fühlte. Sie zog die Augenbrauen hoch und sagte:

»Was ihr Männer euch immer einbildet! Begehren und Liebe sind zwei völlig verschiedene...«

»Rede nicht so dumm daher«, sagte Nicolas zornig. »Begehrt hast du mich, nicht? Du Unschuldsengel, was willst du mir jetzt weismachen? Die ebenso alte wie dumme Ansicht, daß Männer wahre Liebe und einfaches Begehren nie auseinanderhalten können und bei ihnen das eine ohne das andere möglich ist, während Frauen, diese empfindsamen Geschöpfe, sich überhaupt nicht vorstellen können, mit einem Mann zu schlafen, den sie nicht aufrichtig lieben? Nein, mein Engel, du bist der beste Gegenbeweis. Dafür, daß du noch immer deinen Frederic im Herzen herumträgst, hast du Nacht für Nacht viel zu hemmungslos dafür gesorgt, wirklich auf deine Kosten zu kommen!«

Mary zuckte zusammen.

»Möchtest du, daß ich gehe?« fragte sie, aber Nicolas schüttelte den Kopf.

»Nein, bleib hier. Wir haben nur noch so wenig Zeit.«

Sie schwiegen beide, dann sagte Mary leise:

»So wenig Zeit... ach, Nicolas, warum mußten wir jetzt streiten? Wir haben so wundervoll zusammengelebt.«

»Aber vielleicht nur deshalb, weil wir über die wichtigsten Dinge nicht gesprochen haben. Doch du hast recht. Ausgerechnet jetzt sollten wir nicht streiten. Wir sollten einander etwas Schönes, Heroisches sagen, woran wir uns festklammern können – ich, wenn ich mein Haupt auf den schwarzen Bock lege, und du, wenn du dich in den kommenden Jahren hin und wieder ein bißchen einsam fühlst. Aber vielleicht fühlst du dich gar nicht einsam!« Er betrachtete sie abschätzend. »Du bist erst neunzehn Jahre alt, Mary, und eine sehr schöne Frau. Ich wette, keine zwei Jahre, und du bist wieder verheiratet.«

»Nein«, erwiderte Mary tonlos, »nie wieder. Ich binde mich niemals wieder an einen Menschen. Es passiert mir jetzt zum zweiten Mal, daß ich jemanden verliere, auf den ich mich felsenfest verlassen habe. Nochmal halte ich das nicht aus.«

»Verlassen! Brauchen! Binden! Niemals lieben? Mary, du schwarze Seele, hast du vielleicht auch Frederic nicht geliebt?« Die Kälte glitt von Nicolas ab, sein Gesicht bekam den leichtsinnigen Ausdruck von einst.

»Vielleicht kannst du's gar nicht. Womöglich haben die früher viel mehr in dir zerstört als du weißt. Du bist so vollkommen besessen von der Idee, Sicherheit zu haben und Geld und Anerkennung, daß gar kein Platz ist für etwas so Überflüssiges wie Liebe! Herzchen, endlich durchschaue ich dich! Und soll ich dir etwas sagen? Es beruhigt mich sogar! Du wirst die Zeit nicht vertun, deinem inniggeliebten Ehemann nachzutrauern und vergangene Freuden zu beweinen. Du wirst es so machen wie nach Frederics Tod, da hast du einfach geheiratet und das Beste daraus gemacht. Und jetzt wirst du wieder einen Weg finden und bestimmt ganz hervorragend für unsere Tochter sorgen!«

Seine Worte kränkten Mary. Er hielt sie für völlig gefühllos, aber das war sie doch gar nicht! Sie stand hier und meinte sterben zu müssen vor Elend, weil er sie verlassen würde, aber er merkte das nicht, sondern verletzte sie auch noch.

»Es stimmt nicht«, sagte sie, inzwischen vor Schwäche zitternd, »es stimmt einfach nicht, was du sagst! Was du mir bedeutest, das...«

Seine Hand umklammerte ihren Arm.

»Was? Los, Mary, sei lieb zu mir, ich glaube, meine Tapferkeit war geheuchelt, ich will doch eine Lüge hören! Du vergibst dir nichts, denn meine Tage sind gezählt. Sag mir, daß du mich liebst, wir wissen beide, es ist gelogen, aber ich kann mich daran erinnern, wenn ich dem verfluchten Henker gegenübertrete und vor Angst fast rasend werde, weil ich so gern, Mary, so schrecklich gern weiterleben würde!« Nicolas Gesicht war auf einmal verzerrt vor Kummer, die Augen dunkel vor Schmerz. Mary sah ihn an und begriff, wie sehr er sich fürchtete. Er litt, ihr Nicolas litt wie noch nie zuvor. Er hatte Angst zu sterben, er hatte Angst vor der Folter gehabt, er war erniedrigt worden, geschlagen und hatte gestanden; nun stand er vor ihr und flehte sie an, ihn zu lieben, weil es das einzige war, woran er sich in seiner Verzweiflung festhalten könnte.

Sie sah in sein totenblasses Gesicht, die entzündeten Augen, die blutleeren Lippen, auf den tagealten Bart und das struppige Haar. Wo ist nur seine Todesverachtung? fragte sie sich verwundert. Wo ist der Nicolas, der im Schatten von Tyburn lachte, als sei das Leben nichts als ein makabres Spiel? Irgendwo in seinen tiefschwarzen Augen mußte noch etwas von früher übrig sein, aber sie fand nichts als Furcht. Sie klammerte sich an ihn, wurde plötzlich überschwemmt von einem Gefühl, von dem sie glaubte, es könnte Liebe sein, und zugleich erfüllt von der furchtbaren Gewißheit, daß er ihr nicht glauben würde.

»Ich liebe dich«, sagte sie schnell und heftig, die Augen angstvoll aufgerissen, weil sie eine höhnische Antwort erwartete, »o Nicolas, ich liebe dich! Ich habe dich immer geliebt und ich liebe dich jetzt! Bitte, bitte, glaub es mir, ich liebe dich, dich als einzigen Menschen auf der Welt!« Ihre Stimme und ihre Augen bettelten darum, er möge ihr glauben. Nicolas schüttelte schwach den Kopf. Auf einmal zerrte er sie an sich und in seinem Gesicht spiegelten sich alle seine widerstreitenden Gefühle, seine Ironie, seine Verzweiflung, seine Ungläubigkeit, sein Zorn und vor allem eine hilflose Angst.

»Seit ich dich habe, Mary, will ich nicht mehr sterben«, murmelte er, »aber das habe ich viel zu spät gemerkt. Und ob ich dir glaube oder nicht, ich kann nicht anders als dich lieben, in alle Ewigkeit!« Seine rauhen, aufgesprungenen Lippen umschlossen ihren Mund. Er küßte sie, wie er sie nie geküßt hatte, besitzergreifend, unbeherrscht und heftig; er tat ihr weh in seiner Rücksichtslosigkeit, und sie genoß es, sie schmeckte süßliches Blut in ihrem Mund und fand es schön. Auf einmal schwanden Mißtrauen und Furcht, mit denen sie zu kämpfen gehabt hatte, seitdem Frederic gestorben war. Sie hatte geglaubt, sie werde niemals wieder fähig sein, sich und ihr Leben mit einem Menschen zu teilen; nun erwachte diese Bereitschaft in ihr, so unvermittelt und heftig, daß sie hätte schreien mögen vor Kummer um die verlorene Zeit.

Von draußen hörte sie die Schritte des Wärters und das Geräusch des eisernen Riegels, der zurückgeschoben wurde. Die Zeit war um. Sie hielt Nicolas so fest, als könne sie verhindern, daß man sie gewaltsam trennte, und flüsterte:

»Ich liebe dich. Ich liebe dich, und ich schwöre bei meiner Seele und bei der von unserem Kind, daß es die Wahrheit ist. Es ist die Wahrheit!«

Sie lief taumelnd durch London, ihr Leib schmerzte, ihre Seiten stachen und jeder mühsame Atemzug tat ihr weh. Sie sah kaum, wohin sie ging, ihre Augen richteten sich zum Himmel, auf dem langgezogene, violette Wolken als schlanke Fahnen über ein lichtblaues Wasser zogen und zwischendurch vereinzelte Sonnenstrahlen zur Erde blitzen ließen. Grünliche Dachschindeln und graues Pflaster fingen das Licht auf und gaben es schimmernd zurück. Irgendwann an diesem Tag mußte es geregnet haben, denn zwischen den Steinen standen tiefe Pfützen, düstere Tümpel im Schatten und helle Abbilder des Himmels in der Sonne. Mary tappte ohne Zögern durch sie hindurch. Sie vermochte sich kaum noch auf den Beinen zu halten und sie war so eingesponnen in ihren Schmerz, daß sie weder Menschen noch Häuser oder den Weg unter ihren Füßen wahrnahm. Sie lief und blieb erst auf der London Bridge stehen, beide Hände um das Geländer verkrampft und mühsam nach Luft ringend. Hinter ihr gingen Menschen, die sie aber nur aus den Augenwinkeln wahrnahm, eine Frau, die eine große, rote Haube auf dem Kopf trug, die

Mary an eine fette Tomate erinnerte und sich, in all den zerfließenden, undeutlichen Schatten dieses Frühsommerabends seltsam zäh in ihr Gedächtnis eingrub. Vor ihr strömte der Fluß, tief unter ihr, grau und schmutzig, aber von hier oben konnte sie die Algen erkennen, leblose, lange, dunkelgrüne Fetzen, die mit der Strömung lagen, aber unverändert an ihrem Platz blieben. Schiffe und Kähne glitten langsam über das Wasser. Häuser und Bäume warfen schon lange Schatten, Stimmen und Gelächter wurden sanfter, die Sonne stand blaßrot am Himmel, die violetten Wolkenfahnen zerteilten sich und lösten sich auf geheimnisvolle Weise in Nichts auf. Die Wellen der Themse glitzerten so stark, daß es Mary in den Augen wehtat. Wie gebannt starrte sie in den hellen Schein hinunter, in das starke, gleichmäßige, sanfte Strömen. Sie fühlte keine Kraft mehr. Sie hatte nichts mehr als die Sehnsucht, diesem entsetzlichen Schmerz zu entfliehen, den sie nicht aushielt und von dem sie sicher war, daß er bis in alle Ewigkeit andauern würde. Diesmal brachte sie es nicht fertig, zu sagen:

»Ich muß hindurch, von irgendwo wird die Kraft kommen, die ich brauche!« Diesmal war es zu schlimm. Sie war am Ende, vor ihr lag der Fluß, rauschend, wispernd, lockend, von tanzenden Irrlichtern umspielt, von einem hohen, blaßblauen Himmel überwölbt. Die Luft war mild und weich. Es müßte wie Fliegen sein und dann wie Untertauchen in ein dunkelgrünes Gewölbe aus Algen und aus den Zweigen eines Weidenbaumes. Sie öffnete schwach den Mund zu einem tonlosen Seufzer, sie lehnte sich vor, die Haare fielen ihr übers Gesicht, und die verkrampften Hände, deren Knöchel schon weiß hervortraten, lockerten sich. Von weither vernahm sie einen Schrei, dann fühlte sie sich am Arm gepackt und herumgerissen. Der Zauber um sie zerbrach, das glitzernde Wasser wurde zur schmutzig-grauen Themse. Mit weitoffenen Augen blickte sie ihr Gegenüber an. Es war die Frau mit der Tomate auf dem Kopf. Sie hielt sie fest und musterte sie aus freundlichen, grauen Augen.

»Aber, Madame, was machen Sie denn da? Beinahe wären Sie gestürzt!«

Unter der klaren Stimme zerriß die letzte Betäubung. Mit zitternden Händen strich sich Mary die Haare aus dem schweißnassen Gesicht.

»O ja, beinahe wäre ich gestürzt«, sagte sie schwach, »ich... ich wußte gar nicht mehr, wer ich bin und wo ich war.«

»Kind, was haben Sie denn? Sie sind ganz grau im Gesicht. Kann ich Ihnen helfen?«

Schaudernd wandte sich Mary um. Tief unten funkelten die Wellen. Sie hätte es geschafft. Sie konnte nicht schwimmen, sie hatte es nie gelernt. Alle Schiffe waren weit weg.

»O Gott«, sagte sie.

Die Frau lächelte.

»Sie sollten Gott danken. Er hat Sie eben vor einer schweren Sünde bewahrt. Möchten Sie mir erzählen, warum Sie geglaubt haben, dies sei der einzige Ausweg?«

»Es ist... ich kann nicht darüber sprechen.« Ich sterbe, wenn ich darüber spreche, dachte sie. Die Tomate zerfloß vor ihren Augen, die Beine knickten ihr weg. Entsetzt meinte sie, sie würde vielleicht doch noch sterben. Das war die Rache Gottes, weil sie in seine Geschicke hatte eingreifen wollen. Mit aller Kraft wehrte sie sich gegen die Ohnmacht. Nein, sie wollte nicht, sie *wollte nicht sterben*! Sie dachte an ihr Kind und an Will, dem sie es heute mittag in die Arme gedrückt hatte, wie ein abgelegtes Kleidungsstück. Hilfesuchend griff sie nach dem Arm der Frau. Sie nahm all ihre Vernunft zusammen. So ein Unsinn, sie würde nicht sterben. Woran auch? An Schwäche, an Kummer? Gott hatte sie nicht Frederic, das Armenhaus, die Geburt ihrer Tochter, die Themse überleben lassen, bloß damit sie nun hier aus heiterem Himmel tot umfiel! Und er hatte ihr nicht das Kind geschenkt, Nicolas' Kind, damit sie es feige im Stich ließ. Auf einmal fühlte sie neue Lebendigkeit in sich. Das war die Kraft, von der sie diesmal nicht geglaubt hatte, sie werde zu ihr zurückkehren. Sie wurde gebraucht, sie stand nicht allein. Sie hatte Verantwortung, und sie hörte Nicolas' Worte:

»Du wirst deine Zeit nicht mit Trauern vertun. Du wirst für unser Kind sorgen!«

Nicht trauern! Sie hatte das Gefühl, es zerfetzte ihr das Herz, so trauerte sie. Aber sie würde für das Kind sorgen, Nicolas sollte sich nicht getäuscht haben. Sie richtete sich gerade auf.

»Jetzt haben Sie wieder etwas Farbe«, meinte die Frau zu ihr, »soll ich Sie nach Hause begleiten?«

»Danke, es wird gehen. Es ist nicht mehr weit.«

»Und Sie... denken nicht mehr daran...«

»Nein, nein, bestimmt nie wieder. Es war nur für einen Moment...«

Offenbar klang sie überzeugend, denn die Frau nickte. Mary lächelte ihr noch einmal zu, ehe sie mit langsamen Schritten weiterging. Am Ende der Brücke blieb sie stehen. Sie hob einen Kieselstein auf und warf ihn mit einer wütenden Bewegung ins Wasser.

»Das ist alles, was du von mir bekommst«, sagte sie laut, »ich bringe mich nicht um, und in diesem verdammten Fluß schon gar nicht!«

Mary verließ in den nächsten Tagen ihr Bett nicht. Sie konnte das Sonnenlicht nicht ertragen, es quälte sie schlimmer, als es die schwärzeste Finsternis vermocht hätte. Sie litt furchtbare Kopfschmerzen und fuhr ihre schreiende kleine Tochter einmal so kräftig an, daß Myrrhinia sie ihr aus dem Arm nahm.

»Das ist alles kein Grund, die Kleine so schlecht zu behandeln«, fauchte sie, »zeigen Sie doch mal ein bißchen Verantwortungsgefühl!«

»Weiß Gott, das hab' ich gezeigt! Wenn nicht, dann hätte ich nämlich... ach, Unsinn!« Es hatte keinen Sinn, mit Myrrhinia über all das zu reden. Sie war eine energische, zuverlässige Frau, aber Mary bezweifelte, daß sie die abgrundtiefe Traurigkeit, die Auflehnung, die Unbegreiflichkeit nachempfinden konnte, durch die sie selbst ging. Sie bohrte den Kopf in die Kissen. Wieviel Zeit war vergangen, seitdem sie im Tower gewesen war, drei Tage, vier, eine Woche? Sie wußte es nicht und wollte es nicht wissen.

»Ich kann es nicht ertragen«, stöhnte sie, »lieber Gott, hilf mir, ich ertrage es nicht!«

Was tat Nicolas jetzt? Kauerte er im Verlies, lief er unruhig an den Wänden entlang? Betete er, fluchte er, weinte, zitterte, schrie er? Oder stand er schon vor dem Priester, führten sie ihn bereits aufs Schafott? Dachte er an sie?

Gott, gib, daß er an mich denkt, betete sie, laß ihn keine Angst haben. Gib ihm die Kraft, es auszuhalten. Und gib mir Kraft, ich sterbe sonst!

Sie fühlte, sie würde wahnsinnig werden. Es gab keinen Trost mehr. Es war Tag, grausam heller Tag, sie hörte Schritte auf der Treppe, Keuchen und Rufen, und wollte schreien:

»Laßt mich in Ruhe! Verschwindet! Wagt es nicht, mich zu stören!«

Aber ihre Stimme gehorchte ihr nicht mehr. Sie brachte keinen Ton heraus. Es fühlte sich an, als habe sie einen Ballen trockenes Moos im Mund, das ihre Worte aufsaugte. Von weither sagte Myrrhinia:

»Mr. Bloom! Oh, Mr. Shannon! Ich glaube, es ist nicht gut, jetzt zu ihr zu gehen. Es geht ihr sehr schlecht. Mr. de Maurois wird...«

»Aber deshalb kommen wir ja«, unterbrach Bartholomew. Er trat an Marys Bett und drehte sie sacht zu sich herum. Sie schloß die Augen vor der Helligkeit, aber Bartholomew schüttelte sie.

»Wachen Sie auf, Mary, sehen Sie mich an!«

Aufgeschreckt von seiner aufgeregten Stimme schlug Mary die Augen auf. Das Gesicht des alten Mannes war so erregt, wie sie es nie erblickt hatte.

»Mary, die Hochzeit! Die Hochzeit des Königs! Gottverdammte Narren, die wir sind, wir hätten damit rechnen müssen...«

»Was?«

»Amnestie, Mary! Schon vor einer Woche hat der König in aller Heimlichkeit Jane Seymour geheiratet, heute wurde es offiziell verkündet! Und es hat eine Amnestie gegeben für alle zum Tode Verurteilten in der Stadt!«

Die Glocken Londons läuteten. Schwer und klar, dann schneller, jubelnd, freudig klangen sie durch den Morgen. Scharen von weißen Tauben flogen in die Luft, Hochrufe ertönten. Das königliche Paar zog durch die Straßen, Fahnen wehten und goldener Wein floß in Strömen. Wer dachte noch an die tote Königin, wer dachte noch an irgendeinen Toten?

Mary richtete sich auf. Ihre Stirn brannte. Bartholomew hielt ihre Hände.

»Die Todesurteile sind aufgehoben, verwandelt in zehn Jahre Haft! Er wird leben, Mary, Nicolas wird leben! Zehn Jahre sind eine verflucht lange Zeit, aber ihr seid jung, und du bekommst ihn wieder! Er kehrt zurück!«

Noch immer konnte sie nichts sagen. Myrrhinia stemmte die Arme in die Seiten.

»Hab' ich es nicht gesagt? Als ob es sich jemals lohnte, sich über etwas aufzuregen! Aber nein, sie liegt hier, weint sich die Augen aus und kümmert sich kein bißchen um das arme kleine Ding!« Sie hob das Baby aus seinem Korb.

»Armes Wurm! Hast du gehört, dein Vater bleibt dir doch nicht erspart! Ich sag' immer, das schlimmste, was Kinder verkraften müssen, sind ihre Väter. Na, der wird sich wundern in zehn Jahren, wenn dann ein großes, hübsches Mädchen vor ihm steht. Nicht wahr…« Sie unterbrach sich.

»Herrgott, es reicht mir jetzt! Wie soll denn einer mit der Kleinen reden? Immer komme ich ins Stocken, wenn ich sie ansprechen will! Wie, verflixt noch mal, heißt sie denn nun?«

Alle starrten sie überrascht an. An Myrrhinias nie versiegenden praktischen Sinn hatte sich noch keiner gewöhnt. Aber jetzt hatte der alte Will Shannon seine große Stunde. Ehe jemand antworten konnte, breitete sich ein stolzes Lächeln über sein Gesicht.

»Ich weiß, wie sie heißen soll! Es gibt doch nur eine Möglichkeit, nicht? Am Tag, an dem die neue Königin durch die Straßen Londons zieht und nach allem, was geschehen ist. Sie heißt *Jane*!«

Beifallheischend sah er sich um. Mary war noch immer nicht in der Lage, etwas zu sagen. Aber Myrrhinia nickte.

»So soll es sein. Hör mal, Kind, deine Mutter begreift im Moment gar nichts, deshalb nehmen wir das jetzt in die Hand!«

Sie schaukelte die Kleine sacht hin und her und sagte feierlich:

»Im Namen der Königin – von heute an heißt du Jane. Und Gott segne dich!«

V

Es war ein sanfter, warmer Apriltag im Jahre 1540. Eine glänzend goldene Sonne stand am wasserblauen Himmel, und ihre Strahlen fielen bis in die engsten Gassen, ließen Unkrautbüschel zwischen den Pflastersteinen hellgrün leuchten und malten weiße Flecken auf wintermüde Gesichter. London erwachte zu neuem Leben. Die Menschen saßen wieder auf den Stufen vor den Häusern oder lehnten mit großen Gemüsekörben am Arm an einer Wand und lachten und lästerten. Eine heitere, gelassene Stimmung breitete sich aus, an der nicht einmal die politischen Unruhen der letzten Wochen etwas ändern konnten. Ein Krieg mit Habsburg schwebte drohend in der Luft. Cromwell und Norfolk lagen sich wie üblich in den Haaren und niemand wußte, was geschehen würde, aber an diesem ersten herrlichen Frühlingstag war auch niemand bereit, darüber nachzudenken. Man wollte nicht mehr, als sich den warmen Wind um die Nase wehen lassen und an den frischgepflückten Blumensträußen schnuppern, die in allen Straßen feilgehalten wurden.

Mary gehörte zu den wenigen Menschen, die an diesem Tag weder auf blühende Blumen noch auf warme Steine, die zum Ausruhen einluden, achteten. Sie hastete durch die Straßen, den Kopf gesenkt und einen düsteren Ausdruck auf dem Gesicht. Sie trug eines der hübschen Kleider, die Nicolas ihr geschenkt hatte, aber es war inzwischen schon alt und wirkte abgetragen. Sie hatte keinen Hut auf, sondern ihre rotbraunen Locken flatterten wild und ungeordnet hinter ihr her. Die Arme hatte sie vor der Brust verschränkt, als fröstele sie oder nehme unbewußt eine Haltung der Abwehr ein, damit nur ja keiner es wagte, sie anzusprechen. Sie fühlte sich nicht in der Stimmung, mit anderen Menschen zu plaudern, weil sie zu viele Sorgen hatte. Außerdem mußte sie rasch nach Hause, weil die kleine Jane wartete.

Sie kam von Bartholomew Bloom, dem alten Anwalt, mit dem sie inzwischen eine tiefe Freundschaft verband. Sie arbeitete noch immer für ihn, wobei sie beide in vollendetem Takt und nach einer unausgesprochenen Vereinbarung darüber schwiegen, daß es im Grunde gar nichts mehr zu arbeiten gab. Mary ordnete die Bücher neu, setzte umständliche Schriftstücke auf, die kein Mensch las, und bildete sich im übrigen selbst weiter, wohl wissend, daß sie alle ihre Kenntnisse nie wirklich würde anwenden können.

In den vergangenen vier Jahren war Bartholomew sehr gealtert. Er konnte sich kaum noch bewegen, und obwohl er geistig noch sehr wach war, fiel ihm das Sprechen schwer, was wiederum die Klienten verunsicherte. Nach und nach blieben sie aus. Kaum einer fand noch den Weg in die Catneys Inn Alley und die steile, knarrende Treppe zu Mr. Blooms Wohnung hinauf. Morgens fiel ein bißchen Sonne durch das kleine Fenster auf den Schreibtisch, wanderte über die abgenutzten Sessel und den schäbigen Teppich, verweilte zum Abschied kurz auf ein paar staubigen Büchern und verschwand so unvermittelt, wie sie gekommen war. Wenn es dämmerte, kam die Wirtin herauf und brachte Bloom etwas zu essen. Sie hing mit ihrem ganzen Herzen an dem alten Mann, weshalb sie sich beständig um sein Wohlergehen sorgte und ihn sogar umsonst bei sich wohnen ließ. Er konnte schon lange keine Miete mehr zahlen, aber sie versicherte ihm täglich neu, daß er bis an sein seliges Ende bei ihr bleiben und auf ihre Hilfe zählen könne.

Für Mary sah die Zukunft weniger gut aus. Vier Jahre waren vergangen seit den schrecklichen Tagen, in denen Nicolas verhaftet, zum Tode verurteilt und begnadigt worden war, sechs weitere würden vergehen, bis er das Gefängnis verlassen durfte. Bis dahin mußten Mary und Jane allein durchkommen. Mary bekam keine Erlaubnis, Nicolas im Kerker zu besuchen, daher wußte sie nicht, in welchem Zustand er sich inzwischen befand. Anfangs war sie beinahe täglich zum Tower gelaufen, hatte die Wärter angefleht, ihn für einen Augenblick nur sehen zu dürfen, hatte gebettelt, gejammert, geflucht und gestritten. Sie gab auf, als man ihr hart erklärte, in Zukunft werde man nicht einmal ihre Briefe weitergeben, wenn sie sich noch einmal blicken ließe. Diese Drohung schüchterte sie ein, denn das Schreiben war das einzige, was ihnen geblieben war. Doch in ihren Briefen logen beide. Mary berichtete, daß es ihr gutgehe und verschwieg, daß sie kaum noch wußte, wo sie jeden Tag Geld für Nahrungsmittel hernehmen sollte. Ihren Schilderungen nach stürmte halb London das Anwaltsbüro von Bartholomew Bloom und sie konnten sich vor Aufträgen und Geld kaum retten, ebenso wie nach Nicolas' Behauptungen einem Menschen kaum Besseres passieren konnte, als im Tower zu landen. Zwischen den Zeilen klangen Verzweiflung und Hoffnungslosigkeit hindurch, aber nie schrieb er ein Wort darüber. Sie versuchten einander zu trösten, litten dabei jeder unter der Unaufrichtigkeit des anderen, zogen daraus aber keineswegs Konsequenzen, selber die Wahrheit zu sagen. Mary fragte sich oft angstvoll, was zehn Jahre Gefängnis aus einem Menschen machen können. Sie hielt Nicolas für zäh und stark, aber sie wußte auch, daß er empfindsam und verletzlich war.

Manchmal befiel sie Angst, wenn sie an ein Wiedersehen dachte, in jedem Fall aber wußte sie, daß sie zunächst ihr Leben selber in die Hand nehmen mußte. Sie konnte es sich nicht leisten, zu jammern und zu klagen. Manchmal meinte sie, sich schon deshalb mit ganzer Kraft in diesen unerbittlichen Lebenskampf stürzen zu müssen, um nicht beständig über Nicolas nachzugrübeln. Die Gedanken an ihn bedrängten sie so, daß sie nachts schlecht schlief und tags völlig abwesend lebte. Nicolas, dieser schwarzhaarige, wilde, abenteuerliche Mann, der so völlig unerwartet in ihr Leben getreten war und es an sich gerissen hatte, blieb ihr ein Rätsel. Über tausend Dinge hätte sie mit ihm sprechen wollen, auch aus dem Wunsch heraus, sich selbst zu begreifen. Instinktiv ahnte sie, daß Nicolas wußte, wer sie war, er war vielleicht der einzige Mensch auf der Erde, der sie verstand.

Anfangs hatte sie nur auf den Tag hingelebt, an dem er wiederkommen würde. Sie hatte in ein Buch Striche gemacht für jeden

Tag, der von seiner Haft vorüberging, bis sie die nicht endenwollende Vielzahl von Strichen erschöpfte und mutlos machte. Sie warf das Buch in eine Ecke und akzeptierte die Tatsache, daß sie so oder so zehn Jahre allein sein würde und daß sie am besten so früh wie möglich damit anfangen sollte, all das aufzubauen, was sie Jane nach deren Geburt versprochen hatte. Es war ihr, als sei dies eine durchgehende Bestimmung in ihrem Schicksal, daß sie immer, wenn sie glaubte, die Flügel gefunden zu haben, unter denen sie sich verkriechen konnte, plötzlich wieder ungeschützt im Freien saß und etwas ihr sagte:

»Komm, Mary, hier ist das Leben, nimm es dir endlich und hol dir, was du eigentlich willst. Du kannst mehr bekommen, als nur einen Menschen, der dich beschützt!«

Sie begann sich zu fragen, was sie eigentlich wollte, und in den letzten Monaten, in denen sie von Bartholomew kaum noch Geld bekam, in denen sie Jane in viel zu engen Kleidern herumlaufen sah, weil sie ihr keine neuen kaufen konnte, reifte in ihr die Gewißheit, daß sie unter allen Umständen zu Reichtum und Ansehen kommen mußte. Letztlich war Geld der einzige Schutz im Leben. Sie wollte so viel Geld, daß jeder Mensch der Welt ihr gleichgültig sein konnte und daß niemand mehr es wagen würde, über Mary Askew aus dem Armenhaus von Shadow's Eyes die Nase zu rümpfen.

Natürlich war sie dafür viel zu lange bei Bartholomew geblieben, das wußte Mary. Hier gab es für sie keine Zukunft, aber sie hatte es nicht übers Herz gebracht, ihn zu verlassen. Solange sie jeden Morgen kam, munter, freundlich und mit unverdrossenem Arbeitseifer, solange konnte er sich noch in dem Glauben wiegen, der begehrte, gescheite, rhetorisch unschlagbare Anwalt zu sein, der er in seiner Glanzzeit gewesen war. Mary nahm verschiedene Anläufe, das mühsam gewobene Lügengespinst, das sich um die verstaubten Zimmer in der Catneys Inn Alley schlang, zu zerstören, aber im letzten Augenblick verließ sie die Kraft, sie schwieg und verfluchte ihre Gutmütigkeit.

Heute endlich, an diesem lauen Vorfrühlingstag, hatte Bartholomew von selbst zu ihr gesprochen.

»Mary, meine Liebe, ich denke, unser Abschied ist gekommen«, hatte er in seiner etwas rauhen, immer so irritierend unvermittelten Art gesagt, »es ist nicht richtig, daß Sie hier bleiben und die Gesellschafterin für einen alten, kranken Mann spielen, während es tausend Dinge gibt, die Sie lieber täten und die Ihnen mehr einbrächten. Sie sind jung und ich kann Ihnen nichts bieten.«

»Oh, aber das ist nicht wahr«, protestierte Mary, Bartholomew aber schlug mit der Faust auf den Tisch und unterbrach sie grob:

»Keine Ausflüchte! Wenn ich an Ihnen etwas schätze, Mary, dann ihren ehrlichen, unsentimentalen Verstand! Nun zeigen Sie ihn auch. Sie wissen ebenso gut wie ich, daß wir hier Theater spielen. Ich habe Sie heute beobachtet. Seit zwei Stunden starren Sie auf dieselbe Seite in Ihrem Buch, die Sie wahrscheinlich schon auswendig kennen, nur weil Sie sonst nichts zu tun haben, und dabei haben Sie ein ganz vergrämtes Gesicht, weil Sie verzweifelt überlegen, woher Sie Geld nehmen, um Ihrer kleinen Tochter heute abend etwas zu essen zu kaufen. Stimmt's?«

Mary nickte. Bartholomew lehnte sich zufrieden in seinem Sessel zurück.

»Ganz zu schweigen davon, daß ich wissen möchte, wann Sie selbst zuletzt etwas gegessen haben. Sie gefallen mir gar nicht mehr. Ihr Mann wird Sie nicht wiedererkennen, wenn er aus dem Gefängnis kommt. Nein, von morgen an suchen Sie sich etwas anderes!«

»Und was wird aus Ihnen?«

»Das ist nicht Ihre Sorge. Und außerdem bin ich gut aufgehoben. Die Hauswirtin wird bis an mein seliges Ende für mich dasein. Früher war sie hinter mir her wie der Teufel hinter der armen Seele, aber da hab' ich's nicht nötig gehabt. Aber sehen Sie, Mary, Ausdauer wird belohnt!« Er kicherte ironisch. »Jetzt kriegt sie mich. Und bald werde ich halbtot vor ihr liegen, mich nicht rühren können, und sie wird mich waschen und füttern, und um jeden Liebesdienst werde ich mit den Augen betteln, weil meine Stimme keine Kraft mehr hat. Ach, das Leben kann so rachsüchtig sein!«

Mary hatte schweigend zugehört. »Was wird aus mir?« fragte sie.

Bartholomew machte eine ungeduldige Handbewegung.

»Was aus Ihnen wird? Das fragen Sie mich? Ihnen fällt schon etwas ein. Wie alt sind Sie?«

»Ich bin gerade dreiundzwanzig geworden.«

»Alt genug, um zu wissen, was man will, und jung genug, um es auch durchzusetzen. Sie machen Ihren Weg, Mary.«

Ja, dachte Mary bitter, während sie durch die Stadt lief, natürlich! Mir fällt nur im Moment keiner ein.

Sie hob den gesenkten Kopf, riß sich aus ihren tiefen Gedanken und betrachtete Menschen und Bilder um sich. Ein kleiner Junge mit einem Stapel Flugblätter schrie die Neuigkeiten des Tages in die Gegend.

»Bischof Barnes verhaftet!« brüllte er. »Lutheraner von London erschüttert! Gewinnt Norfolk die Macht am Hofe?«

»Kann ich eines von den Blättern haben?« fragte Mary.

Der Junge reichte es ihr.

»Zwei Pence, Madame.«

Mary biß sich auf die Lippen, dann kramte sie das Geld aus ihrer Tasche. Nun würde sie eben heute abend nichts essen können. Aber es war wichtiger, zu wissen, was im Land vorging.

Rasch überflog sie die schlechtgedruckten Zeilen. Der lutherische Bischof Barnes hatte, angestiftet von Cromwell, von den Kanzeln der Londoner Kirchen wilde Hetzreden gegen den Papst geführt, was eindeutig darauf abzielte, die katholische Partei Norfolks, der in der letzten Zeit erheblich an Einfluß gewonnen hatte, zu schwächen und eine Annäherung des Königs an Papst und Habsburg zu verhindern. Nun hatte der König Barnes in den Tower werfen lassen und damit war die Verwirrung wieder einmal vollkommen.

Der Verfasser des Flugblattes fragte zynisch:

»Man stelle sich vor, acht Jahre, nachdem Seine Majestät einen Krieg mit halb Europa riskiert hat, um Katharina von Aragon loszuwerden und sich zum Oberhaupt der englischen Staatskirche zu machen, da will er ein trautes Bündnis mit Habsburg, Frankreich und dem Vatikan eingehen, um sich wieder einmal mit heiler Haut aus einer gefährlichen Lage zu ziehen! Aber was bleibt auch anderes übrig! Sein Schwager, der Herzog von Kleve, will ein Heer von ihm, um sich, den Lutheraner, vor dem Kaiser zu schützen. Gewährt ihm der König diese verwandtschaftliche Hilfe, so liegt er seinerseits im

Krieg mit Habsburg, und das in einer Zeit, in der es England wirtschaftlich gar nicht gutgeht und es keine allzu harten Gefechte aushalten kann. Hingegen, sagt er sich von Kleve los, warten hübsche Versprechungen des Kaisers auf ihn: Freundschaft mit Habsburg und Frankreich, zudem Unterstützung bei der Unterwerfung Schottlands, wenn er dafür die Zerschlagung der protestantischen deutschen Fürsten durch den Kaiser toleriert. Wahrlich, eine prekäre Lage für unseren armen König! Ob es ein Anfang ist, daß er nun den lutherischen Bischof verhaften ließ, eine Annäherung an die katholische Kirche? Wie auch immer, ausreichen wird es nicht. Die ganze Angelegenheit läuft auf eine uralte Notwendigkeit hinaus: Cherchez la femme, Henry! Es geht mit dem Teufel zu, Eure Majestät haben schon wieder die falsche Frau geheiratet. Das Schicksal Europas hängt an Anna von Kleve!«

Mary ließ das Blatt sinken. Anna von Kleve, die deutsche, protestantische Fürstin, war seit Januar Königin von England und vierte Frau des Königs. Jane Seymour hatte nicht länger als ein Jahr auf dem Thron gesessen. Im Oktober des Jahres 1537 war sie bei der Geburt ihres ersten Kindes gestorben. Sie hinterließ ein kostbares Vermächtnis: Prinz Edward, den langersehnten legitimen Sohn des Königs, den künftigen Thronerben Englands. Der König blieb zwei Jahre Witwer und überall hieß es, er sei in wirklicher Trauer: Jane Seymour sei die erste wahre Liebe seines Lebens gewesen, niemals wieder werde er heiraten. Er stürzte sich in die Politik, von der niemand je wußte, ob er sie bestimmte oder die zählebigen Herren Cromwell und Norfolk, die unverändert um ihren Einfluß bei Hofe rangen. Nach der Hochzeit mit Jane Seymour hatten ereignisreiche Jahre begonnen. Europa entrüstete sich über den Mord an Anna Boleyn und England ging auf harten Kurs. Das Luthertum wurde endgültig verbannt, zugleich deutlich gemacht, daß es ein Zurück nach Rom nicht geben würde. Henry blieb das Oberhaupt der Kirche, die Klöster wurden weiterhin enteignet, die zehn Artikel der anglikanischen Kirche traten in Kraft, und jeder Priester mußte den Eid darauf leisten. Cromwell trieb im ganzen Land mit äußerster Härte Steuern ein, und als es in Lincolnshire und Yorkshire zu heftigen Aufständen kam, wurden sie unbarmherzig niedergeschlagen.

1537 wurde Thomas Beckett, der ehemalige Erzbischof von Canterbury, Heiliger und Märtyrer der katholischen Kirche, von Cromwell zum Hochverräter erklärt, woraufhin der Papst Henry mit dem Bannfluch belegte. Um das Ansehen Englands im Ausland danach wieder aufzubessern, erließ Norfolk das »Gesetz zur Vereinheitlichung des Glaubens«, das die Ideen der Reformation nicht aufgriff, sondern sich an der katholischen Kirche orientierte. Die Beichte wurde wieder eingeführt, die Priester mußten im Zölibat leben, die Mönche lebenslang Keuschheit schwören. Jeder Verstoß wurde mit dem Tode bestraft. Aber da der König das Oberhaupt blieb, der »Defensor fidei et in terris caput supremum et immediatum post Christum Ecclesiae Anglicanae«, wie er sich provozierend nannte, flammte die Kriegsgefahr von Habsburg wieder auf. Die patriotische Stimmung, die England daraufhin erfüllte, beschloß der lutherische Cromwell zu nutzen, endgültig die Reformation durchzusetzen und sich zu ihrem Führer zu machen. Mit Hilfe sorgfältig gesponnener Intrigen gelang es ihm, im Januar 1540 die Ehe zwischen Henry und Anna von Kleve zu stiften, womit nun eine lutherische Königin an des Königs Seite saß. Die Lutheraner Englands jubelten. Aber wohl zu früh.

Mary blickte wieder auf das Flugblatt. Das gewünschte Bündnis mit dem Herzog von Kleve schien den König zu überfordern. Die Frage war, was er nun tun würde, um den Kaiser gnädig zu stimmen. Barnes, da hatte das Blatt recht, konnte nur der Anfang gewesen sein.

»Ich bin gespannt, was er sich ausdenkt, um auch seine vierte Frau loszuwerden«, murmelte Mary. Dann raffte sie sich auf und ging weiter. Jane wartete und sie mußte noch etwas zu essen für sie kaufen. Sie lief zum Themseufer hinunter, wo die Gemüsestände aufgebaut waren. Es gab keine große Auswahl und alles war entsetzlich teuer. Mary wußte, das hing mit der Auflösung der Klöster zusammen. Die Mönche und Nonnen waren fleißige Bauern gewesen, und das kirchliche Land hatte reichen Ertrag gebracht. Nach der Enteignung hatten es geschickte Kaufleute an sich gerissen, die die Felder veröden und zwischen all dem Unkraut gewaltige Schafherden weiden ließen, deren Wolle sie nach Flandern hinüber verkauften und eine Menge Geld damit verdienten. Die Menschen in den Städten aber merkten deutlich, wie drastisch das Angebot an Obst und Gemüse zurückgegangen war und wieviel Geld sie jetzt dafür zahlen mußten.

Mary dachte plötzlich: Wenn ich jetzt Land hätte – es würde mir gelingen, reich zu werden! Bettelnde Mönche ziehen genug im Land herum, nichts ist leichter zu bekommen als billige Arbeitskräfte. Und ich würde mich tot schuften und Getreide verkaufen, Obst, Gemüse und Wolle vielleicht auch noch. Ich würde die anderen Händler unterbieten und jeder würde bei mir kaufen. Ach, es müßte gehen, es müßte gehen!

Aber sie hatte ja kein Land und in der Tasche nur eine einzige Kupfermünze. Ernüchtert zog sie sie hervor und kaufte ein Körbchen mit Algen und etwas Essig. Sie dachte daran, wie Nicolas und sie das einmal als Festmahl gegessen hatten, inzwischen konnte sie es schon nicht mehr sehen, so oft hatten sie es auf dem Tisch. Es war das Billigste, was es gab. Jane würde maulen, wenn sie damit ankam. Resigniert machte sie sich auf den Heimweg.

Jane saß auf einem Stuhl unten in der Wirtsstube des Sherwood Inn und schlug wütend und monoton mit der Hand auf die Tischplatte. Will kniete vor dem Kamin neben seinem alten Hund und flößte ihm mühsam etwas Wasser ein. Bei jedem Schlag von Jane zuckte er zusammen, aber als er leise sagte:

»Bitte, sei doch still!« bekam Jane einen Schreikrampf und schlug noch fester zu. Als sie ihre Mutter erblickte, die zur Tür hereinkam, fing sie an zu weinen.

»Ach, Jane, was ist denn?« fragte Mary erschöpft. »Warum weinst du?«

Jane gab keine Antwort.

Will richtete sich schwerfällig auf.

»Sie hat schlechte Laune heute«, knurrte er, »warum, weiß sie selber nicht.«

»Doch, weiß ich!« schrie Jane. »Mutter soll nicht mehr weggehen! Sie soll hier bleiben!«

»Du weißt, daß das nicht geht. Wovon sollen wir leben, verrate mir das! Oh, Himmel, jetzt fang nicht schon wieder an zu weinen. Wirklich, Will, dieses Kind muß man nur schief ansehen und es verliert völlig den Verstand!«

Will nickte. Er war sehr alt geworden, litt unter Gicht und Rheuma und hatte so zittrige Finger, daß er weder Gifte noch Heilmedizinen länger mischen konnte. Auch als Hehler brauchte man ihn nicht mehr. Es gab inzwischen jüngere und geschicktere in der Stadt. Niemand kam ins Sherwood Inn, und sicher hätte Will ins Armenhaus gehen müssen, wäre Mary nicht gewesen. Die beiden waren inzwischen vertraut miteinander. Sie ernährte ihn von ihrem Geld mit, sorgte auch sonst für ihn und hatte ihm das Versprechen gegeben, ihn auch dann nicht im Stich zu lassen, wenn er einmal ganz hinfällig geworden wäre; dafür durften sie und Jane umsonst in seinem Haus wohnen. Aber gerade an diesem Tag fiel es Mary auf, wie belastend das alles war. Ein alter Mann, ein alter Hund und ein vierjähriges Kind hingen an ihr, vertrauten darauf, daß sie immer alles in Ordnung bringen würde und daß ihr schon etwas einfiele, damit sie alle weiterleben könnten. Auch jetzt verfolgten sie sie mit großen Augen, während sie zwei Teller auf den Tisch stellte und den Seetang hervorholte. Jane schrie auf.

»Schon wieder! Ich will nicht schon wieder Tang!«

»Du ißt, was ich dir gebe«, verwies Mary sie scharf, »der Seetang ist sehr gesund, also iß ihn. Und du auch, Will.«

»Und was hast du, Mary?«

»Ach, ich habe schon bei Bartholomew gegessen. Ich habe keinen Hunger mehr.«

»Das ist nicht wahr. Du hast ganz hohle Augen. Nimm die Hälfte von meinem.«

»Rede keinen Unsinn. Dann bleibt ja gar nichts für dich übrig. Jetzt iß endlich. Und du, Jane, wenn ich von dir noch einen Ton höre, dann gehst du auf der Stelle ins Bett und bleibst bis übermorgen früh liegen!«

Jane schluckte, aber sie wagte nichts mehr zu sagen. Eine Zeitlang war nur gleichmäßiges Kauen zu vernehmen. Mary holte aus dem Schrank das letzte alte Stück Fleisch und gab es dem Hund. Dann setzte sie sich an den Tisch und stützte den Kopf in die Hände.

»Will«, sagte sie, »mir ist heute ein Gedanke gekommen.« Kurz schilderte sie, woran sie gedacht hatte, als sie an den Gemüseständen in der Stadt vorbeigegangen war.

Will sah sie nachdenklich an. »Du hast kein Land, Mary.«

»Ich weiß. Aber vielleicht kann ich welches bekommen.«

»Wenn, dann bestimmt nicht auf ehrenwerte Weise.«

»Ach«, Mary machte eine ungeduldige Handbewegung, »ist man zu ehrenwert, bleibt man auf der Strecke. Ich finde es ungerecht, daß manche von Geburt an alles haben und andere nichts. Ich will endlich auch meinen Teil bekommen!«

»Ja ja«, meinte Will bedächtig, »aber auf irgendeine Weise mußt du für alles bezahlen. Wenn du auf enteigneten Klosterbesitz spekulierst, auch den gibt es nicht umsonst. Da ist sowieso nicht mehr viel zu holen. Die letzten Klöster wurden vor zwei Jahren enteignet.«

»Ich weiß. Aber es muß einen Weg geben... Oh, wenn ich nur...« Grübelnd starrte sie vor sich hin.

Will sah sie scharf an. »Du brütest etwas aus, Mary. Dir kommen rabenschwarze Einfälle. Mary, Mary, wenn du dich nur nicht...«

»Was?«

»Wenn du dich nur nicht übernimmst! Du bist nicht die geborene Intrigantin und ich fürchte, rücksichtslos genug auch nicht. Wenn du dich, wie auch immer, in den Kampf um die Kirchengüter stürzen willst, dann solltest du gut gewappnet sein. Das überstehen härtere Menschen als du nicht.«

»Hart?« Mary lachte bitter. »Ja, ich bin vielleicht nicht hart genug, aber ich kann es werden. Hunger macht hart, und Sorgen und Angst vor jedem neuen Tag. Es macht hart, dem eigenen Kind nicht genug zu essen geben zu können. Jane...« sie lächelte in der Erinnerung an jenen Tag, als sie auf der London Bridge gestanden und in die Themse geblickt hatte. »Jane hat mich schon manches Mal zum Durchhalten bewogen. Weißt du, wenn ich sie ansehe, ihre zu engen Kleider, ihr verfrorenes Gesicht, ihre hungrigen Augen, dann ist es, als sähe ich mich als Kind, und ich fühle mich so zornig und so stark, daß ich es mit Cromwell und Norfolk und mit Seiner Majestät dem König selbst aufnehmen würde. Und das werde ich tun. Ich werde mir nehmen, was mir zusteht.«

»Mary, ich weiß wirklich nicht, wie...«

Ihre Augen bekamen einen träumerischen Glanz, sie achtete gar nicht auf Wills Worte.

»Ich werde eigenes Land haben«, sagte sie, »von dem mich kein Mensch je wieder vertreiben kann. Mich nicht und Jane auch nicht. Ich werde mir mein eigenes Marmalon bauen.«

»Was wirst du bauen?«

Sie lächelte.

»Ach, ein Kindheitstraum von mir. Marmalon... das einzige, was je für mich gezählt hat. Diesmal bekomme ich es.«

Will wiegte nachdenklich den Kopf.

»Mary, tu nichts, was du nicht vor dir rechtfertigen kannst...«

Heftig fuhr sie ihn an:

»Oh, Will, wer denkt schon daran, sein Tun rechtfertigen zu können? Nur die, die untergehen. Nicht die, die reich werden und sich einen Dreck um die ganze Welt scheren!«

Ihre Augen funkelten hart wie blaues Glas. Will seufzte. Was auch immer sie vorhatte, er würde sie davon nicht abbringen können. Entschlossener als an diesem Abend hatte er sie nie erlebt. Und obwohl er alt war und vom Leben nichts mehr erwartete, wurde er von einem Gefühl der Bewunderung ergriffen. Es lag etwas Herausforderndes in Marys Wesen und eine unnachgiebige Unbeugsamkeit dem Schicksal gegenüber. Jede andere Frau hätte er für wahnsinnig gehalten, wäre sie aus einem solch bettelarmen Leben heraus losgezogen, die Welt zu erobern, aber bei Mary erstarb ihm der Spott auf den Lippen. Von allen Menschen, die er kannte, war sie die einzige, von der er überzeugt war, daß sie erreichen würde, was sie auch wollte. Und in einer beinahe unbewußten Erkenntnis dachte er: Sie hat mehr Kraft als Nicolas. Sie hat mehr Kraft als wir alle.

Am nächsten Morgen ging Mary zu einem Goldschmied, von dem Will ihr gesagt hatte, daß er nie Fragen stellte, und verkaufte das Armband, das sie einst vor dem Galgen von Tyburn einer reichen Frau gestohlen hatte. Bislang hatte sie es als Erinnerungsstück gehütet, aber jetzt sagte sie sich, daß keine Zeit für Gefühle war. Ihr blieb immer noch der Ring des greulichen Archibald Claybourgh, den Nicolas ihr an den Finger gesteckt hatte und den sie um keinen Preis der Welt hergegeben hätte. Sie bekam eine ansehnliche Summe für das Armband, davon würden sie eine ganze Zeit leben können.

Im Sherwood Inn zog sie sich sorgfältig an und kämmte ihre Haare, bis sie glatt und glänzend um ihre Schultern lagen. Das Kleid stammte noch aus ihrer ersten Zeit mit Nicolas. Es war aus dunkelgrüner Wolle und vorne über einem Unterkleid aus hellgrüner Seide geschlitzt. Weil es so teuer gewesen war, hatte sie es selten getragen, deshalb sah es jetzt noch wie neu aus. Sie wirkte so vornehm darin, daß Jane voller Ehrfuhrcht um sie herumstrich und den Stoff nicht anzufassen wagte.

»Wo gehst du denn hin?« fragte sie schließlich. Mary steckte ein Paar Ringe aus goldgefärbtem Blech und geschliffenem Glas in die Ohren.

»Du kennst die Leute nicht«, sagte sie, »aber es sind feine Leute, deshalb muß ich das schöne Kleid anziehen.«

»Werde ich auch einmal ein so schönes Kleid haben?«

»Natürlich. Eines Tages haben wir viel Geld und ich kaufe dir die schönsten Kleider. Denk nur, wie hübsch du dann aussiehst!«

Jane lächelte zufrieden und drehte sich kokett vor dem Spiegel. Sie wußte genau, daß sie ein reizendes Mädchen war, die Frauen aus der Nachbarschaft sagten es ihr immer wieder. Sie hatte das zarte, blasse Gesicht ihrer Mutter, auch deren schmalen, schöngeformten Mund und die geschwungenen Brauen, aber ihre Augen waren dunkelbraun wie die von Nicolas und ihre Haare pechschwarz. Allerdings meinte Mary manchmal, daß sie in einem bestimmten Licht rötlich schimmerten. Zweifellos würde Jane einmal eine sehr schöne Frau sein, was, so hoffte Mary, ihre zahlreichen Charakterfehler vielleicht ausgleichen würde. Sie machte sich nichts vor. Jane war völlig verzogen, launisch und unleidlich, ihr Gesicht zeigte den bockigen, quengeligen Ausdruck eines Kindes, das sich zu oft langweilt. Mary wußte, daß sie sie viel zuviel allein gelassen hatte, und in den ersten drei Jahren hatte sie versucht, das dadurch auszugleichen, daß sie ihr in allem nachgab. In der letzten Zeit hatte sie gemerkt, daß das ein Fehler gewesen war, und nun war sie oft sehr streng zu Jane und fuhr sie zornig an, wenn sie jammerte. Aber Jane dachte gar nicht daran, sich zu bessern. Auch jetzt verzog sie schon wieder den Mund.

»Warum gehst du weg?« fragte sie weinerlich. »Ich will, daß du dableibst!«

»Ich muß weg. Aber ich bin bald zurück. Und Will ist ja da.«

»Will ist alt und häßlich! Ich will, daß du dableibst!«

Jane stampfte auf den Boden.

Mary hielt sie an den Schultern fest.

»Ich möchte nicht, daß du je wieder so böse über Will sprichst«, sagte sie streng, »ich weiß nicht, was ich in den letzten Jahren ohne ihn gemacht hätte. Du wirst dich jetzt zusammennehmen!«

Jane verzog sich schluchzend in eine Ecke. Mary hängte sich ihren schwarzen, abgenutzten Mantel um die Schultern und verließ eilig das Haus.

Draußen fröstelte sie. Ein kalter Ostwind wehte und dichter Nebel hing über der Stadt. Mary fühlte sich elend. Sie hatte heute noch nichts gegessen und ihr Mantel war viel zu dünn. Trotz ihres festen Entschlusses, kein Geld unnötig auszugeben, kaufte sie einer Bäkkerfrau ein Stück fetten Kuchen ab und verschlang es gierig mitten auf der Straße. Im ersten Moment schien ihr Magen aufbegehren zu wollen, aber dann breitete sich ein angenehmes Gefühl in ihrem ganzen Körper aus. Ihre Nerven beruhigten sich, sie merkte, wie ihr wärmer wurde. Mit erhobenem Kopf ging sie weiter.

Als sie Lady Cathleens Haus erreichte, blieb sie stehen. Sie betrachtete die hellen Backsteine, die blaßroten Ziegeln und die vielen Fenster mit den schweren samtenen Vorhängen dahinter. Das Haus war nie anheimelnd gewesen, aber in seiner protzigen Größe hatte es Mary immer eine schwärmerische Sehnsucht abgerungen. Es strahlte Sicherheit, Reichtum, Unabhängigkeit, aber auch eine abweisende Kälte aus. Mary war entschlossen, sich davon nicht einschüchtern zu lassen. Sie atmete tief, dann ergriff sie den eisernen Türklopfer in Form eines Wolfskopfes und schlug ihn kräftig gegen das Eichenholz der Pforte.

Lady Cathleen und Anne Brisbane saßen in einem warmen Salon vor dem Kamin und stickten bunte Seidenfäden in blaßgelbe Leinendecken, wobei sie sich leise unterhielten. Sie blickten auf, als das Dienstmädchen eintrat.

»Was gibt es, Lynette?«

»Besuch für Mylady. Eine Mrs. de Maurois.«

»Mrs. de Maurois?« fragte Cathleen. »Wer kann das sein? Ich kenne...«

Annes Augen begannen zu funkeln.

»Maurois? Mylady, ich weiß, wer das ist. Mary Askew!«

»Oh, richtig! Was kann sie denn wollen?«

»Ich weiß es nicht. Herrgott«, Anne stand auf und warf ihr Deckchen auf einen Tisch, »wieso nur taucht diese Person immer wieder auf? Jahrelang hat man seine Ruhe und plötzlich... es ist gut, Lynette, sie soll hereinkommen.«

»Ja, Madam.« Lynette verschwand.

Anne kniff die Lippen zusammen.

»Was hat diese Hexe vor? Irgend etwas muß sein, daß sie nach fast fünf Jahren... Cathleen, Sie halten sich zurück. Ich werde mit ihr sprechen.«

»Ja, Anne, aber...« Cathleen brach ab, denn soeben kehrte Lynette zurück.

»Mrs. de Maurois«, sagte sie, und Mary trat an ihr vorbei ins Zimmer. Sie sah sich kühl um, dann nickte sie den beiden Frauen zu.

»Guten Tag, Mylady. Madam!«

»Guten Tag, Mrs. de Maurois«, murmelte Cathleen, während Anne geschäftig fragte:

»Was führt Sie zu uns?«

Mary betrachtete sie. Sie überlegte, was sie als Kind so sehr an dieser Frau fasziniert hatte. Vielleicht war sie leichter beeindruckbar gewesen, aber natürlich war Anne auch älter geworden. Aus ihren Zügen sprachen Strenge und Unnachgiebigkeit, ihre Augen kniff sie wegen ihrer Kurzsichtigkeit stets leicht zusammen, was sie etwas angriffslustig wirken ließ, auf ihrer Stirn verliefen zwei scharfe Falten. Sie trug ein hochgeschlossenes dunkles Kleid, das immerhin ihre reine, weiße Haut gut zur Geltung brachte.

Cathleen hatte sich in den vergangenen Jahren kaum verändert, sie sah nur noch sanfter, zarter und durchsichtiger aus in ihrem bezaubernd schönen Kleid aus hellgelber Seide, viel zu kühl für diesen Tag und nur für einen warmen Salon geeignet. Um ihren Hals lag eine Kette aus Perlen und Topasen, ihre Haare verbarg sie unter einer goldfarbenen Samthaube. Sie wirkte wie eine schöne, kostbare Puppe, von Anne mit aller Liebe und Sorgfalt ausgestattet, zurechtgemacht und hingebungsvoll gepflegt.

Mary war sich sehr deutlich ihrer eigenen ungünstigen Erscheinung bewußt. Ihr schönstes Kleid mußte in all der Pracht des Salons wie ein Putzlumpen wirken. Aber sie ließ sich nichts anmerken. Mit klarer Stimme sagte sie:

»Ich komme, weil ich eine Bitte an Sie beide habe.«

»Oh!« Anne zog die Augenbrauen hoch. »Eine Bitte? Woher wußten Sie, daß wir in London sind?«

»Ich wußte es nicht. Ich kam her und versuchte es einfach.«

»Ah, und das mit Erfolg. Was können wir für Sie tun?«

Mary leckte sich über die trockenen Lippen.

»Darf ich mich setzen?«

»Bitte!«

Sie nahm Platz und versuchte die beiden gelassen anzusehen.

»Vor beinahe fünf Jahren, da...«, begann sie stockend, »da machten Sie mir ein Angebot, Miss Brisbane. Wissen Sie noch? Sie kamen zu Bartholomew Bloom, bei dem ich damals arbeitete...«

»Ich erinnere mich, ja.«

»Nun, um es kurz zu sagen, ich...«

»Sie lehnten damals mit sehr deutlichen Worten ab. Soviel ich weiß, waren Sie der Ansicht, ich hätte Ihre Moral und Ihre Ehrenhaftigkeit weit unterschätzt.«

Mary lächelte leicht.

»Moral steht und fällt mit dem Wohlstand, in dem ein Mensch lebt. Mit knurrendem Magen ist es schwerer, ehrenhaft zu bleiben.«

Cathleen sah sie verwirrt an.

»Was meinen Sie damit?«

»Ich denke, das ist nicht schwer zu erraten«, sagte Anne höhnisch, »was Mrs. de Maurois uns in wohllautenden Umschreibungen mitteilen möchte, ist, daß sie entgegen ihrer entrüsteten Ablehnung von damals heute durchaus bereit ist, die ihr gebotene Summe anzunehmen. Ist es nicht so?«

»Nicht ganz. Ich...«

»Zweihundert Pfund in Gold, nicht wahr?«

»Gib sie ihr, Anne«, bat Cathleen, »sie hat es sowieso verdient. Sie hat uns damals sehr geholfen.«

Anne nickte.

»Wenn sie die Erklärung unterschreibt, ewigwährendes Stillschweigen zu wahren!«

»Ich unterschreibe«, entgegnete Mary, »aber... nicht für zweihundert Pfund in Gold.«

»Ah... Sie wollen noch ein bißchen spielen. Den Preis in die Höhe treiben.« Annes Stimme war voll höhnischer Verachtung.

Mary mußte all ihre Kraft zusammennehmen, um ihr gerade in die Augen sehen zu können.

»Ja, Miss Brisbane. Ich bin nicht so billig, wie Sie sich das dachten. Ich möchte von Ihnen und Mylady eines der vielen großen Landgüter, die aus dem Erbe von Lord Cavendor geblieben sind.«

»Was?« fragte Cathleen schrill, und im gleichen Moment antwortete Anne scharf:

»Reden Sie keinen Unsinn!«

Da Mary keine Anstalten machte, ihre ungeheuerliche Forderung zurückzunehmen, herrschte eine ganze Weile Schweigen im Raum. Die Flammen im Kamin prasselten, knisternd krümmten sich die Holzscheite. Von der Straße herauf klang grobes Lachen. Cathleen war verstört, Anne rang um Fassung. In Marys Kopf beruhigte sich die wirbelnde Gedankenflut, in die ihre eigenen Worte sie gestürzt hatten. Was nun auch kommen mochte – sie hatte den entscheidenden Schritt getan. Ihr hatte es so davor gegraut, daß sie geglaubt hatte, sie werde die Worte nicht herausbekommen. Nun fühlte sie sich zwar ein wenig bösartig, aber auch befreit. Zurück konnte sie nicht mehr und damit war das quälende Grübeln über die Frage, ob sie es tun sollte oder nicht, vorbei. Natürlich erholte sich Anne als erste von ihrem Schrecken. Sie sah Mary kühl an.

»Sie glauben doch selber nicht, daß wir ihre Forderungen erfüllen«, sagte sie, »ein Landgut – das ist vollkommen ausgeschlossen?«

»Weshalb?«

»Erscheint Ihnen Ihre Forderung nicht selber zu hoch?«

»Nein.«

Anne schnappte nach Luft.

»Das... darauf werden wir nicht eingehen!«

»Das können wir nicht«, sagte auch Cathleen, »ein ganzes Gut... das...«

»Sie würden es überhaupt nicht merken«, erwiderte Mary, »Cavendor hatte unermeßlichen Landbesitz. Ich glaube, Sie sind wahrscheinlich gar nicht in der Lage, das alles zu verwalten.«

»Nun ja, ich...« begann Cathleen, aber Anne fiel ihr sofort ins Wort:

»Machen Sie sich nicht lächerlich, Mrs. de Maurois. Die Forderung ist dermaßen übertrieben, daß ich mich weigere, darüber überhaupt noch länger nachzudenken!«

»Ich finde sie nicht lächerlich. Überlegen Sie doch einmal, Miss Brisbane: Lady Cathleen hat Lord Cavendor umgebracht...«

Cathleen wurde weiß, aber Mary fuhr fort:

»...und wir haben ihr geholfen, die Tat zu vertuschen. Wir sind alle drei Täter. Das Ungerechte ist, daß Sie beide davon profitiert haben, ich aber leer ausgegangen bin. Sie haben gemeinsam Lord Cavendors Erbe angetreten, und ich soll nicht daran teilhaben. Wissen Sie, was zweihundert Pfund in Gold sind, verglichen mit dem, was er Ihnen hinterlassen hat? Eine Lächerlichkeit, Miss Brisbane!«

»Ich habe auch nichts geerbt«, sagte Anne, »alleinige Erbin des Vermögens ist Lady Cathleen.«

»Sie haben es aber sehr wohl verstanden, sich ebenfalls in den Genuß all dieser Besitztümer zu bringen.«

»Was erlauben...«

»Bitte«, unterbrach Cathleen, »nicht streiten.« Sie sah bekümmert aus. Mary betrachtete sie mitleidig. Mit der Bluttat von damals war Cathleen bis heute nicht fertig geworden. Seither war sie wie ein Schatten, wie allzu williges Wachs in Anne Brisbanes energischen Händen. Wann immer von jener Nacht gesprochen wurde, atmete sie schwer und wünschte nichts sehnlicher, als von etwas anderem zu reden.

»Anne, warum tun wir nicht, was sie will? Sie hat nicht so unrecht. Ich meine auch, daß…«

»Ich hatte gesagt, ich führe die Verhandlung«, fauchte Anne. Ihre Wangen hatten sich gerötet, die Falten auf ihrer Stirn vertieften sich. Sie war außer sich vor Wut. Mary hatte nie einen Menschen erlebt, der sie feindseliger anblickte als Anne das jetzt tat.

»Nach meiner Überzeugung spielt Mary nur«, sagte sie fest, »ich glaube, sie würde uns gar nicht verraten. Ihr eigenes Risiko dabei ist zu hoch.«

»Nicht so hoch wie Ihres. Um die Tatsache, daß ich damals ein Kind und eine Untergebene Myladys war, kommt kein Richter herum. Außerdem: Wollen Sie es wirklich darauf ankommen lassen, wer von uns beiden die besseren Nerven hat?«

»Was Sie vorhaben, ist Erpressung. Glauben Sie, das würde ein Gericht erfreuen?«

»Erpressung! Mylady ist eine Mörderin! Und Sie sind der Beihilfe schuldig, Miss Brisbane.«

»Ich habe es immer gewußt«, stieß Anne hervor, »von Anfang an habe ich gewußt, daß Sie eines Tages unser Unglück sein würden. Ich hätte viel früher begreifen müssen, wer Sie sind und was Sie sind! Als Sie zu uns kamen, da hat es schon in Ihren Augen gestanden. Das kleine, bleiche Mädchen, bei dessen Anblick es mir das Herz umdrehte, war ein einziges Bündel aus Ehrgeiz und dem Wunsch, sich aus seiner Herkunft zu befreien. Von jenem Tag an bis heute sind Sie ohne nach rechts und links zu schauen nur auf dieses Ziel zugeschritten, Sie haben alles ausgelassen, was für andere Mädchen die Jugendzeit ausmacht, nie waren Sie verspielt und unbekümmert, Sie haben gekämpft und gestritten und nur auf die Stunde gewartet, in der Sie Ihren Lohn ernten würden. Und jetzt meinen Sie, ist sie gekommen. Aber nur über meine Leiche, das schwöre ich!«

Cathleen schluchzte auf.

Mary hatte unbewegt zugehört.

»Meine Stunde ist tatsächlich gekommen, Miss Brisbane«, entgegnete sie, »und Sie sollten nicht so großzügig auf Ihr Leben schwören. Cavendor und Sie schulden mir etwas, und das werde ich bekommen. Was Sie so erbost, Anne Brisbane, ist nicht so sehr das Landgut, das ich fordere, sondern die Tatsache, daß eine Frau der Unterschicht, eine jener ausgebeuteten Kreaturen, auf deren Kosten ihr euer glanzvolles Leben führt, daß sie es wagt, in eure Sphären vorzudringen. Sie empfinden einen abgrundtiefen Ekel vor der Armut. Sie sind eine kluge und gebildete Frau, aber mit Ihrem Abscheu werden Sie nicht fertig. Als ich noch ein Kind war, gelang es Ihnen besser. Mit einem Kind hat man noch Mitleid, Sie hätten daran denken sollen, daß ich erwachsen werde. Und daß ich vielleicht stärker sein würde als Sie.«

Mary hielt inne und erhob sich.

»Ich verlange, daß Sie meine Forderungen erfüllen«, sagte sie kalt, »oder ich gehe noch heute zum Richter. Ich habe nichts zu verlieren.«

Cathleen weinte hilflos. Dies alles ging weit über ihre Kräfte. In einer Zeit, die hundert Jahre weit zurückzuliegen schien, hatte sie in einer fürchterlichen, alptraumhaften Nacht etwas getan, das sie bis heute nicht recht begriff und das sie nur deshalb hatte überstehen können, weil Anne bereitstand, sie in ihren Armen schützend aufzunehmen und seither nicht mehr loszulassen. Die Tatsache, daß Mary plötzlich so unerwartet brutal alte Wunden aufriß und damit selbst Anne Brisbane aus ihrer gewohnten Ruhe aufscheuchte und all ihrer Selbstsicherheit beraubte, ließ Cathleen in Tränen ausbrechen. Mary sollte bekommen, was sie wollte, und dann sollte Anne dafür sorgen, daß sie endlich verschwand, damit nie wieder ihre harte Stimme längst vergangene Dämonen heraufbeschwören und sich die alte sanfte, blaugraue Ruhe eines noch dämmrigen Vorfrühlingstages über das warme Zimmer breiten konnte.

»Bitte, Anne...« sagte sie flehend.

Annes Lippen waren weiß vor Zorn.

»Wir sollen ihren Erpressungen wirklich nachgeben?«

»Sie hat ein Recht darauf. Anne...«

»Ein Recht? Ich frage mich, welches Recht sie hat, unser ganzes

Leben durcheinanderzubringen! Sie ist nichts weiter als eine kleine, emporgekommene Schlampe, die...«

»Anne!«

Anne schwieg. Langsam und sichtlich mühevoll gewann sie ihre Beherrschung zurück.

»Es sind Ihre Besitztümer, Cathleen! Sie haben darüber zu verfügen. Welches davon möchten Sie an Mary Askew, die Tochter von Ambrose und Lettice Askew verschleudern?«

»Ich dachte an Rosewood«, sagte Mary.

Anne fuhr herum.

»Rosewood in Essex? Es liegt gleich neben unserem Gut!«

»Ich weiß. Ich habe es vor vielen Jahren gesehen. Im übrigen haben Sie so viele Besitzungen, daß Sie leicht ausweichen können.«

»Vielleicht werden Sie ausweichen müssen. Denken Sie nicht, daß wir Ihnen das Leben schwermachen könnten?«

»Wir müssen uns ja nicht wie kleine Kinder benehmen. Wie ist Rosewood? Ist es ertragreich?«

»Für den Getreideanbau schon... Aber es ist recht heruntergekommen. Möglicherweise sollten Sie sich für ein anderes entscheiden.«

»Es könnte mir Spaß machen, etwas allein aufzubauen.«

»Sie könnten dabei auch auf die Nase fallen. Damals, nach... Cavendors Tod... waren Mylady und ich zunächst etwas mit der Arbeit überfordert, die die Verwaltung der Güter mit sich brachte, und wir mußten manches zurückstellen, um anderes in Ordnung bringen zu können. Rosewood haben wir etwas vernachlässigt. Der Verwalter, der sich darum kümmert, Charles Mackenzie, ist schlampig und faul, er ist das Geld nicht wert, das man ihm gibt. Aber Sie, Mary...« Anne schüttelte verachtungsvoll den Kopf, »Sie glauben also, Sie könnten etwas daraus machen? Ehrlich gesagt bezweifle ich das. Sie haben überhaupt keine Erfahrung. Was sagt eigentlich Mr. de Maurois zu der ganzen Sache?«

Mary, die beschlossen hatte, nichts von Nicolas' Schicksal zu verraten, gab eine ausweichende Antwort.

»Wir leben jeder unser eigenes Leben«, sagte sie unbestimmt,

»was ist, Miss Brisbane, ich hätte jetzt gern eine Urkunde, in der mir die Übereignung von Rosewood bestätigt wird.«

Anne warf Cathleen einen Blick zu, und die nickte. Anne erhob sich, trat an einen Tisch in der Ecke und brachte ein Stück Papier und eine Feder.

»Ich werde die Urkunde aufsetzen und Lady Cathleen wird sie unterschreiben. Von Ihnen, Mrs. de Maurois, bekommen wir dann eine Erklärung, daß Sie auf weitere Erpressungsversuche verzichten und Ihre Mittäterschaft an... an dem Fall Lord Cavendor gestehen.«

»Erst wenn ich Rosewood gesehen habe«, erwiderte Mary gelassen, »ich will genau wissen, wie es jetzt aussieht. Und außerdem möchte ich noch fünfhundert Pfund in Gold. Ich brauche Geld, um das Gut aufzubauen.«

»Sie sind nicht mehr bei Verstand«, fuhr Anne auf, »wenn Sie glauben, daß...«

»Anne, bitte, machen wir der Sache ein Ende. Ich habe Kopfschmerzen. Tu, was sie will, ich unterschreibe alles.« Cathleen preßte die Hände gegen ihre Schläfen, in denen blaßblaue Adern schwach zuckten. Sie sah so bleich aus, als würde sie jeden Moment die Besinnung verlieren. Anne tauchte die Feder mit solch heftiger Wut in die Tinte, daß sie quer über den Teppich spritzte und häßliche Flecken machte.

»Bei Gott, Mary Askew«, murmelte sie, »ich schwöre es, ich habe keine Frau auf Erden je so gehaßt wie Sie. Beten Sie, daß Sie niemals auf mein Wohlwollen angewiesen sind!«

Mary hielt ihrem Blick stand. In ihren Augen standen Unnachgiebigkeit und unerschütterliche Sicherheit. Doch Cathleen, die den Kopf hob und ebenfalls zu Mary hinsah, entdeckte auch eine Traurigkeit in ihrem Blick, die sie verwirrte. Bei allem, was sie soeben erreichte, schien Mary nicht glücklich; sie wirkte wie ein Mensch, der aus einem Zwang heraus etwas tut, was er in Wahrheit gar nicht tun möchte. Ohne sich darüber Rechenschaft ablegen zu können, wurde Cathleen von einem Gefühl der Rührung ergriffen. Sie hatte einmal eine verwahrloste Katze erlebt, der eine fremde Frau mitleidig ein Stück Fleisch zugeworfen hatte, es dann aber, weil sie fürchtete, die Katze werde sich verschlucken und ersticken, wieder weggezogen und zerkleinert hatte. Die Katze, ein erbärmliches Skelett und wild vor Hunger, wissend, daß ihr Überleben von diesem Stück Fleisch abhing, glaubte, das kostbare Geschenk solle ihr entrissen werden und sprang der Frau kratzend und fauchend mit allen vier Pfoten und gezückten Krallen ins Gesicht, ein wütend spuckendes Bündel aus Angst und Verzweiflung und in den Augen dieselbe müde Traurigkeit, die sie jetzt auch bei Mary sah. Sanftes Mitleid erwachte in Cathleen und eine zaghafte Bewunderung für die Tapferkeit, mit der Mary für sich und die Ihren zu sorgen bereit war. Ohne es recht zu wollen, lächelte sie ihr kameradschaftlich zu. Über Marys Gesicht glitt ein Ausdruck der Verwunderung, dann lächelte sie zögernd zurück. Erstaunt erkannte sie, daß Cathleen keineswegs ihre Feindin war und daß sie keinen Abscheu vor ihr empfand, sondern sie sogar verstand, obwohl sie selber niemals so gehandelt hätte.

An der Wand zeichnete sich der scharf geschnittene Schatten von Annes hagerer Gestalt ab; sie stand über das Papier gebeugt und schrieb mit wütender Heftigkeit. Mary wußte, heute endlich hielt sie den Schlüssel in den Händen zu dem Leben, von dem sie immer geträumt, an das sie mit aller Kraft geglaubt hatte. Und heftig und nah wie selten in den vergangenen Jahren trat Nicolas in ihre Gedanken und voll überströmender Zuversicht dachte sie: Oh, Nicolas, auch für dich tu' ich das hier! Für dich und Jane. Wenn du zurückkehrst, dann wirst du das Paradies finden. Unser Marmalon, unsere Heimat, Land, so weit das Auge reicht, Wiesen und Felder und Erde. Ach, Nicolas, wir werden nie mehr arm sein, und nie wieder vor etwas Angst haben.

Sie ergriff das zusammengerollte Papier, das Anne ihr reichte, drückte es an ihre Brust und meinte, es müsse erzittern unter ihrem freudigen Herzschlag. Der Triumph, den sie empfand, galt weniger ihrem Sieg über die zornige Anne Brisbane; er war Ausdruck ihres Glückes darüber, daß jene Ehrenhaftigkeit in ihr, von der Bess gesagt hatte, sie werde sie ein Leben lang auf die Nase fallen lassen, von ihr überlistet worden war. Es war das überraschte Glück des Friedfertigen, der seine Feinde zum ersten Mal mit deren eigenen

Waffen schlägt und erstaunt feststellt, wie mühelos sie ihn zum Meister der Kriegführung werden lassen.

Hinter den Mauern von Rosewood ging leuchtendrot die Sonne unter. Der Himmel hatte eine mattblaue Farbe angenommen und wurde von rötlichgelben Wolkenbändern zerteilt, über die Wiesen legten sich lange, breite Schatten, auf den Blättern der Bäume, in denen ein leiser Wind spielte, lag letzte goldene Sonne. Am Horizont verschmolzen Erde und Luft in grauer Dämmerung, von irgendwoher tönte das Plätschern eines Baches. Die Spitzen des Efeus unter dem Dach von Rosewood flammten auf, während aus den unteren Fenstern schon Kerzen in die einfallende Dunkelheit schienen. Eine Kuh muhte sanft und tief, andere Kühe antworteten ihr, Hühner gackerten und schritten mit nickenden Köpfen ihrem Stall zu, Tauben hoben sich in die Luft und zwitschernde Vögel erwiderten aus den Bäumen heraus ihren Flügelschlag. Es wurde rasch kühl, denn es war Anfang Juni, es gab noch keine warmen Sommernächte; die seidenweiche, zarte Wärme des Tages ging über in feuchte Kühle, in der der Geruch von Erde, Blüten und Honig schwang.

Kaum hatte die Kutsche das Holzschild mit der Aufschrift Rosewood passiert, war Mary auch schon von dem eigenartigen Zauber dieses Landes ergriffen worden, und sie wußte sogleich, daß er sie nie wieder loslassen würde. Sie kannte das östliche Essex von jenem Winter mit Cathleen und Anne in Lavender Manor her, und wie damals zog sie die Schönheit dieses Landstrichs sogleich in ihren Bann. Die leuchtendgrünen Wiesen, die Kornfelder, die salzige Luft entzückten sie. Dieses Land war reich und üppig, dabei sauber und unverbraucht, von einer Frische, die übernatürlich schien. Und natürlich, es war auch ein bißchen Heimat, denn es erinnerte sie an Kent, und sie konnte sich die himmelhohen Türme von Canterbury auch hier vorstellen.

»Mutter, sind wir jetzt da?« fragte Jane quengelnd aus den Tiefen ihres Sitzes. Sie hatte die letzten Stunden verschlafen und tauchte nun bleich, übermüdet und verdrießlich aus ihren Träumen auf.

Mary strich ihr die wirren Haare aus dem Gesicht.

»Wir sind da«, antwortete sie, bebend vor Erregung, »sieh hinaus, Liebling. Das ist unser Marmalon!«

Auf Jane hatte der Anblick schattiger Wiesen und vom letzten Licht des Tages angehauchter Bäume keineswegs dieselbe Wirkung wie auf ihre Mutter. Sie wußte nur, daß sie seit dem frühen Morgen in dieser fürchterlich schaukelnden Kutsche gesessen hatte und sich ganz und gar durchgerüttelt fühlte, daß sie in ihr altes, vertrautes Bett im Sherwood Inn wollte, aber von ihrer Mutter aus unbegreiflichen Gründen in diese wildfremde Gegend verschleppt worden war. Wie gewöhnlich, wenn sie nicht wußte, was sie sonst tun sollte, fing sie an zu weinen.

Mary achtete nicht darauf. Als der Wagen vor dem Portal hielt, öffnete sie ohne Umschweife die Tür und kletterte hinaus auf unkrautbesetzten Rasen. Der Wind zerrte an ihren Haaren, sie hob ihr Gesicht zur Sonne hin und ließ den warmen, rötlichen Glanz für einen Moment auf ihren Augenlidern verweilen.

Als sie sich dann umsah, dachte sie: Lieber Gott, ist es schön! Aber völlig verwildert.

Sie wandte sich wieder der Kutsche zu.

»Will, komm, wir sind da. Und Jane, hör auf zu weinen, es ist so schön hier. Komm, steig aus!«

Nacheinander schoben sich Will und Jane aus der Kutsche, steif und ungelenk nach der langen Fahrt und noch ganz verwirrt von den vielen Eindrücken, die an diesem Tag vorübergezogen waren. Der alte Hund war so unbeweglich, daß Mary ihn hinausheben und vorsichtig auf seine wackligen Beine stellen mußte. Er gähnte verwundert, machte ein paar Schritte und legte sich schwerfällig ins Gras.

»Wie findest du es, Will?« fragte Mary. »Ist es nicht herrlich?« Sie zeigte nicht die Spur von Müdigkeit und in ihren Augen lag ein so lebendiger Glanz, daß Will sich nur noch erstaunt fragte, woher diese zierliche Frau soviel Schwung nahm. Sie stand auf ihrem eigenen Grund und Boden, mit nichts weiter in der Hand als einer sorgfältig zusammengerollten Besitzurkunde, die sie wie ein Schwert vor sich hertrug, und die endlosen Meilen Land, die bröckelnden Steine des Hauses, das Unkraut erschreckten sie gar nicht. Ihr blaues Kleid hing zerknittert an ihr herunter, sie trug keine Handschuhe und keine Haube, ihr Haar wehte im Wind und sie hatte einen Ausdruck auf dem Gesicht, von dem Will dachte, daß so die siegreichen Römer auf ihren Triumphzügen ausgesehen haben mußten.

Er lächelte ihr zu und sagte: »Gut gemacht, Mary.«

Wie sie es genau gemacht hatte, wußte er nicht, denn an seinem Lebensprinzip, keine unnötigen Fragen zu stellen, hielt er eisern fest. Daß es in Marys Leben Untiefen gab, war ihm klar, und daß es fragwürdige Wege gewesen sein mußten, die sie in den Besitz von Rosewood gebracht hatten, auch. Doch das, fand er, mußte sie mit sich allein ausmachen.

Noch während sie sich umblickten, öffnete sich die Haustür und ein nicht mehr ganz junger, schlampig gekleideter Mann trat heraus. Er hatte dichtes, dunkles Haar, eine hochgewachsene, kräftige Gestalt und ein schmales Gesicht, in dem Blässe unter der Sonnenbräune lauerte. Als er die Stufen hinunterkam, schwankte er einmal leicht.

»Guten Abend«, sagte er, »ich bin Charles Mackenzie, der Verwalter von Rosewood.«

»Ich bin Mary de Maurois«, entgegnete Mary, »das ist meine Tochter Jane und dies ein guter Freund, Will Shannon, mit seinem Hund. Sie wissen, weshalb wir kommen?«

Mackenzie nickte.

»Ich habe eine Nachricht bekommen von Miss Brisbane. Danach gehört Rosewood jetzt Ihnen, Mrs. de Maurois. Umstürzende Veränderungen, scheint mir. Aber ein schönes Gut haben Sie da erworben.«

»Mir scheint es ein wenig heruntergekommen. Weder Haus noch Land befinden sich in einem guten Zustand.«

»Die Zeiten, Madam. Hohe Steuern, wenig Arbeitskräfte. Ich...«

»Oh, verzeihen Sie, da muß ich Ihnen widersprechen. Bessere und billigere Arbeitskräfte als jetzt gab es nie. Die heimatlosen Mönche flehen geradezu um Arbeit. Nein, Mr. Mackenzie, hier muß sich manches ändern.«

Mackenzie zog hochmütig eine Augenbraue hoch, erwiderte aber nichts. Mit dieser Frau umzugehen würde nicht allzu leicht sein. Die schönen, faulen Zeiten schienen vorbei. Lady Cathleen hatte sich kaum um Rosewood gekümmert, und nur Miss Brisbane war manchmal gekommen, hatte sich angewidert umgesehen, ihm erklärt, so könne das nicht weitergehen, sich dann aber schnell wieder verabschiedet und sich monatelang nicht blicken lassen. Diese Frau nun würde immer hier leben und sich nicht mit ausweichenden Erklärungen abspeisen lassen. Die Art, wie sie jetzt ihre langen Röcke raffte und zielbewußt die Stufen zur Haustür hinaufstieg, verriet etwas von der Tatkraft, die in ihr schlummerte. Mackenzies Schultern strafften sich. Kampflos würde sie die Alleinherrschaft nicht an sich reißen.

Das Innere des Hauses, so stellte Mary fest, war genauso verwahrlost wie das Land draußen. In der hohen Eingangshalle mit dem schachbrettartig gemusterten Marmorboden, dem gewaltigen Kamin und Ahnenbildern an den Wänden türmte sich monatealter Staub, der Kerzenleuchter schwang wackelig von der Decke, die roten Läufer auf der Treppe hatten sich gelöst und hingen zur Seite herunter. Oben in der Halle verlief eine Galerie, deren Geländer schon von unten beängstigend brüchig aussahen. Seitlich zweigten zwei Gänge ab, finster und kalt, von denen der eine, wie Mackenzie erklärte, in den Ostflügel führte, in dem seine Familie wohnte.

»Haben Sie Kinder?« erkundigte sich Mary.

Mackenzie nickte.

»Neun, Madam. Sieben Jungen und zwei Mädchen.«

Mary hielt den Atem an. Neun Kinder! Und sie war fest entschlossen, ihn fortzuschicken. Mit neun Kindern! Um irgend etwas zu sagen, fragte sie:

»Könnte ich Ihre Frau kennenlernen?«

Mrs. Mackenzie war eine kleine, zarte Person, die vor vielen Jahren einmal sehr hübsch ausgesehen haben mochte. Heute war sie viel zu mager und zu blaß, hatte große, scheue Augen und brachte kaum ein Wort hervor. Ihre aschblonden Haare hatte sie zu einem unordentlichen Knoten zusammengefaßt, sie trug ein graues, verwaschenes Kleid, an dessen Rocksaum sich zwei kleine Kinder festklammerten. Ein drittes hielt sie auf dem Arm. Mackenzie behandelte sie mit kaum verhohlener Verachtung.

»Meine Frau«, stellte er mit leisem Überdruß in der Stimme vor. »Brenda, dies ist Mrs. de Maurois. Ihr gehört Rosewood jetzt.«

Brenda knickste schüchtern. Ihre Augen hingen angstvoll flehend an Marys Gesicht. Schnell wandte sich Mary ab. Natürlich, Brenda bettelte darum, bleiben zu dürfen. Sie wußte am besten, welch ein Taugenichts ihr Mann war und daß möglicherweise jetzt seine Stunde geschlagen hatte. Aber, zum Teufel, kein Mensch konnte doch verlangen, daß sie, der selber noch ein harter Kampf bevorstand, die verwahrlosten Mackenzies mitsamt ihrer Brut durchfütterte.

»Ich möchte das ganze Haus sehen«, sagte sie geschäftig, »zuerst die Küche. Wir haben alle Hunger.«

»Natürlich. Kommen Sie.« Mackenzie ging voran, eine Wendeltreppe hinunter in uralte Gewölbe, die Mary ein wenig an den Tower erinnerten. Hinter sich hörte sie Will keuchen und Jane leise weinen und fühlte sich etwas sicherer. Mackenzies Kerze tanzte vor ihr her. Einmal wandte er sich um und sagte:

»Vorsicht, hier kommt noch eine Stufe!« Dabei gewahrte sie in seinen dunklen Augen ein Blitzen. Er hatte wohl ihre Beklemmung gespürt und genoß diesen Anflug von Schwäche in ihr.

Dieser Mann ist nicht gut, dachte sie abergläubisch, er muß fort von hier. Morgen – gleich morgen werde ich es ihm sagen!

In der Küche waren zwei Dienstmädchen damit beschäftigt, die Unordnung des Tages notdürftig zu beseitigen. Sie schienen tatsächlich einigermaßen fleißig, denn es wirkte hier immerhin sauberer als im übrigen Haus. Sie starrten Mary neugierig an und kicherten verschämt, als Mackenzie ihnen zulächelte. Mary ging wortlos an ihnen vorbei, öffnete eine Seitentür und blickte in die Speisekammer. »Lieber Himmel, wie alt sind denn diese Sachen hier?«

Sie holte ein Stück Fleisch hervor, griff einige Eier, eine Kanne Milch und ein paar Scheiben Brot.

»Kann eine von euch kochen?« wandte sie sich an die beiden Mädchen. Eine nickte.

»Ja, Madam. Ein bißchen.«

»Wie heißt du?«

»Dilys, Madam.«

»Gut, Dilys. Du wirst jetzt aus diesen Sachen ein Essen machen, ganz gleich was, laß dir etwas einfallen. Will und Jane, setzt euch hier an den Tisch und eßt dann. Ihr müßt halbverhungert sein. Will, wo ist denn der Hund?«

»Der ist noch oben.«

»Er braucht Fleisch und etwas Wasser. Du«, sie wies auf das andere Mädchen, »bringst es ihm hinauf. Wie heißt du?«

»Allison, Madam.«

»Schön. Beeilt euch. Mackenzie, wir sehen uns den Rest des Hauses an.«

»Äh, Madam«, begann Dilys zögernd, »wir dachten... Mackenzie sagte...«

»Was denn?«

»Nun ja, er sagte, wir würden eine Köchin bekommen, wenn Sie erst da sind.«

»So, sagte er das?« Mary sah ihn an. »Und woher wissen Sie das? Es gibt keine Köchin. Ich kann kein Geld für weitere Bedienstete ausgeben. Ich muß sparen, um dieses verkommene Gut wieder in Ordnung zu bringen.«

»Ja, ich dachte nur...« meinte Mackenzie, aber sie schnitt ihm das Wort ab.

»Kommen Sie. Zeigen Sie mir das Haus.«

Schweigend ging er vor ihr her. Sie liefen durch mehrere Salons, alle kostbar eingerichtet, aber staubig und von modrigem Geruch erfüllt. In den holzgetäfelten Wänden hatten sich Würmer eingenistet, Kissen- und Sesselbezüge waren von Motten zerfressen. Auch oben in den Schlafzimmern waren wohl schon seit Jahren keine Fenster mehr geöffnet worden, und alle Bettdecken und Teppiche waren völlig zerschlissen. Mary schüttelte sich beim Anblick einiger Käfer, die aus einem der erkalteten Kamine hervorgekrochen kamen.

»Was hat Miss Brisbane denn dazu gesagt?« fragte sie verwirrt.

Mackenzie zuckt mit den Schultern.

»Es hat sie nicht so sehr interessiert.«

»Sie mußte ja auch nicht hier leben. Aber hier schlafen, das ist...«

Sie sah sich um. »Dies hier wird mein Schlafzimmer. Und es muß noch heute abend saubergemacht werden. Schicken Sie mir Allison hinauf. Und sie soll gleich einen Eimer mit Wasser mitbringen. Und frische Bettwäsche. Gibt es hier so etwas?«

»Ich glaube nicht, Madam. Wissen Sie, das Haus ist sehr groß, und meine Frau nicht die Kräftigste. Und Allison und Dilys sind sehr faul.«

»Ach was, so faul sind sie gar nicht. Es hat sie nur nie jemand richtig zur Arbeit angehalten.« Sie sah ihn unzufrieden an. »Mr. Mackenzie, gut verwaltet haben Sie das hier nicht.«

»Es ist viel für einen Mann allein.«

»Ach, reden Sie keinen Unsinn. Ich weiß, daß Sie Geld bekommen haben für Arbeitskräfte. Weiß der Teufel, was Sie damit gemacht haben!«

Mackenzies Augen funkelten zornig, aber er bemühte sich, seine Beherrschung zu wahren.

»Ich...« fing er an, aber Mary hatte gar nicht die Absicht, seinen Erklärungen zuzuhören.

»Es interessiert mich gar nicht. Gehen Sie jetzt. Und vergessen Sie nicht, mir Allison zu schicken.«

»Ich denke daran.« Mackenzie ging zur Tür, verharrte dort aber unschlüssig.

»Mrs. de Maurois?«

»Was ist?«

»Wo ist eigentlich Ihr Mann? Wird er auch herkommen?«

Mary war auf diese Frage vorbereitet gewesen, wenn sie sie auch nicht so schnell erwartet hatte.

»Wir haben vor einem Jahr einen Landsitz in Somerset geerbt«, sagte sie ohne zu zögern, »und mein Mann kann dort im Moment nicht weg. Deshalb führe ich Rosewood allein. Aber natürlich kann er jederzeit hierherkommen, um sich davon zu überzeugen, daß alles nach seinen Wünschen geht.«

»Natürlich, Madam. Ich bin aber sicher, Mr. de Maurois wird nicht enttäuscht sein.«

»Da bin ich auch sicher. Noch etwas, Mr. Mackenzie: Als erstes morgen früh tauschen Sie das Schild Rosewood gegen eines aus, auf dem Marmalon steht. So heißt das Gut von heute an. Und dann halten Sie sich für einen Ausritt mit mir bereit. Ich will jede Meile des Landes sehen, das ich gekauft habe.«

»Selbstverständlich. Es wird mir ein Vergnügen sein, Ihnen alles zu zeigen.« Mackenzie verschwand.

Mary sah sich im Zimmer um, dann trat sie ans Fenster. Die Sonne tauchte gerade hinter dem Horizont unter, vom Wald her rauschte es leise und aus den Wiesen stieg zarter Nebel. Der Kutscher hatte die Pferde ausgespannt und führte sie zum Stall, gleichmäßig klang ihr Hufgetrappel herauf, sie schnaubten leise und eines wieherte freudig. Eine Katze miaute und Wills Hund antwortete mit einem heiseren Bellen. Von weither war Dilys zu hören, die leise vor sich hinsummte, und die Kinder der Mackenzies stritten sich, um gleich darauf ausgelassen zu lachen.

Mary lächelte. Es war so schön, sie hätte die Arme ausbreiten, das Land, die feuchten Wiesen, den dunklen Wald, den verborgenen Bach an sich ziehen mögen. Alles hier war lebendig, es atmete, wuchs, schlief und erwachte. Wie hatte sie es nur so lange in London aushalten können, in dieser überfüllten, schmutzigen, stinkenden und dabei toten Stadt mit ihren engen Gassen und düsteren Häusern! Dies hier wollte sie und hatte es immer gewollt. Sie blickte wieder in das Zimmer hinein, in dem sie nun, da sie gerade in die letzte leuchtende Sonne gesehen hatte, kaum etwas erkennen konnte. Ihre Hand tastete sich in die Tasche ihres Kleides und zog ein Stück Papier heraus; Nicolas' letzter Brief, seine Antwort auf ihre Nachricht, daß sie Rosewood erworben hatte.

»Meine Liebste, ich beglückwünsche Dich«, schrieb er, »ich weiß nicht, wie Du das gemacht hast, aber es erstaunt mich kaum, denn Du wirst immer bekommen, was Du willst. Vielleicht hast Du jetzt Deine beste Zeit vor Dir – ich wünsche Dir Kraft und Mut, aber beides besitzt Du ohnehin. Paß ein bißchen auf Dich auf, daß Du nicht zuviel arbeitest...«

Mary war enttäuscht gewesen, sie hatte erwartet, daß Nicolas begeistert wäre, daß er schreiben würde, wie sehr er sich freue. Aber er hatte gar nichts von sich geschrieben, so, als gehe ihn diese Sache nichts an. Aber wie krank mochte er wohl schon sein? Sein Bild tauchte vor ihren Augen auf, Nicolas im Kerker, auf Stroh, zwischen nassen, kalten Steinen und krabbelndem Ungeziefer. Gerade jetzt tat ihr diese Vorstellung so weh, daß sie leise stöhnte. Sie konnte es nicht ertragen, an ihn in diesem Verlies zu denken. Mit beiden Händen umklammerte sie die Lehne eines Sessels.

»Ich darf meine Kraft nicht verschwenden, indem ich an ihn denke«, sagte sie laut, »ich kann ja nichts tun. Ich darf nur an Marmalon denken. Aber, lieber Gott, bitte gib ihn mir zurück! Wenn es sonst nichts ist, was du mir schenkst, wenn ich mir alles erkämpfen und ertrotzen muß und alt werde und unansehnlich darüber, ich halte es schon aus. Aber Nicolas gib mir bitte zurück.«

In aller Frühe am nächsten Morgen ritt Mary mit Mackenzie über die Felder, um sich jeden Winkel von Marmalon zeigen zu lassen. Es hatte sie erstaunt, zu sehen, welch schöne und gepflegte Pferde Mackenzie aus dem Stall führte. Sie hatte erwartet, die Tiere in einem ähnlichen Zustand zu finden wie das übrige Gut, aber sie stellte fest, daß Pferde offenbar das einzige waren, was Mackenzie Sorgfalt und Mühe abnötigte. Die Pferde liebten ihn und lauschten aufmerksam auf seine tiefe, warme Stimme. Mary mußte lächeln, als sie bemerkte, wie deutlich er seinen Besitzerstolz zur Schau stellte und auf ein Lob von ihr lauerte.

»Die Pferde sind sehr schön«, sagte sie entgegenkommend, »Sie lieben Pferde, Mr. Mackenzie?«

»Über alles. Und sie lieben mich.«

»Ja, das kann man spüren. Wie viele Pferde haben wir?«

»Drei Hengste und acht Stuten. Zwei sind trächtig, eine hat gerade gefohlt. Ein besonders schönes Tier.«

»Und Sie verkaufen die Pferde?«

Über Mackenzies Gesicht glitt ein Schatten, als er heftig erwiderte: »Nein! Damit sie dann hinterher irgendwelchen Schindern in die Hände fallen! Ich habe noch nie ein Pferd verkauft!« Mary sah ihn überrascht an. Soviel Leidenschaft hätte sie in Mackenzie nie vermutet.

»Ich verstehe Sie«, sagte sie sanft, »ich möchte auch keine Pferde verkaufen.«

Mackenzie lächelte spöttisch.

»Ich sehe, wir werden besser miteinander auskommen, als ich anfangs dachte.«

Marys Gesicht verschloß sich wieder. Sie fand seinen Ton unpassend. Wir werden kaum gut miteinander auskommen, dachte sie grimmig, denn noch heute wirst du entlassen.

Die Wege, über die sie ritten, waren voller Unkraut und manchmal so von Gräsern und Büschen überwuchert, daß man sie kaum noch erkennen konnte. Rechts und links dehnten sich weite Felder bis zum Horizont, aber nur auf einigen wogte heranwachsendes Korn. Die meisten standen voll von Disteln. Mary geriet ganz außer sich, als sie das sah.

»Das Land ist doch so fruchtbar!« rief sie. »Warum haben Sie es nicht bebaut?«

»Ich bin ganz allein, Madam. Und ich...«

»Ich habe Ihnen bereits gesagt, England ist voll von Menschen, die Arbeit suchen. Ich glaube, es macht Ihnen zuviel Mühe, sie einzustellen und zu beaufsichtigen!«

»Wissen Sie, ich...«

»Ich habe bis jetzt in London gelebt und ich weiß sehr genau, wie groß die Nachfrage in den Städten nach Getreide, Obst und Gemüse ist. Der ehemalige Kirchenbesitz verwildert, es herrscht großer Mangel an Lebensmitteln, die Preise steigen von Tag zu Tag. Sie ahnen ja gar nicht«, sie machte eine das ganze Land umschreibende Bewegung mit den Armen, »Sie ahnen nicht, wieviel Geld in diesem Boden liegt.«

»Wenn Sie es sagen, wird es so sein«, meinte Mackenzie gleichgültig, »ich denke, wir beide werden...«

»Nein«, unterbrach Mary ihn hart. Sie zügelte ihr Pferd und sah Mackenzie an.

»Hören Sie zu, es tut mir leid, aber ich werde... ich werde...« Sie stockte und ihre Stimme verlor an Klarheit unter dem zornig flammenden Blick seiner Augen. Was sie ergriff, war nicht Angst, sondern jenes elende Mitleid, das sie befiel, wann immer sie ein Lebewesen in die Ecke gedrängt sah. Ebensowenig, wie sie es je ertragen hatte, daß ein Huhn geschlachtet oder ein Hase geschossen wurde, so wenig gelang es ihr, dem unnützen Gesindel, den Mackenzies den Todesstoß zu versetzen. Es lag ihr auf der Zunge zu sagen: Ich werde Sie entlassen, Mackenzie, noch heute! Aber sie schluckte es hinunter.

Statt dessen fuhr sie fort: »Ich meine, nicht wir beide. Ich werde noch einen zweiten Verwalter einstellen. Sie allein scheinen dieser Aufgabe nicht gewachsen zu sein.«

Ehe er darauf etwas erwidern konnte, wendete sie ihr Pferd und trabte den Weg zurück, den sie gekommen war. Sie begriff, daß er soeben einen Sieg errungen hatte. Sie hätte vorher wissen sollen, daß sie es nicht fertigbringen würde; dann hätte sie es gar nicht erst versucht und ihm nicht den Triumph gegeben, sie unter seinen Blikken schwanken zu sehen. Sie schaute sich nicht nach ihm um, aber sie wußte, daß er jetzt zufrieden vor sich hin lächelte. Keiner von ihnen sprach, nur einmal unterbrach Charles Mackenzie das Schweigen und sagte:

»Dort drüben, hinter dem Kiefernwald, liegt Lavender Manor.« Mary folgte mit dem Blick seiner ausgestreckten Hand.

»Wie oft sind Lady Cathleen und Miss Brisbane dort?« erkundigte sie sich. Mackenzie zuckte mit den Schultern.

»Ich weiß nicht genau. Ziemlich häufig. Lady Cavendor liebt dieses Land.«

Wieder schwiegen sie, bis sie daheim anlangten. Mary überließ es Mackenzie, die Pferde zu versorgen und eilte hinauf in ihr Zimmer. Sie wollte sogleich Steckbriefe verfassen, die noch heute in allen Dörfern der Umgebung angeschlagen werden sollten, und auf denen sie um Arbeitskräfte warb. Noch während sie schrieb, trat Will ein. Langsam schlurfte er heran.

»Hast du das Land gesehen?« fragte er. »Wie ist es?«

Mary hob den Kopf. Ihre Wangen glühten.

»Es ist wunderbar. Soweit ich das beurteilen kann, ist es sehr fruchtbar. Und wenn wir erst Leute haben, die uns helfen, werden wir eine sehr gute Ernte einbringen.«

»Wovon willst du sie bezahlen?«

»Vorerst gar nicht. Nach der Ernte bekommen sie ihren Teil.«

»Und wieviel bleibt dann für uns?«

»Nicht viel. Ich weiß, Will, wir machen noch keinen Gewinn in diesem Jahr. Aber schon die Herbstsaat wird anders aussehen. Und dann haben wir noch die Wälder. Wir können Holz verkaufen, die Preise dafür sind gut. Und...«

»Und Pferde?«

Sie sah unsicher zu ihm hoch.

»Was weißt du davon?«

Will kicherte.

»Mackenzie erzählte in der Küche, daß er dich im Handumdrehen dazu gebracht hat, keines seiner geliebten Pferde zum Markt führen zu müssen. Und daß du ihn nicht entlassen hast, worauf Dilys und Allison nämlich gewettet hatten.«

Mary seufzte.

»Ja«, gab sie zu, »das stimmt. Lieber Himmel, Mackenzie hat neun Kinder! Und dieses arme Wrack von einer Frau... ah, Will, ich weiß, ich bin eine sentimentale Närrin, aber ich konnte es nicht!«

Will nickte langsam.

»Ich weiß, du konntest es nicht. Aber das meinte ich, als ich dich warnte, und sagte, du solltest dich nicht übernehmen und du seist vielleicht nicht hart genug. Jetzt schleppst du außer einem alten Mann und einem alten Hund auch noch eine elfköpfige Familie mit dir herum!«

»Dich schleppe ich nicht mit herum! Ich durfte bei dir wohnen, jetzt wohnst du bei mir, das ist nur gerecht. Außerdem haben wir durch den Verkauf des Sherwood Inn eine Menge Geld bekommen, davon profitiere ich auch. Und die Mackenzies... ach, es muß doch möglich sein, reich zu werden, ohne sich in ein menschliches Ungeheuer zu verwandeln!«

»Das eben ist nicht so einfach. Aber vielleicht gelingt es gerade dir.« Will strich ihr sacht über den Arm, eine für ihn ganz und gar ungewohnte Geste, zärtlich, scheu und etwas unbeholfen.

»Jedenfalls wünsche ich es dir«, sagte er leise.

Mary behielt recht mit ihrer Vorhersage, daß sie blitzschnell so viele Arbeitskräfte würde finden können, wie sie nur wollte. Mackenzie hatte kaum die Steckbriefe in den Dörfern der Umgebung verteilt, da drängten sich schon Scharen von halbverhungerten, verwahrlosten, ausgemergelten Bettelmönchen vor den Toren Marmalons, flehten um Arbeit und Obdach und verzichteten bereitwillig auf jeden Lohn, jetzt und für immer. Sie hatten ihre Klöster verloren, waren aber ihrem Glauben und dem Papst in Rom treu geblieben. In Schimpf und Schande davongejagt, irrten sie seither heimatlos durch die Lande. Sie lebten nach wie vor nach den Bestimmungen ihrer Kirche, das bedeutete, sie hielten am Zölibat fest und führten keine Familien mit sich. Manche waren so entkräftet, daß sie sich nur noch mühsam nach Marmalon schleppten und im wuchernden Unkraut des Vorgartens zusammenbrachen.

»Meine Güte, und diese Leute soll ich auf die Felder schicken!« sagte Mary zu Will, mit dem gemeinsam sie den Elendszug von einem der oberen Fenster aus beobachtete. »Die können ja jetzt schon kaum noch laufen!«

»Eine ganze Kirche ist zusammengebrochen, und jeder Zusammenbruch bringt solche Kreaturen hervor. Sei froh, Mary, daß du auf der besseren Hälfte stehst!« Sie schauderte, weil sie daran dachte, wie dicht manchmal Unheil und Rettung in ihrem Leben beieinander gelegen hatten. Will fuhr fort:

»Es sind ein paar Kräftige dabei. Mackenzie wird schon die Richtigen herausfinden.«

»Und die anderen werden wieder fortgeschickt«, sagte Mary hart. »Ich werde Dilys sagen, daß sie allen etwas zu essen geben soll.«

Was sollte sie schließlich tun? Sie konnte kein Armenhaus eröffnen. Zum ersten Mal in ihrem Leben wirklich feige, verkroch sie sich den ganzen Tag über in ihrem Zimmer und überließ die Auswahl Mackenzie, der hart genug war, sie durchzuführen. Tatsächlich war am Abend eine Gruppe von dreißig Männern zusammen, von denen jeder so aussah, als könne er hart mit anpacken. Natürlich trugen sie zerfetzte Kleider, hatten verfilzte Haare und wuchernde Bärte und wurden vom eigenen Ungeziefer schon beinahe aufgefressen, aber ihre muskulösen Arme und Beine verrieten, daß sie mit der Landarbeit vertraut waren. Sie wurden in kleinen Hütten hinter dem Herrenhaus untergebracht, die tagsüber von Allison und Mrs. Mackenzie notdürftig gesäubert worden waren. Mary, die ihnen ein Abendessen bringen ließ, war doch erschrocken, als sie sah, mit welchem Heißhunger sich die Leute über die Mahlzeit hermachten. Wenn das so bliebe, dann würden sie Marmalon noch völlig kahl essen. Sie sprach mit Mackenzie darüber, aber der sah keine Schwierigkeiten.

»Die kriegen soviel, wie Sie hergeben können, Madam«, meinte er, »mehr nicht. Wem das nicht paßt, der kann ja gehen.«

»Die Männer müssen sehr hart arbeiten, ich kann sie nicht hungern lassen. Ach, Mackenzie, dieses Jahr, nur dieses Jahr muß ich überstehen, dann geht es mir besser. Und wenn ich erst reich bin, dann werde ich großherzig und gütig sein und jeden Bettler füttern, der vor meine Tür kommt.«

»Sie sollten nie zu leichtsinnig werden. Ein Jahr der Trockenheit oder ein Hagelsturm oder der Weizen hat den Brand, und schon ist alles wieder ganz unten.« Mackenzie sprach gelassen, aber Mary meinte einen hämischen Unterton in seiner Stimme zu hören. Aus irgendeinem Grund genoß er es, Mary schwach zu erleben. Wahrscheinlich, so dachte sie, hatte sie ihn gleich zu Anfang zu sehr gedemütigt und er hatte seinen Zorn verschluckt und wartete nur darauf, sie mitsamt Marmalon untergehen zu sehen. Oder es paßte ihm nicht, nach Jahren der Bequemlichkeit wieder herumkommandiert zu werden, und dann noch von einer Frau. Auf jeden Fall machten seine Worte Mary zornig und hilflos. Die Schwierigkeiten türmten sich vor ihr, und es gab keinen, der ihr Mut zusprach. Ein Heer von Schwarzsehern umgab sie, und jeder malte ihr die Zukunft in immer erschreckenderen Farben aus. Niemals hatte sie Nicolas heftiger herbeigesehnt. Sie wußte, er hätte gelächelt, seine Augen hätten sie zärtlich, belustigt und zugleich voller Anerkennung gestreichelt, er hätte sie in die Arme genommen und gesagt:

»Oh, Liebling, wie tapfer und stark du bist! Marmalon wird das schönste Gut auf der Welt sein. Sieh doch nur, wie herrlich hier alles wächst und blüht!«

Aber er war nicht bei ihr. Sie riß sich aus ihren Gedanken und sah in Mackenzies lauerndes Gesicht.

Wenn es mir zu dumm wird, werfe ich ihn hinaus, dachte sie. Laut sagte sie:

»Es ist gut, Mackenzie, Sie können gehen. Und denken Sie daran, wir haben einen anstrengenden Sommer vor uns.«

»Ich weiß. Gute Nacht, Madam.« Mackenzie entfernte sich lautlos. Stille senkte sich über das Zimmer und nur das zarte Zirpen der Grillen klang durch das geöffnete Fenster aus der Dunkelheit.

Nicht einmal Mary hatte geglaubt, daß der Sommer so schwierig werden würde. Zwar hatten sie Glück mit dem Wetter, es herrschte eine ausgewogene Mischung aus Regen und Sonne, das Korn reifte heran und glänzte gesund und silbrig unter dem blauen Himmel. Aber es war zuwenig, viel zuwenig! Was Marmalon abwarf, reichte kaum, seine Bewohner satt zu machen. Sechsundvierzig Menschen lebten hier, und auch wenn zehn davon Kinder waren, wußte Mary kaum, woher sie Milch und Eier und Gemüse nehmen sollten.

»Wir brauchen viel mehr Kühe, mehr Hühner«, sagte sie verzweifelt zu Will, »ich werde das letzte Geld von Sherwood Inn dafür ausgeben. Ich wollte es für Notzeiten aufheben, aber ich fürchte, wir haben schon eine.«

Zusammen mit Mackenzie ritt sie auf den Markt nach Burnham, dem kleinen, nahe gelegenen Ort, und kaufte fünf Kühe und vierzig Hühner. Zwei der Kühe waren krank, wie sich schon bald herausstellte, und starben innerhalb von einer Woche, und die Hühner weigerten sich hartnäckig, in der neuen Umgebung Eier zu legen.

»Ich schlage euch einzeln den Kopf ab!« schrie Mary sie an. »Verdammte Viecher, alt und grau dürft ihr bei mir werden, aber legt endlich ein paar Eier!«

Immerhin entpuppten sich die von Mackenzie ausgesuchten Arbeiter tatsächlich als fleißig und anstellig. Sie waren wortkarg, in dumpfe Gedanken vergraben, sie beteten viel und hingen in düsterem Grübeln einer vergangenen Zeit nach, aber sie rackerten sich von früh bis spät ab, so, als wollten sie durch unermüdliches Tun den finsteren Dämonen ihrer Erinnerungen entfliehen. Einer von ihnen fiel als besonders intelligent auf. Er hieß Thomas Tallentire, war Priester gewesen und hatte das berühmte Jesus College in Cambridge absolviert. Er konnte hart auf dem Feld arbeiten, aber natürlich war das eine Verschwendung seiner wahren Fähigkeiten. Mary machte ihn zu ihrem Verwalter, er durfte ins Haupthaus umsiedeln, und gemeinsam saßen sie ganze Nächte lang am Schreibtisch und stellten komplizierte Berechnungen darüber auf, wieviel von der zu erwartenden Ernte sie würden verkaufen können. Sie kamen zu dem trüben Ergebnis, daß es nicht viel sein würde.

»Es sind nur wenige Felder bestellt«, sagte Tallentire, »und fast den ganzen Hafer und Heu brauchen wir für unser Vieh. Die Gerste könnte ein bißchen Geld einbringen, aber für unser Brot brauchen wir auch einen guten Teil davon. Gemüse und Obst sind wenig angebaut worden…«

»Jaja, ich weiß. Oh, Gott verdamme diesen elenden Teufel Mackenzie… ach, verzeihen Sie bitte«, es wurde Mary bewußt, daß Tallentire ein Mann Gottes gewesen war, denn er war blaß geworden und hatte sich unwillkürlich bekreuzigt, »es tut mir leid. Ich rede wie eine dahergelaufene Schlampe. Aber manchmal kann ich einfach nicht mehr.«

»Ich verstehe Sie ja, Madam.« Tallentire musterte sie mitleidig. Sie war so mager und viel zu blaß, und weil sie kaum noch schlief, hatte sie rote, entzündete Augen und geschwollene Lider. Sie war gereizt und oft auch unbeherrscht.

Doch wer, so dachte Tallentire, wollte es ihr verübeln? Bei Jesus, er mochte nicht in ihrer Haut stecken! Diese zarte Frau, weshalb hatte sie sich soviel aufgebürdet?

»Warum haben Sie ausgerechnet Marmalon gekauft?« fragte er vorsichtig.

Mary strich sich müde die Haare aus der Stirn.

»Ich habe es nicht gekauft. Wie ich an Marmalon gekommen bin, das ist eine sehr verworrene Geschichte. Aber ich hätte auch die Möglichkeit gehabt, ein reiches, gesundes Gut zu bekommen. Warum Marmalon?« Der Blick ihrer müden Augen glitt an Tallentire vorüber, zum Fenster hinaus in den Sternenhimmel einer Sommernacht.

»Ich habe mich als Kind schon in dieses Land verliebt. Und dann war es wohl auch so, daß ich mir mit Arbeit ein Recht auf diesen Besitz erwerben wollte. Mein schlechtes Gewissen… ach, ich glaube, das war es.«

Tallentire verstand nicht im mindesten, wovon sie sprach, aber er hörte ihr ruhig zu.

»Ohne Gewissen«, fuhr sie still fort, »wären wir viel mutiger und erreichten viel mehr im Leben.«

»Wir wären heillose Sünder, Madam.«

Sie lachte bitter.

»Das sind wir auch so, oder nicht?«

Der Sommer ging dahin, das Land war voller Unruhe, aber Mary merkte kaum etwas davon, sah keinen Fingerbreit über die Felder von Marmalon hinaus und scherte sich um nichts, was sie nicht unmittelbar betraf. Die Lutheraner Englands tobten vor Entrüstung und verharrten dann in stummer Erschütterung, weil ihr großer Fürsprecher, Thomas Cromwell, in Tyburn hingerichtet wurde. Cromwell hatte bis zuletzt eisern das Bündnis mit Kleve vertreten und war daher von Hof und Regierung für zu gefährlich erachtet worden. Der Erzbischof von Canterbury, Thomas Cranmer, mußte die Ehe des Königs mit Anna von Kleve für ungültig erklären und Henry heiratete zum fünften Mal, die Nichte des Duke Norfolk, Lady Catherine Howard. Von alldem registrierte Mary eigentlich nur voller Erleichterung, daß durch die Trennung Henrys von Anna die Gefahr eines Krieges mit dem Kaiser gebannt war. Im Augenblick brauchte sie nichts als Frieden und Ruhe und Zeit.

Sie brachten eine gute Ernte ein. Den Hafer behielten sie ganz für sich, aber vom Weizen ließ Mary Mehl mahlen und Brot backen, das dann auf dem Markt von Burnham verkauft wurde. Auch ein wenig Gemüse, Eier und Butter bot Mary zum Verkauf an. Sie wußte, der beste Umschlagplatz wäre London gewesen, Burnham war zu sehr Provinz und der Mangel an Lebensmitteln nicht groß genug. Aber was sie verkaufte, war zu wenig, als daß es sich gelohnt hätte, deswegen nach London zu reisen. So fand sie heraus, zu welchen Preisen die anderen Güter ihre Waren in Burnham verkauften und unterbot sie gerade um so viel, wie es ihr noch Gewinn brachte, die Käufer aber reizte, ihre Sachen zu bevorzugen. Tatsächlich riß man sich um die Waren von Marmalon, tagtäglich kehrte Mackenzie mit einem Beutel vollgefüllt mit Goldstücken heim.

Mary triumphierte. Sie kaufte sofort noch mehr Kühe und Hühner und Saat für den Winterweizen. Noch immer waren nicht alle Felder von Marmalon zu gebrauchen, aber recht große Teile waren doch wieder fruchtbar gemacht und wurden im Spätherbst erneut bebaut. Mary verfolgte die Arbeit genau. Frühmorgens schon stand sie auf und ritt mit Mackenzie und Tallentire über die Wiesen, dann kehrte sie zurück, kümmerte sich um die Waren, die an diesem Tag zum Markt gebracht werden sollten, besichtigte die Ställe, half Eier einzusammeln und Kühe zu melken. Sie erntete Äpfel und Birnen und befreite gemeinsam mit Brenda Mackenzie den Gemüsegarten von Unkraut und wuchernden Dornenhecken. Marys Hände wurden rot und rissig und bekamen dicke Schwielen, aber sie kümmerte sich nicht darum. Sie stapfte in ihrem alten Wollkleid, eine Decke um die Schultern, die Haare wirr aufgesteckt, von Sonnenaufgang bis in den Abend hinein über ihr herbstliches Land, durch raschelndes Laub und über Wiesen, aus denen dichter Nebel stieg. Ihr Atem blieb sichtbar in der klaren, kalten Luft, aber sie fror nicht, denn obwohl sie immer dünner wurde, war sie so viel in Bewegung, daß sie sich stets warm fühlte. Hunger und Erschöpfung ignorierte sie, sie nahm alle Kraft ihrer dreiundzwanzig Jahre zusammen und das trug sie durch Anstrengung und Entbehrung. Sie schien weder zu essen noch zu schlafen, was Will zunehmend beunruhigte.

»Eines Tages brichst du zusammen«, brummte er ärgerlich, als sie wieder einmal grau und übernächtigt zum Frühstück kam, »und was haben wir dann davon? Und was soll ich Nicolas sagen?«

»Aber Will, ich breche nicht zusammen. Ich brauche die Nächte zum Denken, da kommen mir die besten Einfälle. Weißt du, was ich jetzt vorhabe?«

»Nein.«

»Unser Holz, Will. Wir haben so viel Wald hier. Es müßte eine Menge Geld damit zu machen sein.«

»Du willst es als Feuerholz verkaufen?«

Mary machte eine wegwerfende Handbewegung.

»Dafür ist es viel zu schade. Nein, ich habe an etwas gedacht. Es ist doch wichtig, daß man immer die Politik ein wenig im Auge behält. Jetzt, da sich der König von Anna von Kleve getrennt hat, könnte er seinen alten Plan, Krieg mit Schottland zu führen, wieder hervorholen. Und Krieg, Will, bedeutet auch immer Seefahrt. Es würde mich nicht wundern, wenn die großen Schiffswerften des Landes bereits darauf spekulieren und anfangen, eine Flotte zu bauen. Und dazu brauchen sie – Holz!«

Wills Gesicht drückte Zweifel aus.

»Noch weiß niemand, ob es Krieg geben wird. Warum sollten sie jetzt Schiffe bauen?«

»Wenn der Krieg erst begonnen hat, ist es zu spät. Ich habe immer sehr viel gelesen, und ich habe dabei erfahren, daß der kluge Geschäftsmann eine Ahnung, eine Witterung haben muß für die Dinge, die noch kommen werden, auch wenn noch niemand sie sehen kann. Ich wittere Krieg. Und ich verwette meinen Kopf, daß es den Schiffsbauern genauso geht. Wenn sie Holz brauchen, dann möchte ich, daß die Aufträge an mich gehen.«

»Wir werden dann aber mehr Leute brauchen.«

»Es ist nicht schwierig, welche zu bekommen.«

»Ja, aber sie müssen ernährt werden.«

»Das wird gehen.«

»Mary, ich weiß nicht, ob...«

»Ich weiß auch nicht. Aber nur wer mit hohem Einsatz spielt, gewinnt. Und ich will gewinnen.«

»Warum so schnell? Warum läßt du nicht alles viel langsamer laufen? Du warst früher nicht so, jetzt auf einmal kannst du es nicht abwarten. Manchmal habe ich das Gefühl, du würdest dich eher umbringen, als dir einen einzigen Farthing entgehen zu lassen!«

Mary wandte sich ihm mit einer heftigen Bewegung zu.

»So ist es auch! Ich habe viel zuviel Zeit verstreichen lassen. Immer habe ich auf andere gewartet, auf Frederic und Nicolas, darauf, daß sie mir Sicherheit und Geborgenheit geben. Aber beide haben sie mich im Stich gelassen. Nein, wenn ich etwas will, dann muß ich es allein machen. Vielleicht bin ich zu ungeduldig, aber wenn du wüßtest, wo ich herkomme, du würdest es verstehen. Wenn du den Dreck erlebt hättest, die Kälte, die Gehässigkeit, den Neid und die Mißgunst, und diese furchtbare, endlose Armut, und nie genug zu essen, und nichts Warmes und nichts Sicheres. Nie wieder will ich es erleben, nie!« Sie sank auf einen Stuhl, stützte den Kopf in die Hände und zerwühlte mit den Fingern ihre Haare.

»Nie wieder«, flüsterte sie, »nie wieder.«

Tatsächlich waren in diesen dunklen Novembertagen und in den langen, kalten Nächten die Erinnerungen an ihre Kindheit wieder besonders heftig in Mary erwacht. Aus vergessenen Tiefen tauchten Bilder auf, vor denen sie sich schon sicher gewähnt hatte. Sie sprangen Mary an, wenn sie sich nachts in ihren Kissen wälzte oder, weil sie ewig keinen Schlaf fand, in ihren Morgenmantel gehüllt an der Wand ihres Zimmers lehnte und einen blassen Mond auf ihr Gesicht scheinen ließ. Alles wurde wach, und so klar stand es vor Mary, daß sie begriff, sie mußte es mit aller Sorgfalt gehütet haben. Sie wanderte durch ihr Zimmer, sah hinaus auf das Land im Mondlicht, in einen hohen, frostklaren Winterhimmel mit scharfgezackten Sternen. Nans gute Geister, vielleicht waren sie doch ihre Verbündeten, denn sie hatten ihr den Glauben an Marmalon gegeben, an diesen einzigen wirklichen, greifbaren Sinn ihres Lebens, und sie gaben ihr die Kraft, weiter daran festzuhalten. Gut, womöglich war sie verrückt in ihrer Ungeduld, aber sie konnte nicht warten, keinen Tag länger.

Sie schickte Tallentire nach London, wo er die Werften besuchte und glückstrahlend mit einem lohnenden Auftrag und einem verlockenden Preisangebot zurückkam. Sofort stellte Mary neue Arbeitskräfte ein, ritt selber die Wälder ab, berechnete die Kosten für den Transport, stürzte sich wie verhungert in die Arbeit, um der Folter ihrer Erinnerung zu entfliehen.

Einmal sagte Will:

»Ich weiß nicht, Mary, ob's richtig ist, ausgerechnet im November einen solchen Auftrag zu übernehmen. Wir könnten in Schwierigkeiten kommen, wenn es plötzlich anfängt zu schneien.«

Sie sah ihn aus fiebrigen Augen an.

»Solange es nicht schneit, Will, weigere ich mich zu glauben, daß es Schnee überhaupt gibt.«

Da schwieg er und begriff, daß er gegen eine Wand von Starrsinn redete, die weder er noch irgend jemand sonst je würde durchbrechen können.

Bei alldem hatte Mary ihre unmittelbare Umgebung, die Nachbarn von Marmalon, kein einziges Mal zur Kenntnis genommen. Es interessierte sie nicht, wer auf den umliegenden Gütern lebte, denn sie hatte soviel andere Dinge im Kopf, daß sie darüber nicht auch noch nachdenken konnte. Daher wußte sie auch nicht, für wieviel Wirbel sie bei den Nachbarn gesorgt hatte, und daß sie schon seit Monaten den Gesprächsstoff in den feinen Salons abgab. Daß Lady Cathleen ihr verwahrlostes Rosewood eines Tages verkaufen würde, damit hatte jeder gerechnet, und insgeheim hatten sich die meisten vorgenommen, dann schnell zuzugreifen, denn unter Kennern galt das Gut als besonderes Juwel. Doch dann, über Nacht, ohne daß jemand etwas davon mitbekommen hatte, zog diese Fremde ein, von der keiner wußte, wer sie war und wo sie herkam. Sie war nicht von Adel, mußte aber ein beträchtliches Vermögen besitzen, sonst hätte sie Rosewood nicht erwerben können. Was besonders frappierte, war die Tatsache, daß diese Frau offenbar vorhatte, das Gut allein zu seinem alten Glanz zurückzuführen. Es gab keinen Mann. Da zwischen den Knechten auf allen Landgütern reger Tratsch herrschte, hatte man in den oberen Kreisen inzwischen erfahren, daß wohl irgendwo auch ein Mr. de Maurois existierte, der ein obskures zweites Gut in einer südlichen Grafschaft verwaltete. Man fand dies alles äußerst verwirrend. Mary schien für nichts zu leben als für ihren Gewinn, und auf den war sie in einer Weise aus, daß jeder nur noch den Kopf schüttelte. Ein Mann, der nüchtern kalkulierte und jedes gute Geschäft an sich raffte, das war in Ordnung, aber eine Frau? Insgeheim brannte man darauf, sie zu sehen, war aber durch ihr Desinteresse verletzt, und keiner mochte sich in seiner Neugier entlarven und den ersten Schritt tun. Eine Möglichkeit bot sich endlich, als Mary im Winter fortfuhr, Weizen und Futterrüben zu schamlos niedrigen Preisen anzubieten, und damit die anderen um ihren Gewinn brachte. Es wurde Zeit, diese Mrs. de Maurois über ein paar Regeln aufzuklären, nach denen man hier in Essex lebte. Die Männer der umliegenden Güter taten sich an einem Dezembertag zusammen und ritten mit düster entschlossenen Mienen nach Marmalon hinüber, in den Ohren noch die aufgeregten Mahnungen ihrer Frauen, sich kein Detail der Fremden entgehen zu lassen und nachher genau zu berichten, welches Kleid sie trug, wie sie ihr Haar frisierte und ob sie hübsch war oder nicht.

Mary trat dem Trupp auf den Treppenstufen von Marmalon entgegen. Es war ein sehr kalter Tag, ein scharfer Wind wehte und frühe Dämmerung senkte sich über die Erde. Die Gesichter der Männer hatten sich vor Kälte bläulich verfärbt, ihre Mäntel wehten hinter ihnen her, ihre Pferde trippelten unruhig. Marys Kleid flatterte im Wind, ihre Haare fielen ihr aufgelöst über die Schultern. Obwohl sie blaß und müde aussah, strömte sie eine so deutlich spürbare Kraft aus, daß es die Männer faszinierte. Sie stand dort auf den moosdurchsetzten, zerbröckelten steinernen Stufen ihres alten Hauses, gehüllt in einen Fetzen von einem Kleid, und sie sah ihren Besuchern gelassen und hochmütig entgegen. Sie wirkte wie das leibhaftige Gegenstück zu den Frauen, die die Männer daheim in ihren Schlössern hatten, jene enggeschnürten, etwas schnippischen, kultivierten Damen, die ihre Haare unter bestickten Hauben verbargen und ihre schwammigen Körper unter stoffreichen Roben. Mary löste in den Männern die gleichen Empfindungen aus, wie es die Töchter der Bauern auf den Gütern taten, wenn sie, in grobes Leinen gehüllt, barfuß ihrer Arbeit nachgingen. Die Tatsache, daß Mary im Gegensatz zu den Bauernmädchen nicht verfügbar war, ließ die Männer nur noch gieriger, zugleich angriffslustig werden. Sie verspürten die gleiche Sehnsucht, sie zu verletzten, der auch Edward immer, dumpf und ohne Erkennen, verfallen war. Der schmale Hals reizte dazu, die kleinen Hände und der entschlossene Gesichtsausdruck.

»Mrs. de Maurois?« fragte der Erste, und sie nickte.

»Ja, die bin ich.«

»Wir sind Ihre Nachbarn.« Er wies reihum auf seine Begleiter. »Hadleigh von Sevenseas, Greene von Lillyriver, Fennimere von Broadoak House…« Es folgte eine Aufzählung von Namen, die Mary so rasch gar nicht aufnehmen konnte.

»Ich bin Sir Couday. Mein Besitz liegt westlich von Rosewood... oder Marmalon, wie es jetzt heißt.«

»Was kann ich für Sie tun?«

»Mrs. de Maurois, obwohl Sie sich uns nie vorgestellt haben, haben wir Sie mit einigem Interesse beobachtet. Besonders richten wir unser Augenmerk natürlich auf Ihre Angebote auf dem Markt.«

»Stimmt damit etwas nicht?«

»Das kann man sagen«, warf Greene ein, ein kleiner, vierschrötiger Mann mit stechenden Augen, »Sie unterbieten unsere Preise, Mrs. de Maurois!«

Mary zog ihr wollenes Tuch enger um die Schultern.

»Sind Sie gekommen, mir das zu sagen?« fragte sie kühl.

Die Männer starrten sie feindselig an.

»Diese Sitten sind hier nicht üblich«, sagte Couday betont höflich.

Mary lächelte herablassend und hatte in diesem Moment, ohne es zu wissen, große Ähnlichkeit mit ihrer Mutter.

»Soviel ich weiß, gibt es kein Gesetz gegen das, was ich tue.«

»Nein, aber wir leben hier nach ungeschriebenen Gesetzen.«

»Tut mir leid. Ich habe einen Besitz übernommen, den ich wieder zum Blühen bringen muß. Schnell und mit allen Mitteln, die mir zur Verfügung stehen. Und es wird mir gelingen.«

»Sie machen sich sehr unbeliebt. Man wird Ihnen das nicht vergessen.«

»Ich kann es nicht ändern. Wenn ich Marmalon dorthin bringen will, wo ich es haben möchte, kann ich keine Rücksicht auf Ihre verletzten Gefühle nehmen.« Ihre Stimme klang klar und frostig. Die Dunkelheit verdichtete sich, die Gesichter der Männer waren kaum noch zu erkennen. Über den schwarzen Himmel zogen sturmgetriebene schwere Wolken; angstvoll fragte sich Mary, ob sie am Ende Schnee brachten.

Courday wendete sein Pferd.

»Sie sind noch sehr jung, Mrs. de Maurois«, sagte er, »und vielleicht haben Sie eines noch nicht gelernt: Auf die Dauer gelingt es keinem Menschen, sein Leben allein und selbstgenügsam zu verbringen. Jeder braucht einmal einen anderen, und wir alle brauchen Nachbarn. Sie könnten einmal in einer Lage sein, in der Sie sich wünschen, uns etwas entgegenkommender behandelt zu haben.« Er nickte ihr zu, was sie nur schwach sah, dann winkte er den anderen, und sie ritten davon, gekränkt und wütend, fast nicht einmal so sehr wegen Marys Starrsinn, sondern weil sie die abweisende Gleichgültigkeit gespürt hatten, die sie ihnen entgegenbrachte. Nur zu deutlich hatten sie gemerkt, daß ihre Gedanken in andere Richtungen schweiften, und nichts hätte sie vernichtender treffen können.

»Was glaubt ihr«, fragte Fennimere die anderen, während sie durch den düsteren Wald trabten und sich nach einem warmen Kaminfeuer sehnten, »was glaubt ihr, wo sie herkommt?«

»Aus einer guten Familie nicht«, erwiderte Courday, der eine sichere Menschenkenntnis besaß, »wie sie spricht und sich hält, das hat sie sich selbst anerzogen. Darunter...«

»Darunter, Courday, ist sie eine verdammt schöne Frau.«

Courday lachte.

»Zu schön, um sittsam zu sein.«

»Zu ehrgeizig, um leichtsinnig zu sein«, meinte Hadleigh, »machen wir uns nichts vor. Sie tut, was sie will und nur, was ihr einen Vorteil bringt. Und ich verwette meinen Kopf, daß sie dieses verteufelte Rosewood oder Marmalon oder wie sie es nennt, zu höchst ärgerlichem Ansehen bringen wird.«

Fennimere grunzte mißmutig.

»Und was sagen wir denen, die uns nach ihr fragen?«

Alle schwiegen, dann meinte Courday:

»Wir sagen die Wahrheit. Sie ist eine zarte Rose mit äußerst stacheligen Dornen, aber sie hat keine tiefen Wurzeln. Sie ist leicht zu pflücken.«

»Und was macht man mit Rosen, wenn man sie gepflückt hat?«

»Weißt du das nicht? Sie werden gepreßt, meist unter den Seiten eines schweren Buches. Aber man kann alles mögliche auf sie legen, das bleibt sich gleich.«

Fennimere lachte lauthals.

»Alle Teufel, Courday, noch hast du sie nicht in deinem Bett!«

»Aber alle Frauen, von denen ich es will, landen früher oder später dort.«

Jubelnd stimmten die anderen zu.

Nur Hadleigh schüttelte den Kopf.

»Die bekommt ihr nicht«, murmelte er, »diesmal beißt ihr euch die Zähne aus. Mary de Maurois mag aussehen wie eine Rose, aber im Inneren ist sie zählebig wie Unkraut.«

Der Winter verging. Es gab manchen sehr kalten Tag, aber kaum Schnee. Marmalon konnte alles Holz liefern, das es versprochen hatte, und obwohl es nicht billig war, die Baumstämme nach London zu bringen, blieb genügend Geld, Menschen und Tiere durch den Winter zu füttern und Saatgut für den Frühling zu kaufen. Sie brachten außerdem Milch, Butter und Käse auf den Markt und hatten sogar einen Überschuß an Hafer, den sie nun, da er bei den anderen knapp geworden war, zu Wucherpreisen verkaufen konnten. Auf den Wiesen sproß frisches, grünes Gras, und Mary kaufte dreißig Schafe, die sie auf einem großen, eingezäunten Gelände weiden ließ. Sie wußte, daß Wolle in Flandern gut verkauft wurde und blanke Goldmünzen einbringen konnte. Es gab Händler, die ein beachtliches Vermögen nur durch Wolle erworben hatten, etwas, was Mary natürlich nicht ungerührt ließ.

»Ich werde mir von allem etwas holen«, erklärte sie Mackenzie und Tallentire, »ich beteilige mich an der Schafzucht, aber ich nutze es gleichzeitig aus, daß gerade durch die Schafzucht ein solcher Mangel an Getreide herrscht. Diese Lücke fülle ich ebenfalls.«

»Wir werden eine gute Ernte haben in diesem Jahr«, prophezeite Tallentire, »ich kann es jetzt schon sehen. Das Wetter wird gut.«

»Das erkennen Sie bereits im Februar?«

»Ich bin auf dem Land aufgewachsen, Madam, und ich habe immer in Essex gelebt. Wie ein Jahr sein wird, sehe ich in den Knospen, den Gräsern, in der Farbe des Himmels, die er zur Zeit der großen Frühjahrsstürme hat. Und ich sehe es in den unterirdischen Quellen, die hier und dort auf den Waldwegen aus dem Boden sickern. Es gibt hundert untrügliche Zeichen, man muß sie nur zu deuten wissen.«

Mary lächelte ihm zu. Tallentire war das Wertvollste, was sie auf Marmalon hatte. Nicht in Gold aufzuwiegen waren die Dienste, die er ihr schon geleistet hatte. Er machte es sogar möglich, sich einen Mann wie Mackenzie zu leisten. Obwohl auch gerade Mackenzie sie immer wieder zum Nachdenken brachte. Heruntergekommen, faul und verwahrlost wie er war, zeigte er doch eine seltsame Anhänglichkeit an Marmalon und an sie.

Keinen Finger macht er krumm, dachte sie manchmal erbittert, um gleich darauf das Gefühl zu haben, treuer als er könne keiner zu Marmalon stehen. Er würde sich nicht dazu hinreißen lassen, auch nur ein Korn in die Erde zu legen, aber, so überlegte Mary, nicht einmal, wenn das ganze Gut in Flammen stünde, würde er sich aus dem Staub machen. Ach, sie wurde nicht schlau aus ihm, beim besten Willen nicht. Und sie hatte keine Zeit zu grübeln. Sie mußte sich um die Schafe kümmern und um die neue Saat und manchmal, wenn es ihr gerade voller Schuldbewußtsein in den Sinn kam, auch ein wenig um Jane, die sich in Marmalon nicht heimisch fühlte und in ewigem Streit mit Mackenzies Kindern lag.

An einem warmen Märztag traf Mary überraschend Lady Cathleen. Sie hatte sich mit Tallentire an den Schafkoppeln verabredet, um die neugeborenen Lämmer anzusehen, und so machte sie sich am Mittag allein auf den Weg. Sie fand es schön, durch die laue Luft zu traben, das Gesicht in die Sonne zu halten und den gedämpften Schritten ihres Pferdes zu lauschen. Nach wie vor ging sie gnadenlos mit ihrer Gesundheit um, aber der Frühling weckte ihre Lebensgeister neu, so daß sie ihre fortschreitende Nervosität kaum bemerkte. Sie hörte entspannt den Vögeln in den Zweigen zu und kehrte erst ruckartig in die Wirklichkeit zurück, als sie die Hufe eines anderen Pferdes vernahm und ein Reiter vor ihr auftauchte. Zu ihrem Erstaunen erkannte sie Lady Cathleen in einem dunkelblauen Reitkleid, eine Haube mit wehendem Schleier auf dem Kopf. Sie zügelte ihre Pferd.

»Lady Cavendor«, sagte sie erstaunt, »Sie sind hier? Ich dachte, Sie seien noch in London!«

Cathleen blieb stehen.

»Oh, Mrs. de Maurois!« rief sie. »Bin ich hier in Rosewood?

Wissen Sie, ich habe mich ein bißchen verirrt. Wenn ich schon einmal etwas ohne Anne mache...«

»Aber ich finde es sehr reizend, daß Sie hergekommen sind. Bloß heißt es jetzt nicht mehr Rosewood, sondern Marmalon.«

»Ah, ich verstehe... ja, wir sind gerade erst angekommen... Sie wissen, was in London los ist?«

»Ich habe Gerüchte gehört...«

»Die Pest, Mrs. de Maurois. Es ist furchtbar!« Cathleens große, blaue Kinderaugen blickten entsetzt und hilflos drein. »Dreihundert Menschen sterben jede Woche. Besonders drüben am Südufer, aber bei uns auch. Überall, in allen Rinnsteinen und Hauseingängen, auf den Abfallhaufen liegen tote Ratten und alles ist noch voll kranker Ratten, die aus den Augen bluten und an dem Schleim ersticken, den sie spucken. Tote, stinkende, verfaulte Menschen liegen herum und die Karren, die durch die Gassen rumpeln, um sie abzuholen, können sie nicht fassen. Ach, wer nur kann, flieht. Der König und die Königin haben die Stadt auch schon verlassen. Und Anne und ich hielten es auch nicht mehr aus.«

»Dann ist es also wahr«, sagte Mary, »der schwarze Tod. Wieder einmal.« Sie schauerte und sandte gleichzeitig ein stummes Dankgebet zum Himmel, daß sie der Londoner Schiffswerft rechtzeitig das Holz geliefert und ihr Geld dafür bekommen hatte, denn jetzt waren die alle dort womöglich schon tot, gaben keine Aufträge mehr oder rückten kein Geld raus. Dann aber durchzuckte sie ein heißer Schreck, denn sie dachte an Nicolas im Tower und an die zahllosen Ratten, die dort lebten. Er konnte nicht davonlaufen. Sie wurde blaß. Cathleen griff nach ihrem Arm.

»Sie müssen keine Angst haben«, sagte sie, »Anne und ich sind mit niemandem in Berührung gekommen. Sie können sich bestimmt nicht anstecken.«

»Wie? Ach nein, daran habe ich nicht gedacht. Es war etwas anderes, was mir durch den Kopf ging...« Sie hatte solange nichts mehr von Nicolas gehört, wußte nicht, ob ihre Briefe ihn überhaupt erreichten. Sie überlegte, ob irgend jemand es ihr mitteilen würde, wenn etwas mit ihm geschähe. Diese Gefängnisse waren wie Gräber, draußen erfuhr man nicht, was in ihnen vorging. Aber sie durfte nicht darüber nachdenken. Sie verscheuchte ihre Gedanken mit jener unbarmherzigen Härte, die sie sich gegenüber den Dingen angewöhnt hatte, die sie nicht ändern konnte.

»Ich finde es schön, daß Sie hier sind, Mylady«, sagte sie freundlich, »hier ist es so schön im Frühling.«

»Ja, ich bin auch lieber hier als in London«, bekannte Cathleen, »nur mochte Anne erst nicht, weil...« Sie brach verlegen ab, doch Mary erriet, was sie hatte sagen wollen.

»Meinetwegen«, vollendete sie, »sie mochte nicht kommen, weil sie mir nicht begegnen wollte. Ich kann es fast verstehen.«

»Ja?« Cathleen blickte sie erleichtert an. »Anne ist eine sehr liebe, gute Frau. Ich weiß nicht, weshalb sie manchmal gegenüber anderen Menschen so schroff ist.«

»Nun ja... wenn ihr diese Menschen ein Gut wie Marmalon entreißen...«

»Aber auch vorher schon. Wissen Sie, ich dachte immer, daß Anne Sie genauso gern mag wie ich, aber dann...« Cathleens Miene drückte völlige Ratlosigkeit aus. Mary hielt sich gerade noch zurück, ihr die Antwort auf ihre Fragen zu geben.

»Ich bin Ihnen übrigens nie böse gewesen«, fuhr Cathleen fort, »mich hat der viele Besitz ohnehin belastet, den Cavendor hinterlassen hat.«

Sie sprach von ihrem toten Gatten nie als von »ihrem Mann«, sondern nannte ihn kalt und kurz nur bei seinem Familiennamen, als sei er ein Fremder, den sie einmal flüchtig gekannt, nicht gemocht und beinahe schon wieder vergessen hatte.

»Sie haben damals soviel für mich getan«, setzte sie freundlich hinzu, »geht es Ihnen denn nun auch gut hier?«

»Ja, danke, ich fühle mich sehr wohl«, erwiderte Mary, ein wenig verunsichert durch die Großmut ihres Gegenübers. Also hatte sie sich damals wirklich nicht getäuscht. Cathleen grollte ihr tatsächlich nicht. Sie mochte Mary und vertraute ihr, hatte sie längst als die Stärkere akzeptiert und glaubte nicht daran, daß sie ihr irgend etwas Böses zufügen wollte.

»Ich mag Essex auch«, meinte Cathleen, »aber manchmal fühle ich mich sehr einsam. Anne ist ja immer bei mir, aber manchmal ist das auch … ein bißchen eintönig. Ich würde so gern ein Gartenfest veranstalten, für die Leute der Umgebung.«

»Das ist sicher eine gute Idee.«

»Ich möchte, daß Sie auch kommen.«

»Oh, das ist sehr liebenswürdig, aber ich glaube, ich passe nicht so recht …«

»Ach was! Es kommen nicht nur Adelige.«

»Aber ich bin eigentlich noch nicht einmal neureich.«

»Sie sind Herrin von Marmalon. Damit gehören Sie dazu. Oh, bitte, sagen Sie ja! Dann kann ich bei Miss Brisbane behaupten, ich hätte schon Gäste eingeladen und die Sache sei nicht mehr rückgängig zu machen. Denn sie wird natürlich dagegen sein.«

Mary mußte lachen.

»Wenn soviel davon abhängt, komme ich natürlich. Vielen Dank.« Sie verschwieg, daß sie mit den benachbarten Gutsbesitzern Streit hatte. Ohnedies würden die sie bestimmt nicht von einem Besuch in Lavender Manor abhalten. Weder hatte sie Angst, noch hielt sie es für nötig, sich schuldbewußt zu verbergen.

Sie vereinbarten, daß das Fest am Sonntag der nächsten Woche stattfinden sollte, dann erklärte Mary Cathleen, wie sie zurück nach Lavender Manor kommen würde, und ritt selber zu ihren Schafen. Unterwegs überlegte sie, wieviel Ärger diese Einladung noch machen würde. Natürlich brauchte sie ein neues Kleid und das kostete wieder Geld. Ganz abgesehen von der Zeit, die das alles in Anspruch nehmen würde. Aber auch Will, mit dem sie am Abend darüber sprach, hielt es für richtig, daß sie hinging.

»Es ist notwendig, daß du anfängst, deine Legende aufzubauen«, sagte er, »Marmalon und Mary de Maurois, ihr müßt ein Begriff sein für die Menschen. Und je unangreifbarer du dich gibst, desto mehr werden sie dir vertrauen und das wird auch dem Verkauf unserer Sachen zugute kommen. Deshalb solltest du ruhig ein wenig hochstapeln. Auch wenn dein Herz blutet, Mary, laß dir ein teures Kleid schneidern und protze damit. Es wird sich lohnen.«

»Ja, du hast wohl recht. Aber, meine Güte, die Stoffe sind so teuer zur Zeit!«

»Irgendwann müßten wir sie eben selber herstellen. Weißt du, in einer dieser Manufacturen, wie sie jetzt überall entstehen. Die Stoffe werden nicht mehr zu Hause gewebt, sondern...«

Will unterbrach sich, als er Marys leuchtenden Blick sah.

»Aber noch nicht jetzt«, sagte er beunruhigt, »so weit sind wir noch nicht.«

»Natürlich nicht. Aber dein Einfall gefällt mir!«

Mary nahm Dilys mit nach Burnham, als sie dort den Stoff kaufte. Dilys war sehr hübsch und sehr eitel und eignete sich gut als Beraterin für derartige Anlässe.

»Was meinst du«, fragte Mary und zog einen dunkelgrünen Stoff hervor, »soll ich diesen nehmen? Es ist ein sehr schönes Grün.«

Dilys betrachtete sie kritisch.

»Nein, Madam, das würde ich nicht tun. Sie sind in diesem Jahr zu blaß für grün. Sie müssen etwas Schmeichelhafteres tragen, was Sie ein bißchen rosiger erscheinen läßt.« Sie wühlte in den Stoffen und zog schließlich eine pfirsichfarbene weiche Wolle hervor.

»Das ist genau das Richtige. Ihre Haare sind sehr dunkel dazu und Ihre Haut nimmt ein wenig diesen zartrosa Ton an.«

Die Händlerin war begeistert, denn Dilys hatte einen besonders teuren Stoff erwischt. Mary verzog gequält das Gesicht, als sie auch noch Unmengen von Seide und Spitzen kaufen mußte, um die richtige Wäsche und genügend wogende Unterröcke tragen zu können. Nicht, daß sie nicht Lust an diesen schönen Dingen gehabt hätte. Sie freute sich fast kindisch auf das fertige Kleid. Die Schneiderin hatte versprochen, ein Kunstwerk daraus zu machen, auch deshalb, weil es ihr schmeichelte, einen Auftrag von der geheimnisvollen Mrs. de Maurois zu bekommen. Mary begriff bei dieser Gelegenheit, daß ihr schon weit mehr Bekanntschaft vorauseilte, als sie geahnt hatte.

Das Kleid wurde tatsächlich ein Kunstwerk, jeder auf Marmalon bestätigte es ihr. Es bestand aus einem eng am Körper liegenden Mieder mit tiefem, runden Ausschnitt, das in einen üppigen Rock überging, der über einem Unterrock aus silberfarbener Seide geschlitzt war. Die weiten Ärmel waren mit silbrigen Perlen bestickt und schlossen sich in mehreren Reihen wogender Spitze um die Handgelenke. Seitlich öffneten sie sich über derselben silbergrauen Seide, die auch als Unterkleid verwandt worden war, und wurden einmal in der Mitte von breiten Samtbändern gerafft, auf denen sich feine, blaßgrüne Glassteine befanden. Mary hatte beschlossen, ihren Kopf unbedeckt zu lassen. Dilys flocht die Haare zu schweren Zöpfen, steckte sie auf und wand Ketten aus grünen Perlen hinein. Sie hatte in Burnham verschiedene Farben besorgt, seltsame brökkelige Klumpen von brauner, blauer und rötlicher Erde, die sie nun geschäftig mit kleinen Holzstampfern in verschiedenen Schüsseln zerstieß und mit aufgeschlagenen Eiern zu einem zähen Brei vermischte. Vorsichtig trug sie sie dann auf, rot auf Marys Lippen, bräunliche Farbe auf die Wangenknochen, zartes Blau auf die Augenlider. Mit einem Stück Kohle zeichnete sie die Brauen nach und betrachtete dann entzückt ihr Werk.

»Wunderschön sehen Sie aus, Madam«, sagte sie begeistert, »wie ein Engel!«

Auch Will, Tallentire und Mackenzie staunten, als sie Mary die Treppe herunterkommen sahen. So schön hatte keiner sie je erlebt. Eingehüllt in den reichen Stoff und mit den vielen Perlen im Haar sah sie so blaß, zart und zerbrechlich aus wie die feinsten Damen in den Londoner Straßen. Es war, als sei mit einem Mal das Rauhe der letzten Monate von ihr abgefallen, plötzlich konnte sich keiner mehr ihre scharfe Stimme, ihre zerrissenen Kleider, ihre kalten Augen vorstellen. Sie war von einem Moment zum anderen in eine neue Rolle geschlüpft und mit der ihr eigenen Begabung spielte sie sie vollkommen.

»Sie ist überirdisch«, murmelte Tallentire und sagte damit das, was alle dachten. Bis auf Will. Er zwinkerte Mary zu und sie gab seinen Blick lächelnd zurück, wohl wissend, was er hatte sagen wollen: Wunderbar, Mary! Du raffinierte, engelsgleiche Hochstaplerin, du wirst deine Sache gut machen!

Mackenzie begleitete Mary nach Lavender Manor, denn es galt als nicht ungefährlich für Frauen, allein über einsame Wege zu reiten. Mary tat das zwar immer, aber auf die Nachbarn würde es einen besseren Eindruck machen, wenn sie sich beschützen ließe. Mackenzie half ihr auf ihr Pferd, stieg dann auf sein eigenes und gleich darauf trabten sie über die immer noch wildbewachsenen Wege davon.

Mary bemerkte, daß Mackenzie sie ständig anblickte. Als sie einmal den Kopf zu ihm wandte, sah sie, daß seine Augen eindringlich auf ihr ruhten. Es war ihm nicht einmal peinlich, dabei ertappt zu werden, eher schien es sogar, als verziehe er den Mund zu einem ironischen Lächeln.

Mary hob die Augenbrauen.

»Was sehen Sie mich so an, Charles Mackenzie?«

»Ich habe über Sie nachgedacht«, erwiderte Mackenzie, »vorhin im Haus, als Sie die Treppe herunterkamen, da war es, als sei eine fremde, schöne Puppe zwischen uns getreten und jeder von uns, auch ich, geriet für ein paar Momente in ihren Bann. Überirdisch – war es nicht das, was Tallentire sagte?«

»Er sagte es. Aber Sie stimmen ihm nicht zu?«

»Nein. Sie sind nicht überirdisch, Mrs. de Maurois, Sie sind nur eine wunderbare Schauspielerin. Sie spielen entweder die Prinzessin oder die Gutsherrin mit der scharfen Stimme eines Feldherrn. Wie es die Stunde gerade erfordert. Sie sind die Irdischste, was es gibt. Eine Frau aus Fleisch und Blut, eine wirkliche Frau.«

»Ich weiß nicht, wie Sie das meinen!«

»Nein? Ich frage mich, wie Ihr Mann die lange Trennung von Ihnen erträgt. Und... wie Sie das aushalten...«

Marys Augen wurden schmal und kalt.

»Ich denke nicht, daß Sie das etwas angeht«, sagte sie unbeweglich.

Mackenzie nickte. »Da haben Sie wohl recht«, meinte er.

Sie ritten schweigend weiter. Mary überlegte, welchen Zweck Mackenzie mit diesem seltsamen Zwischenspiel verfolgt hatte. Nachträglich noch stieg Empörung in ihr auf. Eine Frau aus Fleisch und Blut hatte er gesagt – das ging entschieden zu weit! Er behandelte sie, als seien sie gleichgestellt, schlimmer noch, er betrachtete sie als Frau, auf die er ein wie auch immer geartetes Recht besaß. Möglicherweise würde sie sich vor ihm in acht nehmen müssen, wahrscheinlich hätte sie das von Anfang an tun sollen. Sie dachte an Brenda Mackenzie, die gerade ihr zehntes Kind erwartete und dieser erneuten Geburt ebenso elend und ohne Aufbegehren entgegensah wie all den anderen davor. Leise fröstelnd hob sie die Schultern.

Bei meiner Seele, ich würde dich eher töten als mich mit dir einzulassen, dachte sie zornig, ach, hätte ich das ganze Pack nur gleich davongejagt!

Leicht verstimmt langte sie in Lavender Manor an. Sie hatte das alte Haus seit vielen Jahren nicht mehr gesehen, aber es kam ihr warm und vertraut vor, als sie die breite, kiesbestreute Auffahrt entlangritt, die in den Hof vor dem Portal mündete. Rechts und links des Weges wuchs sorgfältig geschnittenes Gras, knospenbesetzte ausladende Kastanienbäume warfen breite Schatten. Darunter, auf den Wegen, der Wiese und auf der Freitreppe vor dem Portal tummelten sich Scharen von Menschen, Männer in Kniebundhosen, seidenen Strümpfen und flachen Schuhen, in prächtig bestickten Jacken und mit samtenen Baretts auf den gepflegten, rundgeschnittenen Haaren, Frauen in farbenfrohen Kleidern, mit federngeschmückten Hauben auf dem Kopf. Sie promenierten in der warmen Frühlingssonne, unterhielten sich leise und begutachteten einander mit scharfen Augen. Als Mary erschien, brachen alle Gespräche ab. In unverblümter Neugier starrte man ihr entgegen.

»Das ist Mary de Maurois«, flüsterte Sir Courday seiner Frau zu, während die anderen Männer ihre Gattinnen ebenfalls rasch davon in Kenntnis setzten. Ein allgemeines Getuschel hob an.

»Das ist sie? Aber die ist ja kaum zwanzig Jahre alt!«

»Sie ist sehr schön.«

»Ach was, meine Liebe, aufgetakelt ist sie. Schamlos viel Farbe hat sie im Gesicht.«

»Aber es steht ihr. Und das Kleid! Es muß ein Vermögen gekostet haben.«

»Viel zuviel Stoff für ein Nachmittagskleid. Völlig geschmacklos, so zu erscheinen.«

Mary ignorierte alles Gerede. Hoheitsvoll ließ sie sich von Charles Mackenzie vom Pferd helfen, aber sie warf ihm einen kurzen, angstvollen Blick zu.

Er sah sie zärtlich und ruhig an.

»Keine Sorge«, flüsterte er, »das sind keine Löwen in der Arena, das ist nur ein Haufen von aufgeplusterten Hühnern. Sie schaffen das!«

Er ging die Pferde versorgen, sie raffte ihre Röcke, hielt den Kopf hoch und schritt den Weg entlang, ohne sich umzusehen, wobei sie mit heißem Herzen hoffte, Cathleen werde von irgendwoher auftauchen und sie begrüßen. Sie konnte kaum ihre Erleichterung verbergen, als ihre Gastgeberin endlich auf sie zutrat.

»Wie schön, daß Sie gekommen sind, Mrs. de Maurois!« rief sie. »Und wie bezaubernd Sie aussehen!«

Mary lächelte lieblich.

»Vielen Dank, Lady Cavendor. Auch Sie sehen entzückend aus.«

»Anne! Wo ist denn Anne? Komm her, Anne, Mary de Maurois ist da!« Cathleen winkte eifrig. Anne trat heran, dunkel gekleidet wie stets, und mit ausdrucksloser Miene. Sie gab Mary nicht die Hand, sondern nickte ihr nur kühl zu. Es entstand eine verlegene Stille zwischen ihr, Mary und Cathleen.

Sir Courday neigte sich seinem Nachbarn, Sir Hadleigh, zu.

»Lady Cavendors Gouvernante«, allgemein nannte inzwischen jeder der Provinz Anne bei diesem Namen, »Lady Cavendors Gouvernante scheint Mrs. de Maurois nicht besonders zu mögen.«

»Natürlich nicht. Sie mag überhaupt niemanden, der ihr ihr Kind wegnehmen könnte!« Hadleigh betrachtete Cathleen nachdenklich. »Es ist eine Schande. Diese schöne, junge Frau, und lebt in der elenden Gefangenschaft einer alternden Jungfer. Sie sollte wieder heiraten und glücklich sein.«

Courday war der leise Unterton in der Stimme seines Freundes nicht entgangen. Er sah ihn scharf an.

»Du willst ihr doch wohl nicht den Hof machen?«

»Warum nicht?«

»Ich wünsche dir viel Mut. Die Brisbane kratzt dir die Augen aus.«

»Mit der werde ich noch fertig, das versichere ich dir.« Courday lächelte.

»Aber sieh nur, wie sie schon mit einer harmlosen Mary de Maurois umgeht«, meinte er, »als wolle sie sie am liebsten auf der Stelle vergiften.«

»Da muß sie doch keine Angst haben«, mischte sich Fennimere

ein, »Lady Cavendor wird nie die Freundschaft einer Frau wie dieser Maurois suchen.«

»Woher willst du das wissen? Wir würden diese Freundschaft doch auch suchen, oder nicht?«

Sie stießen sich an und lachten schallend.

»Benimm dich«, zischte Lady Courday, die wie alle übrigen Frauen längst begriffen hatte, daß sämtliche anwesenden Männer von der dahergelaufenen neureichen Schlampe fasziniert waren, »sieh sie nicht an, als wolltest du sofort mit ihr ins Bett!«

Sir Courday erstarrte, weil er sich nach fünfzehn Jahren Ehe noch immer nicht an die schonungslose Offenheit seiner Frau gewöhnt hatte, und bezwang sein Glächter.

Die erste Aufregung nach Marys Ankunft legte sich, alle wandten sich wieder ihren alten Gesprächspartnern zu, wenn auch nun der Gegenstand der Unterhaltung ein anderer geworden war. Diener gingen herum und boten in weiße Tücher gewickelte Wachteln an – eine Rarität in diesem Jahr und kaum zu bezahlen. Von irgendwoher erklang leise Spinettmusik; sie verschmolz mit dem Gezwitscher der Vögel und dem Zirpen des Windes in den Gräsern. Es roch nach sonnenwarmer Rinde und frischer Erde. Gedankenverloren betrachtete Mary Schneeglöckchen und Krokusse, die vor ihr aus der Wiese sprossen. Lady Cathleen kümmerte sich nicht um sie, sie war ganz mit Beschlag belegt von einem Herrn, der ihr offensichtlich Aufmerksamkeiten ins Ohr flüsterte, denn sie lachte hell und sah sehr jung aus. Mary meinte, ihn damals an jenem Abend in Marmalon gesehen zu haben, als der Trupp Männer zu ihr kam, um sie zur Rede zu stellen. Hadleigh hieß er oder so ähnlich.

Himmel, wenn das Brisbane sieht, dachte sie amüsiert. Dann ließ sie einen unauffälligen Blick über die anderen Gäste schweifen und seufzte leise. Weshalb war sie nur hergekommen, was wollte sie bei diesen Menschen? Sie sahen so übersättigt aus, so gelangweilt und mißmutig. Es kränkte sie, der Anziehungspunkt für verächtliche Blicke zu sein, selbst dann, wenn die Verächtlichkeit dem puren Neid entsprang; sie verbarg ihre Unsicherheit hinter einer hochmütigen Miene und wünschte sich Nicolas herbei. Guter Gott, was hätte er über die Leute gelästert, scharfzüngig, erbarmungslos treffend. Und dann wäre er hingegangen, hätte ihnen ihre Geldbeutel und Ringe und Armbänder gestohlen, wäre mit Mary im Galopp durch den Frühlingswald nach Hause geritten, sie hätten ihren Triumph gefeiert, hundert Kerzen angezündet und wären irgendwann erschöpft und satt und glücklich einander in den Armen liegend eingeschlafen. Statt dessen mußte sie hier allein stehen, den abschätzenden Mienen der anderen standhalten und den Widerwillen herunterkämpfen, der sie beim Anblick von wachtelschmatzenden Mündern und fettverschmierten Kinnen überfiel. Auf einmal dachte sie, sie würde es keinen Moment länger ertragen. Ich will nach Hause, dachte sie, sofort will ich nach Hause. Verdammtes Pack, warum soll ich mich ihnen aussetzen?

Schon wollte sie loseilen, da trat jemand von hinten an sie heran und eine männliche Stimme sagte:

»Miss Frances Clark, wenn ich mich nicht täusche?«

Irgendwo tief in ihrem Gedächtnis rief dieser Name eine Erinnerung wach, ließ alten Schrecken neu erstehen und entfachte ein Gefühl der Panik in ihr, von dem sie im gleichen Moment, da es erwachte, wußte, daß sie es bereits einmal gefühlt hatte. Einen winzigen Moment lang gab sie sich noch der Hoffnung hin, sie könne die Augen schließen und auf diese Weise der Begegnung entgehen, aber da war der Mensch hinter ihr schon um sie herum getreten und stand ihr von Angesicht zu Angesicht gegenüber.

»Ja, natürlich, Sie sind Frances Clark!«

Sie hob ihren Blick, der sich völlig unsinnig auf ein Schneeglöckchen konzentriert hatte, und ließ ihn auf Archibald Claybourghs feistem, gerötetem Gesicht ruhen.

Es waren fünf Jahre seit ihrer Begegnung in London vergangen, aber keiner von beiden konnte einen Moment lang darüber im Zweifel sein, wen er vor sich hatte, dafür hatten sie einander damals zu eindringlich betrachtet; sie aus ihrer Angst und ständigen Fluchtbereitschaft heraus, er, weil er sie begehrt hatte wie selten zuvor eine Frau.

Archibald hatte sich kaum verändert, nur war er sehr dick geworden. Er trug noch immer einen gepflegten Bart und sehr sorgfältig geschnittene, leicht gewellte Haare. Seine Finger waren noch üppiger mit Ringen bestückt als damals, sie blitzten so aufdringlich, daß Mary sie unwillkürlich betrachtete.

Archibald merkte es und sagte lächelnd: »Sie sehen, ich habe mich erholt!«

»Ja... ja, ich sehe...« Mary wußte nicht, was sie sagen sollte. Archibald genoß ihre Verwirrung. Er hatte sie derart überrumpelt, daß sie zunächst gar nicht daran dachte, das frühere Zusammentreffen mit ihm einfach abzustreiten. Er betrachtete ihr zur Seite gewandtes Gesicht mit aufdringlicher Neugier. Es hatte ihn maßlos überrascht, sie hier plötzlich unter all den Menschen zu entdecken. Sein Landsitz lag ein Stück weiter entfernt, so daß er die Ärgernisse um die neue Herrin von Rosewood nicht unmittelbar mitbekommen hatte, aber man hatte ihm von Mary de Maurois erzählt und wie viele Menschen heute war er zu diesem Gartenfest vor allem deshalb gekommen, weil er sie sehen wollte. Zunächst hatte er zu weit entfernt gestanden, um sie zu erkennen, aber dann, im Näherkommen, war ihm vor Überraschung der Mund offen stehengeblieben. Natürlich sah sie anders aus als früher, deutlich älter, sehr mager. Ohne den unmöglichen Hut und den vielen billigen Schmuck wirkte sie wesentlich weniger gewöhnlich. Sie war beinahe schöner als damals, zumindest auf eine andere, ungewöhnlichere und damit anziehendere Weise schön.

»Ich muß sagen, daß ich recht überrascht bin, Sie hier zu treffen«, meinte er nun, »und dann auch noch unter einem ganz anderen Namen. Wie nennen Sie sich jetzt? Mary de Maurois? Stimmt das, oder sind Sie Frances Clark – oder jemand ganz anderes?«

Mary hatte sich endlich gefaßt und konnte Archibald klar in die Augen sehen. »Ich weiß nicht, wovon Sie sprechen. Ich weiß nicht einmal, wer Sie sind!«

»Ach, verzeihen Sie«, Archibald machte eine ironische Verbeugung, »habe ich wirklich vergessen, mich vorzustellen? Sir Archibald Claybourgh von Sluicegates!«

»Sehr erfreut, Sir Claybourgh. Ich bin Mary de Maurois von Marmalon.«

Archibald lachte glucksend. »Sie machen das sehr hübsch, Miss Clark, nein, Mrs. de Maurois soll ich Sie ja nennen. Von mir aus können wir gern weiterspielen, aber erscheint Ihnen das nicht ein bißchen sinnlos? Wir wissen doch beide, wer Sie sind und was damals geschehen ist!«

»Sie würden sehr große Schwierigkeiten haben, mir das heute noch nachzuweisen, Sir Claybourgh.«

»Das gefällt mir schon besser. Auf einmal hat sie sich doch erinnert. Ja, in der Tat, es wäre schwierig, noch etwas nachzuweisen, auch wenn Sie«, er griff nach ihrer Hand und hob sie hoch, »auch wenn Sie einen Beweis recht deutlich mit sich herumtragen!« Er berührte leicht den zarten Brillantring an ihrem Finger.

Mit einer wütenden Bewegung entriß sie ihm ihre Hand und fauchte: »Kein Wort mehr, Sir Claybourgh! Auch dieser Ring ist nicht der allergeringste Beweis!«

Archibald lächelte. »Leise, meine Liebe. Man beobachtet uns. Alle sehen schon ganz pikiert her.«

»Und das ist Ihnen unangenehm, nicht wahr? An Ihrer Stelle, Sir Claybourgh, würde ich mir eines ganz genau überlegen: Wer von uns beiden kommt wohl schlechter weg, wenn Sie die Geschichte hier in der Grafschaft herumtragen? Die siegreiche Räuberbraut oder der bestohlene Narr, der von einem aufgetakelten Mädchen so fasziniert war, daß er ohne größere Schwierigkeiten regelrecht ausgeraubt werden konnte?«

Das Rot auf Archibalds Gesicht vertiefte sich, er zog seine Mundwinkel hinab, was ihm einen häßlichen, grausamen Ausdruck gab. Er packte Marys rechtes Handgelenk so heftig und schmerzhaft, daß sie kaum einen Schrei unterdrücken konnte.

»Nehmen Sie sich in acht, Mrs. de Maurois«, stieß er hervor. »Ich lasse mich nicht lächerlich machen, und von einer dahergelaufenen Schlampe wie Ihnen schon gar nicht!«

Mary entwand ihm ihren Arm, wobei sie aus den Augenwinkeln feststellte, daß inzwischen jeder im Park sie beide voller Aufmerksamkeit beobachtete.

»Sie machen sich bereits lächerlich«, zischte sie, »nun lassen Sie mich schon los! Habe ich Sie damals so sehr getrofffen? Lieber

Himmel«, sie strich ihr Kleid glatt und warf den Kopf zurück, »es war eine Jugendtorheit, nichts weiter. Und wie Sie selber schon feststellten, hat es Ihnen nicht zu sehr geschadet!«

»Eine Jugendtorheit? Dafür sind Sie viel zu raffiniert zu Werke gegangen.« Archibald keuchte, sehr langsam beruhigte er sich wieder. Solange Mary überrumpelt und entsetzt gewesen war, hatte er von ihrem gemeinsamen Abenteuer mit lässigem Lachen sprechen können, nun, da sie ihn so höhnisch ansah, stieg in ihm die Erinnerung an die einstige Schmach auf und ließ ihn in hilflosen Zorn fallen.

»Wer war Ihr Komplize in der Sache?« fragte er. »Ein Mann oder eine Frau?«

»Das ist doch ganz gleichgültig. Es ist so lange her!« Sie lächelte leicht, und das erbitterte ihn noch mehr.

»Glauben Sie nicht, ich hätte es vergeben oder auch nur vergessen«, sagte er heftig, »ich...«

Er wurde unterbrochen von zwei Frauen, die auf einmal hinzutraten. Es waren Anne Brisbane und ein sehr junges, blondes Mädchen mit zartem Gesicht, aber einem etwas einfältigen Blick.

»Ich habe dich schon gesucht, Archibald«, sagte es mit sanfter Stimme. Archibald knurrte etwas.

»Meine Frau, Lady Patricia Claybourgh«, stellte er dann unfreundlich vor, »Patricia, dies ist Mary de Maurois von Marmalon.«

»Wie schön, Sie kennenzulernen, Mrs. de Maurois! Ich habe den Eindruck... mein Mann und Sie kennen einander bereits?« Die Frage kam von Patricia völlig arglos, aber Mary bemerkte ein boshaftes Aufleuchten in Annes Augen.

»Wir sind uns in London einmal flüchtig begegnet«, murmelte Archibald.

Anne hakte sofort ein. »So flüchtig kann es nicht gewesen sein. Ihre Unterhaltung eben schien mir recht impulsiv!«

Patricia lachte silberhell. »Sicher hat er der armen Mrs. de Maurois Vorwürfe gemacht, weil sie ihre Waren auf dem Markt so billig anbietet – deswegen sind doch hier alle böse auf sie, nicht?«

Mary fand Patricia Claybourgh ziemlich dumm. Unter anderen

Umständen wäre ihr dieser Ausspruch peinlich gewesen, aber jetzt griff sie ihn dankbar auf.

»So ist es«, sagte sie, »jeder greift mich deshalb an. Sogar während eines idyllischen Gartenfestes.«

»Jeder hier haßt Sie«, sagte Anne zufrieden, aber Patricia stimmte sogleich ihr helles Gezwitscher an. »Nein, das dürfen Sie nicht sagen, Miss Brisbane!« rief sie. »Mrs. de Maurois ist so reizend und so hübsch! Die Leute werden sie bald sehr gern mögen. Wollen wir Freundinnen sein, Mrs. de Maurois?«

»Oh... ja, natürlich gern«, erwiderte Mary überwältigt und dachte, daß Patricia wirklich ausgesprochen dumm war. Immerhin konnte es nützlich sein, sich mit ihr gut zu stellen, besonders, wenn Archibald noch irgendwelche Bosheiten ausbrüten würde. Sie sah ihn unsicher an und bemerkte gleich darauf, daß Anne dieser Blick nicht entgangen war. Die Vorstellung, gleich zwei Menschen gegenüberzustehen, die sie haßten, machte ihr angst.

Abrupt trat sie ein paar Schritte zurück. »Ich glaube, ich muß nun gehen«, sagte sie, während sie verzweifelt überlegte, welchen Grund sie für ihren überstürzten Aufbruch angeben könnte, »ich...«

Wieder war es Patricia Claybourgh, die ihr aus der Verlegenheit half. »Ach ja, ich habe gehört, Sie führen Ihr Gut ganz allein«, rief sie entzückt, »das bedeutet sehr viel Arbeit, nicht wahr? Da können Sie nicht einfach einen ganzen Tag lang fortbleiben!«

»So ist es«, bestätigte Mary, »außerdem habe ich eine kleine Tochter, die...«

»Wie reizend! Ich habe einen kleinen Sohn. Wir sollten die beiden einmal zusammenbringen, finden Sie nicht auch?«

»Ja, das wäre schön. Besuchen Sie mich doch einmal in Marmalon, Lady Claybourgh. Miss Brisbane, bitte entschuldigen Sie mich bei Lady Cathleen. Ich kann sie im Moment nicht sehen!« Nach einer Pause fügte sie noch boshaft hinzu: »Sie ist ja auch sehr beschäftigt mit Sir Hadleigh!«

Annes Stimme klang spröde wie Eis, als sie erwiderte: »Gehen Sie nur. Ich werde es Mylady erklären.« Ihre Miene verriet, daß sie Mary äußerst undamenhaft und unhöflich fand. Mary wußte selber, daß ihr Benehmen zweifelhaft war, aber weder Anne noch Archibald konnte sie jetzt länger ertragen. Obwohl sie wußte, daß alle Blicke ihr folgten, lief sie durch den Garten, immer schneller, bis sie beinahe rannte.

»Was hat sie denn?« fragte Fennimere erstaunt. »Als wäre der Teufel hinter ihr her...«

»Irgend etwas war zwischen ihr und Claybourgh«, erwiderte Courday, »seltsam, nicht wahr?«

Vor dem Parktor wartete Mackenzie mit den Pferden. Er hatte friedlich im Gras gelegen und sprang auf, als Mary herbeigeeilt kam.

»Ist das Fest schon vorbei, Madam?«

»Nein... nein, es ist nicht vorbei. Aber ich möchte heim!«

»Ist etwas passiert? Sie sind so aufgeregt!«

»Ach, ich bin nicht aufgeregt.« Mary versuchte, die Perlenketten in ihrem Haar wieder in Ordnung zu bringen. »Es ist nur... ich mag diese Leute nicht. Und sie mögen mich nicht. Aber das kann mir ja gleich sein.«

Sie stiegen auf ihre Pferde und ritten davon. Der dämmrige Wald und das leise Schnauben der Tiere beruhigten Marys aufgewühlte Gedanken. Archibald Claybourgh war erschienen, nach fünf Jahren, und das hatte sie maßlos erschreckt. Aber was sollte schon geschehen? Er konnte nichts beweisen, er konnte höchstens versuchen, ihren Ruf in der Grafschaft zu zerstören, aber wessen Ruf hätte am Ende wohl am meisten gelitten? Die lächerliche Figur in der Geschichte war er, nicht sie. »Er wird sich hüten, den Mund aufzumachen«, murmelte sie.

Mackenzie sah sie an. »Was?«

»Nichts. Ich habe mit mir selbst gesprochen.«

Sie ritten weiter, bis Mackenzie plötzlich sein Pferd zügelte und den Kopf hob.

»Merken Sie nichts?« fragte er. Mary sah sich erstaunt um.

»Nein. Was ist denn?«

»Es riecht nach... ich kann mich täuschen, aber...«

»Wonach riecht es?«

»Nach Feuer.«

»Nach Feuer? Ich rieche aber nichts. Sie müssen sich täuschen.«

In Marys Stimme schwang Erschrecken. Mackenzie legte beruhigend seine Hand auf ihren Arm.

»Es kann wirklich ein Irrtum sein. Warten Sie, bis wir aus dem Wald heraus sind.« Er trieb sein Pferd zum Galopp an, Mary folgte ihm. Als sie auf die Wiesen hinaus galoppierten, schrie Mary auf.

»Oh, Charles, Sie hatten recht! Dort ist Rauch! Himmel, Marmalon...« Sie konnte den Satz nicht vollenden, denn jähes Entsetzen schnürte ihr die Kehle zu und plötzlich schluchzte sie, heftig und unvermittelt. Die Erinnerung an die schlimmste Nacht ihres Lebens wurde wieder lebendig, der laue Märztag löste sich auf, wurde zur eisigen Winternacht, die Frühlingswiesen zu den kalten Gassen von Shadow's Eyes, voller Menschen, Stimmen und Grauen, und im Wind schwang die Asche. Die feine Rauchfahne im blauen Himmel war der glutrote Feuerschein in der Nacht.

Mary schrie auf. »Nein, nicht noch mal! Nicht noch mal! Ich kann es nicht noch mal ertragen...« Die Tränen stürzten ihr in die Augen.

Mackenzie lehnte sich zu ihr hinüber und umklammerte ihre beiden Arme. »Nehmen Sie sich zusammen, Madam«, befahl er barsch, »das ist nicht Marmalon, was dort brennt. Dafür ist gar nicht genug Rauch da!«

Seine Stimme beruhigte Mary.

»Sie haben recht«, sagte sie, »aber irgend etwas brennt, und wir sollten nachsehen, was es ist.«

Er lächelte und ließ ihre Arme los.

»Das ist wieder Mary de Maurois, wie ich sie kenne«, sagte er, »ich hätte gar nicht gedacht, daß Sie weinen können.«

Mary erwiderte nichts darauf und ohne ein weiteres Wort setzten sie ihren Weg fort.

Daheim empfing sie helle Aufregung. Fünf von Mackenzies Kindern stürzten ihnen schreiend entgegen.

»Feuer!« brüllten sie. »Es brennt! Es brennt!«

Mackenzie sprang vom Pferd. »Wo brennt es? Wo ist Tallentire?«

Brenda trat aus dem Haus, schmutzig und ungekämmt wie immer, und ebenso teilnahmslos wie an jedem anderen Tag. »In den Schafställen hat es gebrannt«, erklärte sie müde, »hinten auf den Koppeln. Die meisten Männer sind jetzt dort.«

»Und wie sieht es aus?«

»Es heißt, sie hätten es unter Kontrolle.«

Mackenzie schwang sich erneut auf sein Pferd.

»Ich reite auch dorthin. Madam, Sie warten hier!«

»Nein, ich komme mit.«

»Sie warten! Auf Feuer scheinen Sie aufgeregt zu reagieren, und ich habe keine Lust, Sie ein zweites Mal zur Ruhe bringen zu müssen!« Schon verschwand er. Seine letzten Worte hatten so scharf geklungen, daß Mary seinem Befehl verdattert Folge leistete. Sie rutschte vom Pferd und sah, daß Brenda sie mit einem seltsam aufmerksamen Blick beobachtete.

»Was ist?« fragte sie unwillig.

Brenda schüttelte den Kopf. »Nichts, Madam.«

»Bringen Sie mein Pferd in den Stall!« Mary sah der kleinen, mageren Gestalt nach, wie sie zu den Ställen hinüberging. Sie begriff erst jetzt, daß Brenda ja soeben Zeugin einer Begebenheit geworden war, die sie vor die merkwürdige Erkenntnis stellen mußte, daß ihr Mann es erneut erreicht hatte, zum Herrn über Marmalon zu werden. Sie seufzte. Es durfte ihr nicht noch einmal passieren, daß sie sich den Befehlen von Charles Mackenzie unterwarf.

Sie betrat die Eingangshalle, in der ihr Dilys aufgeregt entgegeneilte. »Haben Sie es schon gehört, Madam? Die Schafställe brennen!«

»Ja, Dilys, ich habe es gehört. Aber soviel ich weiß, ist das Schlimmste vorüber.« Mary fuhr sich mit der Hand über die Stirn. Sie merkte, daß sie Kopfschmerzen bekam und daß ihr die feinen, staubdurchwirbelten Sonnenstrahlen, die in die Halle fielen, in den Augen weh taten.

»Ach, Dilys, hilf mir, aus diesem Kleid zu kommen«, bat sie erschöpft, »ich muß mir etwas anderes anziehen. Wer weiß, was heute noch auf mich zukommt!«

»Wie war denn das Fest?« erkundigte sich Dilys neugierig. »Ich bin sicher, Sie waren die schönste Frau dort, Madam!«

»Das Fest... ja, ich...« Mary sah Dilys' erwartungsvolle Miene, lächelte und beschloß, nicht zu sagen, wie es wirklich gewesen war. Dilys hatte sich so viel Mühe mit ihrem Kleid und ihrer Frisur gegeben.

»Es war schön«, sagte sie daher, »jeder hat die Farbe meines Kleides bewundert. Du hast es wirklich gut ausgesucht.«

Dilys strahlte. Eifrig plappernd begleitete sie Mary die Treppe hinauf. Oben begann sie ausführlich und in allen Einzelheiten von dem aufregenden Nachmittag zu erzählen.

»Weißt du denn, wie das geschehen konnte?« unterbrach Mary sie nach einer Weile.

»Nein. Aber es ist seltsam, nicht? Ich meine, gestern hat es noch geregnet und alles ist feucht... ja, wenn es Sommer wäre...«

»Ich werde versuchen, es herauszubekommen«, sagte Mary, »oh, Dilys, nimm mir die Ketten aus dem Haar. Sie sind sehr hübsch, aber langsam machen sie mich nervös!«

Dilys kam ihrem Wunsch nach. Dann auf einmal stieß sie einen Schrei aus und wies zum Fenster.

»Sehen Sie nur, Madam, da kommen die Männer! Oh, und einen tragen sie!«

Mary stürzte ans Fenster. Mit beiden Händen zerrte sie ungeduldig an den Schnüren ihres Mieders.

»Nun binde das schon zu, Dilys!« rief sie. »Und dann schnell das Kleid. Ich muß sofort hinunter und nachsehen, was geschehen ist!«

Mit aufgelösten Haaren stürzte sie endlich die Treppe hinunter. In der Halle standen die Knechte in zerrissenen Kleidern und mit rußgeschwärzten Gesichtern. Zwischen ihnen auf dem Boden lag eine zusammengekrümmte Gestalt, über die sich das Küchenmädchen Allison mit erschrockenen Augen beugte. Als sie Mary sah, richtete sie sich auf.

»Madam«, sagte sie schluchzend, »es ist Tallentire. Er ist bewußtlos! Ach, Madam, er atmet so schwer!«

Mary drängte sich zwischen den Männern hindurch und kauerte neben Tallentire nieder. Er lag auf der Seite, so daß sie sein Gesicht nicht erkennen konnte, aber sie hörte seinen lauten, rasselnden Atem. Aber etwas anderes erschreckte sie noch viel mehr und ließ sie grauenerfüllt zurückweichen: der widerwärtige, bittere Gestank von verbranntem Fleisch, den der Mann vor ihr ausströmte.

»Lieber Gott«, hörte sie sich sagen, »was ist denn mit ihm geschehen?«

»Wie eine Fackel hat er gebrannt«, erklärte einer der Männer, »wir sind zu fünft über ihn hergefallen, um ihn zu löschen. Seither hat er kein Bewußtsein mehr.«

Mary entdeckte nun erst, daß der Verletzte unter einer Decke lag. Vorsichtig hob sie eine Ecke hoch, um sich gleich darauf mit schneeweißem Gesicht abzuwenden. Eine Hand griff nach ihrem Arm und sie sah Charles Mackenzies Gesicht dicht über ihrem.

»Sehen Sie es sich nicht noch einmal an«, sagte er sanft, »wirklich kein schöner Anblick.«

»Nein, nein... es... ist...« Was sie gesehen hatte, war eine schwarze, blutige Masse gewesen, nicht mehr erkennbar, zu welchem Körperteil sie gehörte, stinkend wie die Pest und leise zukkend. Ein Mensch als Fackel... Sie kämpfte gegen den neu ansteigenden Brechreiz an, im Kopf den Gedanken: Nicht vor ihnen! Ich werde nicht vor all diesen Männern... schon gar nicht vor Mackenzie. Sie versuchte sich aufzurichten, aber ihre Beine gaben nach. Schon drehte sich die Halle um sie, da ertönte die wehleidige, schrille Stimme ihrer Tochter Jane.

»Mutter! Warum kommst du nicht zu mir? Du hattest versprochen...«

Die Stimme reichte aus, Marys Lebensgeister zu wecken. Sie kam endlich auf die Füße, auch wenn ihr bei dieser Anstrengung am ganzen Körper der Schweiß ausbrach.

»Ach, Jane, mein Liebling, dich hatte ich ganz vergessen«, sagte sie. Ihre Stimme klang etwas zitterig. »Komm besser nicht her. Der arme Mr. Tallentire ist krank. Vielleicht gehst du besser mit Allison in die Küche und läßt dir etwas zu essen geben.«

»Ich will, daß du mir zu essen gibst! Ich will, ich will, ich will!« Jane stampfte mit dem Fuß auf.

Allison nahm ihre Hand. »Komm doch mit, Jane. Ich erzähle dir auch eine Geschichte!« Unwillig ließ sich Jane davonführen.

Mary hatte sich inzwischen gefangen. »Tragt ihn in sein Zimmer«, befahl sie den Männern, »und jemand soll den Doktor aus Burnham holen.«

Sie wandte sich an Mackenzie. »Wie sieht es bei den Schafställen aus?«

Mackenzie machte ein bedauerndes Gesicht. »Sie sind völlig niedergebrannt. Gott sei Dank ist kein Schaf ums Leben gekommen. Aber eine von den trächtigen Schafstuten bringt jetzt ihr Junges zu früh zur Welt.«

»Ist jemand bei ihr?«

»Ja, es sind Leute draußen. Glücklicherweise beginnt jetzt der Sommer und wir brauchen die Ställe nicht so dringend. Bis zum Winter haben wir neue gebaut.«

Mary nickte langsam. Sie sah den anderen Männern nach, die Tallentire vorsichtig die Treppe hinauftrugen.

Er stöhnte leise.

»Wie konnte das passieren?« fragte Mary mit gedämpfter Stimme.

»Was? Das mit Tallentire?«

»Nein, ich meine das Feuer. Die Wiesen sind alle ganz feucht, ich kann mir nicht vorstellen, wie...«

»Brandstiftung.«

»Meinen Sie wirklich?«

»Das ist die einzige Erklärung. Das Feuer konnte nur von innen entstehen, denn im Stroh war es natürlich ganz trocken.«

»Aber wer sollte das tun?«

Mackenzie grinste. »Haben Sie wirklich gar keine Vorstellung, Mrs. de Maurois? Ich denke, es gibt ein paar Leute hier in der Gegend, die durchaus ein Interesse daran haben könnten, Ihnen zu schaden.«

»Aber glauben Sie, einer von denen würde so etwas tun?«

»Natürlich. Sie unterbieten ihre Preise und tun ihnen damit das Schlimmste an, was Sie nur tun können, Sie treffen sie an ihrem Geldbeutel. Darauf haben die schon immer wie gereizte Wildkatzen reagiert.«

»Aber wer von ihnen...«

»Ich weiß nicht. Fennimere ist äußerst aggressiv, er könnte

auf einen solchen Einfall kommen. Aber auch den vornehmen Claybourgh sollte man nicht unterschätzen, er gilt als heimtükkisch. Greene ist der größte Geizhals von ganz Essex, den haben Sie bestimmt am empfindlichsten verletzt... ach, es kann jeder sein!«

»Ja, und jeder war bei Lady Cathleens Gartenfest. Niemandem kann etwas nachgewiesen werden. Sie beauftragen irgendwelche Knechte, zu denen sie Vertrauen haben, und während die die schmutzige Arbeit machen, genießen die hohen Herren den warmen Sonnenschein. Glauben Sie, so etwas kann noch einmal vorkommen?«

»Ja. Solange, bis die Täter ihr Ziel erreicht haben. Und wir wissen beide, was dieses Ziel ist.«

Mary nickte. »Ich muß mich ihren Preisen angleichen. Oder verschwinden.«

»So ist es.«

Sie sah ihn hilflos an. »Und was tun wir jetzt?«

»Warum fragen Sie mich das? Marmalon gehört Ihnen. Sie sind verantwortlich, nicht ich!«

»Oh«, sagte Mary zornig, »so einfach ist das nicht. Wenn hier alles zugrunde geht, dann sind Sie auch mit dran, Mr. Mackenzie. Und im übrigen glaube ich, daß gerade Sie lügen, wenn Sie so tun, als sei Ihnen das alles hier ganz gleichgültig. Mit jeder Faser Ihres pechschwarzen Herzens hängen Sie an Marmalon!«

Mackenzie starrte sie schweigend an. Ein flirrender Sonnenstrahl fiel auf sein Gesicht und erhellte seine Haut zu gespenstischer Bleichheit. Für einen Augenblick fiel die Maske lächelnder Überlegenheit von ihm ab und er erwiderte heftig: »Ja, bei Gott, Mary, wenn ich dieses... pechschwarze Herz je an irgend etwas gehängt habe, dann an dieses Land. Marmalon bedeutet mir alles. Sie halten mich für einen faulen Lumpen, und vielleicht bin ich das auch, aber ich habe in Marmalon nie den großartigen, reichen Herrensitz gesehen, von dem Sie träumen. Ich habe das Unkraut auf den Wegen geliebt und die bröckelnden Steine des Hauses, und die wilden Felder, auf denen alles wuchs, bunt, blühend und immer neu, auch wenn es kein Korn war. Was Sie nun daraus machen wollen, das ist...« er suchte nach Worten, machte eine wegwerfende Handbewegung, »nun ja, es wird eben aussehen wie jeder Landsitz!«

Mary hatte diesem Ausbruch mit Verwunderung gelauscht. Sanft erwiderte sie: »Sie müssen mich verstehen. Ich bin so... so bitter arm gewesen als Kind. Geld zu haben bedeutet für mich vor allem, etwas vergessen zu können, woran ich nie wieder denken möchte, solange ich lebe. An das stinkende Stroh, auf dem ich schlief, die schmutzstarrenden Kleider, die ich trug, und all die Menschen, die... ach, verstehen Sie doch, ich bin nicht kalt und gierig, aber ich brauche Geld, um mich zu schützen, vor meinen Träumen nachts und vor meinen schrecklichen Erinnerungen.« Sie hielt inne. »Ich weiß nicht, ob Sie mich verstehen.«

Mackenzie griff nach ihrer Hand, seine Finger schlossen sich fest um ihre. »Doch«, sagte er sanft, »ich verstehe es.«

»Wirklich? Es ist so schön, daß Sie mich verstehen. Und denken Sie nicht, ich wüßte nicht, was Sie meinen, wenn Sie von Marmalon reden. Sie lieben seine alte, verträumte Schönheit, die Zärtlichkeit dieser Wildnis, Sie träumen davon, im warmen Gras zu liegen, in den blauen Himmel zu sehen und an nichts zu denken, schon gar nicht an das elende Geld... ach, manchmal träume ich auch davon...« Marys Stimme schwankte. Es war zuviel geschehen an diesem Tag. Das schreckliche Gartenfest mit den vielen neugierigen, boshaften Menschen, das plötzliche Auftauchen von Sir Claybourgh, der Brand und der schwerverletzte Mr. Tallentire. Sie ließ einfach zu, daß sie hier viel zu dicht vor Charles Mackenzie stand, und daß er ihre Hand hielt. Das Licht in der Halle wurde dämmrig, denn nun versank die Sonne hinter den Wipfeln des Waldes.

»Ich weiß, daß Sie davon träumen, Mary«, sagte Mackenzie leise. Seine dunklen Augen ruhten eindringlich auf ihr. Sie seufzte schwach.

»Sie... sind manchmal wie Nicolas«, sagte sie, müde und ohne darüber nachzudenken. Gleich darauf fühlte sie seine Hände härter um ihre Arme und spürte, wie er sie zu sich heranzog, bis sie eng an ihn gepreßt vor ihm stand. Verwirrt hob sie den Kopf, da hatte er sich schon zu ihr hinabgeneigt und seine Lippen berührten ihre, so heftig und unentrinnbar, daß sie keinen Widerstand leistete. Ein lang verloschener, fast vergessener Funke entzündete sich in ihrem Körper, ließ sie zittern vor Freude. Irgendwo klang eine Warnung in ihr, aber ihre Leidenschaft und eine heftige Sehnsucht nach Zärtlichkeit waren stärker. Seine Arme glitten streichelnd über ihren Rücken, hart drückte sie ihre Fingernägel in seine Arme.

Mein Gott, das darf doch nicht sein, dachte sie wirr, ich muß an... Nicolas...

Charles sah sie an. »Du kannst dir nicht vorstellen, wie ich auf diesen Moment gewartet habe«, sagte er leise, »vom ersten Augenblick an, da ich dich sah, habe ich dich geliebt, ich war verrückt nach dir, ich habe darum gebetet, daß ich dich eines Tages...« Er küßte sie wieder, sanfter diesmal und zarter als vorher. Marys Erregung, die ihren ganzen Körper erfaßt hatte, besänftigte sich. Ihr kam zu Bewußtsein, wer sie in den Armen hielt, und auf einmal nahm sie auch wieder deutlich wahr, daß sie in der Halle von Marmalon stand, daß das Haus voller Menschen war und daß sie etwas taten, was sie weder hätten rechtfertigen noch erklären können.

»O nein!« Sie wich zurück und sah Charles ebenso fassungslos wie wütend an. »Lassen Sie mich sofort los! Lassen Sie mich los! Was fällt Ihnen ein?« Sie wand ihre Arme hin und her, um sie aus seinem Griff zu befreien.

Charles schüttelte sie leicht. »Mary, nun werden Sie nicht verrückt! Ich hatte wirklich den Eindruck, daß...«

Es gelang ihr, eine Hand freizubekommen. Als Charles erneut danach greifen wollte, hob sie den Arm und schlug ihm mit aller Kraft ins Gesicht.

Er ließ sie sofort los und trat einen Schritt zurück. Sie standen einander gegenüber, Mary schwer atmend vor Zorn, Charles zutiefst überrascht. In die Stille hinein erklang von weither Allisons trällernde Stimme, mit der sie der mißmutigen Jane ein Lied vorsang.

»Wie können Sie es nur wagen«, sagte Mary schließlich, »Sie wissen genau, daß ich eine verheiratete Frau bin, und nur weil mein Mann nicht hier ist, glauben Sie, daß ich... ach, was weiß ich, was Sie glauben!«

Mackenzie lächelte. »Ihre Reue jedenfalls ist beinahe so leidenschaftlich wie Ihre Sünde«, sagte er ruhig, »allerdings fürchte ich, daß Ihr Zorn eher Sie als mich trifft, meinen Sie nicht auch?«

Marys Augen funkelten wütend. »So, mich soll er treffen? Weil ich, nach all dem Schrecklichen, was heute geschehen ist, für einen Moment schwach war und Sie das schamlos ausgenützt haben für Ihre niedrigen und gemeinen Zwecke... oh, und ich habe kaum gemerkt, was geschehen ist...«

»Sie haben es sehr genau gemerkt. Hören Sie, Mary, toben Sie ruhig Ihre Wut aus, das verstehe ich, aber versuchen Sie nicht, mir die hehre Unschuld vorzuspielen, die sind Sie nämlich nicht. Was geschehen ist, das haben Sie sowohl gemerkt als auch gewollt, und einen Dreck haben Sie dabei an Ihren Nicolas gedacht!«

Die Dreistigkeit, mit der er ihr Nicolas' Namen um die Ohren schlug, entrüstete sie zutiefst.

»Sie vergessen, wer die Herrin auf Marmalon ist!« fauchte sie.

Mackenzie sah sie gelassen an. »Nein. Und wenn Sie mich jetzt hinauswerfen wollen...«

»Ich sollte es tun, ich sollte es wirklich tun!«

»Warum tun Sie's dann nicht?«

»Weil... weil mir Ihre Frau sehr leid tut und Ihre armen neun Kinder, und das zehnte, das Sie leichtsinnigerweise auch schon wieder...« Sie brach errötend ab.

Mackenzie lächelte behaglich. »Was denn?«

»Ach, halten Sie Ihren Mund!« Mary drehte sich um und eilte durch die Halle auf die Treppe zu. Von oben erklang das Stimmengewirr der Männer, die den verletzten Tallentire in sein Schlafzimmer getragen hatten. Sie wollte zu ihm gehen, dort wurde sie gebraucht, und zum Teufel mit Charles Mackenzie! Schon war sie auf der ersten Stufe, da hielt seine Stimme sie noch einmal zurück.

»Ich weiß, warum Sie mich nicht hinauswerfen«, sagte er gelassen, »und Sie wissen es auch!«

Gegen ihren Willen sah sie sich zu ihm um. Breitbeinig stand er unten auf dem Schachbrettfußboden der Halle, die Kerzen an den Wänden warfen zuckende Schatten auf sein Gesicht und ein warmes, goldenes Licht auf seine dunklen Haare. Sein weißes Hemd war schmutzig und zerknittert und auf der rechten Wange hatte er einen großen Rußfleck.

»Ja, ich weiß es auch«, erwiderte Mary heftig, »weil ich ein lächerliches, sentimentales Mitleid mit Ihnen habe und eine einfältige Gans bin!«

»Eine Gans? So hart hätte ich das gar nicht gesagt. Nein, Mary, Sie wissen genau, daß es ungerecht wäre, mich jetzt davonzujagen. Dafür haben Sie selbst dieses kleine Zwischenspiel viel zu sehr genossen!«

Mary wurde weiß vor Wut. »Sie vergessen schon wieder, wer Sie sind und wer ich bin«, fuhr sie ihn mit mühsam gedämpfer Stimme an, »und nun merken Sie sich eines: Ich bin eine verheiratete Frau! Verstehen Sie?« Sie drehte sich um ohne eine weitere Erklärung abzuwarten.

Im Davongehen hörte sie seine amüsierte Stimme. »Ja, Mary de Maurois, und denken Sie bloß daran, sich das auch selber jeden Abend vor dem Einschlafen zu sagen, denn, glauben Sie mir, Sie neigen ein bißchen dazu, das hin und wieder zu vergessen!«

Mary tat, als habe sie die letzten Worte nicht gehört. Sie blieb nicht noch einmal stehen, sondern eilte so rasch sie konnte die Treppe hinauf. Ihre Füße klackten wütend auf dem Stein und der Saum ihres Kleides raschelte zornig über die Stufen.

VI

An einem verregneten Septembertag des Jahres 1541 ließ sich am späten Nachmittag Sir Archibald Claybourgh bei Anne Brisbane melden. Völlig durchnäßt stapfte er in den Salon, zog sein Barett ab, schüttelte den Kopf, daß die Tropfen flogen und trat sogleich dicht an den Kamin heran.

»Ist das ein scheußliches Wetter«, murmelte er, »keinen Hund jagt man da vor die Tür. Nur den armen Archibald. Aber Sie sehen, Miss Brisbane, ich habe keine Mühe gescheut, Ihrer Einladung Folge zu leisten. Hier bin ich!«

»Ja, das freut mich«, entgegnete Anne und blickte indigniert auf die dicken, braunen Fußstapfen, die Archibald auf dem Teppich hinterlassen hatte, »es tut mir leid, daß ich Sie bei diesem Wetter bemüht habe.«

»Aber nein, ich bin gern gekommen. Schon aus Neugier, weil ich keine Ahnung habe, worum es geht. Wo ist denn Lady Cavendor?«

»Lady Cavendor ruht sich um diese Zeit immer für das Dinner aus. Sie hat sich daher in ihr Zimmer zurückgezogen. Ich habe ihr empfohlen, sich mehr zu schonen, denn sie erscheint mir doch recht blutarm.«

»Gewiß, das ist sie. Nur...« Claybourgh war erstaunt, »nur dann weiß ich nicht... dann wollten Sie mich also sprechen?«

»Ja. Und zwar allein. Aber nehmen Sie doch bitte Platz, Sir Claybourgh.«

Archibald ließ sich in einen der zierlichen Sessel fallen, der unter seinem Gewicht leise ächzte. Ein Hausmädchen trat ein und stellte hohe Zinnbecher mit heißem Wein vor sie hin.

»Das ist genau das richtige«, sagte Archibald zufrieden. Er lehnte sich zurück, und während er seinen Wein schlürfte, plauderte Anne über unverfängliche Dinge, fragte ihn, wie es Lady Patricia gehe und ob es irgendwelche Neuigkeiten im Land gebe.

»Oh, Neuigkeiten gibt es immer«, antwortete Archibald, der den Tratsch liebte, »Sie wissen, der König und seine junge Frau reisen seit Juni durch die nördlichen Provinzen des Landes, weil Seine Majestät die hübsche, blonde Frau, die er sich eingefangen hat, natürlich allen Untertanen zeigen möchte. Ja, und nun geht das Gerücht um, daß die Königin die Reise bereits zu kleinen... amourösen Abenteuern benutzt...«

»Oh...«

»Es werden einige Namen genannt. Der königliche Kammerherr Culpeper zum Beispiel, oder auch Catherines Sekretär Dunham. Nun ja«, Archibald lachte laut auf, »die Dame scheint die Abwechslung zu lieben. Kann man auch verstehen, nicht? Sie ist um einiges jünger als der König!«

»Ach, immer diese Gerüchte«, sagte Anne, die es nicht liebte, über derlei Dinge zu reden, »es geht uns ja auch gar nichts an. Sir Claybourgh, ich wollte etwas Persönliches mit Ihnen besprechen.«

»O ja, ich bin schon ganz gespannt!«

»Es geht um... um Mrs. Mary de Maurois, unsere neue Nachbarin. Die Besitzerin von Marmalon.«

»Mary de Maurois?« Archibald lehnte sich in seinem knarrenden Stuhl nach vorne. »Das ist interessant. Was ist mit ihr?«

»Nun, im Frühjahr habe ich sie bei unserem Gartenfest mit Ihnen zusammen beobachtet, und sofort hatte ich den Eindruck, daß Sie einander keineswegs fremd waren.«

»Ja, wie ich damals schon sagte, wir sind uns in London einmal flüchtig begegnet.«

»Gerade dies«, sagte Anne, »glaube ich nicht so recht.«

»Was meinen Sie damit?«

»Ich glaube nicht, daß die Begegnung allzu flüchtig war, Sir Claybourgh. Dafür verlief Ihr Wiedersehen zu... ungestüm. Ich habe Sie sehr genau beobachtet. Ihr Gesicht war verzerrt, zunächst im Triumph, dann im Zorn. Und Mary ihrerseits bekam den größten Schreck ihres Lebens, als sie Sie plötzlich erblickte. Sie haben sie an den Armen gepackt und geschüttelt. Geht man so mit einer flüchtigen Bekanntschaft um? Und als sie sich endlich von Ihnen befreit hatte, da hat sie Hals über Kopf das Fest verlassen. Mir kam das merkwürdig vor.«

Claybourgh hatte unbeweglich zugehört. Nun lehnte er sich zurück, verschränkte die Hände vor dem Bauch und nickte langsam. »Gut, ich gebe es zu«, sagte er, »unsere Begegnung in London dauerte zwar tatsächlich nicht lange, aber sie verlief so, daß wir beide einander wohl kaum je vergessen werden.«

Anne wurde unruhig, aber Archibald winkte ab. »Nicht, was Sie jetzt denken. Leider«, er lachte meckernd, »leider hatte ich nie eine Affäre mit der reizenden, kleinen Mary!«

»Was auch immer es war...«

»Ich werde nicht darüber sprechen, Miss Brisbane. Falls Sie mich zu sich haben kommen lassen, um Einzelheiten zu erfahren...«

»Nein. Sie brauchen mir nichts zu erzählen, wenn Sie nicht möchten.«

»Allerdings möchte ich das nicht«, sagte Archibald, »sie hat mir recht übel mitgespielt, das können Sie mir glauben!«

»Das glaube ich durchaus. Denn mir erging es nicht anders.« Annes Stimme klang schrill durch den Raum.

Archibalds Augen wurden schmal. »Wirklich? Und... möchten Sie darüber sprechen?«

»Nein, nicht im einzelnen. Was ich will«, sie erhob sich, trat zum Kamin und ihre Finger trommelten erregt auf das steinerne Bord, »was ich will, ist, daß diese Person von hier verschwindet – und zwar so schnell wie möglich!«

Archibald blickte sie erstaunt an. »Das verstehe ich nicht ganz. Erst haben Sie ihr Marmalon schließlich verkauft, und nun scheinen Sie das bitter zu bereuen!«

»Nicht ich habe ihr Marmalon verkauft, sondern Lady Cavendor.«

»Ja, aber man sagt doch…« Archibald brach verlegen ab, aber Annes Augen blitzten unnachgiebig.

»Was sagt man?«

»Nun ja, seien Sie mir nicht böse, aber es gibt böse Zungen, die behaupten, daß Sie die wahre Herrin über Lord Cavendors hinterlassenes Vermögen sind und daß Lady Cavendor…«

»Ja?«

»Es ist sicher nur ein Gerücht, und mir dürfen Sie deshalb nicht böse sein. Es heißt, daß Lady Cavendor… nun, ein bißchen von Ihnen beherrscht wird.«

Annes Miene wurde kalt und streng. »Solange es Menschen gibt«, sagte sie ruhig, »wird diese unselige Lust am Tratsch nie versiegen.«

»Da haben Sie völlig recht«, versicherte Archibald eilig, »unselig ist es. Es kommt nichts Gutes dabei heraus!«

»Wie wenig man solchen Gerüchten Glauben schenken darf, sehen Sie nun daran, daß Marmalon trotz meiner Bedenken an Mrs. de Maurois übereignet wurde. Lady Cavendor ist… ganz vernarrt in dieses dahergelaufene Ding!« Annes Stimme bebte. »So hat es wenigstens den Anschein«, murmelte sie, als bereue sie ihren letzten Satz schon wieder.

Archibald aber hatte bereits begriffen, woher der Wind wehte. Anne Brisbanes unverhohlene Eifersucht, mit der sie über Lady Cavendor wachte, war in der ganzen Grafschaft nur allzu gut bekannt und hatte schon oft zu spöttischen Bemerkungen geführt. Er nickte verständnisvoll. »Sie ist jedenfalls kein Segen für die Leute hier«, sagte er, »aber sie hat in den eineinhalb Jahren, die sie hier ist, eine Menge aus Marmalon herausgeholt.«

»Ja, aber sie schreckt auch vor nichts zurück. Sie wissen, daß jeder hier sehr böse auf sie ist? Sie macht unglaubliche Geschäfte mit ihrer Wolle, dem Getreide und Gemüse, indem sie die Preise der anderen unterbietet und damit alle Käufer abwirbt. In London geht es jetzt schon genauso.«

»Sie darf in London nichts verkaufen. Jeder darf nur an seinem Heimatort Waren anbieten!«

»Ja, auf den gewöhnlichen Wochenmärkten. Aber zu den Jahrmärkten kann jeder von weither kommen – und da ständig irgendein Jahrmarkt stattfindet, macht sie damit großen Gewinn.«

»An Geld zu kommen verstand sie schon immer«, meinte Archibald, fast widerwillig bewundernd, »bloß – was tun wir dagegen?«

»Es wurde ja schon einmal etwas versucht...«

»Ich weiß. Aus heiterem Himmel brannten im Frühjahr ihre Schafställe ab. Wurde nicht ihr Verwalter dabei schwer verletzt?«

»Ja, er kam nur knapp mit dem Leben davon.«

»Hat man eine Ahnung, wer es gewesen sein könnte?«

»Nein. Jeder hätte einen Grund. Und jeder hätte sich darüber gefreut. Nur...«

»Nur hat das Mary de Maurois nicht im mindesten daran gehindert, genauso weiterzumachen wie bisher.«

»So ist es. Ich fürchte, gegen eine Frau wie sie müssen wir schärfer vorgehen!«

Archibald kniff die Augen zusammen. »Wir?«

»Ja. Sie und ich.«

»Jetzt verstehe ich nicht ganz...«

Anne stand noch immer am Kamin, und sie drehte sich mit einer so heftigen Bewegung zu Archibald um, daß er einen Moment lang fürchtete, der Stoff ihres Kleides werde Feuer fangen. »Ich glaube, wir haben beide eine persönliche Rechnung mit ihr zu begleichen«, sagte sie, »und das können wir erfolgreicher tun, wenn wir uns zusammenschließen.«

»Und... was haben Sie vor?«

»Ich habe einen guten Plan. Doch allein kann ich ihn nicht ausführen. Ich bin eine Frau, und was ich vorhabe, kann nur ein Mann tun.«

»Was soll ich tun?« In Archibalds Stimme schwang nun auch gespannte Aufmerksamkeit. Er begriff, daß Anne Brisbane es ernst meinte, und daß er sie nicht unterschätzen sollte. Was immer sie vorhatte, es würde genau durchdacht sein.

Anne sah ihn aus dunklen, schillernden Augen an. »Steuern«, sagte sie.

Archibald begriff nicht. »Steuern?« fragte er vorsichtig.

Anne nickte. »Das kann sie ausbluten. Diese Frau ist der Teufel selber, aber ihre Abgaben muß sie zahlen wie jeder andere auch, und wenn die ihren Verdienst übersteigen, dann haben wir sie. Das ist der Weg, den wir gehen können.«

»Aber wir haben doch gar nichts mit den Steuern und Abgaben zu tun! Ich meine, wir können keinen Einfluß darauf nehmen. Die Beamten Seiner Majestät...«

»Unsinn! Wir können!« Anne ballte die Hand zur Faust, ohne es selber zu merken. »Für jede Provinz gibt es einen Oberbeauftragten, der die Steuern bestimmt und der dann die Beamten sie eintreiben läßt. Wir beide wissen, wie willkürlich das geschieht. Ist einer im Kronrat oder in der Sternkammer oder in sonst einer mächtigen Position, oder hält er einfach wegen seines Reichtums zu viele Fäden in der Hand, dann muß er gar nichts zahlen, und irgendeinen armen Bauern nehmen sie aus, bis er sich freiwillig aufhängt. Mary ist zwar kein armer Bauer, aber sie hat weder Macht noch Einfluß. Es kümmert niemanden, was mit ihr geschieht. Keiner wird uns auf die Finger sehen!«

»Wobei denn?«

»Ich sprach von dem Oberbeauftragten für Steuern einer jeden Grafschaft. Und das ist es eben, warum ich es nicht allein machen kann. Eine Frau hat in diesem Gewerbe nichts zu suchen, aber ein Mann! Sie zum Beispiel, Sir Claybourgh! Machen Sie sich zum Steuereintreiber der Grafschaft Essex, und dann brauchen Sie die Schlinge um Marys Hals nur noch langsam zuzuziehen!«

Ein wütender Regenschauer wurde vom Wind laut prasselnd gegen die Fensterscheibe geschleudert. Archibald merkte, wie sich draußen bereits die frühe herbstliche Dämmerung herabsenkte. Er fröstelte leicht, trotz des hell lodernden Kaminfeuers.

»Wie soll ich aber Steuereintreiber werden?« fragte er unbehaglich, »ich habe mit diesen Dingen nie etwas zu tun gehabt!«

Anne sah ihn böse und kalt an. Er hatte Angst, das spürte sie deutlich. Sie begriff, daß sie sich ein wenig verrechnet hatte, als sie in ihrem Vorhaben davon ausging, Archibalds Haß auf Mary sei so glühend und unerbittlich wie der ihre und werde ihn über alle Zweifel und Skrupel hinwegtragen. Verachtungsvoll verzog sie den Mund. Die größte Schwäche der Männer war ihre Halbherzigkeit, ihre Unfähigkeit, sich ganz und gar und ohne die leisesten Vorbehalte einer Liebe, einer Frau oder einer Überzeugung hinzugeben. Immer blieben sie Feiglinge, immer noch bewahrten sie sich Schlupflöcher, Fluchtwege, durch die sie notfalls entkommen konnten. Aber wenigstens, auch da war sich Anne sicher, blieben sie letzthin allesamt käuflich.

»Es wird nicht ganz leicht sein«, gab sie zu, »aber natürlich, da Sie die schwierigere Aufgabe in unserem Pakt haben, würde ich mich durchaus erkenntlich zeigen.«

Lord Cavendors Hinterlassenschaft galt als eines der größten Vermögen Englands. Archibalds Augen leuchteten auf.

»Haben Sie denn ungehinderten Zugang zu Lady Cavendors Vermögen?« erkundigte er sich.

»Ja. Unser Goldschmied in London, bei dem der größte Teil hinterlegt ist, ist für mich ebenso erreichbar wie für Lady Cavendor.«

»Ja...« Archibald überlegte. Er schätzte Geld, aber er war selber nicht arm und er liebte seine Bequemlichkeit. Was Anne da vorschlug, bedeutete viel Ärger und Umständlichkeit. Und war Mary de Maurois oder Frances Clark, wie er sie bei sich immer noch nannte, das wert? Sicher, sie hatte ihn tief gedemütigt, und wenn er daran dachte, stieg noch heute heftiger Zorn in ihm auf. Aber er war nicht sicher, ob er deshalb den Wunsch hatte, sie völlig zu vernichten. Es stimmte, bis aufs Blut konnte sie einen Mann reizen. Er dachte an sie auf dem Gartenfest, an den ruhigen Blick aus ihren grauen Augen. Sie strahlte etwas aus, was einen Mann rasend machen konnte. Er wußte nicht genau, was es war. Vielleicht ihre Schönheit, die ihn lockte, und die doch unerreichbar geblieben war. Aber das allein konnte es nicht sein. Andere Frauen waren auch begehrenswert, und aus irgendwelchen Gründen konnte er sie nicht bekommen. Nein, bei Mary steckte noch etwas anderes dahinter. Sie ging durchs Leben, als brauche sie keinen Mann. Und hatte die Frechheit, das den Männern auch noch deutlich zu zeigen. In aufflackernder Wut sagte Archibald: »Wie soll ich es also machen?«

Anne atmete unhörbar auf. Sie hatten den Zwiespalt seiner Überlegungen gespürt.

»Geld«, erwiderte sie, »die Stellen in der Regierung, die solche Aufträge vergeben, sind für Geld sehr empfänglich. Ich glaube, da gibt es keine Schwierigkeiten.«

»Aber wenn doch etwas passiert? Mary wird sich wehren, und wenn herauskommt, daß es sich um ein abgekartetes Spiel handelt, dann ...«

»Was dann? Begreifen Sie doch, Sir Claybourgh: Es interessiert keinen Menschen! Mary ist völlig unbedeutend, und die Regierung hat keine Zeit, sich mit jedem Engländer zu beschäftigen, der ungehalten ist über die Höhe seiner Abgaben. Im übrigen können Sie sicher sein, daß gerade Mary de Maurois«, Anne lächelte boshaft, »daß gerade sie keineswegs daran interessiert ist, allzu viel Wirbel um ihre Person und Marmalon zu machen. Es gibt da ein paar Verstrickungen, die... recht pikant sind!«

Archibald bezweifelte das nicht. Natürlich war Mary eine zwielichtige Person, und Gott mochte wissen, in wieviel undurchsichtige Geschäfte sie noch verwickelt war. Im Grunde hatte sie es wirklich nicht besser verdient.

»Und wenn ich doch vor irgend jemandem die hohen Steuern auf Marmalon rechtfertigen muß?« fragte er, mit letzten Zweifeln kämpfend.

Anne machte eine ungeduldige Handbewegung. »Lassen Sie sich etwas einfallen! Lassen Sie jeden glauben, daß diese Frau auf einem wahren Juwel sitzt, das jeden einzelnen Farthing seiner Besteuerung wert ist. Sprechen Sie von einem außergewöhnlich ertragreichen Boden. Ich bin völlig sicher, es gibt niemanden in der Gegend, der Sie nicht in allem, was Sie vorbringen, unterstützen wird.«

»Mrs. de Maurois wird natürlich durchschauen, daß es sich um einen Racheakt handelt.«

»Liegt Ihnen etwas an ihrer Meinung?« Annes Stimme klang so schroff, daß Archibald sofort abwehrte.

»Nein, natürlich nicht. Im Grunde liegt mir überhaupt nichts an Mary. Deshalb...«

»Sie werden es nicht bereuen. Und im übrigen, unabhängig von der Rache an Mary: Bedenken Sie, wieviel Ehre Ihnen diese neue Aufgabe einbringen wird! Und wie man hier überall um Ihre Gunst buhlen wird! Niemand kann es sich mehr leisten, Sie zum Feind zu haben.«

Das leuchtete Archibald ein. Umständlich erhob er sich.

»Miss Brisbane«, sagte er pathetisch, »ich danke Ihnen für Ihr Vertrauen. Ich werde mich dessen würdig erweisen.«

»Davon bin ich fest überzeugt«, entgegnete Anne, die ihn, wie jeden Mann, zutiefst verachtete, »ich wußte, daß ich niemanden würde finden können, der für diese schwierige Aufgabe besser geeignet wäre als Sie!«

»Nun, nun«, wehrte Archibald bescheiden ab, setzte jedoch gleich darauf selbstgefällig hinzu: »Natürlich bin ich schon recht geschickt. Schließlich habe ich es in meinem Leben zu etwas gebracht, nicht?«

»Zweifellos«, stimmte Anne zu und fragte sich insgeheim, wovon, um alles in der Welt, Archibald sprach, da er sowohl Titel als auch Ländereien und Geld von seinem Vater geerbt hatte. Jedoch lächelte sie verbindlich und hob ihren Zinnbecher mit Wein.

»Trinken Sie«, sagte sie, »und dann lassen Sie uns ausführlich besprechen, wie wir vorgehen. Ich prophezeihe Ihnen eine große Zukunft, Sir Claybourgh!«

Archibald, inzwischen hingerissen vor Begeisterung, trank in großen Zügen seinen Wein. Sein gerötetes Gesicht strahlte. »Ich nehme an«, sagte er, »daß alles, was wir heute besprochen haben, unter uns bleibt?«

»Um Gottes willen, natürlich«, entgegnete Anne, entsetzt, daß er diese Selbstverständlichkeit überhaupt noch erwähnte, »natürlich darf niemand etwas erfahren. Vor allen Dingen, Sir Claybourgh, vor allen Dingen, denken Sie an eines: Kein Wort zu Lady Cathleen!«

Patricia Claybourgh hatte nicht vergessen, daß sie Mary de Maurois bei Lady Cavendors Gartenfest kennengelernt und mit ihr Freundschaft geschlossen hatte. Sie gehörte zu jenen Frauen, die auch die flüchtigste Bekanntschaft als »enge Freundschaft« bezeichnen, und sie sammelte solche Freunde mit verbissenem Eifer. Patricia war dafür bekannt, daß sie in alle Unterhaltungen die Namen ihrer Bekannten einfließen ließ, denn ein großer, bunter Freundeskreis war für sie eine Frage des Prestiges. Ein Satz, den sie ständig benutzte, lautete: »Wissen Sie, meine gute, alte Freundin Lady Gwyneth Bodmin meint dazu immer…« und dann folgte irgendein mehr oder weniger passender Ausspruch jener Lady, den diese wahrscheinlich nie getätigt hatte, ebensowenig wie sie sich des Platzes bewußt war, den sie im Herzen der ihr ziemlich fremden Lady Claybourgh innehatte.

Mary de Maurois hatte Patricias Interesse vom ersten Augenblick an geweckt, denn um Mary lag der Schleier eines unergründlichen Geheimnisses, der um so reizvoller schien, als sie nicht von Adel, aber offensichtlich im Besitz großer Reichtümer war. Außerdem glaubte Patricia an Marys Zukunft, und so naiv sie auch war, in diesem Punkt besaß sie eine feine Witterung. Sie roch förmlich, daß es sich lohnen würde, einmal zu Marys Freunden gezählt zu werden, und sie war fest entschlossen, sich diese Beute nicht entgehen zu lassen.

An einem verschneiten Dezembertag erschien sie überraschend auf Marmalon, eingehüllt in weiche Pelze, im Schlepptau ihren sechsjährigen Sohn Henry, nach dem König benannt und der Stolz des Hauses Claybourgh. Sein wüstes Geschrei, mit dem er auf den unerwarteten Anblick von Wills altem Hund in der Eingangshalle reagierte, ließ das ganze Haus herbeistürzen. Auch Mary, die blaß und abgespannt in ihrem Zimmer über einer unendlich langen Zahlenkolonne brütete, wurde aus ihren Gedanken gerissen und lief zur Tür. Dort kam ihr schon Dilys entgegen.

»Wer schreit denn hier so fürchterlich?« fragte Mary aufgebracht. »Das ist doch nicht Jane?«

»Nein, Madam. Es ist das Kind von der Lady, die gerade gekommen ist.«

»Welche Lady?«

»Lady Claybourgh.«

»Claybourgh? O nein, was will die denn hier?« Mary sah Dilys entsetzt an. »Sag ihr, ich bin nicht da!«

»Ich habe schon gesagt, daß Sie da sind, Madam. Sie behauptete, sie sei Ihre beste Freundin, und da…«

»Schon gut, dann führe sie hinauf.« Mary trat vor den Spiegel und strich unwillig ihr Haar zurecht. Beim Rechnen hatte sie es völlig zerwühlt. Aber immerhin, gerade der Gedanke an ihre Zahlen stimmte sie heiter. Mit den Einnahmen des Sommers konnte sie sehr zufrieden sein. Sie hatten eine unerwartet gute Ernte gehabt und einen zweiten Auftrag zur Holzlieferung erfüllt, und stetig sammelte sich nun Geld an. Mary lächelte ihrem Spiegelbild zu. Wenn alles weiterhin so gut liefe, dann könnte sie bald damit anfangen, sich um die Einrichtung des Hauses zu kümmern. Die Möbel sahen schon recht schäbig aus und die Teppiche waren völlig abgetreten. Sie mußte Stoffe kommen lassen, um Sessel und Sofas neu zu beziehen, und dann hätte sie auch gern eine neue Holztäfelung für die Eingangshalle. Marmalon mußte das schönste und eleganteste Gut der Welt sein, wenn Nicolas erst zurückkehrte. Er sollte die grauenhaften Jahre im Kerker vergessen, die Ratten, das schmutzige Stroh und die dummen, brutalen Wärter. Er sollte schon sehen, daß sie lieben konnte, daß sie warmherzig und gütig war. Sie wandte sich vom Spiegel ab und sah zum Fenster hinaus in das sanfte Schneeflockengewirbel. Noch zwei Wochen und das Jahr 1542 brach an. Vier Jahre, dann kam Nicolas frei. Und sie würde vor dem Tower warten, in ihrem schönsten Kleid, mit zwei herrlichen Pferden... Sie wurde jäh aus ihren Gedanken gerissen, als Lady Patricia in einer Wolke aus Kälte und Schneegeruch das Zimmer betrat, an der Hand ihren noch immer schreienden Sohn.

»Meine liebe, liebe Mrs. de Maurois!« Sie eilte auf Mary zu, schloß die Arme um sie und hauchte ihr zwei Küsse auf die Wangen. »Wie schön, daß wir uns endlich wiedersehen! Ich war ja den Sommer über in London, sonst hätte ich Sie viel eher besucht. Es tut mir leid, von ganzem Herzen!«

»Sie müssen sich doch nicht entschuldigen«, wehrte Mary gequält ab. Sie betrachtete angewidert den schreienden Henry. »Wer ist denn das?«

»Oh, das ist Henry, mein Sohn. Henry, nun hör doch auf zu weinen, was soll denn die liebe Mrs. de Maurois denken? Der Ärmste hat sich so erschreckt, weil ihm in der Halle ein furchtbares, schwarzes Ungeheuer begegnet ist, mit gefletschten Zähnen und einem lauten Knurren in der Kehle!«

»Was? Ach, Sie meinen«, Mary schüttelte den Kopf, »Sie meinen den Hund! Der ist völlig harmlos.« Sie dachte an das arme, alte Tier, das seine steifen Knochen kaum noch bewegen konnte und keine fünf Schritte am Tag mehr tat.

»Ich werde meine Tochter Jane rufen. Sie kann Henry ein wenig ablenken.«

Jane erschien. Sie und Henry erkannten jeder in den Augen des anderen eine völlige Wesensgleichheit und hatten keinen Moment lang Schwierigkeiten miteinander.

Das wird eine ewige Freundschaft, dachte Mary ahnungsvoll, während sie den beiden düster nachblickte.

Patricia meinte entzückt: »Wie nett die beiden sich vertragen! Mal sehen, was daraus wird!«

»Jaja. Setzen Sie sich doch, Lady Claybourgh. Möchten Sie etwas zu essen und zu trinken?«

Es wurde ein langer, trostloser Nachmittag. Patricia plapperte ohne Unterbrechung, über Mode und Frisuren, über ihren reizenden Sohn und ihr schönes Haus, und Mary langweilte sich. Sie bemühte sich, an den richtigen Stellen »ja« und »nein« zu sagen und höflich zu lächeln, wenn Patricia etwas gesagt hatte, was sie selbst offenbar für überaus geistvoll und witzig hielt und daher auf Beifall wartete. Ein einziges Mal horchte Mary auf; das war, als Patricia auf die Königin zu sprechen kam, die im November des Ehebruchs angeklagt und seither vom Hof verbannt worden war.

»Ihre beiden Liebhaber hat man hingerichtet«, berichtete Patricia genüßlich, »was meinen Sie, meine Liebe, ob sie ihren Mann wirklich betrogen hat?«

»Ich weiß es nicht. Seit Jahren halten sich die Gerüchte, daß der Ehebruch von Anne Boleyn eine Lüge war, und das Geständnis von Mark Smeaton auf der Folter erpreßt. Vielleicht ist es diesmal genauso.«

»Es soll handfeste Beweise geben, habe ich gehört. Ich finde das ja etwas schamlos, Sie nicht?«

»Nun ja, ich weiß nicht, was ich täte, wenn ich mit diesem König verheiratet wäre«, murmelte Mary, und insgeheim dachte sie: Ich wüßte es schon. Vergiften würde ich ihn, diesen dreckigen Bastard, dessen Schergen mir Frederic und Marmalon genommen haben. An dem Tag, an dem er stirbt, werde ich ein Freudenfeuer entzünden!

»Was Sie täten? O meine Liebe, das klingt aber verrucht«, kicherte Patricia. Mary lächelte gequält.

»Aber unter uns gesagt«, fuhr Patricia fort, »auf ein Abenteuer hätte ich auch manchmal Lust! Immer nur den gleichen Mann... naja, Sie haben es da sicher viel schwerer, der Versuchung zu widerstehen, nicht? Ihr Mann ist wirklich nie da?«

Ihre Augen funkelten vor Sensationsgier. Mary merkte, wie ihre Wangen zu glühen begannen, als sie an Mackenzie und seine Umarmung dachte, aber es gelang ihr, den Blicken ihres Gegenübers ohne Flackern standzuhalten.

»Ich habe so viel zu tun«, entgegnete sie kühl, »daß ich nicht dazu komme, über Männer nachzudenken.«

»Ja, natürlich«, murmelte Patricia enttäuscht. Sie tauschten noch ein paar nebensächliche Bemerkungen aus, dann erhob sie sich endlich. »Ich denke, ich sollte mich auf den Heimweg machen«, sagte sie, »es ist stockdunkel draußen!«

»Es ist ja auch schon recht spät!« Der spitze Unterton entging Patricia völlig. Kokett trippelte sie zur Tür.

»Sie müssen mich auch bald einmal besuchen kommen«, verlangte sie, »Sluicegates ist wunderschön und ich würde es Ihnen so gern zeigen.«

»Ja, ich werde kommen. Wenn das Wetter besser ist.«

»Aber vergessen Sie dann nicht Ihre kleine Tochter. Sie und mein Henry vertragen sich wunderbar.«

»Ich bringe sie mit.« Mary war am Ende ihrer Geduld. Wenn sie es richtig einschätzte, so war Patricia eine jener Frauen, die nach der ersten Ankündigung, sie müßten nun gehen, noch lange brauchten, ehe sie den Abschied vollzogen. Tatsächlich fiel Lady Claybourgh auf jeder einzelnen Treppenstufe noch etwas ein, worüber sie unbedingt sprechen mußte. Als sie endlich unten anlangten und hinaus in das abendliche Schneegestöber traten, war Mary erschöpft und vor Wut den Tränen nahe. Mechanisch sagte sie zum Abschied: »Grüßen Sie bitte Ihren Mann, Lady Claybourgh!«

Zu ihrem Schrecken fuhr Patricia sofort wieder herum und

strahlte sie an. »Lieber Gott!« rief sie. »Wie gut, daß Sie mich daran erinnern! Fast hätte ich vergessen, es zu erwähnen. Mein lieber Archibald, wie stolz kann ich auf ihn sein! Denken Sie nur, vom nächsten Frühjahr an ist er als Oberbeauftragter für die Steuereinziehung in der Grafschaft Essex eingesetzt! Das ist eine große Ehre, finden Sie nicht auch? Von London aus ist er dazu berufen worden. Ach, meine Liebe, ist es nicht wundervoll?«

Das Jahr 1542 brach dunkel und kalt an, und schon bald zeichnete es sich ab, daß harte Zeiten für England bevorstanden. Im Februar wurde Catherine Howard, die fünfte Gemahlin des Königs, in London hingerichtet; sie war des wiederholten Ehebruchs überführt worden. Der Platz an Henrys Seite war damit wieder frei und jeder ahnte, daß es schon sehr bald wieder stürmische Versuche geben würde, eine sechste Frau auf den englischen Thron zu heben und damit der einen oder anderen politischen Auffassung zu nutzen. Unversöhnlich standen sich die verschiedenen Glaubensrichtungen gegenüber, während der König in allem, was er tat, nur von dem Wunsch geleitet wurde, in Freundschaft mit dem Kaiser zu verbleiben und dennoch die von Rom unabhängige, alleinige Herrschaft über die englische Kirche zu bewahren. Er mußte vorsichtig agieren, denn Gerüchten zufolge stellte der katholische schottische König James gerade ein Heer auf, und das konnte nur bedeuten, daß er vorhatte, von Norden her in England einzufallen. Man munkelte außerdem, daß dies alles mit Wissen und Einverständnis von Frankreich geschähe, weshalb Henry sich auf einen Krieg an zwei Fronten vorzubereiten hatte. Im Land schwelte Aufruhr. Viele Männer, vor allem in den nördlichen Provinzen, gingen leise in ihre Scheunen oder an alte Truhen heran und suchten ihre Schwerter hervor, fuhren prüfend mit dem Finger an der Schneide entlang und hielten das Eisen in die Höhe, daß es im Mondlicht silbrig und kalt funkelte.

Auf Marmalon übertraf dieses Jahr alle Erwartungen, die Mary vorsichtig gehegt hatte. Wegen der bevorstehenden kriegerischen Auseinandersetzungen konnte sie wahre Berge von Holz verkaufen, außerdem hatte der geschickte Tallentire einen Kaufmann aus Flandern aufgetan, der ihnen ihre ganze Wolle zu guten Preisen abnahm. Die Schafherde wuchs und gedieh, sie hatten außerdem eine reiche Ernte gehabt und es war bereits vorauszusehen, daß die nächste noch besser sein würde. Es war, wie Mary manchmal dachte, als sei der liebe Gott selber auf ihrer Seite. Natürlich war ihnen nichts einfach zugefallen. Jeder – mit Ausnahme von Charles Mackenzie – hatte hart gearbeitet, aber der Himmel hatte ihnen auch beigestanden, indem er ihnen weder Unwetter noch Seuchen, sondern eine gesunde Mischung aus Sonne und Regen schickte.

Mary begann sich in diesem Jahr endlich ein wenig sicherer zu fühlen. Sie hatte gerade ihren fünfundzwanzigsten Geburtstag gefeiert, aber da sie in den vergangenen zwei Jahren zuviel gearbeitet und zuwenig geschlafen hatte, sah sie ein wenig älter aus. Sie erschien jedem noch schöner als früher, ihr schmales, durchsichtig blasses Gesicht strahlte mehr Zauber aus als alle Jugendfrische, die zwei zarten Fältchen in den Mundwinkeln standen ihr, ebenso wie der Ausdruck von Erfahrenheit und wachsamer Vorsicht in den Augen. Zu kaum einer Zeit ihres Lebens hatte sie wirklich kindlich ausgesehen, aber nun legte sie auch noch die letzten Reste ihrer Mädchenhaftigkeit ab; nur manchmal noch sah man etwas davon in ihrem Lächeln. Sie war eine erwachsene Frau, ein wenig melancholisch manchmal, aber entschlossen, klug und vollkommen selbständig.

Sie hatte Marmalon zu seiner alten Blüte verholfen, nun fing sie an, sich ihre eigenen Wünsche zu erfüllen. Seit der Zeit, da sie im Armenhaus von Shadow's Eyes auf fauligem Stroh geschlafen hatte, war in ihr die Sehnsucht, sich mit Schönheit zu umgeben. Anfangs waren natürlich andere Dinge wichtiger gewesen, aber langsam konnte sie darangehen, lang verwahrte Pläne in die Wirklichkeit umzusetzen.

Sie hielt an dem Versprechen fest, das sie Jane einmal gegeben hatte, und ließ ihr in Burnham wunderschöne Kleider schneidern, nach der neuesten Mode gearbeitet und genauso, wie sie die erwachsenen Damen trugen. Für sich selber kaufte sie ebenfalls Kleider, in allen Farben, mit dazu passenden Hauben, die mit Federn oder Perlen geschmückt waren. Sie ließ alle kaputten Möbel aus dem Haus räumen, kaufte für die übrigen neue Stoffe, dazu Kissenbezüge, Tischdecken, Teppiche, Läufer, Vorhänge und Wandbespannungen. Die Wände von Marmalon bestanden aus rohem Stein und sahen viel wohnlicher aus, wenn große Gobelins sie verdeckten. Alle Kerzenhalter wurden gesäubert und mit neuen, honigduftenden Kerzen versehen, in alle Vasen Blumen und Zweige gestellt. In den Kaminen brannten Feuer, die zart nach Wacholder dufteten, und durch die bleigefaßten Fensterscheiben fiel helles Sonnenlicht.

»Ist es nicht ein wunderschönes Haus?« fragte Mary strahlend, als sie eines Morgens mit Charles Mackenzie durch die Gänge lief.

Charles lächelte. »Ja. Und glücklich der Mann, für den Sie das alles so üppig und kostspielig herrichten!«

»Für einen Mann?« Sie blieb stehen und sah ihn zornig an. »Ach, reden Sie keinen Unsinn! Für mich tu' ich das!«

»Nein, nein. Sie lieben diese Dinge, aber für sich selber würden Sie alles doch etwas einfacher gestalten. Sie sind keine verschwendungssüchtige Natur, Mrs. de Maurois! Sie hängen zu sehr an jedem Farthing Ihres Vermögens. Aber... die Liebe zu Ihrem Gatten besiegt sogar Ihren Geiz!«

»Und wenn? Was ginge es Sie an?«

»Nichts, aber ich finde das alles sehr interessant. Ich würde diesen Mann so gern kennenlernen. Aber in den ganzen zwei Jahren, die Sie nun hier sind, hat er sich kein einziges Mal blicken lassen. Etwas treulos, finden Sie nicht?«

»Wie ich schon sagte: es geht Sie nichts an!« fauchte Mary. »Und auf eines können Sie sich verlassen, Sie werden ihn kennenlernen!«

Sie ließ Mackenzie einfach stehen und verschwand in ihrem Zimmer. Dort lehnte sie sich gegen die Tür und blickte wütend auf den Teppich zu ihren Füßen. Das hatte sie nun davon! Weil sie einmal zu weit gegangen war, nahm er sich jetzt Freiheiten heraus. Rachsüchtig überlegte sie, wie schnell Nicolas ihn in seine Schranken weisen würde, wenn er erst wieder da wäre. Dieser Gedanke hob ihre Laune. Sie trat ans Fenster und sah hinaus. Unten schlenderte Mackenzie über den Hof, ein paar Hühner liefen herum und zwischen den Rosen saß Jane und spielte mit einer dicken Katze. Will humpelte an ihr vorüber, gefolgt von seinem alten Hund. Beide sahen in diesem Sommer so aus, als würden ihnen nicht mehr allzu viele Jahre bleiben. Will war ein ganz kleiner Mann geworden, so tief gebeugt ging er schon, die schlohweißen Haare wehten hinter ihm her und mit beiden Armen stützte er sich schwer auf zwei Stöcke. Mary wußte, daß er schlecht Luft bekam, denn manchmal mußte er um jeden Atemzug ringen und bekam blaue Lippen. Sie litt dann besonders mit ihm, denn aus ihrer Kindheit wußte sie noch, wie schlimm das war. Nachts hörte sie ihn stundenlang in seinem Zimmer herumtappen, denn im Liegen erstickte er fast. Auch jetzt blieb er immer wieder stehen, holte tief Luft und schien dann seine ganze Kraft zu brauchen, um weiterzugehen.

Mary wollte sich schon wieder zurückziehen, da bemerkte sie Tallentire, der auf seinem Pferd herangaloppiert kam, mit einer ihm sonst fremden Hast absprang und auf das Haus zulief. Er blieb kurz bei Mackenzie stehen und fragte ihn offenbar, wo er Mary finden könne, denn Mackenzie drehte sich um und wies zu ihrem Zimmerfenster hinauf. Rasch wich sie in den Schatten zurück, erstaunt über ihr plötzlich heftig pochendes Herz. Jener feine Instinkt, der sie immer schon vor kommendem Unheil gewarnt hatte, ließ sie auch diesmal Schrecken voraussehen. Es hatte sich nichts geändert, die Hühner gackerten, Schwalben flogen in den Himmel und die Rosen blühten, aber unvermittelt legte sich ein düsterer Schatten über den Sommertag. Sie hörte Tallentires Schritte auf der Treppe, dann klopfte er an ihre Tür.

»Herein!« rief sie mit klarer Stimme. Er trat ein, so ungekämmt, staubig und verschwitzt, wie er von dem Ritt gekommen war, und das allein schon bewies Mary, daß ihre Ahnung sie nicht getrogen hatte. Tallentire war sonst immer gepflegt vor sie getreten.

»Was gibt es?« fragte sie gespannt.

Tallentire hielt ihr eine Pergamentrolle hin, die nur lose verschnürt war. »Ein Bote hat es mir eben gebracht. Unsere Abgaben für Juni.«

»Ja, und?« Es bestand die Verabredung zwischen Mary und Tallentire, daß er alle Briefe, die im Zusammenhang mit Marmalon standen, ob sie von Kaufleuten oder Geldleihern oder Bittstellern kamen, ebenso unbefangen öffnen durfte, wie die Herrin von Marmalon selbst. Mary hatte von Anfang an erkannt, daß sie nur erfolgreich sein konnte, wenn es einen Menschen gab, dem sie völlig vertraute und dem sie freie Hand ließ, schnell erforderliche Entscheidungen auch allein zu treffen. Will war zu alt, Mackenzie zu faul, daher hatte sie sich für Tallentire entschieden und beschlossen, keine Geheimnisse vor ihm zu haben.

»Sie sollten das lesen, Madam«, sagte Tallentire und reichte ihr die Papierrolle, »unsere Abgaben für Juni. Doppelt so hoch wie sonst.«

»Was?« Mary entrollte das Pergament und blickte fassungslos darauf. »Das kann doch nicht wahr sein! Zweihundert Pfund! Das muß ein Irrtum sein!«

»Ich fürchte, das ist keiner.«

»Aber es muß einer sein. Himmel, ich habe nie gehört, daß irgend etwas oder irgend jemand in England so hoch besteuert wurde! Selbst wenn Marmalon schon so weit wäre, wenn es alles einbringen würde, was es einbringen kann, wären zweihundert Pfund zu viel!«

»Sie müssen bedenken, daß uns möglicherweise ein Krieg bevorsteht«, sagte Tallentire, »ich nehme an, daß es damit zusammenhängt. Die Regierung braucht Waffen, Schiffe, Sold für die Soldaten... deshalb erhöht sie sofort die Steuern. Im Grunde war das sogar zu erwarten.«

»Ja, aber doch nicht, daß der Betrag einfach verdoppelt wird! Und außerdem ist es mir auch gleich, weshalb ich soviel Geld zahlen muß. Was gehen mich der König und seine verdammten Kriege an! Ich hasse diesen König und seine Politik und den ganzen Hof in London! Die haben mir schon einmal alles weggenommen, noch einmal halte ich es nicht aus!« Sie war blaß geworden, ihre Augen dunkel, ihre Stimme schrill.

Tallentire hatte sie nie so erregt gesehen. Beschwichtigend sagte er: »Wir können es uns leisten.«

»Ja, heute. Aber wenn es im nächsten Monat wieder so viel ist und dann wieder und wieder... dann, o Mr. Tallentire, ich kann Marmalon nicht verlieren!« Sie stützte sich schwer auf eine Sessellehne und bemühte sich, nicht zu weinen. Tallentire betrachtete sie mitleidig. Er mochte sie und er verstand ihr Entsetzen. Jeder wußte, wie sehr sie an Marmalon hing, und da sie einen Mann hatte, der sich offensichtlich überhaupt nicht um sie kümmerte, mußten das Land und das alte Haus ihr alles bedeuten. Im übrigen erging es ihm selber so. Nie ritt er über die grünen Felder, an kieferduftenden Waldesrändern entlang und über moosbewachsene steinerne Brükken, auf denen warm die Sonne lag, ohne daß er Stolz und Liebe gefühlt hätte beim Anblick des wogenden Korns und der blühenden Wiesen um ihn herum. Und wenn er sich abends dem Haus näherte, dann war es, als nehme ihn eine Heimat auf, wie er sie nicht mehr gekannt hatte, seitdem er sein Kloster bei Nacht und Nebel in einer überstürzten Flucht hatte verlassen müssen. Das Leben, die Welt, wie er sie gekannt hatte, waren zusammengebrochen und in den Flammen des Glaubenskrieges eines absoluten Herrschers aufgegangen, aber bei aller Trauer, die er deswegen noch heute empfand, wußte er, daß er Gott für Marmalon und Mary de Maurois danken konnte.

»Ich lasse mir das nicht gefallen«, sagte sie fest, »ich werde mit den Verantwortlichen sprechen. Ich bin sicher, daß sich alles ganz schnell klären wird.«

Tallentire nickte, nicht völlig überzeugt.

Mary entrollte das Pergament noch einmal. »Wer hat denn das unterzeichnet?« Sie überflog die Zeilen. »Hier! Was heißt das? Das...« Sie erstarrte und wurde noch um eine Schattierung blasser. »O Gott«, sagte sie leise.

»Was ist?«

»Archibald Claybourgh! Er hat das unterschrieben! Wie kommt denn der...« Sie brach ab und schien über etwas nachzusinnen. Ein Winterabend trat in ihr Gedächtnis, Dunkelheit und Schneegestöber, das Licht der Hauslaterne fiel flackernd auf die eisüberzogenen Stufen, auf denen eine Frau stand, in Schals und Pelze gehüllt. Sie drehte sich mit lachendem Gesicht zu Mary um, und ihre Stimme klang begeistert und schrill.

»Mein lieber Archibald ist zum Oberbeauftragten für die Steuereinziehung in der Grafschaft Essex ernannt worden! Ist es nicht wundervoll!«

Ist es nicht wundervoll! Sie hatte es vergessen, völlig vergessen, es nicht einmal richtig aufgenommen. Sie war so wütend gewesen an diesem Tag und so müde, besessen von dem Wunsch, diese Frau endlich loszuwerden. Sie hatte nicht recht zugehört, und dann waren wieder so viele Dinge geschehen, daß sie das einmal Gehörte vergessen hatte.

»O verdammt!« Sie zerknäulte das Papier und warf es auf den Boden. »Ich bin eine dumme Gans, Tallentire! An dem ganzen Nachmittag hat diese verdammte Person ein einziges Mal etwas gesagt, was wichtig war, und ich habe nicht zugehört! Ich habe... ach, und wenn! Ich hätte ja doch nichts ändern können!«

»Worum geht es denn?« fragte Tallentire, der nichts von dem, was sie sagte, begriff.

Sie sah ihn verzweifelt an. »Nichts. Es wäre zu schwierig, das alles zu erklären. Es ist nur... zu jedem anderen wäre ich jetzt hingegangen, aber nicht zu Archibald Claybourgh. Das kann ich nicht.«

»Warum nicht?«

»Es würde nichts nützen. Sie haben sich geirrt, als Sie glaubten, diese Steuererhöhung sei auf den bevorstehenden Krieg zurückzuführen. Nein, dies hier«, sie wies auf das zerknäulte Papier, »dies hier ist eine persönliche Rechnung. Archibald Claybourgh läßt mich hier eine alte Schuld begleichen.«

»Sie kennen ihn schon länger?«

»Ich habe ihn vor langen Jahren einmal in London kennengelernt... unter Umständen, die er mir nicht verzeiht. Hier liegt nun seine Rache vor mir. Deshalb würde es nichts nützen, hinzugehen und zu bitten. Gerade das will er. Und es wäre ein besonderer Genuß für ihn, mich zu demütigen.«

Tallentire hatte betroffen zugehört.

»Wenn das so ist«, sagte er, »könnte es wirklich passieren, daß er in den nächsten Monaten mit seiner Rache fortfährt.«

Mary nickte düster. »Das müssen wir abwarten. Eigentlich müßte ich mit zweihundert Pfund alles reichlich abgegolten haben. Außerdem...«

»Ja?«

»Ich finde das alles so merkwürdig. Claybourgh ist ganz sicher sehr böse auf mich, aber es paßt nicht zu ihm, mich deshalb vernichten zu wollen. Dafür erscheint er mir viel zu bequem.«

»Und was tun wir?«

Mary schlug mit der Hand auf den Tisch.

»Der Lump läßt uns keine Wahl. Wir zahlen. Schweigend und so würdevoll wie möglich. Und wir können nur beten, daß es das erste und das letzte Mal war.«

Es war das erste, aber natürlich nicht das letzte Mal. Ende Juli erhielten sie eine noch höhere Forderung. Ende August war sie erneut gestiegen. Um sie zu bezahlen, verbrauchten sie die letzten Rücklagen und einen großen Teil des Geldes, das sie für die erste Ernte bekommen hatten. Mary geriet in Verzweiflung, denn sie durchschaute jetzt, welches Spiel Claybourgh trieb und wußte, daß er sich nicht zufriedengeben würde, ehe sie am Ende war.

»Im Schuldgefängnis will er mich sehen«, sagte sie verzweifelt zu Tallentire und Mackenzie, »und da wird er mich auch hintreiben. Was soll ich denn nur tun?«

Die beiden Männer sahen sich ratlos an. Sie wußten selber nicht weiter.

»Wie lange können wir seinen Forderungen nachkommen?« fragte Mackenzie.

Mary lachte bitter. »Nicht mehr lange. Diesmal noch und vielleicht nächstes Mal. Aber dann haben wir schon große Schwierigkeiten, durch den Winter zu kommen.«

»Und wenn Sie doch mit ihm sprechen?«

»Das nützt nichts.«

»Vielleicht schon. Vielleicht will er nur das: Sie auf den Knien liegen sehen.«

»Ja, das will er. Aber das wird ihm nicht reichen. Oh, was mache ich denn nur?«

Sie fing an, all die Sachen zu verkaufen, mit denen sie gerade die Räume ihres Hauses geschmückt hatte. Sie nahm die Wandbehänge von den Wänden und rollte die Teppiche auf, hängte die Vorhänge ab und löste die Läufer von der Treppe. Natürlich wurde sie alles nur unter hohen Verlusten wieder los. Die Kaufleute witterten sofort, daß sie in Bedrängnis war und nutzten das aus, indem sie ihr einen lächerlichen Bruchteil dessen boten, was sie selbst einst gezahlt hatte. Jane bekam keine neuen Kleider mehr und mittags stand ein mageres Essen auf dem Tisch. Jeder schränkte sich ein, so sehr er nur konnte. Von einem Moment zum anderen war das heitere, freigiebige Leben in Marmalon vorbei. Jeder hastete mit einer sorgenvollen Miene herum, Dilys und Allison sangen nicht mehr in der Küche, Mackenzie machte keine zweideutigen Scherze mehr, Tallentire hatte aufgehört zu lächeln und Brenda war vollends verstummt. Am elendsten sah Mary aus. Sie war noch dünner als zu ihrer ersten Zeit in Marmalon und hatte jeden Morgen tiefe, dunkle Ringe unter den Augen. Es brachte sie fast um, zusehen zu müssen, wie ihr alles zerrann, was sie aufgebaut hatte. Am schlimmsten war die Aussichtslosigkeit ihrer Lage. Hätte es eine Mißernte gegeben oder eine Seuche, oder wäre alles Getreide von einer Krankheit befallen worden, sie wußte, sie hätte es überstanden. Sie war zäh, sie konnte hungern und sich jeden Wunsch versagen, sie konnte kämpfen und sparen und jeden auf Marmalon zwingen, es ihr gleichzutun. Aber diesmal war sie an einen zu mächtigen Gegner geraten. Claybourgh wollte sie vernichten und er konnte sie vernichten, und alles, was sie jetzt tat, diente höchstens dazu, den Augenblick der endgültigen Niederlage hinauszuzögern.

»Und wenn Sie die Angelegenheit doch vor einen Richter bringen?« fragte Mackenzie einmal. Mary sah an ihm vorbei hinaus in rötlich gefärbtes Herbstlaub und einen leuchtendblauen Himmel.

»Nein«, entgegnete sie leise, »das kann ich nicht tun. Ich möchte die Gründe nicht nennen, aber ich kann es nicht riskieren, daß Marmalon und die Umstände, unter denen ich an dieses Gut gekommen bin, vor einem Gericht aufgerollt werden. Und gegen Claybourgh selbst kann ich schon gar nicht vorgehen. Es ist... einmal etwas geschehen, was er jetzt gegen mich verwenden kann, und deshalb... kann mir keiner helfen!« Sie schluckte schwer, denn noch während der letzten Worte waren ihr die Tränen gekommen. Mackenzie nahm eine ihrer langen Locken auf und ließ sie langsam durch seine Finger gleiten.

»Ich würde Ihnen so gern helfen, Mary«, sagte er, »aber Sie

schenken mir keinen reinen Wein ein, nicht? Mir wird ja himmelangst, wenn ich Sie reden höre! Ich würde zu gern wissen, in wie viele Gaunerstücke Sie verwickelt sind. Erst fünfundzwanzig Jahre alt – und schon eine so bewegte Vergangenheit!«

Mary fühlte sich zu schwach, um ihm wie sonst eine patzige Erwiderung zu geben.

»Ich weiß, jeder kommt mit diesen Ausreden«, sagte sie, »aber ich bin wirklich immer in alles hineingeraten, ohne es richtig zu wollen. Und auf einmal holt es mich ein.«

»Es gibt Leute, die behaupten, daß jeder Mensch irgendwann für seine Sünden bezahlen muß.«

»Ich weiß nicht. Glauben Sie, der König muß es?«

»Vielleicht. Möglicherweise im Jenseits.«

»Ach, dann hätte ich auch lieber im Jenseits bezahlt als jetzt! Ich finde das alles ungerecht. Und ich habe solche Angst!« Sie sah zu ihm auf. »Haben Sie auch Angst, Charles?«

»Natürlich«, sagte er rauh, »ich vergehe vor Angst. Und ich könnte diesem Kerl, diesem Claybourgh, eigenhändig den Hals umdrehen. Genauer gesagt«, nun lächelte er, »könnte ich jedem den Hals umdrehen, der Ihnen Schmerz zufügt, Mary.«

»Es ist gut, einen Freund zu haben«, sagte Mary dankbar, »auch wenn Sie nichts für mich tun können. Ich glaube, ich werde Marmalon verlieren.«

Nachdem sie es einmal ausgesprochen hatte, war die Vorstellung, sie müßte Marmalon verlassen, zu einer greifbaren Möglichkeit geworden, und sie begann sich um so heftiger dagegen zu sträuben. Auf die dumpfe, dunkle Angst hatte sie nur mit Verzweiflung reagiert, nun endlich gelang es ihr, klar und entschlossen nachzudenken. Sie akzeptierte die Tatsache, daß sie Claybourghs Abgabenforderungen bestenfalls noch zwei Monate lang nachkommen konnte, danach würde sie im Schuldgefängnis landen und alles wäre zerronnen, was sie sich aufgebaut hatte. Sie begann ihren Stolz beiseitezuschieben und gelangte zu dem Schluß, daß sie zwar wohl keine Möglichkeit hatte, dem Verhängnis zu entrinnen, daß sie aber alles versuchen mußte, und dazu gehörte auch ein Gang als Bittsteller zur Archibald Claybourgh.

Sie hörte Mackenzies Worte in der Erinnerung: »Vielleicht will er nur das. Sie auf den Knien liegen sehen.« Ihr war übel vor Zorn, aber wenn sie dann zum Fenster hinaussah in die letzten blaßbunten Blätter an den Bäumen und auf die Wiesen, über denen schon erster weißer Reif lag, dann wußte sie, daß dieses Opfer für Marmalon nicht zu hoch war. Jeder Stein des Hauses, jeder Grashalm im Garten waren es wert, nach Canossa zu pilgern und Archibald vor die Füße zu fallen.

»Lieber würde ich barfuß über Dornen gehen«, sagte sie zu Tallentire, »und wenn ich das aushalte, dann nur, weil ich Marmalon so sehr liebe und weil ich von ganzem Herzen wünsche, daß dieser elende Teufel dafür irgendwann wird bezahlen müssen!«

Sie wählte einen klaren, kalten Tag Ende November, um nach Sluicegates zu reiten, und es war gerade der Tag, an dem sich der alte Will gleich nach dem Aufstehen wieder hinlegte und zu Dilys sagte, er werde wohl kaum noch einmal sein Bett verlassen. Dilys kam völlig verschreckt zu Mary, die in ihrem Zimmer stand und gerade ihre Haare kämmte.

»Madam, Mr. Shannon ist krank«, berichtete sie bekümmert, »er sagt, er kann nicht aufstehen und er will auch gar nicht.«

»Was sagst du da?« Mary legte ihren Kamm fort und eilte hinter Dilys her über den Gang in Wills Zimmer. Sie kniete neben seinem Bett nieder und ergriff seine Hand.

»Aber Will, was ist denn? Warum stehst du nicht auf?«

Will wandte langsam den Kopf zu ihr hin. Mary erschrak vor dem verschleierten Blick seiner Augen.

»Ach, Mary, ich glaube, es wird nichts mehr mit mir«, sagte er leise, »ich habe achtundsiebzig Jahre gelebt, und irgendwann muß es zu Ende sein. Ich habe keine Angst davor...«

»Was redest du denn? Hör auf damit. Du bist krank, aber du wirst wieder gesund!«

»Nein, Mary, mach dir nichts vor. Ich bin seit Wochen und Monaten schon immer schwächer und schwächer geworden. Es hat doch keinen Sinn, Tatsachen abzuleugnen. Das tust du doch nie, Mary, nicht wahr?«

Mary schüttelte den Kopf.

»Nein«, sagte sie mit erstickter Stimme, »das tue ich nie.«

Der Druck seiner Hand verstärkte sich etwas. »Deshalb gehst du auch heute zu Claybourgh. Du bist ein tapferes Mädchen. Rede ihn weich, den Lumpen! Du hast so schöne Augen.«

»Ich fürchte, damit beeindrucke ich ihn auch nicht. Ach, Will«, sie sah ihn hilflos an, »Will, ich habe mich zu wenig um dich gekümmert in der letzten Zeit. Auch um Jane nicht. Ich habe überhaupt nichts anderes mehr als Geld im Kopf gehabt!«

»Nun vergieß deswegen keine Träne«, sagte Will scharf, »du machst es genau richtig. Du bist eine Frau, die ihr Leben selbst in die Hand nimmt und die Menschen, die sie brauchen, beschützt. Du kannst nicht auch noch alle mit Zärtlichkeit und Fürsorge überschütten. Die sollen sie sich, verdammt noch mal, woanders holen. Verschwende deine Kraft nicht, Mary. Du kannst viel erreichen, wenn du sie zusammenhältst. Gräme dich nicht um einen alten Mann und um ein verzogenes Kind. Kümmere dich jetzt nur um Archibald Claybourgh. Zeig ihm die Zähne, kratz ihm die Augen aus! Damit hast du genug zu tun.«

Mary nickte, noch immer reuevoll, aber bereits getröstet. »Gut«, sie stand auf, ließ Wills Hand los und strich ihr Kleid glatt, »dann gehe ich jetzt. Ich...«

»Noch etwas, Mary!« Wills alte, graue Augen waren voller Verständnis. »Denk daran, daß du das alles auch für Nicolas tust. Und er ist es wert. Ich kenne ihn noch länger als du. Er hat alle Liebe der Welt verdient.«

»Nicolas?« Sie sah ihn überrascht an. »Aber er...«

»Ich weiß, ein lästerlicher, gesetzesloser Gauner ist er. Aber du wirst vielleicht, solange du lebst, keinem Menschen mehr begegnen, der dich so sehr liebt wie er.«

»Oh...« Sie hatte nicht gedacht, daß sich Will über solche Dinge Gedanken machte, daß er überhaupt etwas davon verstand. Sie fragte sich, ob er etwas von ihr und Charles Mackenzie wußte. Seine Augen aber gaben keine Antwort auf ihr stummes Forschen.

»Ich muß fort«, sagte sie, »du kannst in der Zwischenzeit ein Gebet für mich sprechen.« Sie ging zur Tür, und er sah ihr nach, wie sie davonschritt, den Kopf hocherhoben und die Schultern gestrafft, streng, würdevoll und von einer Tapferkeit, die ihn rührte – und erbitterte. Zum erstenmal seit sehr vielen Jahren verspürte er den heftigen Wunsch, wieder jung zu sein und im vollen Besitz seiner Kräfte. In einem leidenschaftlichen Aufbegehren, von dem er nicht geahnt hatte, daß er dessen noch fähig war, wünschte er sich, mit ihr gehen und sie beschützen zu können, anstatt kraftlos im Bett zu liegen. Erschöpft ließ er seine zitternde Hand auf die Decke fallen und lauschte auf Marys Schritte, die sich rasch entfernten. Eine Ahnung sagte ihm, daß diese Frau seiner gar nicht bedurfte. Sie würde siegen oder untergehen, aber welches von beiden auch ihr Weg sein mochte, sie würde ihn allein gehen.

»Sieh an, Mary de Maurois!« Breitbeinig und grinsend stand Archibald Claybourgh in der großzügigen Eingangshalle von Sluicegates und betrachtete den Gast, den ihm das Stubenmädchen soeben gemeldet hatte. »Wissen Sie, ich habe beinahe geahnt, daß Sie kommen würden, nur, um ehrlich zu sein, ich hatte schon früher damit gerechnet. Andererseits gefallen mir Nüsse, die nicht leicht zu knakken sind. Aber ich denke, Sie habe ich jetzt geschafft!«

»Freuen Sie sich nicht zu früh, Sir Claybourgh. Ich bin noch nicht am Ende.« Marys Stimme klang hell und kalt in dem säulengetragenen Gewölbe des alten Herrenhauses.

Archibald lachte. »Ich glaube, Sie könnten tot am Boden liegen, Sie würden immer noch nicht zugeben, geschlagen zu sein! Das gefällt mir an Ihnen. Aber irgendwann werden selbst Sie nicht um die Erkenntnis herumkommen, daß manchmal andere stärker sind als Sie. Zum Beispiel ich!«

»Wofür nehmen Sie Rache?«

»Rache? Aber von Rache kann gar keine Rede sein! Ich komme nur meiner Aufgabe als Steuereintreiber gewissenhaft nach.«

»Gewissenhaft?« Mary schleuderte ihm voller Wut die Papierrolle mit den letzten Forderungen vor die Füße. »Das hier ist Wucher!«

Archibald betrachtete amüsiert ihr geröteten Wangen und blitzenden Augen.

»Aber, Mrs. de Maurois! Ich finde, Sie sind keine gute Patriotin.

Sie wissen doch, wozu England gerade jetzt Geld braucht. Die Schotten sind über die nördlichen Grenzen eingefallen und nur mit letzter Kraft zurückgeschlagen worden, und zweifellos werden sie den Angriff wiederholen. Dazu kommt die Bedrohung von französischer Seite – England braucht Geld, liebe Mrs. de Maurois. Waffen, Schiffe, Verpflegung für die Truppen. Dafür müssen wir alle unsere Opfer bringen!« Er lächelte genüßlich.

Marys Blick schweifte über die kostbare Einrichtung der Halle hinweg. »Zweifellos bringen auch Sie Ihre Opfer, Sir Claybourgh«, sagte sie bitter. »Und ich glaube auch nicht, daß irgend jemand hier in der Gegend so hoch besteuert wird wie ich!«

Claubourgh zuckte mit den Schultern. »Sie glauben es nicht? Fragen Sie die Leute doch. Fragen Sie Courday, Fennimere, Greene! Die werden Ihnen die richtige Antwort geben.«

»Sie wissen, daß das nichts nützt!« fauchte Mary. »Die stecken alle mit Ihnen unter einer Decke. Die würden das Blaue vom Himmel herunterlügen für Sie!«

»Ja, wenn das so ist... arme Mary, keinen einzigen Freund hat sie! Wie kommt das nur? Vielleicht hätten Sie von Anfang an ein bißchen freundlicher sein sollen!«

»Ich hatte keine Zeit, freundlich zu sein. Und ich konnte keine Rücksicht auf die Empfindsamkeiten irgendwelcher Geschäftsleute nehmen. Sonst hätte ich nie erreicht, was ich erreicht habe!«

»Ja, nur so haben Sie am Ende auch nicht viel erreicht. Es tut mir von Herzen leid, aber ich kann nichts machen. Übrigens – nur damit Sie sich darauf einstellen können – die Steuern für November werden noch ein wenig höher sein als die für Oktober!« Er wollte sie einfach stehen lassen, aber Mary, der vor Wut beinahe schwarz vor den Augen wurde, packte ihn am Arm und zerrte ihn zurück. Ihr Gesicht war weiß geworden, ihre Lippen völlig blutleer.

»Sie sind ein Verbrecher, Claybourgh«, flüsterte sie heiser.

Archibald schüttelte sie ab wie ein lästiges Insekt.

»Wenn Sie das finden«, entgegnete er kalt, »gehen Sie doch vor Gericht!«

Sie wich zurück, ihre Hände zitterten.

»Gott im Himmel, Claybourgh, was möchten Sie denn? Sagen Sie es mir und ich tue es! Ich tue, was Sie wollen, aber lassen Sie mir Marmalon! Ich bitte Sie, lassen Sie mir Marmalon!«

»Wie schön Sie bitten können, Mary! Ich dachte gar nicht, daß es so reizvoll sein könnte, Sie um Gnade flehen zu sehen! Ich kriege, was ich will? Und wenn ich Sie flach auf dem Bauch vor mir liegen sehen möchte?«

Seine Stimme vibrierte vor Triumph. Mary merkte, wie ihr der Schweiß ausbrach. Im Mund hatte sie plötzlich einen gallebitteren Geschmack. Tonlos entgegnete sie: »Wenn Sie das wollen, dann mache ich das auch.«

Archibald nahm ihren Arm. Sein aufgedunsenes Gesicht war plötzlich dicht vor ihrem. Sie konnte seinen fauligen Atem riechen und seinen dicken Bauch gegen ihren gepreßt fühlen.

»Vielleicht würde ich aber gern etwas ganz anderes von Ihnen wollen«, murmelte er heftig atmend, »das, worum Sie mich einmal betrogen haben, Sie böses, rothaariges Luder!«

Seine fleischigen Hände fingerten am Ausschnitt ihres Kleides herum. Mary, die ihn erregt keuchen hörte, dachte voller Entsetzen: Er ist wahnsinnig! Hier in seinem Haus. Jeden Moment kann jemand kommen!

Sie versuchte, einen Schritt zurückzutreten. »Bitte, Sie können doch nicht...« sagte sie mit abgewandtem Kopf.

Er kam noch näher an sie heran. »Keine Sorge«, murmelte er, »ich weiß einen Ort, an dem wir ganz ungestört...«

Ein schriller Entsetzensschrei von irgendwoher unterbrach Archibald. Lady Patricia lehnte sich über die Empore, offensichtlich nicht im geringsten darüber erstaunt, daß ihr Mann die Besucherin gerade mit beiden Händen umklammert und an sich gerissen hatte.

»Mrs. de Maurois!« rief sie. »Nein, daß Sie sich einmal hier blikken lassen! Warten Sie, ich komme!« Schon eilte sie die Treppe hinunter, umrauscht von einer Vielzahl raschelnder Röcke. Sie umarmte Mary und sah dann ihren Mann vorwurfsvoll an.

»Warum steht ihr hier in der zugigen Halle? Warum hast du Mrs. de Maurois nicht in einen Salon gebeten?«

Archibald murmelte etwas Unverständliches. Er bedachte Patricia mit wütenden Blicken, was diese gar nicht wahrzunehmen schien. Mary strich ihre in Unordnung geratenen Haare glatt.

»Ich wollte ohnehin gerade gehen«, sagte sie kühl.

»Nein, das dürfen Sie nicht«, protestierte Patricia, »ich möchte mich jetzt mit Ihnen unterhalten. Wo ist denn Jane? Haben Sie sie nicht mitgebracht?«

Mary hatte den Eindruck, daß ihre Nerven zerreißen würden, wenn sie noch einen Augenblick länger das Geschnattere von Lady Patricia ertragen müßte.

»Ich will nicht unhöflich sein«, sagte sie so beherrscht wie möglich, »aber ich bin nicht zum Plaudern gekommen. Es geht um die Steuern...«

Archibald ließ ein hohes Kichern vernehmen. »Mrs. de Maurois meint, sie müßte zu hohe Abgaben zahlen!«

»O wirklich?« Patricia sah sie erstaunt an. »Aber der Krieg mit den Schotten? Dafür braucht die Regierung Geld!«

»Das habe ich ja auch versucht zu erklären«, sagte Archibald, »aber wie so viele Leute denkt Mrs. de Maurois, daß in einem solchen Fall sicherlich jeder zu zahlen hat – aber nicht sie!«

Patricia lachte. »Sie sind ja eine Schlimme!« rief sie amüsiert.

Mary sah Archibald aus tiefdunklen Augen an.

»Er zerstört mich«, sagte sie leise, »und zwar bewußt und absichtlich!«

Patricia lachte noch lauter. »Sie können ja richtig unglücklich aussehen«, kicherte sie. Sie begriff nicht im mindesten den Ernst der Lage, sondern hielt Mary nur für kokett und raffiniert. Mary selbst merkte, wie ihr heiß wurde. Die Säulen der Halle tanzten, die schwarzen Quadrate auf dem Fußboden schoben sich ineinander, bis sie groteske Figuren bildeten. Mary krampfte ihre Hände ineinander. Sie verspürte eine nie gekannte Gier, Blut auf den lächelnden Gesichtern vor ihr zu sehen. Oh, alle zehn Finger auf einmal hätte sie in Archibalds weiße, fettige Haut schlagen können! So schnell sie konnte, und ohne noch etwas zu sagen, rannte sie hinaus, hinter sich Patricias erschreckte Rufe und Archibalds Gelächter.

Die kalte Winterluft tat ihr gut. Sie hielt sich am Geländer der Eingangstreppe fest und preßte die Hand auf ihr heftig schlagendes

Herz. Dann hörte sie Schritte hinter sich und raffte sich auf. Nur nicht noch einmal Patricia begegnen! Sie nahm sich nicht einmal mehr die Zeit, auf ihr Pferd zu warten, das ein Knecht vorhin in den Stall geführt hatte. Mochte Mackenzie es heute abend abholen. Sie jagte die Auffahrt hinunter, als gelte es ihr Leben, stolperte, kam aber sofort wieder auf die Beine. Patricias Stimme durchschnitt den stillen, kalten Tag. »So warten Sie doch, Mary! Bleiben Sie stehen! Was ist denn?«

Sie drehte sich nicht um, sondern lief keuchend zum Tor hinaus, die Kastanienallee entlang und über eine Brücke. Sie wurde langsamer, weil sie kaum noch Luft bekam, aber sie blieb nicht stehen. Ihre Füße traten in raschelndes Laub, auf dem zarte Eiskristalle lagen, ihr Atem schlug ihr weiß aus dem Mund, die Kälte schmerzte in ihren Lungen und ihrer Brust. Frühe Dämmerung senkte sich bereits über das Land, Nebel stieg aus den feuchten Wiesen, es roch nach vermoderten Blättern und erfrorenem Moos. Mary stolperte über die Wiesen. Sie hatte den Weg verlassen und lief querfeldein, trat in tiefe Ackerfurchen oder blieb mit ihrem Kleid an Dornenranken hängen. Sie kümmerte sich nicht darum, daß der Stoff zerriß, sondern hastete weiter, weil es ihr vorkam, als müsse sie tausend Jahre laufen, um die Erinnerungen an Archibald Claybourghs Nähe loszuwerden. Sie seufzte erleichtert, als sie die Lichter von Marmalon durch die Dunkelheit schimmern sah. Wie Sterne, dachte sie, zum Greifen nah, aber in Wahrheit ganz, ganz weit weg!

Sie lief die Auffahrt hinauf und jedes einzelne Fenster hieß sie willkommen. Kerzen brannten hinter den Scheiben, Kaminfeuer warfen ihre Schatten. Vom Dachgiebel hob sich lautlos eine Eule und strich davon. Ein Windhauch wehte ein paar Blätter von den Bäumen auf den Weg hinab.

Mary zog ihr Tuch fester um die Schultern. Ihr Herz jagte, weil sie so schnell gerannt war, und in ihren Schläfen stach es. Der Kummer machte sie schwerfällig und müde; sie wünschte sich, eine Katze zu sein, die sich in einem dunklen Winkel verkriechen und sterben konnte, wenn sie das Leben nicht länger ertrug. Gleich darauf sagte sie sich, daß eine Katze sehr lange Widerstand leistete, ehe sie sich bereit fand zu sterben. Sie stieß die Haustür auf. In der Halle flackerten Kerzen, einige verloschen unter dem plötzlichen Luftzug. Dilys und Allison kamen nebeneinander mit verweinten Augen die Treppe hinunter. Mary schloß die Tür hinter sich und lehnte sich mit dem Rücken dagegen. Ihr Atem ging noch immer schwer.

»Was ist denn?« fragte sie. »Habt ihr geweint?«

Die beiden Mächen blieben stehen und starrten sie an. Allison begann heftig zu schluchzen, Dilys schluckte.

»Oh, Madam, wir haben so sehr auf Ihre Rückkehr gewartet. Mr. Tallentire ist auch schon losgeritten, um Sie zu holen, aber nun ist es doch zu spät!« Sie fing ebenfalls an zu weinen. Mary eilte zum Fuß der Treppe und sah zu ihnen hoch. »Was ist zu spät? Nun redet doch!«

»Der alte Mr. Shannon«, jammerte Allison, »er hatte solche Schmerzen und Fieber, und den ganzen Nachmittag lang hat er nach Ihnen gerufen, Madam. Wir haben ihm gesagt, daß Sie bald kommen, aber er war so durcheinander und hat es nicht begriffen.«

»Und was ist jetzt mit ihm?« Mary fühlte, wie sich ein stechender Schmerz in ihrem Kopf ausbreitete. Am liebsten hätte sie sich hingelegt, die Augen geschlossen und nichts mehr gesehen und gehört. Allison öffnete den Mund, klappte ihn aber wieder zu und wandte sich ab. Dilys rollten große Tränen die Wangen hinunter.

»Oh, es ist so schrecklich, und wir konnten gar nichts tun«, flüsterte sie, »es war so schrecklich, und jetzt... er ist tot, Madam. Bei Sonnenuntergang ist er endlich gestorben. Will Shannon ist tot.«

Sie begruben ihn in einer stillen Ecke hinter dem Haus, am Rande einer Mauer, unter den kahlen Ästen zweier Eichen. Es war windstill und eisig kalt am Tag des Begräbnisses, aber jeder, der auf Marmalon lebte, war gekommen, um Abschied von Will zu nehmen. Tallentire hielt eine schöne, ergreifende Predigt, die nur durch das laute Weinen von Dilys und Allison immer wieder unterbrochen wurde. Marys Augen blieben trocken, wie immer in den trostlosen Stunden ihres Lebens. Es quälte sie, daß sie in Wills letzten Minuten nicht bei ihm gewesen war, besonders da sie wußte, daß er nach ihr verlangt hatte, und sie verfluchte das Schicksal, das sie zwang, sich vor einem elenden Lumpen zu demütigen, während gleichzeitig einer ihrer treuesten Freunde starb. Sie empfand Schmerz und Traurigkeit, aber daneben auch eine seltsame Kälte, von der sie sich nicht befreien konnte. Ihr Gesicht wurde zu einer weißen, steinernen Maske ohne Regung. Sie war überzeugt, daß sie Neujahr bereits im Schuldgefängnis würde verbringen müssen, aber nicht einmal das nötigte ihr ein Aufbegehren ab. Sie empfand nichts als eine bittere, tränenlose Leere; dahinter lauerte eine Verzweiflung, der sie streng verbot, Besitz von ihr zu ergreifen.

Nach der Beisetzung ging Mary ins Haus zurück, denn sie mochte nicht zusehen, wie das Grab zugeschaufelt wurde. In der Halle traf sie auf den alten Hund, der regungslos vor der untersten Treppenstufe lag und die Augen geschlossen hielt. Seit Wills Tod hatte er nichts mehr gegessen. Sie kniete neben ihm nieder und streichelte seinen grauen Kopf.

»Stirb du nicht auch noch«, sagte sie leise, »was soll ich denn machen, wenn ihr mich plötzlich alle verlaßt?«

Er zuckte nicht einmal mit den Ohren. Seufzend erhob sie sich und ging die Treppe hinauf in ihr Zimmer. Sie betrachtete die kahlen Wände und den leeren Fußboden. Alles hatte sie bereits verkauft, um das Geld für diesen Monat zusammenzubekommen. Ende Dezember würde sie das Haus verlassen müssen.

Sie stand lange so da, während es draußen dunkel wurde und am frostklaren Himmel die Sterne aufblitzten. Als Dilys plötzlich ins Zimmer stürzte, schrak sie zusammen.

»Madam, Sie stehen ja im Dunkeln!« rief sie. »Kommen Sie schnell hinunter. Auf dem Hof sind eine Menge Männer, die Sie sprechen wollen!«

Mary drehte sich langsam um, aus tiefen Gedanken erwachend. »Wer ist dort?«

Dilys zappelte vor Aufregung. »Ganz viele Männer. Ich glaube, sie kommen wegen der Abgaben. Ach, Madam, was sollen wir nur tun?«

Sie schaut mich an wie ein hilfloses Kind, dachte Mary müde, alle schauen sie mich so an. Was glauben sie, was ich tun kann? Ich bin doch selber am Ende!

»Ich komme«, sagte sie zu Dilys, und an dem bewundernden

Aufblitzen in den Augen des Mädchens erkannte sie, daß sie offenbar selbstsicher und gefaßt wirkte. Sie lächelte ironisch und eilte die Treppe hinunter.

Unten kam ihr Mackenzie mit ernster Miene entgegen. »Da draußen ist Claybourgh mit ein paar Männern«, berichtete er leise, »sie kommen wegen der Steuern für November.«

»Wegen der Steuern für November? Sind die verrückt geworden? Heute ist der achtundzwanzigste!«

»Ich weiß. Aber die können es wohl nicht abwarten. Deshalb ist auch die ganze Meute mitgekommen. Sie hoffen auf den Todesstoß, und den will sich keiner entgehen lassen.«

»Den Todesstoß? Heute?« Mary spürte, wie eine tiefe, wilde Wut in ihr aufstieg, sie blaß werden und zittern ließ. »Heute? Die drekkige Bande, heute kriegen sie nichts von mir! Es ist nicht der dreißigste November, und ich werde keinen einzigen Farthing herausrükken!«

Mackenzie schüttelte den Kopf. »Wenn Sie das Geld haben, sollten Sie es ihnen geben. Es würde sie außerordentlich ärgern, denn sie rechnen mit Ihrem Eingeständnis, am Ende zu sein. Werfen Sie es ihnen vor die Füße!«

»Es ist das letzte, was ich habe. Vielleicht sollte ich gleich aufgeben...«

»Aber, Mary!« Er faßte sie an den Schultern und schüttelte sie sanft. »Mary, nein! Keine Stunde schenken wir denen! Nicht einem Mann wie Claybourgh!«

»Sie haben recht.« Mary warf den Kopf zurück. »Gehen Sie hinauf in mein Zimmer. Im obersten Fach vom Schreibtisch liegt ein Beutel, darin ist das Geld für November. Bringen Sie es mir bitte. Ich werfe mich inzwischen den Löwen vor.«

Bittere Kälte empfing sie draußen. In einem Halbkreis vor der Treppe standen die Pferde mit ihren Reitern, deren Schweigen Feindseligkeit ausstrahlte. Beklemmend fühlte sich Mary an einen Winterabend zwei Jahre zuvor zurückversetzt, als die Männer aus der Nachbarschaft sie aufgesucht hatten, um sie zur Aufgabe ihrer eigenwilligen Geschäftspraktiken zu zwingen. Nun war wieder Winter, der Boden gefroren, die Nacht klar, und den Pferden quoll weißer Atem aus den Nüstern. Sie stand zitternd vor Kälte auf der obersten Treppenstufe, angeleuchtet vom Kerzenschein aus dem Haus und sah auf die Meute hinunter, die sich zusammengefunden hatte, ihre Niederlage zu erleben. An der Spitze Archibald Claybourgh; sein Pferd stand ein Stück vor den anderen und sein rotes, rundes Gesicht leuchtete in erwartungsvoller Freude.

»Was wollen Sie hier, Claybourgh?« rief Mary. »Was wollen Sie alle hier?« Ihre Stimme klang klar, aber Claybourgh spürte die Erregung, die darin schwang. Er grinste genüßlich. »Nichts anderes als ein bißchen Geld wollen wir«, erwiderte er, »die Abgaben für November, wenn die Dame nichts dagegen hat!«

»Ich habe etwas dagegen. Heute ist der achtundzwanzigste November, vor dem dreißigsten steht Ihnen nichts zu!«

»Aber, liebe Mrs. de Maurois!« Claybourgh rückte sich bequem im Sattel zurecht. »Wollen wir es uns allen doch nicht noch schwerer machen! In zwei Tagen kämen wir wieder, was hätten Sie da schon gewonnen? Sie können nicht zahlen, später ebensowenig wie heute. Geben Sie gleich auf, da bleiben Ihnen wenigstens noch achtundvierzig Stunden, um Marmalon zu räumen, ehe es in den Besitz der Krone fällt!«

»Woraus schließen Sie, daß ich nicht zahlen kann? Vielleicht sind Sie ja ein wenig voreilig.«

»Das glaube ich nicht.« Claybourghs Grinsen vertiefte sich. »Sie haben mir Ihre Verzweiflung recht deutlich gezeigt, erinnern Sie sich nicht? Ich wollte eigentlich ein Gentleman sein und nicht darüber sprechen, aber da Ihr Gedächtnis Sie offenbar im Stich läßt, muß ich es nun doch tun. Kamen Sie nicht neulich nach Sluicegates herüber und machten mir ein... nun ja, ein recht eindeutiges Angebot, für den Fall, daß ich Ihnen Ihre Abgaben erlasse? Es war mir ziemlich peinlich... mitten in meinem Haus. Und Lady Claybourgh war schließlich in der Nähe!« Er schüttelte traurig den Kopf. Die anderen Männer lachten wiehernd, unfähig, ihre eigene Lust an diesem seichten Gespräch zu verbergen. Mary hatte das Gefühl, als träfen Claybourghs Worte sie wie ein Schlag in die Magengrube. Sie wußte nicht, woher sie die Kraft nahm, den lüsternen Blicken ringsum standzuhalten, aber sie hielt sich aufrecht. Plötzlich fühlte sie etwas Weiches in ihrer Hand. Mackenzie stand hinter ihr und schob ihr den Geldbeutel zu.

»Hier ist das Geld«, flüsterte er, »geben Sie's ihm und dann jagen Sie ihn zum Teufel!«

Sie griff nach dem weichen Stoffbeutel, in dem sich hart die Geldstücke abzeichneten. Ihre Finger schlossen sich darum, sie spürte die Kraft, die von den Münzen auf sie überströmte und langsam ihren ganzen Körper ergriff. Das alte Zaubermittel versagte nicht einmal heute.

Geld, dachte sie, das einzige, was mich vor der Welt schützt.

Sie hob die Hand und sah Claybourghs ungläubigen Blick, mit dem ihm die enttäuschende Erkenntnis dämmerte, daß sie diesmal womöglich wirklich noch würde zahlen können. Er verursachte ihr Übelkeit, er und die anderen dümmlich grinsenden Männer auf ihren Pferden, die sie unter sich brauchten, weil sie nur so ihrer eigenen Lächerlichkeit ein wenig Bedeutung verleihen konnten. Und wenn selbst das ihnen keine Kraft mehr gab, blieb ihnen noch der Sieg über eine Frau, so wie heute abend. So konnten sie ihren männlichen Stolz wiederfinden und sich für einige Zeit triumphierend an ihm festhalten.

Aber ich bin mir zu schade dafür, dachte Mary, sollen sie sich doch eine andere suchen! Mit zornigem Schwung warf sie Claybourgh den Beutel vor die Füße, so daß sein Pferd ein paar erschrokken tänzelnde Schritte zur Seite machte.

»Nehmen Sie das!« schrie sie. »Nehmen Sie es, und dann verschwinden Sie! Zählen Sie nach, der Betrag stimmt! Vielleicht kann ich wirklich im nächsten Monat nicht mehr zahlen, aber diesmal kann ich es noch, und deshalb habt ihr euch zu früh gefreut. Glaubt nicht, daß ich so leicht und so billig zu besiegen bin, wie ihr euch das gedacht habt!«

»Erlauben Sie...« protestierte Claybourgh schwach. Vor Enttäuschung zerfloß sein Gesicht in einen weißen, wabbelnden Pudding. Er sah aus wie Ambrose, nur noch scheußlicher. Auch den anderen Männern gefror das Grinsen auf den Lippen. Ihre Gesichter wirkten verkniffen und vertrocknet, und plötzlich schürte gerade dies Marys Zorn noch mehr. Diese Schurken, einer dümmer als der andere, so hirnlos, daß es einem weh tun konnte, und sie wollten ihr Marmalon nehmen! Ein leidenschaftlicher Haß stieg in ihr auf, es war jene wilde, vulgäre Wut ihrer Mutter und ihrer Schwester, die sie fühlte, die in ihr immer zugedeckt gewesen war von dem kultivierten Benehmen der Lady Cathleen und dem Sanftmut Frederic Belvilles, jener Menschen, die sie von klein auf geprägt hatten. Nun aber dachte sie an Nicolas, daran, was man ihm nehmen wollte, und so in die Enge getrieben, schlug ihr Erbe durch, ihre Augen blitzten wilder als es die von Lettice je getan hatten, ihr Gesicht verzerrte sich, ihre Stimme wurde schrill und brutal.

»Verfluchte Bastarde!« brüllte sie. »Verschwindet! Macht, daß ihr wegkommt! Wagt es nicht noch einmal, euch hier blicken zu lassen, gottverdammte Bande, die ihr seid! An dem Tag, an dem ich nicht mehr zahlen kann, könnt ihr mich von hier fortbringen, aber nicht eine Stunde eher! Deshalb verlaßt auf der Stelle meinen Grund und Boden, oder ihr bereut es bitter! Weg jetzt!« Ihre Stimme überschlug sich beinahe. »Fort mit euch, und wenn ich im nächsten Moment noch einen von euch hier sehe, dem jage ich eigenhändig eine Kugel hinterher!«

Ihr Zorn verfehlte nicht seine Wirkung. Ebenso wie Lettice einst Ambrose durch den bloßen Klang ihrer Stimme zur Unterwürfigkeit getrieben hatte, so wandten sich auch diese Männer eingeschüchtert ab. Claybourgh rutschte noch blitzschnell von seinem Pferd hinab, schnappte sich den Geldbeutel und kletterte so eilig wieder in den Sattel, daß er dabei eine höchst lächerliche Figur machte.

»Diese Frau ist der Satan selber«, murmelte Greene im Davonreiten. Die Dunkelheit schluckte sie alle und nahm ihnen die Angst. Claybourgh, wütend wie nie in seinem Leben, stellte sich in den Steigbügeln auf und wandte sich noch einmal um. »Das wirst du büßen, Mary de Maurois!« schrie er. Die klare Nacht trug seine Worte weit und ließ sie wie von den Sternen widerhallen. »Und wenn es die letzte Tat meines Lebens ist, ich werde nicht ruhen, ehe ich dich am Ende weiß. Bei meiner Seele, noch ehe das Jahr vorübergeht, bist du im Schuldgefängnis von Newgate!«

Wenige Tage vor Weihnachten begann es zu schneien, und das Land um Marmalon veränderte sein Gesicht. Eine dünne Schneeschicht lag über den Wiesen, Eis überzog die Bäume, bedeckte die Flüsse. Scharen von hungrigen Krähen strichen über die Felder, hoben sich mit enttäuschten Schreien in die Luft, stürzten unermüdlich suchend wieder zur Erde hinab. Aus den Wäldern erklangen Eulenrufe, die Hasen wagten sich allzu nah an menschliche Behausungen heran, weil ihr Hunger stärker war als ihre Scheu. Über den Himmel trieben graue Wolken, hingen tief über dem Land und gaben allem ein graues, düsteres Licht.

Mary, die kaum noch schlief, wachte jeden Morgen bereits in aller Frühe auf, wenn draußen noch tiefschwarze Dunkelheit war und sie durch das schmale, hohe Fenster ihres Zimmer den Mond sehen konnte. Trotz der Kälte hielt sie es im Bett nicht aus, stand rasch auf, zog sich an und ging ihrer Arbeit nach – so, als wäre nichts geschehen. Während alle noch schliefen, stand sie bereits draußen und kehrte den Schnee vom Hof, fütterte die Hühner, ritt zu den Schafställen, um nach den Lämmern, die im Herbst geboren waren, zu sehen. Aber selbst wenn es ihr gelang, so zu tun, als sei alles wie immer, dann lag die Angst doch wie ein eiserner Ring um ihren Hals, der sich von Tag zu Tag enger zusammenschloß und ihr beinahe die Luft zum Atmen raubte. Mit überwachen Augen beobachtete sie alles, was um sie herum geschah: Die Katzen, die vor den Kaminen im Haus schliefen, Dilys und Allison, wenn sie kochten und putzten oder mit Jane spielten, die farblose Brenda, die ungerührt tat, was man ihr auftrug und keinen Gedanken an die Tragödie zu wenden schien, die sich über ihnen allen zusammenbraute. Mary betrachtete die Eiszapfen am Dach des Hauses, die tiefhängenden Zweige der Bäume, die blasse Färbung des schneeschweren Himmels, und heftig dachte sie: Ich kann es nicht hergeben! Ich kann es nicht, ich sterbe ja darüber! Zugleich wußte sie, daß man nicht so leicht starb, wie man manchmal dachte, und daß sie es überstehen würde, wie sie schon vieles andere überstanden hatte. »Ich muß es nur aushalten«, sagte sie sich hundertmal am Tag, »ich muß die Zähne zusammenbeißen und es ertragen. Ich kann es ertragen, ich habe immer alles ertragen!«

Der Abend, an dem Claybourgh und seine Männer erschienen waren, war die letzte große Schlacht um Marmalon gewesen, das wußte Mary. Sie hatte sich erschöpft, ihr blieb nichts mehr zu tun. Sie konnte nur noch abwarten und zusehen, wie alles seinem Ende zutrieb.

An einem Nachmittag stand sie am Fenster ihres Zimmers und grübelte. Was ihr am meisten zu schaffen machte, war die Sorge um Jane. Sie mußte für das Kind sorgen, daher mußte sie unbedingt eine Arbeit finden, die nicht allzu schlecht bezahlt wurde.

»Am ehesten finde ich wohl noch etwas in London«, murmelte sie, »lieber Gott, am Ende lande ich wieder im Schneidersalon von Mrs. Harte!«

Dieser Gedanke deprimierte sie so sehr, daß sie sich rasch vom Fenster abwandte und eilig das Zimmer verließ. Sie lief die Treppe hinunter in die Halle, zog sich einen alten, dünngescheuerten Fellmantel über ihr Kleid und trat hinaus in den Hof. Die bittere Kälte, die sie empfing, tat ihrem aufgewühlten Gemüt gut. Tief atmete sie die klare Luft. Die Wolken hingen tief, aber es schneite nicht, ein leichter Wind wehte, unter den Füßen knirschte der Schnee. Mary blickte die Auffahrt entlang, deren Weg sich zwischen den Bäumen irgendwo in einer weißen Wüste verlor. Wie magisch angezogen lief sie darauf zu. Sie ging immer schneller, so schnell, daß sie schwer zu atmen begann und die Kälte in ihren Lungen schmerzte. Sie lief über das Land, das sie liebte und das sie mit beiden Armen hätte umfassen und an sich ziehen mögen. Unter dem Schnee schimmerte das feuchte Braun der Äcker, dünn konnte sie die frostüberzogenen Grasnarben auf den Feldwegen erkennen. Die Krähen flatterten bei ihrem Nahen aufgestört davon, zwei zarte, schmale Rehe verschwanden wie unmerkliche Schatten im Wald. Viele Plätze, an denen sie vorüberkam, riefen in Mary Erinnerungen an den Sommer wach: der Bach, in dessen Wasser sie sich an heißen Tagen die Füße gekühlt, die gewaltige Eiche, in deren Schatten sie sich ausgeruht hatte. Dort drüben dieser Acker, im ersten Jahr war sie selber mit den Männern darübergestapft und hatte ihn von Gras und Disteln befreit; noch heute spürte sie die elenden Schmerzen im Kreuz, die sie Abend für Abend nur stöhnend und humpelnd den Heimweg hatten antreten lassen.

Aber gerade diese Erinnerungen wurden ihr heute so süß. Gerade die Tatsache, daß sie wie ein Knecht geschuftet hatte, um Marmalon in die Höhe zu bringen, machte den Abschied so bitter und grausam. Sie hatte das Gut nicht geerbt, war nicht der dekadente Sproß einer alten Familie, der gelangweilt auf dem seit Jahrhunderten eigenen Boden herumsaß. Sie hatte sich Marmalon erkämpft. Es mit Schweiß und Tränen, Schmerzen und Müdigkeit erkauft.

Zum Teufel, Claybourgh, dachte sie, wenn du nur wüßtest, wie sehr ich dich hasse! Wenn du wüßtest, wie es jetzt in meiner Seele aussieht, du bekämst Angst vor mir!

Sie war auf der Höhe der Schafställe angelangt und hielt erschöpft inne. Ihre Seiten stachen, ihr war so warm, daß das Kleid feucht an ihren Schultern klebte. Sie sah sich um und entdeckte nicht weit von sich eine Gestalt, einen Reiter, der unbeweglich auf seinem ruhig stehenden Pferd saß, und gleich ihr in die Gegend schaute. Er hatte sie noch nicht erkannt. Sie ging auf ihn zu und bemerkte im Näherkommen, daß es Charles Mackenzie war.

Als er ihre Schritte hörte, drehte er sich um und lächelte. »Ah, Mrs. de Maurois, wie schön, Sie hier zu treffen«, sagte er, »aber zu Fuß? Sind Sie vom Pferd gestürzt?«

Der Spott in seiner Stimme verärgerte Mary. Gereizt erwiderte sie: »Lassen Sie Ihre albernen Bemerkungen, Charles. Ich mache nur einen Spaziergang, das ist alles.« Sie bemühte sich, ihn nicht merken zu lassen, wie atemlos sie war. Er brauchte nicht zu wissen, daß sie hier wie von Furien gejagt herumlief und nicht wußte, wie sie mit ihrem Kummer fertig werden sollte. Sie haßte es, Schwächen zuzugeben, und im Augenblick fühlte sie sich so schwach wie noch nie in ihrem Leben.

Charles bemerkte, wie mühsam sie sich zur Ruhe zwang, aber zu seiner eigenen Überraschung blieb er ganz ruhig. Er sprang vom Pferd und nahm es am Zügel. »Wenn Sie nichts dagegen haben, begleite ich Sie auf Ihrem Spaziergang«, sagte er, »denn wir tun doch ohnehin beide gerade dasselbe!«

»So? Was tun wir denn?«

»Wir nehmen Abschied, Mary. Wir konnten es im Haus nicht mehr aushalten. Wir mußten alles noch einmal sehen, um es ganz fest in unser Gedächtnis schließen zu können und nichts davon je zu vergessen. Wir können uns nicht losreißen.«

Sie blickte ihn an, um zu sehen, ob er ernst meinte, was er sagte, entdeckte aber keinen Spott, sondern nur Wärme und Güte. Sie schlug die Augen nieder.

»Ja«, sagte sie müde, »ja, ich nehme Abschied. Aber, Charles, bitte, nicht davon sprechen. Ich muß sonst weinen!«

»Ich werde nicht davon sprechen«, erwiderte er leise, »dich weinen zu sehen wäre das Schlimmste.« Er sah auf die magere Gestalt vor ihm, bemerkte, wie ein Zittern sie durchlief, als der Wind schärfer durch ihren dünnen Mantel drang. Verzweifelt dachte er, daß er sein Leben geben würde, könnte er sie in seine Arme nehmen und an sich ziehen und ihr versichern, es werde alles gut werden. Er streckte den Arm aus, zog ihn aber zurück, als sie noch einmal den Kopf hob und ihn ansah. In ihren weitaufgerissenen Augen, die heute so grau waren wie der Winterhimmel, entdeckte er zum erstenmal das junge Mädchen, das sie einst gewesen war. Sie sah ihn flehentlich an, offen und unverschleiert, ohne jene Härte und Entschiedenheit, die sie sonst an den Tag legte.

»Aber, Charles, was sollen wir jetzt bloß tun?« fragte sie.

Er hob die Schultern, ebenso hilflos wie zornig. »Ich weiß es nicht, Mary. Ich weiß keinen Weg, obwohl ich seit Tagen und Nächten über nichts sonst mehr nachdenke. Mein Gott, wenn du wüßtest, was sie mir damit antun. Mir bedeutet dieses Land alles, in jedem einzelnen Moment denke ich von neuem, daß ich es nicht hergeben kann. Ich war so bettelarm als Kind, ich habe nie eine Heimat gekannt, und das hier, Marmalon, war alles für mich. Alles!«

Bei seinem vertraulichen Ton war zuerst ein Schatten der Überraschung über ihr Gesicht geglitten, aber dann verstand sie ihn nur zu gut. Ja, er konnte es nicht hergeben, es war seine Heimat, er war durch Armut und Elend gegangen und hatte sich an Marmalon geklammert wie ein Ertrinkender. Sie begriff ihn in jeder Regung. Es waren ihre eigenen Regungen, die er beim Namen nannte, und dies gab ihr Kraft. Sie spürte, daß er noch mehr litt als sie. Sie meinte, es nicht ertragen zu können, und wußte doch im tiefsten Inneren, daß sie es ertragen konnte. Er aber wußte, er vermochte es wirklich nicht. Ihre Augen, die sekundenlang die eines geängstigten Kindes gewesen waren, nahmen den alten Ausdruck konzentrierter Entschlossenheit an. Unmerklich vertauschten sie und Charles die Rollen. Eben noch hatte sie an seinen Lippen gehangen, als erwarte sie von dort Hilfe, nun sah Charles sie an, als hoffe er, sie werden den Weg finden, den sie beide suchten.

»Charles, es hat keinen Sinn«, sagte sie streng, »uns hilft jetzt niemand. Wir können nur noch das hinnehmen, was geschehen ist. Jetzt kommen Sie, lassen Sie uns nach den Lämmern sehen und dann nach Hause gehen. Es wird zu kalt!« Sie schaute angewidert auf ihre durchweichten Füße und zog den Mantel enger um sich. Ein paar Schneeflocken fielen vom Himmel. Charles, der Mary den Abhang hinunter zu den Schafställen folgte und sie beobachtete, wie sie durch den Schnee vor ihm herstapfte, fand plötzlich, daß sie zu diesem Land gehörte, als sei sie untrennbar mit ihm verwachsen.

Es ist ein Verbrechen, dachte er, Claybourgh, dieser verfluchte Teufel tut ihr das Schlimmste an, was man ihr nur antun kann!

Der Blick, den sie ihm vor wenigen Momenten geschenkt hatte, ließ ihn nicht mehr los. Er hatte nicht geglaubt, daß sie noch so jung und hilflos aussehen konnte. So schwach und zart. Schwach...

Sie ist nie, niemals schwach gewesen, dachte er, nur dieses Land, nur die Angst um ihr Marmalon hat ihr das Geständnis entreißen können, hilflos zu sein. Das Land ist es, was uns beide verbindet, und das habe ich ihrem Mann voraus, die Sorge um das Land teilt sie mit mir, und für Augenblicke konnte ich in ihr Inneres sehen...

Er schaute über die Schneefelder zum Horizont, an dem sich Himmel und Erde in einem hellgrauen Schleier verwoben. Scharf zeichneten sich davor ein paar kahle Bäume ab. Langsam senkte sich die Dämmerung hinab. Mary stieß die Tür zum Schafstall auf. Charles, der sein Pferd unter dem überragenden Dach draußen festband, begriff, daß er an Marmalon vor allem deshalb so erbittert festhielt, weil es das einzige war, was ihn mit Mary verband. Und daß er mehr als Wiesen und Wälder, sprudelnde Bäche und blauen Himmel die magere junge Frau liebte, die sich aus der Dunkelheit des warmen Schafstalles zu ihm umwandte.

»Charles, ich denke, wir sollten...« begann sie, brach aber erschrocken ab, als er sie mit beiden Armen umfaßte und an sich zog.

»Mary, bitte, hör mir zu«, sagte er hastig und dachte: Wenn wir Marmalon verlieren, verliere ich sie. Sie liebt mich nicht. Sie hat mich nie geliebt. Sie liebt den Mann, mit dem sie verheiratet ist, und wenn uns erst das Land genommen ist, bleibt überhaupt nichts mehr für mich.

»Mary, ich finde einen Weg!« Seine Stimme klang atemlos. »Ich lasse es nicht zu. Ich liebe dich, und...«

Ihre erste Überraschung verflog, sie fand ihre Sprache wieder.

»Charles, was soll der Unsinn?« fragte sie nervös, während sie versuchte, sich aus seinen Armen zu winden. »Sie lieben mich doch nicht. Sie sind durcheinander, das sind wir alle in diesen Tagen! Nun lassen Sie mich schon los!«

Er dachte nicht daran, ihrer Aufforderung Folge zu leisten, sondern zog sie noch dichter an sich heran. Mary kam es fast unwirklich vor, wie sie hier im dämmrigen Halbdunkel des Schafstalles standen, um sie herum blökende Tiere, die sich an sie drängten. Und was für ein dummes Zeug redete Charles da? Wie konnte er von Liebe sprechen, wo ringsum die Welt unterging und sie tausend andere Dinge im Kopf hatte? Sie stemmte beide Arme gegen seine Brust.

»Charles Mackenzie, Sie sind ja verrückt!« rief sie zornig.

In Charles' Augen blitzte plötzlich etwas auf, das ihr Angst machte. Himmel, er liebt mich wirklich, dachte sie unbehaglich. Aber ich bin so müde, ich kann nicht mehr, ich will nicht mehr...

Kraftlos ließ sie beide Arme sinken. »Charles, lassen Sie mich doch...« bat sie schwach. Er legte seine Hand unter ihr Kinn und hob ihr Gesicht zu sich auf.

»Wirklich, Mary? Du weißt, wenn hier alles vorbei ist, sehen wir uns niemals wieder. Willst du mich nicht einmal küssen zum Abschied?«

Sie hob sich auf die Zehenspitzen, berührte flüchtig mit den Lippen seine Wange. Ein winziger Schauer durchflog sie. Eilig wich sie zurück.

»Das gehört sich wirklich nicht«, sagte sie und strich sich sorgfältig über die Haare, obwohl sie gar nicht in Unordnung geraten waren.

Charles lachte. »Das ist ganz die Mary, wie ich sie kenne. Immer beherrscht und immer so schrecklich sittsam. Und wenn alles in Trümmer geht, du denkst immer noch darüber nach, was sich gehört und was nicht. Zum Teufel, was kann ein Mann denn nur tun, damit du dich ein einziges Mal deiner Leidenschaft auslieferst?«

»Ich liefere mich niemals aus. Ich habe Wichtigeres im Kopf.«

»Ja, ich weiß. Marmalon. Aber das ist auch eine Leidenschaft. Und zwar eine, die dir offenbar für nichts sonst mehr Raum läßt. Ich frage mich, wie Mr. de Maurois das ausgehalten hat.«

Mary griff sich mit beiden Händen an die Schläfen. Ihr Kopf schmerzte, verworrene Bilder bedrängten sie. »Lassen Sie das doch«, bat sie, »wie können Sie denn gerade jetzt über solche Dinge nachdenken?«

Charles blickte sie an, dann schloß er plötzlich seine Hand hart um ihren Arm.

»Gerade jetzt?« fragte er. »Ja, Mary, gerade jetzt! Ich verliere alles, deshalb ist mir alles gleich! Alles! Brenda, die Kinder und sogar Ihr guter Ruf, Mrs. de Maurois!« Seine Hände glitten über ihre Arme zu den Schultern hinauf, zerrten den Mantel fort, gruben sich in ihr Fleisch. Er schüttelte sie, sein Gesicht, schweißnaß und bleich, war dicht vor ihrem.

»Ich liebe dich so sehr. Ich kann dich nicht verlieren. Ich könnte Marmalon hingeben, wenn ich dich nur behielte. Mary, bitte!« Sein Kopf sank hinunter und legte sich auf ihre Schulter. Mary stand wie erstarrt. Gerade noch hatte sie sich geärgert, daß er von ihr verlangte, über irgendwelchen Unsinn nachzudenken, wenn doch alle ihre Gedanken nur um ihre hoffnungslose Zukunft kreisten, nun aber erwachten Verständnis und Zärtlichkeit in ihr. Sie hob die Hand und strich ihm leicht über die Haare.

»Es wird schon irgendwie weitergehen«, sagte sie, »für jeden von uns.«

Charles hob den Kopf. Er fühlte ihre Hand auf seinen Haaren und sah in ihre Augen, die von einer Wärme waren, wie er sie nie an ihr erlebt hatte. Eine jähe Sehnsucht stieg in ihm auf, ohne daß er recht wußte, welcher Zauber ihn gestreift hatte. Es mochte die Kraft des Gesichtes vor ihm sein, seine Ruhe und Zärtlichkeit. Ein übermächtiges Verlangen überkam ihn, sich an sie zu klammern und von ihrer Stärke zu trinken. Er nahm ihren zarten Lavendelgeruch wahr und spürte ihren Atem warm und dicht an seinem Mund. Seine Augen ruhten auf ihr, verweilten auf dem Rand ihres Kleides, der sich eng um ihren Hals schloß. Er machte sich nicht die Mühe, seine Begehrlichkeit zu verbergen. Er sah auf ihre Brüste, die sich leicht unter dem Wollstoff abzeichneten, verfolgte die Linie ihres Körpers, die schmale Taille und den Schwung ihrer Hüften, und registrierte plötzlich erstaunt, daß seine Hände den gleichen Weg gegangen waren und über Marys lange, schlanke Schenkel strichen. Er spürte, daß sein Atem schwer wurde, daß sich jenes unwiderstehliche, brennendheiße Verlangen in ihm ausbreitete, das Brenda schon allzu lange nicht mehr in ihm wachzurufen vermochte.

Ich könnte sie jetzt auf der Stelle... dachte er, rief sich erschrokken zur Ordnung, und merkte gleichzeitig, daß sich seine Willenskraft auflöste, schwach und hinfällig wurde. »Ob du willst oder nicht, Mary...« Er hob sie auf seine Arme und kletterte die Leiter zum Heuschober hinauf; sie war steil und Mary stieß immer wieder gegen das Holz, der Stoff ihres Kleides verfing sich in einem Nagel, aber Charles kümmerte sich nicht darum. Mary fühlte, wie ihr schwindelig wurde.

»Laß mich los«, schrie sie, »Gott verdamme dich, Charles Makkenzie, wenn du mich nicht auf der Stelle losläßt!« Sie versuchte ihn mit ihren Fäusten zu treffen, aber er preßte sie nur noch enger an sich.

»Hör auf, so wild um dich zu schlagen«, fuhr er sie an, »wir stürzen sonst beide!« Sie wurde still und bemerkte, daß sie die letzte Sprosse erklommen hatten. Weiches Heu nahm sie auf, in dem ein allerletzter schwacher Duft von Klee aus dem vergangenen Sommer hing. Die Erinnerung an jenen Sommer ließ Mary schwach und hilflos werden. Ringsum zerschmolz der Schnee, die grauen Wolken lösten sich auf. Mary lag auf brauner, warmer Erde und Charles Mackenzie neigte sich über sie. Sie legte beide Arme um seinen Hals, ihre Lippen berührten seinen Mund, nicht scheu wie vorhin unten im Stall, sondern fest und warm. Ohne zu wissen, wie das hatte geschehen können, spürte sie, daß seine Erregung auf sie übergegangen war. Verwirrt fragte sie sich, wie das so schnell passieren konnte. Auf der Leiter, sie wußte es genau, hatte sie sich noch gewehrt und gesträubt und das verzweifelte Gefühl gehabt, in einer Falle gefangen zu sein. Jetzt streifte Charles ihr das Kleid vom Körper, und sie genoß es! Sie wagte nicht die Augen zu öffnen, als ihre Finger unter sein Hemd fuhren und es ungeduldig auseinanderrissen. Charles hatte es geschafft. Sie lag in diesem verdammten Schafstall und hörte von weither die Lämmer blöken, geradeso, wie die leichtfertigen Bauernmädchen der Umgebung, wenn sie sich abends mit ihren Liebsten in irgendwelchen Heuschobern trafen. Später, wenn sie daran zurückdachte und ihr die Schamröte dabei ins Gesicht stieg, beruhigte sie ihre schuldbewußten Erinnerungen damit, daß sie sich sagte, es habe an ihrer Erschöpfung gelegen. Ja, ausgelaugt war sie gewesen, am Ende ihrer Kräfte, die ganze Welt hatte sich gegen sie verschworen und sie konnte nichts und niemandem mehr Widerstand leisten, nicht einmal, oder vielleicht am wenigsten, sich selbst. Doch dies war nur die halbe Wahrheit, denn über das andere konnte sich Mary keine Rechenschaft ablegen, sie begriff es nicht. Als sie dort lag und Charles küßte, war es ihr, als kehre für einige Augenblicke ihre Jugend zurück, etwas vom zarten, lieblichen Schimmer, der aus der Londoner Zeit vor Lettices Tod in ihrem Gedächtnis haften geblieben war. Sie war allzu kurz nur jung gewesen, und sie hatte nie etwas vermißt, außer einer leisen Sehnsucht nichts gespürt. Jetzt plötzlich war diese Sehnsucht übermächtig, in diesem Augenblick, da alles zu Bruch ging, wofür sie gelebt und gekämpft und ihre Jugendjahre hingegeben hatte. Charles' Lippen und sein Körper wiegten sie in der köstlichen Illusion, noch einmal ein junges Mädchen zu sein, sorglos und frei wie tausend andere, die lachend und unbekümmert einen Mann umarmen und von ihm umarmt werden. Sie stöhnte Charles' Namen, als er in sie eindrang und sich in ihr bewegte, und zuerst schien ihr Körper unsicher und erschrocken. Doch dann erreichten sie und Charles die Höhe ihrer Leidenschaft im selben Augenblick, bewegten sich gleichmäßig und zärtlich und den Bruchteil eines Herzschlages lang meinte Mary, jenseits ihres Bewußtseins in Himmel oder Hölle zu fallen, dann sank sie zur Erde zurück, wußte aber, ehe sie ankam, daß sie noch nicht gesättigt war.

»Lieber Gott, es war so schön«, murmelte sie. Auf Charles' Stirn glänzte Schweiß und seine Augen waren dunkel. Sein Atem hatte sich kaum beruhigt, da beschleunigte er sich schon wieder, seine Muskeln spannten sich. Selig bemerkte Mary, daß auch er noch nicht am Ende war. Er rutschte von ihr ab und rollte auf den Rükken, hob sie über sich, daß sie auf ihm zu sitzen kam. Sie erschrak, weil ihr dies zu schamlos vorkam, doch die Worte, mit denen sie ihn abwehren wollte, erstarben ihr auf den Lippen. Schon war er wieder in ihr, begann sich erneut zu bewegen, und sie begriff, wie sie ihm antworten mußte. Ihre Beine preßten sich in seine Seiten, seine Hände umfaßten ihre Oberschenkel. Sie legte ihre Hände darauf und spürte die Wärme und das Zittern seiner Finger. »Mary, ich liebe dich mehr als jeden anderen Menschen«, flüsterte er, »mehr als ich Brenda je geliebt habe. Ich liebe dich, ich liebe dich...«

Sie wollte etwas erwidern, aber ehe sie die Worte formen konnte, stieg ihre Lust wieder an, so schnell wie niemals vorher. Sie konnte Charles' Gesicht nur schwach erkennen, denn jetzt wurde es dunkel draußen, aber Mary fühlte sich frei und glücklich. Zwischen diesem Abend und den Nächten mit Nicolas lagen sechs Jahre, und heute kam es ihr vor, als sei sie damals, so stürmisch Nicolas und sie einander auch liebten, doch im Inneren ein verspieltes, unschuldiges Kind gewesen, zu jung, um wirkliche Leidenschaft empfinden zu können. Heute war sie erfahren genug. Ihr Körper bewegte sich schnell, ihr Kopf kippte nach vorn, so daß ihre langen wirren Haare auf Charles' Gesicht fielen. Er nahm eine ihrer Locken zwischen die Lippen, sie riß den Kopf zurück, ließ ihn nach hinten fallen, und ihre Kehle glänzte weiß in der Dunkelheit. Das hier, dachte sie, während sie entzückt und schwerelos zum zweiten Mal die Höhe ihrer Lust durchlebte, das hier ist vielleicht der einzige Sinn des Lebens. Nichts sonst... nicht einmal Marmalon...

Doch schon als sie neben ihm zur Seite fiel, schwer atmend, erschöpft und satt liegen blieb, langsam erwachte und begriff, daß sie zwei getrennte Wesen waren, da schon wußte sie, daß sie sich nicht verwandeln konnte. Die Wirklichkeit kehrte zurück. Es war nicht mehr Sommer, sondern winterlich dunkel, das Heu knisterte und unten blökten die Lämmer. Sorgen und Not der vergangenen Wochen standen wieder glasklar vor Marys Augen. Sie richtete sich auf, griff nach ihrem Kleid und zog es an. Sie erhob sich, strich den Rock sorgfältig glatt und steckte mit beiden Händen ihre gelösten Locken auf. Charles sah ihr schweigend zu, dann griff er nach ihrem Arm, um sie erneut an sich zu ziehen, aber sie wich zurück. »Nein«, sagte sie spröde, »nicht. Es ist spät. Wir sollten nach Hause gehen.«

Charles sprang auf die Füße und zog sich ebenfalls an. Vorsichtig nahm er zwei Strohhalme von Marys Haaren.

»Wie verräterisch«, sagte er, »nun, was ist? Kommt jetzt wieder die große Reue?«

Mary zögerte. Sie fand es erschreckend, wie wenig sie das Geschehene in Wahrheit bereute. Es war zu schön gewesen, als daß sie gewünscht hätte, es wäre nicht geschehen, aber zugleich war es auch nicht mehr als ein kurzes Erlebnis. Marmalon, der Abschied, die Dämmerung, die Schneefelder… der Augenblick hatte sie weit mehr verführt, als die Leidenschaft von Charles Mackenzie. Es tat ihr weh, in seinen Augen zu sehen, was er empfand. Ihm ging es nahe; er hatte ihr viel mehr gegeben, als er von ihr zurückbekommen konnte.

Sie schlüpfte in ihren Mantel und ging zur Leiter. Durch das löchrige Dach fiel der Mondschein. Sie stand sehr aufrecht und wirkte streng und unnahbar mit ihrem blassen Gesicht und den zurückgenommenen Haaren.

Ganz große Lady, dachte er, nicht schlecht für ein kleines Mädchen ihrer Herkunft.

Er bemühte sich zu verbergen, wie weh ihm ihr überstürzter Aufbruch tat. Lässig bemerkte er: »So, nun haben wir wenigstens einen grandiosen Abschied gefeiert. Es bleibt uns nichts mehr, nicht?«

Sie schaute an ihm vorbei in eine Ecke, in der leise ein paar Mäuse raschelten.

»Nein«, erwiderte sie, »jetzt bleibt nichts mehr.«

»Wenn es noch eine Hoffnung gäbe…«

»Vielleicht gibt es eine.« Marys Gesicht wurde hart, ihre Lippen schmal. »Wenn ich mit Claybourgh ins Bett ginge, dann würde er womöglich...«

Mit zwei Schritten war Charles neben ihr, packte sie an den Schultern und schüttelte sie, so schmerzhaft, daß sie aufschrie.

»Das tust du nicht«, sagte er zornig, »Gott schütze dich, Mary, wenn du das tust!«

»Laß mich los. Ich tu's ja nicht. Wenn ich das könnte, dann hätte ich es doch schon längst getan!«

Er ließ sie los und strich sich die Haarsträhne zurück, die ihm ins Gesicht gefallen war.

»Eher töte ich ihn«, sagte er leise.

Mary begann, die Leiter hinabzusteigen. »Sag nicht so dummes Zeug, Charles. Wir fallen schon beide wieder auf die Füße. Vielleicht kannst du ja sogar als Verwalter hierbleiben.«

»Glaubst du, das wollte ich?«

Sie waren unten angekommen und standen einander gegenüber. Keiner wußte, was er sagen sollte. Schließlich raffte sich Charles auf. »Wir können zusammen auf meinem Pferd nach Hause reiten«, sagte er, aber Mary schüttelte den Kopf.

»Nein. Nein, das wäre nicht gut. Reite du, ich komme nach.«

»Sie werden es uns nicht gleich ansehen, Liebste!«

»Trotzdem. Ich laufe sowieso lieber.« Sie öffnete die Stalltür und trat hinaus. Der Wind hatte die Wolken auseinandergetrieben und vom dunklen Himmel blinkten Sterne und schien ein beinahe voller Mond. Sein Licht malte einen silberfarbenen Schein auf die Schneefelder und machte die schwarzen Bäume zu finsteren Gespenstern. Charles wollte etwas sagen, irgend etwas, was Mary unbedingt zurückhalten mußte, aber es fiel ihm nichts ein. Er blieb in der Tür stehen und dachte, daß er sie nicht gehen lassen konnte, aber da ging sie schon davon, langsam, weil ihr langer Rock schwer im Schnee schleifte, und sehr aufrecht. Ihre Füße hinterließen zarte Spuren. Er sah ihrer immer dunkler werdenden Gestalt nach und wußte, daß sie bereits dabei war, diese größte Niederlage ihres Lebens zu überstehen. Auf einmal dachte er, daß er das Ende leichter aushalten würde, wenn Mary mit Marmalon zusammenbräche. Hätte sie geweint und gejammert, hätte sie in seinen Armen wirklich Zuflucht gesucht, so hätte ihm das Kraft gegeben. Doch sie davonstapfen zu sehen, müde, aber gefaßt, einer neuen Zukunft entgegen, in der er keine Rolle mehr spielen würde, dies anzusehen, machte ihn rasend. Von allem, was geschah, schien ihm ihre Tapferkeit am unerträglichsten.

Wenige Tage später, am Weihnachtsmorgen, bekam Mary einen Brief von Nicolas. In all ihrem Kummer bedeutete es für sie einen Trost, zu erfahren, daß er gesund war, aber die Traurigkeit, die aus seinen Zeilen sprach, erschreckte sie. Sie saß auf der Treppe in der Eingangshalle und hielt das schmutzige, zerknitterte Papier in den Händen, las die Worte, die Nicolas für sie geschrieben hatte, und die sicherlich von einem halben Dutzend Wärter gelesen worden waren, ehe sie sie erreichten. Diese Vorstellung erfüllte Mary jedesmal mit Zorn. Dreckige Bastarde, wahrscheinlich lachten sie noch über das, was für Nicolas ernst und wichtig war. Ihre Hände zitterten, während sie las. Nicolas wußte nichts von ihren Schwierigkeiten, er ahnte nicht, daß ihr das Wasser bis zum Hals stand, aber etwas von ihrer Not mußte in ihren Briefen deutlich geworden sein, sosehr sie sich bemühte, alles zu beschönigen.

»Sei ein bißchen rücksichtsvoller mit Dir, Liebste«, schrieb er, »es macht sich nicht bezahlt, Gesundheit und Ruhe hinzugeben für ein paar Farthings mehr oder weniger. Besitztümer sind nicht so wichtig. Seit ich in diesem gottverdammten Verlies vegetiere, weiß ich, was wichtig ist. Freiheit, Mary, nur Freiheit. Du sagst, das Geld gibt Dir Freiheit, aber frage Dich einmal, ob Du Dich nicht schon längst wieder zum Sklaven dieses Denkens gemacht hast. Laß Marmalon nicht zu deinem Tyrannen werden! Doch wer bin ich, Dir das zu sagen. Im Tower eingekerkert, aber Freiheit predigen. Ich habe geglaubt, ich könnte in meinen Gedanken frei bleiben, aber nicht einmal das gelingt mir. Tag und Nacht träume ich von der Freiheit, der Traum wird zur Besessenheit, er knechtet mein Denken und Fühlen. Oh, Mary, ich fühle, ich werde wahnsinnig dabei...«

Mary ließ den Brief sinken, sann den Worten nach. Was sie dort las, erschien ihr wie ein langsames, aber unaufhaltsames Zerbrechen. Die Zeiten waren vorbei, da Nicolas versuchte, hatte ihr einzureden, jeder Tag im Tower sei ein einziges lustiges Abenteuer. Sein beißender Spott war verloschen, seine bittere Ironie auch. Es hatte Jahre gegeben, da war er über sein Schicksal hergezogen, als ließe es ihn im Innersten kalt. Er war Nicolas de Maurois, der König der Taschendiebe, und sie konnten ihn einsperren, ihm aber weder seinen Scharfsinn noch seinen lästerlichen Spott über sie alle nehmen. Es hatte Mary beruhigt, das zu sehen. Nicolas blieb der Alte. Seiner unverwüstlichen Lebenslust konnten nicht einmal zehn Jahre Kerker etwas anhaben. Nun aber plötzlich verlor er seinen Hochmut, seine Schärfe, seine Ironie, mit der er auch sich betrachtet hatte. Er verfiel nicht einmal mehr in die alte hemmungslose Wut. Statt dessen überkam ihn eine tiefe Schwermut, und Mary mußte voller Schrecken an seinen Vater denken, den alten Maurois, der freiwillig in den Tod gegangen war, als er glaubte, das Leben nicht mehr ertragen zu können. Schnell schob sie diesen Gedanken beiseite.

»Du nicht, Nicolas«, murmelte sie, »du hast ja mich!« Sie sprang auf die Füße und eilte mit hämmerndem Herzen die Treppe hinauf in ihr Zimmer. Gleich, auf der Stelle, mußte sie ihm einen Brief schreiben, einen zärtlichen, aufmunternden Brief, und natürlich würde sie keinen Ton sagen über den verfluchten Claybourgh. Sie schrieb kritzelnd und schnell, schrieb sich ihre Sorge vom Herzen und ihr schlechtes Gewissen wegen des Abends mit Charles im Schafstall. Gott mochte verhüten, daß je irgendeine Menschenseele davon erfuhr. Keiner würde ihr glauben, daß es obwohl schön, doch bedeutungslos gewesen war, gerade so unverfänglich, als hätte sie ihren Kummer und ihre Angst mit einem Krug Branntwein betäubt.

»Aber die Menschen sehen ja immer nur so viel, wie sie verstehen«, sagte sie leise, »und sie lieben es, von allem nur Schlechtes zu denken. Weil sie selber schlecht sind!«

Sie rollte den Brief zusammen, umwickelte ihn mit einer Schnur und versiegelte ihn. Tallentire mußte ihn gleich wegbringen. Sie eilte auf den Hof hinunter, wo der Verwalter gerade vom Pferd sprang.

»Sie müssen noch einmal fort«, rief sie, »hier dieser Brief! Reiten

Sie nach Sluicegates« – der Name kam ihr schwer über die Lippen, denn er rief unausweichlich alle Gedanken an Archibald Claybourgh in ihr wach – »reiten Sie dorthin, die Postkutsche kommt nachher dort vorbei. Beeilen Sie sich!«

Tallentire nahm mit unbeweglicher Miene den Brief entgegen. Von allen Menschen auf Marmalon war er wohl der einzige, der etwas über das wahre Schicksal von Mr. de Maurois ahnte, denn er brachte immer die Briefe fort und Mary glaubte nicht, daß er niemals einen Blick auf den Bestimmungsort warf. Aber er hatte nie ein Wort darüber verloren, und sie war ihm dankbar dafür. Sie winkte ihm noch einmal zu und wollte schon ins Haus gehen, als sie einen Reiter erblickte, der die breite Auffahrt entlang auf das Haus zutrabte. Im Näherkommen entpuppte er sich als Lady Cathleen. Sie trug einen Mantel aus weißem Pelz, darunter ein leuchtendrotes, mit bunten Perlen besticktes Kleid, und ihr Gesicht wirkte ungewöhnlich frisch und rosig. Als sie herangekommen war, zügelte sie ihr Pferd und sah Mary strahlend an. Ihre Augen leuchteten.

»Mary, wie schön, daß ich Sie hier gleich treffe«, rief sie, »den ganzen Morgen habe ich mir überlegt, wem ich es erzählen kann, und da sind Sie mir eingefallen.«

»Was gibt es denn?«

»Ach, Mary!« Cathleen kicherte wie ein junges Mädchen und die Farbe ihrer Wangen vertiefte sich. »Lord Hadleigh und ich...« sie sprach nicht weiter, aber Mary wußte, was sie sagen wollte. Sie erinnerte sich an das Gartenfest vor zwei Jahren und daran, wie sie gedacht hatte: Er macht ihr aber unverblümt den Hof! Wenn das die Brisbane sieht!

»Ich habe es schon lange geahnt«, sagte sie, »Sir Hadleigh ist verliebt in Sie, nicht wahr, Mylady?«

Cathleen nickte.

»Gestern hat er mich gefragt, ob ich seine Frau werden will«, sagte sie leise.

Mary war nicht überrascht, aber sie war im Zweifel darüber, ob Cathleen den Antrag annehmen würde. Sie hatte ihr Grauen vor Lord Cavendor gekannt und war seither der Meinung gewesen, die junge Frau habe einen unüberwindlichen Abscheu vor Männern.

Etwas unsicher sah sie sie daher an. »Wie schön«, sagte sie, »und... wie...?«

Cathleens Augen verrieten Erstaunen. »Wie? Ich habe ja gesagt. Ohne es mir einen Moment zu überlegen! Ich liebe ihn. Ich habe nicht gewußt, daß es so wundervoll sein kann, einen Mann zu lieben! Ach, Mary, wie finden Sie das?«

»Ich bin überrascht, ich...«

»Finden Sie es zu früh? Ich bin seit fast zehn Jahren Witwe und...«

»Aber nein, doch nicht zu früh!« Mary lachte hell auf. »Höchste Zeit wird es. Cavendor ist keine lange Trauerzeit wert, weiß Gott nicht! Ich freue mich für Sie! Wann ist die Hochzeit?«

»Im Sommer. Sir Hadleigh wird in den nächsten Wochen nach Shadow's Eyes reisen und mit meinem Vater sprechen.«

»Er wird in aller Form um Ihre Hand anhalten?«

»Ja, und Vater wird sie ihm eilig gewähren. Sir Hadleigh ist sehr reich und er genießt großes Ansehen.«

»Ich weiß. Wie schön das alles geworden ist, nicht? Möchten Sie vielleicht mit uns frühstücken? Jane und ich würden uns freuen.«

»Danke, aber das geht leider nicht. Anne wartet auf mich. Ich habe ihr gesagt, ich würde nur kurz spazieren reiten.«

»Ach, und sie wollte Sie nicht begleiten?« fragte Mary mit einer Schärfe in der Stimme, die Cathleen völlig entging.

»Nein, sie ist krank«, antwortete sie arglos, »niemand weiß genau, was sie hat. Gestern abend ging es ihr plötzlich schlecht, sie hatte Fieber und Kopfschmerzen und mußte sich ins Bett legen.«

»Was sagt sie denn zu den Hochzeitsplänen?«

»Sie sagt gar nicht viel. Aber sie freut sich sicher.«

Ja, so sehr, daß sie sogleich krank ins Bett fällt, dachte Mary höhnisch, sagte aber nichts. Cathleen würde Anne Brisbane wahrscheinlich solange sie lebte nicht mehr durchschauen, und die krankhafte Eifersucht der alternden Frau niemals begreifen. Und diesmal würde Cathleen auch noch freiwillig und aus Liebe heiraten, und das mußte Anne einfach umbringen.

»Ein paar Augenblicke können Sie wohl noch bleiben«, sagte Mary, »kommen Sie doch mit hinein.«

Die beiden Frauen gingen ins Haus. Cathleen redete und lachte ohne Unterlaß. Ihre bevorstehende Hochzeit schien sie sehr aufzuregen und offenbar vermißte sie einen Menschen, mit dem sie alles besprechen konnte, denn sie vertraute Mary sämtliche Geheimnisse ihres Herzens an, und lauschte gierig ihren Erwiderungen. Schließlich sprang sie erschreckt auf.

»Ich habe wirklich die Zeit vergessen«, rief sie, »die arme Anne, sie wird sich solche Sorgen machen. Ich bin richtig schlecht. Nur weil ich soviel Glück habe, vergesse ich meine treueste Freundin!«

»Sie wird nicht daran sterben«, entgegnete Mary. »Sie haben das Recht, auch einmal nur an sich zu denken, Cathleen.«

»Meinen Sie? Ach, Mary, daß ich noch einmal so glücklich sein würde!« Sie traten auf den Hof. Cathleen sah sich um. »Wie schön ist es hier! Ist es nicht hübsch, daß wir Nachbarn sind? Sie kommen doch zu meiner Hochzeit, Mary, nicht?«

Mary sah in Cathleens arglose blaue Augen. Sie war davon überzeugt, daß es in der ganzen Umgebung die Spatzen bereits von den Dächern pfiffen, wie es um Marmalon stand, aber es war bezeichnend für Cathleen, daß ihr davon nichts zu Ohren gekommen war. Jetzt mochte sie keinen Schatten auf Cathleens Glück werfen, daher zwang sie sich zu lächeln und freundlich zu erwidern: »Aber ja. Ich komme gern.«

Ein Knecht führte Cathleens Pferd herbei. Gerade als er ihr hinaufhelfen wollte, stürzte Dilys aus dem Haus. Sie schien sehr aufgeregt.

»Madam, Mr. Tallentire kommt zurück!« rief sie. »Ich habe ihn von einem der oberen Fenster aus gesehen. Er reitet, als wären alle Teufel hinter ihm her!«

»Tallentire? Ist der denn nicht längst wieder da?«

Da preschte er gerade die Auffahrt hinauf. Sein Pferd schnaubte und war klitschnaß. Mary eilte ihm entgegen und griff in die Zügel.

»Was ist denn geschehen? Warum dieser halsbrecherische Galopp?«

Tallentire atmete schwer. Er brauchte ein paar Sekunden, bis er sprechen konnte. Cathleen, Dilys und Mary sahen angstvoll zu ihm auf.

»Ich komme von Sluicegates«, sagte er schließlich, »dort ist die Hölle los!«

»Warum? Was ist?«

»Die Miliz ist dort. Heute morgen, ganz früh, in der ersten Dämmerung...«

»Ja?«

»Sie haben Sir Claybourgh gefunden. Im Wald. Man...«

»Himmel, nun reden Sie doch!«

»Man hat ihm die Kehle durchgeschnitten.«

Cathleen und Dilys schrien gleichzeitig auf. Cathleen wurde weiß, Dilys bekam große, schwarze Augen. Mary merkte, wie ihr Hals trocken wurde. Sie schluckte mühsam.

»Wer?« fragte sie schwerfällig. »Wer war das?«

Tallentire zuckte mit den Schultern.

»Wegelagerer vielleicht. Aber... weil er doch die Steuern eingetrieben hat, gehen sie jetzt seine Papiere durch. Sie erhoffen sich einen Hinweis. Ich dachte...« Sein Gesicht war dicht vor Marys, sie sah Sorge und Anteilnahme in seinen Augen, »ich dachte, Sie sollten es schnell wissen.«

Sie nickte, aber sie konnte keinen Laut hervorbringen. Von weither vernahm sie Dilys aufgeregte Stimme.

»Gütiger Gott, ich sterbe, Madam! Nein, wenn ich mir das vorstelle, die Kehle... Oh, Madam, Lady Cathleen sieht aber sehr blaß aus. Kein Wunder! Die Kehle durchgeschnitten! Was mag da viel Blut gewesen sein!«

Mary schloß langsam die Tür ihres Schlafzimmers hinter sich, schlurfte mit den müden Schritten einer alten Frau zu einem Sessel und ließ sich hineinsinken. Sie griff nach dem Krug mit Branntwein, den sie immer bereitstehen hatte, seitdem sie nachts nur noch schwer in den Schlaf fand und den Schnaps brauchte, um sich zu betäuben. Sie schenkte sich einen Becher voll ein und kippte ihn hinunter. Ihre Kehle, ihre Brust, ihr Magen brannten, dann fühlte sie sich warm und entspannt. Sie atmete erleichtert durch. Der hämmernde Schmerz in ihren Schläfen verebbte. Sie konnte ihr Gesicht im Spiegel an der gegenüberliegenden Wand sehen und erschrak.

Täuschte das Bild, oder war sie wirklich so grau, so totenbleich? Gehörten diese brennenden Augen ihr? Über der Nase hatte sich eine scharfe Falte eingegraben, die Brauen zu beiden Seiten davon wirkten schwarz und streng. Es war ein fremdes Gesicht; sie wandte sich ab, um es nicht sehen zu müssen.

»Ich fürchte mich noch vor mir selbst«, murmelte sie. Mit der Hand griff sie sich an die Kehle. Was mag da viel Blut gewesen sein, hatte Dilys gesagt und es hatte sich beinahe wollüstig angehört. Sie schenkte den Becher noch einmal voll und nahm einen tiefen Schluck. Ihre Nerven waren zu angespannt gewesen in der letzten Zeit; sie wußte, sie würde jetzt entweder laut schreien oder sich betrinken. Sie entschloß sich für das Letztere. Wenigstens wurde ihr warm dabei, heiß, und heiß sollte ihr auch werden! Verglühen wollte sie, tanzen, lachen, brennen und triumphieren. Die Plage hatte ein Ende! Ihren Widersacher holte sich gerade der Teufel und sie saß hier, munter und vergnügt, feierte mit einem ganzen Krug voller Branntwein, und hatte keine Sorge mehr auf der Welt. Marmalon blieb, Marmalon war gerettet! Sie hatte sich an diese Erkenntnis gehalten, während sie die zitternde Cathleen beruhigte und nach Hause schickte und die weinende Dilys in die Küche schob, um sie Allisons Pflege zu überlassen. Sie hielt sich daran, als sie langsam die Treppe hinaufstieg, sich Stufe um Stufe am Geländer entlangzog, über den Gang tappte und mit der letzten Kraft, die ihr verblieb, Jane eine Ohrfeige gab, als die sich ihr laut brüllend in den Weg stellte, weil sie fand, daß man ihr in der letzten Zeit nicht die gebührende Achtung schenkte.

»Verdammt noch mal, Jane, deine Mutter hat weiß Gott andere Sorgen, als sich immer nur um dich zu kümmern«, fuhr sie sie an, »halt jetzt den Mund oder ich dreh' dir den Hals um!«

Jane klappte entsetzt den Mund zu und verstummte. Hatte ihre Mutter den Verstand verloren? Mary kümmerte sich nicht weiter um sie. Sie wankte in ihr Zimmer und gab sich dem Branntwein hin, weil sie begriff, daß sie unter keinen Umständen nachdenken durfte. Es kam alles zu schnell. Sie hatte die Schrecken der letzten Monate mit einiger Haltung durchgestanden, nun aber drohten ihr die Nerven zu versagen. Sie nahm wieder einen Schluck, konzentrierte sich auf das Brennen in ihrem Hals und lauschte dabei nach draußen. Als sie Schritte hörte, wußte sie sofort, wer kam.

Charles Mackenzie betrat ihr Zimmer ohne anzuklopfen. Er stand in der Tür, nachlässig gekleidet, unrasiert, mit blutleeren Lippen und hohlen Augen.

Sie sah ihn abweisend an. »Ich will jetzt allein sein.«

Charles trat ganz ins Zimmer und schloß die Tür hinter sich.

Mary runzelte unwillig die Stirn. »Hast du mich nicht verstanden?« Sie wich etwas zurück, als er näher kam und sie seinen Atem roch. »Du hast getrunken, Charles!«

»Oh, tatsächlich? Und was tust du gerade?«

»Ich feiere ein Fest.«

»Man merkt's. Du hat eine ganz anständige Fahne.«

»Weißt du, was geschehen ist?«

»Man spricht von nichts anderem. Dein erbitterter Gegner und Todfeind Claybourgh ist auf der Strecke geblieben! Und weil du dein Glück nicht fassen kannst, säufst du!« Er griff nach dem Krug und trank daraus. Seine rohe Ausdrucksweise erschreckte und ernüchterte Mary.

»Es sind nur meine Nerven. Ich hatte eben die Wahl, in Ohnmacht zu fallen, zu schreien oder zu saufen, wie du es nennst. Aber jetzt ist wieder alles in Ordnung.« Sie setzte sich aufrecht hin. Charles betrachtete sie, ebenso viel Zorn wie Bewunderung im Blick.

»Feines Mädchen. Und wenn's dir noch so dreckig geht, sowie der noch viel elendere Charles auftaucht, bist du wieder ganz obenauf. Findest du das nett? Weißt du, Mary, was ich manchmal denke? Ich denke, daß du nichts bist als eine große Lüge! Die tapfere Mary, die starke Mary! Du ziehst dir doch deine Tapferkeit nur aus der Schwäche der anderen, nicht aus deinem edlen Herzen! Du brauchst den Anblick von ein paar armen Schweinen, schon schwingst du wieder die Standarte und bläst zum Angriff! Ist es nicht so?«

Mary stand auf und entwand ihm den Krug. »Hör auf zu trinken und vor allem hör auf zu faseln, Charles. Du bist nicht in der Verfassung, große Reden zu führen!«

Charles ließ sich den Krug aus der Hand nehmen und setzte sich, aber in seinem Gesichtsausdruck rangen Zorn und Spott miteinander. Der Spott siegte schließlich, aber er blieb diesmal scharf und wurde nicht durch ein zärtliches Lächeln gemildert.

»Madame scheinen sich nicht so zu freuen, wie sie sich freuen sollte«, meinte er, »Marmalon bleibt Euer, Majestät. Warum dann so bleich und warum so häßlich zu dem armen Charles?«

Mary griff sich an die Schläfen. Der bohrende Schmerz regte sich schon wieder.

»Es... es waren wohl Wegelagerer?« fragte sie mühsam.

Charles grinste. »Man sagt es.«

»Wer?«

»Alle. Die Knechte, die Mägde, die Damen und Herren... alle eben...« Charles hob die Beine und legte die Füße bequem auf den Stuhl, der ihm gegenüber stand. Mary versuchte krampfhaft, ihren Kopfschmerz zu ignorieren.

»Charles, zum Teufel, warum bist du so blaß?«

»Du bist auch nicht gerade rosig, mein Engel.« Charles' Stimme klang kalt, aber er war nicht so gelassen wie er tat, das spürte Mary.

»Weißt du, ob er beraubt worden ist? Claybourgh meine ich?«

»Keine Ahnung. Im allgemeinen pflegen Wegelagerer wohl ihre Opfer zu berauben. Das ist ihr Beruf, nicht?«

Mary sah zum Fenster hinaus. Heute war ein heller Tag. Die Sonne schien hell und strahlend vom Himmel und die Welt sah sanft und friedlich aus.

»Natürlich gibt es auch andere Gerüchte«, fuhr Charles fort.

Mary wandte sich zu ihm um. Mit einer gespielt erschrockenen Bewegung hob er die Hände.

»Wie eine Katze, die eine Maus sieht! Mary, deine Augen erschrecken mich. Bitte, laß mich leben!«

»Welche Gerüchte?«

»Na ja, es sind Leute da, die die Sache untersuchen, denn Claybourgh war, wie wir beide ja nur zu gut wissen, Steuereintreiber in dieser Gegend, und er könnte sich dabei Feinde gemacht haben, die womöglich... zu allem entschlossen waren, um ihre Haut zu retten...«

»O Gott«, Mary fiel auf einen Stuhl und ließ die Hände in den Schoß sinken, »gerade das habe ich auch befürchtet. Wie die Bluthunde werden sie hinter mir her sein! Ach, verdammt, warum mußte das alles passieren?«

»Aber, Mary, weshalb so beunruhigt? Du hast ihn doch nicht umgebracht, oder?«

»Nein! Aber man wird denken, ich wäre es gewesen!«

»Du? So eine dünne, kleine Person? Wirklich, Mary, nicht einmal der bösartigste Richter würde sich vorstellen können, daß du dich mitten in der Nacht im Wald auf die Lauer legst, auf den arglos daherreitenden Claybourgh losgehst und ihm, diesem großen, starken Mann, einfach die Kehle durchschneidest!«

»Es könnten«, sie sah ihn nicht an, »es könnten andere für mich getan haben.«

Charles Augen wurden schmal, er beugte sich vor. »Wie meinst du das?«

»Ich... ich rede ja nur von dem, was andere vermuten könnten.«

»Und was vermutest du selber?« Er stand auf und legte seine Finger fest um ihr Handgelenk. »Na, los, rede! Welche Gedanken spuken dir in deinem hübschen Köpfchen herum?«

»Gar keine.«

»Nein? Hoffentlich. Es sind nur wenige Tage her, da lagen wir auf dem Heuboden im Schafstall, und dein schöner, weißer, nackter Körper war ganz verrückt nach...«

»Halt den Mund! Halt deinen verdammten Mund, Charles Makkenzie! Und laß mich los! Laß mich los!« Sie machte sich frei und trat zurück. In ihren Augen war ein Funkeln, das es ihm geraten sein ließ, ihr nicht zu nahe zu kommen. »Sprich nie wieder von diesem Schafstall, hörst du, nie wieder! Ich möchte es vergessen, und wenn du klug bist, vergißt du es auch. Es ist geschehen, aber es ist ohne Bedeutung. Es wäre hier in diesem Haus nie geschehen. Es war nur dieser Nachmittag dort draußen, der Schnee und die Dämmerung, dieses sanfte Zwielicht, die Felder und Bäume... und ich war so todtraurig und wußte nicht, wie alles weitergehen sollte, und da warst du, bereit, mich in deine Arme zu nehmen... aber das ist vorbei. Durch diesen Abend im Schafstall hast du kein Recht auf mich erworben. Und du wirst nie ein Recht haben. Durch nichts, was du tust. Oder... getan hast.«

Charles stand auf und deutete eine ironische Verbeugung an. »Ich sehe, Madame brauchen mich nicht mehr. Als die Welt in Flammen stand, da war der gute Freund nützlich, aber nun... nun braucht Mary niemanden mehr. Nun scherst du dich wieder einen Dreck um die anderen Menschen. Du hast Marmalon und damit hast du alles. Charles, gib die Bühne frei für Madames großen Auftritt! Wir sehen Mary de Maurois, die Siegerin, die sich mit frischer Tatkraft daran macht, das Geld erneut zusammenzuraffen, das sie verloren hat. Und wenn mal wieder etwas daneben geht? Keine Sorge, irgendein tölpelhafter Charles Mackenzie steht dann schon bereit und legt sich mit dir ins Heu, damit du neue Kraft schöpfen kannst. Denn das ist dein Weg, nicht wahr? Du bringst die Männer um den Verstand, und wenn sie dann winseln, fühlst du dich ganz großartig! Und soll ich dir was Schönes sagen? Es brechen gute Zeiten für dich an! Deine Sorgen sind unbegründet, mein Herz. In den Unterlagen von Archibald Claybourgh ließ sich kein Hinweis darauf finden, daß er Marmalon zu hoch besteuert hat. Lustig, nicht? Seine Geldgier rettet dich zu guter Letzt vor dem Strick, und gerade an den hätte er dich gar zu gern gebracht. Der gute Claybourgh hat eifrig in die eigene Tasche gewirtschaftet und offiziell Marmalon behandelt wie jedes andere Gut. Das heißt – nicht der Schatten eines Verdachtes fällt auf dich. Du hattest ebensowenig Grund, ihn zu töten, wie die anderen noblen Leute in deiner Nachbarschaft – oder ebensosehr!«

»Woher weißt du das?«

»Ich kenne jeden in dieser Gegend, auch die Leute, die für Claybourgh arbeiten. Man erzählte mir, daß in seinen Papieren nichts gefunden wurde. Es müssen doch Wegelagerer gewesen sein.«

»Courday, Greene... die könnten aber...«

»Keiner wird reden. Hier ist ein großes Gaunerstück über die Bühne gegangen, und keiner der vornehmen Herren wird sich noch nachträglich darin verstricken wollen.«

»Jeder hier wußte aber, daß es mit Marmalon nicht gut stand.«

»Wer kann's beweisen?«

Mary schwieg. Ihre Augen waren groß und ängstlich, als sie

schließlich sagte: »Ich wollte nicht auf diese Weise mit meinen Schwierigkeiten fertig werden.«

»Nein? Kein geheimer Dank an die bösen Räuber im Wald?«

»An die bösen Räuber vielleicht schon...«

»Na siehst du. Mary«, Charles nahm ihre Hand, »Mary, die Zeit des Schreckens ist vorüber! Wir bleiben auf Marmalon! Alles ist gut geworden. Oh«, er ließ ihre Hand wieder los, »dieses entsetzte Gesicht! Keine Angst, ich habe begriffen! Es wird zwischen uns nichts mehr geben. Es muß mir reichen, dich in meiner Nähe zu wissen und dich jeden Tag zu sehen!«

»Charles, ich weiß, ich sollte mehr Zeit für dich haben und...«

»Ach, Mary! Wir wollen nicht deine Zeit, sondern deine Liebe!«

»Du weißt doch, du bist mein bester Freund. Ich werde...«

»O Gott! Vielen Dank, ich gehe!« Charles stand auf und ging zur Tür. »Dein bester Freund. Du lieber Himmel!« Laut krachend fiel die Tür hinter ihm zu.

Mary ließ ihre Faust auf den Tisch fallen. »Verdammt noch mal! Wenn das nur gut ausgeht! Weiß der Teufel, ich möchte nicht zu guter Letzt Neujahr statt in Newgate im Tower verbringen!« Sie trat ans Fenster und blickte hinunter in den Hof.

»Ich habe nichts getan, deshalb können sie auch nichts von mir wollen. Wegelagerer... sollten sie wirklich einmal den Richtigen erwischt haben?« Sie hob den Blick. In der Ferne ragten schwarze Bäume in den Himmel und der Schnee strahlte hell unter der Sonne. Mary spürte, wie ihr Herzschlag ruhiger und gleichmäßiger wurde. Ein Gefühl erwachte in ihr, das sie nicht gleich zu deuten vermochte – etwas Süßes, Warmes, Sanftes. Es machte sie jung und zuversichtlich, so, als taue draußen bereits der Schnee, als blühe hellgrünes Gras und als zerspringe das Eis auf den Bächen. Sie mußte lachen, und in diesem Lachen schwangen Triumph und eine letzte Verwunderung. Pater Joshua in Shadow's Eyes hatte sie gelehrt, es sei eine Sünde, schlecht über Tote zu reden, aber im Augenblick waren ihr seine Lehren so fern wie der Himmel selber.

Sie dankte Nans guten Geistern und sagte laut und inbrünstig: »Zur Hölle mit dir, Archibald!« Danach brach sie, zu ihrer eigenen Überraschung, in Tränen aus.

VII

Es war der 15. August des Jahres 1543 und über Essex wölbte sich ein dunkelblauer, wolkenloser Himmel, an dem frühmorgens schon die Sonne strahlendhell aufging. Das grüne Laub der Bäume leuchtete und auf den Wiesen blinkte letzter Tau. Die Luft war mild und warm, sie versprach flirrende Hitze für den Nachmittag und trug den schweren Duft wilder Rosen in sich. Vögel zwitscherten, ein sanfter Wind bewegte Gräser und Blumen. Manche Möwe fand ihren Weg vom Meer her ins Land und zog silberhelle Kreise am Himmel.

Am Fenster ihres Zimmers in Lavender Manor stand Cathleen und blickte mit großen Augen hinaus in den klaren Hochsommermorgen. Sie sah blaß aus, aber ihre Augen waren sehr lebendig. Sie trug ein eng geschnürtes Mieder aus weißer Spitze und mehrere bauschige weiße Unterröcke. Ihre honigblonden Haare fielen offen und lockig auf die bloßen Schultern, und sie wirkte sehr jung.

»O die vielen Leute!« rief sie. »Alle kommen sie zu mir! Mutter, sehen Sie doch!« Sie drehte sich mit einer lebhaften Bewegung um. »So viele Gäste.«

Lady Fairchild, die die beschwerliche Reise von Shadow's Eyes nach Lavender Manor unternommen hatte, um die zweite Hochzeit ihrer Tochter mitzuerleben, sah sie mißbilligend an. »Wirklich, Cathleen, du solltest nicht so dicht an das Fenster heran gehen. Du hast ja fast nichts an!«

Cathleen errötete schuldbewußt. »Es tut mir leid, Mutter. Ich bin so aufgeregt.«

»Weshalb? Du kennst das alles doch schon!« Lady Fairchild sprach mit einer gewissen Schärfe. Es hatte sie persönlich gekränkt, daß ihr erster Schwiegersohn nur zwei Jahre nach der Hochzeit in einem ebenso aufsehenerregenden wie undurchsichtigen Mordanschlag ums Leben gekommen war und ausgeplündert an einem nebligen Herbstmorgen am Ufer der Themse gelegen hatte – wahrhaft eine Schande für den guten Namen der Fairchilds! In ihrer Familie wurde nicht gemordet, die Familienchronik wies keine derartigen Vorkommnisse auf. Im übrigen hatte Lady Fairchild es für unschicklich gehalten, daß Cathleen nach dem schrecklichen Unglück nicht in den Schoß der Familie zurückgeflohen war, sondern allein auf den Gütern ihres verstorbenen Mannes gelebt hatte, eine Tatsache, mit der ihre Mutter schon deshalb nicht fertig wurde, weil es nicht zu Cathleen paßte, selbständig zu werden. Bei aller Wachsamkeit nämlich hatte Lady Fairchild nie begriffen, wie groß der Einfluß von Anne Brisbane auf ihre Tochter war und wie sehr sie die junge Frau in ihrer Gewalt hatte. Für sie sah es so aus, als wolle Cathleen das Vermögen verprassen und ansonsten ihr Leben genießen; eine düstere Vorahnung, die sich, wie Lady Fairchild nun feststellen mußte, bewahrheitet hatte, denn nach einem ersten, etwas wirren Schreiben der Tochter war ein sehr höflicher und ehrerbietiger Sir Hadleigh auf Fernhill eingetroffen und hatte um die Hand der verwitweten Lady Cavendor angehalten.

Lord Fairchild stimmte natürlich zu, denn der Name Hadleigh war angesehen im Südosten Englands und stand für ein großes Vermögen und einigen politischen Einfluß. Lady Fairchild aber fand es nicht nur äußerst unfein, wenn eine Frau ihren Mann durch Mord verlor, es schockierte sie auch, wenn diese Frau dann ein zweites Mal heiratete. Es gehörte sich nicht. Eine Witwe zog sich zurück und trauerte still bis an ihr Lebensende, jedenfalls tat sie das in Lady Fairchilds Familie. Sie feierte keine zweite prunkvolle Hochzeit.

»Mutter, sehen Sie nur, da kommt Mary de Maurois!« rief Cathleen und trat schon wieder ans Fenster. Lady Fairchild runzelte die Stirn. »Wer ist Mary de Maurois?«

»Sie müssen sich doch an sie erinnern. Mary Askew! Sie kam als ganz junges Küchenmädchen zu uns. Damals war sie zwölf oder dreizehn.«

»Was? Doch nicht die Kleine aus dem Armenhaus? Die Tochter von Ambrose und Lettice Askew?« Lady Fairchild eilte zum Fenster und sah neugierig hinunter auf den Vorplatz. Sie sah eine junge Frau, die gerade von ihrem Pferd stieg und in einer Woge aus blauer Seide, aus Rüschen und Perlen einen Augenblick stehenblieb. Ihre rotbraunen Haare glänzten in der Sonne und schlangen sich in dikken Flechten um ihren Kopf. Sie zuckte fast unmerklich zusammen, als eine andere, ganz in Schwarz gekleidete Frau auf sie zueilte.

»Lady Patricia Claybourgh«, erklärte Cathleen oben, »sie ist seit einem halben Jahr Witwe. Ihr Mann wurde nachts von Räubern überfallen und getötet. Man fand seinen erfrorenen Körper am nächsten Tag im Wald.«

Lady Fairchild wandte sich brüsk vom Fenster ab.

»Diese Dinge geschehen ein bißchen oft, findest du nicht?« fragte sie.

Cathleen sah sie offen an. »Es lauert viel Diebesgesindel an allen Wegesrändern.«

»Ja, offenbar.« Lady Fairchild haßte es, über Mord zu sprechen. Rasch fuhr sie fort: »Diese Mary Askew muß einen seltsamen Weg gegangen sein. Sie sieht aus wie eine reiche Frau.«

»Sie ist wohlhabend, und sie wird wohl einmal sehr reich sein. Im letzten Winter haben die Steuern sie fast umgebracht, aber sie hat sich recht gut erholt. Mit dem Verkauf von Wolle nach Flandern soll sie gerade wieder Höchstpreise erzielt haben.«

»So? Offenbar, ihr Kleid scheint ja recht teuer zu sein«, sagte Lady Fairchild, die nicht wußte, daß Mary, getreu dem Rat des verstorbenen Will, stets mehr zu scheinen als zu sein, wieder einmal pompöser auftrat, als sie es sich leisten konnte, »nun ja, neureich ist sie. Sie hat wohl reich geheiratet?«

Da Cathleen nicht sagen mochte, auf welchem Weg Mary tatsächlich an ihr Gut gekommen war, nickte sie und sagte nur: »Ich weiß nicht genau... das hängt wohl alles mit der Kirchenreform zusammen.«

»Ja, da hat sich so mancher bereichert«, Lady Fairchild nickte grimmig, »ich verstehe nicht ganz, warum du diese Frau einlädst, Kind. Ein ehemaliges Küchenmädchen! Ich finde...«

Sie wurde von Anne Brisbane unterbrochen, die, wie sie es seit Jahren gewöhnt war, ohne anzuklopfen ins Zimmer trat, was bei Lady Fairchild ein leises Stirnrunzeln hervorrief. Anne sah aus, als habe sie seit mehreren Wochen schon nicht mehr geschlafen. Unter ihren Augen lagen bräunliche Ringe, ihre Nase stand spitz zwischen den eingefallenen Wangen hervor. Es gelangt ihr nicht, das Zittern ihrer Hände zu unterdrücken.

»Ich wollte fragen, ob ich Mylady beim Ankleiden helfen kann«, sagte sie leise. Vor den Ohren Fremder gebrauchten sie und Cathleen ihren sonst viel vertraulicheren Ton nicht; Cathleen instinktiv, weil sie beständig Zurechtweisungen fürchtete, und Anne sehr bewußt, weil sie sicher war, daß ihre innige Freundschaft mit Cathleen bereits mehr Klatsch und Tratsch auslöste, als ihnen lieb sein konnte.

»Ach ja, gut, daß Sie kommen, Anne«, rief Cathleen, »ich sollte wirklich langsam ans Anziehen denken! Ist mein Bräutigam schon eingetroffen?«

Anne, die gerade das prachtvolle Brautkleid aufgehoben hatte, ließ es mit bebenden Fingern zu Boden fallen.

»Er ist da«, antwortete sie mit klirrender Stimme, während Lady Fairchild gleichzeitig sagte: »Passen Sie doch auf, Miss Brisbane! Wenn der helle Stoff nun Flecken bekommen hat!«

»Verzeihen Sie, Mylady.« Anne bückte sich und hob das Kleid hoch. Als sie sich aufrichtete, sah sie so bleich aus, daß Lady Fairchild den Kopf schüttelte.

»Wirklich, Miss Brisbane, Sie gefallen mir gar nicht. Schon die ganzen letzten Tage denke ich, daß mit Ihnen etwas nicht stimmt. Sind Sie krank?«

»Nein, Mylady. Es geht mir gut, danke.«

»Dann helfen Sie jetzt meiner Tochter beim Ankleiden. Ich muß mich auch noch umziehen. Auf Wiedersehen, mein Liebling. Und laß dich nicht zu eng schnüren, sonst wirst du wieder beinahe ohnmächtig, wie bei deiner ersten Hochzeit!« Lady Fairchild verließ das Zimmer.

Anne trat an Cathleen heran, über dem Arm ein Kleid aus wogender blaßgelber Seide. »Willst du es dir nicht noch einmal überlegen, Cathleen?« fragte sie flüsternd. »Noch ist es nicht zu spät!«

Cathleen sah sie verwundert an. »Was gibt es da zu überlegen? Ich heirate heute den Mann, den ich liebe. Ich habe mich seit Monaten auf diesen Tag gefreut!«

»Ich glaube, du hast es dir nicht gründlich genug überlegt. Was auch immer du für Sir Hadleigh empfindest – er ist ein Mann!«

»Ja, ich weiß.«

Annes Stimme wurde heiser. »Es wird alles so sein wie damals. Du weißt es doch noch? Denk daran, was es bedeutet, verheiratet zu sein. Alle Männer sind gleich. Sir Hadleigh wird mit dir die gleichen schrecklichen Dinge tun, die Cavendor getan hat, und unter denen du so gelitten hast!«

Die Erinnerung an den ebenso groben wie rücksichtslosen Lord Cavendor in ihrem Bett ließ Cathleen erbleichen, aber sie faßte sich rasch wieder.

»Das ist diesmal ganz anders!« rief sie. »Ich liebe diesen Mann! Ich vertraue ihm, Anne. Kannst du das nicht verstehen?«

»Eine Frau kann immer nur einer Frau vertrauen. Ich dachte, das hättest du inzwischen begriffen. Männer dürften gar nicht auf der Welt sein. Sie sind grausam und zerstörerisch. Beständig müssen wir vor ihnen auf der Hut sein!«

Cathleens soeben noch heiteres Gesicht war plötzlich ganz ernst. »Aber, Anne, das habe ich auch immer geglaubt. Doch es ist gar nicht wahr! Nicht alle Männer sind so, wie du sagst! Sir Hadleigh ist anders. Er ist gut und lieb und freundlich. Ich fühle mich von ihm beschützt, und er gibt mir eine Geborgenheit, die mir keine Frau geben könnte. Es ist die Geborgenheit, nach der ich mich ein Leben lang gesehnt habe.«

Auf Annes Stirn hatte sich feiner Schweiß gebildet. »Du wirst es bereuen. Ich bitte dich von ganzem Herzen, Cathleen, tu es nicht. Deine Freiheit und dein Glück sind vorbei. Und«, jetzt schwankte Annes Stimme, »und unsere Jahre, unsere wunderschönen Jahre sind vorüber.«

»Sie sind nicht vorüber! Was redest du da?« Cathleen legte ihre

Hand auf Annes Arm, der unter der Berührung zuckte. »Wir bleiben doch zusammen. Nach Sir Hadleigh bist du mir der liebste Mensch auf Erden. Ich trenne mich nicht von dir!«

»Dieser Mann trennt uns. Die wirkliche Freundschaft zwischen Frauen ist dann vorbei, wenn ein Mann auftaucht. Nie mehr wieder werde ich nachts in deinem Zimmer schlafen können, nie wieder werden wir abends die Sterne betrachten und morgens die Sonne aufgehen sehen. Es ist alles aus!« Annes Stimme brach, zum zweiten Mal an diesem Morgen ließ sie das Brautkleid fallen, aber diesmal hob sie es nicht wieder auf.

»Ich kann nicht mehr«, flüsterte sie, »verzeih, ich kann nicht mehr!« Sie drehte sich um und stürzte aus dem Zimmer. Cathleen blickte ihr überrascht nach. Sie hob das Kleid auf und stand zum ersten Mal in ihrem Leben ausgerechnet an ihrem Hochzeitstag vor der Schwierigkeit, sich allein anziehen zu müssen.

Sir Hadleigh, der Bräutigam, stand in einem der unteren Salons und unterhielt sich nacheinander mit einem Dutzend seiner Freunde, die an ihn herantraten und ihn heiter zu beruhigen versuchten, nicht begreifend, daß er überhaupt nicht aufgeregt war. Er sah sehr gut aus an diesem Tag, gekleidet in einen Mantel aus rotem und goldenem Brokat, Kniebundhosen aus schwarzem Samt, mit feinen weißen Strümpfen und glänzenden schwarzen Schuhen. Auf seinem schulterlangen dunklen Haar saß ein schwarzes Barett, auf dem goldgefärbte Perlen blitzten. An der Hüfte trug er das gewaltige, mit Rubinen und Topasen verzierte Schwert der Familie Hadleigh, mit dem seine Vorfahren, allesamt angelsächsischer Herkunft, bereits gegen die Normannen gekämpft haben sollten. Sein Anblick ließ jedes Gegenüber unwillkürlich aller englischen Heldensagen vergangener Zeiten gedenken, denn das Gesicht von Sir Hadleigh wirkte kühn und scharf, seine Augen blickten klar und forschend. Er war jetzt fünfunddreißig, und in den vergangenen Jahren hatten ihm manche einen leichtsinnigen Lebenswandel vorgeworfen, meistens die Mütter heiratsfähiger Töchter, die all ihre Raffinesse aufwandten, diese beste Partie des Landes für ihre Familie zu ergattern. Daß er nun eine verwitwete Frau von einunddreißig heiratete, verbitterte manchen.

»Was ist an dieser Lady Cavendor schon Besonderes?« empörten sich die Damen, und die jungen Mädchen gifteten: »Alt ist sie und verblüht. Aber natürlich, sie besitzt ein gewaltiges Vermögen!«

Doch so sehr man auch lästerte, niemand wollte sich die Hochzeit entgehen lassen. Schon seit dem frühen Morgen drängten sich die Gäste in den Salons von Lavender Manor, ließen sich mit goldfarbenem Wein aus dem Schloßkeller und fleischgefüllten Pasteten bewirten, und betrachteten mit dezenter Neugier den eleganten Bräutigam, der sich als Anziehungspunkt sämtlicher Blicke ein wenig unwohl fühlte. Er atmete erleichtert auf, als Mary de Maurois auf ihn zutrat. Im Gegensatz zu den meisten Leuten der Gegend hielt er sehr viel von ihr, besonders seit dem Winterabend viele Jahre zuvor, als er gemeinsam mit einem Trupp Männer nach Marmalon geritten war und sie wegen ihrer zweifelhaften Art, den Getreidemarkt an sich zu reißen, zur Rede gestellt hatte. Sie hatte ihm damals so imponiert, daß er seither nie wieder ein Wort gegen sie hatte verlauten lassen. Er mochte ihre Intelligenz und Unabhängigkeit und fand es schön, daß man mit ihr ganz sachlich über Getreidepreise und Schafzucht sprechen konnte. Es beeindruckte ihn, zu sehen, mit wieviel Schwung und Tatkraft sie ihrem Gut zu Reichtum und Ansehen verhalf. Es hieß, sie sei im vergangenen Winter in großen Schwierigkeiten gewesen und habe bereits mit einem Bein in Newgate gestanden, aber sie hatte sich glänzend erholt. Sir Hadleigh kannte sich aus. Er sah, daß ihr blaues Kleid teuer gewesen sein mußte und bemerkte, daß die feine Kette um ihren Hals aus reinem Gold war. Das schmale, kluge Gesicht von Mary wirkte wie immer sehr blaß, wahrscheinlich, so vermutete er, weil sie stets völlig überarbeitet war. Aber ihre blauen Augen strahlten, und ihr Haar glänzte kupferfarben im Schein der Kerzen. »Mrs. de Maurois, daß Sie gekommen sind, versüßt mir diesen Tag noch mehr«, sagte Hadleigh galant und beugte sich über ihre Hand, »wie geht es Ihnen? Sie sehen sehr schön aus!«

Mary lächelte. »Es ist nett, daß Sie das sagen, Sir Hadleigh«, erwiderte sie, »wissen Sie, heute früh sah ich in den Spiegel und fand, daß ich alt werde.«

»Mein Gott, Mrs. de Maurois! Seit wann reden Sie solchen Unsinn?« Er forschte in ihren Zügen und erkannte an dem amüsierten Lächeln in ihren Mundwinkeln, daß sie das nicht nur dahergeredet hatte. Vielleicht hatte sie sogar recht mit ihrem Empfinden, doch hatte sie es in die falschen Worte gefaßt. Sie wurde nicht alt, sie wurde nur immer reifer. Ihr Gesicht gewann einen Ausdruck von Tiefe und Klarheit, den Sir Hadleigh sehr reizvoll fand. Nach seiner Ansicht fing die Schönheit einer Frau in den Jahren an, in denen aus ihren Augen und ihrem Lächeln Erfahrung, Vergangenheit und tief verschlossene Geheimnisse eines heftig gelebten Lebens sprachen. Mary hatte gelebt, stark und anteilnehmend, das konnte er ihr ansehen. Sie hatte gelitten und geliebt, hatte Stunden euphorischen Glücks ebenso gekannt wie Momente finsterer Verzweiflung. Sie hatte begriffen, daß sie wohl nie gleichmütig leben würde, war aber zugleich auch zu der Erkenntnis gelangt, daß das Leben, solange sie sich ihm hingab, tausend völlig unwahrscheinliche, überraschende Ereignisse für sie bereithielt und daß sie gelassener sein durfte, als sie es bisher gewesen war. Sie schien Sir Hadleigh sehr entspannt an diesem Tag. Vermutlich hatte sie gute Geschäfte gemacht.

»Waren Sie in London?« erkundigte er sich. Sie nickte, der leise Anflug von Melancholie verschwand aus ihren Augen.

»Ja. Wir haben Getreide auf dem Bartholomäusmarkt verkauft. Und ich habe einen Liefervertrag mit einer Schiffswerft!« Hadleigh nickte anerkennend. »Damit können Sie jetzt eine Menge Geld verdienen. Vor allem, wenn eintritt, was viele behaupten, nämlich, daß eine Kriegsflotte nach Frankreich geschickt wird. Und dann hängt es natürlich noch davon ab, wie lang der Krieg dauert. Möglicherweise machen Sie das Geschäft Ihres Lebens!«

»Es sieht jedenfalls recht gut aus.«

»Und auf den Nachbargütern sieht man Ihnen neidisch zu. Die haben alle ihre Wälder viel zu früh und zu rücksichtslos abgeholzt und für einen Schleuderpreis verkauft.«

»Das war wirklich nicht klug«, bemerkte Mary kühl, »der Krieg war schon seit mehreren Jahren vorauszusehen.«

»Nicht jeder konnte das wohl abwarten. Aber sagen Sie, was redet man in London? Ich bin seit Ewigkeiten nicht mehr aus der Provinz fortgekommen und außerdem seit Wochen nur noch mit meiner Hochzeit beschäftigt.«

»Die ist auch wesentlich interessanter als London. Dort spricht man über die Schotten, die Franzosen – und die neue Königin!«

»Catherine Parr. Die verwitwete Lady Borough und verwitwete Lady Latimer. Auch ein recht heiratsfreudiges Geschöpf offenbar. Haben Sie sie gesehen?«

»Nur auf den Bildern der Straßenmaler. Sie ist nicht schön, aber sie hat wohl viel Persönlichkeit.«

»Ich überlege immer, wie eine Frau sein muß, die den König heiratet«, meinte Hadleigh nachdenklich, »ist sie naiv oder unerschrocken? Er war fünfmal verheiratet, hat zwei Frauen verstoßen und zwei aufs Schafott gebracht. Was glaubt Catherine Parr, was mit ihr geschehen wird?«

»Ich weiß nicht, aber wenn ich sie nach ihrem Bild beurteilen soll, dann ist sie keineswegs eine einfältige Frau mittleren Alters, die vor lauter Glück darüber, daß sie Königin wird, alle vernünftigen Überlegungen beiseite schiebt. Ich glaube, sie weiß sehr genau, was sie tut, und sie ist sehr stark. Womöglich stärker als der König. Aber dies«, Mary sah sich vorsichtig um, »dies natürlich nur ganz unter uns.«

»Natürlich«, stimmte Hadleigh zu, »wir wollen nicht wegen Hochverrates vor die Sternkammer kommen. Im Tower lebt es sich verteufelt schlecht!« Er lachte, verstummte aber gleich darauf erschrocken, als er Marys Miene sah. Rasch wie ein Blitzschlag hatte sich die Wandlung ihres Gesichtes vollzogen, von heiterer Gelassenheit zu angespannter Qual. Aber ehe Hadleigh dazu kam, sich zu wundern oder zu fragen, was los sei, riß er selber erschrocken die Augen auf.

»Oh, Himmel, Anne Brisbane«, sagte er flüsternd, »warum kann ich mich nicht in Luft auflösen?«

Anne kam geradewegs auf ihn zu. Sie sah so entschlossen aus, daß die anderen Gäste ihr unwillkürlich auswichen und eine Gasse bahnten, durch die sie gehen konnte. Sie strahlte geballte Angriffslust aus. Hadleigh trat einen Schritt zurück.

»Bleiben Sie bloß bei mir, Mrs. de Maurois«, murmelte er, »diese

Frau haßt mich. Himmel, ihr Blick! Wenn ich abergläubisch wäre, ich betete auf der Stelle fünf Rosenkränze!«

Anne blieb vor ihm stehen, den Kopf hoch erhoben, die blutleeren Lippen zusammengepreßt. Sie würdigte Mary keines Blickes, obwohl diese sie höflich grüßte.

»Sir Hadleigh«, sagte sie mit ebenso klarer wie kalter Stimme, »ich muß mit Ihnen sprechen.«

»Aber gern, Miss Brisbane«, entgegnete Sir Hadleigh, »worum geht es denn?«

Anne sah zu Mary hin, die sofort sagte: »Oh... ich gehe dann wohl besser.«

Anne wollte schon zustimmen, doch dann schien ihr ein Gedanke zu kommen. »Nein, bleiben Sie. Wenn ich es mir richtig überlege, kann ich gerade Sie jetzt gut brauchen!« Ihre Stimme vibrierte vor Feindseligkeit.

Mary zog eine ihrer schöngebogenen Augenbrauen hoch. »Von Ihnen gebraucht zu werden, Miss Brisbane, ist ein von mir inzwischen ganz ungekanntes Glück geworden«, bemerkte sie spitz. Anne überhörte diese Anzüglichkeit.

»Hier können wir nicht sprechen. Wir sollten irgendwohin gehen, wo wir allein sind.«

»In die Bibliothek«, schlug Hadleigh vor, »vor einer Stunde wenigstens war da noch niemand. Das bedeutet, keiner kann uns belauschen.« Er lächelte leicht. Offenbar fand er Annes geheimnisvolles Getue sehr amüsant. Mary hingegen beschlich ein ungutes Gefühl. Sie ahnte, daß Hadleigh die hagere Anne Brisbane für eine giftige alte Jungfer hielt, deren Launen ihn manchmal ärgerten, aber nicht ernsthaft belästigten. Sie hingegen wußte, daß Anne keineswegs harmlos war und daß jeder ihre Launen ernst nehmen sollte, um ihnen begegnen zu können. Zudem erschütterte sie der verzerrte Ausdruck von Annes Gesicht. Sie sah nicht nur elend aus, sondern völlig zerstört. Mary hatte sie oft erlebt, wenn sie ungehalten war oder schlecht gelaunt oder wenn eifersüchtige Gefühle wegen Cathleen sie quälten, aber so wie heute hatte sie nie ausgesehen. Sie wirkte hohläugig und fanatisch und ganz so, als sei sie nicht bei Sinnen. Mary beschloß, auf der Hut zu sein. Sie trat hinter ihr in die Bibliothek, die nach Norden lag und selbst an diesem Hochsommertag noch schattig und kühl war. Sir Hadleigh schloß die schwere Eichenholztür. »Nun?« fragte er. »Was gibt es?«

Anne lehnte sich gegen den Kamin. In der Düsternis dieses Raumes war sie nicht mehr so gespenstisch bleich wie vorher in der Sonne, aber ihre Augen glühten fiebrig.

»Sir Hadleigh«, sagte sie hastig. Ihr Atem ging flacher als gewöhnlich. »Ich bin seit vielen Jahren die innige und einzige Vertraute von Lady Cathleen. Ich glaube, es gibt keinen Menschen, der sie besser kennt als ich. Ich kam zu ihr, da war sie noch ein kleines Mädchen, nicht älter als fünf Jahre. Ich war damals schon... über das Alter hinaus, in dem eine Frau für gewöhnlich heiratet, und ein wenig verbittert, enttäuscht vom Leben. Ich hatte niemanden gefunden, der mich geheiratet hätte, und ich fand mich gerade damit ab, daß wohl auch nie jemand auftauchen würde. Wissen Sie, im Grunde wollte ich nie heiraten, und das spürten die Männer wohl, noch ehe sie es wagten, um meine Hand anzuhalten. Aber ich litt unter den mitleidigen Blicken meiner Freundinnen und dem Getuschel der alten Matronen hinter meinem Rücken.«

»Das ist bedauerlich«, sagte Hadleigh mit leiser Ungeduld in der Stimme. Die Lebensgeschichte von Anne Brisbane interessierte ihn nicht im mindesten, und heute hatte er ohnehin anderes im Kopf. Er bemühte sich, Anne höflich und nicht allzu gelangweilt anzusehen.

Anne hatte seinen unausgestoßenen, nervösen Seufzer gehört. Sie preßte die Lippen aufeinander, dann sagte sie: »Ich erzählte dies nur, damit Sie begreifen, Sir Hadleigh, wie sehr ich mit Lady Cathleen verbunden bin. Von dem Tag an, da ich nach Fernhill kam, wurde sie zum Mittelpunkt meines Lebens. Alle Liebe und Zärtlichkeit, die ich mir aufgespart hatte und die nie ein Mann erringen konnte, gab ich diesem Kind. Und so ist es bis heute geblieben.«

»Ich weiß, Sie haben immer gut für Lady Cathleen gesorgt«, meinte Hadleigh etwas unbehaglich, »und ich bin Ihnen auch sehr dankbar dafür.«

Anne sah zu Mary hin, aber deren Miene blieb kühl und konzentriert. Unwillkürlich blickte sie rasch wieder fort und wandte sich Hadleigh zu. »Sie sollen wissen, daß ich nie etwas Böses für Cathleen wünsche«, sagte sie, »denn wenn ich Ihnen jetzt etwas sage, werden Sie vielleicht denken, ich wolle Cathleen damit schaden. Aber in Wahrheit will ich sie nur vor einem furchtbaren Unglück schützen, davor, daß sich das Unheil wiederholt. Und Sie will ich auch schützen, Sir Hadleigh. Ich halte es für meine Pflicht.«

Nun wurde Hadleigh aufmerksam – und kalt.

»Ach, wirklich? Vielleicht möchte ich aber gar nicht geschützt werden. Besonders dann nicht, wenn Ihre gütige Hilfsbereitschaft, Miss Brisbane, darauf hinausläuft, daß Sie mir Geheimnisse aus der Vergangenheit meiner zukünftigen Frau anvertrauen. Denn gerade das haben Sie doch vor, oder? Ich sage Ihnen, wenn ich etwas auf den Tod nicht ausstehen kann, so das elende Waschweibergeschwätz, das schon für allzuviel Unglück in der Welt gesorgt hat!«

Anne ließ sich nicht einschüchtern, von der barschen Stimme eines Mannes schon gar nicht. Zeitlebens hatte sie Männer verachtet, und mehr als jeden anderen verachtete und haßte sie Sir Hadleigh.

»Sie werden mir dankbar sein«, sagte sie ungerührt, »das heißt, wenn Sie mir überhaupt glauben, was ich Ihnen anvertraue. Aber ich habe eine Zeugin hier für die Wahrheit meiner Behauptung.« Sie sah Mary an. »Mrs. de Maurois kann sich für die Richtigkeit dessen, was ich jetzt sage, verbürgen.«

Mary runzelte die Stirn. Sie war verwirrt.

»Ich verstehe nicht...« begann sie ratlos, aber dann dämmerte ihr auf einmal ein schrecklicher Verdacht, und scharf fügte sie hinzu: »Miss Brisbane, tun Sie jetzt nichts Unüberlegtes!«

Anne lächelte. »Ich habe es mir genau überlegt, das kann ich Ihnen versichern. Sie selbst haben unser Geheimnis einmal benutzt, sich zu bereichern, Sie werden mir nicht verwehren, es zu nutzen, um zwei Menschen vor einem Unglück zu bewahren.«

»Sie brechen Ihren Schwur.«

»Was kümmert mich das noch? Im Grunde ist er doch längst gebrochen. Sie haben sich gegen uns gestellt, Mrs. de Maurois. Sie waren die erste, die unsere Verschwörung auflöste. Sie...«

Mary erinnerte sich an die lange, dunkle Nacht, da sie in Cathleens Zimmer gesessen und geglaubt hatten, die Stunden würden nie mehr vergehen. Sie erinnerte sich an die Zeit ihrer geheimen

Komplizenschaft und daran, welches Glück sie bei dem Gedanken gefühlt hatte, für immer mit den beiden anderen Frauen verbunden zu sein. Unauflöslich. Ein Satz tauchte in ihrem Gedächtnis auf, den sie oder irgend jemand sonst einmal gesagt hatte: »Nichts eint so sehr wie ein gemeinsam begangenes Verbrechen!«

Ja, dachte sie heute, vielleicht. Aber nicht einmal diese Einigkeit ist von Dauer.

»Ich habe nichts aufgelöst, Miss Brisbane«, sagte sie, »Sie haben sehr schnell versucht, mich zu vergraulen.«

Anne musterte sie stechend. »Sie paßten nicht zu uns.«

Mary wollte etwas erwidern, aber Sir Hadleigh, den das alles zunehmend verärgerte, trat dazwischen.

»Können wir dieses Gespräch nicht beenden? Ich weiß nicht, worum es geht und, um ehrlich zu sein, ich will es auch gar nicht wissen!«

»Wir sollten es vergessen«, meinte auch Mary, »Miss Brisbane, Lady Cathleen und Sir Hadleigh heiraten heute. Wir sollten ihnen den Tag nicht verderben.«

»Gerade deshalb bat ich um diese Unterredung. Wenn die beiden heute wirklich heiraten, werden sie es bitter bereuen. Wir beide wissen das, Mary. Cathleen ist nicht in der Lage, mit einem Mann zusammen zu leben.«

»Anne Brisbane«, sagte Mary warnend.

Anne hob herrisch den Kopf, ihr scharfgezeichnetes Profil hob sich klar von der helleren Wand ab. »Ich schwöre bei Gott und bei meiner Seele, daß ich die Wahrheit sage. Sir Hadleigh, die Frau, die Sie heute heiraten wollen, ist nicht durch ein Unglück oder das Unwesen von Wegelagerern zur Witwe geworden. Vor zehn Jahren, im November des Jahres 1533, hat sie ihren Mann, Lord Cavendor, umgebracht. Mit einem Tonkrug in ihrem Zimmer erschlagen. Mary de Maurois und ich sind Zeugen der Tat.«

Totenstille herrschte in der Bibliothek, unterbrochen nur von dem dumpfen Geräusch, mit dem eine Biene gegen das Fenster flog und wieder abprallte. Von weither klangen Gelächter und Stimmen der Gäste und die leisen Klänge eines Musikinstrumentes, das gestimmt wurde. Im Park bewegte ein leichter Windhauch die Gräser, und die Blätter der Bäume spiegelten flimmernd das Licht der Sonne.

Mary erhob sich schwerfällig. Sie war auf einen Sessel gefallen und hatte den Kopf in beide Hände vergraben. Annes Worte schienen ihr in der Stille wiederzuhallen: »Sie hat ihren Mann umgebracht. Mary de Maurois und ich sind Zeugen der Tat. Sie hat ihren Mann umgebracht…« Sie stand auf und strich ihr Kleid glatt.

»Nun ist es heraus«, sagte sie leise, »ich habe gewußt, daß es uns eines Tages einholen würde. Bluttaten, sagt man, kommen immer ans Licht. Und wir drei damals waren nicht die Richtigen, es geheimzuhalten. Wir sind zu verschieden, und es gab zuviel Eifersucht zwischen uns.«

»Da irren Sie sich«, entgegnete Anne. Auch sie hatte bisher nicht gesprochen, aber ihre Stimme klang sehr sicher und klar. Zuversicht erfüllte sie. Sie hatte gesiegt. Cathleen blieb bei ihr.

»Cathleen und ich waren nie verschieden. Und zwischen uns gab es auch keine Eifersucht. Nur Sie, Mary, haben immer gestört, von Anfang an. Verbrechen kann man allein begehen oder gemeinsam mit Menschen, die man liebt, aber nie mit Außenseitern. Und Sie waren der Außenseiter.«

»Ich habe nichts verraten, sondern Sie. Und außerdem: täuschen Sie sich bloß nicht! Was Sie heute so erzürnt, ist Sir Hadleigh – und dafür kann ich nichts. So oder so, sie hätte wieder geheiratet. Sie können sie nicht ewig behalten.«

Nun endlich hob auch Hadleigh den Kopf.

»Jetzt hören Sie endlich mit Ihren Streitereien auf!« fuhr er Mary und Anne an. »Erklären Sie mir lieber, was der ganze Unsinn soll! Sie müssen den Verstand verloren haben.«

»Keineswegs. Ich habe die Wahrheit gesagt. Lady Cathleen hat vor zehn Jahren ihren ersten Mann erschlagen.«

Hadleigh trat einen Schritt auf Anne zu und sah sie eindringlich und voll verhaltener Wut an. »Ich verlange die Wahrheit«, sagte er leise, »und ich schwöre Ihnen, Miss Brisbane, Sie werden es bitter bereuen, wenn Sie mich belügen!«

Er glaubt ihr, dachte Mary, er glaubt ihr längst, aber er will es nicht glauben. Lieber Himmel, ist er blaß!

Von draußen klang schrilles Gelächter, die Gäste schienen sich wunderbar zu amüsieren. Vor dem Fenster ließ die Sonne den ganzen Park hell aufleuchten, aber kein einziger Strahl verirrte sich durch die hohen Bogenfenster in die Bibliothek. Anne, deren höchstes Kapital immer ihre Haut gewesen war, sah in der Dämmerung aus wie eine Statue aus weißem Marmor. »In jener Nacht betrat Lord Cavendor sein Schlafzimmer«, begann sie, aber Mary fuhr dazwischen: »Nein! Er betrat Myladys Schlafzimmer!«

Anne sah sie verächtlich an. »Er war ihr Mann. Er hatte wohl das Recht, ihr Schlafzimmer zu betreten.«

»Weiter«, verlangte Hadleigh.

»Er betrat ihr Schlafzimmer. Lord Cavendor war Mitglied des Kronrates, daher mußte er häufig zu Versammlungen und kam abends spät nach Hause. Oder er ging zu Gesellschaften und Bällen am Hof, aber Mylady begleitete ihn nie dorthin. Sie konnte es nicht ertragen, mit ihm zusammen zu sein.«

»Ich will wissen, was in dieser Nacht geschah.«

»Nun, ich befand mich im Nebenraum, der jedoch durch eine Tür mit Myladys Schlafzimmer verbunden war. Diese Tür war nicht völlig verschlossen. Ich bekam daher alles mit, was geschah. Ich hörte, wie Cavendor kam und dachte: Mein Gott, arme Lady Cathleen! Sie ertrug ihn schon bei Tag nicht, aber am allerwenigsten bei Nacht. Sie haßt Männer. Cavendor hatte nicht viel Freude an ihr, und was er brauchte, holte er sich meist woanders, aber eines, was er unter allen Umständen wollte, konnte nur sie ihm geben: Einen legitimen Sohn. An jenem Abend müssen Cathleens Nerven versagt haben. Sie warnte ihn nicht einmal. Ich hörte, daß er eintrat und die Tür hinter sich schloß und in spöttischem Ton zu ihr sagte: ›Guten Abend, Lady Cavendor.‹ Sie erwiderte: ›Mach, daß du fortkommst!‹ Aber ehe er dieser Aufforderung hätte Folge leisten können, schlug sie zu. Ich vernahm den Schlag und dann das dumpfe Geräusch, mit dem Cavendor zu Boden fiel. Ich blieb einen Augenblick lang ganz entsetzt mitten in meinem Zimmer stehen, und dann schrie sie auch schon. ›Anne, Anne, komm schnell, er ist tot! Ich habe ihn umgebracht!‹ Ich lief hinüber. Er lag flach auf dem Teppich, aus seinem Kopf sickerte ein hauchdünner Faden Blut. Die zarte Cathleen muß ihn an einer Stelle getroffen haben, deren Verletzung rasch zum Tode führt. Ich glaube, die eine Schläfe hat sie ihm zerschmettert.« Anne schluckte, für einen Moment selbst ganz im Bann dieser schaurigen Erinnerung. »Mary erschien dann, weil sie etwas gehört hatte. Sie und ich brachten die Leiche fort und legten sie ans Ufer der Themse. Lady Cathleen wäre dazu nicht mehr in der Lage gewesen.«

Hadleigh wandte sich langsam, wie betäubt, Mary zu.

»Ist das wahr?« fragte er. Mary strich sich mit einer müden Bewegung über die Augen.

»Sie hat ihn getötet«, erwiderte sie leise, »das ist wahr. Die genauen Ereignisse kenne ich nicht, denn ich kam erst später hinzu. Ich weiß nicht, was an diesem Abend geschehen ist, aber ich weiß, was einige Abende vorher geschah. Und Miss Brisbane weiß es auch.«

Anne warf den Kopf zurück. »Ich habe keine Ahnung, worauf Sie anspielen, Mrs. de Maurois.«

»Sagen Sie nicht, daß Sie das vergessen haben. Das würde ich Ihnen nicht glauben. Wir beide wissen, daß Lord Cavendor wenige Tage vor dem Unglück Lady Cathleen vergewaltigt hat.«

Hadleighs Augen wurden schmal. »Ist das wahr?«

»Da die beiden verheiratet waren, kann kaum von einer Vergewaltigung gesprochen werden«, entgegnete Anne scharf.

»Damals sahen Sie das anders«, gab Mary zurück, »Sie versuchten sogar, Cathleen zu schützen. Und Sie lagen minutenlang bewußtlos am Boden, weil Cavendor, um an sein Ziel zu gelangen, nicht einmal davor zurückgeschreckt hat, Sie niederzuschlagen.«

Hadleigh trat noch dichter an Anne heran und umklammerte ihr Handgelenk mit so hartem Griff, daß sie aufschrie.

»Stimmt es, was Mrs. de Maurois sagt oder nicht?« fragte er hart. »Und jetzt, Sie alte, bösartige Denunziantin, sagen Sie endlich die Wahrheit. Es interessiert mich einen Dreck, ob die beiden verheiratet waren. Hat er sie gewaltsam in sein Bett gezwungen?« Er schüttelte Annes Arm, und erneut schrie sie. Er kümmerte sich nicht darum. »Hat er sie gezwungen? Hat er das?«

Anne nickte schwach, aber Hadleigh umklammerte ihren Arm fester.

»Ich will Ihre Antwort hören! Machen Sie Ihren Mund auf! Vorhin waren Sie auch nicht so stumm!«

»Ja«, stieß Anne hervor, »ja, er hat...«

»Er hat sie vergewaltigt?«

»Ja.«

Hadleigh ließ sie so abrupt los, daß sie einen Schritt zurücktaumelte. Sein Gesicht war voller Zorn, sein Mund nur noch ein zusammengepreßter Strich.

»Zwei Dinge auf der Welt hasse ich ganz besonders«, sagte er schließlich, »gewalttätige Männer wie Lord Cavendor und hinterhältige Frauen wie Sie, Miss Brisbane. Was wollten Sie erreichen? Daß ich die Hochzeit absage? Glauben Sie, die bösartigen Verleumdungen einer Frau wie Sie würden dafür ausreichen?«

»Ich hatte es gut gemeint...« begann Anne zögernd, aber als Hadleigh höhnisch lachte, wurde sie zornig und fuhr ihn an: »Jawohl, ich hatte es gut gemeint! Nicht Ihretwegen, Ihnen wollte ich nichts Gutes tun. Aber für Cathleen würde ich mir das Herz aus dem Leib reißen. Und ich will sie davor bewahren, noch einmal das durchleiden zu müssen, was sie bereits mit Cavendor ausgestanden hat. Ich will sie davor bewahren, erneut in die Klauen eines Mannes zu geraten!«

»Sie sind krank, Miss Brisbane. Besessen von Ihrer Eifersucht. Sie wollten nichts Gutes für Lady Cathleen, Sie wollten sie bloß nicht mit mir teilen. Mir wird geradezu angst, wenn ich daran denke, wozu Sie fähig wären, wenn Sie Menschen beiseite schaffen wollen, die sich zu nah an Ihre geliebte Cathleen heranwagen. Ich denke an Gift in meinen Speisen oder an einen Dolch in meinem Herzen. Nach meiner Hochzeit werde ich Sie in unserem Haus nicht länger dulden.«

Anne war noch bleicher geworden, ihre Stimme bebte. »Gott verdamme Sie, Sir Hadleigh!« rief sie heiser. »Gott verdamme Sie in alle Ewigkeit! Sie werden unglücklich sein, ich weiß es. Cathleen wird Sie hassen und fürchten, so wie sie Cavendor gehaßt und gefürchtet hat! Sie wird Sie umbringen, wie sie Cavendor umbrachte!«

»Ist das nicht meine Sache?« fragte Hadleigh kalt.

Anne atmete schwer. »Was werden Sie nun tun?«

»Ich werde mit ihr sprechen. Ich werde ihr sagen, was Sie mir erzählt haben. Ich kann leider nicht so tun, als hätte dieses Gespräch nie stattgefunden, aber ich fürchte, Miss Brisbane, ich werde nicht so reagieren, wie Sie das gern gehabt hätten.«

Mit drei großen Schritten ging er zur Tür und trat hinaus. Mary lief auf den Gang und sah ihm nach. Er durchquerte eilig die Halle und stieg die Treppe hinauf. Unter den Gästen hob ein Geraune an.

»Sir Hadleigh kann es wohl nicht abwarten, seine Braut in die Arme zu schließen«, meinte ein Mann, und einige Frauen fingen an, verstohlen zu kichern.

»Himmel, hat der es eilig«, meinte ein anderer, »dabei bringt es Unglück, wenn er sie sieht, noch ehe sie am Altar stehen.«

Mary zog sich wieder in die Bibliothek zurück. Sie betrachtete Anne kopfschüttelnd. »Sind Sie jetzt zufrieden, Miss Brisbane?«

Anne verzog das Gesicht. »Zufrieden bin ich erst, wenn die Hochzeit abgesagt wird.«

»Seien Sie nicht so sicher, daß das geschieht.«

»Männer sind Feiglinge. Noch während er jetzt zu ihr eilt, wird er sich überlegen, ob er wirklich das Wagnis eingehen will, eine Frau zu heiraten, die ihren ersten Mann erschlagen hat.«

»Er ist vernünftig. Und er hat sehr genau begriffen, weshalb es zu dieser Tat gekommen ist. Wissen Sie, Miss Brisbane, Männer denken nie gern an die Vorgänger im Bett ihrer Frauen und wünschen sie ohnehin zum Teufel. Wenn diese Vorgänger sich dann auch noch benommen haben wie Cavendor, fühlen sich die Männer ohnedies herausgefordert, sie zu erschießen. Sir Hadleigh wird Lady Cathleens Tat vielleicht gar nicht so schlimm finden.«

»Wir werden sehen«, entgegnete Anne.

Abermals senkte sich lastende Stille über den Raum. Das Stimmengewirr draußen wurde unruhiger. Die Gäste fingen an sich zu wundern, weshalb die Trauung nicht endlich stattfand und warum Sir Hadleigh nicht zurückkam. Die ersten Gerüchte kursierten bereits; manche vermuteten, Lady Cathleen habe schreckliche Schulden, ihr Bräutigam habe das soeben erfahren und schrecke nun vor einer Heirat zurück. Andere, feuriger veranlagte Naturen, meinten, es sei urplötzlich ein Rivale aufgetaucht, der Sir Hadleigh zum Duell um die Gunst der Braut aufgefordert habe. Irgend jemand erspähte die alte Lady Fairchild und erkundigte sich, ob etwas geschehen sei, aber sie konnte keine Antwort darauf geben. Sie stand hilflos und verwirrt in einem der Salons herum und fragte sich, warum es mit ihrer Tochter denn immer, in jeder Lebenslage, Schwierigkeiten gebe.

In der Bibliothek saßen Mary und Anne einander schweigend gegenüber. Mary beobachtete eine Schwalbe, die sich vor dem Fenster hinauf in den Himmel schwang. Anne starrte auf die ledergebundenen Bücherrücken in den Regalen, ohne die goldgeprägten Inschriften wahrzunehmen.

Schließlich sagte sie unvermittelt: »Es dauert zu lange. Seit wann ist er denn jetzt oben bei ihr?«

»Ich weiß es nicht«, erwiderte Mary, »aber es dürfte fast Mittag sein. Die beiden scheinen sich viel zu sagen zu haben.«

»Was gibt es da zu sagen? Sie beschließen, nicht zu heiraten, und damit ist alles ausgestanden!« Anne hatte hektische rote Flecken im Gesicht bekommen. Mary sah sie beinahe mitleidig an.

»Ach, Miss Brisbane«, sagte sie leise, »warum hat das alles so kommen müssen?«

»Daran ist dieser Mann schuld! Diese Bestie, dieser Teufel! Weil er auf ihr Geld aus ist...«

»Reden Sie keinen Unsinn. Davon hat er weiß Gott selber genug.«

Anne sah sie feindselig an. Von draußen ertönten plötzlich laute Stimmen.

»Das ist Sir Hadleigh!« rief jemand. »Er geht in die Schloßkapelle. Ob es jetzt endlich anfängt?«

»Ich finde es nicht richtig, uns hier so lange herumstehen zu lassen!«

»Aber, meine Liebe, haben Sie Verständnis. Mancher Mann will es sich zweimal überlegen, ehe er diesen Schritt tut.«

Annes Augen wurden groß. »Was geschieht?« fragte sie flüsternd.

Mary zuckte mit den Schultern. »Offenbar ist Sir Hadleigh wieder hinuntergekommen.«

Anne öffnete die Tür und spähte hinaus.

»Ist er wirklich in die Kapelle gegangen? Was tut er da?«

»Das werden wir sehen.« Auch Mary trat jetzt in den Gang. Sie entdeckte Lady Fairchild, die mit steigender Verwirrung kämpfte. Alles ging durcheinander. Ihre schreckliche Tochter blamierte sie vor halb England, nachdem sie ihr ohnehin nichts als Kummer gemacht hatte. Lady Fairchild hatte die Hochzeitszeremonie von Anfang bis Ende sorgfältig geplant, und es kränkte sie zutiefst, daß es keinem Menschen einfiel, sich an ihre Vorstellungen zu halten. Sie hob den Blick hinauf zur Galerie und seufzte erschrocken. Cathleen erschien dort gerade am Arm ihres Vaters, hielt ihren Rock mit der einen Hand leicht gerafft und stieg vorsichtig die Treppe hinunter. Sie trug ihr schönes hellgelbes Seidenkleid, das entgegen Lady Fairchilds Befürchtungen keine Flecken davongetragen hatte, und auf dem Kopf eine Haube von der gleichen Farbe, die mit blitzenden Diamantsplittern bestickt war. Die weitgeschnittenen Ärmel wurden am Handgelenk, an Ellbogen und Schultern von Rubinbroschen zusammengehalten, dazwischen sah die scharlachrote Seide des Unterkleides hervor. Über ihrer Brust kreuzten sich goldgefärbte Schnüre, die ebenfalls von Rubinen gehalten wurden. Eng um den Hals schloß sich ein Collier aus Perlen.

Das Stimmengewirr in der Halle ebbte ab, alle Augen richteten sich auf die Braut. Lady Fairchild fuchtelte mit beiden Armen, um die Gäste zu bewegen, in die Kapelle zu gehen, denn dort hätten sie sitzen müssen und den Einzug der Braut erwarten. Aber niemand kümmerte sich darum. Lady Fairchild war nicht einmal sicher, ob sich der Priester am Altar befand oder inzwischen die Geduld verloren hatte und gegangen war. Sie ließ sich in den nächsten Sessel sinken und suchte nach ihrem Riechsalz.

Mary und Anne traten näher; beide forschten hastig und angstvoll in Cathleens Gesichtszügen. Sie bemerkten, daß Cathleen offenbar geweint hatte, denn ihre Augen zeigten rote Ränder. Sie sah verstört aus und brauchte wohl ihre ganze Selbstbeherrschung, um den Kopf hoch zu halten und den Blicken der vielen Menschen zu begegnen. Ihr Vater, der etwas einfältige, dicke Lord Fairchild, an dessen Arm sie sich festklammerte, merkte nichts von ihrer Anspannung. Es hatte ihn gewundert, daß die Trauung so lange herausgeschoben wurde, noch mehr hatte es ihn überrascht, seinen künftigen Schwiegersohn die Treppe hinauf und in das Zimmer seiner Tochter stürmen zu sehen. Einen Augenblick lang hatte er sich gefragt, ob Lady Fairchild dieses Benehmen wohl als schicklich billigen würde, und war zu dem Schluß gekommen, es sei doch etwas anstößig. Aber er war kein Mann, der gern Ärger machte oder sich in die Angelegenheiten anderer Menschen einmischte. Außerdem war doch nun alles in bester Ordnung. Der Puder auf Cathleens Wangen täuschte ihn über die Tränenspuren hinweg, und so empfand er nur noch Stolz, weil seine Tochter heute einen reichen, angesehenen Mann heiratete und ein bezauberndes Kleid trug, das allen Gästen vor Augen führte, wie wohlhabend und großzügig er, Lord Fairchild, sein mußte.

»Bist du glücklich, mein Engel?« flüsterte er mit derselben Naivität, mit der er Cathleen diese Frage schon bei ihrer ersten Hochzeit gestellt hatte, und wie damals brach auch heute Cathleens Stimme, als sie antworten wollte. Er nickte wohlwollend. Sie war immer noch sein kleines Mädchen, das bei Feierlichkeiten dieser Art in Rührung zerfloß.

»Was tut sie da?« flüsterte Anne heiser.

Mary sah sie mitleidslos an. »Sie geht hin und heiratet Sir Hadleigh. Sie haben verloren.«

»Es kann nicht sein... er kann sie nicht heiraten! Sie ist eine Mörderin, sie hat ihren Mann erschlagen! Es kann nicht sein... es kann nicht...«

»Sie sehen doch, daß es sein kann. Er wartet in der Schloßkapelle auf sie. Er trägt ihr nichts nach, und was immer eben zwischen den beiden gesprochen wurde, nun ist alles friedlich und ohne Geheimnisse. Wenn es Sie aber zufriedenstellt: Schauen Sie Cathleen an. Den Glanz dieses Tages haben Sie ihr genommen.«

Anne schwankte leicht, haltsuchend griffen ihre Finger nach der Wand. »Warum tut sie das? Sie ist wahnsinnig. Sie stürzt sich in ihr Unglück. Mit mir war sie glücklich, nur mit mir!« Anne fing an zu weinen, und auf einmal klammerte sie sich an Mary fest, als suche sie Schutz bei ihr.

»Unsere langen Sommerabende, die hellen Nächte, das ganze Leben, das wir geteilt haben, sie kann es doch nicht fortwerfen, als sei es nichts gewesen. Sie kann doch...« Anne konnte nicht weitersprechen vor Schluchzen. Mary zog sie in die Bibliothek zurück, weil sie fürchtete, daß jemand auf sie beide aufmerksam werden könnte. Sie ließ Anne auf einen Stuhl fallen und trat einen Schritt zurück.

»Nehmen Sie sich zusammen. Sie haben heute alles gewagt und nun alles verloren. Ich glaube, es ist nicht gut, wenn Sie länger hierbleiben. An Ihrer Stelle würde ich die Trauung nutzen und mich unbemerkt davonmachen.«

Anne hob ihr verweintes Gesicht. »Wo soll ich denn hin? Ach, mein Leben ist leer ohne sie und trostlos...«

»Gehen Sie zu Ihrer Familie nach London. Es leben doch sicher noch Angehörige von Ihnen. Und sonst... was Sie erleben, erlebt jeder Mensch. Irgendwann steht jeder einmal an der Stelle, von der er glaubt, sie sei das Ende der Welt. Mir ist es auch so ergangen. Ich weiß deshalb, wovon ich spreche, wenn ich Ihnen sage: Es geht weiter. Es geht tatsächlich weiter. Aber Jammern und Weinen hilft nichts, alles hilft nichts, Sie müssen es einfach ertragen.«

»Ich kann es nicht ertragen.«

»Ich fürchte, niemand wird Sie fragen, ob Sie können oder nicht. Sie müssen eben.« Mary blickte auf die zusammengesunkene Gestalt. Zu ihrer Verwunderung spürte sie keinen Haß, aber auch kein Mitleid. Sie dachte an den schwerverletzten Tallentire und an die endlosen Monate des Schreckens, da sie an keinem Tag gewußt hatte, ob ihr Marmalon am nächsten noch gehören würde. Die Erinnerung schmeckte bitter auf der Zunge, wurde aber nicht zum Zorn. Erstaunt merkte sie, daß Anne gar nichts mehr in ihr auslöste. Sie war ihr gleichgültig und fern, wie eine Gestalt aus einer längst vergessenen Geschichte. Sie war eine Frau, die mit Marys Zukunft nichts mehr zu tun haben würde, daher wurde sie uninteressant. Wichtig waren Sir Hadleigh und Cathleen und die anderen Nachbarn, der Krieg, der Handel mit dem Kontinent, die steigenden Getreidepreise, das Wetter, die Ernte. Und Nicolas...

Nicolas war der Zauber, auf den Mary hoffte. Marmalon füllte zwar ihr Denken, es war alles, wofür sie kämpfte und arbeitete, stritt und sich mit Gott und der Welt schlug, aber die Triumphe, die sie errang, gaben ihrem Leben nicht jenen warmen Glanz, an den sie sich erinnerte, wenn sie an Nicolas und ihre alte, baufällige Wohnung über dem Sherwood Inn in London dachte. Wie ein Kind sehnte sie sich nach der Geborgenheit alter Tage, in denen das Leben weniger selbständig, dafür umsorgter und behüteter war. Sie sehnte sich nach Nicolas. Er war ihre Zukunft, und mit einer Gleichgültigkeit, die sie selber erstaunte, begriff sie, daß sie Anne Brisbane vielleicht schon in der nächsten Woche vergessen haben würde.

Ein Blick in die Halle sagte ihr, daß die Gäste nun alle der Kapelle zuströmten, aus der der Gesang eines Chores erklang. Die Luft war erfüllt von dem Geruch nach Kerzen und Weihrauch, vermischt mit dem der Weine und Parfüms. Kelche wurden abgestellt, die Schleppen der Seidenkleider raschelten leise über den Boden. Eine ruhige, friedliche Stimmung breitete sich aus.

»Ich gehe jetzt«, sagte Mary, »ich möchte die Trauung miterleben. Auf Wiedersehen, Miss Brisbane.«

Sie warf keinen weiteren Blick auf die schwarzgekleidete Gestalt vor ihr. Ein erwartungsvolles Lächeln lag auf ihren Lippen. Sie empfand Cathleens Hochzeit als einen besonderen Triumph des wohlmeinenden Schicksals über das böse, und das erfüllte sie mit Genugtuung. Schwungvoll wandte sie sich zur Tür und blieb überrascht stehen. Vor ihr, wie aus dem Boden gewachsen, stand Mr. Tallentire.

Mary brauchte ein paar Augenblicke, um sich zu fassen.

»Was tun Sie denn hier?« fragte sie dann. »Ich habe Sie gar nicht kommen gehört.« Ihre Augen blickten verwundert, aber arglos. Was wollte Tallentire bei Cathleens Hochzeit?

Er griff nach ihrem Arm und führte sie ein paar Schritte weit fort, obwohl das unnötig war, denn Anne saß dort so tief versunken in ihre Gedanken, daß sie gar nicht zugehört hätte. »Sie müssen sofort nach Hause kommen, Madam«, sagte er leise und erregt, »es ist etwas...«

»Was ist denn?«

»Nichts Schlimmes. Wir wissen nur nicht...«

Mary wurde bleich. »Was denn, um Gottes willen?«

»Es ist ein Mann aufgetaucht in Marmalon. Niemand von uns kennt ihn, aber er behauptet... Mr. de Maurois zu sein. Nicolas de Maurois.«

Die Worte, so leise sie gesprochen waren, schienen Mary in dem leeren Gang widerzuhallen. Sie wirkte so fassungslos, daß Tallentire ihren Arm fester umschloß.

»Nun regen Sie sich nicht so auf«, sagte er sanft. Seine Stimme beruhigte Mary etwas, aber ihr Herz schlug heftig.

»Das kann doch gar nicht sein«, sagte sie, »du lieber Himmel, es kann nicht... oh, ich muß sofort nach Marmalon. Wenn es wirklich Nicolas ist...« Die Erregung trieb ihr das Blut in die Wangen und ließ ihre Hände zittern. Schon wollte sie davoneilen, da griff Tallentire noch einmal nach ihrem Arm und hielt sie zurück.

»Eines noch, Mrs. de Maurois. Ich denke, auch das sollten Sie wissen, ehe Sie jetzt nach Marmalon gehen. Mr. Mackenzie...« Er zögerte, und Mary, nervös wie sie war, fuhr ihn ungeduldig an: »Herrgott, was ist denn mit Charles Mackenzie?«

Sie bemerkte etwas in Tallentires Augen, was sie für Verachtung hielt; sie begriff, daß er mehr von ihr und Charles wußte, als sie geahnt hatte. Und jetzt mokiert er sich über meine Interesselosigkeit, dachte sie empört, ach, wegen eines Abends soll ich mein Leben lang weiche Knie bekommen, wenn ich nur Charles' Namen höre! Was sich diese Priester einbilden! Dabei ist jetzt nur Nicolas wichtig...

»Was ist mit Charles?« wiederholte sie scharf und wußte im selben Moment, daß es nicht Verachtung war, was sie in Tallentire gespürt zu haben glaubte, sondern Mitleid.

»Er hat mir einen Brief für Sie gegeben«, sagte er, »er wird Marmalon verlassen. Für immer.«

Mary jagte die breite Treppe in Marmalon hinauf, die von der Halle zur Galerie führte. Sie hatte ihren schwarzen Mantel achtlos von den Schultern gleiten lassen, einen Augenblick lang die Stufen hinaufgesehen, als hoffe sie, Nicolas werde ihr entgegenkommen. Alles aber blieb still. Sie rannte los, plötzlich von der Furcht befallen, er könne bereits wieder fortgegangen sein, weil er sie nicht vorgefunden hatte. Hinter sich hörte sie Dilys und Allison tuscheln. Beide waren höchst irritiert durch die Ankunft des Fremden, und sie fanden es auch erstaunlich, wie rasch Mary von den Hochzeitsfeierlichkeiten zurückgekehrt war und wie undamenhaft sie zu ihrem Zimmer stürzte.

»Glaubst du, er ist wirklich ihr Mann?« flüsterte Dilys. Allison zuckte mit den Schultern. »Ich weiß nicht. Vielleicht ist er auch ein Betrüger.«

»Ich finde es unverschämt, daß er einfach hoch in Madames Zimmer gegangen ist. Ich hatte ihm gesagt, er soll unten im Salon bleiben.«

»Ich glaube, er ist ein Mann, der tut, was er will«, meinte Allison ein wenig sehnsüchtig, »du bist ja auch dumm, daß du ihm gesagt hast, welches ihr Zimmer ist.«

»Er fragte mich, und ehe ich mich versah, hatte ich geantwortet. Er hat etwas in seinem Blick, das kann einen richtig verwirren. Findest du nicht?«

Allison fand das auch. Neidvoll blickten sie Mary nach, die oben angelangt war und einen Moment zögerte, ehe sie die Tür öffnete, die in ihr Zimmer führte.

Nicolas stand am Fenster, der Tür den Rücken zugewandt. Er hielt eine kleine, mit dunkelblauem Samt bezogene Schmuckschatulle in seinen Händen und ließ soeben Marys Goldkette mit dem smaragdenen Anhänger daran wieder hineingleiten. Mit einem lauten Klappen schloß er den Deckel, ehe er sich langsam umdrehte.

Mary lehnte sich gegen die Tür, die lautlos zufiel. Sie hielt beide Arme hinter dem Rücken verschränkt und hatte den Kopf hoch erhoben, fast ein wenig trotzig, als wolle sie ihre Unsicherheit verbergen. Ihr Herz schlug jetzt noch heftiger als vorhin in Lavender Manor; sie meinte, es müsse auf ihrer Brust und an ihrem Hals sichtbar sein. Sie bemühte sich, nicht zu ungleichmäßig zu atmen, als sie sagte: »Nicolas! Du bist schon da!«

Gleich darauf konnte sie förmlich spüren, wie er nur mühsam eine sarkastische Bemerkung zu ihrer scharfsinnigen Feststellung unterdrückte. Statt dessen entgegnete er ruhig: »Ja. Es hat mich selber überrascht. Drei Jahre zu früh.«

»Warum?«

»Warum ich den Tower jetzt schon verlassen durfte? Viel Glück und mein unbezwinglicher Charme.« Er lachte. »Ich habe mir in den vergangenen sieben Jahren Freunde geschaffen. Es fing beim untersten Wärter an und ging bis hinauf zum Festungskommandanten. Er setzte sich für mich ein... und du siehst, ich habe gewonnen! Drei kostbare Jahre meines Lebens gewonnen!« Die Ironie in seiner Stimme verschwand. »Und sieben Jahre verloren«, setzte er bitter hinzu. Er trat von dem Fenster weg in die Mitte des Raumes, so daß Mary ihn nun endlich besser erkennen konnte. Im Zwielicht der einfallenden Sonne hatte sie kaum mehr sehen können als einen dunklen Schatten, aber nun war er dicht vor ihr.

Sie schaute ihn an und dachte: Er sieht so elend aus!

Sieben Jahre lang hatte sie versucht, sich vorzustellen, wie es sein mußte, wenn sie ihm zum ersten Mal wieder gegenüberstände. Sie hatte gedacht, daß er mager sein würde, abgezehrt und bleich, daß er rote, geschwollene Augen und einen struppigen, grauen Bart im Gesicht haben würde. Sie kannte das Verlies, in dem er hatte leben müssen, deshalb fiel es ihr nicht schwer, sich seine äußere Erscheinung auszumalen. Doch immer in ihren Gedanken war da das Leuchten in seinen Augen gewesen, das Lächeln seines Mundes, wenn er Marmalon sah.

Es war stets das gleiche Bild gewesen: Er kam die breite Auffahrt entlang, erschöpft von dem weiten Weg, aber er atmete auf, als er den Schatten der großen Eichen erreichte. Sie lief ihm entgegen, schön und jung, ihr Haar wehte im Wind, sie streckte beide Arme aus, um ihn an sich zu ziehen, und hinter ihr stand das Haus, seine Fenster glänzten im Licht der Sonne, der Efeu leuchtete hell und grün, und rote und weiße Rosen blühten vor seinen Mauern. Nun aber hatte sich alles ganz anders ergeben. Sie war nicht zu Hause gewesen, als Nicolas kam, und auf einmal empfand sie dies als einen schwerwiegenden Fehler. Sie hätte dasein müssen, dann hätte er nicht anzuklopfen brauchen wie ein Fremder, wäre nicht von Dilys und Allison unhöflich angestarrt, von Tallentire mißtrauisch behandelt worden. Und plötzlich wurde sie sich auch ihres aufgeputzten Äußeren unangenehm bewußt. Daß sie gerade heute so aussehen mußte! Er kam aus dem Tower, trug ein sauberes, aber völlig zerrissenes Hemd, uralte Hosen, abgelaufene Schuhe, und sie stand in blauer Seide vor ihm, eine verspielte blaue Samtschleife im Haar und Spitzenkrausen um die Handgelenke. Sie duftete nach einem feinen Parfüm und hatte gerade eine Wachtel mit frischen Pilzen verzehrt, dazu kostbaren, dunkelroten Wein getrunken. Sie dachte an sein Wasser und Brot der vergangenen sieben Jahre, und Scham erfüllte sie. Sie hob hilflos die Hände.

»Ich komme gerade von einem Fest«, erklärte sie schwach.

Nicolas nickte. »Ich sehe es«, erwiderte er. Sein Blick glitt über ihre Gestalt, blieb an ihrem tiefen Ausschnitt hängen. Er lächelte, als er sah, daß sie dies bemerkte und es sie in Verlegenheit setzte. »Ich sehe es. Du bist wunderschön.«

»Ich laufe nicht jeden Tag so herum...«

»Du mußt dich doch nicht rechtfertigen, Mary.«

Irgend etwas lief falsch, ganz falsch. So sollte ihre erste Begegnung nicht sein. Anstatt einander in den Armen zu liegen, standen sie fünf Schritte voneinander entfernt und sagten belanglose Dinge. Sie hätten ihre Gesichter aneinanderpressen und weinen müssen, ihren Schmerz hinausschluchzen um die vergangenen sieben Jahre, und ihr Glück über die Zukunft, die ihnen blieb. Statt dessen sprachen sie kühl und höflich miteinander, als seien sie Fremde, die sich zufällig getroffen hatten, aber kein großes Interesse aneinander fanden. Und auch das Bild, das Mary sich von Nicolas gemacht hatte, stimmte nicht. Eigentlich war alles gerade andersherum als in ihrer Vorstellung. Da war er elend und krank gewesen, starrend vor Schmutz, aber leuchtend vor Freude. Nun sah er gar nicht so schlimm aus. Natürlich war er zu blaß, nichts von seiner früheren Sonnenbräune war geblieben, er hatte Schatten unter den Augen und graue Strähnen in seinem dunklen Haar. Aber seine Haltung war aufrecht, seine Gestalt magerer zwar, aber nicht gebrechlich. Hingegen fand Mary nicht das Glänzen in seinen Augen, von dem sie geträumt hatte. Sie konnte gar nichts in diesen Augen finden, die früher so geblitzt und gefunkelt hatten. Schwarz und ausdruckslos sahen sie an ihr vorbei.

»Du siehst gar nicht schlecht aus«, sagte sie.

Nicolas blickte an sich hinunter. »Ich wollte dir würdig gegenübertreten«, erwiderte er, »und deshalb habe ich gebadet, bevor ich herkam, meine Sachen waschen lassen und meinen wüsten Bart abgenommen. Sogar die Haare haben sie mir geschnitten.«

»Wer denn?«

»Freunde in London. Ich habe viele dort, auch jetzt noch.«

»Oh ... gut.« Aber Mary fühlte sich gekränkt. Er war nicht als erstes zu ihr geeilt, als er aus dem Tower gekommen war, sondern alte Freunde hatte er besucht. Sie bemühte sich, ihre Verletztheit nicht zu zeigen. »Wenn du mir geschrieben hättest, dann hätte ich dich doch abgeholt«, sagte sie.

»Ich weiß. Aber ich wollte nicht sofort hierher. Ich bin noch ein bißchen in London herumgeschlendert, in den Gassen am Südufer, an der London Bridge und vor dem Sherwood Inn ...« Die Sehnsucht in seiner Stimme gab Mary einen Stich im Herzen. Es war eine Sehnsucht, die sie kannte. Mit diesem Ton hatte sie von Marmalon gesprochen, aber er konnte doch nicht im Ernst diese dreckige, lärmende, enge Stadt lieben!

»Ich war nur selten in London«, sagte sie.

Nicolas nickte. »Warum solltest du auch dieses hübsche Nest hier verlassen? Aber ich sage dir, die Stadt hat sich gar nicht verändert. Es ist dasselbe Sündenbabel wie immer. Die Marktleute preisen kreischend ihre Waren an, bei jedem Schritt stolpert man über einen Bettler, die Themse stinkt wie der größte Abfallhaufen aller Zeiten, und an jeder Ecke lauern Straßenräuber, diese todesverachtenden Halunken mit ihren schnellen Fingern ...« Jetzt glomm endlich ein Leuchten in Nicolas' Augen. »Weißt du noch, Mary? Wir beide in Tyburn. Ich erinnere mich genau an diesen Tag und an die fette Beute, die wir heimschleppten. Du brachtest ein Armband und warst so stolz, als hättest du einen siegreichen Feldzug geführt. Wo ist es eigentlich? Du wolltest es immer tragen!«

»Ich mußte es verkaufen.«

»So? Na ja, sentimental bist du nie gewesen.«

Gott sei Dank nicht, dachte Mary, sonst wäre nicht viel aus mir geworden.

»Oder erinnerst du dich an den reichen Dickwanst, der seinen

Blick nicht von dir lösen konnte, den wir am Themseufer ausgeplündert haben? Er...«

»Ach, sei doch still«, unterbrach Mary gequält. Ausgerechnet an Archibald Claybourgh wollte sie jetzt nicht denken, am liebsten nie wieder in ihrem Leben. Sie wollte an das ganze London nicht denken. Warum mußte Nicolas in Erinnerungen schwelgen?

Jetzt leben wir und hier, dachte sie ungeduldig, über die Zukunft soll er sprechen, nicht über etwas, was tausend Jahre zurückliegt!

Nicolas verstummte.

»Es tut mir leid. Ich weiß, du hast dieses Leben nie gemocht.«

»Nein, das ist es nicht... wir haben nur so bitter dafür bezahlt, und ich, ach, können wir nicht alles vergessen?« Sie trat endlich auf ihn zu, schlang beide Arme um ihn. Sie legte ihren Kopf an seine Brust und konnte durch sein Hemd hindurch die Wärme seines Körpers spüren und das gleichmäßige Schlagen seines Herzens hören. Ein Gefühl von Ruhe durchströmte sie.

Er ist wieder da, dachte sie, und alles wird gut werden. »Ach, Nicolas, du wirst so glücklich sein hier! Es ist so schön. Ich werde dir Marmalon zeigen, das Haus, die Ställe, die Felder mit dem silbrigen Weizen darauf, die grünen Wiesen und die klaren Bäche. Alles, wonach du dich gesehnt hast in den letzten Jahren. Ich zeig es dir! Komm mit.« Sie wollte ihn an der Hand nehmen und fortziehen, aber er hielt sie zurück.

»Ich bin etwas müde jetzt, Mary. Ich bin auf dem ältesten Klepper der Welt hierhergeritten, und nun spüre ich jeden Knochen im Leib.«

»Woher hattest du das Pferd?«

»Freunde in London haben mir Geld gegeben. Ich sagte, sie bekämen es zurück, denn ich hätte eine reiche Frau.«

»Ach...«

»Ich würde aber gern Jane sehen.«

»Natürlich.« Mary spürte, daß sie schon wieder einen Fehler begangen hatte. Sie hätte selber erst von Jane und dann von Marmalon sprechen sollen.

»Sie ist in ihrem Zimmer. Du wirst dich wundern. Sie ist ein sehr hübsches kleines Mädchen.«

Sie gingen über den Gang hinüber in Janes Zimmer. Jane saß dort auf dem Boden und hatte gerade all die Zöpfe, die Dilys ihr am Morgen geflochten und säuberlich aufgesteckt hatte, gelöst, und war nun damit beschäftigt, ihre dicken schwarzen Haare mit beiden Händen zu einer wilden Mähne aufzubauschen. Entsetzt starrte sie auf den großen, fremden Mann, der plötzlich vor ihr stand.

»Mutter, wer ist das?« Sie erhob sich, lief zu Mary hin und drückte sich an sie. Mary strich ihr über den Kopf.

»Das ist dein Vater, Jane. Ich habe dir doch oft von ihm erzählt.«

Jane bekam große Augen. »Du hast gesagt, daß er sehr schön ist. Dieser Mann ist sehr schön.«

»Daß ich diese Worte noch einmal von einer Frau hören würde«, sagte Nicolas belustigt, »Jane, komm her zu mir. Hätte ich gewußt, daß ich eine so schöne Tochter habe, ich wäre schon viel früher gekommen.«

Jane trat zögernd auf ihn zu. Mary war überrascht, wie ähnlich sie und ihr Vater sich sahen. Nun, da sie einander gegenüberstanden, fiel es erst richtig auf. Die gleichen, dicken schwarzen Haare, die gleichen dunkelbraunen Augen mit den starken Wimpern und Brauen. Dazu die schmale Nase und die hohen Wangenknochen.

Nur den Mund hat sie von mir, dachte Mary, doch schon wenn sie lächelt ist sie wieder mehr Nicolas. Sie sieht dann ebenso aufsässig aus wie er. Auf Anhieb verstanden sich Jane und Nicolas blendend. Jeder von ihnen fand sich im anderen wieder. Mary betrachtete eine Weile, wie zärtlich die beiden miteinander spielten, dann zog sie Nicolas ungeduldig zu sich heran.

»Dein Vater ist sehr müde, Jane, er muß sich ausruhen. Morgen früh kommt er wieder zu dir.«

»Kommst du morgen früh, Vater? Bestimmt?«

»Ganz bestimmt«, versicherte Nicolas, »und dann spiele ich den ganzen Tag mit dir.«

Er verließ mit Mary das Zimmer. Draußen sagte er: »Wie bezaubernd sie ist. Meine Tochter, mein Kind! Sieben Jahre ist sie alt, und ich habe sie nie gesehen. Es ist so furchtbar, darüber nachzudenken.«

»Dir bleibt doch jetzt soviel Zeit für sie. Und ich muß sagen, du nutzt sie von Anfang an gründlich. Du hast sie geküßt – und mich noch kein einziges Mal, seitdem du hier bist.«

Nicolas lächelte schwach. Er sah sehr müde aus.

»Es tut mir leid, Mary«, sagte er mit erschöpfter Stimme. Er neigte sich zu ihr hinab und küßte beinahe flüchtig ihre Wange. »Ich habe mich wohl nicht ganz so benommen, wie du es erwartet hattest.«

Sie sah ihn unsicher an. »Sieben Jahre sind eine lange Zeit, Nicolas. Und jetzt kam alles so plötzlich. Vielleicht müssen wir uns da etwas fremd sein.«

»Sieben Jahre verändern Menschen auch sehr. Wir haben uns beide verändert, und es fällt uns vielleicht etwas schwer, einander wiederzuerkennen.«

»Ich habe mich nicht verändert«, protestierte Mary.

Nicolas betrachtete sie amüsiert. »Gar kein bißchen, wirklich?«

»Ach, du meinst das Kleid! Dieses alberne Kleid! Es war eigentlich viel zu teuer für mich. Aber bei diesem Fest heute waren die Gutsherren der ganzen Umgebung, und Will hat mir immer gesagt, es sei gar nicht schlecht, bei diesen Leuten ein bißchen anzugeben. Nur deshalb...«

»Verteidige dich doch nicht dauernd, Mary. Du siehst zauberhaft schön aus. Wie eine Fürstin...«

»Ja?« Sie schaute ihn mit soviel kindlicher Erwartung an, daß er lächeln mußte.

»Ja, wirklich. Du bist noch schöner als früher.«

Es irritierte Mary, diese Worte von ihm zu hören, denn sie vermißte zugleich jenen ersten verhaltenen Anflug von Leidenschaft in seiner Stimme, der früher immer mitgeschwungen war, wenn er so mit ihr gesprochen hatte. Sie forschte in seinem Gesicht, fand aber nicht, wonach sie suchte. Sie hob scheu die Hand, strich mit den Fingern über seine eingefallenen, blutleeren Wangen, über die Kieferknochen, die sich hart unter der Haut abzeichneten, über seine Lippen, die ihr überraschend weich vorkamen. Jede einzelne Linie dieses Gesichtes war ihr so vertraut, als sei kein Tag vergangen, seitdem sie es zuletzt gestreichelt hatte. Und es war ihr, als sei auch kein Tag vergangen, seitdem Nicolas' Hände sie umfaßt hatten, sein

Mund sie geküßt, sein Atem sie warm und gierig gestreift hatte. Es hat sich nichts geändert, Nicolas, begreif es doch, dachte sie verzweifelt.

»Ich liebe dich so sehr, Nicolas«, sagte sie leise, »ich bin so froh, daß du wieder da bist.«

»Ich bin auch froh«, entgegnete Nicolas. Sie waren wieder vor Marys Zimmer angelangt und traten ein. Nicolas folgte Mary; es war, als habe sich das Bild verkehrt, daß sie zu Anfang geboten hatten. Nun stand er an die Tür gelehnt und beobachtete Mary, die sich in der Mitte des Zimmers befand. Durch das Fenster fiel das Licht der Mittagssonne und schien gerade auf Mary. Sie blickte an sich hinunter, dann streifte sie mit einer heftigen Handbewegung den Schmuck ab und begann, die Haken zu öffnen, die ihr Kleid verschlossen.

»Ich ziehe etwas anderes an«, sagte sie, »dieser alberne Fetzen...«

Es bereitete ihr einige Mühe, sich von der stoffreichen Robe zu befreien, ohne daß Dilys ihr half, aber endlich stand sie in ihren weißen Unterröcken und ihrem spitzenbesetzten, elfenbeinfarbenen Schnürmieder vor ihm. Sie war sich sehr wohl der Tatsache bewußt, daß Nicolas sie beobachtete und daß ihre bloßen Arme und Schultern weiß und rund in der Sonne glänzten. Sie wußte, daß ihre Gestalt so schmal war wie die eines ganz jungen Mädchens und daß sich das Leinen ihres Mieders eng um ihren schöngeformten Busen schloß. Sie zog die Ketten und Perlen aus ihren Haaren und schüttelte sie, bis ihr die rötlichen Locken offen zur Taille hinabfielen. Erwartungsvoll sah sie Nicolas an. Er hatte sie immer begehrt, vom ersten Augenblick an, da er sie sah. Er mußte es auch jetzt tun.

»Weiß Gott«, sagte er gelassen, »du bist die schönste Frau, die ich kenne, Mary. Bist du mir eigentlich treu gewesen all die Jahre?«

Die Frage kam so unerwartet und traf Mary so überraschend, daß sie spürte, wie ihr heiße Röte in die Wangen schoß. Entsetzt dachte sie: Er darf es nicht wissen. Es würde ein Leben lang zwischen uns stehen.

»Also nein«, sagte Nicolas, der ihr Erschrecken bemerkt hatte, »ich dachte es mir. Du bist zu hübsch, um treu zu sein, und andere

Männer haben auch Augen im Kopf. Ich hoffe, wen immer du gewählt hast, er war deiner würdig?«

Mary hielt seinem Blick stand.

»Es gab keinen Mann für mich, solange du fort warst«, sagte sie, »nie.«

»Bist du da so sicher? Meine sinnliche, kleine Mary! Ich kann mir kaum vorstellen, daß du es ausgehalten hast, Nacht für Nacht allein in deinem Bett zu liegen.«

Sein sarkastischer Ton reizte sie, besonders, weil sie dahinter seine Eifersucht witterte. Natürlich war Nicolas eifersüchtig, seit sie ihn kannte, wußte sie das. Er glaubte, sie hätte ihn betrogen, und noch vor sieben Jahren hätte er jetzt getobt vor Wut. Er hätte sie angeschrien und beschimpft, er hätte sich betrunken und zornbebend den Namen des anderen verlangt, um zu ihm gehen und ihm alle Knochen brechen zu können. Weshalb versuchte er das jetzt zu verbergen? Und wieso sollte sie sich bereitwillig verdächtigen lassen?

»Ich habe dich nicht betrogen«, sagte sie ruhig und kalt, »wie kommst du dazu, mir das überhaupt zu unterstellen? Es gab einen Mann, der wollte mich, aber ich wollte ihn nicht. Ich wollte immer nur dich.«

»Es ist ja schon gut.«

»Er hat mir den Hof gemacht, aber ich habe darauf nicht geantwortet.« Gott verzeihe mir diese Lüge, dachte sie. Ehe Nicolas erneut etwas sagen konnte, fuhr sie fort: »Ich habe auf dich gewartet, die ganze Zeit. Jahr um Jahr, und ich habe...«

»Die treue Penelope«, spottete er, »nun gut, du hast also alle Freier verjagt. Ich glaube es dir.«

»Du mußt es mir auch glauben, denn es ist die Wahrheit. Aber jetzt, da ich dich sehe, frage ich mich, worauf ich eigentlich gewartet habe. Du kommst zurück und bist wie ein Fremder. Du hast mich nicht in die Arme genommen, und als du mich geküßt hast, ach... da küßt mich ja mein Kind zärtlicher! Und Marmalon nimmst du gar nicht wahr! Du willst nichts davon sehen. Es interessiert dich überhaupt nicht, ich glaube sogar fast, es stört dich!« Sie hielt inne, spürte, wie die Tränen in ihr aufstiegen und schluckte sie verbissen hinunter. Sie hatte bei ganz anderen Gelegenheiten nicht geweint, Nicolas sollte sie schon gar nicht schluchzen sehen. Sie beobachtete, wie er sich in einen Sessel fallen ließ.

»Ach, Mary«, sagte er leise, »es tut mir leid. Ich weiß, du bist enttäuscht. Du hast gedacht, ich komme zurück und strahle vor Glück, weil ich frei bin. Ich nehme dich in die Arme, und du zeigst mir Marmalon, Hand in Hand gehen wir über die Wiesen, deine Wiesen.«

»Auch über deine, Nicolas, über unsere!« Mary lief zu ihm hin, kauerte sich zu seinen Füßen auf den Boden und umfaßte seine Hände, die dünn und kühl waren. »Ach, Nicolas, so hätte es sein sollen!«

»Ich weiß. Aber es ist nicht so einfach für mich. Diese Jahre... sieben Jahre... sieben mal dreihundertfünfundsechzig Tage, oh, Mary, du hast den Kerker gesehen, in dem sie mich eingesperrt haben! Kannst du dir vorstellen, wie es ist, sieben Jahre dort zu sein? In diesem fensterlosen, feuchten Verlies, fünf Schritte lang und drei Schritte breit, Ratten, Wasser, das von den Wänden tropft, und das ewige, monotone Geräusch, mit dem ein irre gewordener Gefangener in der Nachbarzelle seinen Kopf gegen die Steine schlägt. Es verfolgt mich bis in meine Träume. Und ja, manchmal konnte ich in die Wohnung des Kommandanten, er mochte mich, wir spielten Schach, und ich bekam Wein zu trinken und Braten zu essen, und das hat mir wohl das Leben gerettet. Aber danach war es jedesmal noch grauenhafter, dort hinunterzugehen. Ich hatte den Himmel gesehen und das Leben gespürt, und mußte doch in mein Grab zurück. Ich tat lustig und heiter, weil ich wußte, daß er mich so mochte und weil ich mir seine Sympathie erhalten mußte!« Mit einer übertriebenen Gebärde tat Nicolas so, als ziehe er seinen Hut und verneigte sich. »Bis zum nächsten Mal, Herr Kommandant! Ich ziehe mich jetzt in meine Gemächer zurück, um dort in aller Ruhe und Abgeschiedenheit eine unfehlbare Strategie auszubrüten, mit der ich Sie das nächste Mal schlagen kann!« Nicolas hustete. Es klang dumpf und rasselnd. »Weißt du, ich mußte diesen Schwachkopf natürlich immer gewinnen lassen, was eine Schmach war, denn er war ohnehin kein ebenbürtiger Gegner und so dumm, daß er nicht einmal merkte, wie genial meine Züge waren, mit denen ich ihm den Sieg zuspielte. Oh, Teufel, immerhin drei Jahre hat es mir erspart!«

»Oh, Nicolas...« Angstvoll fing Mary an zu begreifen, was sie von Anfang an so verwirrt hatte. Nicolas war zwar körperlich ganz gesund, doch seine Seele schien sehr krank. Sein Herz schlug, sein Mund atmete, aber seine Augen blickten wie tot.

Aber das ist ja viel schlimmer, dachte sie erschreckt, wäre er krank, ich wüßte schon, was ich tun müßte. Aber so, was mache ich mit ihm?

»Nicolas«, sie umklammerte seine Hände fester, »es wird alles wieder gut werden. Du kannst den Tower vergessen. Du lebst jetzt hier, bei mir, in Marmalon. Du kannst jeden Tag die Sonne sehen, den Himmel und die Erde. Glaub mir, das wird dir helfen. Du bist geborgen und in Sicherheit.«

»Ich weiß«, erwiderte Nicolas leise, »aber ich... du mußt verstehen, ich kann das so schnell nicht vergessen. Es ist alles anders, Mary. Tu nicht so, als könnten wir dort wieder anfangen, wo es aufhörte. Sieben Jahre...«

»Ich weiß doch. Auch für mich waren die sieben Jahre hart. Und ich...«

»Mary, es ist ein Unterschied. Natürlich waren diese Jahre auch für dich hart. Gott weiß, wie oft ich darüber nachgegrübelt habe, was du wohl tust, allein mit dem kleinen Kind und ohne einen Menschen, der dir hilft. Ich weiß, du mußtest kämpfen, streiten, warten, hoffen und wieder kämpfen. Aber bei alldem, Mary, hast du gelebt!« Nicolas' Stimme zitterte. »Du hast gelebt, das ist es. Und wie du gelebt hast!« Er sah sich im Zimmer um. »Es ist so erschlagend«, murmelte er.

Mary fuhr erschrocken zusammen. »Was meinst du? Marmalon?«

»Verzeih mir. Du mußt wie eine Irrsinnige gearbeitet haben, um das hier aufzubauen. Bis jetzt verstehe ich noch nicht, wie es dir gelungen ist.«

»Quält es dich?«

Er zögerte, ehe er antwortete.

»Ja«, sagte er dann, »so sehr, wie mich schon deine Briefe quälten. Du schriebst von deinen Triumphen, deinen Erfolgen, deinen Zielen. Du schriebst von deinem Geld. Wenn es Schwierigkeiten gab, so hast du sie mir verschwiegen. Deine Briefe waren voller Kraft und Leben. So wie du selber. Und ich saß dort und starrte auf die Wände und ließ im Geist das Leben an mir vorüberziehen, das ich mit dir hätte leben wollen und das du nun allein lebtest. Ach, Mary, dies alles hier, das hätte ich gern mit dir gemeinsam erreicht. Und es nicht als Geschenk dargeboten bekommen.«

»Aber...«

»Wo soll ich hier hin mit meiner Erinnerung, mit meiner Angst, mit diesem gottverdammten Verlies in meinem Gedächtnis?« Nicolas sprang auf, er atmete heftig. »Das hier erstickt mich. Lieber würde ich in Tyburn stehen und den fetten Großbürgern ihre Geldbeutel aus der Tasche ziehen oder durch das wüsteste und wildeste Getobe von London laufen, als hier dem Frieden dieses Landes und der Hölle meiner Erinnerungen ausgeliefert zu sein!«

»Aber Erinnerungen verblassen. Ich weiß es. Du kannst dich von deiner Vergangenheit befreien. Ich mußte es auch, und es ist mir geglückt!«

»Weil du kämpfen konntest. Niemand hat dir ein warmes Nest gebaut, dich hineingesetzt und gesagt: Sei ruhig, Liebste, vergiß alles, ich sorge für dich. Nein, keinen Augenblick lang hattest du Ruhe. Wenn du überleben wolltest, dann mußtest du kämpfen, jeden Tag von neuem. Nur damit konntest du deine Erinnerungen besiegen. An Shadow's Eyes, deinen Vater, deine Mutter, Frederic Belville...«

»Ach der, das ist schon so viele Jahre her! Ich habe gar nicht mehr an ihn...«

Er unterbrach sie mit einer Handbewegung.

»Ich weiß doch, Mary. Ich will ja gar keine Erklärung von dir. Ich will nur vergessen, und ich denke«, er hob den Blick und sah sich in dem schönen Zimmer um, »ich denke so oft an die Gassen von London, an das Geschrei und das Gewühl und natürlich an die Kunstfertigkeit meiner Finger.« Er lachte. In Mary stieg eine schreckliche Angst auf. Sie erhob sich und trat einen Schritt zurück.

»Nicolas«, sagte sie, »du bleibst doch bei mir?« Nicolas antwortete nicht. Furchtsam wiederholte sie ihre Frage.

»Du bleibst doch bei mir? Hier in Marmalon?«

Nicolas stand auf. Sein Gesicht war grau vor Übermüdung. »Es ist unnötig«, sagte er erschöpft, »jetzt über alles zu sprechen. Ich muß schlafen. Kann ich hier irgendwo...?«

»Natürlich. Das hier ist unser Schlafzimmer. Leg dich hin. Ich werde heute wohl besser woanders schlafen, dann hast du deine Ruhe.«

Nicolas lächelte und strich ihr eine Haarsträhne aus dem Gesicht. »In diesem Verlies habe ich oft davon geträumt, dich nachts in meinen Armen zu halten. Ich bin nur so müde heute. Ich glaube, ich werde vierundzwanzig Stunden lang schlafen.«

»Das sollst du auch. Dir wird es viel besser gehen nachher. Ruf mich, wenn du etwas brauchst.« Sie wollte zur Tür, aber er hielt sie zurück.

»Liebste, du siehst hinreißend aus in deinem Unterrock, aber ich glaube, du solltest dir doch noch etwas anziehen.«

»Oh!« Mary griff rasch nach einem rosafarbenen Leinenkleid, das über einem Sessel lag. Noch während sie es anzog, streckte sich Nicolas auf dem Bett aus, und als sie fertig war, schlief er bereits. Einen Moment lang betrachtete sie das schmale Gesicht, das ernster und melancholischer geworden war, in dessen Zügen aber noch immer Spuren des alten Spottes und der heiteren Gelassenheit vergangener Tage waren. Ich liebe ihn so sehr, dachte sie mit einem Anflug jener Verwunderung, die sie stets empfand, wenn sie heftige Gefühle in sich entdeckte. Auf Zehenspitzen verließ sie das Zimmer und schloß leise die Tür hinter sich. Die Anspannung der vergangenen Stunden fiel ab von ihr, plötzlich war sie sehr müde. Es war so viel geschehen heute. Aber alles trat hinter Nicolas zurück und wurde so blaß, als habe es sich vor vielen Wochen ereignet. Cathleens Hochzeit und Annes scheußlicher Auftritt, das Stimmengewirr der Gäste, die Musik und Sir Hadleighs wütendes Gesicht. Nichts davon blieb Wirklichkeit; von dem Augenblick an, da Mary Nicolas gegenübergetreten war, war seine Gegenwart zum einzigen wahren und greifbaren Bild dieses verworrenen Tages geworden.

Aber dennoch – sie stand dort draußen im dämmerigen Gang, roch durch ein geöffnetes Fenster den Duft der Rosen und fragte sich, warum sie sich nicht freute. Nicolas kam zurück, er kam drei

Jahre früher als erwartet, aber in ihr war nicht das jubelnde Glück, das sie für den Tag seiner Rückkehr vorausgesehen hatte. Seine gleichgültige, müde Stimme hatte den Funken, der in ihr brannte, als sie die Treppe hinauflief, zum Erlöschen gebracht. Auf einmal fühlte sie sich kraftlos. Sie kauerte sich auf der obersten Treppenstufe nieder und zog die Beine eng an den Körper, als wolle sie sich wärmen; sie fröstelte trotz der warmen Luft draußen. In der Tasche ihres Kleides raschelte etwas, sie griff hinein. Der Brief! Charles Mackenzies Brief, den ihr Tallentire irgendwann vorhin in die Hand gedrückt und den sie kaum beachtet hatte. Langsam schoben sich die anderen Ereignisse des Tages klar in ihr Gedächtnis. Was hatte Tallentire gesagt: »Charles wird Marmalon für immer verlassen.« Sie entsann sich, daß sie es kaum zur Kenntnis genommen und nur gedacht hatte: Dieser dumme Mann! Muß er gerade jetzt solchen Unsinn machen, wo mir fast der Kopf platzt?

Vorsichtig faltete sie das Papier auseinander. Charles hatte die Worte darauf hingeworfen, wie sie ihm gerade einfielen, er mußte in höchster Eile und Erregung geschrieben haben. Mühsam begann sie zu lesen.

»Liebste«, stand dort, »meine liebe Mary, mir bleibt nicht viel Zeit, deshalb entschuldige, daß ich Dir nur eine kurze Nachricht hinterlasse. Gleich wird Tallentire nach Lavender Manor reiten, um Dich zu holen, und bis Ihr wiederkommt, werde ich fort sein. Ich habe nicht viel zu packen, außerdem braucht man beim Heer sowieso nicht viel. Ja, ich gehe zu den Soldaten. Es wird über kurz oder lang einen Krieg mit Frankreich geben, und sie können jeden Mann brauchen. Wenn der Krieg dann vorüber ist, kaufe ich von meinem Sold irgendwo ein kleines Stück Land und lasse Brenda und die Kinder nachkommen. Bis dahin sorge bitte für sie. Wenn mir etwas zustößt, müssen sie für immer in Marmalon bleiben, und hier spekuliere ich jetzt einfach auf Deine Unfähigkeit, jemanden, der Deine Hilfe braucht, vor die Tür zu setzen. Im Innern, Mary, bist Du die großherzigste und gütigste Frau, die ich kenne, und diesem guten Herzen wirst Du immer ausgeliefert sein.

Nicolas de Maurois ist hier eingetroffen, völlig unerwartet, überraschend wohl auch für Dich. Ich stand ihm gegenüber, er schaute mich an, und in diesem Moment gab ich auf. Solange er nur in meiner Vorstellung existierte, konnte ich ihn verachten und mir schwören, ihm das Leben schwerzumachen, sollte er wirklich einmal auftauchen. Jetzt habe ich ihn gesehen, und auf einmal weiß ich, was Ihr einander seid. Du bist alles für ihn, und er ist alles für Dich. Als er nach Dir fragte, als er Deinen Namen sagte, konnte ich spüren, daß er wahrscheinlich jeden umbringen würde, der sich zu nah an Dich heranwagt. Und ich begriff auch, daß ich mir etwas vorgemacht hatte. Die ganzen furchtbaren, langen Monate, die wir um Marmalon kämpften, haben Dich in Wahrheit ihm nähergebracht, nicht mir. Ich dachte, wenn nichts sonst, so sei es das Land, was uns verbindet, aber das stimmt nicht. Das Land verbindet Dich mit ihm, und wenn er Dich verließe, würdest Du das Land wegwerfen. Oder es behalten und soviel Geld herausholen, bis Du Dir ihn notfalls kaufen könntest.

Ich habe Dich sehr geliebt, Mary, viel mehr, als Du wohl geahnt hast, und deshalb kann ich jetzt nicht still und bescheiden aufgeben und das Feld oder besser Dein Bett diesem charmanten Normannen überlassen. Ich weiß nicht, weshalb Du ihn mir vorziehst, aber Du tust es, und ich muß es hinnehmen. Aber meine Niederlage soll dramatisch sein, und nur Kanonendonner und Schwertergeklirr erscheinen mir meiner Lage angemessen. Und da ich ein Lump bin und überaus boshaft, sollst Du auch wissen, daß ich bei alldem rachsüchtig an den schwarzhaarigen Maurois denke. Indem ich gehe, stehle ich Dich ihm mehr, als wenn ich bliebe. Du bist nicht die Frau, Mary, die mit einem Mann schläft und ihn danach vergißt, nicht wenn er im Feindesland für England streitet. Säße ich ruhig und geborgen in Marmalon und verzehrte mich nach Dir, dann ließe Dich das kalt. Doch so wirst Du eine leise Unruhe niemals loswerden. Und es erheitert mich, mir vorzustellen, wie Du in den Armen dieses Mannes liegst, und anstatt ihm mit ganzer Seele und mit ganzem Herzen anzugehören, wird Dein Blick manches Mal zum Fenster hinausschweifen, Du wirst in die kalten Sterne blicken und Dich angstvoll fragen, ob Charles wohl in Sicherheit ist. Ich nehme ein Stück Deines Herzens und Deiner Sorge mit, und wenn ich im Heerlager sitze, werde ich mir Maurois' Eifersucht ausmalen, mit der er sich fragt, wo der manchmal so gänzlich abwesende Blick seiner Frau herrührt. Und Du... diese Last wirst Du eben tragen müssen, so wie ich die meine. Du hältst es schon aus. Von Deinem Weg bringt es Dich nicht ab, Deinen Zielen bleibst Du treu, auch wenn sich von Zeit zu Zeit ein paar arme Narren an Deinem vorüberraschelnden Kleid festklammern. Ich glaube an Dich und Deine Zukunft. Du wirst eine steinreiche Frau sein, und eines Tages bist Du alt und sitzt im Kreis Deiner Enkel, und vielleicht erzählst Du ihnen dann von unseren Tagen, von jenen aufregenden Zeiten, in denen wir jung waren und um das kämpften, was denen, die nach uns kommen, selbstverständlich ist. Was uns bleibt, sind die Erinnerungen an das, was war. Und was mich bei alldem glücklich stimmt, ist, daß Du die Deinen nicht über Bord werfen und mir die meinen nicht nehmen kannst...«

»Ja, ist er denn wahnsinnig geworden?« Mary ließ das Blatt sinken. »Das kann er doch nicht ernst meinen!« Sie sprang auf die Füße.

»Charles!« rief sie. »Charles!« Schon wollte sie die Treppe hinunter, da hörte sie ein Geräusch hinter sich. Ein Schatten fiel auf das holzgeschnitzte Geländer. Sie drehte sich erschrocken um. Hinter ihr stand Brenda.

»Ach, Sie sind es«, sagte Mary, nachdem sie sich gefaßt hatte. »Warum schleichen Sie sich immer so heran? Wo ist Charles?«

Brenda wies auf den Brief.

»Hat er Ihnen das nicht geschrieben, Madame?«

»Ja – aber das ist doch nicht wahr. Er... er ist doch nicht wirklich bei den Soldaten!«

»Er verließ Marmalon jedenfalls in der Absicht, dorthin zu gehen.« Brenda bekam schmale Augen wie eine lauernde Katze.

Mary blickte sie fassungslos an. »Er ist wirklich gegangen?«

»Ja.«

»Und Sie haben ihn nicht zurückgehalten?«

»Wie hätte ich das tun sollen? Charles ist immer gegangen, wohin er wollte – zu anderen Orten und zu anderen Frauen.«

»Ich habe nie etwas von ihm gewollt, Mrs. Mackenzie.«

»Nein? Aber seinen Beistand hatten Sie ganz gern.«

»Er hat mir beigestanden wie der Verwalter eines Gutes dem Gutsbesitzer beisteht.«

»Für gewöhnlich bricht dem Verwalter darüber nicht das Herz.«

»Ich wußte nicht...«

»Solange wir verheiratet sind, ist er mir untreu. Aber ich weiß, wann es ernst ist.«

Mary fiel nichts ein, was sie darauf hätte erwidern können. Sie senkte den Kopf, und als sie ihn wieder hob, erschrak sie vor dem Haß, mit dem Brenda sie ansah.

»Sie haben ihn benutzt, Mrs. de Maurois«, sagte Brenda. »Sie haben ihn verrückt nach sich gemacht, ihn in Ihre Abhängigkeit gebracht und dann... finden Sie nicht, daß er viel für Sie riskiert hat?«

»Ich weiß nicht, wovon Sie sprechen.«

Brenda lachte schrill.

»Nein, das wissen Sie nicht! Sie wissen ja nie etwas, und Sie verstehen nichts! Menschen bedeuten Ihnen nur gerade so viel, wie sie Ihnen nützen.«

»Ach, halten Sie den Mund!« Mary schloß erschöpft die Augen. Dieser furchtbare Tag – ging er denn nie zu Ende? Konnten denn nicht alle sie endlich in Frieden lassen? Konnte dieses geifernde Weib nicht ruhig sein, und mußte Charles sich so kindisch benehmen?

»Seid alle still«, sagte sie, »ich kann nicht mehr, und ich mag nicht mehr. Ich kann jetzt auch nicht über Charles nachdenken. Er wird schon zurückkommen!«

»Das glaube ich nicht. Aber so wie es ist, müßte es Ihnen doch gut passen. Charles hat Ihnen über Ihre einsamen Stunden hinweggeholfen, aber im rechten Augenblick, als Mr. de Maurois auftaucht, verschwindet er für immer aus Ihrem Leben. Vielleicht fällt er sogar, dann müssen Sie ohnehin nie Angst haben, daß Ihr kleines amouröses Abenteuer herauskommt!«

»Um Himmels willen, reden Sie doch nicht so! Sie sind ja wie meine Mutter. Ich begreife immer noch nicht, warum er gegangen ist!« Mary war den Tränen nahe.

Brenda lächelte höhnisch. »Immer noch nicht? Sie egoistisches Stück, haben Sie denn tatsächlich nie gewußt, wie sehr er sie liebt?

Und daß es ihm unerträglich war, in diesem Haus mit Ihnen und dem anderen Mann zu leben? Aber darüber denken Sie nicht nach. Außer Geld haben Sie ohnehin nichts im Kopf. Und wann hätte es Sie je gekümmert, was aus anderen Menschen wird?« Sie drehte sich abrupt um und ging davon. Mary sah ihr nach und merkte, daß Brenda sie mit ihren letzten Worten härter getroffen hatte als je zuvor ein Mensch.

»O Gott!« Sie ließ sich auf der obersten Treppenstufe nieder, ihr Rock breitete sich wie ein großer Teppich neben ihr aus. Sie legte die Hände über ihr Gesicht, aber sie konnte den Gedanken nicht entkommen, die sie bedrängten. All dies ging über ihre Kräfte. Langsam erst ging ihr wirklich auf, daß Charles gegangen war und nicht wiederkommen würde, aber es war ihr, als sei sie inmitten eines bösen Traumes, aus dem sie jeden Augenblick erwachen müßte. Charles konnte doch nicht so einfach gehen! Sie hatte ihn nie geliebt, aber sie verstand ihn in all seinen Regungen, er war wie sie, unerschütterlich und zuversichtlich, er liebte, haßte und lebte mit einer Heftigkeit und Konsequenz, die anderen Menschen fremd blieb, Marys eigenem Wesen aber entgegenkam. Er war ein Mensch, der siegte, für den das Leben ein Spiel war, das er mit aller Hingabe spielte und in dem er nie unterlag.

»Aber er hat nicht immer gesiegt«, murmelte sie, »nicht über mich. Ich habe ihn davongetrieben, ob ich nun wollte oder nicht. Wäre ich nicht ein einziges Mal schwach geworden...«

Sie hatte nicht gewußt, wie tief ihm das Erlebnis gegangen war, wie ernst und wie verzweifelt seine Liebe gewesen sein mußte. Brendas Worte klangen in ihrem Ohr: »Was kümmern Sie schon andere Menschen?« Und höhnisch fügte die Erinnerung hinzu: »Sie haben nichts im Kopf als Geld!«

»Ja, aber wie hätte ich sonst überleben sollen?« sagte Mary. Sie blickte hinunter in die Halle, als erwarte sie von dort eine Antwort, aber alles blieb stumm. »Wie hätte ich das alles aufbauen sollen? Für mich, für Jane. Für Nicolas!«

Nicolas' stumpfe Augen waren wieder vor ihr. Sie glitten hungrig und suchend durch all die schönen Zimmer, und resigniert sagte er: »Es ist so erschlagend.«

Sie hätte es wissen müssen. Ein Mensch verbrachte nicht sieben Jahre im Tower und war hinterher derselbe wie vorher. »Das hier erstickt mich. Wo soll ich hin mit meinen Erinnerungen? Du konntest deine besiegen, aber nur kämpfend, und was bleibt mir?«

Mary hob den Kopf. Sie bemerkte nicht, daß ihr Tränen über die Wangen liefen.

»Ja, ich habe gekämpft«, flüsterte sie schluchzend, »und wo liegt denn dabei meine Schuld? Was habe ich denn Nicolas angetan, außer, daß ich ihm eine Burg gebaut habe, die ihn für alle Zeiten schützen soll?« Vor ihren Augen begannen Bilder zu wirbeln, Menschen, Nicolas, Charles, Lettice, Cathleen, Lord Cavendor und hundert andere, die ihren Lebensweg gekreuzt und begleitet hatten. Und jeder schrie ihr etwas anderes zu, ein anderes Versäumnis, eine andere Schuld. Über allen ertönte schrill und immer wieder Brenda Mackenzies Stimme: »Sie haben nichts im Kopf als Geld!«

Durch eines der seitlichen Fenster fiel das sanfte Licht der Nachmittagssonne und ließ den Staub auf dem Boden, den Dilys oft nur recht oberflächlich aufwischte, wie kleine, flimmernde Perlen blitzen. Mary blickte gebannt darauf. Dieses Licht war wie reines Geschmeide. Ihre Hände griffen in den Staub zu ihren Füßen, in den Staub von Marmalon. Die alte ungebrochene Tapferkeit erwachte in ihr, machte sich auf, über die bösen Erinnerungen und Niederlagen ihres Lebens zu triumphieren, indem sie für die Zukunft alles erhoffte. »Und wenn schon«, sagte sie. Ihre Stimme zitterte und klang rauh. »Und wenn schon! Es hat sich doch gelohnt, oder nicht?«

Sie fühlte sich noch immer müde und zerschlagen, als sie am nächsten Morgen die Treppe herunterkam. Sie hatte kaum geschlafen, sich nur in ihren Kissen herumgewälzt und gegrübelt. Mitten in der Nacht war ein heftiges Gewitter heruntergegangen, und am Morgen regnete es in Strömen. Durch die geöffnete Haustür flutete feuchter, aufdringlich süßer Blütendurft und irgendwo zwitscherte schrill ein Vogel.

»Guten Morgen, Madam«, sagte Dilys fröhlich. Sie hatte vor einigen Wochen einen jungen Mann kennengelernt, der als Bauer ein Stück entlehntes Land auf dem Besitz von Sir Courday bestellte, und seither war sie stets guter Laune. Sie verschwand oft still und heimlich am späten Abend, und wenn sie am nächsten Tag nach Marmalon zurückkehrte, sah sie ganz so aus, als habe sie kaum geschlafen. Mary blickte sie mißgelaunt an.

»Guten Morgen, Dilys. Ich habe furchtbare Kopfschmerzen. Mach mir bitte Milch heiß und tu viel Honig hinein.«

»Gern, Madam. Wie geht es Mr. de Maurois?«

»Er schläft noch. Er ist müde von seiner langen Reise.«

»Und... und ist es wahr, daß Charles Mackenzie für immer fortgegangen ist?«

»Ja, Dilys, das ist wahr. Er wollte zu den Soldaten.«

»Oh... warum?«

»Ach, was weiß ich denn, was die Männer immer zu den Soldaten treibt!« rief Mary aufgebracht. Diese ewig neugierige Dilys! »Schottland und Frankreich haben ein Bündnis geschlossen, und er wird sich gesagt haben, daß England jetzt gute Patrioten braucht. Und nun bringe mir endlich mein Frühstück!«

Dilys ging schmollend in die Küche. Sie hätte so gern mehr erfahren. Es mochte ein Gerücht sein, daß Charles Mackenzie und Mary de Maurois... aber warum verschwand er dann gerade, als Nicolas auftauchte? Dilys fand das alles höchst aufregend und fragte sich, ob Mary wohl jemals wieder froh sein könnte, wenn Charles nun im Kampf fiele.

Mary, die über diese Frage am liebsten nicht nachdenken wollte, ging unruhig im Salon auf und ab. Sie hoffte, daß es ihr am heutigen Tag gelingen würde, Brenda Mackenzie aus dem Weg zu gehen, aber gleichzeitig sagte sie sich, daß sie ihr nicht die nächsten Jahre lang ausweichen könnte. Und wenn Charles nun etwas zustieße... wenn Nicolas so seltsam abweisend bliebe... ach, weshalb konnten sich die Männer nur nie vernünftig benehmen?

»Ich werde noch verrückt«, sagte sie leise zu sich, »Himmel, wo bleibt nur diese Dilys! Ich muß etwas essen und trinken, dann geht es mir besser!« Sie wandte sich um, als jemand die Tür öffnete, doch es war Allison, die eintrat.

»Lady Cavendor... Verzeihung, Lady Hadleigh ist gekommen«, sagte sie, »darf sie hereinkommen?«

»Natürlich.« Mary wunderte sich. Hatte Cathleen am Tag nach ihrer Hochzeit nichts Besseres zu tun, als frühmorgens durch strömenden Regen nach Marmalon zu reiten? Schon kam sie ins Zimmer, nervös und hastig. Sie war nicht so sorgfältig zurechtgemacht wie sonst, sie sah aus, als habe sie das nächstbeste Kleid, das sie finden konnte, übergestreift und kaum Zeit gefunden, sich die Haare zu bürsten. Sie war pitschnaß und trug nicht einmal Reithandschuhe – unmöglich für eine Dame!

»Ach, Mary, entschuldigen Sie, daß ich so früh störe«, sagte sie, »aber ich bin ganz außer mir! Anne ist fort! Jemand sagte mir, sie sei schon gestern abend gegangen.«

»Oh«, entgegnete Mary, überrascht, daß sich Cathleen über Annes Verschwinden wunderte, »natürlich ist sie fort. Nach allem, was passiert ist... sie konnte doch nicht bleiben und so tun, als sei nichts geschehen!«

»Ja, aber... sie hat mir nichts gesagt! Sie ist einfach fort, und sie hat eine ganze Menge ihrer Kleider mitgenommen. Wo kann sie denn hingegangen sein?«

»Ich nehme an, sie wird versuchen, nach London zu kommen. Sie hat dort Verwandte.«

Cathleen wirkte völlig verstört. »Sie hätte mit mir reden müssen. Ich kann das alles nicht verstehen. Warum hat sie das gestern getan? Und warum läuft sie weg?«

»Ach«, Mary hob hilflos die Hände. Cathleens Naivität verblüffte sie einmal mehr. »Cathleen, diese Frau hat gestern auf sehr bösartige Weise versucht, Ihre Eheschließung mit Sir Hadleigh zu verhindern. Sie ist... krank. Sie hat es riskiert, uns alle und sich selber an den Galgen zu bringen. Es ist mißlungen. Sie kann Ihnen jetzt nicht mehr gegenübertreten!«

»Sie kann aber doch auch nicht einfach verschwinden!«

»Cathleen!« Mary trat auf sie zu und nahm ihre feuchten, kalten Hände, die leise zitterten. »Cathleen, denken Sie nicht mehr an Anne! Sie beginnen jetzt ein neues Leben. Gehen Sie zu Ihrem Mann zurück. Sie haben Gäste. Die werden sich wundern, warum Sie am Morgen nach der Hochzeit nicht zu Hause sind.«

»Das ist mir gleich!« Zum ersten Mal in ihrem Leben kümmerte es Cathleen tatsächlich nicht, was die Leute über sie dachten. »Mary, ich kann mit Sir Hadleigh darüber nicht sprechen. Er haßt Anne, und er will mich nicht verstehen. Deshalb bin ich zu Ihnen gekommen. Sie wissen, was mir Anne die ganzen Jahre gewesen ist. Sie war meine Mutter, meine Schwester, meine Freundin... und sie hat immer für mich gesorgt. Ich war keinen Tag einsam und allein. Sie hat zu mir gestanden, als ich Cavendor heiraten mußte, und nie hat sie mich im Stich gelassen. Sie hätte mich gegen die ganze Welt verteidigt. Mary, ich kann sie nicht so gehen lassen!«

»Sie wollen sie suchen?«

»Ich muß. Aber ich brauche jemanden, der mir hilft.«

»Oh, ich weiß nicht...« Mary preßte ihre Hand auf die Stirn. Diese Kopfschmerzen. Erst Nicolas, dann Charles... und nun dies hier! Ausgerechnet heute! Sie wich Cathleens flehenden Augen aus. Was habe ich denn damit zu tun, dachte sie ungeduldig. Aber unvermittelt stiegen Bilder in ihr auf: Anne Brisbane in Fernhill, Anne, die die kleine Mary Askew zu sich und Cathleen nahm und ihr den sehnlichsten Wunsch erfüllte, sie lesen und schreiben lehrte. Anne, die Lettice zu sich kommen ließ und sie überredete, Mary nach London gehen zu lassen. Ja, sie konnte nicht darum herum, sie war Anne noch etwas schuldig.

»Ich helfe Ihnen, Cathleen. Wir reiten nach Burnham.«

Über Cathleens spitzes Gesichtchen huschte ein Ausdruck der Erleichterung. »Ob sie noch in Burnham ist?«

»Sie kann nicht allein nach London reiten, das wäre selbstmörderisch. Und wann fährt schon eine Kutsche? Sie ist bestimmt noch hier. Warten Sie. Ich lasse gleich mein Pferd satteln.«

Es regnete noch immer, als sie in Burnham ankamen. In der ersten Herberge, in der sie nach Anne fragten, schüttelte der Wirt nur den Kopf und sagte dann, außer ein paar Landstreichern, die keinen Farthing bei sich hätten und ihn nur betrügen und ausnutzen wollten, sei niemand hier.

Cathleen betrachtete angewidert Wanzen und Küchenschaben in den Ecken und flüsterte Mary zu: »Hier würde Anne auch nie hingehen. Lassen Sie uns schnell verschwinden!«

Im nächsten Gasthaus, dem *Red and White Rose,* hatten sie Glück.

»Ja, eine Miss Brisbane ist hier«, sagte der Wirt, »möchten Sie zu ihr?«

»Ja«, entgegnete Cathleen nervös. Als sie hinter ihm her über einen dunklen Gang gingen, schluckte sie schwer. Mary lächelte ihr aufmunternd zu.

Anne erstarrte, als die beiden Frauen in ihr Zimmer traten. Sie stand am Fenster und hatte wohl die ganze Zeit nichts anderes getan, als hinauszustarren. Sie war erschreckend bleich und hatte gerötete Augen. Ihre Haare, die Mary nie anders als ordentlich aufgesteckt gesehen hatte, fielen ihr wirr und zerzaust über den Rücken. Die vielen grauen Strähnen darin waren nie so deutlich hervorgetreten, wie in dem Licht dieses grauen Tages.

»Was wollt ihr denn hier?« fragte sie scharf.

Cathleen eilte auf sie zu, während Mary den Wirt mit sanfter Gewalt hinausdrängte und die Tür schloß. Es tat ihr weh zu sehen, wie Cathleen nach der Hand der Freundin griff, während Anne zurückwich und beide Arme hinter ihrem Rücken verschränkte. Cathleen sah aus wie ein Kind, das nicht begreift, weshalb man böse auf es ist.

»Anne, ich habe dich überall gesucht«, sagte sie flehentlich, »warum bist du fortgelaufen? Warum hast du gestern Sir Hadleigh alles über… über Cavendor erzählt?«

Annes zermartertes Gesicht verzog sich zu einem höhnischen Lächeln. »Willst du das wirklich wissen? Warum fragst du nicht deinen Mann, er könnte es dir erklären. Oder die dort, deine innige Freundin Mary de Maurois, die immer zur Stelle ist, wenn du sie brauchst!«

»Mary hat mir geholfen, dich zu finden. Ich habe sie darum gebeten.«

»Schön. Dann kann sie es ja von jetzt an übernehmen, dich vor der rauhen Welt zu schützen. Das heißt, wenn Sir Hadleigh das nicht tun möchte. Es ist ja nun seine Aufgabe.«

»Anne, was redest du? Was ist mit dir? Weshalb…«

»Weshalb, weshalb! Frag doch Mary. Sie wird dir sagen, daß ich verrückt bin und nicht weiß, was ich tue, und daß es das beste für uns alle ist, wenn ich verschwinde.«

»Sie sagt nicht, daß du verrückt bist. Sie sagt, du bist krank und…«

»Ach!« Anne funkelte Mary an. »So? Krank meint sie. Wie edel, Mrs. de Maurois! Anne ist nicht böse, nicht verrückt, nicht heimtückisch. Sie ist krank. Arme Anne! Mit Kranken hat man Mitleid, nicht? Macht es Ihnen Spaß, mit mir Mitleid zu haben?«

»Sie täuschen sich«, entgegnete Mary kalt, »ich habe gar kein Mitleid. Aber krank sind Sie trotzdem. Was Sie gestern getan haben, war im höchsten Maße krank. Es ging auch um Ihren Kopf!«

»Der ist mir nichts mehr wert.«

»Anne!«

»Cathleen, ich sehe keinen Sinn mehr in meinem Leben. Wenn sie mich morgen in Tyburn hängten, es wäre mir gleichgültig!«

»Und wenn sie uns alle drei hängten?« fragte Mary scharf.

Anne lachte. »Dich baumeln zu sehen, Mary Askew, wäre das höchste Glück für mich. Wo kommst du schon her? Aus der Gosse, und die schönsten Kleider werden daran nie etwas ändern! Was du dir auch alles erschlichen hast, du bleibst immer Mary Askew aus dem Armenhaus, und zu allen Zeiten ist solches Gesindel früher oder später am Galgen gelandet!«

Mary zeigte keine Regung.

»Wenn Sie mich dorthin bringen, wo Sie mich so gern hätten, dann geht sie mit!« Sie wies auf Cathleen, die entsetzt in Tränen ausbrach.

Annes Lippen zuckten. »Du hast den Teufel auf deiner Seite. Solange Cathleen lebt, bist du sicher. Ich hätte keine Skrupel, mir uns beide auf einem dieser scheußlichen kleinen Karren vorzustellen, wie sie täglich nach Tyburn rollen. Aber Cathleen«, ihre Miene wurde weich, und ihre Züge gewannen etwas von ihrer längst vergangenen Schönheit zurück, »Cathleen, meine schöne, gute Cathleen, muß leben. Für immer. Was mir Spaß macht ist«, jetzt war wieder Hohn in ihren Augen und Grausamkeit auf ihren Lippen, »was mir Spaß macht ist, daß du, Mary Askew, nie ganz sicher sein wirst. Wenn Cathleen nur einen Tag vor dir stirbt… ah, wird dir

Angst? Du solltest sehr gut auf sie achtgeben. Wenn ihr etwas zustößt, sind wir die letzten beiden, die von jener Nacht in London übriggeblieben sind.« Sie warf den Kopf zurück und lachte schrill.

Cathleen weinte fassungslos. Mary bemühte sich, ungerührt zu bleiben.

»Wie dumm das ist, Anne. Ich fürchte mich vor niemandem, auch nicht vor Ihnen. Aber Sie sollten aufhören, Lady Cathleen noch weiter einzuschüchtern!«

Dies brachte Anne zur Besinnung. Ihr Kind, ihre Cathleen, weinte, und sie hatte sie dazu gebracht! Reuevoll wandte sie sich zu ihr um.

»Mary hat recht, ich rede dummes Zeug«, sagte sie, »bitte, Cathleen weine nicht. Es ist doch alles gut. Ich würde nie etwas tun, was dir schaden könnte!«

»Du sollst auch nichts tun, was Mary schaden könnte«, schluchzte Cathleen. Über ihre Schulter hinweg sah Anne Mary an. Die hob anzüglich die Augenbrauen. Mühsam bezwang Anne ihren Zorn.

»Nein, nichts, was Mary schaden könnte...« sagte sie mühsam.

Cathleen hob den Kopf. Sie sah herzzerreißend unglücklich aus.

»Warum hast du gestern Sir Hadleigh diese schreckliche Geschichte erzählt? Wolltest du, daß er mich nicht heiratet?«

»Ich wollte dich vor deinem Unglück bewahren.«

»Aber er ist mein Glück!«

»So wie Cavendor dein Glück war?«

Cathleen, entsetzt über Annes harten, kalten Ton, begann am ganzen Körper zu zittern.

»Das war etwas anderes, das war...«

»Das war das gleiche. Aber gut, du wolltest nicht auf micht hören. Nachdem ich, solange du lebst, für dich gesorgt habe und weiß, was für dich das Beste ist, vertraust du mir nicht genug, um mir zu glauben, wenn ich dich warne.«

»Aber du weißt ja nicht...«

»Was weiß ich nicht?«

»Du weißt nicht, wie es ist... wie es ist...« Cathleen stockte.

»Wie es ist, einen Mann zu lieben«, vollendete sie den Satz mit fester Stimme.

Anne starrte sie an. Dann lachte sie schrill und fiel in einen Sessel.

»Bei Gott, nein, das weiß ich nicht!« rief sie. »Und um nichts in der Welt will ich es wissen! Aber weißt du, was ich weiß?« Sie hörte auf zu lachen. »Ich weiß, wie es ist, ein Kind zu lieben. Eine Frau zu lieben. Wie es ist, dich zu lieben. Ich wollte für dich sorgen, Cathleen, solange ich lebe. Ich wollte alles für dich sein. Ich wäre für dich gestorben, wenn es hätte sein müssen. Ich habe Dinge für dich getan...«

»Was für Dinge?«

»Ich bin eine wohlerzogene, kultivierte Frau und ich bin hingegangen und habe... Oh«, sie lachte wieder, »wenn meine Mutter das wüßte. Oder deine!«

Mary sah sie aufmerksam an.

»Was ist, Miss Brisbane? Beichten Sie. Wo sind Ihre geheimen Sünden?«

Anne lachte noch lauter. »Was wißt ihr beide von Eifersucht? Was wißt ihr davon, wie es ist, wenn man nicht mehr schlafen kann, wenn man nicht mehr essen kann, an nichts mehr denkt als an... oh, Mary, du hast es immer durchschaut. Du hast gewußt, was sie mir bedeutet und daß ich töten könnte für sie. Ist es dir nie in den Sinn gekommen, daß ich dich ebensosehr hassen könnte, wie ich sie liebe?«

»Doch. Aber es war ein Irrtum von Ihnen zu glauben, ich sei Ihre Rivalin. Ich wollte Ihnen Cathleen nie wegnehmen.«

»Doch.«

»Nein. Das wissen Sie auch. Sie hatten bloß immer Angst, daß Cathleen eines Tages von selber auf den Einfall kommen könnte, fortzugehen, und aus irgendeinem Grund haben Sie sich eingebildet, ich würde es sein, die sie auf den Geschmack bringt. Aber das brauchte ich gar nicht. Es mußte nur ein Mann auftauchen und schon...«

»Sei still!« fuhr Anne auf. »Sei endlich still! Stündest du nicht wirklich im Bund mit dem Teufel, dann wärest du längst...«

»Wo wäre ich?«

Anne stand auf und lächelte triumphierend.

»Ich war es, die dafür gesorgt hat, daß die Schafställe brannten. Und ich habe Archibald Claybourgh dazu gebracht, Marmalon so hoch zu besteuern, daß ihr alle in Newgate landen würdet. Ich war es! Mein Plan war es!«

Mary öffnete den Mund und schloß ihn wieder. Eine Weile herrschte völlige Stille, dann ertönte wieder Annes schreckliches, schrilles Lachen, das für Mary ewig mit diesem Tag verbunden bleiben würde.

»Haben Sie sehr gelitten, Mrs. de Maurois?«

Mary nickte. »Wenn es das ist, was Sie glücklich macht«, erwiderte sie, »dann können Sie glücklich sein. Sie haben mir das Leben zur Hölle gemacht. Sie können stolz auf sich sein.«

»Und Sie auf sich. Schließlich sind Sie mit heiler Haut davongekommen. Sie sollten«, Anne kicherte boshaft, »Sie sollten den Wegelagerern in Essex sehr dankbar sein, finden Sie nicht?«

»Ich bin ihnen dankbar, Miss Brisbane.«

Anne fiel erschöpft in ihren Sessel zurück.

»Geht jetzt«, sagte sie, »ich bin müde und will allein sein.«

Cathleen wischte sich mit einem Spitzentuch über das nasse Gesicht.

»Komm mit nach Hause, Anne«, bat sie, »alles wird gut. Ich kann dich nicht gehen lassen. Komm mit!«

»Dein Mann würde schön toben, Liebling. Und da du ihm ohnehin den Vorzug gibst, solltest du dich nach ihm richten. Aber wie ist es, kommst du mit mir nach London?«

Cathleen sah einen Moment lang so aus, als schwanke sie, und Mary hielt den Atem an. Dieses dumme Ding würde doch nicht...

Aber dann schüttelte Cathleen den Kopf. »Solange ich lebe, werde ich mich nicht von meinem Mann trennen.«

»Dann«, sagte Anne, erstaunlich beherrscht, »ist es aus.«

Cathleen eilte zu ihr hin, fiel neben ihrem Sessel auf die Knie und umklammerte ihre Hände.

»Was willst du denn in London? Wovon willst du leben?«

»Es gibt da noch eine alte Tante von mir. Sie wird mich aufnehmen. Und dann... jetzt, wo alle Klöster geschlossen sind, werden wieder viele Hauslehrerinnen gesucht. Sicher finde ich ein anderes nettes, kleines Mädchen, für das ich sorgen kann«, fügte Anne etwas boshaft hinzu.

Cathleen schwieg verletzt. In Anne lagen das Glück ihrer Kindheit und die Sorglosigkeit ihrer Jugendzeit verwurzelt, und es war ihr, als verliere sie ihre Mutter und mit ihr alles, was ihr je Kraft und Zärtlichkeit gegeben hatte. Wie betäubt sah sie zu Mary hin, als erwarte sie dort Zuflucht.

»Ich denke, Miss Brisbane sollte wenigstens nicht schlechter wegkommen als ich«, sagte Mary, »Cathleen, verfügen Sie doch, daß ihr die Erträge von einem der Güter Cavendors ein Leben lang zufallen. So wird sie niemals mittellos sein.«

Der sachliche Klang ihrer Stimme beruhigte Cathleen. Sie erhob sich und strich ihr regennasses Kleid glatt.

»Ja«, sagte sie erleichtert, »das ist gut. So werde ich es machen.«

Anne hustete dumpf.

»Weshalb denkst du so gütig an mich, Mary?«

»Ich finde es nur gerecht. Mehr nicht.«

»Ach was! Cathleen kauft sich von mir los, und du hast ihr dazu geraten. Aber nur zu! Fein, ich freue mich! Ich werde Geld haben und sorglos leben können!«

»Anne, schreibe mir bald, wo du in London wohnst«, bat Cathleen, »ich veranlasse dann alles weitere. Ich werde dir dann auch deine Kleider schicken. Du hast viel zu wenig mitgenommen. Und hier«, sie reichte ihr einen samtenen Beutel, »da ist Geld drin. Damit du gut nach London kommst.«

»Danke. Und jetzt geht.« Anne machte eine ungeduldige Handbewegung zur Tür hin, und als Cathleen zögerte, schrie sie: »Nun geht endlich!«

Cathleen fing wieder an zu weinen und stürzte hinaus. Mary warf noch einen letzten Blick auf Anne. Sie wußte, daß sie dieses letzte Bild nicht mehr vergessen würde. Anne saß aufrecht in ihrem Sessel, ihr schwarzes Kleid war wie immer bis unter das Kinn geschlossen, unter den wilden Haaren leuchtete ihre schöne Haut gespenstisch weiß. Mary forschte in sich nach einer Empfindung des Hasses, denn sie dachte an die Monate, in denen sie unter Claybourgh gelitten hatte, und noch jetzt wurde ihr schlecht davon. Aber zu ihrer Verwunderung fand sie keinen Haß. Diese alte Frau dort war zu einsam und zu zerbrochen. Inmitten der Trostlosigkeit dieses trüben Tages überfielen Mary plötzlich Erinnerungen. Sie dachte zurück an eine nebelige Herbstnacht, sie und Anne zogen einen Karren durch die Gassen Londons, darin lag der Leichnam Lord Cavendors. Ihrer beider Herzklopfen, ihre Angst, ihr Mißtrauen, mit dem sie jedem Entgegenkommenden ins Gesicht blickten, einten sie. Mary wußte, in diesen Stunden hätte eine bedingungslos zur anderen gestanden. Und heute, was war aus ihrer einstigen Verschwörung geworden? Sie teilten den Gewinn und zerstreuten sich in alle Winde. Auf einmal fand sie es bedrückend, daß im allzu schnellen Wechselspiel des Lebens ebenso viel Hoffnung wie Erbarmungslosigkeit lag.

Cathleen war hinunter auf den Hof gelaufen und stand im Regen, naß und frierend wie eine heimatlose Katze. Sie sah Mary angstvoll entgegen.

»Was soll nur aus ihr werden?« fragte sie. »Sie war so seltsam!«

»Sie fällt wieder auf die Füße. Anne Brisbane ist zäh. Wissen Sie, Menschen, die zu sehr lieben und deren Liebe nicht erwidert wird«, sie dachte an Charles und daran, ob er wohl jetzt bei dem scheußlichen Wetter wenigstens einen trockenen Platz hatte, »solche Menschen müssen irgendwann einmal alles hinter sich abbrechen und ein ganz neues Leben beginnen.«

»Ich frage mich, was ich falsch gemacht habe.«

»Gar nichts. Höchstens, daß Sie sich ihr viel zu lange unterworfen haben. Aber – irgendwelche Fehler machen wir nun wirklich alle.«

Sie stiegen auf ihre Pferde. Cathleens große Augen hingen in gläubigem Vertrauen an Marys Lippen.

»Nein«, sagte sie überzeugt, »Sie nicht. Sie machen keine Fehler.«

Mary verzog ihr Gesicht. »Oh, wenn Sie wüßten... ach, ich habe manches falsch angefangen...«

»Aber was fehlt Ihnen denn noch, um glücklich zu sein?«

»Oh, es ist... mein Mann, er...«

»Er ist zurückgekommen gestern, nicht? Überall spricht man davon.«

Mary dachte amüsiert, daß den Klatschmäulern in der Provinz tatsächlich nie etwas entging.

»Ja, er ist wieder da. Aber er ist so seltsam. Was mir noch fehlt? Ihn will ich!«

»Dann nehmen Sie ihn sich!«

»Diesmal«, sagte Mary düster, »beiße ich mir die Zähne aus.«

In Cathleens kindlichem, zarten Gesicht mischten sich Zweifel und Besorgnis. Ihr Glaube in Marys Fähigkeiten war unerschütterlich und sie wollte ihn sich nicht zerstören lassen, nicht heute, wo bereits so vieles zu Bruch gegangen war. In einer fast trotzigen Gebärde, die man nur sehr selten an Cathleen sah, hob sie das Kinn. In ihren Augen stand die wilde Entschlossenheit eines Kindes, das sich alte, schöne, verzaubernde Märchen bewahren will.

»Es wird alles gut werden für Sie«, sagte sie, und es klang erstaunlich überzeugend, »Sie formen immer alles nach Ihrem Willen. Warum sollte es Ihnen plötzlich nicht mehr gelingen?«

Die Worte klangen noch in Marys Ohr, als sie in Marmalon anlangte und ins Haus trat. Angewidert schwenkte sie ihre nassen Röcke. Bis auf die Wäsche war sie durchweicht! Dilys mußte ihr unbedingt ein heißes Bad machen. Sie strich sich die tropfenden Haare aus der Stirn und blickte auf, als sie Schritte hörte. Nicolas kam die Treppe herunter.

Er hatte noch immer die gleiche elegante Art, sich zu bewegen, wie früher, jene herausfordernde, lässige Haltung, mit der er jeden Schritt tat. Den Kopf hatte er hoch erhoben, so, als habe er gerade einen großen Auftritt vor sich und als sei es kein gewöhnlicher Tag, an dem er eine gewöhnliche Treppe hinunterging. Mary kannte das schon, so war es immer gewesen. Nicolas liebte die große Pose.

Wahrscheinlich wäre er noch zu seiner Hinrichtung geschritten wie ein König zu seiner Krönung, dachte sie, bei all seiner Angst vor dem Tod – Tyburn wäre eine reizvolle Kulisse gewesen für den Größten der Taschendiebe!

Der Gedanke an Tyburn ließ Mary zusammenzucken. Ihr ging auf, welch ein unglaubliches Wunder es war, daß Nicolas tatsächlich vor ihr stand. Wenn es einen Gott gab, so war dies die größte Gnade, die er ihr und Nicolas je erwiesen hatte. Dem Todgeweihten hatte er im letzten Moment den Kopf aus der Schlinge gezogen, ihm sieben Jahre genommen, aber was wog dies im Vergleich zu seinem Leben? Auf einmal spürte Mary, wie eine heiße, wilde Wut in ihr aufstieg. Nicolas, der größte Halunke von ganz London, wußte er nicht, wie verteufelt gut er weggekommen war? Der Herzensbrecher, der offenbar stets unter den gütigen Augen eines wohlmeinenden Gottes lebte, war mit heiler Haut aus einer Sache hervorgegangen, die andere den Kopf gekostet hätte, reichlich gerupft zwar und angeschlagen, aber lebendig. Und wie lebendig! Marys Blick umfaßte die Silhouette seiner Gestalt, die schmalen Hüften, die langen Beine, die sich federnd bewegten, die schlanken, kräftigen Hände, mit denen er Jahre hindurch so überaus kunstfertig seinem gewissenlosen Handwerk nachgegangen war. Alles an ihm schien unbeeinträchtigt von den Geschehnissen. Ihr Zorn wurde heftiger. Diese verdammte Zeit, in der sie lebten, dieser verfluchte König mit seiner gnadenlosen Justiz, seiner egoistischen Politik! Er hatte ihr schon so viel zerstört. Er hatte ihr Frederic und Marmalon genommen, er hatte Nicolas in den Kerker geworfen und es einem bösartigen Steuereintreiber gestattet, um ein Haar wieder alles zu zerstören. Aber trotz allem hatte sie aus den Trümmern der Zeit, in die sie gestellt war, ihr eigenes Leben gerettet, ihre Burg gebaut und Nicolas zurückgeschenkt bekommen. Weder der König noch die Reformation, nicht der Galgen von Tyburn, nicht das Armenhaus und nicht die Intrigen aller ihrer Feinde hatten sie vernichten können. Sie stand auf ihrem Grund, auf ihrem Land, sie war immer noch sehr jung, sie war schön und gesund, sie hatte Wunden davongetragen, aber sie war nicht besiegt worden. Und da kam nun Nicolas daher, so stark und so schön wie sie selbst, und drohte alles, was Mary sich bewahrt hatte, ins Wanken zu bringen. Wie konnte er es wagen, wie konnte das Schicksal es wagen? Mary empfand die gleiche kraftvolle Wut wie damals, als Claybourgh erschienen war, um sie endgültig in die Knie zu zwingen, und sie ihm und der ganzen schadenfrohen Meute entgegengetreten war. Wieder vernahm sie Cathleens Worte: »Sie formen das Leben nach Ihrem Willen!«

Und die Menschen auch, wenn ich es will, dachte sie zornig, oh, Gott verdamme dich, Nicolas, wenn du mich verläßt! Ich liebe dich, und ich brauche dich, und ich geb' dich nicht her!

»Nicolas«, sagte sie mit klarer Stimme. Nicolas, der sie bis dahin nicht bemerkt hatte, sah überrascht auf.

»Ach, Mary, du bist es«, antwortete er zerstreut, »guten Morgen.«

»Guten Morgen? Es ist bereits Mittag!«

»Oh... dann habe ich verschlafen. Das ist lustig, nicht? Ich habe sieben Jahre lang darauf gewartet, daß ich etwas anderes tun kann als schlafen, und seitdem ich in Freiheit bin, mache ich fast nichts anderes.«

»Du hättest heute früh auch mit mir ausreiten können.«

»Ja...« meinte er vage. Mary trat ein paar Schritte näher. Sie schaute sich nicht einmal um, ob vielleicht Dilys oder Allison in der Nähe waren und lauschten, denn es war ihr in diesem Augenblick ganz gleichgültig, ob ihr jemand zuhörte oder nicht.

»Nicolas, ich will, daß du dich daran erinnerst, wie es war, als wir heirateten«, sagte sie ohne jeden Übergang, »an dem Abend, als du nach Shadow's Eyes kamst und meinen Vater um meine Hand batest. Weißt du das noch?«

»Ja, aber...«

»Du wolltest mich. Du bist zu mir gekommen. Verstehst du? Du bist zu mir gekommen, nicht ich zu dir. Du hast gewählt, und niemand hat dich zu deiner Wahl getrieben. Am wenigsten ich selbst.«

Nicolas hörte ihr verwundert zu.

»Ich verstehe nicht, was du damit meinst!«

»Ach, nein?« Mary machte eine hochmütige Miene. »Ich möchte nur, daß du ganz genau weißt, wer wen ausgesucht hat. Du nämlich mich. Und zwar als den Menschen, der ich bin. Vielleicht hast du dich geirrt, aber deshalb kann ich mich nicht ändern. Ich kann nicht plötzlich die Frau werden, die deinem Traumbild entspricht.«

»Ich will doch auch gar nicht...«

»Was du mir vorwirfst, das gehört zu mir, und das kann ich nicht ändern. Du kommst aus dem Tower und wirst nicht damit fertig, daß du hier Frieden und Geborgenheit vorfindest. Was willst du? Deine alte Londoner Straßenräuberei? Als du nach Shadow's Eyes kamst, um mich zu heiraten, hast du gewußt, daß ich das nicht mitmachen würde. Du kanntest mich. Du hattest erlebt, wie ich darunter litt, daß der Höllenhund Cavendor mich für seine gesetzlosen Taten benutzte. Du wußtest auch von Marmalon. Hundertmal habe ich dir von diesem Traum erzählt. So gut hättest du mich kennen müssen, um zu wissen, daß ich nicht sieben Jahre untätig herumsitzen und auf dich warten würde. Da war doch auch noch Jane, für die ich sorgen mußte. Und schon ihretwegen würde ich das alles hier niemals aufgeben. Sie wird einmal reich sein; sie wird nie Armut und Verachtung zu ertragen haben. Das will ich erreichen.«

Nicolas nickte. Er kam die letzten Stufen herunter, hob bedauernd die Schultern, lächelte und sagte mit entwaffnender Ehrlichkeit: »Ein Mann hat es einfach gern, wenn seine Frau ihn braucht. Und du brauchst mich nicht.«

»Aber das ist nicht wahr!« rief Mary. Wills alter Hund, der wie üblich vor dem Kamin saß, hob den Kopf. »Nicolas, das ist nicht wahr! Ich brauche dich, du weißt ja gar nicht, wie sehr! Ich war so furchtbar allein in den letzten Jahren und alle waren so schrecklich zu mir. Ich habe mir so sehr gewünscht, du wärest bei mir, und manchmal hat mich überhaupt nur der Gedanke an dich aufrecht gehalten. Und so wird es weiter sein. Wenn du dich vor der Ruhe fürchtest – es wird sie nicht geben! Es wird Mißernten geben und Seuchen, und unsere Schafe können sterben, und vielleicht werden die Steuern wieder erhöht. Und was weißt du, was diesem verdammten König mit seinem Krieg noch alles einfällt! Wenn er, was eine Gnade Gottes wäre, auf einem seiner Feldzüge fiele, dann gäbe es unausdenkbare Unruhen im Land! Der Prinz von Wales ist zu jung für eine Regentschaft, zwischen den Prinzessinnen Mary und Elizabeth wird ein wüster Streit entbrennen, die Regierung wird sich spalten, die Kirche in Rom wird versuchen einzugreifen, vielleicht gibt es einen Bürgerkrieg und...«

»Halt, halt, Mary! Mir wird gleich schwindelig. Du malst dir diese Schrecken mit so hoffnungsvollen Augen aus, als wartest du nur auf ihre Erfüllung«, sagte Nicolas amüsiert.

»Ich male sie mir aus, weil sie vielleicht das einzige sind, was uns wieder zusammenbringt. Nicolas, weißt du noch, was ich dir gesagt habe, als ich vor sieben Jahren bei dir im Tower war und wir beide dachten, du müßtest sterben?«

Nicolas wurde ernst. »Ich weiß noch jedes Wort«, entgegnete er kurz.

»Ich sagte, daß ich bei der Seele unseres Kindes schwöre, daß ich dich liebe. Und ich kann dir das heute wieder sagen, und es ist die Wahrheit. Ich liebe dich, Nicolas. Solange ich lebe, werde ich dich lieben. Keinen anderen Mann als dich habe ich je geliebt, und es wird auch keinen anderen geben.«

Mit beiden Händen hielt sie ihn fest und sah zu ihm auf. In ihren Gedanken sah sie zurück um viele Jahre, es war eine Frühlingsnacht in London, sie stand im Sherwood Inn und war gerannt wie um ihr Leben, weil sie Nicolas sagen mußte, daß sie fortging. Sie hielt ihn fest und sah zu ihm auf, er lächelte und neigte sich zu ihr, küßte ihre Lippen und nahm den Schmutz und das Elend ihrer Kindheit, die gierigen und brutalen Küsse der anderen Männer von ihr. Es war heute wie damals. In der Halle herrschte das gleiche dämmrige Licht wie in jener Nacht im Sherwood Inn, der gleiche schwarze Hund lag vor dem Kamin, Nicolas zog Mary zu sich heran und küßte ihren Mund, so vorsichtig, als wisse er nicht, ob sie vielleicht erschrecken würde.

»Ich liebe dich auch, Mary«, flüsterte er, »und ich werde dich für immer und ewig lieben. Aber diese Stille hier, o Mary«, er ließ sie los und trat einen Schritt zurück, »Mary, kannst du nicht begreifen, daß ich in dieser Stille noch einmal alles höre und erleide, daß hier nichts ist, womit ich diese verfluchten Jahre zuschütten kann, daß ich bei Tag wie bei Nacht Alpträume habe...«

»Natürlich verstehe ich es«, entgegnete sie weich, »ich werde immer alle deine Regungen verstehen. Aber ich weiß auch, daß London und das alte Leben dir keine Freiheit bringen werden. Du versuchst die Wunde zuzuschütten, aber ich sage dir voraus, sie wird wieder und wieder aufreißen und irgendwann verblutest du daran.

Nicolas, sie haben versucht, deinen Willen zu vernichten, deine Gesundheit, dein Leben. Es ist ihnen nicht geglückt, willst du ihnen denn helfen, daß sie es doch noch erreichen? Gib dich doch nicht deinen Erinnerungen hin, laß nicht zu, daß sie dein Leben beherrschen!«

Nicolas' blicklose Augen bekamen einen leichten Glanz.

»Ich weiß, Mary. Ich will ja auch alles vergessen. Es ist so gut, daß du da bist...« Er zog sie erneut zu sich heran, aber diesmal nicht sanft wie zuvor, sondern heftig und wild. Seine Hände schoben ihr Kleid von den Schultern, seine Lippen wanderten abwärts, trafen auf bloße Haut und verweilten dort sehnsüchtig. Wieder hatte Mary das Gefühl, daß sich die Jahre auflösten, die seit ihrer ersten Begegnung verstrichen waren. Sie standen am Strand der Themse, die Luft hallte wider vom Geschrei der Händler und von den Stimmen der Straßenjungen, die laut brüllend die Schlagzeilen ihrer Flugblätter verkündeten. Es war wieder jener wilde Frühling, in dem der König der Kirche von Rom den Krieg erklärt und ganz England gebrodelt hatte. Es war die Zeit vor dem Prozeß der Anna Boleyn, sie waren jung und glücklich und verlachten jeden, der sie vor den Übellaunigkeiten des Schicksals warnen wollte.

Jetzt umarmten sie einander mit der Sehnsucht gereifter und wissender Menschen, die einer im anderen eine vergangene Unbefangenheit suchen und doch wissen, daß sie sie nicht mehr finden. Es war zuviel geschehen seither. Aber heute wie vor Jahren entzückte Mary die Schönheit von Nicolas' Gesicht, die Sanftheit und Wärme seiner Hände. Nur widerstrebend löste sie sich aus seinen Armen und trat zurück.

»Ich möchte, daß du dich ganz für mich entscheidest«, sagte sie leise. »Ich werde fortgehen.«

Er sah sie fassungslos an. »Fort? Wohin? Warum?«

»Nicht für immer. Ich lasse dich zwei Wochen allein. Ich weiß nicht, wo ich hingehe, vielleicht nach London, vielleicht an die Südküste. Du sollst dich frei entscheiden. Wenn ich wiederkomme, dann bist du entweder noch hier, oder du hast es nicht ausgehalten und bist fort. So oder so, wir wissen dann beide, woran wir sind.«

»Ja, aber warum bleibst du nicht hier?«

Mit dem Finger strich sie ihm sanft über die Augenbrauen. »Weil ich es nicht ertrage. Ich kann dich nicht jeden Tag sehen und dich jeden Tag mehr lieben und in jedem Moment Angst haben, daß du mich verläßt. Und außerdem... das letzte Mal, als du mich haben wolltest, da ging dir dieser Wunsch auch erst auf, nachdem ich fort war von dir. Ich hoffe darauf, daß dieses Wunder wieder geschieht.«

Nicolas schien noch immer kaum zu begreifen, was er hörte. »Ich brauche kein Wunder«, sagte er flehend, »ich brauche Zeit!«

»Die hast du«, entgegnete Mary hart, »zwei Wochen. Ich würde alles für dich tun. Aber wenn du glaubst, daß du in mir nicht das findest, was du suchst, wenn du Marmalon nicht ertragen kannst, dann mußt du tun, wozu es dich drängt.«

Nicolas verzog den Mund zu einem halben Lächeln, in seinen Augen stand Bewunderung.

»Ganz kühle Dame«, bemerkte er, »sag mir, mein Engel, gibt es irgendeine Lebenslage, aus der du nicht als die Überlegene hervorgehst?«

Mary antwortete nichts darauf, aber bei sich dachte sie: Wenn du mich verläßt, Nicolas, dann bin ich am Ende. Niemals in meinem Leben habe ich mit höherem Einsatz gespielt als jetzt.

Sie ging an ihm vorbei die Treppe hinauf, der leichte Stoff ihres Kleides streifte seinen Arm. Er konnte ihr Rosenparfüm riechen und den Duft ihrer Haut nach Sonne und Wind. Er hätte nach ihr greifen und sie festhalten mögen, aber eine Scheu, wie er sie an sich sonst nicht kannte, hinderte ihn daran. Mary sah sich um. »Ich werde gleich Dilys bitten, mir beim Packen zu helfen«, sagte sie. Sie blickte an Nicolas vorbei hinunter in die Halle. Draußen brach die Sonne durch die Wolken und ihr Licht malte helle Kreise auf den marmornen Fußboden.

»Ich habe Unvollständigkeiten nie gemocht«, sagte sie, mehr zu sich als zu Nicolas, »ich mag es, wenn sich Kreise irgendwann schließen. Und außerdem sollte ich vielleicht wirklich einmal nach meiner Familie sehen.« Sie ging weiter, ihre nachdenkliche Miene hatte sich entspannt.

»Ich gehe heim nach Shadow's Eyes«, verkündete sie.

So stand sie am Ende eines langen Weges auf dem Friedhof von Shadow's Eyes und erwachte nur langsam aus ihren Gedanken und dem dichten Gespinst ihrer Erinnerungen. Es war längst Nacht geworden, und durch die Blätter der Bäume hindurch sah sie den schwarzen Himmel. Die Zweige der Trauerweide über Lettices Grab bewegten sich sacht im leisen Wind. Der Bach jenseits der Mauer plätscherte gleichmütig dahin, aber Mary erschien er in der Stille, die den lebendigen Bildern ihres Gedächtnisses folgte, lauter und wilder zu rauschen. Die bewegte Melodie ihres bisherigen Lebens klang in ihm, verlor ihre Unebenheiten und Verwirrungen und wurde zu einem Ablauf notwendig aufeinander folgender Ereignisse. Die kleine Mary Askew hatte aus dem Elend ihrer düsteren Kindheit heraus die Hoffnung auf Marmalon getragen, und ihr Lebensweg erschien ihr wie die Verwirklichung dieses Traumes, und die vielen Umwege, Zweifel, Unsicherheiten und Ängste verblaßten, verloren an Bedeutung. Auch die Erinnerung an Menschen verschwamm und die an begangene Sünden, an Momente, in denen sie an Menschen vorübergestürmt war und ihre Empfindungen zu wenig beachtet hatte. Was blieb, war das Ziel, und ihr Ziel war Marmalon gewesen, von Anfang an. Sie war davon überzeugt, daß nichts im Leben zu erreichen war ohne Opfer und daß, könnte sie nur in die Herzen anderer Menschen hineinblicken, überall geheime Opfer zu finden wären und geheime Sünden.

Mary kauerte nieder, ihre Finger berührten das Unkraut auf dem

Grab ihrer Mutter. Sie konnte kaum etwas erkennen, nur schwach die Umrisse des hellgrauen Grabsteines. Sie dachte noch einmal daran, wie sie als junges Mädchen schweren Herzens London verlassen hatte, als Edward sie an das Krankenbett von Lettice rief, wie sie trotzig kam, traurig und widerwillig und schuldbewußt wegen ihrer Gereiztheit, aber sie kam.

Charles Mackenzie hatte es einmal zu ihr gesagt: »Nicht deine Zeit wollen wir, Mary, sondern deine Liebe.« Aber, dachte sie, während sie dort auf der Erde kniete, die haben sie doch gehabt. Ich habe geliebt, und ich liebe jetzt. Frederic und Nicolas, Jane, Will, Charles – geliebt habe ich sie alle. Aber sie können Zeit und Liebe nicht auseinanderhalten. Tag und Nacht hätte ich um sie sein sollen, um es ihnen zu beweisen, es ihnen in den schönsten Worten immer neu zu sagen, weil sie das, was ich wirklich geleistet habe, nicht anerkannten.

Sie wollten nichts wissen von Marmalon, vielleicht deshalb, weil sie die heftige Sehnsucht nach Geborgenheit nicht kannten, die Mary umgetrieben hatte, solange sie denken konnte. Das Schreckgespenst des Armenhauses geisterte durch alle ihre Träume und immer hatte sie gemeint, Jane und Nicolas und Charles das größte Geschenk zu machen, wenn sie ihnen die Sicherheit von Marmalon gäbe, aber es schien, als nähmen sie dies gleichgültig und ohne Gedanken an die schlaflosen Nächte, die sie daran gewandt hatte.

Wahrscheinlich wird Jane mir bitter vorwerfen, mich nie um sie gekümmert zu haben, dachte sie, sie wird als junge Frau dastehen in Seidenkleidern und mit Brillanten um den Hals, an jedem Finger einen Verehrer aus guter Familie – aber sie wird sagen, ich sei eine gedankenlose, nachlässige Mutter gewesen.

Sie richtete sich wieder auf. Womöglich war ihre eigene Mutter die einzige gewesen, die ihr Wesen gekannt hatte.

»Von allen Menschen auf der Welt habe ich unter dir am meisten gelitten«, sagte sie halblaut, »und doch wußtest du, daß du mich ohne Sorge nach London gehen lassen könntest, ich käme zurück, wenn du mich brauchtest. Vielleicht wird Nicolas das eines Tages auch wissen.«

Mary war so versunken in ihre Gedanken, daß sie erschrocken

seufzte, als sie hinter sich ein Geräusch vernahm. Sie fuhr herum und erblickte eine dunkle Gestalt, die auf sie zutrat und eine Laterne schwenkte. Das Licht schien ihr ins Gesicht. Eine vertraute Stimme sagte: »Jesus im Himmel, das ist Mary Askew!«

»Pater Joshua! Sind Sie es wirklich?«

Der Priester hob die Laterne vor sein Gesicht. Mary erkannte die sanften grauen Augen, den weichen Mund, über dem noch heute jener eigentümliche Ausdruck von Schmerz lag wie früher, die grauen Haare, die dünner geworden waren, seitdem sie ihn zuletzt gesehen hatte. Sein Gesicht, faltig und müde, war voller freudiger Überraschung.

»Ich saß noch in meiner Bibliothek«, erklärte er, »und die ganze Zeit sah ich Ihr helles Kleid durch die Bäume schimmern. Als die Stunden verstrichen, begann ich mir Sorgen zu machen und beschloß, einmal nachzusehen.«

»Ich habe völlig die Zeit vergessen«, entgegnete Mary, »ich kam, um herauszufinden, was aus meiner Familie geworden ist, und dann blieb ich an diesem Grab stehen und so viele Erinnerungen stürzten über mich her, daß ich an nichts sonst mehr dachte.«

Der Priester lächelte.

»Ja, Mary, eine stürmische Epoche haben wir hinter uns, alle beide. Wir stehen hier als erprobte Kämpfer und erinnern uns vergangener Zeiten und Taten. Ich lebe auch mehr in Erinnerungen, als in Gedanken an die Zukunft.«

Seine Stimme versickerte in ein Flüstern während der letzten Worte, so als spreche er mit sich und nicht mit einem andern Menschen. In Mary erwachten Mitleid, aber auch eine leise Ungeduld. Er irrte sich. Ganz sicher lebte er nur noch in vergangenen Zeiten, in jenen schönen Tagen, da er dem Papst in Rom untertan war und noch nicht jenem willkürlichen Despoten auf dem englischen Thron, aber sie selber war anders.

Kämpfer, dachte sie, er doch nicht! Ich habe mich mit allen herumgeschlagen und das Beste aus meinem Leben gemacht. Aber er wird das nie können.

Pater Joshua riß sich aus seinen Grübeleien. »Es sind zwölf Jahre her, seitdem Sie zuletzt in Shadow's Eyes waren. Ich traute Sie damals mit diesem Mann, mit Nicolas de Maurois, hieß er nicht so?« Das Gesicht des Priesters sah im Kerzenlicht ängstlich und fragend aus.

Nicolas war ihm unheimlich, dachte Mary belustigt, ebenso Frederic. Und hätte er erst Charles gekannt! Ich war sein liebstes Kind und irgendwo in seinem Herzen hatte er wohl immer den Wunsch, mich vor den sündigen Umarmungen der Männer zu bewahren.

»Nicolas war sieben Jahre lang im Tower von London«, sagte sie, »vor wenigen Wochen erst kehrte er zurück.«

»Im Tower? Sieben Jahre?« Pater Joshua verbiß sich die Frage, was, um alles in der Welt, Mary dann hier allein tat, anstatt bei ihrem Mann zu sein. »O Mary, was müssen Sie durchgemacht haben!«

»Er war unschuldig und wurde trotzdem zum Tode verurteilt. Doch dann heiratete unser glorreicher König wieder einmal, und alle Gefangenen wurden begnadigt. Sie sehen, ich bin ein Glückskind. Ich darf meinem Schicksal dankbar sein.«

Bei aller Heiterkeit entging ihm nicht der schwermütige Ton in ihrer Stimme, der ihm bewies, wie sehr sie gelitten haben mußte. Er wollte sie trösten, aber jedes Wort kam ihm banal vor und ein wenig war Mary ihm auch fremd geworden und schüchterte ihn ein. Hilflos griff er nach ihrer Hand und fühlte unter seinen Fingern den weichen Samt ihrer Handschuhe und die Spitzen ihrer Armkrause. Überrascht ließ er sie los. Er hatte nur ihr Gesicht gesehen bisher und auf nichts sonst geachtet, nun senkte er die Laterne und ihr Schein fiel auf den feinen, kunstvoll bestickten Stoff von Marys Kleid.

»Mary«, sagte er hilflos, »Sie...«

Sie begriff nicht, was er meinte.

»Was ist denn?«

»Sie stehen vor mir wie eine reiche Dame.«

»Oh... ja, ich habe etwas Geld. Wissen Sie, ich glaube, ich gehöre zu den Menschen, die man einfach ins Wasser werfen muß, dann schwimmen sie erstaunlich gut. Als Nicolas in den Kerker kam und ich allein mit meinem Kind dastand, hatte ich plötzlich die Kraft, alles zu tun, was ich mir vorgenommen hatte. Und heute«, ihre

Stimme bekam beinahe einen entschuldigenden Ton, »heute habe ich eben Geld.«

Dem Priester war klar, daß sie nicht nur Geld hatte, sie mußte sogar recht vermögend sein. Gott mochte wissen, wie das zugegangen war, Pater Joshua hoffte, nicht mit dem Teufel. Er entsann sich des Tages, an dem sie hinaus zu den verkohlten Trümmern von Marmalon gegangen, und an das Gesicht, mit dem sie zurückgekehrt war. Noch heute sah er die Entschlossenheit darin und ihm fiel ein, wie er erschrocken gedacht hatte: Sie ist so erwachsen geworden. So unnachgiebig. So hart.

Er konnte sie jetzt so schwer nur erkennen im trübe flackernden Licht seiner Laterne. Dabei hätte er sie gern genau betrachtet und gewußt, was die Zeit aus ihr gemacht hatte und was noch übrig war von dem ausdrucksvollen Blick ihrer schönen grauen Augen. Im Grunde, das gestand er sich, wollte er wissen, wie sehr er noch das Kind Mary erkennen konnte, um das seine Gedanken von jeher mit größter Sorge gekreist waren. Ein wenig furchtsam fragte er sich, wie teuer sie für alles, was sie erreicht hatte, hatte bezahlen müssen und in welchem Maße sie sich selber dabei verkauft hatte. Mary spürte seine Gedanken und lächelte. Gleich würde er sie fragen, ob sie nicht zur Beichte wollte und die Absolution erlangen.

»Nun kehren Sie nach zwölf Jahren nach Shadow's Eyes zurück«, sagte Pater Joshua, »und wir finden keinen besseren Ort uns zu unterhalten, als den Friedhof. Kommen Sie doch mit ins Haus.«

Sie schüttelte den Kopf.

»Ich würde gern hier bleiben. Und ich möchte etwas wissen... Was wurde aus meiner Familie? Wie geht es Ambrose, Edward und Bess?« Sie sah hoch zu den leise raschelnden Zweigen der Bäume. Die Erwähnung der drei Namen ließ sie erschauern.

»Sie haben in den zwölf Jahren nie etwas von ihnen gehört?«

»Nie. Ich wollte auch nichts hören. Ich habe zu sehr unter ihnen gelitten, als daß ich über sie auch nur hätte nachdenken können. Ich wollte ihnen nie wieder erlauben, in mein Leben einzudringen, sei es auch nur durch Gedanken. Aber jetzt, wo Nicolas zurück ist, wo ich Sicherheit habe, jetzt konnte ich sogar hierher zurückkehren.«

»Nun, Sie müssen sich keine Sorgen machen. Sie sind alle noch am Leben und gesund.«

»Wie schön.«

»Das Armenhaus allerdings steht leer. Vor fünf Jahren hat Edward geheiratet, eine ältliche Witwe aus Shadow's Eyes. Ihr gehört ein kleiner Bauernhof, und dort leben sie nun. Ambrose auch.«

»Als Bauern?«

»Ja. Und sie arbeiten sogar. Mrs. Askew hat ihnen erklärt, daß ihr das Erbe ihres verstorbenen Mannes heilig sei, und daß beide Männer zum Teufel gehen könnten, wenn der Hof herunterkäme oder in Schulden geriete. Ambrose versicherte ihr, daß er das nie zulassen werde. Nun jagt sie ihn und Edward jeden Morgen noch vor Sonnenaufgang hinaus auf die Felder und erlaubt ihnen erst abends zurückzukehren.«

»Und sie fügen sich?«

»Widerspruchslos. Das Land ist klein und nicht besonders fruchtbar, aber sie können leben.«

Mary dachte an den ewig betrunkenen Ambrose, wie er abends in der Küche herumgelungert und mit hungrigen Augen Lettice nachgestarrt hatte, und an Edward, vor dessen schlitzäugigem, kalten Blick sie sich immer gefürchtet hatte. Er hatte ihre Katze getötet, und diesen Schmerz aus ihrer Kindheit erlebte sie noch immer unvermindert heftig. In einer jähen Aufwallung von Haß begriff sie, daß sie weder ihm noch Ambrose jemals würde vergeben können.

»Ich glaube nicht, daß ich Lust habe, sie zu sehen«, sagte sie, »aber ich werde Geld hierlassen, Pater. Sollte jemand von meiner Familie in Not geraten, dann geben Sie es ihm. Trotz allem, es ist meine Familie.«

»Sie sind sehr großmütig.«

»Ich versuche mich für alle Zeiten freizukaufen von ihnen. Wie geht es Bess?«

»Bess kommt schon durch. Sie ist noch mit dem Metzger verheiratet, hat inzwischen acht Kinder bekommen, von denen ich fünf schon wieder beerdigt habe, und ist der Mittelpunkt jeder Intrige, die in Shadow's Eyes gesponnen wird. Sie genießt es, zu tratschen, zu lästern und Verwirrung zu stiften.«

»Dann scheint es ihr gut zu gehen.«

»Sie ist keine sehr feinfühlige Natur, sie lebt auf eine primitive, launische, heftige Art. Ihr Mann schlägt sie und trinkt zuviel, und sie zahlt es ihm heim, indem sie ihn fortwährend betrügt und bestiehlt. Manchmal tobt sie mitten auf dem Marktplatz ihren ganzen Zorn heraus und schreit jedem entgegen, wie hoffnungslos sie ihr Leben verpfuscht hat, aber am anderen Tag ist sie heiter und überschwenglich, flirtet mit den Männern, hängt ihnen am Arm und lacht, als sei das Leben ein einziges, lustiges Spiel. Sie ist ihrer Mutter sehr ähnlich, aber weniger klug. Lettice war ebenso unberechenbar, stürzte beständig von euphorischem Glück in schwärzeste Verzweiflung und rappelte sich dann unversehens wieder auf. Bess ist vom gleichen Schlag. Und Edward ist wie Ambrose. Nur Sie, Mary, sind anders. Warum das so ist, werde ich bis an mein Lebensende nicht begreifen.«

»Ich habe zu sehr unter meiner Familie gelitten, um ihr gleich sein zu können. Aber mein größtes Glück war Frederic. Durch ihn habe ich... das Gute kennengelernt und mich zeitlebens danach gesehnt.« Sie blickte auf das Grab hinunter, auf dem der Löwenzahn und eine stämmige Distel wuchsen.

»Eines«, fügte sie leise hinzu, »habe ich jedoch mit den Frauen der Askews gemeinsam: Ich komme durch. Und ich rappele mich immer wieder auf.«

»Das stimmt wohl«, meinte der Priester. Zum ersten Mal seit er sie kannte, ging ihm auf, daß er sich immer ganz unnötig um sie gesorgt hatte. Ständig war er in Angst um ihre Zukunft gewesen, dabei hätte er nie an ihr zweifeln müssen. An allen anderen Menschen in Shadow's Eyes, aber nie an Mary Askew.

»Kommen Sie doch jetzt mit hinein«, bat er noch einmal, »es gibt so vieles, was ich wissen möchte.«

Mary, die auf einmal sehr erschöpft war, schüttelte den Kopf. »Morgen früh komme ich. Dann erzähle ich alles, was ich erlebt habe. Aber jetzt ist es spät, und ich bin sehr müde.«

»Waren Sie... draußen in Marmalon?«

»Nein. Und ich werde dort auch nicht hingehen. Ich werde nur wehleidig dabei. Es ist ganz sinnlos, in alten Erinnerungen herumzustochern. Eigentlich bin ich ohnehin nur gekommen, um zu sehen, was aus meiner Familie geworden ist.«

»Aber Sie kommen den Erinnerungen doch nicht aus, oder?«

»Sonst ginge es mir besser. Verzeihen Sie, wenn ich Sie jetzt einfach stehen lasse. Ich komme morgen.«

Sie reichte ihm die Hand, dann lief sie an ihm vorbei über die unkrautbewachsenen Wege des Friedhofes. Quietschend bewegte sich die Pforte in den Angeln. Mary atmete auf, als sie draußen auf dem gepflasterten Weg stand, der aus dem Dorf hinaus, am Pfarrhaus vorbei nach Fernhill führte. Wie sehr die Todesruhe des Friedhofes sie bedrückt hatte, merkte sie erst jetzt, als sie ihn verlassen hatte. Sie lief die Straße entlang, ohne nach rechts und links zu blicken, ohne auch auf den Weg zu achten, den sie nach all den Jahren immer noch im Schlaf kannte. Die engen Gassen des Dorfes nahmen sie auf, die schiefen, krummen Häuserfronten schlossen sich eng um sie. Der faulige Gestank des Abfalls in den Gassen schwappte über sie hinweg. Mary lief schneller, plötzlich von einem Gefühl der Übelkeit ergriffen. Seit sechs Jahren kannte sie die weiten Wiesen ihres Marmalon und wußte nun, daß sie einen Ort wie Shadow's Eyes nie mehr würde ertragen können. Ihr Blick suchte den Himmel, aber die Dachgiebel versperrten die Sicht auf alles, was über ihnen war. Die Fenster der Häuser blieben schwarz, nur manchmal entdeckte Mary ein kleines, flackerndes Licht oder bemerkte einen Schatten, der sich neugierig aus den düsteren Tiefen des Zimmers heranschob, weil ihn die Schritte draußen auf dem Pflaster aufgeschreckt hatten. Marys Schuhe klangen laut; sie waren das einzige Geräusch in dieser drückenden Stille.

Dieses Dorf ist wie tot, dachte sie voller Grauen, es schläft nicht nur, es ist stumpf und ohne Leben.

Vor einigen Haustüren hingen Laternen, die sich im sanften Lufthauch rostig quietschend bewegten. Der Schein ihrer Kerzen fiel auf ausgetretene Treppenstufen, auf vernagelte Kellereingänge und höhlenhafte Löcher in den Hauswänden zu ebener Erde. Mary starrte darauf, als könne sie ihren Blick nicht losreißen. Wieder fielen Erinnerungen über sie her. Sie sah das kleine Mädchen Mary, das sich unter diesen Treppen, in den ausgehöhlten Wänden verbarg, das dort, zwischen dem feuchten Gestein und dem Verwesungsgeruch jahrhundertealten Abfalls kauerte und seinen wunderbaren Träumen von einem besseren Leben nachhing. Lettices schneidende Stimme klang scharf an ihr Ohr, durchtrennte unbarmherzig die Schönheiten ihrer Phantasie, zerrte sie aus Frederics Armen, zwang sie, Marmalon zu verlassen, über Blumenwiesen und sonnenbeschienene Feldwege in die schattigen Gassen zurückzukehren und den Gestank von Armut und Elend erneut zu atmen.

Mary, die sich in einer erschrockenen Bewegung beide Hände auf die Ohren gepreßt hatte, brauchte einige Augenblicke, um zu begreifen, daß sie vor Lettices Stimme keine Angst mehr haben mußte. Lettice konnte nicht mehr schreien, nie mehr wieder. Und auch Ambrose und Edward waren nicht hier, sie saßen irgendwo auf einem kleinen Bauernhof am Rande des Ortes und ließen sich wahrscheinlich von Edwards Frau schikanieren. Bess hing vermutlich in den Armen eines Mannes, ihres eigenen oder eines fremden, und verschwendete keinen Gedanken an ihre Schwester. Vermutlich würden sie alle nicht einmal kommen, wenn sie wüßten, daß ich hier bin, dachte Mary. Es befreite sie, das zu wissen. Sie sah auf und entdeckte über sich das alte, schiefe Schild mit der Aufschrift *Armenhaus*.

Sie war tatsächlich hier stehengeblieben, vor diesem Haus. Einen Moment lang fühlte sie sich versucht, sofort weiterzulaufen, eine unerwartete Neugier ließ sie jedoch bleiben. Mit den Fingern strich sie über die Seide ihres Kleides und spürte das kühle Gold des Armreifes, der auf ihr Handgelenk rutschte. Beides, Seide und Gold, gaben ihr Selbstvertrauen und Kraft. Sie stieß die wurmstichige Tür auf. Sorgfältig raffte sie ihre schönen, gebauschten Röcke und trat ein.

Die abgestandene Luft vieler Jahre erfüllte den Gang. Es war stockfinster, aber Marys Augen hatten sich inzwischen an die Dunkelheit gewöhnt. Schwach konnte sie den zerschlissenen Teppich auf den Dielen erkennen, der die Klappe verdeckte, durch die man in den Keller gelangen konnte. Der Keller rief allzu grausige Gedanken in ihr wach, rasch ging sie weiter. Als sie in die Küche kam, setzte ein lautes Rascheln ein, sie konnte das Trippeln von tausend kleinen Füßen vernehmen. Ratten. Natürlich, das ganze Haus war voller Ratten. Schon in ihrer Kindheit hatte es viele davon gegeben, deshalb vermochten diese Tiere ihr keinen Schrecken einzujagen.

»Zum Glück bin ich nicht zimperlich«, sagte sie halblaut, »Lady Cathleen hätte jetzt gar nicht mehr aufhören können zu schreien!«

Vorsichtig tappte sie weiter. Dort stand der Küchentisch, daneben ein Stuhl mit drei Beinen. Die meisten Möbel hatten sich wahrscheinlich längst Räuber geholt, die ein verlassenes Haus immer zu ausgedehnten Beutezügen einlud. Mit dem Fuß stieß Mary Gerümpel beiseite. Sie bemühte sich, flach zu atmen, denn irgend etwas in dieser Küche stank entsetzlich – eine tote Ratte vielleicht oder ein liegengebliebenes Stück Fleisch. Nach Lettices Tod hatte es hier eigentlich immer gestunken.

Mary ging weiter, und tausend Szenen sprangen in ihr Gedächtnis. Diese Küche! Sie sah Ambrose und Edward, wie sie aufeinander losgingen, mit zorngeröteten Gesichtern und gesträubten Haaren, umgeben von dem Biergestank, der jeder Pore ihres Körpers entquoll. Bess stand an der Wand, sie trug das graue Kleid einer Küchenmagd aus Fernhill und sah dem Treiben herablassend zu. Lettice saß auf dem Tisch, sie hatte den Kopf zurückgeworfen, und ihr Haar fiel in dicken Locken ihren Rücken hinab. Sie lachte heftig und hemmungslos, ihr mageres Gesicht verzerrte sich dabei und bekam tiefe Furchen und Falten. Das Lachen stieg heiser und ordinär aus ihrer Kehle, war immer so laut, daß Mary Angst davor bekam. Sie verkroch sich tiefer in die Wandspalte hinter dem Herd, obwohl sie sich an der rauhen Steinwand Arme und Beine blutig schürfte. Sie hoffte, nicht entdeckt zu werden, aber jeden Abend kam der Moment, in dem einer der vier anderen sich ihrer entsann, die Augen durch den Raum gleiten ließ und scharf die Frage stellte: »Wo ist denn unsere Mary?«

Lettice hielt im Lachen inne.

»Los, komm aus deiner verrußten Ecke heraus, Mary!« rief sie. »Ehe du völlig verdreckst. Nun mach schon!«

Mary kroch mühsam hervor. Der Kalkstaub von den unverputzten Wänden brannte in ihren Schürfwunden, aber sie ließ es sich nicht anmerken.

»Oh, seht nur dieses dreckige, kleine Mädchen!« schrie Lettice, »Herrgott, wie siehst du nur wieder aus?«

»Und was sie für ein Gesicht macht«, setzte Bess verächtlich hinzu, »ich glaube, die Männer werden eines Tages vor ihr davonlaufen!«

»Dumm wie sie ist, bestimmt«, meinte Edward. Er streckte die Hand aus und kniff ihr in die Wange, so fest, daß sie meinte, ihr Gesicht springe entzwei. Alle lachten. Das Lachen dröhnte im ganzen Raum, hallte von Decken und Wänden wider, durchbrach die Stille der Nacht und hackte in unbarmherzig schrillen Lauten auf Mary ein. Sie stand mitten in der Küche, gehüllt in Seide, und war doch wieder das kleine Mädchen von einst. Alles um sie herum stank nach Bier und war erfüllt von der vulgären Lustigkeit zweier betrunkener Männer und zweier boshafter Frauen, die sich einen Spaß daraus machten, mit der Dummheit der Männer ein gefallsüchtiges Spiel zu treiben.

Die Erinnerung war so quälend, daß Mary aufschluchzte.

»O nein, niemals wieder, niemals wieder!« Ihre Füße rutschten auf etwas Glitschigem aus, sie glitt zu Boden, blieb auf dem harten Holz liegen, zwischen Dreck und Gestank. Die Luft über ihr war voller Stimmen, voll längst vergangener Geschehnisse. Von allen Seiten her kamen sie, als hätten sie sich in dieser Nacht verschworen, das Armenhaus von Shadow's Eyes noch einmal aufzusuchen und mit ihren körperlosen Seelen zu erfüllen. Lettice und Ambrose, Bess und Edward, Frederic, Nan, die wispernden Stimmen von hundert todgeweihten Armen, sie schlossen sich zu einem bunten Reigen, der über Mary hinwegtanzte, trampelte und stampfte, Wunden aufriß und mit Wonne neue zufügte. Und Mary lag dort, in Staub und Dreck, ihre Finger griffen in fauligen Abfall, ihre Füße berührten einen Berg von Gerümpel. Sie lag dort, fühlte die grausame Nähe der Erinnerungen und versuchte verzweifelt, ihnen zu entkommen. Irgendwo mitten unter diesen tanzenden, häßlich lachenden Gestalten mußte es jemanden geben, an dem sie sich festhalten konnte, aber sie fand ihn nicht, so sehr sie auch suchte. Dabei mußte sie an etwas denken, was weit zurücklag – irgendwann war es genauso gewesen, sie hatte dagelegen und mit fiebrigen, brennenden Augen nach einem Halt gesucht. Es war der lange, stille Nachmittag gewesen, an dem Jane geboren wurde, jener Nachmittag vor sieben Jahren, als sie in London Anna Boleyn zum Tode verurteilten, als Nicolas verhaftet wurde, als Mary mit letzter Kraft das Sherwood Inn erreichte und ewige, endlose Stunden lang auf die Hilfe wartete, die Will ihr bringen sollte. Sie wußte wieder, daß die Dunkelheit gekommen war und zwei schattenhafte Gestalten an ihr Bett getreten waren, Will und die alte Myrrhinia, und wie sie in diesem Augenblick den Namen gefunden hatte.

»Frederic!«

Aber heute konnte Frederic ihr nicht mehr helfen. Er hatte sich mit all den anderen zu dem Heer boshafter Erinnerungen verschworen, das sie so gnadenlos attackierte. Es gab einen anderen, und er war ihr ganz nah. Gerade erst hatte sie an seinen Namen gedacht. Ihr Schluchzen verebbte. Sie hob den Kopf.

»Nicolas«, sagte sie. Alle Kraft, die Lettices Grab, die dunklen Gassen, das verlassene Haus ihr genommen hatten, strömte in sie zurück, als warme, lebendige Zuversicht. Mary richtete sich auf. Ihre Hand griff nach der Tischkante, sie zog sich hoch, bis sie auf beiden Füßen stand. Die verworrenen Empfindungen glitten von ihr ab. Sie wußte wieder, daß sie allein war und nichts als Stille sie umgab, unterbrochen nur von dem leisen Huschen der Ratten. Die Stimmen, das Gelächter, der Bierdunst und das Gegröhle gehörten der Vergangenheit an; weder brauchte sie sich davor zu fürchten, noch länger darüber nachzudenken.

»Nicolas«, sagte sie noch einmal, und der Name klang wie ein Zauberwort in der Dunkelheit. Sie strich sich den Staub vom Kleid, wischte sich die Tränen von den Wangen. Wie konnte sie nur hier liegen und weinen! Die Vergangenheit lag weit hinter ihr und würde sie nie wieder einholen. All die Jahre hindurch hatte sie sich von ihr jagen und hetzen lassen, hatte gearbeitet, ohne sich einen Augenblick Ruhe zu gönnen. Sie hatte alles erreicht, was sie wollte, nun war die Zeit, da sie sich ausruhen durfte.

Mary bemerkte, wie sie ein ungekanntes Gefühl von Glück befiel, eine überquellende, sprudelnde Freude, Herausforderung und Erwartung, hemmungslose Ungeduld. Jetzt gleich sollte er da sein und sie in seine Arme nehmen. Er hatte sie einmal aus Shadow's Eyes befreit und bis heute reichte die Erinnerung an seinen Namen, um sie erneut zu befreien. Zwei Dinge hatte sie stets begehrt, damals und jetzt: Marmalon und einen Mann, der sie liebte. Marmalon hatte sie. Zum Teufel, am Mann sollte es nicht scheitern! Ihre Augen funkelten in der Dunkelheit. Natürlich wartete Nicolas, er konnte ja gar nichts anderes tun.

Vorsichtig ertastete sie sich ihren Weg nach draußen. Als sie über die ausgetretenen Stufen auf die Gasse trat, atmete sie leichter. Auch draußen stank es, aber die Luft war nicht gar so stickig wie innen im Haus. Sie sah zwischen den Häuserreihen hindurch. Dort ging es zum Oakwood House, aber auf einmal war sie ganz wach und verspürte keine Lust, schlafen zu gehen. Sie blickte in die andere Richtung, konnte den vertrauten, helleren Fleck am Ende der Häuser erkennen. Bei Tag wie bei Nacht war es dort heller, dort lag das Licht. Sie wußte, daß sie dorthin gehen wollte. Sie wollte Gras unter den Füßen spüren, den Geruch der Sommerwiesen atmen, Erde, Blätter und klebriges Harz riechen. Sie lief die Gasse entlang, den Kopf hoch erhoben. Gleich würden die Mauern weichen, sie würde Bäche sprudeln und Eulen rufen hören, den Himmel sehen und die Sterne. Ihr fiel ein, was Nicolas gesagt hatte, als er nach Marmalon zurückgekehrt war.

Stille und Erinnerungen erträgt er nicht, dachte sie ungeduldig, ach, die müssen wir doch alle ertragen!

Ihr Ärger gab ihr Kraft. Ihr altes, unerschütterliches Selbstvertrauen erwachte, so stark, daß es keinen Widerspruch duldete.

»Natürlich ist er da, wenn ich komme«, sagte sie laut, »er redet ja nur. Und ich geb' einfach nichts darauf!«

Sie blieb noch einmal stehen und sah zurück zu dem Haus, in dem sie allzu viele Jahre verbracht, allzu viele Tränen geweint, das sie allzu viel Kraft gekostet hatte.

»Lieber Himmel«, die Gereiztheit, die sie stets befiel, wenn sie sich einer unnötigen Verschwendung gegenüber sah, klang in ihrer Stimme, »lieber Himmel, weiß er denn nicht, daß das Leben einfach zu kurz ist für solche Torheiten?«